尘世三部曲

罗伟章 著

江苏凤凰文艺出版社
JIANGSU PHOENIX LITERATURE AND ART PUBLISHING

◎ 目录

序篇   1

卷一　东风引   9

卷二　莫思归   97

卷三　鹧鸪天   191

卷四　千年调   289

序篇

大清早,杨浪来到这座院子。

空院子。

空无一人的院子。

晨光模糊地流淌。模糊得只有黑,没有光。但杨浪用不着看,里面的景况他清楚得很:房倒屋塌,瓦砾成堆,见缝插针的铁线草,盘盘绕绕地将瓦砾缠住;这是去年乃至更早时候留下的败草,新草还没长出来。

整个冬天没下过一场雪,却比哪年都冷,就这样一路冷到了三月份。寒气一波一波的,洇人,虽如此,味道依然很重,酸味儿、霉味儿、铁锈味儿、朽木味儿,还有天光未能真正抵达的黎明味儿,各逞其能又交互渗透。好在杨浪闻不到这些。他只沉迷在声音里。很久没到这方来过,他还是认识里面的每一种声音。先前，这里住着十余户人家，房屋倒塌后，瓦块混杂，他能从收拾残瓦时碰出的碎响，识别它们各自的主人，主人生活过的气息，已浸入它们的骨骼。

杨浪认识声音，声音也认识他，他往这里一站，所有飘逝在旧时光里的声音，都如川归海，朝他汇聚，并在他心里暖过来，活过来，随即你争我抢，奔出他的嘴唇："我好想再吃一碗！"这是四十六年前贺大汉说的，他说这话的时候，跟现在一样，小草还没被春雨唤醒。"我就不信邪！"这是十二年前苟军说的，他站在竹林边，扔下这句，就背着行囊，去了遥远的远方。"我想他们啊！"这是七年前九弟说的，话刚出口，他闭上了眼睛……

冰冷的晨光中，那些被遗弃了的声音，通过杨浪再次响起。

毫发不爽，惟妙惟肖。

蟑螂受到惊吓，四散逃逸。

连蟑螂的脚步声，在杨浪的耳朵和嘴唇里，也能开花结果。

这不算什么。他能从寂静里听出声音，也能从声音里听出寂静。只要听见过，他就能学。学的意思是原样传声。他会学干雷撕裂天空的声音，湿雷击碎云彩的声音，果子掉落和芝麻炸籽的声音；会学各种家畜叫，藏在土里从没见过样子的虫虫叫，山里的十七种鸟叫；会学风走竹梢和树杪时发出的不同哨音；会学阳光穿越林子时金黄色的细响；会学千河口男女老少走路、说话、叹气、哭泣、大笑和怒吼，或者假装的叹气、哭泣、大笑和怒吼……

这些本领几乎是天生的，他在三岁半的时候就会了。

满七岁过后，一只蚊子从十米外飞过，他也能听到翅膀的震颤，并从颤音里判断它的性别，"一只母蚊子飞过去了！"他说。还能在五十米开外，听出某只孤单的青蛙伏在哪窝稻秧下鸣唱，包括那鸣唱里的欢乐、忧伤、激情或倦怠，"再唱三声，它就要困觉了"，他说。果然，三声过后，田野沉寂。

如果生在城市，杨浪能凭他的绝活，轻易混口饭吃。听说有城里人只会学摩托车发动的声音和锅炉厂放气的声音，再加一点锣声鼓声鞭炮声的粗浅口技，就到处向观众挥手，到处吃香喝辣。可惜杨浪生在山里。

千河口是大巴山深处的一个小村庄，小到失去了方位，你可以说，村庄的南方坐落在北方，西方坐落在东方。在村子的任何方向，无论打开哪一道门，都是开门见山，出门走山，却偏偏叫了千河口。其实，这带弧形隆起的广袤地界，河只有一条：清溪河。听这名字，该是秀气得让人生怜，谁知又是名与实的错位。在米仓山以东，大巴山以西，大起大伏的褶皱里，裂出一条蚌壳样的豁口，清溪河即从那豁口里出世，自出世之日，便雄心勃勃，一路融雪化霜，接溪纳流，又冲又撞地把山挤开，在三百公里的流域内，白浪滔滔，吼声贯耳。然而，站在九百米高处的千河口，只能看到一条静止无声的河流，飘带似的，蜿蜒到云端里，蓝得发翠。

据此推测，清溪河这名儿是山里人取的，千河口是外地人取的，那些外地人出于某种因由，拖家带口地长途跋涉，在若干年前某个疲惫的黄昏，来到这片山野，安营扎寨，繁衍生息，但他们怀念失去的故土，就把故土的名字捆进行李，落脚之后又含进嘴里。

想必是这样。

千河口共三层院落，东院、中院、西院。很早以前就形成了这样的格局，只是规模有变。院落间相距不过百米，沟渠款款相连，仿佛手拉手的三姐妹。

中院外的慈竹林里，暴凸的竹根紧紧搂住一块卧碑，仅现小半碑身，剥去上面的青苔，可依稀辨出这样的文字：

"……互为表里，结庐三院……开济明□，宏深包含。

恩及卑众，禽鱼自安……人得其所，乃怡乃欢。继属千秋，瓜□绵绵……"

庐舍彼此偎依，唯学堂在二里地外的鞍子寺。那地方形如马鞍，一座古寺端坐正中，因而得名。但鞍子寺不仅指那座庙宇，还指那片半平方公里的马鞍形区域。杨浪出生之前八年，寺庙毁弃，扩建成学堂，菩萨由站而躺，做了窨磉的石料，只留下一尊大肚如来佛，安放在校舍背后掏空的壁洞里；土洞，除冰封的日子，洞里积水成泥，那情形，像是嫌如来佛还修行不够，得继续受苦。

操场前面，也就是毁弃的古庙门前，立着四个面朝远方的石雕战将，同样是先前的遗物，个个宽袍长袖，低眉颔首，实在更像文官，但老辈人说那是战将。古庙门前为什么会有战将，不知道。奇怪的是，四个战将的脑袋都从颈子处被劈开，劈得很不规整，有两个的颈项也跟着缺了一块，脑袋放不妥帖，硬弩似的大风一吹，就沉重地掉入斜坡上的草丛，甚至滚落到坡下的水田里。事实上风不吹也这样，它们是学生的玩具，且是唯一的玩具，下课的时候，男生分成四组，排在战将身后，摩拳擦掌，依次上阵，哗！推一把，将脑袋摘掉；从草丛或水田里抱起来搁稳，哗！再推一把，又将脑袋摘掉。

卷一 东风引

杨浪住在东院。到了上学的年纪，他就去鞍子寺小学读书。

只读到三年级就被开除了。

开除他的决定是校长亲自做出的，也是校长亲口宣布的。

校长姓房，是个转业军人，据说他当兵期间进过仪仗队，果真有那架势，两腿修长，腰板笔挺，仪表堂堂，举手投足间，自带一种气派。就是嗓子狭窄，即使叹口气，那声音也在喉咙里打挤。不过房校长从不叹气，有什么想法，都是直截了当地说出来，因此他的喉咙总是忙碌得很。第一次跟他见面的人，往往都有一个适应他的过程：先是被他过分"考究"的外表镇住，待听了他说话，又会大吃一惊；谁也无法将那尖利的嗓音跟电影明星似的长相扯到一起。

他本人也需要适应——适应别人对他的适应。他的方法是主动出击。刚来鞍子寺教书，开学的前一天，他就去千河口走动，从东院走到西院，远远地看见一个人，他就打招呼："吃了没得？"

他要让别人先认识他的声音，再认识他的脸。他的声音和他的脸，像两个形影不离的姑娘，一个丑，一个俊，他把丑的推到前面，把俊的放在后头，人们在议论他的时候，就会说：房校长声音难听，可那人材！这跟说房校长人材好，但声音难听，完全是两种效果。

但也要看对象。有些人，比如他手下的李兵老师，并不把人材好坏当回事，他的那番心思就算白费了。不过这也无所谓，房校长又不是凭外表吃饭。他那样做，无非是想给人留下一个好印象而已。

事实上，村里人同样不把人材好坏当回事，在他们眼里，人跟土地是一样的，肥沃就中看，贫薄就难看。

房校长肥沃，所以中看。

李老师贫薄，所以难看。

这是人人都知道的，就像知道他们之间有解不开的过节。

杨浪被开除的那天下午，李老师正讲算数，房校长突然闯进来，板板正正地说："老李，李兵同志，你看见我们的肉没有。这里没猫，没狗，没黄鼠狼，厨房门也锁得牢牢的。你不要又说没看见，老李你要是又说没看见，那羊就要吃狼了。"

后面一句是房校长的口头禅。

他当兵那几年去过远方，淘了比山里人多得多的见识，他说，天地洪荒时，就有了狼，也有了羊，但是狼吃羊，还是羊吃狼，老天爷一时没拿定主意，就在它们中各选了一只，让被选中的蹲到同一棵矮树上去，结果刚上树，它们就变成了树叶：一模一样的两片树叶。老天爷花了眼，分不清谁是狼谁是羊了，于是随便一指，说：你（狼）吃它（羊）吧。世世代代，你以它为食，它以草为食，草以土为食，土以万物为食。言毕，狼和羊现了原形，并按老天爷的指令行事。

只要说到自己不相信的事，或者觉得不应该发生的事，特别是那些违反天理的事，房校长都要来一句："那羊就要吃狼了。"

李老师当时正在板书，听到房校长第一句话，他就钉在黑板上了。待房校长说完，他才转过身，脸上像被人打了几耳光，鼻翼和左边的嘴角抽动着。

看样子，他要跟房校长吵一架。

李老师不怕房校长。

这学校加房校长在内，共有三个教师，还有个姓桂，三人都来自河对面绵延无际的马伏山。下了这边的老君山，再上那边的马伏山，猴子也怕累出气喘病——尽管这山放鞭炮，那山也听得炸耳。因此三人都住校。上级分派老师异地教学，为的就是让他们住校，以免除家累，专心工作。

房校长和桂老师搭伙做饭，每隔些日子，两人便去村里，买只活禽、兔子或称一两斤猪狗羊肉，又炒又炖地办生活，打牙祭；李老师负担重，往往数月不沾油荤，单独开伙。但厨房只有一个，火塘也只有一个，每顿饭都是房校长和桂老师先做，李老师后做，有时，房校长和桂老师没吃完的肉变少了，或者感觉变少了，就问李老师看见没有，要是李老师说没看见，他们就摆出很多事实，证明李老师不可能没看见，证明李老师分明看见了，却说没看见，是心里有鬼。

为此，三个人常常吵架。一个吵两个，李老师知道吵不过，动嘴之前，先就把自己放在了弱者的地位——一种需要奋起反抗的地位,所以房校长和桂老师还在心平气和的时候,李老师往往就脸红脖子粗了。

今天他之所以克制着把房校长的话听完,是因为他在课堂上。

可也恰恰因为在课堂上,使他更加恼怒。

房校长竟闯进教室,当着学生的面羞辱他(其实以前说那样的话,也并不回避学生),还拿他跟猫比,跟狗比,跟黄鼠狼比……

李老师忍不下去了,转过身要跟他吵了。

转过身来却没看见房校长。

房校长说完那几句,就走了。

李老师站在讲台正中,喉咙里挤出咕嘎咕嘎的响声。那不是在吞口水,是在吞冒上来的酸气、闷气和怒气。他要把那些气吞回肚里,把这堂课上完。尽管不怕房校长,可是,能跟乡中心校领导(村小的直接上级)和乡政府领导说上话的,只有房校长,李老师是代课教师,他畏惧房校长奏他一本,抹了他的教师资格,那样,每月二十元的津贴和十八斤大米就没有了,家里的穷声就会更加嘹亮。怕是真的,不怕是假的。房校长私闯课堂给他难堪,固然不对,但你丢下大半节课,离开神圣的岗位去吵架,更是明明白白的罪状。李老师不会不惦记这些。

他中规中矩地继续上课。

那天讲的是混合运算,李老师已讲过例题,正在板书习题,没板书完房校长就进来了。这时候他把题目写完,再侧过身念给学生们听:"杀猪匠甲三分钟理一丈肠子,杀猪匠乙三分钟理两丈肠子,九分钟后,他们一共理出了多少丈肠子?"

小半举手,大半没举手。

李老师崇尚的是有教无类,从某种角度说,他还是个教学上的完美主义者,班上只要有一个人没懂,他就重三遍四,直到那人也懂了。虽然李老师只念过初中,但他是全乡村小里教得最好的老师,这有统考成绩为证,想不承认都不行。能做出这种业绩,除得益于他的耐心,还得益于他痴爱读书。无论在哪里,见到被扔掉不要的书,他都捡起来,下细翻阅,如果是他认为的好书,他就宝贝似的往胸前一抱,眼睛不由自主地闭一下,脖子和腮帮紧起来,鼻子里嗞嗞抽气;在路边草丛里瞅到皱巴巴的碎报纸,说不定是人家揩过屁股的,他也拾起来读,要是正好有人看见,对着他皱眉头,他就咕哝一声:"报纸臭,知识香,你晓得个啥子!"

房校长凭他的家境、地位和见识，包括那个关于狼和羊的传说，赢得了所有学生和家长的尊敬，但李老师不尊敬他。李老师说见识不等于知识，见识是浮在水面上的泡沫，知识也浮在水面上，却是水面上的航船。李老师还说，凡是真知识，都跟人的精神同体；不能减少甚至造成精神残缺的知识，是伪知识，最多是浮光掠影淘来的见识。房校长跟他关系不好，地位和家境恐怕是次要的，主要是他认为自己比房校长有知识。

但学生几乎看不出李老师有知识，因为再深的道理，他都能吹糠见米，还能一竿子捅到底，捅到底过后，才发现那道理并不深。既然你讲的道理不深，怎么能说你有知识呢？李老师上课太好懂了，这在渴望高深知识的山里学生看来，其实是个缺点。他现在教的三年级，一般而言，例题讲过，就都懂了，即使有不懂的，也只可能有一个，不会有两个。那个人就是杨浪。杨浪的脑袋里盛满了各种声音，没给知识留下多少位置。

今天太奇怪了，竟有大半没举手。

李老师以为是受了房校长的干扰，其实不是，房校长那样对李老师说话，还有三个老师吵架，学生早把耳朵听出茧子。是李老师自己干扰了学生。当他念了题目，教室里即刻弥漫着猪大肠的香味，香味里掺杂着若有若无的猪粪的气息；猪粪的气息也是香，粪香。学生们咽着口水，想象着母亲站在墙角的案板前，带着无比幸福的表情，把乳白色的肠子一段一段切下来，和上粗粗的米面，放进竹屉里蒸，要么加上香料和大把撕成两瓣的红辣椒，在铁锅里熬，熬熟后倒一筲箕青菜叶子进去。

李老师费了好大的劲，才把学生的魂唤回来。

当最后一个人，也就是杨浪也计算出是九丈后，下课铃响了。

铃铛是镀铜的铁器，形状像个喇叭，据说是从民国过来的一位老先生赠送的，那层铜由黄变白，闪烁出苍老的亮光，里面的铃舌虽是铁条，也像干了水分，黑黑的，细细的，有些微的弯曲，如风干的牛筋。铃铛由房校长掌管，遇周一开课前和周末放学前全校集合，房校长会站在校舍和操场之间的高台上，把铃铛举到略高于肩膀的位置，铆足了劲儿摇。几乎所有学生都明目鼓眼盯住那根摆动的铃舌。真是牛筋就好了，真是牛筋就可以吃了。十多年前，千河口西院的李成还在上学时，果然偷偷溜进教师办公室，从房校长忘锁的抽屉里拿出来咬过，心急，加上心狠，再加上越心急越心狠，当即咬崩了两颗牙齿……

这是最后一节课，下课也就是放学，通常情况下，李老师会在铃响后交代几句，让学生在回家路上不要逗留，不要打闹，不要搬起石头往山下滚。山势陡如竖着的楼梯，特别是现在，四月份，砍过春柴不久，站在路上，颈项一伸，能光溜溜地一眼望透，滚石头下山，就可能把山下的房子砸个窟窿，就可能打死一头牛、一个人，要是蹦跶一下，还可能蹦到河心，砸沉一条船。总之是很危险的事情。李老师说，你自己的危险不一定是别人的危险，但别人的危险肯定是你自己的危险。

然而今天，这样的话他一句也没交代。

快下课的时候，他就闻到了肉香。那可不是想象出来的，是货真价实的肉香，热烈，绵密，固执，直朝鼻孔里扎，躲都躲不开。

这明显是在烧肉。

房校长跟桂老师昨天晚上进村，李成煮了一碗干豇豆，炒了一盘镶边儿洋芋片，也就是不刮皮的洋芋片，请他们喝自酿的红苕酒，然后卖给了他们一块草鞋样的宝肋腊肉，桂老师把肉提回来，用棕绺子挂在厨房火塘背后的墙钉上。兴许是酒喝得太多，今天早上起来晚了，实在没时间弄来吃——老师也跟村民一样，一天只吃两顿，学校早上八点钟开课，下午四点钟放学，四点过后他们才能做第二顿饭——否则那块肉早就下了"肚家坝"。每次买了好吃的，桂老师都等不及，如果非要等到下午才能弄来吃，最后一节课，他至少要留出三分之一的时间让学生自习，他则溜进与教室相距不到十米的厨房，去杀鸡宰鸭剃毛烙皮。

一点没错，此刻桂老师正是在烧那块肉。

铃声一响，李老师冲出教室，直接去了厨房。

那时候肉已烧好，刚烧好，围住火塘的石条上，还迟缓地流着几滴黑油。

桂老师没听到李老师进来，他把肉放进木盆，木盆里盛了事先烧好的热水，桂老师将肉在热水里浸了，用刀刮那层烧糊的、带着肉香和猪汗味的皮屑。

李老师弯腰一把将肉夺过，返身跑出厨房，朝操场外奋力一扬。

土坝操场小小的，像个城里人的客厅那么小。春天里，学生上一堂课出来，上课前被踩死的小草，就会重新泛青。操场正前方，除那四个断头战将，还等距离地长着刺槐树，刺槐树正试探着吐芽。那块水淋淋的肉翻着跟斗，由低到高，愈飞愈高，飞过刺槐树光影迷离的枝桠，飞到虚空里，像《三打白骨精》里面的孙悟空。可它不是孙悟空，它是一块肉，高到不能再高的时候，就掉下来了。

这是冻桐子花的时节。大巴山深处，一年有两个冬天，第二个冬天就是冻桐子花那些天。太阳苍白，土路苍白，风也苍白，白毛风把麻雀吹上了天，把人的脖子吹得短了一截，可是脸没法短，风就把脸揪住，一刀一刀割。不仅割脸，还把衣服吹得像铁皮那么硬，也像铁皮那么冷，水田和堰塘再次结冰。只有豌豆不怕冷，紫色的花朵开遍了田野。正是这豌豆花，让第二个冬天显得不像第一个冬天那么严酷。虽如此，可也是像模像样的冬天。

那块肉在这第二个冬天里飞翔，也在第二天个冬天里坠落。

万事万物，坠落的动静总是大过飞翔的动静。

砰！

炸了，像爆一颗雷管。

是肉把水田里的冰炸开了。

后果可以想见，不仅吵，还打了起来。学生都不离开，看他们打。学生看老师打架就像看父母打架，古怪的兴奋里，埋着不古怪的悲伤。

房校长到底是校长，首先住了手，还把不想住手的桂老师拦住了。

但他要李老师给个理由。他说:"你要是不给个理由……"

调皮的学生立马接腔:"那羊就要吃狼了。"

尽管在李老师看来,理由是最低级的迷信,但他还是说了。他说在一片土地上,学校是最神圣的地方,在一所学校里,教室是最神圣的地方,你作为校长,不仅闯进我正上课的教室,还质问我看见你们的肉没有,分明就是把我当贼。但你们的肉并没有丢,你们烧肉的气味像鬼子进村,你们烧肉的气味才是贼,它偷走了我和学生们的心,让我不能专心讲课,学生更不能专心听讲!

房校长愣在那里。

愣的时间很短,接着便赌咒发誓,说他既没进过李老师的教室,更没说过那些话。他还让他班上的学生作证。他教的是复式班,四年级和五年级,都在一个教室里,前半节他给左边的四年级讲,后半节给右边的五年级讲,整堂课,他就只是这样把脸从左到右移动过一次。

其实不仅他班上的学生可以证实,别的班级也能。学校是老旧木房,板壁削薄,夏季连下几天雨,壁上就生绿霉,一生霉就得刮,否则会烂掉,如此越刮越薄,很不隔音。三年级和四、五年级之间，虽隔着一、二年级（也是复式班），但房校长那拨动独弦似的声音还是能够传过来。

李老师下细回忆，觉得房校长的讲课声确实像没断过。

可他分明又到三年级教室来质问过"李兵同志"，这又是怎么回事呢？

"那是杨浪说的，是杨浪学房校长说的！"

杨浪的同桌告了密。

这是很多年前的事情了。

多年以后，杨浪已经四十岁。

四十岁的杨浪个子矮小。他小时候不矮，十一岁之前，在同龄人中还算冒顶的，但到了青春期，别人都兴兴头头地出苗拔节，他却懒眉日眼地不想再长了。由于太矮，什么衣服和裤子穿在身上，都要把袖子和裤腿挽几转。因腿受过伤，走路有轻微的跛，腰也跟着一塌一塌的。他一直未娶，也从没沾过女人。

在千河口，跟杨浪同辈且没娶过的男人，还有两个：中院的九弟，西院的贵生。不同的是，九弟和贵生虽没娶过，却沾过女人。

那些年，山里女人总是跑来跑去。她们被婆家虐待，感觉自己有了非残即死的危险,就跑。这样的女人被称为"跑跑女"。"跑跑女"在深山密林里胡闯乱撞,撞到天黑,就随便找个干燥的洞子,往里面一缩。山里的夜,黑得连黑色本身也能闪耀光芒,白天的声音停了,夜晚的声音起来了,白天的声音是化过妆的,夜晚的声音才是真实的声音,诡魅、戾气、深沉、哀婉,阵阵怪风过后,留下东一声西一声莫名的叹息。分明那么黑,却能瞧见远远近近的影子,影子双脚离地,轻飘飘的,荡一下,又荡一下。这时候,各类鬼怪故事纷至沓来。缩在洞里的女人,越缩越小。对自己的逃跑,她有了一些后悔,残也罢死也罢,都比在山洞里过一夜强。她想哭,又不敢哭,一心只盼着天亮。天亮后不后悔了,又跑。终于在万山老林里发现一个村庄。她刚在村口出现,就被围住,包着肮脏头帕的妇人偎过去,简单地交谈几句,就把她领进一个光棍屋里。大山里,几乎没有一个村庄没有光棍。

千河口的九弟和贵生,都得到过那样的女人。他们跟那样的女人过上几天,最长的是过了一个月,女人的夫家浩浩荡荡找来了。其实没必要这么兴师动众,女人是别人的,别人找来,再不舍也得给,这是规矩。女人一般也愿意低首下心地回到夫家去,哪怕新找的男人待她再好。夫家有太多她们丢不下的东西：做熟了的田地，养顺了的猪牛，跟前跟后的儿女，甚至，夫家的棍棒和烟头……

女人走了，被窝又冷了，屋子哐当一声静下来，静得嗡嗡响，像那静是一种痛。这时候，九弟、贵生和那些跟他们有着同样经历的光棍汉，会有十天半月不往人堆里去，他们独自待着，用孤寂去为孤寂疗伤。直到村里人不再热衷于议论那个女人，他们又才出来走动。如果还有人不放过他们，故意提到那个女人，并问他们的感受，他们就做出看透了的样子，笑着说：有了，又没有，还不如开始就没有。

其实他们根本不是这样想的。

有了就是有了。哪怕只有过一天，也是今生今世。

但杨浪从没有过那样的今生今世。

没人把"跑跑女"给他带去。

他太懒了。

跛脚还是其次，主要是懒。

尽管女人来路不明——问她们是哪里人，为什么跑，又是怎样跑到了千河口，她们一概不答——可也要对人家负责。不往懒男人家里带，是最大的负责。当年，鞍子寺小学的李兵老师说，人有两宗罪，一是急，二是懒，因为急，人被逐出天堂，因为懒，人再也回不了天堂。李老师大概觉得自己正是个急躁人，因此又纠正，说人其实就一宗罪：懒。因为懒被逐出天堂，又因为懒回不去。李老师说，这话是一个姓卡的人讲的。不管是谁讲的，它一点也不深奥，山里人本身就是那样看的，无非是没有那个姓卡的人讲得文雅和通透。山里人从不说勤劳这个词，说吃苦，人不吃苦，就没得饭吃，没得衣穿，当然，也没得女人。

杨浪从小就懒。

懒到连个子都不想长！

他父亲死得早，母亲带着他和比他大六岁的哥哥，把他从四岁带到三十三岁，终于觉得，西瓜藤上结不出南瓜，石骨子地里也下不了种子，再把他往下带，也就那样了，便两腿一伸，找丈夫去了。那时候，杨浪的哥哥杨峰，早就下了山，进了城，在陕南安康、汉中和四川绵阳、攀枝花一带，写合同，包工程，并因此发了大财，发财过后，他回老家把老婆娃儿领走，去省城落了户，且很快在那边当了个什么委员。领老婆娃儿那次，是他最后一次回村，后来母亲去世，他只派了十九岁的儿子杨小春回来，小春说，爸爸正开一个重要的会议，走不开。死人刚放进圹穴，阴阳师还没拨字头[1]、撒八花米[2]，更没来得及填土掩埋，小春就走了。

他没代表父亲给二爸留下一言半语。

哥哥瞧不起弟弟，又怨母亲一直对弟弟偏心。杨峰特别恼恨的就是母亲偏心，他觉得，跟弟弟比起来，他在母亲心里就像别人家的孩子。他不解的是，弟弟分明是条不中用的懒龙，母亲为什么要大事小事向着他。

这下好了，向出一条光棍来了。

家里出了光棍，是很丢脸的事，杨峰丢不起那个脸，现在更丢不起。

哥哥心目中没有弟弟，弟弟心目中有没有哥哥？

不知道。

村里人偶尔还提到杨峰，杨浪是从不提的。

他懒到有那么好的一个哥哥也不提！

母亲在时，他还挨着腰杆去地里锄锄草，天旱时节往地里浇浇水，母亲走后，把地翻了，种子撒下了，就再不经管，让它们自生自灭。好在种子争气，在坚硬黑暗的泥土

---

[1] 拨字头：以南北朝向将棺木拨正。
[2] 撒八花米：往棺木及墓穴四角撒大米。川俗称，撒了这米，死者去阴间就不挨饿。

里，大口呼吸，顽强地争取日光、空气和雨水，然后将自己毁灭，化为嫩芽，破土出苗；苗子在与野草的搏斗中，拔节生长，并顺应季候扬花结实，让他多多少少打几颗粮食。他就凭那几颗粮食，悠闲自在地混着日月。

这样的男人养不起女人，也不配有女人。

每当有人把跑来的女人带到九弟或贵生家，全村人都去看，杨浪也去。人们拥挤在窄小的屋子里，从白天待到晚上，从晚上待到深夜，叽叽喳喳的，问女人很多话。只要不暴露夫家的身份，也不触及自己的隐痛，女人会选择性地答几句。她回答，不是想回答，而是证明自己不是哑巴。她说的每句话仿佛都很重要，也都很有趣，因而都能引出一阵笑声。山村里洋溢着节日的气氛。唯杨浪是个局外人。他坐在角落里，一言不发，对那女人也不多瞧一眼。夜实在太深了，九弟或贵生，该跟那女人洗洗睡了，仁慈的村民便打着电筒，或舞着火把，或摸黑，回自己的屋。

只要一个人离开，杨浪就跟着离开。

他来得像个鬼影子，去得也像个鬼影子。

他离开过后，剩下来的会议论他，但没有人同情他。李成算是跟他关系最好的，他爱去李成家坐，空了，李成也愿意跟他闲聊，特别是三儿子李奎在苏州盗电缆坐监后，李成见人就说儿子是冤枉的，别人默默地听着，可那脸上的幸灾乐祸，却像野惯了的狗，再粗的棒子都打不进屋；杨浪从不这样。杨浪也是默默地听着，没有任何表情。没有表情就好，没有表情他就是块石头，又比石头能听懂他的意思。所以李成在杨浪那里，得到了不少没有表情的安慰。即便如此，李成也不同情他。

"那东西！"提到他的时候，人们大都这样开头，包括李成。

千河口是杂姓，仅在东院，就有杨、张、桂、梁、鲁、符、孙，但日子久了，女人嫁来嫁去，就如梭子织布，让彼此牵连，也让彼此有了辈分。却没一个人按辈分叫过杨浪。年龄也不能为他赢得丝毫尊严，那些还穿着叉叉裤的娃娃，也可以当着他的面，叫他"那东西"。叫啥他都答应，脸上还挂着笑。人家说，连泥人也有土性儿，活人哪有没脾性儿的？可杨浪听别人那样叫他，不仅笑，还笑得格外谦卑，像自己的存在，正如他哥哥所说，给家里人丢脸，也给千河口丢脸，他很不好意思。上一定岁数过后，他特别喜欢小孩儿，赶场的时候，手头再紧，也要余下钱买包糖果，回到村子里散给那些娃娃，娃娃们从他手里接过，忙不迭地剥开一颗含进嘴里,再丫手丫脚跑回父母身边,口齿不清地说:"那东西给我的,蜜蜜甜!"

杨浪听见这话,不仅不生气,还高兴得眉毛都在笑。

他俨然就是个傻子。

"那东西,硬是他妈个傻子!"有一天,李成对他老婆邱菊花说。

"我早就说过,你还不信。"邱菊花刚做好了饭,正抠脸上的痒痒,抠出一道一道的锅灰,也不知那锅灰本就在脸上,还是从手上抠到了脸上。

"我哪里是不信,"李成一掌拍在大腿上,"我是没想到他傻成这球样!"

李成去咬铃舌的时候,已经换过牙,咬崩那两颗牙,就再没长起来,漏风;他知道那里漏风,说话时老是把舌头往前顶,堵住漏风的地方,说话的声音里,便带着肉肉的、淡紫色的舌头味儿。他把那舌头味儿使劲吸溜了两下,接着说:"畜生、虫子、草木,都比那东西精灵,连一条裤子也比他精灵!"

后面一句让邱菊花笑起来。李成也觉得自己说得漂亮,比邱菊花笑得更响,笑过后又连续打了几个比方,来形容杨浪的傻。

事情是这样的——

这天,村里又跑来一个女人,这女人在比黄昏稍早的时候,从朱氏板的青冈林里上来,茫然无措地坐在林子上头的石盆上。她不是村里谁家的亲戚,看样子也不是赶路的,她就是个"跑跑女"。

石盆上方十数米,是李成家的旱地,两口子正给即将出穗的麦地理沟,李成首先看到了下面的女人,指给邱菊花看。那女人二十八九岁年纪,头发跟个乱鸡窝似的,脸像玉米叶子那样窄,但鼻子是鼻子,眼睛是眼睛。邱菊花很兴奋,正要说什么,李成突然心头一软,念起杨浪的好处,觉得今天这个女人既然没别的人看见,他就应该带给杨浪,也算是对杨浪不厌其烦听他诉说的报答。他朝山野望了一眼,几十丈高的渠堰上,只有干女儿夏青背着猪草无声地走过,他便悄悄对邱菊花说:"你下去,把她带到背阴处,我去找那东西,叫他把屋子扫干净。"

邱菊花脸一浸:"未必给那懒汉?"

谁发现了"跑跑女",把"跑跑女"带给谁,虽得不到任何实际的好处,却能满足施恩于人的那份心。邱菊花觉得给杨浪施恩,不值得。

李成恨了她一眼，丢下家伙走了。

杨浪很少干农活，母亲去世后也不养猪牛，可要找到他并不容易。

他那么懒，却从不睡懒觉，他比村里的狗都起得早，去三层院落转过了，去村里人洗衣服喂牲口的堰塘转过了，甚至去村后的山林里转过了，还去二里地外的学校和跟学校不远的古寨梁子转过了，狗才踏着熹微的晨光，奔向野地拉屎拉尿或寻找爱情，而人依然赖在被窝里，因为天还没亮明白。整个白天也是，他的腰一塌一塌的，窸窸窣窣地踩着落叶，在人基本不去，连鸟兽也很少去的地方，攀藤爬岩，竖着耳朵慢慢走过。他是在搜集各种声音。

更确切地说，不是他在搜集，而是声音把他叫过去的。

日日月月，叫他的声音越来越弱。

在别人看来，这个世界不是声音太少，而是太多，太吵，太喧哗，而且越来越喧哗，可在杨浪那里不是。他太清楚声音不是在增加，而是在湮灭。每一种声音的湮灭，都让他的耳朵荒凉一分。对他来说，每一个傍晚，都是一个被遗忘的人；每一个深夜，都是一个被遗忘的村庄。如果真有人生下来就是带着使命的，杨浪的使命，就是在自己脑子里建起数不清的仓库，把村里村外散失的声音捡拾起来，再分门别类存放进去。但他并没真正意识到自己在干些什么，如同所有痴迷于某件事情的人，他那样做，很难讲出什么目的；要说有，需要就是目的。

声音跟空气和食物一样，早就成了他的需要。

这天，李成装出没事人的样子，从麦地出来，走过十数根弯弓似的田埂，走过半亩见方的堰塘，再穿过几座无主的坟茔和一段长满茼蒿的狭窄台地，进入一小片毛竹林，踩着满地飘落的笋箨，来到一坡石梯前。他在石梯前停下了，先抬头望了一眼，又仔细听了片刻，才反剪着双手，爬上梯坎，进了东院。

东院住着七户人家，杨姓两家，张、梁、鲁、符、孙姓各一家。其中两户已经没人：孙家和杨峰。也可以说是三户，因为鲁家好些年不跟人来往了。并没有什么过节，就是不跟人来往。听说是不想送礼，把女儿鲁细珍嫁出去后，那家里该娶的娶了，该嫁的嫁了，连孙女小凤的满月酒也办了，多少年都不会有办酒设席的大事情，怕礼送出去收不回来，干脆不送；请他们帮忙的时候还是帮，但绝不送礼。而在乡村，礼就是情，人到情不到，等于不到，久而久之，连帮忙的事也没人请他们，就像他们不住在千河口。

但真正没人的就是孙家和杨峰。

杨峰的房子跟杨浪的连着榫头,杨峰一家离开没几年,房子塌了,捎带着把杨浪的房子也扯塌了半边。在先就有人提醒杨浪,叫他去把哥哥的房子收拾一下,比如翻盖一下屋瓦,再进去烧些柴烟,熏熏蚊虫,他没有做,叫的人也知道他不会做,但他还是说了不做的道理:"哥哥又没把钥匙给我。"

这分明是歪理——就像别人骂他懒的时候,他会咕哝:"我这是懒么?我是要不了恁多。"——因为有没有钥匙并不碍事,那门板早就脱了轴,呲出半尺宽的黑洞,只门扣勉强连着,门扣也快锈成干黄的铁灰了。现在好了,骨头断了,筋也断了。不过杨浪无所谓,有半边房,就够他住,反正有根粗大的梁柱撑着,剩下的半边一时半会儿塌不了。他把卧室和厨房都并到了这半边屋里。因为烧柴禾的缘故,床上常有柴枝草梗和烟灰,被子从没叠过,也很少洗,看上去比狗窝都不如。

再是个"跑跑女",见到那景象恐怕也要摇头。

女人摇头,就不能成事。这样的情况是出现过的。五年前有个女人,先被带到贵生家,见阶沿下草梗迤逦,鸡屎连片,换下的衣服裤子扔在墙角,跟破鞋烂袜混在一起,她马上就摇头了，于是又被带到九弟家，脏是没那么脏了，可简陋得只有张歪歪扭扭的细桌儿，灶台就是一个包包垒垒的土堆，罐盖豁着缺口，因此还是摇头，且摇得更快。带她来的人见她一个"跑跑女"还这么挑三拣四，很不乐意了，说："那就只有把你给那东西带去了。"

女人一听，单称呼就知道多半不是什么好去处，细声说："我还是去开头那家。"

贵生先是天上，再是地下，接着又到了天上，所以那天他熬了一大锅红糖开水，请所有人喝。

东院多数人未回，只有刚进屋的夏青，撅着屁股在扫她屋前的石坝子，是想扫出一块干净地方砍猪草。这太好了，李成就是不想人多。他朝夏青快步走去。

脚步声把夏青的头扭过来。

"爸爸。"

见了李成，她亲热地叫。

她是嫁进来的媳妇，长得不好看，额头凹，个子小小的，因嫁进来不久得过一场大病，拜了李成做保爹；李成会些石匠活，还会些泥瓦匠活，算是匠人，匠人才能保平安。

李成没应，只把嘴往杨浪屋里一努："那东西回来没有?"

夏青说没看见回来。

李成将事情三下五除二说了,叫夏青帮忙,赶紧去把杨浪的屋子打整一下。

家无长物,杨浪从不锁门。

收拾完床铺、地板和灶台,李成又仔细察看塌掉的半边。灯泡只有五瓦,电压又弱,光晕使屋子呈一口浑浊的水潭,手放进去,就看不见手,脚放进去,就看不见脚。第一次晚间进来的外地人,不可能看出那地方是塌的。那里低矮了大半,还以为旁边是个养猪养牛的偏厦。

一切就绪,李成又到院坝里等。

院坝边紧靠青石坎的地方,横着一个用了几辈人的石磙,李成蹲到石磙上去,摸出旱烟来裹,顺便跟砍猪草的干女儿拉些闲话。

夏青的丈夫符志刚,是跟杨峰一同出门的。他们两人加上李成的三儿子李奎,是千河口最早出远门的人。最早出远门的不叫出门打工,而叫出门当老板,在山里人心目中,大山之外个个都是老板。结果只有杨峰当了老板,后来还当了什么委员,另外两人,李奎当了囚犯,符志刚没当囚犯,可也没当老板，一年三百六十五天，只有春节回来几天，可也没见挣到什么钱。这让李成和夏青，特别是李成，对杨峰心怀怨恨，尽管他们三人从出门那天就各走各的路，谁也不跟谁牵扯，没有怨恨杨峰的道理，可李成就是怨恨他。

李成对杨浪比别人对杨浪好些，与他对杨峰的怨恨不无关系，你杨峰对弟弟冷，我作为一个不相干的外人，偏要对他热。李成就是这样想的。他跟杨浪闲聊的时候，总是把话题扯到杨峰身上，以一些道听途说和他自己的臆想，渲染目前而今眼目下的杨峰，是如何的裘马扬扬，如何的花天酒地、挥金如土，以此来映照杨浪的一贫如洗，激起杨浪的愤慨。杨浪当然有愤慨的理由。不管怎么说，你杨峰的母亲是生你的母亲，而生你的母亲是你弟弟一个人照顾的。杨浪在农活上像个蛤蟆，要母亲戳一下才知道跳一下，可回到家，饭碗是他递到母亲手上，洗脚水是他顺到母亲脚下；特别是母亲落气前的七十多天，中风躺在床上，动不得，杨浪为母亲寻医抓药，翻身擦洗，喂水喂饭，端屎端尿，那是大热天，没风的夜晚，热得像蒸笼，他就整夜整夜地坐在母亲床前，为她摇扇子，摇得手抽筋，七十多天下来，母亲身上没长过一颗褥疮。这是古书上的大孝子才能做出的事体。

让李成遗憾的是，无论他渲染得多么惊涛拍岸，杨浪都是那副卵样：没有任何表情，像块石头。

现在趁没旁人在，李成的心里又开始冒泡。

每一个泡泡都是对杨峰的怨恨。

他想跟干女儿说说。不好直接说杨峰，就问志刚最近怎样。

"他在东莞，进了家电厂，造电熨斗。"夏青高兴地回答。

她来自更高的山上，那里叫白花嘴，地广人稀，林木蔽日，鸟叫声也比别处的洪亮，人的嗓子非尖即粗，目的只有一个：让很远很远的同类听到自己。声音是他们走向别人，也让别人走向自己的桥。夏青属粗嗓子，粗而亮，这样的嗓子一表达高兴，那是真的高兴。只要提到丈夫，夏青就总是高兴的，好像丈夫在外面干着多么了不起的大事伟业。

李成心想：这女子，一点儿心胸不长，完全听不懂我的意思。这么些年过去，志刚还是个打工的，不知道有啥值得高兴的。你家住的房子，还是志刚爷爷起的木房，烟熏火燎的板壁上，挂满阳尘、壁钱和蛛网。要是志刚干的就算大事，杨峰怎么说？

事实上，夏青刚提到一个"电"字，李成的心情就败坏了。他的三儿子李奎，正是偷电缆被抓的，判了整整十年，现在才坐一年半,还有八年半,八年半哪,近三千天哪,还不把牢底坐穿!二十四五岁的年轻人,本该活在旺处,却进了大牢,李成想不通。他翻年就上六十岁了,等儿子出来,就快上七十了,古话说,人生七十古来稀,现在活上七十倒不着难,可生死由命,他这辈子还能不能见到三儿子出狱,真说不定呢。

他想刺一下干女儿,把裹好的烟使劲捏,边捏边说:"听说杨峰……"

夏青立即把话接过去:"他当然能干哟,安逸哟。"

她蹲在地上砍猪草,上身前倾,一起一伏,每起一次,压住草把的左手就均匀地往后退一点,贴着右耳门子挥舞的宽面砍刀,刀身漆黑,刀刃雪亮,在她伏下去的瞬间,准确无误地将左手退开的那一点,在垫着的木板上宰成碎末。碎末跟着暮色和植物新鲜的香气,一同溅开,在她身前扇形堆积,溅到远处去的,饿了渴了的鸡,便啄着吃。她"嘶——嘶——"地吆着鸡。说话和吆鸡,一点儿也不耽误她做活路。但她的保爹李成,已经相当失望,甚至恼火了。他希望干女儿跟他一同怨恨杨峰,可干女儿只怨,不恨,连怨也是淡淡的。

李成便换了话题,问起干孙子小栓。

夏青跟符志刚七年前结婚，儿子小栓现在五岁多，从去年底开始，小栓就病恹恹的，一路往下瘦，还特别嗜睡，吃着吃着饭就睡了，脑壳一挓就挓到碗里，到了床上更是睡得昏天黑地，不去叫他，他就不醒。现在肯定又是在床上睡。夏青为儿子焦麻了筋，但又无可奈何，从住在中院的赤脚医生鲁凯那里，弄了背也背不动的草药，吃了屁作用不起，去乡卫生院看了，还是蚂蚁摔岩，没啥动静。

每当提到儿子，夏青说话的声音就没有那么响亮了。

这时候，她小小的圆屁股往下一挫，手里的刀像条挣扎的鱼。

李成的心情好了许多。

心情一好，他就不忍了。他和邱菊花都是把夏青当亲女儿看的。他们没有女儿，有个女儿蛮好的。对父母，女儿比儿子更知冷知热。自从拜了他们做保爹保妈，农忙时节，夏青就总是跑来帮忙，犁田耙地，栽秧挞谷，啥活都干，连男人干的活也干，老两口有个三灾六病，她也总是丢下自己的活路，前来端汤递药，日夜伺候；且不把他们叫保爹保妈或干爹干妈，而是直接叫爸爸，叫妈。她说，反正志刚的爹妈都不在了，这样叫又不会叫混。

有了不忍，李成的心里便泛起父亲对女儿才有的那种深沉的怜惜。他点上烟，下了石磙，走到夏青身边，摸出八十块钱递给她，要她赶场天带小栓去下街驼背医生那里看看，听说驼背医生看疑难杂症有一套。夏青推辞，可李成恨了她两声，就像父亲对女儿那样恨两声，夏青就收了。尽管李成有个儿子在坐牢，但他并不缺钱花，倒不是因为他是匠人，而是他大儿子李益早就到了乡场上做生意，做的都是光天化日之下的"地下生意"：收蛇，收青蛙，收瘟猪死狗和注水牛肉，收到一定数量，便装上木船，船走下水，半天过后就能把那些东西卖到县城里去。

当然了，再不缺钱，若为人小气，也不会随随便便把钱往外拿。

当初夏青拜保爹，也是有过比较的。

千河口的匠人还有好几个，木匠孙相品、苟明成，篾匠张胖子，盖匠梁春，补锅匠刘三贵。他们的手艺都比李成精湛得多，尤其是孙相品，不仅是千河口和老君山最好的木匠，也是整条河流最好的木匠，荒村野店，大河上下，行路人都在传言，说孙相品做个风车，安张嘴就能说话，做个女人，那女人就能生娃娃。但拜谁不拜谁，手艺之外，主要是看人，一看辈分，二看年龄，三看人品。

表面上，辈分和年龄是硬指标，其实那并不重要。乡里人得了险病，无药医治，也无钱医治，会揣一圆鞭炮，大清早就去拦在一条路上，见到第一个从那路上经过的，无论是谁，都点燃鞭炮，跪下便拜。这叫"打撞拜"，撞到谁是谁。如此，很可能撞到一个晚辈或者小孩子，但既然拜了，该怎么叫就怎么叫。还有撞到一条狗的，同样要叫；若是一条野狗，鞭炮一响就跑了，叫过几声也就算了，若知道狗的主人，逢年过节，起死回生的干儿干女，还要提着礼物去走动，到吃饭的时候，没见那狗，干儿干女会问："保爹（或保妈）哪去了？"那一天，那狗会受到特别的优待。狗也很醒事，仿佛知道来客是它的干儿或干女，不仅不叫一声，还老远就摇着尾巴去接，走的时候也要送出老远。

夏青不是打撞拜，但除了只拜匠人外，年龄和辈分同样不太考虑。当然这方面本身也都没有问题，只是刘三贵那人，经常没大没小没男没女地乱开玩笑，跟人这样不算，还跟神也这样，他说神最恨的，就是人只晓得供他酒肉，不晓得哄他开心。农历二月二是敬土地神的日子，当年村后的大包梁上，还立着一座土地庙，有次刘三贵进去，焚香作揖过后，就望着神像打吃子："噢哟！"这是他要说怪话了。每次说怪话前,他都这么噢哟一声。果然,怪话出来了:"土地老儿本姓肖,结个婆娘也姓肖,生个儿子还姓肖,结个儿媳又姓肖。儿媳跟公公打核桃,公公树上打,儿媳脚底瞄,瞄就让她瞄,两个核桃甩圆了。"

这话逗得土地神笑岔了气——刘三贵是这么说的,但有几个在场的人证实,土地神根本没笑,而是朝刘三贵吐了泡口水。不管土地神是笑了还是吐了,像刘三贵这样太没正经,想必拜给他也保不了平安。

孙相品又爱装大,像他木匠活做得好,就比天底下所有人都能干,你跟他说话,他倒理不理的,即使回你一句,也不看你的眼睛。同样是木匠的苟明成更糟,明里看不出来,暗里心眼坏,时常纵容甚至怂恿儿子苟军欺负邻居;他那邻居名叫桂平昌,苟家砍他竹子,霸他巷子,给他拳头子,简直是踩在脚底下骗。

张胖子胖得肚子从脖子那里就开始了,可体胖心不宽,动不动就生气,他去邻县做了三个月活路,带回一个眉清目秀的小徒弟,那小徒弟在他面前大气也不敢出,稍不称心,他就给人家一耳光。不仅粗暴,还有洁癖,家里不许有鸡鸭粪便,也不许吐痰,挑担粪去地里淋了,回来即刻把粪桶洗得发亮,而且马上洗澡。他天天都要洗澡,据说他去外地做活,首先就问人家能不能让他天天洗澡,不能,给再高的工钱也不干。即使夏青不怕他的粗暴,也怕他的洁癖。

梁春么,太抠了,几年前,他在去徐家梁的路上,碰到有人打撞拜——遇这种事,不管你愿不愿意,都不能拒绝,因为那是救人之急。被拜是要回礼的,有钱给钱,无钱给物,多少不论,只表示个"认了"的意思。梁春身上分明揣着两块七角二,他却一分也舍不得给人家,只揪下一颗缺了半边的纽扣。难怪人家来他家走动了两年,也就不再走了。

李成跟他们完全不同。和气和大方,李成一样都不缺。这才是最重要的。至于手艺差点儿,那并不打紧。是个匠人就好了。于是夏青就拜了李成。

不过,夏青这时候收李成的钱,既不是因为他有钱,也不是因为他做人大方,而是女儿收父亲的钱。

天空比地上更亮了,证明真的黑下来了。院坝底下那棵树身空洞却开枝散叶的黄桷树,也成为墨绿的一团。闹林的麻雀归了巢,那团墨绿也因此显得比白天沉重。

一只斑鸠蹲在向河的枝桠上,时断时续呼唤它的伴侣:

"斑鸠咕咕——斑鸠咕咕——"

声音寂寞、惆怅而辽远。斑鸠再多,也不会两只或两只以上同时叫，而且即使离你很近，那叫声听上去也很远。在苍茫的暮色里，斑鸠的叫声是一个村庄的声音。

杨浪还没有回来。

李成怕再等下去，东院别的人回来看见他，特别是被梁春看见，他就难得脱身了。梁春手上抠，却是个话痨，一个人上房盖瓦，跟瓦片也能说上几个时辰，见到人更是唠叨个没完，全是东拉西拽地扯南山网。有时你忙得起火，不想听他扯，可你走一步，他走一步，你停下来，他也停下来。村里所有人都烦他，后来是怕他，见他朝自己家走来，三伏天也立即关了门窗。再后来，连他妻室儿女也怕他了。他老婆汤广惠虽是近五十岁年纪，但皮肉紧扎，脸面光生，自从丈夫有了那毛病，每天起床过后，她都松松垮垮的，像在水里泡过。是被丈夫的话泡了。汤广惠说，梁春睡着了还说话，但又不是梦话——他睡着了不做梦也说话。

他以前不是这样的，隔壁丁桂芝过世后，才突然有了这毛病。

其实丁桂芝跟他一点关系也没有。

丁桂芝没有生育，到她五十七岁那年，丈夫病逝，她成了孤人。孤孤单单过了二十年，到前年的农历六月初三，天擦黑，就听见她在屋子里发出接连不断的惨叫。她的身体好得很，不仅能种庄稼，还能去山里劈树疙蔸，至多十分钟前，才见她背着半篓子树疙蔸回来，这是怎么了？大人孩子都跑去看，只见她坐在伙房中央，双臂搂在胸前，痛苦得脸上的皱纹绞成乱麻。问她，她不答言，只是呼痛，嘴皮子扇得噗噗响。张胖子说去叫鲁凯，可她把脖子挞过来挞过去，说自己没病。没病这么惨叫干啥？而且面色乌青，汗水起淌。她说我真没病，是有个娃在吃我奶。难怪她的臂弯和胸脯之间，空出了半尺左右，真像是抱着个孩子喂奶的模样。

这种事以前也发生过。那是东院许成祥家里，许成祥的老婆多次说有人在吸她奶，痛得她骂天骂地，却又看不见吸奶的人。说她是无中生有么，她那熟葡萄似的奶头，果真被咬得烂糟糟的。可究竟说来，许家养着好几个孩子，而你丁桂芝从没养过孩子，从没给孩子喂过奶。何况你都快八十岁了。

然而，那不见人形的小东西，分明比折磨许成祥家里的更狠，吃不到丁桂芝的奶，就吃她的血。她深青色的斜襟衫上，果然有血浸出来。

几步开外就是灶台，灶台上放着把削红苕洋芋的尖刀，张胖子的小儿子东升，那时候不满四岁，屁颠屁颠地跑过去，站在草凳上将刀拿过来，递给他爸爸，说："爸爸，把他杀了。"他是说把那个吸血鬼杀了。除丁老婆婆，所有人都笑，张胖子笑几声，觉得儿子说得有理，便握住刀柄，要朝丁老婆婆臂弯和胸脯间的空隙捅下去。但丁老婆婆勾下头，死死地护住，说我不痛了，让娃娃吃。言毕，她不再叫痛，但躬缩的后背剧烈地抽搐，满头白发急速地抖动。血像蜜蜂那样飞出她的身体，在她胸口上做窝。她就这样被吸干了。死过后，依然保持着搂抱的姿势，环着的双臂，铁一般硬，怎么掰也掰不开，只好那样将她装进棺材，埋了。

丁老婆婆的这种死法，确实让村里人感叹了很长时间，但那段时间一过，也就淡忘了。不知道梁春为什么忘不了，像在他身上，特别是在他漏也漏不完、泼也泼不完的话里，附着了丁老婆婆的某种影子。

李成等不到杨浪，又怕梁春回来把他绊住，还怕邱菊花见他老不露面，就自作主张把那女人带给了别的光棍汉，便给夏青打声招呼，下院坝走了。

他想的是，先别管杨浪，先把那女人领到这里来再说，反正杨浪迟早是要回来的。他回来得那么晚，女人还以为他在庄稼地里下苦呢。尽管杨浪人材差了点儿，只要能吃苦，屋子又打整得那么干净，女人应该不会摇头。

回朱氏板的半途就是堰塘,李成在堰塘边碰到了归来的杨浪。

两人站下来。堰塘里一高一矮两个星光下的影子,也站下来。

李成格外神秘地把事情讲了,并且说,他和夏青已帮杨浪收拾了屋子。

杨浪不看李成,顿了片刻,说:"劳慰你们帮我收拾。"

这显然不是李成所期待的。他要杨浪的感激,但更希望杨浪兴奋。没有兴奋的感激算不上感激。可杨浪不仅没有兴奋,还现出苦恼的样子。而且,他那声平平淡淡的感谢,也只是因为帮他打整了屋子,对更重要的事,却绝口不提。这让李成觉得,自己这趟辛苦和好意不值得。邱菊花开始就觉得不值得,果真不值得。

然而他还是等着杨浪进一步的反应。

他不相信杨浪没有进一步的反应。

杨浪窜着头,沉吟了一会儿,说:"我沾不得女人。"

这话倒是新鲜得很!

"沾不得?为啥?"

"我又没别的本事,我就这么一点本事。"

无头无脑,李成听不明白。

杨浪只好解释。他指的是他能够精确捕捉并能够精确模仿各种声音，只是没说模仿这个词，说"学"。几十年过去，他学声音的本事已炉火纯青。他从不记日子，只凭声音数日子。每一天有每一天的声音。每种声音于他都是独特的，每种声音在他那里都有质地，有颜色，有气味，也有尺寸和形状，对他而言，一个人的声音就是一个人的指纹，一个时辰的声音就是一个时辰的长相。他挂着声音的万国相印，每一道声音的门都朝他敞开，他能够自由来去，随意进出。

他怕自己沾了女人，坏了童身，那本事就被老天爷没收了，他就没有了。

"哼……哼哼……真他妈蠢得屙牛屎！"

李成忿忿地扔下这句话，起步离开。

走几步又觉得好笑。他实在犯不着跟杨浪这样的废物赌气。

但这时候他不是笑自己，是笑杨浪。

那东西也不想想，他连女人也不近要保住的本事，能叫本事吗？小时候学几声鸡儿咕咕鸭儿嘎嘎，还给人添个乐子，现在……你要是学一声，就能催生五谷，兴旺六畜，那算本事，既然不能，叫啥球本事？

可为了保住那"本事",他竟然连女人也不近!

李成想笑都笑不出来。

他又回过身,迈着大步,在堰塘尽头两棵李子树旁边赶上杨浪,扳过杨浪的肩头,再使劲儿抹了把自己尖尖的山羊胡子,说:"女人是多好的东西呀,你还不要!——你龟儿子还不要!你不要,我只好给贵生了,要不就给九弟或其他人。每次九弟他们有了女人,你回去都在床上呻唤,你以为我不晓得?你呻唤起来狗都睡不安生,这村子里谁不晓得?你叫得那么造孽,还不是想女人想的?以前是没人给你,现在给你你不要,就怪不得哪个了。说你龟儿子蠢得屙牛屎,是抬举了你,你比牛还蠢!哼哼,你这一辈子,不是烂在懒上,是烂在嘴上!"

杨浪的脸红一阵白一阵,好在李子花正喧喧嚷嚷地盛开,星光底下,繁花如霞,如粉,把他的脸色涂抹了,看不清。

过度的羞愧,逼使他也生出了一些儿脾性,至少是有了一些儿土性,他嘟嘟囔囔地说:"蚊虫遭扇打,只为嘴伤人,我的嘴又没伤过人。"

"你还没伤人?"李成揪住自己的胡子,舌头不停地往前顶,"你不仅伤了自己,也伤了别人。当年要不是你学房校长,你的脚就不会跛,李兵也不会跟着遭殃!"

这话提起来,倒确实是杨浪的一块心病。

如果他这辈子也有心病的话。

那天——几十年前的那一天,杨浪被同桌告了密,李老师怎么也不相信,尽管他感觉房校长讲课的声音似乎没有断过,也跟别人一样,知道杨浪有拟形绘声的本领,可那实在太像了,像得不可能是杨浪在学,只能是房校长本人在说。

模仿狭窄尖利的声音并不难,但房校长当兵的时候是在湖北荆州,他便固执地保持着一点儿学来的荆州口音,在李老师的知识范围内,腔调可以学,口音不能学,口音是个神秘的东西,比语言本身还神秘,它帮人识别自己的族群,也为族群保守秘密,因此口音是世上最隐秘的记忆,是不可翻译的天书,只有那些有着共同血脉的人才能继承,如同树叶对枝条的继承,枝条对躯干的继承。所以房校长的荆州口音,不过是他自以为是的假象。问题在于,当某个人固执地保持某种假象的时候,对他本人来说,那假象就成了真实,他一个人的真实。这样的口音更不可学。

李老师觉得,杨浪可能是声音的天才,却不可能是声音的"天"。

自从来到鞍子寺小学，李老师就遭受房校长和桂老师的白眼，这让他变得多疑，认为那个告密者是受了指使，把房校长本人说的话，怪到杨浪身上。

他正要找杨浪亲口证实一下，房校长叫杨浪了。

全校总共不过七十多个学生，每个老师都能叫出所有学生的名字。

房校长说："杨浪，滚过来！"

杨浪却没有听从指令。他站在操场边的土梯上，陷入了哀愁。

告发他的同桌，是他最好的朋友。

这人名叫钱云，住在山脚。七十多个学生中，三分之二来自千河口，余下的三分之一，一部分来自山脚的凉桥村，另一部分来自海拔一千六百米的徐家梁；杨浪在校期间，来自凉桥村的只有钱云一个。

从一年级到三年级，每遇大雪封山的日子，钱云放学都要杨浪送他。他回家的路实在艰险。下了操场边的土梯，走四根田埂，就跟千河口学生分道，再沿旱地，走大约三百米渐次上扬的半圆，就到了寨梁，梁上立着一个百余平方米的古寨，黑石垒于崖畔，石缝间探出倾斜的松树和锋利如刀的马儿芯草，撩开松枝利叶，可以看到圆溜溜的炮眼和枪孔。古寨记录着最早来到这片山野的先祖守卫疆土的决心，也记录着为争夺土地所进行的杀戮和牺牲。周年四季，风在丈多高的石墙内打旋、嘶吼，吼声悲切而惨烈；风有两股，要么三股，势均力敌或此消彼长。千河口的赤脚医生鲁凯说，那是先祖的魂在跟敌人的魂撕扯。他是医生，本不该说这话，可他对自己的话深信不疑。

站在石墙外，就能看见钱云家的瓦房，小小的，小得眼睛一花就看不见。从寨梁扔下的一段路，名叫"三十丈"，曾经没有路，只是三十丈陡直的峭壁，很多很多年以前，一对夫妻看到峭壁中央的崖柏树上，悬着个卵形蜂巢，丈夫便将一只木桶捆在背上，鞋口插支火把，腰系绳索，贴壁而下，先熏跑了蜂，再把蜜割进桶里，然后骑在枝柯上，解下绳子，系住桶，喊上面的妻子把桶拉上去，再把绳子扔下来拉他。他比桶重得多，妻子用力过猛，崩断了裤带，心下一惊，手跟着松了。尽管绳子的一端系着大石，可另一端的丈夫，急坠直下，绳子断裂，跌崖身亡。妻子为丈夫办丧事，用桶里的蜜待客，丧事结束，蜜就吃得一勺不剩。

现在，三十丈成了一条路，但路面放不下一只脚，看上去正如立着的绳索，冬日里，绳索上附着积雪。积雪不可怕，怕冰，积雪之下就是黑冰，不小心踩在冰脊上，就可能一路将雪尘犁开，到山下摔成肉饼，甚至摔得七零八落。

钱云怕古寨上的鬼，更怕成为肉饼或残尸，可那时候，再小的孩子，再险的路程，家长也不会接送。家长要挣工分。从没听说过有谁丢了工分去接送孩子，工分就是口粮，没有口粮，何苦留下吃口粮的嘴？

下山比上山难，难得多，钱云一个人不敢，就要杨浪送他。杨浪基本上都是答应的，有一次没答应，钱云大哭着独自回去，还让杨浪愧疚了很长时间。送钱云的时候，他跟钱云手扣手，像还不会走路却相依为命的两个动物，一寸一寸朝下滑。雪只有远看才白，近看是很脏的，雪之下笼着寒气。或许是捂得太严太久的缘故，寒气腥味儿浓烈，如同走入深秋里温暖的密林。寒气就这样带给你幻梦中的温暖和仁慈，也带给你不知不觉的死。脚死了，手死了，一直死到脸上，死到神经。下山的动作变得很机械。两个人都不说话。但耳朵里没少声音，风声、心跳和耳鸣，轰隆隆——吱——轰隆隆——吱——，"吱"那一声直刺脏腑。

每次把钱云送到屋后，杨浪立即往回跑，钱云拉他进屋，他坚决不肯。有两次，钱云的母亲和姐姐也来拉他，要他吃了饭再走，他还是不肯。食物匮乏，吃饭是件极其慎重的事情，因过于慎重，一般不去别人家吃，哪怕亲戚家。

每当上了别人家的餐桌，杨浪对好饮食和饱餐一顿的极度渴望，使他突然感觉到自己的胃膨胀起来，膨胀成猪的胃，牛的胃，然后继续膨胀，胀到比房子还大，比山还大，他要吃光世上所有的食物，才能把胃填满。可摆上桌面的，只有那么一点点。事实上比家里的多，更比家里的好，但与他的渴望无法匹配，他渴望一块金砖，得到的却是一根铁针，这让他高兴不起来。他看着那一点点，委屈得都快哭了。越是委屈，越不敢伸筷子去夹菜，特别是不敢夹肉，三五片指拇样宽、削薄得能看个对穿对过的肉，拌在黑如沥青的老盐菜里，死死地盯住他，像他的筷子只要往那边伸过去，肉就要尖叫，就要咬他一口或者逃跑。于是他不去看它，更不碰它，大人拈给他，他也拒绝。由于此，他从小就在亲戚中得到好名声，说他小小年纪就晓得讲礼性。没有人知道他是因为委屈。

钱云是他的好朋友，但他明白，自己去钱云家吃饭，同样会受委屈。

他怕自己的委屈让朋友委屈。

可是，朋友出卖了他。

钱云不出卖，别的人就不会知道。

在课堂上学房校长说那段话，是钱云和他课间休息时在厕所偷偷商量的。钱云有个习惯，特别喜欢透过厨房的格子木窗往里瞧，看老师们吃些啥，每到快放学肚子饿得呱呱叫的时候，尤其爱这样。那天上最后一节课之前，他望见了挂在墙上的肉，吞了几泡冷口水，又想起平时房校长和桂老师质问李老师的话，独自笑了几声，就去找杨浪。他在厕所里找到了杨浪，凑近杨浪耳边叽咕了几句。一拍即合。两人兴奋了老半天。杨浪跟钱云坐最后一排，也只有他俩坐最后一排，李老师讲了例题，正在板书习题的时候，杨浪学房校长的声音起来了。

在他说那段话的整个过程中，李老师一直面向黑板，全班同学正襟危坐，不敢稍动，总之谁也没转过头来，谁也没看见他的嘴巴在动。

可是钱云出卖了他。

主意还是钱云出的呢!

李老师气得吹胡子瞪眼的时候，钱云还把头埋到桌子底下偷偷笑，把鼻涕都笑出来了呢!

就为这个，杨浪陷入了哀愁。

正在他哀愁的时候，房校长迈着矫健的步伐，走过去，抓住了他的头发。

这一下杨浪不哀愁了。

他感觉到了锐利的疼痛。他的头发稀稀疏疏的,全是黄毛。母亲偏爱他,主要就因为那几根黄毛。父亲死的那天,在堂屋的停尸板上从晌午停到太阳落土,这时候厨房揭开了锅,该吃饭了,一屋大小,都只是早上吃过一顿的;杨浪兴奋地跑进堂屋,叫爸爸起来吃饭,爸爸不答应,叫好几声都不答应,他就说:"珍儿,他不吃算了,把碗给他收了,看他能饿到几时。有本事,就一直莫端碗!"

这是在学爸爸说话,爸爸在对妈妈说,妈妈叫林月珍。有时候,他和哥哥吃饭之前耍脾气,爸爸就会这样对妈妈交代。

人死了好几个钟头,路近的亲戚已经来了,村里帮忙的也早已到场,看见杨浪进堂屋叫爸爸吃饭,好些人将心比心,很是悲伤,待他说出那几句话,就笑起来了。母亲也笑,可笑得像哭。其实就是哭。小儿子的高度,恰好是停尸板的高度,他的头跟爸爸的头紧靠着,他的头发比死人的头发还少,还黄,跟尽秋的茅草一样黄。母亲就被那几根黄毛击中了,为他痛。痛了一辈子。那么单弱的一个小人儿,能长大吗?要是像他哥哥就好了,他哥哥喝水都长肉,蛮格格的,头发黝黑。

痛一个人就会偏爱一个人。但母亲后来在被大儿子指责时,尽管从来都是不出声地听着,内心却不服,她觉得自己有偏爱小儿子的理由,杨浪在很小很小的时候,吃饭就晓得讲礼性,而你杨峰,心里没有装过别人,有好吃的,历来都是霸着吃,在家里这样,去别人家做客也这样。

那天房校长拎住杨浪的黄毛,让他的头仰起来。

他的眼睛因此竖着长。

房校长问:"是你学我的?"

杨浪望着天,说:"是房校长。"

房校长问:"现在该咋办?"

杨浪说:"我不学房校长。"

房校长问:"还有呢?"

杨浪说:"我不晓得房校长。"

"不晓得?"

房校长的手在暗暗用劲,杨浪竖着长的眼睛变得更加细长,成两条阴影。

"你不晓得我就教你:去把肉捡起来。"房校长说。

杨浪连忙答应。

但房校长并没松手,想了想,他又说:"不过我问你,是扔了肉的李老师去捡呢还是你去捡?"

杨浪说:"我去捡房校长。"

房校长的手在杨浪的头上继续停了一会儿,才松开了。他的指缝间粘着一小撮黄毛,他拍了拍,没拍掉,便吹了一口。黄毛往地上飘,还没落地,一股冷风刮来,黄毛不知去向。

杨浪脱了鞋袜,挽起裤腿,去水田里找肉。

那块水田约两分大,不幸的是肉刚好落在正中的位置。冰是结过了,结得并不厚,杨浪蹲在田埂上,伸一只脚下去探。他轻轻一踩,整块田里的冰便有节律地晃动起来,被肉砸出一个窟窿的地方,咕嘟嘟冒出白水。田里是沤着牛粪的,冒出的水却那么白,有肥猪的膘那么白。

杨浪正在为难,李老师下来了。李老师的手里拿着铁火钳,他夸张地用火钳击着冰面,冰块碎裂,碎得钢声钢气。如此,杨浪可以下田去了。但麻烦也来了,开始还能准确判断肉的位置,现在把那位置丢了。杨浪朝着大致的方向,勾了腰摸索,冰碴子割着他瘦而黑的腿,他感觉不到痛,他的痛神经被冻死了。两条腿和伸进冰水里乱抓的双手,开始是红,后来是紫,是乌。其实,他几次都碰到了那块肉,可他一点儿也不知道。如果不是那块肉被他撸动得像缺氧的鱼那样抬起头来,他还要继续鼓捣下去。手指不能曲伸,想把肉抓起来根本不行。他是用两条僵硬的臂膀把肉夹起来的。走到岸边的时候,李老师把他抱上了田埂。

他刚上岸,铃铛骤响。

房校长召集全校集合。

集合只有一件事:宣布开除杨浪。

他就这样离开了学校。

他没有申辩,更没有说学房校长的主意是钱云出的。

离开学校没多久,他的腿瘸了。腿在水田里冻伤了,从皮伤到肉,从肉伤到筋,从筋伤到骨。幸亏瘸得不厉害,要不然场都不能赶了。

对山里人来说,赶场不仅是做买卖,还是看世景。乡场名叫普光,跟千河口的鞍子寺一样,先前也有个寺庙,叫"佛光普照",里面供着观世音,人们去那里拜菩萨,也通有无,渐渐拜菩萨的意愿小,通有无的意愿大,因所处河谷相对开阔、平整,人越聚越多,成为集市,且成为后来的乡政府所在地。乡政府挂牌之前,寺庙就连影儿也没有,菩萨也了无踪迹。据说是菩萨自己走掉了,寺庙拆毁的前一天夜里,观音就带着身边的童男善财、童女龙女,连夜回到了南海的波涛之上。自此,这里再非佛地,只留下一个与佛相关的名字:普光。

普光乡距千河口十五里,下五里山路,再沿河走十里沙滩。

杨浪差不多每个赶场天都要上街。

母亲去世后,他除了上街买盐,再就是村里有人办红白喜事,他要想法凑一点人情钱,此外再无别的事务,连衣裤鞋袜也勿需置办,他觉得他的那几件衣物,够他穿一辈子,还觉得衣物只有穿上无数个春秋,才跟你亲,也才真正属于你,就像在一幢房子里住上无数个春秋,那房子才能称为家。买包盐要吃很久,红事白事也不经常,因此大多数时候,杨浪上街就是为了去看看。

赶场那天,他比往天起得更早,因为出门之前,他要先听村子,这是他的功课,一日不可或缺,从东到西,从南到北,凡他认为该去和想去的地方,都不遗漏。上了街,跟在村子里一样,他把两手搭在腹部,沉默地、缓慢地走着,人群对他没有意义,千河口之外,他几乎不再有别的熟人,即便有千河口人碰见他,也对他视而不见,急匆匆挤就过去了。除了觉得没必要理他,还因为他们都太忙,人还在街上，就想着家里的孩子、老人、猪牛和田地。

挟裹在人流中的杨浪，其实只是他一个人。

这种感觉从小就有。十四岁那年的某一天，应该回家的时候，他却蜷在兽防站的廊道里睡着了，当他醒来，已陷入乡场辽阔的黄昏。他只见过白天的乡场，且是赶场天的白天，人多得不会自己走路，只会被人推着走、抬着走，看不见人嘴巴动，却市声汹涌。那是被装点的乡场。真实的乡场几乎是荒凉的。黄昏如烟，从河面上升起，抖动着散逸、缭绕，顷刻间便笼罩了跟着河水蜿蜒的屋脊。四周轰的一声静下来，空起来，青石条街吐露着比黄昏还要稠密的幽光。幽光渐次黯淡、熄灭，成一摊洇开的墨，直到家家户户亮起了灯。

居民的房舍多是前店后家，这时候，他们躲到后面的家里，盘点一天的收获去了，或者又疲乏又满足地做饭吃去了。这是别人的地盘，也是别人的生活。别人的生活总是一致的，而且总是满怀自信。

多年以后，杨浪也理解不了那种自信，更融不进那些共同点。他只是人群中的一个人。但当年迟归的那天，他非但没有沮丧，还很高兴：因为在兽防站睡那一阵，让他碰巧看了场戏。京剧,《智取威虎山》,还是北京来人演出的。

那时候,清溪河南面,距普光七华里处,有个猫在山洞里的兵工厂,北京京剧团去那兵工厂做了慰问演出,顺便来普光演一场。普光常年为兵工厂提供禽蛋、肉食和蔬菜,免费来演场戏,也算是答谢。

那正是六月半天气,杨子荣却穿着厚实的棉袄,舞台上也搅动着鹅毛大雪,杨浪听见汗水泼洒的声音,同时又听见寒风呼啸雪花奔涌的声音。这两种声音构成同一个空间里的两种时间。其中有一种时间被留住了,成了时间外面的时间。

时间可以在时间的外面,世间之物,包括声音,也可以在时间的外面吗?

"世上的某些东西,"李兵老师曾经说,"并不活在时间里,它们活在时间的外面,这样的东西被称为不朽。"

那么声音也能不朽吗?杨浪不知道。如果李老师还在,问问他该有多好。可是他不在了。把钱云他们教毕业,李老师就离开了鞍子寺小学……

北京来人,为普光做了答谢演出,却也是为兵工厂作谢幕演出,没过多久,兵工厂迁走了,或者是废弃了,普光街上的戏楼也垮了。垮的意思,先是指没人来这里演戏,后来是真的垮了：某个月黑风高的夜晚，不知是谁去揭走了舞台上的木板，揭了十多匹，居民们都在谈论、猜疑、怒骂，也在观望，见十多天也无人过问，就一哄而上，不足两个时辰，就拆得精光。居民的房子跟村民的一样，木屋青瓦，戏楼的梁柱粗，板子厚，弄回去大有用处。

那时候的普光乡场，只有傍河的一条独街，依河水走向，分为上街和下街，以戏园为界；戏楼一拆，居民突然觉得少了依傍，大河追波逐浪，无遮无拦地从眼前流过。原来，河水离自己这样近！他们在这里住了若干辈人，有些人家的房屋柱头，直接插进河水里，年年月月，河水的吼声成为他们身体里的声音，河风拂来的水腥味儿，也深深浅浅成为他们自己的气味儿，而且每天夜里，都是水流撸动他们入梦，但在感觉上，也不像现在这样近。

说不上好，也说不上坏，只是有些不习惯。

不过很快就会习惯的，就会觉得本该如此。

没有了戏楼，戏园增宽了许多，成为乡场上最集中的买卖场所。母亲在世的时候，杨浪多次在那里出入，卖掉粮食、烟叶和桦草皮，买回食盐和煤油。每当进入园子，他就总是同时听到两种季候里的声音。他觉得自己既在戏里，又在戏外，多数时候，是不知道自己在戏里还是戏外。这让他迷茫。一旦走出千河口,他就免不了陷入迷茫。尽管他差不多每个赶场天都要上街去,可千河口才是他的中心,千河口之外的所有地方,都是他的郊外和远地。

二十一岁之前,杨浪在街上和去街上的路上,先后五次碰到钱云。

钱云在鞍子寺读完小学,考到普光中学去了。

普光中学以乡所在地命名,却是几十年的县办重点,位于和乡场一河之隔的罗家坝。罗家坝是个半岛,除东面的清溪河,南面和北面,还横着两条比清溪河窄不了多少的大溪。那学校位于半岛中心,学生一个月才准回一次家,星期天也最多允许离开两个钟头,这点时间,只够去河坝洗衣服。半岛面积宽广,从学校到河坝,有将近三华里黄泥路,晴天还好,要是雨天,路面的泥浆便没了鞋口,鞋底被黄泥死死地咬住,每走一步,都要跟泥浆的牙齿较劲,后跟把泥牙踢掉,泥牙乱飞,飞到裤子、后背甚至头发上。

如果赶场天也正好是星期天,无论天晴落雨,钱云都会跑到街上来,找自己的父母。这段路也有将近三华里,远倒说不上,但过河相当难,一条木船,在数十米宽——若是夏季,就有百多米宽;若再加上暴雨刚过,山洪麇集,便只见水汽淼淼，浊浪滔滔——的水面上摇，赶场天人多，你争我抢，把船压得吭哧吭哧喘气，喘几声便往下沉，眼睁睁看着船舷低于水面。艄公一面发出恶毒的诅咒，一面挥舞篙竿，朝人乱打，将船尖子上的人赶上岸去。即便这么难，钱云也要上街见父母。他总是恋家，总是离不开父母。

杨浪第一次碰见他时，他跟母亲站在邮局和乡政府之间的巷道口，他在哭，母亲在诓他。杨浪过去说话，他眼皮上挂着泪水，但特别亲热。他母亲虽然也很亲热，却明显把杨浪忘了。杨浪那次有些怅惘，不是因为钱云出卖过他，也不是因为钱云的母亲把他忘了，而是觉得，他被开除后，钱云在鞍子寺小学又读了两年多，这两年多时间里，要经历四季里的冬天，还要经历冻桐子花的冬天，没人送他回家，他照样也回去了。曾经，杨浪以为自己是钱云的需要，可实际上没有谁需要他。钱云在那巷道口表现出来的亲热，是对老熟人的亲热。后来两次碰见钱云，他长高了很多，也没那么恋父母了，他跟父母走在一起，笑嘻嘻的。

第四次碰到钱云时，钱云刚考上大学，与两个同学站在下街一家副食店门前喝汽水。三个人都意气风华，看来都中了榜。钱云先看见杨浪，招呼他，杨浪背着从戏园买过来的两只双月猪崽走过去，钱云惊讶地问他："你个家伙啥时候生儿子了?"他还没明白,钱云的两个同学便笑得被汽水呛了喉。这时候他才反应过来,钱云指的是他花篮里的小猪。这样的玩笑山里人是经常开的,但杨浪觉得钱云不应该跟他开,他对钱云的感情,容不得任何玩笑。钱云的两个同学也让他受不了,他们笑得太夸张了,其实没那么好笑。更让他受不了的是,钱云也跟他们一同笑。冰冻的汽水冒着凝重的白烟,钱云边笑,边把瓶口送到唇边,不是喝,而是让白烟钻进他的胡子里去。他留着颜色浅淡却明显修剪过的小胡子,嘴唇红润,鼻梁高挺,是一个很英俊的人。杨浪背着猪走了。

最后一次相遇,是在去乡场的半途。半途一个叫苏湾的地方,山溪水与清溪河相接,横出一条乱石磊磊足有十丈宽的河汊,河汊上架了石拱桥,杨浪那天背了八十多斤洋芋去卖,走到拱桥顶端,他把背篓搁在桥栏上歇气,刚歇下,见不远处坐着一个人,也在歇气,那人戴着草编礼帽,拄着深紫色龙头拐杖,拐身刻着"峨眉山"三个字。那是钱云。他前不久放了暑假,大概是放假后去峨眉山游了一趟,买了这些行头,今天才回家。杨浪看钱云的时候,钱云也正看他,他们都把对方认出来了,但都把眼睛错开。错开了又相对,然后又错开。两人始终没有说话。

杨浪在乡场上碰见过很多人,却偏偏没有碰见过李老师。

李老师离开鞍子寺小学,不是调到了别处,而是被辞退了。

对他为什么被辞退,说法不一,但每种说法都与房校长有关。后来,李成的大儿子李益去乡场做生意,经常听到来自各方的消息,其中也包括李老师被辞退的事,说那年,李老师扔了房校长和桂老师的肉,三人当着学生的面打了一架,晚上又大吵了一架。桂老师认为,那块肉在沤了牛粪的水田里泡过,就带着一股牛屎味儿,他吃两口,放了筷子,对房校长抱怨:"我们从李成那里花钱称来的是肉,不是牛屎,这牛屎让李兵拿去,他赔我们的肉!"

房校长认为桂老师说得有道理,就去把意思转达给李老师。

李老师那时候坐在教室里,一面饿着肚子备课,一面等房校长他们吃完离开厨房后,他再去做饭。他在本子上写了几笔,就拿起旁边一本残缺不全很可能又是捡来的书,哗啦啦乱翻。看样子他没法静下心来。

饿确实饿,但饿还是次要的,主要是气。尽管杨浪招认了是他在课堂上学房校长,李老师依然憋着一肚子窝囊气:要是房校长和桂老师平时不那样羞辱他,杨浪能学吗?他甚至觉得,杨浪学,比房校长本人说,还让他窝火。而且房校长开除他班上的学生,竟然不跟他通气,直接就宣布了,难道你是校长,就可以把老师和学生抹干吃尽吗?如果让你当警察局长,你不是就能凭心意开枪杀人吗?本来就在气头上,还要让他赔肉,李老师手里的笔杆都气断了。他把断笔杆往地上一掼,和房校长人吵,紧跟着桂老师加进来,三个人吵得天翻地覆。

  李益的话大半是事实,但其中有个关节他不知道,知道了他也不会说:桂老师抱怨之前,房校长就觉得肉有股怪味儿。说穿了就是臭味儿。房校长非常清楚是肉臭了,煮的时候他就闻到了;桂老师比房校长知道得更早,烧的时候就闻到了。那年缺盐,很可能是李成抹的盐少,又没熏透。房校长心里很不舒服,觉得自己被李成耍了,李成用几大碗又苦又涩的烂红苕酒把他们灌麻,就把一块臭肉卖给他们。但房校长不愿意承认自己被昔日的学生耍了(李成读书时,桂老师和李老师都还没来鞍子寺),宁愿相信桂老师的话,于是去找李老师。

  那一顿吵,的确比哪次都凶。

吵了也就吵了，李老师拒绝赔肉。

那年的暑假前夕，全县有个村小教师技能大赛，每个乡派一个教师参加，普光乡中心校领导经过研究，决定派鞍子寺小学的李兵去。房校长去中心校开了会，却没把这消息告诉李老师。正式参赛那天，中心校领导在等着李老师领奖回来呢，却只等到了房校长，房校长对中心校的顾校长说，李兵不愿去参赛，而且今天才告诉他。顾校长脸色发白，咬着牙帮，爆着粗口："李兵，哼，龟儿子李兵，你闪老子的色子，你跟老子耍傲慢，我就送你两个山字！"

李老师仗着自己有知识，仗着自己学生统考成绩出众，表现得确实比较傲慢，见到顾校长一般也不打招呼，他内心的畏惧——害怕取缔自己的教师资格，增加了他的傲慢。要不是因为教师技能大赛牵涉到全乡教师队伍的荣誉，必须派个水平过硬的人去参加，顾校长绝不可能想到李老师。

那次普光乡缺赛，顾校长被县教育局领导狠狠地刮了胡子，单独刮过了，又在大会上刮，而且半句解释也不要听。顾校长便下定决心，实现他对李老师的诺言。但当时找不到教师顶替，所以一直等到把钱云他们教毕业，李老师才被赶出了教室。

这么说来，李老师被辞退，不仅与房校长有关，还与他杨浪有关。

杨浪觉得，自己对不起李老师，他欠李老师的。

然而他的心病，却并不是因为李老师由于他的缘故被激怒、被记恨、被辞退，而是三个教师打架时的一个细节。两个打一个，本就胜负已定，何况房校长个子高壮，还在部队受过训。事实上，三个老师都没下狠手，所谓打架，其实也就是推搡，推搡得比较重而已。让杨浪奇怪的是，李老师推搡只用左手，桂老师分明站在右边推他，他用右手能很方便地还回去，却还是用左手。直到推搡快结束，李老师才把右手抬起来，以快到来不及眨一下眼睛的速度，把指头舔了一下。

杨浪从没为自己被开除上过心，母亲也没有。当时哥哥杨峰已上初中，虽没能考上半岛上的普光中学，只考到了乡场上的中心校，但学费也低不太多，加上哥哥花钱大套，还常常偷了家里的米卖，请三朋四友去馆子里吃肉包子。家里钱紧，杨浪对读书又没多少兴趣，开除不开除无所谓的。杨浪先是对钱云的出卖感到哀愁，几天过去，就不想那事了，只专注于李老师舔指头的事。

他为那个事着迷。

想来想去，他想明白了：李老师用那只手拿过肉，他是在舔指头上的油。

他不用右手推搡房校长和桂老师，也是怕揩掉了那些油。

一定是这样的。

从小到大，杨浪有过许多伤口，都由他自己清理了，唯独这一条伤口，始终清理不干净。每当他碰见房校长，他就记起那件事，那条伤口就从沉睡中醒来。

房校长是跟千河口一起老的。

他转业后就到千河口教书，一直教到退休。李老师被辞退两年后，桂老师离开鞍子寺，去了白花嘴小学，也就是李成的干女儿夏青娘家所在的村小。但房校长始终没动。他有多次机会去更好的地方，包括乡中心校，他都谢绝了。他说，只有站在鞍子寺小学的讲台上，摇着那个古老的铃铛，他才能体会到做教师的快乐。

在此期间，他多方筹措，并跟木匠孙相品、苟明成、石匠兼泥瓦匠李成一起，将学校的木板房改成了砖房，连瓦都是他自己盖的。那段时间，盖匠梁春去了外地做活，房校长等不及。匠人只要出门，都是打着铁制的响片儿，一直走到老君山或清溪河的路尽头，通常是三两个月回不来。千河口的匠人，只有李成不大出门，一是手头宽松些，二是他可能对自己的手艺缺乏信心。房校长盖的瓦有些漏雨，后来梁春回来收拾了一下，也就不漏了。此外房校长还把桌凳全部换成了新的，黑板也由他重新漆过。他对漆过敏，身上肿得淌黄水，二十多天才好。

修砖房之前，他已被评为全县首批小学特级教师。

在砖房里上了七年课，房校长退了。退休过后，他回了马伏山老家，但并没在老家待多久，就住到了镇上——普光乡已变为普光镇。

他养了三个好女儿，不仅读书成绩优秀，还个个长得如花似玉。她们都跟父亲一样，身体像桉树条子那样直，脸蛋儿和眼睛的那种美法，不管怎么形容都不为过，皮肤嫩汪汪的，亮得晶莹，白得晃眼。大女承袭父亲走过的路，去了部队，只不过去的是大连，不是荆州。二女也承袭父亲走过的路，中师毕业后，在县城某幼儿园当了老师。房校长退休的时候，幺女还在南昌上大学。他退休半年多，二女嫁了人，嫁的是县委宣传部一个干事，那干事毕业于某名牌高校，行事稳沉，前途无量。大女早嫁一年，有人说嫁的是个团政委，有人说嫁的是大连某地方干部，总之是嫁了个好人家。

老二结婚后，跟姐姐商量，她们共同出钱，在镇上给父母买套房子。姐姐自然答应。

那套房子在新街上。以前的那条独街，现在叫老街，老街里侧，把山像切豆腐那样切掉几大块，空出位置建成了新街。

自从有了新街，老街便如打入冷宫的妃子，或流落民间的贵妇，内里有一种怨，有一种落魄，却尽量克制，穿上素服，系上围裙，白天黑夜地操持起自己的生活。新街也可以叫作商业街，到而今，商业不一定是正头娘子，却一定是宠妃，被冷落的老街便只能听着辘辘远去的辇声，也只能想象别人如何受宠。

但要活下去，单凭想象是不够的，带着嫉恨和仇视的想象尤其不够。

新街建成后，老街没别的买卖，就大面积开茶馆。以前也有茶馆，那时候的茶馆里养着说书人，现在不养说书人，只养赌客。其实是赌客养茶馆，茶馆老板从赌客那里抽头，收入并不比先前差，经营得好的，还能比先前翻倍。他们的办法是，给输得精光的赌客借钱，你借了他的钱，就只能去他那里赌，如果他发现你去别人家赌，立即追债，直接往你家里追，大年三十也不放过；后来变成借高利贷，利息高达一角五，还有高到两角的。

房校长的房子在新街中段，有条巷子通向老街的戏园。戏园里也不经营买卖了，仅供大妈跳舞和老人打太极拳。因此戏园变成了小广场。在下街尾子上，砌起来很高的堡坎，建了一个大广场，叫"河边广场"。沿河别的镇子，羡慕普光镇有两个广场，但普光人，特别是那些渐次老去的人，并不这样看，他们认为普光也只有一个广场，戏园就是戏园，不是广场。他们固执地守住戏园这个名字，谁要是把戏园叫广场，他们会严肃地纠正。曾经，他们以为戏楼拆了，自己也会习惯的——的确习惯了，但内心的某个暗角，却残缺了一块。

人活到某个时候，是要往回走的，在往回走的路上，他们发现了那里的残缺。

在镇上没住多久，房校长又去了县城。

幺女大学毕业后，迅速嫁给南昌市一个经营电子产品的年轻富商。幺女一人出资，为父母在县城买了套一百三十多平米的房子。

住到县城去的房校长，经常独自回到普光镇。

镇上的房子并没有卖，但他回来的目的，不是看房子，而是想趁天气好的时候,可以随时到千河口,去鞍子寺小学走走。

上了一定岁数的千河口人,凡进过学堂的,都是他的学生,即使他没亲自教过,那学校也是他领导的。他在千河口受到热情接待。当年卖给他们一块臭肉让他郁闷了好些天的李成,请他喝酒的时候最多,当然不再是喝红苕酒了,而是闻名全省的"清溪白酒"。李成对眼下的生活非常满意,那段时间,他动不动就要忆苦思甜,有天招待房校长时,几杯香醇的美酒下肚,再抬一筷子兔丁在嘴里嚼着,他第一次说出了自己为什么缺了两颗牙。此前他对任何人,包括对自己父母,都说那两颗牙是摔跤摔掉的。

"牙齿整崩了,我还不晓得,"这时候他对房校长说,"我只晓得痛,抓心扯肺的痛。"他苦着脸,摆着头,仿佛那痛还活着,"我赶忙把铃舌子从嘴里取出来,见上面有血,又赶忙用袖子揩,哪晓得那龟儿子想留下证据,好让我背时,不愿我揩,朝旁边一晃,当当响了两声,虽说响得轻,我还是吓得屁滚尿流,放下就跑。跑两步,喉咙里咕嘟一声,吞下大口腥稠东西,我以为吞的是血水,不晓得还有牙齿,后来我摸两颗牙不见了才晓得还有牙齿。"

房校长哈哈大笑,说你呀,李成哪,幸好我当时不晓得，要是晓得了，给你个损坏公物的罪名，当场就可以把你开除！

这么说着的时候，房校长自然而然地想起了那块臭肉。他故意把话题朝那方向引，想等李成自己交代。绕来绕去说了一大堆话，李成也没有交代的意思，房校长也就用满满一杯酒，把那段往事赶进肚子里去，淹死了。

在村子里受到热情接待，鞍子寺小学的新教师，对老校长更是恭敬有加。他们当然听说过老校长在位时的点点滴滴，他不仅挤开了李老师，也挤开了桂老师，还挤开了周老师吴老师郑老师王老师，他这辈子挤掉的老师，真是数也数不过来，那些老师要么被清理出教师队伍，要么跟桂老师一样，黯然地背着铺盖卷，去到深山更深处。新教师们知道这些，同时也知道，老校长现在已没有能力来挤对自己了，同时还知道，是老校长把烂朽朽的木板房变成了砖房，为此，他自己还贴进了七百块钱，那是他多年教书的积蓄；砖是上好的火砖，石灰勾缝，红白相间，浑然一体，墙面花一般好看，在这美丽如花的教室里上课，心情特别舒畅。桌椅换过了，门也换过了，是柏木做的双扇门，沉实，严整，冬天把门一关，再野的风也透不进来。操场太小，打不了篮球，老校长便请人做了三个水泥乒乓球桌，用砖柱垫了，结实耐用。此外,老校长还多方游说,把操场底下那两分水田,也就是多年前那块惹是生非的肉砸破了冰面的水田,从千河口划过来,变成了校产,其实就是老师们的财产,他将其割为两半,一半深挖,用水泥做了底子和四墙,且在外墙底部安了龙眼,灌水养鱼,另一半改为旱地,栽种时鲜小菜。

房校长成了这片土地上的某种精神象征。

他经营了一辈子的鞍子寺小学,与不远处的古寨两相对望,春去秋来,不知道彼此能说些什么,跟古寨比起来,学校是小字辈,古寨又能教给它什么?

杨浪既在千河口,也在普光镇上,多次碰见过开除了他的房校长。

但房校长已记不住杨浪是被他开除的。

跟喜欢挤对身边的教师一样,房校长也喜欢开除学生。他严格按照德、智、体、美、劳的排列顺序,将德放在绝对的位置,他开除的所有学生,都是德出了问题。比如杨浪,学校长讲话,明显是目无师长,目无师长就是坏学生,学得越像越坏。

开除的学生那么多,房校长哪能记得住杨浪。

有一天,房校长在鞍子寺小学坐了一会儿,喝过老师们递来的老鹰茶,又抽过两支纸烟,就下山了。下山的路就是钱云当初上学的路,要从古寨梁子经过,杨浪正独自一人在寨梁旁边的林荛里割牛草,见到房校长,就给他打招呼。

房校长问:"你是哪一届的呀?"

杨浪说了。又说:"我是李兵老师教的。"

房校长没什么反应,好像李兵只不过是他生命中一个普普通通的过客。

的确也是。

杨浪问:"房校长看到过李老师没有?"

"看不到他了。"房校长说。

杨浪吃了一惊。

"他早就到广东去了,"房校长接着说,"先跟人办报纸,后来做玉石生意,发了大财了,跟你们村的杨峰一样发财呢。"

房校长不知道杨峰就是二十米开外这个手拿镰刀、身材矮小、脸色枯干头发焦黄的人的哥哥。他没问杨浪的名字,即使问了,同样不知道杨峰是他哥哥。

"李老师一家人都去深圳落户了。"房校长又添加了一句。

这算不算消息?自然算。但在杨浪听来,它虚幻得就像

79

啥都说了，又像啥都没说，尤其是将李老师和哥哥比较过后。哥哥是存在的，而且千真万确是他的哥哥，可那就像一个梦，遥远而缥缈。他无法想象发了大财的李老师会是什么样子。在他心目中，只有一个李老师，就是拿过了生肉就要舔舔指头的李老师。只有那个李老师才是真实的，或者说那个李老师才是他的李老师。那个李老师曾经说："一个人要是吃饱了饭，别的一切事情都会让他心满意足，他会因此把所有人都看成朋友。"这证明，李老师当时不仅数月沾不上油荤，还连饭也没吃饱过，否则他不会那么容易激动，以至于房校长和桂老师一过问他，他就脸红脖子粗地跟他们吵。

他跟他们吵，跟他们推搡，却没忘记舔一舔拿过他们肉的指头。这个动作让杨浪痛。痛让他知道痛的地方是他活着的伤口。

不过，李老师现在跟哥哥一样发财了。当发了财的李老师穿着西装，打着领带，与当地领导共进晚餐时——哥哥杨峰在陕南当包工头那阵，回来总是跟乡亲们说他以这样的装扮和当地领导吃饭——会不会想起那个冻桐子花的四月的下午，他扔了房校长和桂老师的肉，然后三人推搡，他怕揩掉指头上的油，始终不愿出右手，并在人们不经意的时候，把指头上的油舔掉了？会不会跟房校长一样，觉得往昔的事和往昔的人，都只是无关紧要的过客?

每当企图揣摩别人的时候，杨浪才会注意到自己读书太少，也才注意到自己的傻。难怪村里的男女老少都说他傻，包括哥哥。

据镇上那些相识和不相识的人讲，哥哥现在不仅是委员，还是常委。杨浪既不明白什么是委员，也不明白什么是常委，更不明白委员和常委有啥区别，只是从别人的口气听出，委员和常委都很厉害，常委比委员又更厉害。而且说，哥哥现在的生意越做越大，省城的好几处黄金地产，都被他捏在手里，他只喝茶，睡觉，睡醒了将其中一块地拨出去，就能进资巨万。那些人还说，最近几年，哥哥做了不少公益事业，拿出很大一笔钱，在省城西区建了所儿童医院，又拿出很大一笔钱，在省城某郊县建了个恐龙博物馆。可他就是不把钱往家乡拿!

谈论的人并不避讳杨浪，面带鄙薄，说：像杨峰这样的家伙，真没意思，连两千年前的楚霸王也晓得富贵不归故乡，如衣锦夜行，杨峰竟然不晓得。又说，家乡有人去找杨峰帮忙办事，他连见都不见。

如果谈论的人根本就不认识杨浪，话就说得更加难听：

"杨峰那东西,"他们像千河口人称呼杨浪那样开了头,"听说他还有个弟弟在千河口呢,过得跟讨口子差不多,可杨峰一分钱也不给他!"

每当听到这话,杨浪立即躲开。那时候,他锥心刺骨地感觉到,自己给哥哥丢了脸。哥哥以前骂他丢脸,真不是寒碜他。

在这个由钻石和尘土构成的世界里,哥哥是钻石,他是尘土。

然而他还是有些伤心,因为他觉得钻石也该有个老家,但哥哥不要他的老家了。

李老师呢?

李老师也是这样吗?

杨浪不知道,也并不关心。

他关心的是,那个让他痛的李老师,或许真的跟哥哥一样,变得缥缈了。

他们离开一个地方,就把那个地方扔了,真正如同钻石,以日渐高涨的身价,被天南海北的藏家收购和倒手,已经忘记了自己的出处,甚至羞于承认自己的出处。

那天,房校长跟杨浪说过几句话,就朝山下走。无论去哪里，房校长都喜欢背顶草帽，穿老式圆口布鞋，布鞋踩在柔软的田埂上，踩在古寨外面半青半黄的松针上，在田埂和松针上休憩的昆虫，群起群飞，惊慌避让。山野寂静，昆虫起翅的声音，如同疾雨。

刚走到古寨外墙底下的"三十丈"，房校长就听见上面林子里传来异样的动静。

是竹棍教鞭抽在桌面上的脆响。

接着是说话的声音——绘声绘色朗读和讲解课文的声音：

"蒲公英的花瓣落了，花托上长出了洁白的绒球。一阵阵风吹过，那可爱的绒球就变成了几十个小小降落伞，在蓝天白云下随风飘荡。太阳看见了，亲切地嘱咐他们：'孩子们记住，别落在表面上金光闪闪的地方，那是沙漠。也不要被银花朵朵所迷惑，那是湖泊。只有黑黝黝的泥土，才是你们生根长叶的地方。'……"

房校长站住了，久久不动。

"三十丈"的路面已铲宽了许多，可房校长看不见路。

他眼睛打花。

从上面传来的，是李兵老师的声音！

李老师中等身材，头大鼻挺，体格干瘪，胸骨凸出，胸腔和头腔,形成两个彼此呼应的共鸣箱,使他的声音充满磁性且自带感情。

听到这声音,房校长为什么会眼睛打花,他自己也说不清。

他站在那里,只觉得眼前朦胧的一切,都把他带回到过去的日子。那些日子令他留恋,令他伤感。李老师确实是离开了故土,但具体去了哪里,并不清楚,关于他在广东做玉石生意发了大财的传闻,只是若干传闻中的一个,更多的传闻是说,他厌弃了这片山水,便拖家带口去了远方,进了远方的厂房,但没有一家厂房能待得长久,到处的人都不喜欢他……

上面的声音响了好一阵,直到把那篇课文"讲"完。

房校长知道割草的家伙是谁了。

只有那个人,才能如此不可思议地把消散的声音聚拢,让死去的声音复活。

他很想上去,再跟那个读到三年级就被他开除的学生说几句话。

但只是这样想,并没有上去。他拿出纸巾,把眼角擦了擦,继续下山。下山也就是走向河流。此刻,高邈的天空和对面的山形,都寂然无声地倒映在河水里,但他知道,那条飘带一样静止的河流，会在他一步步的靠近当中变成奔腾的野马，河的喧闹，将吞噬山野的寂静和四面八方辽阔的杂音。

在人们的印象里，房校长自从那次到了鞍子寺，此后再没来过。

他不来，是因为学校垮掉了。村小撤并，鞍子寺小学，自然也包括白花嘴小学，都被撤销。撤销前是两个民办教师在鞍子寺小学教书，通知一到，他们放了学生，让池子里的龙眼张开大嘴，把水放干，鱼全部起出。共有二十多斤，他们煮了三斤左右，喝了散伙酒，便锁了房门，进村把钥匙和剩下的鱼交给千河口的村民组长，就回家去了。回家休息一个晚上，立即出门打工。

过了几天，组长把学校钥匙交给了赤脚医生鲁凯。

不过鲁凯已不是医生了，他的行医资格被取消了。他行医多年，活人无数，可到了某一天，突然告知要通过考试才能拿到行医证，鲁凯去县城参考，却没能考过，也就不能行医。有人说他是上面没人，又不知道给卫生局领导送礼。大家不明就里，但觉得后者的可能性更大些，因为同样住在中院的许宝才，学医没几个年头，论医术，鲁凯用脚趾头看病都比他看得好,他却拿到了证书,都因为他二舅在县药检局当局长。当然,也可能是许宝才比鲁凯更会答题。

其实,人们开始也不怎么信任鲁凯,可他治好了两个病人,让他名声大振。

这其中一个是夏青的儿子小栓,夏青曾去他那里弄了大堆中药,不见效,又去卫生院,还是不见效,再去找李成指点的驼背医生,依然不见效,最后只得又回过头找鲁凯,毕竟他这里近由、方便。鲁凯把夏青狠狠地剋了一顿,说你家小栓这病,古书上叫"尸瘟症",听听这名字,那么容易治?你把他盘来盘去,不仅病人受罪,还搅乱了我的方案。夏青以为鲁凯这样说,是为留住病人,也为将来治不好病人找借口,谁知道他真的把小栓治好了,既不干瘦,也不嗜睡了。

第二个更厉害,那是徐家梁的一个老太婆,县医院判了死刑的,且说死期就在这一两天,家属急急忙忙地抬回来,是怕她死在城里遭火化。山里人很惧怕火化。火化后变了模样,阴间的亲人就不认得他们了。上徐家梁要经过千河口的朱氏板,那天鲁凯刚好在朱氏板捡干柴,抬夫在石盆上歇气时,鲁凯也上来歇气,他朝滑竿盯了一眼,盯的是病人裸露出的脚趾,然后起身走过去,撩开盖住病人头脸的毛巾,说:"还能治。"抬夫们耻笑他,可病人的儿子却认了真,求鲁凯看看,看不好又不怪他。鲁凯说:"抬到我家里去。"去第二天,老太婆睁眼了,第三天,进汤了,第四天,进食了,小半个月后,老太婆自己走回了家。

许宝才有这本事吗?没有的。他没这本事,却拿到了证书。

鲁凯没有证书,就端不成医生这碗饭,若私自行医,被许宝才或别的什么人告发,处罚重金不说,还可能像李成的三儿子李奎那样"吃官饭"。可问题在于,千河口人生疮害病,还有被狗咬了,被蛇咬了,被蜈蚣咬了,一时想不通喝敌敌畏了,吃老鼠药了,割手腕子了,都不去敲许宝才的门,只找鲁凯,鲁凯医不是,不医也不是。为摆脱难堪,更为了不在许宝才的"胯脚底下"为人,鲁凯便离开村庄,去鞍子寺申请了屋基,那是一块藤蔓交织的野地,他把野地打整出来,起了新房,与学校只隔着两根田埂。中院外慈竹林里那块不知何年所立又不知何年遭弃的石碑上,刻着"互为表里,结庐三院",早已是词与义殊,但毕竟有个形式在,自从鲁凯去鞍子寺起了房,就连形式也没有了。

组长把学校钥匙交给鲁凯,是叫他代为看守。

校舍里有几十套桌椅板凳。这正合了鲁凯的意。他修新房的地方紧靠山壁,进深狭小,排摆不开,房子扁窄,有了学校,简直就是过去地主老财才能住的宽房大屋了。他把操场用篱笆圈起来,养鸡养鸭,又打开一间教室,将桌凳码起来,把牛牵进去,再打开一间教室,还是将桌凳码起来,把猪拉进去。

这些事情,房校长都听说了。有好几次,他打早就从镇上的家里出来,跟往常一样,不愿从商铺林立的新街过路,而是钻进巷子进入老街,走过戏园,走过下街,走过普光宾馆、河边广场和新建的滨河路,再走过省道两旁绵延的工地,便出了镇子,上了去千河口的路。

但他最多走到苏湾的石拱桥,就打了转身。

刚打转身,在沙滩上走不到十米,他又停下来,像在想着什么事。

其实他啥也没想,为何停下,也没加思索,仿佛是他的腿自己要停下来。

停那么一两分钟,又掉转方向,登上拱桥,在桥面来来回回地踱步。

踱好一阵步,才在桥栏上坐下,面朝老君山。

那面层层叠叠的山野,披着太阳初升的光芒。群峰之上，太阳之下，盘旋着一只岩鹰。岩鹰俯视着低处的人间，看见房校长在仰望，便拨开浪涛似的阳光，飞到拱桥上空，凝然不动。岩鹰的投影，石头一样砸在房校长面前。可刹那之间，那投影在大地上飞速奔跑，跑过桥面，跑过河边的芦苇丛，转眼就登上了金色的林原。那里，才有它的激情和荣光。——正如房校长的激情和荣光。

他从部队回来，刚和同村一个姑娘办了婚礼，就奉命到鞍子寺小学教书，且出任校长。就在当年的十月间，上级来了指示，开荒置田，要求各地学校停课支农，他带领全体师生，在坡坡岭岭间忙了大半个秋天。树是不需要砍的，上级催逼甚急，队长知道，先砍树再垦荒，根本应付不了检查；尽管山里的老林子在大炼钢铁时已砍伐殆尽，可次生的松柏、水杉和白桦，也有小罐粗，砍起来相当费事，漫山遍野的青冈树，虽很难长到那么粗，却硬如铁杵，一斧子下去，不见木屑，只见火星，砍起来更费事。可是不砍又想不出别的法子，就来向房校长请教。

房校长从报纸和电台得知，外面有些地方，为加快开荒置田的进度，放火烧山，而且得到了上级的肯定，便建议借鉴这经验。那就烧吧。老君山烧山时，对河的马伏山也在烧山。那些日子，整个天空红噜噜的，日月星辰被烧得流血，树身和动物肚肠的爆裂之声，连同动植物弃绝生命的混杂气息，在大河两岸连绵回荡。

当山火熄灭，就刨树根。

父母和妻子在马伏山刨树根，房校长在老君山刨树根。他和他的学生们，手上打起血泡，然后血泡破开，再起血泡，再破开，一双手变得稀烂，变得不是手。但他们跟千河口的村民一起，在规定时日内开垦出了三百多亩荒地。

上任的头一年，房校长就接连得到大队部、中心校和乡政府的表彰。往后，每年春天积肥，他的学校都在各村小中做得最好。家长和学生都尊敬他，也绝对听从他，他一声令下，那些孩子就背着大花篮，从早到晚，不惜力气地去山里采伐新生的树苔。他因此再一次得到表彰，还被推荐到县里，在县委礼堂戴了大红花。

很长时间，老君山的大片坡地没有了树。没有树的山，变高了，也变恶了，是那种脸上没有皮肉、身上只剩骨头的恶，是站着的尸体的恶。正因此，而今谈起那些往事，当年在普光各村小任教的老师们，都拿异样的眼神看房校长，像他应该羞愧，像他得到的表彰是一种耻辱。——他自己从不那样看！当年是他的光荣，现在依然是他的光荣。他尽职尽责尽心尽力地按上级指示办事，为什么要羞愧？这个世界之所以成为一个世界,是因为有规矩,规矩分为两部分,一部分由老天爷制定,老天爷让狼吃羊,狼按这规矩行事,不会因为自己吃了羊而羞愧;另一部分由人制定,当然是由人当中的上级制定,上级让砌土灶炉炼钢,让砍树,让烧山,让刨尽焦土底下的树根,让采伐嫩枝肥田,下级照这规矩行事,同样用不着羞愧。

那些家伙不过是嫉妒他罢了。

想当初,见他去台上领奖,还从县里戴回了大红花,不是个个都馋得流口水么?明白了这点,房校长便掏心掏肺地原谅他们。他们在三尺讲台上黯淡地度过了一生,从没受到过重视,更没有过光彩,就希望别人也跟他们一样。他们拿现时的标准去评说过往,说得慷慨激昂,仿佛自己早就正确,一贯正确。他们以这样的方式,来掩盖自己当时的无能,收获一种自我涂彩的幻想的人生。

不再开荒也不再积肥过后,山野沉重地从内部呼唤出生命,自行修复,到杨浪他们成年过后,又变得郁郁葱葱苍翠碧绿了。

房校长坐在桥栏上,因树林遮挡,望不见鞍子寺小学,但那里的每一棵草都奔到他的眼前。为那所学校,他付出了几十年的心血，说呕心沥血也并不过分。当年他跟李老师和桂老师搭伙时，桂老师每个周末都要回去，李老师半个月回去一次，而他一两个月也回去不了，校舍漏雨了，板壁发霉了，桌凳瘸腿了，阴沟遭堵了，点点滴滴，他都要亲自经管，情况严重的话，还要进村去请人来修。有年，后山塌方，虽没埋掉学校，可他整整半年都不离开，像他守在那里，后山就不敢塌方，更不敢侵犯校舍。他吃的米粮，都是妻子为他背来。怕他挨饿，尽量多背，下山，过河，又上山，爬上四个断头战将之间的石梯，妻子累得话都说不出一句，眼眉上挂着水帘子，两条腿颤颤悠悠，像大风里的枝条。妻子一离家，就要误工分，因此她把背篼里的东西取出后，立即回转。他们之间，连话都没说上一句。

鞍子寺小学搁着房校长的心。

他以为能一直把心安安稳稳地搁在那里，结果那里变成了鸡鸭场和猪牛圈。

他想去把心收回来，可他的心在那里生了根，每次起了收回的念头，心就痛。心一痛，搁他心的鞍子寺小学，也跟着痛。他不敢去触碰那痛楚，在桥栏坐上半个来钟头，又站起身，脚步一撇，转向镇子的方向。回回都如此。

开始留在沙滩上的脚印，浅了，淡了。是风吹的，也是河水舔的。而今的清溪河上,古老的木船已十分少见,多的是汽划子,比木船快过两倍,先前李益去县城卖瘟猪死狗鸟兽蛇蛙,要走半天,现在不足两个钟头就到了。此外还有快艇,坐快艇去县城,四十分钟就可以了。快艇在河上疾驰,犁出倾覆的水山,浪头朝岸上逃窜,恶狗一样咬路人的脚,也舔掉路人的脚印。

看着那些分明是自己留下来却已不再认识的脚印,房校长的耳朵里总会响起一个声音:"不管你承不承认,你都是一个'过去了'的人了。你最终收获的,也不过是幻想的人生。"

他摘下草帽,挥舞着,把那声音赶开。

赶开了它又跑回来。

每当这时候,他都会想起曾经在古寨梁子上遇到的那个头发枯黄的瘦子。那家伙能完完整整地学李兵讲课,证明李兵已被复制。李兵许多年前就不教书了,现在还流落到了不明去向的远方,可他身上的某一部分,在房校长看来最珍贵的部分,却长存于这片山水。

"我呢?"房校长问自己。

但他并没深问,更没回答。

他只是低了头朝前走,身后再次留下一串脚印。

每一串脚印都是一串遗失的光阴。

房校长越来越老了。

这只是从年龄上说的，要论身体，他依旧是腰骨挺拔，精力充沛，脸上也很少皱纹，而且不见落牙。只是瘦了许多，可是千金难买老来瘦。瘦让他显得更高，更挺，也更年轻。有一次，李成去街上碰见房校长，回到村里说："我站在邮局门口跟房校长说话，别人都以为我是他老师，他是我学生。"这并不是玩笑话，房校长的好多学生都有这感觉。

年龄老身体不老的房校长，心到底老了。

心老了，很可能也就是身体老了，只是别人还没有注意到，连他自己也还没有感觉到而已。在身体和心的博弈中，最终屈服的，历来都是心，不是身体。

房校长退休若干年也去县城住了若干年后，回到普光镇对人说："我最不愿意跟县城那帮老年人打堆，他们说话无非是三部曲，第一是问吃什么药，第二是问墓地买好没有，第三是骂社会不公。"他这样讲的时候，好像他还不算老年人。可眼下的房校长，也积极投身到了那三部曲里。因他德高望重，受人尊敬——走到哪里他都受人尊敬，他在县城住的那个小区，有两千多人口，几乎没有谁不认识他，只要他一出现，就有人忙着敬烟，连在小区侧门外摆烧烤摊和卖凉糕肥肠馓子的小商小贩，见了他也会腾出凳子，恭恭敬敬地请他坐——他很快成为那帮老年人的领袖，谈过了药物和墓地，他又语重心长地说：

"骂是没有意义的，也是低级的，你批评社会不公，你得指出个一二三来，不仅口头上说，还要形成文字，交给有关部门，让他们用作制定方针政策的参考。批评不能成为批评的目的，以批评的方式在人们心中激发出责任感才是目的……"

最后这句刚出口，房校长立即意识到这是李兵说过的话，他心里硌住了，有些不适，甚至难受，但很快克服了，接着说：

"你这样做，就高级了，就是为当局建言献策，为政府排忧解难，为社会贡献力量；老年人也要发挥余热！如果老年人只晓得抱怨，那……"

后面是那句口头禅。房校长从不管那句口头禅是否用得恰当，何况他现在早就过了从心所欲不逾矩的年纪。

几十年来，无论做什么事情，房校长都身体力行，现在同样，他非常积极也非常忙碌地发挥着他的余热，经常召集数十上百名老年人，聚集在小区里，公园里，茶楼里，把自己感觉到的不公说出来,记下来,整理出来,请人规规矩矩地录入电脑,打印之后,由他亲自交到县政府去。

他回普光镇的时间越来越少了。

卷二 莫思归

房校长这么忙碌着的时候，时光不急不缓，走着自己的路。在不急不缓的时光里，小孩变大，大人变老，沧海变桑田。以前的沧海桑田，需要熬过跟时光一样漫长的岁月，现在倒是大可不必，十几年，几年，几个月，几天，甚至转瞬的工夫，就可以像上帝那样宣称："事就这样成了。"

千河口即是如此。

人们陆陆续续地老去。

陆陆续续地被光阴收割。

更多的，是陆陆续续地出门打工。

刚出去那阵，啥都新鲜，待新鲜劲儿一过，就想家。想家，却不想祖祖辈辈经营的土地。农民只是身份，不是职业。农民没有职业意识。因为农民从事的，仿佛不是职业，更没有过职业的荣誉感。农民即使进了城市的厂房，也不叫工人，而叫农民工，这进一步说明农民只是身份。好在农民工到底比农民更有望，因此再想家，也不能回家。当见识过了城市的高楼大厦，挣钱就成为唯一的信念；城市的好，也不是跟他们无关的灯红酒绿，而是水泥路上长着金山，下水道里埋着银罐。他们根本不会去计较是因为城市强烈地需要他们，才把他们从土地里逼出来，由农民变成了农民工，只知道城市给了他们挣钱的路，便感激不尽。

于是年年月月，把想念嚼烂了吞进肚里，嚼不烂的也吞进肚里，在城市里出卖与身份相符的苦力，整年乃至数年不回，既错过老人的老去，也错过孩子的成长，都只能那样了；整年乃至数年见不到老婆，老婆的面容都已模糊，也只能那样了。你腰包不硬，见了又如何呢？无非是叹息几声，彼此生气。生活让他们懂得，殷实才是爱，也才能爱。与其花路费回家，还不如把那笔钱寄回去管用。

但也有两个心里不装事的，出去才一个多月就回了村子，还把头发染得红一搭绿一绺，晃眼看去，正像生了绿霉的烂蓑衣。回村住一夜，又走了。此后，两人每出去一阵，就邀约着回趟家，每次回家都住不了三个晚上。他们跑天南地北,就像赶场那样方便。

这其中包括篾匠张胖子的小儿子东升。

东升头两次回来,张胖子蛮欢喜的,从第三次开始,他的暴脾气出来了。他见不得儿子成三脚猫。这只三脚猫不仅没挣钱,没长进,还眼睁睁变坏了。头上的烂蓑衣就是变坏了的证明。据说把那床烂蓑衣打理一下,要整整两百块。

张胖子心痛。

他早就不能干活了,过于肥胖让他周身是病。自然也早就没有徒弟跟在身边,现在谁还学手艺?当工业品进入村镇,乡村就不再是一个自给自足的社会,手艺便如夜间灯火,一盏接一盏地熄灭。没人学手艺,也极少请匠人。千河口的几个匠人,除孙相品经他妻侄儿介绍,带着老婆去了广东佛山的某个家具厂,算是干了本行,其余几个,除苟明成偶尔接些割棺木的活,大都闲着。李成和刘三贵倒没觉得啥,梁春也只是惋惜听他说话的越来越少,张胖子却明显感觉到了日子的紧巴。当了几十年匠人,却没存下钱,现在可以去外面挣钱,年龄又大了,何况还生着病。他只能靠儿子。他的另三个儿子都结婚生子,各自是一个家,唯东升跟在父母身边;且一家人早就谈好,老两口跟东升住。也就是说,张胖子有四个儿子,真正能靠的只有小儿子,可看他的这副行头,完全就是根空口袋,自己都立不住,怎么靠?

说他小,其实也不小了,快满二十岁了。

有了三个儿子过后,张胖子是结扎过的,结扎了好几年,不知怎么又让老婆王玉梅怀上了。怀上了就生。计生干多次上门,说结扎了怀上,不引产照样罚款,谁都有出错的时候,骗不干净是正常的,没骗干净并不能成为你破坏计划生育政策的借口,就像银行业务员多给你数了钱,你不退钱照样判罪。但张胖子态度坚决。按他的理想,是要个女儿的,除了因为他已经有了三个儿子,还因为他打心眼里喜欢女儿。若不是想要个女儿,他也没必要让老婆去冒高龄产妇的风险,更不会任由计生干骑在自己头上,想拉屎就拉屎,想撒尿就撒尿——最后没罚款,却牵走了他的一对母子牛和四条快出槽的肥猪。结果又是个儿子。

儿子就儿子吧,有些儿子是可以当女儿使的,远的不说,就说杨浪,对母亲就有女儿一样的细致,特别是母亲中风过后,他真的就变成了女儿。"那东西,"张胖子经常这样感叹,"别的啥都不成体统,那份孝心硬是难得!"

他觉得自己的四个儿子加在一起,也不及杨浪一半的孝心。前三个儿子出门过后,电话也少打,小儿子倒是随时打电话,还回来得那么勤,看上去是想家,其实是想家里的钱。家里没钱，但只要剐，总能剐出几个，卖粮食，卖鸡鸭，卖牲口，没啥卖的，就找人借。他妈将就他，真为他借了不少钱。

张胖子生王玉梅的气，气大的时候还会朝王玉梅动手。自从没有徒弟跟在身边，张胖子的巴掌基本上都是打在老婆身上，挨惯了，也不觉得委屈，更不觉得痛。现在张胖子老了，加上生着病，想打也打不出个名堂，王玉梅再不像先前那样一声不吭，要是没旁人在，她就说："我那儿子总比李奎强！"

这话让张胖子更气。

花那么大代价生个儿子，未必就只是希求他不去坐牢？

他决定不让东升出门，因为东升不仅变坏了，还变傻了。迈进家门，除要钱时跟在妈的屁股后面，其余时候都在玩手机，吃饭那会儿也不例外，指拇在手机上刨来刨去，像这样就能饱肚子，还对着手机傻笑。真傻！他咋会傻呢，丁老婆婆死那年，他才多大点儿？就知道取把刀来，叫把吸血鬼杀了。虽然他只读到高一下期，就因为学不好英语，常被老师罚站，打死不愿上学，但比较而言，他念的书还算多的。这片大山里，从山顶数到山脚，除早年的钱云念大学后分配了工作,后来的都是自己找,有的读得家里只剩两堵篾笆墙,毕业后还是跟农民工一样,所以多数人家的孩子,最多读满初中,就把书本撕得粉碎,当风一扬,欢欢喜喜出门去了。

东升本来不傻。

可是现在变傻了。

张胖子觉得,是城市把他变傻的。

城市把他变傻了,也变坏了,那不如待在家里。绑在土地上,多少辈人不都过来了么。五行当中,金排第一,土排最后,其实土才是最重要的。土生万物。想当年,千河口挤得身子都转不开,虽然烧了山,开了荒,摊到人头上,也没有几分田地,不照样在吃喝拉撒养儿养女么?眼下没多少人了,空地到处是,你想种多少种多少,只要你像夏青和贵生那样舍得力气。这村子里,数夏青和贵生最舍得力气,种的田土也最多。当然,就算种一百亩,把肥料一除,农药一除,再把旱一除涝一除,收上手的也看得见,但不管怎么说,待在家里总饿不死,顶了天也就是穷点儿。而穷这东西,历来就不是穷本身,而是比出来的穷,不去跟人比,也就不穷了。

张胖子这样想着,想得很无奈。

当东升又一次回到家里，张胖子先没吱声，让东升歇了下午半天，接着又让他歇了一个晚上，第二天一早，就去床边叫他了。东升从梦中醒来，很是诧异，他以前回来，都是睡到自然醒，也就是吃饭之前才醒，今天这么早，爸爸喊他干啥？

东升睡的那间屋，跟鲁家的虚楼挨得近，鲁家靠北，也就是靠外，院坝底下的那棵黄桷树，浓荫四溢，不仅遮了鲁家的虚楼，还把东升睡的那间屋也遮了，天光透不进来，看上去还没亮。不过树上的麻雀叫得一团糟，证明是亮了。但也是刚刚亮。麻雀只在清晨和傍晚，才这样发了疯似的闹林，像它们在规划一天的任务，总结一天的工作，却从来就没达成过一致意见。

知道了时辰，东升嫌爸爸把他叫早了，很恼火，翻过身又睡。

张胖子抠住他的肩头，使劲一扳，紧跟着把一件家伙往他脸前一横。

东升吃了一惊，揉两下眼睛，看清了是一把锄头。

"起来，"张胖子说，"趁现在凉快，跟你妈去挖地。你妈已经走了，在酸梨树坡。从今天起，你不要出门了，就在家里种地。"

东升静静的,在床上挨了两分钟,然后起来,洗漱。

洗漱完毕,人不见了。

太阳落下东边的屋檐,该是上午十点过了,张胖子都不知道儿子去了哪里,说挖地去了,又没拿锄头。既然没去挖地,肯定又是找他伙计去了。

他那伙计住在中院,叫强娃。

想到强娃,张胖子又气,气自己儿子。你东升咋能跟强娃比?强娃的表叔是清溪河下游清坪镇人,跟杨峰他们差不多同时出门,虽没杨峰发财,毕竟也在浙江宁波开了几家厂子,大前年,他把强娃的哥哥带去,昨年夏天,就把其中一家厂子交给表侄儿全权经管了。人家哥哥是老板,你哥哥却是个打工的。

但张胖子也懒得去揪东升。想去也没那能耐。尽管三层院落相距很近,无非是过几段渠沟、几片竹林,但路很不平整,路上铺的石条,有的还能放下一只脚,有的拱着刀片似的脊背,连根针都放不稳。张胖子现在不敢走这样的路了,病是次要的,主要是胖得让他不敢迈步,或者是因为胖,让他病得不敢迈步。

他坐在阶沿底下,面朝村西。眼前是条巷子,巷子尽头，下几步石梯，是梁春家的畜棚，拐过畜棚就是渠沟，久不下雨，渠沟干得起壳。村子跟干涸的水一样安静，只要沟那边响起脚步声，他就能听到。他等着那声音。他想好了，待儿子回来，他就把锄头塞到他手里，由他亲自押到地里。去酸梨树坡要爬坡，对张胖子来说，爬坡比下坡好；爬了坡自然还要下坡，但气头上的他，想不到那么远。

十点过，还没做早饭，要等王玉梅回来才做早饭，而王玉梅啥时候回，不是看时辰，也不是看肚子，而是将就地里的活路。很可能要太阳当顶才回来。这正好！张胖子已打定主意，把儿子押到地里后，不干三两个钟头，就不许停，也不许回家做饭吃。要让他手上打起血泡，肚皮贴着脊梁。人是贱皮子，不苦，不饿，心就放不进肚子里去。

又过去半个来时辰，沟那边终于有人朝东院走来。

张胖子尽可能地把腰挺起。

结果出现在巷道口的，是刘三贵。

张胖子到底不是杨浪，如果是杨浪，就不仅能听出是谁的脚步，还能听出走路的人此前干过什么，比如刚在电视里看过武打片，或者刚拟订了一个出色的计划，脚步就下得很干脆，有种自我鼓动的东西在里面；刚吃了一顿满意的饭，脚步便如同点头，每走一步，都在赞美什么——这很像李兵

107

老师说的"别的一切事情都会让他心满意足",区别只在于,李老师说的是吃一顿饱饭过后,现在吃饱已经不是问题,是否吃得满意,却始终是一个问题。

刘三贵从梁春的畜棚过来,就见张胖子气呼呼地坐在巷道那头,像是要拦路。他想起早些年乡场上的说书人讲,晚年的赵子龙,已不能力敌万军,追兵近前,他就端坐在营帐外面,把追兵吓退;赵子龙靠的,是他年轻时候的威信,这意思是说,人家不是当真被吓住了,而是尊敬他,并且以被吓住了的最高礼遇,表达对他的尊敬。生活中,人们对房校长就是一例,无论房校长说啥,都把一张脸儿只管笑着,把一个脑壳只管点着,唯唯诺诺的,好像还坐在鞍子寺的教室里头。然而你张胖子何曾被尊敬过?你天天洗一身皮囊就受人尊敬吗?你以前动不动打徒弟,后来动不动打婆娘就受人尊敬吗?你胖得两条腿成了一条腿,坐在那里吓谁呢?

刘三贵"噢哟"一声,正要说啥,张胖子知道不会是什么好话,连忙截住了问:"三贵,看见东升没有?"

"东升不是走了么?"

"往哪里走了?"

"出远门去了哇,未必你不晓得?"

刘三贵这才说,他过来之前,听见隔壁的强娃明显是躺在床上接东升的电话,听强娃那意思,东升已经走了,强娃还怪他为啥没去约他。

张胖子立马起身,扶住门框,进屋去拿了手机,给东升拨。

那边关机。

在屋里拨关机,又到屋外的亮处来拨,还是关机。

张胖子一屁股坐下去,周身哐当哐当地晃动。这是胖的,也是气的。他这时候气,已经不是气东升不听他话,而是气他没拿钱就走了。他知道他妈还没来得及去给他借钱。没钱在身上,怎么吃,怎么住,又怎么坐车?这样想着,张胖子立马给大儿子打电话。通是通了,却没人接。一直打到三儿子,才接了。张胖子把事情说了,然后吩咐三儿子跟弟弟联系,给他卡上打点饭钱,并且给大哥二哥也吱一声。三儿子很冒火,说平时,扫把倒了你们都不让东升扶,生怕他吃亏,他没钱用,把房子卖了给他就是,找我们做啥子?张胖子听着,肥厚的胸脯大起大伏,却找不出话来反驳。东升长这么大,连好些农具都认不全。将就小儿子的,哪里只是他妈。

"我把话撂在这里,"三儿子又说,"东升将来比那东西都不如！"

说完就挂了。

张胖子把手机从耳朵边取下来，情不自禁地朝杨浪的屋子瞄了一眼。

门照例虚掩着，人照例不在。又满山闲逛去了。他清早起来叫东升，就见那门是虚掩着的。门脊斜斜地横过去，两丈开外，陡然垂落，那是塌掉的半边。像一个好好站着的人，被逮住衣襟扯弯了腰。张胖子就想象着东升将来的样子：一直弯着腰的样子。而且老三说了，东升将来比杨浪都不如，那该是匍匐到地上去，以土为食。杨浪再懒，吃的也是粮食，东升只能吃土，像蚯蚓。

"那个龟儿子，那个狗日的！"张胖子在心里狠狠地骂了两声。骂的是老三。老三分明是在诅咒弟弟。骂过了老三，又骂老大老二。

他觉得老大老二不接他电话，是故意不接。

可骂过之后，又觉得最该骂的还是老幺。因为偏爱老幺，前三个儿子跟爹妈不亲，生下的儿女，一律交给外公外婆带，你没帮人家的孩子换过一次尿片，人家不管你，有不管的理由。九九归一，只怪老幺太不争气。他还想要电脑呢！强娃就有台笔记本电脑，听说花了好几千。人家强娃有个好表叔，有个好哥哥，你只能靠爹妈，现在爹干不了活，只能靠妈，妈挣几千块，一年忙到头，还要老天爷别使怪才行，你拿去买台电脑，无非跟强娃一样，背来背去地显摆。

本以为这个意外得来的儿子，是老天爷送来的福分——开始也真像是福分的样子，东升上小学的时候，就说："等我以后有了钱，就带爸妈去坐飞机。"听见这话，张胖子乐呵了好些天，还见人就宣扬，别人听了直羡慕，说你那小家伙嚜，你们将来要跟着他享福哦。但这时候，张胖子却为自己当初的宣扬感到难堪，别人羡慕的话，怎么听都像是风凉话。

"早晓得……"他出声地说。

他没把话说完，一旁的刘三贵帮他补全了："噢哟，早晓得这样子，还不如把那两滴洒在席子上。"

张胖子是这样想的吗？或许，他想的是该听计生干的，让王玉梅去引产，或许他真是刘三贵那样想的。即使像刘三贵那样想，他也说不出口。他有洁癖。不仅说不出口，听刘三贵那样说，他还浑身一抖，垂挂的肉扇动起来。刘三贵哈哈大笑。张胖子厌恶那笑声，更厌恶他说的那句话。开始还嫌小儿子是不生秧的谷种，听刘三贵这一说，他立即觉得，东升再不争气，也并不比你刘三贵的后人差多少。但他知道不能跟刘三贵打嘴仗。他说不赢刘三贵，更骂不过刘三贵。这村子里没几个人能骂得过刘三贵，他平时说话就神鬼不忌，骂起人来，随便嘣出一句，就硬得牛都踩不烂。张胖子只是又愠怒又轻蔑地瞟了刘三贵一眼，就进屋去了，还把门闭了。

刘三贵并没觉得尴尬，但觉得很无趣。

正是因为无趣，老婆做饭的时候，他才想出来遛遛。

他住的中院，本是三层院落中最大的，曾有十四五户人家，院坝也因此敞扬空阔，逢年过节，东西两院都朝这里汇聚，可而今，人声歇，炊烟冷，加他，只剩了四户。这四户当中，桂平昌本就是个老实人，又被苟军欺辱，平时气都不敢喘；苟军欺辱他，仅仅因为他们做了邻居。俗话说，莫在床头挂镜子，莫和强人做邻居，桂平昌不幸，偏偏遇到苟军就是个霸蛮的强人。许宝才一年前安埋了爹妈，老婆便带着儿子回了陈家塆娘家，陈家塆虽比千河口高，但地势比千河口平，土地也更肥，反正陈家塆也没剩几个人，不如去那里种庄稼，还顺带把老人也照顾了。许宝才自己，因为病人少，妻儿离开过后，他就挎着药箱，翻山越岭，上门问病，长天白日不见他的人影子。九弟和强娃的父母，这时候又都在坡上没回。

找不到一个说话的,刘三贵便去了西院。西院有李成和贵生,结果同样都是关门插锁。他在西院空空荡荡的院落里站了一小会儿,又回到家里。

柴禾是刚砍回来的松毛,火焰小,烟子大,吊罐里的水都没烧开,要等这顿饭好,硬要把人等老。他再次出门,坐到阶沿底下的"八方错"上抽烟。"八方错"是一面石凳,不及一个草凳大,圆柱体上反向雕着十六条青龙,青龙腾空飞舞;当青龙流汗,二十四小时内必有大雨降临。这面石凳不知存在多少年了,刘三贵的高祖辈当小孩子的时候,就在上面坐过,坐到他这一辈,平滑的表面已窝出一个屁股的凹痕。对刘三贵而言,那个凹痕小了些,坐上去左右不舒服。

他抽了两口烟,便愤愤地捏熄,起身往东院走。

通常情况他是不来东院的,东院的人不好玩:鲁家不跟人来往,见面最多哼一声鼻子。杨浪只要不学声音,就三天憋不出一个屁。梁春话又过多,淹人。夏青一个女人家,男人常年在外,就把土地当成了男人,她儿子小栓的病虽被鲁凯治好了,却还是像个纸人,听到狗叫吃一惊,见到日头又吃一惊。张胖子病病歪歪,一天到晚愁眉不展。刘三贵觉得,张胖子胖是胖,却说不上有多大病,是东升让他焦出了病，其实何必呢，没几个人能经得起日子的磋磨，七荤八素磋磨一阵，咸淡自明，轻重自知，实在不必着急。

刘三贵有五个儿女，大女之下是两个儿子，接着又是两个女儿。二女明月是个细气人，个儿细，心眼细，胆子细，声音细，在野地里跟人摆平平常常的龙门阵，也悄言悄语的，生怕把石头吵醒了一样。幺女玉玲只比鲁家的孙女小凤大了不到五岁，跟她二姐完全是两样人，脚杆长，腰身也长，行事疯疯叉叉的，念小学时就敢跟男生打架，念初一就跟街上胡屠户的儿子耍朋友，刘三贵也不多于管她。在刘三贵看来，时刻提防着可能的不幸，并不明智。

现在两儿两女都早就成家，只有玉玲没嫁，也快了，婚期定在明年夏天，男方当然不是胡屠户的儿子，人家是居民，高攀不起，再说他们那时候本来就是闹着玩。玉玲跟哥哥姐姐一样，出门打工去了。但没跟哥哥姐姐一起，哥哥姐姐都在江苏淮安的磨石厂，玉玲去干了两个半月，有活时苦得要命，没活时闲得发慌，觉得没啥意思，就独自离开，去广东进了玩具厂，比哥哥姐姐还挣钱。

后人把钱是挣回来了，却丢下老人无滋无味地过日子。就像菜里没放盐。开始刘三贵还笑梁春怕没人听他说话，现在他发现自己也怕。

张胖子进屋过后,刘三贵转动脖子,把东院扫视过去。除杨浪的门虚掩着,其余都关得很死。当然杨峰的门是龇开的,他的房子倒了,却留着一扇门不倒,门扣看上去已锈成铁灰,可就是不断;杨峰那扇半开着的门,仿佛比铜墙铁壁还要森严。

刘三贵只好回去。

回去干啥呢?等饭吃吗?

想了想,他没回去,直接下了东院的石梯,朝更东边走。过了堰塘,又过十数根田埂,他看见杨浪坐在朱氏板的石盆上,面朝底下的林子。

他站下来,无声地笑了。他笑的是当年李成在朱氏板发现一个"跑跑女",要给杨浪带去,杨浪却说自己沾不得女人。这事情李成是到处传扬过的。可这时候,那东西两手抱膝,是不是在想那个女人?他周年四季虚掩着门,是不是在等那个女人?老祖宗发明门这种东西,不是为了开,而是为了关,可杨浪出门从来不关。这证明他是在等待。等谁呢?爹妈是不必等了,哥哥也不必等。等哥哥回来,比等爹妈回来还难。每隔些年头,鬼会在"鸡爪神"的押送下,回趟老屋,而杨峰却一去不返。除了爹妈和哥哥,他就没什么人等了——如果不是等女人的话。

刘三贵本想过去跟杨浪开几句玩笑,然而,跟杨浪开玩笑实在没啥意思。他听不懂玩笑话。不管和他说什么,他都是那副木偶样。

刘三贵看见杨浪的时候,杨浪刚从朱氏板下面的林子里上来。

穿过林子的路,是千河口走出大山的唯一通道。

很长时间以来,杨浪都徘徊在这条山道上。

道路两旁,密匝匝的青冈林里,很难寻见一根杂木。曾经它也是杂木林,烧山过后,别的树种根浅,被滚烫的泥土焙成了黑炭,只有青冈树留下了不死的种子。也因为青冈树根扎得深而且十分坚硬,开荒时才把这一片放弃了。桀骜不驯或许算不上一种美德,青冈树却以此保住了自己。林间的这条路,不知是哪辈祖先走出来的,想必,当山下的河谷有了"佛光普照"的寺庙,这条路就有了。或许比那更早的时候就有了。

看上去是一条路,其实是两条路。

下去一条,上来一条。

或者说,出去一条,回来一条。

近些年来,出去的声音踩得地皮抖动。

就在今天清早，杨浪还听见东升出去了。从林子里上来之前，也就是刘三贵看见他之前，又听见强娃出去了。他们走了，却不是迁徙，迁徙要带走老人和孩子，他们不带。偶尔还有人带孩子，但很少听说谁带老人。他们更像是出征。

出征的人回到故乡，即使没受伤残，身上也留着硝烟味儿。

杨浪总是回想起他在前年腊月二十八那天听到的声音。那是两个人的声音：鲁家的小凤和刘三贵的幺女玉玲。隆冬的青冈林，只有稀稀拉拉几片叶子垂挂在枝柯上，腊月中旬过后，就没有雨雪，寒风干冷，残叶在寒风中发出瘦硬之声，一波一波涌向远处，又回归近旁。杨浪把这声音存放进脑子里的仓库，然后更加专注地听另一种声音。他用谛听迎接从远方归来的人。

就这样，小凤和玉玲越升越高的脚步声，从繁复的天籁中剥离出来。

两人背着双肩包，在窄小的山道上并排走着。她俩怎么会在一起？鲁家不和人来往，已经是好些年的事了，鲁家的晚辈以为上辈人跟整个村子有仇，就跟长辈学，也不和人来往。现在她俩却同路回家，还那样亲热。

到了火匣坳，两人停下了。火匣坳是朱氏板下面一段不足二十米长的平路，路上败叶盈尺，即使大冬天，也能闻到一股酸腐气息，那些手脚冻麻的人，伸到败叶深处，不一会儿就能暖过来。她们停下后，却不是暖手脚，而是说话。

"你怕回家吗？"玉玲的声音。

"嗯……怕……"

"你恨我吗？"

"我为啥要恨你？"

"你嘴巴上说不恨，其实还是有点恨。我不该叫你去。"

"你是叫我去挣钱，是对我好。"

"开始想的也不是对你好。他们要个台柱子。你长得乖，你才能当台柱子。没有台柱子，我们也扎不住脚。你去了，我们至少能从你那里捡些漏。"

一阵沉默。

"还怕回家吗？"又是玉玲的声音。

"身上有钱，还买了这么多礼物。"

"那就是说不怕了？"

"……"

"赶快把耳环摘下来，把胭脂口红也擦去。"

"我不想摘，也不想擦。"

"在镇上的时候,就有人鬼模鬼样地看我们。我们该在船上就收拾好。"

"我才不想收拾。"

"哼,我还以为你当真怕呢。"

"是有些怕,但是,我舍不得漂亮。"

"你够漂亮了,穿劳动布都迷死人!"

这是实话。十七岁的小凤,身子骨柔柔曼曼,跟她姑姑鲁细珍一样;但比姑姑长得好,甚至比房校长的三个女儿也长得好,从头到脚,花是花朵是朵的。

"你不也舍不得擦去吗?"小凤的声音。

玉玲笑起来。然后说:"那个姓向的咋给你讲的?"

"别有人吧?"小凤有些紧张。

"鬼的个人!"

那时候,杨浪就站在下面一点的林子里。不知是怕打扰人家,还是觉得自己的存在过于卑微,他来这条通道,都不是走在路上,而是躲进路边的树林里。他穿着灰布衫,在树下站着,就像被树叶掩映的石柱;在树下走着,就像移动的土堆。

没有人会注意到他。

"等过了春节去再说。"小凤的声音。

"他说要专门买套房子,让我去住在那房子里面。"小凤又说。

"你有福。"

"要是我当真去了,你要经常来看我。"

此话一出,小凤突然哭了,哭得凄凄切切。跟着玉玲也哭。

朔风乍起,哭声被风冻成粉红色的颗粒,散散乱乱地刮向林带的南方。

哭一阵,玉玲说:"胭脂坏了。"

小凤连忙从背包里摸出小圆镜,递给玉玲补妆。玉玲补过了,小凤再补。

这时候,两人已经完全心平气和,只说些女孩子之间快快乐乐的平常话。

补好妆,两人一前一后走了,踩着败叶。

她们是正月初三离开的,但没一起离开。玉玲比小凤先走半个多钟头。在家的几天,两人也如同先前,互不来往。但她们在各自的家里,都很欢喜,也很受宠。

从那以后,她们都没回来过。去年秋天,玉玲回过镇上,但没回村子。她是回来订亲的。她未婚夫也是老君山人,去外面打了几年工,然后回镇上开摩托,大河两岸,有些住到镇上去的村民想回趟老家，还有普光镇跟上游的黄金镇、下游的清坪镇，既通水路，也通公路，只是公交车少，要三天才开一趟，他就开摩托载客。人勤快，半夜喊他，他也绝无二话，日积月累，有了积蓄，跟玉玲订婚的时候，他已在镇上买了房子。刘三贵的两个儿子和早已出嫁的两个女儿，都还没挣到足够的钱在镇上买房，幺女还没嫁，就有房子了。当然，既然没嫁，就算不上幺女的房子。小凤是真没回来过，但寄回了不少钱，听李成讲，前不久李益去县城出货，碰见鲁家在县城繁华的大通街选楼盘呢，看来他们要搬到县城去了。

两年多来，杨浪对玉玲和小凤的那段言语，还有她们的哭，她们的笑，一直懵懵懂懂。

但他能隐隐约约感觉到一点，那就是：从千河口出去的人，正改变着远方；他们从远方归来，又改变着村庄。而改变过的村庄，却让杨浪陌生了，有好多声音，他都不认识了。

鲁家果然搬到县城去了。

鲁家搬走没多久，强娃的父母也走了，走的是宁波，父亲去帮大儿守厂，母亲去做饭。

"他们都有走处，我们就造孽哟。"有天李成去中院的时候，刘三贵这样说。

"玉玲不是在街上有房子么？你去跟玉玲住噻。"

"还没办酒席呢，哪能去住人家的房子？"

李成当然知道，他是故意这样说的。

自从玉玲订了亲，刘三贵就跟杨浪一样，有事无事都上街去，去了就让准女婿请他进馆子，从馆子出来，嘴上的油也不揩。李成见不惯那样子。李成自己的大儿子李益在街上做了那么多年生意，二儿子李钟最近也从务工地回来，找哥哥借了底金，在镇上修房子卖，李成也不会像刘三贵那样子。

其实，刘三贵上街，并不是想准女婿请他吃喝。准女婿见他面就把他往馆子里拉，他虽然高兴，却也有负担。就算是过了门的女婿，自己女儿不在身边，当岳父的吃喝起来，再好的酒也烧喉咙，再烂的肉也硌牙齿。

他是嫌村子里没耍子儿才去的。

越来越没耍子儿了。大白天里，村子也像睡着了一样。夏青的儿子小栓以前嗜睡，也没有现在的村子睡得沉。它像一下子就老了，老得眼皮都睁不开。刘三贵从院前走到院后，又从院后走到院前，看着落到地上的叶子和柴草，被风吹得动一下，又动一下，要是风大一点，就翻几个筋头，或者飘起来，唿啦一声飞走，没飞多远，就被房屋挡住，没碰到房屋，就挂在竹树枝上，荡过来荡过去，跟他一样六神无主。这时候，一只鸟影落到地上，他也走近了看看，但鸟影早就不在了，只有鸟影落下时的感觉还在。他只有带着自己的影子走来走去。

偶尔，他站下来，环顾四野，四野也环顾他，他从对方的眼睛里，看到了自己的寂寞。寂寞深长，以至于狗打架，鸡打鸣，牲口撞圈栏，他看着和听着，也格外新鲜。可畜生们跟村庄一样变得木讷，个个神情忧郁，不声不响。有时候，刘三贵气哼哼地把狗踢一脚，它也只是看他一眼，挪个地方了事。

刘三贵觉得，再不能在村子里待下去了，否则就成个活死人了。至少是死活不明的人。他认为村里的老人，大半都是死活不明的人。杨浪且不说，很年轻时就如此。梁春自从丁老婆婆过世后，就把自己变成了蚕，拼了命抽丝，每一根丝都是一串话，先前不明原因，现在想来，怕是被丁老婆婆的孤单镇住了。虽然梁春有家有室，有儿有女，不像丁老婆婆是个孤人，但不是孤人，并不等于不孤单，他要不停地说才觉得自己不孤单。以这种方式活着，跟死了又有什么区别？张胖子更没意思，最近常向老婆交代后事，说自己来日无多，说他不怕死，就怕死了不能洗澡，他叫王玉梅今后天天去他坟头上淋一盆水，并且特别交代，等东升回来后，进屋的第一件事，就叫他去爸爸坟头上淋一盆水。

每每说到东升，张胖子都眼眨眨的，他给东升打电话，叫他像往常一样，想回来就回来，可东升没有回来。

不想在村子里待，又去不了镇上，未必就再没个别的去处？

刘三贵想到了外出打工。

既然孙相品能出门，为啥我就不能？

他给儿子打电话，说自己也想跟他们去，去了没人找他补锅，他就跟他们一起做石磨。结果被狠狠地数落了一通。数落过后，儿子要爹妈丢心落肠地耍，连畜生也不要养，庄稼也不要做。他又给女儿打电话，女儿回他的，跟儿子的话完全相同。

这些电话一打，所有儿女都给他寄了钱，小女玉玲寄得最多，四千块，像他打电话去，就是想要钱一样。平时他们就在寄钱，他不差钱。

下一个赶场天，刘三贵被准女婿带进食店，见两个头发花白的人在那里喝酒,听他们摆的龙门阵,像是刚从外地回来。女婿去点菜的时候,刘三贵凑过去问:"两位老哥也在外面打工?"其中一个响亮地嚼着脆骨,回答说:"打工!"尽管年纪一大把,可咀嚼和说话,都劲头十足,哪像守在村子里的老人。随后两人告诉他,他们刚从河南回来,河南好找事做,他们是回来换身份证的,顺便也看看家人,过些天还要去。

刘三贵暗暗记下了,却没声张。回到村子,他就积极筹备着去河南。别的无需筹备,主要是找个伴儿,没伴儿,他一个人不敢走那么远的路。这时候他才发现,在千河口找个出门的伴儿竟这么难,三个光棍汉是不会跟他去的,他们过惯了左手摸右手的日子,不怕没人耍,特别是杨浪不怕。张胖子根本不谈。李成也不会去,首先是李成好像跟杨浪一样,并没觉得不好耍,其次李成那人,即使想出门,也是他来约你,要是你去约他,他想出门想得喉咙伸出爪子,也说不去。思来想去,只有梁春能找。梁春让人厌烦,也只能将就了。再说去到外地,各干各的活,他又有多少精力来说话呢?你又有多少时候听他说呢?

于是刘三贵去了梁春的家。

汤广惠一听刘三贵的来意,马上起身给他倒水喝。

她巴不得刘三贵把丈夫带走。

她不知道梁春自己也想走。

——就这样,六十多岁的刘三贵和梁春,结伴上河南打工去了。

梁春打工当然不是盖房瓦,而是推斗车,刘三贵也不是补锅,而是调灰浆。他们都没有孙相品的好运气,能干着自己的本行。

开始,正如刘三贵在普光镇碰见的那两个人所说,能顺利地找到事情,后来,跟他们同样老或比他们更老的老人,因手脚不麻利,没躲过从塔吊上掉落的砖头,出了事故,老板再不敢要他们,两人只好回了千河口。

对刘三贵来说,回来得正是时候:到玉玲出嫁的日子了。

玉玲没到千河口办酒席,只在镇上的酒楼里包了席桌。当然选的是个赶场天,赶场天闹热,能添喜庆,村里去送人情的,也能顺便把场赶了。婚礼非常隆重,从县城婚庆公司请了人来主持,玉玲穿的婚纱,也是婚庆公司提供的。玉玲是千河口第一个穿婚纱的女子,也是第一个在婚礼上戴满副头面的女子。

这样的玉玲,千河口人几乎认不出来了。杨浪第一眼就没把她认出来,他还以为她也是从县城来的呢。杨浪跟鲁家人不同,鲁家人自己不做事,就不给乡邻送人情,以至于不来往,杨浪一辈子都不会做什么事,但听说了别人做事的信儿(从没人专门邀请过他),他老早就开始准备,家里能卖的,比如他认为多出来的粮食,就一小包一小包提上街卖掉,卖上几回,凑足人情钱——比别人送的要少,人情水涨船高,他实在凑不了那么多——当天穿上干净衣裳,中规中矩地去走动。

玉玲的婚礼真让他开了眼界。

司仪把自己当成公诉人,也当成法官,把所有来宾当成陪审员,把新郎新娘当成被告,起诉的罪名是不按乡俗迎亲。乡俗是:结婚当天,男方在媒人的带领下,抬着几方红纸打封的宝肋肉、活鸡活鸭各一只、鲜鱼两尾以及给岳父岳母的全套穿戴,去女方家里,先上女方祖坟祭奠,再给长辈行礼,礼毕聆听完长辈的训诫,才能把新娘接走。这套程序,他们全没履行。宣布了罪名,请法警(伴娘)送上手铐(戒指),并让新郎亲自给新娘戴上。接着宣判:二人终生同床共枕。此为终审判决,不得上诉。从此,他们是正式夫妻了,可拜天地和高堂了,拜过之后,当众亲嘴儿,称为

"封印"。

但这并没有完,后面还有鬼子进村、双蚕织茧、猪八戒背媳妇等等一系列节目。每做一个节目,玉玲都笑。最后一个节目是新郎新娘对歌。玉玲事先应该知道有这一项,可她还是愣了一下,像打了个冷战,要新郎先唱。新郎不肯,硬把话筒塞到她手里。她又笑,笑得两眼毛茸茸的,挂着泪花子。但她还是唱了。

她唱的是:"妹是青铜锁,哥是一把钥,先开爹妈门,再开妹心窝。"

以前没听玉玲唱过,没想到她唱得恁好听,跟林翠芬唱得一样好听!林翠芬,就是多年前李成准备带给杨浪的那个"跑跑女",她特别爱唱歌。

新郎长得敦敦实实,面相上有些憨,可脑瓜子灵,玉玲的歌声没落地,他就仿那调子接上了:"妹是花一朵,哥是蜜里钥,没开爹妈门,已开妹心窝。"

玉玲听罢,举起两只小拳头,又恨又笑地捶打新郎的胸脯。

以前出嫁要哭,后来不哭了,但也不笑,玉玲却笑得那么欢,杨浪看着,心里喜悦。下意识里,他把玉玲当成了自己的女儿。上五十岁后,凡千河口的后生,杨浪在感情上都把他们当成自己的儿女。玉玲笑，证明她开心，她感到幸福。这时候，杨浪完全忘记了从火匣坳听来的事。其实他当时本身就没怎么听懂，他只是有些担心而已。现在完全用不着担心了。

玉玲确实开心，确实幸福。她还为自己没更加开心和更加幸福感到惊讶。出嫁过后，她没再去广东，也没回过一次千河口，只让爹妈去镇上住了两天。

当婚礼的余波平息下去，玉玲就迅速担起了"家长"的角色。她的见多识广和精明强干，让丈夫心悦诚服地听从她。既然嫁了，玉玲就绝不在丈夫面前耍心眼，悉数掏出自己这些年存下的私房钱，真没想到她有那么多私房钱，她用这些钱，在普光宾馆附近开了家规模可观的火锅店，名叫"玲妹火锅"。

店子开起了，但丈夫照旧去开他的摩托，店里的事由玉玲全权打理。

"玲妹火锅"的菜品广告牌上，有"野味"一栏。普光镇的每家餐饮店，都有这一栏。时间就是空间，随着快艇的开通，与县城之间的距离缩短了，而且最近又通了公路，不是普通公路，是高速路——川陕高速从市里直达西安，既从县城边上过，也从普光镇边上过，因此周末来普光镇的县里人，包括市里人，越来越多，尤其是开菜花的时节，罗家坝半岛一片花海，他们去看了花，就到镇上吃饭。既然从市县来到小镇，当然要寻野味吃，餐饮店不打野味的招牌，就相当于说："我不欢迎你，我也不想做生意。"店家和客人都是这样看的。

只是，这么多年来，整个普光镇的野味收购，都是被李益垄断的，山民捉到蛇蛙，打到野兔野猪山鹑麂子之类，都是卖给李益；当然也可以不卖给他，直接卖给像玉玲这样开店的，价钱会高一些，但开店的人不一定随时要，尤其是大热天，你弄来的东西可能还没走到街上就有了异味儿，这样店家就不会要，而李益历来都是来者不拒，别说异味儿，就是肉上滚蛆，他照收不误。

他有一整套办法把它们打扮得漂漂亮亮的。

李益做生意，第一讲的是舵稳，大河上下，人们潮水般涌向外地，他却岿然不动。他坚信，会算账，才能成为最终的赢家，那些奔向外面世界的男男女女，有一部分不是奔钱去的，而是奔着对城市的向往去的，或者奔着对自由的向往去的，这样的"向往"值多少钱一斤？他们只知道鸟在天空里自由自在地飞翔，不知道鸟经常梦见自己穷死甚至饿死。

即便一开始就奔着钱去，来来回回的花销也不忍细想。就说他的三弟李奎，并不是一出门就偷电缆，头几年也挣了些钱，可在城市里混，进要钱，出要钱，醒要钱，睡要钱，哪经得起花！再加上李奎的心比他的能耐还大，去搞古币生意，亏得内裤都不剩，心里急，才去做了那拙笨事。

这恰恰也是李益要算进去的账目：风险账。人去了陌生地方，就变成了瞎子，哪里有个坑，哪里有个凶，你不知道，不知道就容易掉进去。而在清溪河流域，他有数不清的熟人，也认识最重要的人，必须打点的，他都打点得很周全，因此，在他脚下和眼前，表面上山河连绵，其实是一马平川。

李益做生意，第二讲的是忠诚。他对别人忠诚，也要求别人对他忠诚，只要发现一次你越过他把野物卖给了店家，他就视为背叛，你今后再有了处理货，给他下跪他也不收。山民为长远起见，都宁愿不去贪那点高出的价钱。他们离镇子大都很远，摸崖爬岩翻沟过河地将死物背来，味道不正是常事。

另一方面，李益垄断太久，便自然而然地形成一种威压，你叫山民绕开李益，他们打心眼里也不敢；既不敢，也不愿，多年来，不少连狗都怕闻的腐皮烂肉，李益也帮他们变成了钱，李益对他们是有恩的。

玉玲要卖野味，就得像别的店家，去给李益下话。因为李益不大乐意卖给当地。他的销路广得很，单是县城，有50多万常住人口，也就是有50多万个胃，把这些胃归拢，能将清溪河压断，把河床填平，堆起来山那么高。高速路通后，市里也成了他的市场，常住市里的胃，有90多万。尽管乡里人缺乏理财观念，加上城里来游玩的多了，使普光镇物价大涨，但比较而言，市县还是更高些，一斤野味，卖到市县比卖给镇上能多赚六角四，李益的量大，除去车船费和必要的花销，每斤还能多赚四角七。这笔账李益是要算的。

但他也并不那么刻板和悭吝，他跟他父亲一样，该算账的时候算账，该大方的时候还是要大方的。但有一点，镇里店家去找他要货，得给他下话，"李老板，发财呀！"店家这样开了头，然后说，"我那里开不起旨了，李老板要给我想点儿法子哟。"李益沉着脸，不做声，店家陪在一边，也不说话，只笑。这局面大约持续两三分钟，李益才说："要啥子，各人去选。"

玉玲去找过他一回。找了一回就不想找二回。

在她心目中，李益就是个土老财，要言谈没言谈，要气质没气质,三千块钱的衣服穿在身上,也像是准备下田薅秧的样子。她犯不着去给他下话。

有的店家在猪肉里混些羊胰子,添些臊味儿,就把家猪肉冒充野猪肉卖,玉玲知道,但她不愿那样去做。她是见过世面的,外面的世界忽冷忽热地教会了她许多,她早就从中培育出自己的观念,认为败坏德行的,是贫穷和丑恶的生活,而生活方式本身,却又无所谓丑恶和美好,因而也并不妨碍一个人的名誉。只有良心衰弱才会妨碍。既然从事着某种职业,就要有职业道德。

漂亮的小凤是这方面的典范。那个姓向的经常对他哥们儿夸小凤的职业道德,他哥们儿让小凤帮忙介绍一个,小凤就介绍了玉玲。在过去的一年里,玉玲跟一个姓郭的。尽管玉玲高挑白净,毕竟不像小凤那样花容月貌,再说在那个行当里,她也显得太老了,她跟姓郭的本来只签了份两个月的短期合同,可就因为她超乎寻常的职业道德,合同一延再延,延满整年才罢。

姓郭的生意做得很开,但他并不显得特别忙碌,好像一切都是水到渠成的样子。对此玉玲毫不奇怪,她的家乡早有民谚:猪生猪,牛生牛,钱生钱成万户侯。有了钱,自然就能(也才能)生出更多的钱。那些手段高明的,还不用自己

133

的钱去生钱，只用别人的钱为自己生钱。但有一次，姓郭的说，他生意做得顺手，全靠诚信帮了他，还说："小商才奸，大商无算。"玉玲把这话记住了。

她想做大商，至少在普光镇做大商。

无论小商大商，都得挣钱，不挣钱算什么商。

可事实摆在那里，在普光镇开餐饮店，不卖野味就挣不到钱。

不过还是那句话，玉玲是见过世面的，知道所谓事实，并不是每个人的事实。她独辟蹊径，店里全招女工，包括厨师和杂役。跑堂的服务生，更是选用十八九岁的女子，当然是生得好的女子，且嗓子亮，能唱歌，不止能唱，还要敢唱，客人吃喝得有点疲软的时候，腾出三五个来，打扮得花枝招展的，齐齐整整站在一旁，献上两首。听过天籁般的歌声，客人胃口重开，又红光满面地海吃海喝。

但这当中也有区别：进到某个包间，如果只有男客，就唱《十八想》《打秋千》《情妹下河》；如果夹杂着女客，就唱《六口茶》《十指尖尖》《筛子关门眼睛多》；要是男女混搭，男人们呜吼连天地要来个荤的，女人也弯着眼睛期待，那就给一个："太阳出来上山梁，一个情妹两个郎，前面一个打露水，后面一个拉家常。"男人们嬉笑着彼此推搡，说你是打露水的，我是拉家常的，可细细一想，觉得拉家常也没啥意思，于是又叫，说这太和谐了，和谐得都相敬如宾了，荤啥呀荤，油星子都不见一滴！女客不叫，却也央求："幺妹儿，再唱一个。"她们现在都放开了。好吧，那就再唱一个吧："好表嫂呢好表嫂，再不偷人就老了，多多少少偷两个，死了好过奈何桥。"掌声、笑声、喝彩声，灌满一屋，男客指着某个女客教训："听到没得？你不偷人，死了奈何桥都过不去，只好成孤魂野鬼。你以为偷人只为这辈子安逸呀？还为下辈子投胎！你不想这辈子安逸，总想下辈子投胎！"女客比男客情绪复杂，见说自己，收回心思，嘴一扁："哼，要偷也不偷你嘛！"

"玲妹火锅"闹热得很，火爆得很。

但玉玲没忘记感谢三个人。

第一要感谢的，就是那个姓郭的。姓郭的很喜欢听歌，两人在一起时，他就要玉玲唱歌给他听。这倒难不住玉玲，自从住进姓郭的那套房子，她便成了笼中鸟，跟姓向的给小凤的那套房，根本就不在一座城市，除非姓向的和姓郭的聚会时带上她俩，平时连照面也打不上。笼中鸟不飞，也勿需找吃的，没事可干，就唱歌。笼中鸟都特别会唱歌。

玉玲在网上学会了不少歌,姓郭的叫她唱,她就站起来,退开几米,架模架式地唱开了。可刚一出口,姓郭的就摆手。玉玲连忙停下,换一首唱。刚出口,姓郭的又摆手。玉玲有些慌张,有些手足无措。姓郭的抽着烟,没说话。玉玲又唱。"别唱了。"姓郭的说。玉玲的眼泪快出来了。这时候的玉玲,已经不是敢跟男生打架的那个玉玲。她干巴巴地站在那里。她自己心跳的声音像坏了的挂钟,响得很滞涩,很凌乱,内里有一种破。姓郭的把那支烟抽到一半,杵在烟缸里,叫她过来。她的样子让姓郭的怜悯,他把她搂进怀里,问她:"你只会唱这些?"

她唱的,都是时下的流行歌曲。

没等她回话,姓郭的说:"这些没什么意思。大街小巷都唱,有什么意思?"然后倦怠地咕哝:"走到哪里都一个样。没有特色,也见不到陌生的东西。可又把本来熟悉的丢了。现在不少人信教,并不是真信,是心里没着落。"

姓郭的沉思起来。

对他的话,玉玲理解不了,但她聪明地不表态,像她也在沉思。

"你只会唱这些?"姓郭的突然又问。

玉玲倒是还能唱些别的,但那些歌能唱吗?

那是从"跑跑女"林翠芬那里学来的!

林翠芬跑到千河口时,玉玲只有几岁,可那个女人给千河口留下了抹不去的印象,不是因为她的脸像玉米叶子那样窄,而是因为,她的出现给千河口添了内容:她让千河口人知道了杨浪"沾不得女人",也从她那里听到了跟她的长相一样古怪的歌,《洋芋歌》《灶台歌》《砍柴歌》《歇气歌》《咳嗽歌》《起床歌》《望天歌》……反正生活处处是歌,无论是日里夜里的生活,还是好的和坏的生活。生活没有坏的,无非是走一条路,走到了山重水复的地段而已。最好玩的是"颠倒歌",世间万物,竟不是铁板一块的秩序。"南北山路东西走,村子外头人咬狗,拿起狗来砸石头,却被石头咬了手。"这么一唱,人再也认不得狗,认不得石头和方向,同样认不得自己。一切都变了,变成了一个新世界——似乎更有趣的世界。

因为有趣,大人小孩都学了一阵,玉玲至今还勉强记得些。

虽然记得,却不敢唱。土得掉渣。

可姓郭的一直盯住她,很失望的样子。

她觉得自己走投无路了,就带着被击中的小鸟扑扇一下翅膀的心情,哼哼叽叽唱了几句。让她震惊的是,姓郭的听得心花怒放！她原以为这种东西只有山区人才喜欢（何况山区人也说不上喜欢，自林翠芬走后，除小孩子唱过一阵，从没听见大人唱过），万万没想到城里人也喜欢，更没想到像姓郭的这样的城里人也喜欢。

林翠芬因此成为玉玲第二个要感谢的人。

次日早上，姓郭的离开后，玉玲就去网上搜，竟搜出一个来自她家乡的视频，全是民歌，是老君山顶上一个大学生发到网上的，他父亲去世前一个月，他录制了父亲的歌声。那些歌跟林翠芬唱的不同，跟大街小巷唱的更不同，尽管出自家乡，可玉玲以前从没听过。她跟着视频学，学会了数十首。

那个已经去世的人，成了她第三个要感谢的人。

"玲妹火锅"里的服务生，都是由玉玲亲自培训的。

火锅店开了小半年，县文化馆找来了。

他们带着采集民歌的任务，慕名而来。玉玲所唱的，俗称"打闹歌"，是民歌中的珍宝。本以为健在的人都不会唱，文化馆老桂偶然听说普光镇有人唱，还净是些年轻妹子，急忙邀约几个同事，驱车前来。他们是上午九点半到的，得知要吃着喝着才能听，便马上点了酒菜，从上午十点钟开吃，一直吃到晚上八点，为表明不是白占位置，共点了三次汤锅，也点了三趟酒菜，其间听到二十七首。

好些歌词里出现了"天子"字样，像："神农植下五谷，虫蝗忽然发现，天子无法可治，许下贺功良愿。"老桂据此认定，最初的歌者只知天子不知皇帝，证明没被充分管辖，是游牧民，但词里又有"五谷"，证明那时已从游牧向农耕过渡，是"前农业"时代的产物。它的文明史意义由此确立。到后来："大山木叶烂成堆，都因哥哥不会吹。几时吹得木叶响，只用木叶不用媒。"老桂认为，由女子求偶的从容姿态，见出农业社会已高度成熟，而对求偶方式的选择，正是文明进步的内在渴望。世上的许多革新，表面上可能是男人做的，背后却往往受着女人的推动。

老桂和他的几名同事，之后又多次前往普光镇，将玉玲能教的，那些女孩子能唱的，一网打尽，精心录制和整理后，申报非遗。

申报之前，特请省里的专家到县里评估，老桂问是否将里面颜色过浓的部分去掉，专家把桌子一拍："去不得！去掉就不是那个家伙了！"想想也对，祖先们生活的岁月，日子单调，无娱可乐，加之战乱频仍，人口稀缺，唱些浪腔浪调，既可怡情，也可催生，因此浪腔浪调同样构成人类文明史的重要组成部分。

但文化馆上下还是怀着忐忑之心报了上去，结果层层审批，都开了绿灯，最终成为国家级非物质文化遗产。

从此，玉玲她们唱的歌，不再是普普通通的歌了。

玉玲本人和她的四名服务生，被认定为非遗传承人。

这当然是后来的事情了。

玉玲开火锅店的时候，刘三贵很是高兴了一阵子，他想是的，自己去店里帮忙，就名正言顺地住到了镇上。反正不白吃女儿女婿的，他也就能心安。谁知玉玲的店里连一个男人也不要，更别说像他这样的老男人。至于玉玲家里，并没邀请他去住，邀请了他也不愿意，他觉得，偶尔去吃顿饭是可以的，要说三百六十五天跟女儿女婿住在一起，那不成体统。

他的处境一点也没有改变。

县文化馆来"玲妹火锅"之前，刘三贵又走了。

这回是悄悄走的。

只瞒两个人，一是玉玲，二是梁春。其实主要是瞒梁春，玉玲忙她的生意，顾不到别的，有时候，爹妈去店里找她，她也抽不出时间跟爹妈摆几句龙门阵。

梁春到底让刘三贵受不了。

在工地，一干就是十个钟头，累得连累都不知道，可斗车一丢，回到工棚，梁春就上气不接下气地抢着说话——自己跟自己抢。梁春的聒噪让工友们讨厌，工友来自五湖四海，听不懂他说啥，只觉得他那声音就像铁锹刮拉地板，让人紧张，好像还没有休息，还在工地上劳动。

起初刘三贵还帮忙维护他，这不仅因为是老乡，还因为刘三贵想听他说。

作为手艺人，刘三贵很年轻的时候就游走四方，但走得再远，也远不过清溪河流域，现在突然到了天远地远的地方，首先是这地方的长相就不可理喻：一个地方怎么能没有山呢？一个没有山的地方，怎么能叫地方呢？无边无际的平坦和宽广，令他身心疲惫。更主要的在于，他说千河口，别人不知道，说普光镇，别人不知道，说清溪河，别人还是不知道，仿佛他说的那些去处，根本就不存在；而且，他说千河口这些名字，舌头一弹就出来了，像它们就长在舌头上，可那些人却老半天搅不转，还以为千河口是"牵个狗"。这时候，刘三贵的心才往下一沉，才明白自己跟故乡断了。幸好有梁春。只有梁春能明白他所说的一切。梁春讲话的口音，成了领他回家的路。

但这是起初的事情。

时间一久,他跟那些人熟了,别人听得懂他说话,他也能听懂别人说话了,他发现天底下的家长里短和喜怒哀乐,其实是差不多的,彼此理解后,和故乡的距离就不再是万水千山,所谓陌生人,也无非是刚刚见面或者还没来得及见面的熟人。如此,梁春和梁春的声音,就没那么珍贵了。

不珍贵,刘三贵就跟别人一样,受不了梁春的聒噪。此外他还受不了梁春的吝啬。工地虽然统一供饭,菜却不是放开了吃,肉食更是定量的,那点儿定量实在不够,要加量,就得另外付钱;只要刘三贵不加,梁春从不说自己不够吃,刘三贵加了,他就来吃刘三贵的。一回二回可以,三回四回也可以,要是五回六回呢?要是回回都这样呢?梁春真的就是回回这样,你简直拿他没办法。

办法还是有的,就是不跟他一起。

刘三贵悄悄走了,梁春听说后很不自在。留守在村里的都知道,就他和汤广惠不知道,这是什么意思?在河南的时候,他是把刘三贵当亲兄弟看的,刘三贵比他大七个多月,他就把刘三贵叫哥,回村后再叫哥感觉别扭,因为叫名字叫了几十年,就还是叫名字,但在感情上,他依然把刘三贵当哥。结果,你把别人看得很重要,可你在别人那里啥都不是。这给了梁春沉重的打击。

但他并没在外人面前表露。对梁春来说,不在外人面前表露,就意味着家人要遭更大的灾殃。他女儿早嫁了,儿子也拖家带口打工去了,听他唠叨的只有老婆汤广惠。他每天说出的话那么多,汤广惠周身长着耳朵,也听不过来。

说再多的话,梁春都知道自己有一句话没有说。

这句话是关于刘三贵的。

他们在河南的工地东侧,还住了几家未及搬迁、据说也不愿搬迁的村民,有天夜里,刘三贵溜进某家村民的屋檐底下,外墙的鸡埘里,独独地歇着一只大公鸡,鸡刚打过头鸣,醒着,工地上通夜不熄的大灯,远远地照过来,能隐约看见它亮闪闪的羽毛。刘三贵躲在暗处,将一粒饭团扔过去,鸡出来吃,一嘴就卡住了。那饭团里包着铁钩,铁钩的尖头磨得锋快。刘三贵握着丝线,此时将丝线在手肘上挽几转,鸡就安安静静地到了他怀里。鸡不能叫,也不敢扑。它比人想象的要聪明,知道嘴被钩住又被拖拉,扑翅膀会更痛;同时它又跟人想象的一样蠢,不知道惜那一点痛,就会丢了命。

这是当年来老君山的知青发明的方法。千河口没有知青,但他们偷鸡的事是长了腿的。鸡偷到手,刘三贵又跟知青们一模一样的做法:将鸡的颈子挽两圈,让它自己把自己绞死。回到工棚,在背后能挡视线的旮旯里,砌了个土灶,用脸盆烧水烫了,扯下的毛用土埋了,又用那脸盆炖汤。梁春那时是睡着的,从板壁飘进的香味儿把他叫醒了。他听见刘三贵跟另外几人在小声说话,刘三贵的意思,是叫梁春也起来吃,另外几个不同意,说那人讨厌得很,可刘三贵还是坚持要叫,说鸡是我去弄来的,我吃了,你们也吃了,他不吃,我这心里过不去。

正是那次过后,梁春把刘三贵当成了亲哥。

在老家,刘三贵从不做偷鸡摸狗的事情,为什么去了外地就做?不止刘三贵,别的人也是,像李奎,还偷电缆呢。李奎在家的时候,也是规规矩矩的。包括梁春,若在老家知道是偷来的鸡,他再贪便宜,也绝不会吃,去了外地,不仅吃了,还吃得很感动。回来的火车上,刘三贵再三交代,叫梁春别把偷鸡的事说出去。刘三贵当时脸色灰败,非常难过的样子,跟他平时的神鬼不忌大不相同。他很清楚,在外地被人知道了,无非是赔钱,再了不起,赔了钱还挨顿打,在老家被人知道,就丢几十年的老脸了。

梁春的确没说。连对自己老婆也没说。

他不说，并不是因为他也吃了（他完全可以说成自己开始并不知道是偷来的），而是记刘三贵的情，为他遮丑。

刘三贵却抛下他，独自走了。

"看你走得了几时！"梁春在心里冷笑。他知道刘三贵不久又会回来。不要老年人的，并非只有河南的那家工地，那次他们在回乡的路上就听说，好些地方都不要老年人，怕出事故是一方面，还因为老年人手脚慢。

在眼下，慢，差不多是罪过。

梁春正这么想，孙相品两口子背着行囊回了村。梁春去找孙相品，想探听一下情况；其实不是探听，是要孙相品肯定，肯定老年人已被外面的世界彻底淘汰，老年人只能待在家里，摸摸索索做一点庄稼活，把自己混得更老。

但孙相品比出村前还要装大，问他话，问好几声他都不应，就算应一句，也跟你问的牛头不对马嘴。不过这无所谓，梁春只看重孙相品回来的事实。孙相品干着自己精通的本行，都回来了，未必你刘三贵稳得住？

梁春暗暗等着刘三贵回来，他再去洗刷他。他把这话对老婆说了，他说刘三贵不要我，是你刘三贵一个人不要我，但不要你刘三贵的，是外面的所有人，是这个世道，你刘三贵有本事，就跟那些年轻人一样，过年也不回来，几年也不回来!

汤广惠听后,劝他:"脚长在刘三贵身上,他要走,走他的!"

从这句话听出,此时的汤广惠,已不是恨起心肠把丈夫往外撵时的态度了。

在梁春外出的那些日子,她觉得自己整个人都空了。空得像万籁俱寂的深夜。她看得见那空的过程,从头上往下,一直空到脚趾头。

自从丈夫得了多话症,她的脸面虽不像先前光生,皮肉不像先前紧扎,但整体说来,她还是饱满的,上了岁数,也有上了岁数的饱满,可丈夫离开后,她瘦了。连目光也瘦了。她看啥都瘦了一大圈,院坝外的那棵黄桷树,虽腹部敞开,树身空洞,但几个人也抱不过来,而在汤广惠眼里,她一个人就能抱住。有天傍晚,趁没人在,她溜下石梯,当真去抱了一下,结果她的两条手臂像只有几寸长。"傻婆娘!"她这样骂了自己一声,然后回去宰猪草、扫屋子、备柴火。丈夫在时,这些活路干起来总没个完,丈夫一走,三两下就干净了。接下来干啥呢?看电视么,电视早坏了,打开来全是雪花;没坏也不想看,电视里的那些人,只管自己说,不听她说,他们说的,跟她完全没有关系。她只好坐在堂屋里,或躺到床上去。

她家的房子本来不大,可这时候,却像是宅第深深,掩门重重。

她也试着在睡觉前去别人家闲坐,可她发现,那些映照在墙上的弯曲背影,非但没把她填起来,反而把她掏得更空。尤其是从别人家出来,从院坝里经过,看到杨浪的屋子,那种空就咯吱咯吱响,像久无人居快要散架的门窗。

杨浪那时候往往已经睡了。

他睡得早,是因为起得早。

自从感觉到从朱氏板流淌进来的声音,有许多他都不认识,他便不再固执地只往那条道上去。当消除了这种执念,他发现大山还是大山。凌晨四点过,他起床,听见山野间的无数生命,也在泼颜梳洗,准备跟他一起奔赴黎明。然后太阳升起,新的一天带着新的色彩和新的声音,慈爱地拥抱人间。太阳也对这新的人间和新的景致感到惊讶,想好生看看,不让路过的云朝自己靠近,云无所归依,纷纷飘落,乳酪般横陈山野……某些时候,枝桠太密,风吹不动,落叶太厚,溪流不开,鸟也不怎么叫,大山静得空旷,但这种深邃的寂静里,也埋伏着声音的斑斓和忧伤。天气晴好的日子,太阳刚落下对河的马伏山，黛色的林野之上，一天烂星便追赶而出。望着浆汁般煮动的星群，杨浪总是想听到来自九天之外的声音。

天上的一颗星，就是地上的一个人，他试图分辨出哪颗星是他母亲，哪颗星是他父亲，哪颗星是他哥哥，哪颗星又是他自己。

可分辨不出，因为他听不到星星的声音。

那是对他永远遮蔽的秘密。

每个人都是一半在天上，一半在地下，所以人们才有那么多秘密。

无论你多么亲近和想念一个人，你都只能听见他一半的声音。关于秘密的那部分声音，永远是声音的黑洞，深不可测。这让杨浪苦恼。

所有他无能为力的声音，都让他苦恼。

有天夜里，按理他早该睡了，但苦恼太深，心里不服，便用麦面和了水，捏成四个汤圆模样的团子，算是四颗星，分别代表父母、哥哥和他自己，他把它们放在桌上，仔细聆听。他听见的只是寂静。忧伤的寂静。连他自己的那一半他也听不到了。他叉开十指，拨动着四个面团，让它们像星群那样旋转，转动的声音在屋子里走，然后是跑，然后是飞。

这一幕，刚好被汤广惠看见，那时候她从张胖子家出来。

汤广惠不知道杨浪在干啥。不知道才怕。知道了或许更怕。被空得怕。

对老婆的劝，梁春是听明白的。她知道他心里不好过，是在安慰他。先前，为一些小事，她也经常安慰他。村里人鄙薄他心厚，说风从他门口过，他也要抓一把进屋，说他放屁蹦出颗米粒子，也要捡起来吃掉。他承认，自己节俭是事实，节俭到吝啬也是事实，但他觉得，他不那样做，就养不活一家人。汤广惠知道他听了那些话难受，对他说："有多大个指甲剥多大个蒜，你管球人家咋个嚼！"那年拜给他的那个干儿子，到他家走动两年就不再走了，他很伤感，汤广惠说："未必你还靠他养老？亲儿子都靠不住呢！"这话虽然没说到点子上，他伤感并不是害怕失去一个养老的人，但经这么一提醒，他也就慢慢放下了。

可自从丁老婆婆过世，汤广惠就没再安慰过他。

他并不知晓缘由，因为他不知道自己话多。他只是感觉到——正如刘三贵猜想的那样，这些年来，他一直逃不出丁老婆婆带给他的梦魇。丁老婆婆搂着一个虚构的孩子死去，让他遍体生寒。阴阳本无门，是人设置了门，但设置的门比本身有门更加森严，在这道虚构的门面前，不仅是那个孩子，连丁老婆婆自己，也成了零。成为零的丁老婆婆，只能独自进去。每个人都只能独自进去。包括他。

这时候，他最需要老婆的安慰，让他明白自己是实实在在存在着的，实实在在的有乡邻和亲人陪在身边。但老婆跟村里人一样，能离他远些，就绝不跟他靠近些。

老婆现在来安慰他，让他的感觉混沌起来。

偶尔，他会有电光石火般的惊醒，但惊醒过后，立即陷入更深的迷茫和恐惧。

因此他没回话，只一心一意等着刘三贵回来。

可刘三贵没有回来，真的就像年轻人一样，连春节也没回来。

那是因为，刘三贵已经不是老年人了。他虽然算不上年轻人，却也不是六十岁以上的老年人。再次出门前，刘三贵去染了头发，染得黢黑，是青郁郁的那种黑。他的头发本就茂密，上了年岁掉了些，可还是称得上茂密，经这么一染，就如冬去春来的林子。在黑发映照下，脸上的皱纹便与岁月无关，而是沧桑，是硬气，唇上铁灰色的髭须，为那硬气淬了火。头和脚，一个是天，一个是地，头旧了，脚也旧了，头新了,脚也跟着新,就像天上落雨地上稀,太阳出来热兮兮。连头和脚上的病,有经验的医生,比如鲁凯,也是换着治:头晕敲敲脚板,有脚气,就往鞋子里洒头痛粉。这意思是说,当刘三贵染了头发,他的腿也跟着灵便了。至于身份证,那是很好办的,办个假的就是。别人不一定相信假的,但需要把假的当成真的。假身份证上的年龄减了十八岁,如此,他就还没上五十,是货真价实的壮年人。

刘三贵成功出门的秘诀传出后,村里另外几个老汉也跟着效仿。

当然,李成没走,张胖子没走,梁春也没走。李成是不愿走,再说他的年龄也相对大些,张胖子是不能走,梁春是故意不走。这与汤广惠留他没有任何关系。他像是在跟谁赌气一样。气一赌,就不说话了。他突然沉默了。

在害怕孤单的时候,他有说不完的话,待村子里没几个人,真正孤单下来,他反而沉默了,像丁桂芝附在他身上的魂,突然跑了。是被更深的孤单吓跑的。

汤广惠说,梁春的沉默是从一天夜里开始的,那天夜里他没说梦话,更没不做梦也说话,只是安静地躺着。这么不声不响,反而弄得汤广惠睡不踏实,不下二十次,她去探他鼻息,烫乎乎的,烫得有棱有角,有圆有方,而且带着某种奇异的重量，仿佛能从那烫里摸到他的肠肝肚肺。她放心了，却也有一种古怪的失落。

就像渴望永恒与渴望被遗忘绝不是互相排斥的，汤广惠渴望丈夫安静与渴望他一如既往地成为话痨，也有一道敞开的门，彼此相通。

而今，除去夏青的儿子小栓和那些还没上幼儿班的小孩子，已经五十四岁的杨浪，是千河口最年轻的男人。同为光棍汉的九弟和贵生，一个比杨浪大四岁，一个比杨浪大六岁。好在他们都是名副其实的光棍汉了，"跑跑女"没有了。早就没有了。女人们再要跑，也是往城里跑，谁还会朝万山老林里跑？因此，杨浪不必因为见"跑跑女"进了九弟或贵生的门，就回家躺在床上，呻唤得全村的狗都不得安生。他们三人，成了千河口光棍汉的绝唱，更年老的光棍汉都死了，年轻一辈，长得再丑，条件再差，也不缺女人的；他们满世界乱窜，窜着窜着，就窜到一个女人了。

连坐牢出来的李奎，也找到了女人。

李奎并没坐满十年，坐八年多就出来了，出狱后没回家，只给大哥打了电话，说他去贵州找战友（其实是狱友），先在贵州那边打工。这消息李成和邱菊花都没对外人说，儿子出狱，即便是提前出狱，说出来也不是什么光彩的事情。直到李奎出狱好长时间并且回到村子里来，千河口才知道他不仅出来了，还有了女人；不仅有了女人，还有了儿子！

那是农历五月某个闷热的午后，身体瘦弱却很少生病的杨浪，前一天得了重感冒，发烧，就在家里睡——他得病从不弄药，都是睡，睡三五天就好了；何况现在弄药很不方便，因为顶替了鲁凯的赤脚医生许宝才，也丢下药箱，去江苏昆山进了磨石厂。杨浪睡得昏昏沉沉，突然听见一个声音："浪爸爸。"

他听见这声音，只是因为对声音敏感，并没觉得与他有什么联系，村里人招呼他，无论大人小孩，直呼其名算是好的，多数是叫"那东西"；好些年来，他都不是通过"杨浪"，更不是通过辈分，而是通过"那东西"来识别自己。

可叫"浪爸爸"的声音相当固执，把杨浪从昏沉中唤醒。他睁眼一看，床头站着两个人，一个男人，一个女人，女人秀里秀气的，乖乖巧巧的，宁静地微笑着，五月里还戴着头巾。男的又叫，叫过后说："浪爸爸，你不认得我呀？我是李奎呀。"

这么说来，真是叫他么。

杨浪翻身起来。起得太急，差点一头栽下床，李奎把他稳住了。

"你回来了哇李奎？"

李奎说我回来了浪爸爸，这是我婆娘，叫映秀，她是苗族。

杨浪朝那女子望过去，这才发现女子的怀里还搂着个小人儿。

于是李奎又说："这是我儿子，叫李大运，十天前才满了月。"

杨浪急忙挥手："出去，你们都出去！我感冒了，看把你们传染了，大人不说，传染了娃娃可不得了！"接着又挥手："出去，快出去！"

他把脸掉到一边，生怕自己呼出的气流被娃娃吸进去了。

待那一家三口出去过后，杨浪的耳朵里只重复着一个声音：

"浪爸爸浪爸爸浪爸爸……"

这回，杨浪的病好得特别快，第二天下午头就不重了，腰也不酸了，腿也不软了，他认真地洗了头，用削红苕的刀子刮了脸，换了身干净衣裳，出门去西院，进了李成的家门。

可是李奎一家三口到镇上的大哥二哥家去了。杨浪问他们还回不回村,李成说可能回来,也可能不回来。其实说定了还要回来的,只是李成觉得,杨浪来看望他们,实在说不上什么价值,因此不想给他确信。

这次回村,李奎挨家挨户都打过招呼,只要那家里有人;没人,有鸡,有鸭,有猫,有狗,甚至看见一只老鼠,一只蟑螂,他也照样去打声招呼。无论去谁家,都带着婆娘,抱着儿子。要是分明知道这家里有人,却没碰见,他会去第二次。比如张胖子家就是。他第一次去找张胖子,王玉梅上坡去了,张胖子在睡觉,张胖子的鼾声如同雷鸣,压倒了李奎的喊声和敲门声。

从大哥二哥家回来后,吃过午饭,李奎又去张胖子家。

这时候,张胖子正在给老婆交代后事,王玉梅听得厌烦,打断他:"我晓得了,你死了我天天去你坟上淋一盆水。"张胖子等着她继续说下去,可她正忙着收拾火塘。她刚做好了饭,按张胖子的指令,每顿饭做好,却不忙吃,先把火塘收拾干净,干净得不能留任何残枝残叶,只剩白灰。这工作看似简单,其实繁难,王玉梅拿着火剪,撅着屁股,明目鼓眼地盯住低于地面那个一米见方的空间，腾不出精力说更多的话。张胖子就不满意了："还有东升呢？"王玉梅只好又说："等东升回来，进屋的第一件事，就是去你坟头上淋一盆水。"因为腰勾得太深，她的声音像从瓮里出来的，气流吹得白灰浅浅地沸腾。

提到东升，张胖子又是眼眨眨的，将目光投向长方形的门外，望着院坝口。他的目光也呈长方形，将黄桷树、竹林、石磙和在石磙上歇着的两只鸡，都框了进去。可就是没有东升。东升好长时间没回来了，也没去见过他哥哥，更没见过任何一个村里人，包括强娃也不跟他在一起。他就是一个人在外面漂。风筝飘出去还有根线连着，他是连根线也没有，每次给他电话，他都说自己在做正事，问做的啥正事，又含含糊糊。这证明不是什么正经事。

他会不会像李奎……

这天张胖子正这样想，李奎就进了屋。

张胖子一眼就把李奎认出来了，虽然他长高了些——像是长高了些，特别是长结实了，但张胖子还是认出了他。张胖子大张着嘴："啊……啊……"李奎愿意别人对他的出现感到惊奇，因为他的身后跟着婆娘，婆娘的怀里搂着儿子，他说："向青爸，王大娘，还没吃啊？"向青是张胖子的名字。张胖子还是"啊……啊……",像他面前站着鲁凯,鲁凯正用一片药木压住他的舌头,叫他"啊"几声,好判断他的喉咙是否发炎。

他是被同时出现的念想和现实卡住了。

想到李奎,李奎就一脚跨进了屋,仿佛李奎不是自己走来的,而是被他的念头唤出来的。他醒里梦里想着东升,为啥没把东升唤出来?

他不仅失望,还觉晦气。

当他终于把嘴合上,李奎给他和王玉梅介绍自己婆娘和儿子的时候,他显得格外冷淡。

李奎介绍得太张扬了,那声"向青爸,王大娘",也叫得过于响亮了。

不管咋说,你是从监狱出来的。

杨峰当年在街上念书那阵,罗家坝的普光中学有个高中学生,名叫桂立新,常年成绩第一,作文还在县里得过奖,而且会唱歌,会踢足球,是全县中学生足球队队长,因此在整条河上赫赫有名。可高中毕业没多久,就听说他被抓了。当时市里有群人抢火车,嚣张得很,个个手持大刀和铁棍,公安严密布控,才将他们逮住,其中竟有桂立新!桂立新的父亲好多人都认识,那人赶场天走在街上,像个公社干部一样，拎个黑皮包，头发背梳着，跟谁说话，都露出居高临下的笑脸，但自从儿子被抓，镇上就再也见不到他的踪影。大约两年过后，有人在河下游的水泥厂看到他，简直吓了一跳：头发花白凌乱，两眼垂到脚背，脸上皱纹打挤。

但那是好些年前的事了。近些年，清溪河流域，进监狱的不知有多少，单是老君山，知道的就有七个。那些人去到外面，都说干着正经职业，结果是偷，是抢，是做高骡子生意[1]，是逼女子卖淫。幸好老君山还没出过杀人犯。前不久有人去县城，看见法院门口贴着一张布告，布告上六个死刑犯，五个都是农民工。他们的消息传回家乡，却没见谁像桂立新他爸，把脑壳夹在裤裆里过日子。比如李成，非但不害耻，不把脑壳夹进裤裆里，还活得趾高气扬的。

在张胖子看来，李成为儿子喊冤，其实是另一种趾高气扬。

不管别人怎样想，张胖子想的，跟桂立新他爸想的完全一样。

每次跟东升通话，他都要重三遍四地交代，说人不怕衣服脏，就怕骨头脏，衣服脏了能洗，骨头脏了不能洗。他完

---

[1] 做高骡子生意：做人贩子。

全相信世上之所以有监狱，就是为了关坏人的，所以凡是进过监狱的人，都是骨头脏了。

这天李奎一出脚，张胖子立即拨通了东升的电话，把衣服和骨头之类的话又重述了一遍。他的声音正如他的长相，肥厚得很，尤其是打电话的时候，几乎是喊，他想的是路程那么远，不喊，对方就听不见。

对方是听见了，刚走过巷道的李奎，也听见了吗？

但杨浪肯定是听见了。

那时候，杨浪正在村后的渠堰上，把一条蛇赶走。他从鞍子寺过来，上到古寨梁子，还隔着一里多路，就听到了那条蛇。他循着声音，加快脚步，朝蛇靠近，直到东院上方，才见一条足有丈长的笋壳斑蛇，拉伸了担在渠堰上耍懒。这不是找死么？它以为自己有那么粗大，再加上一身的斑点，别人就怕它么？这山里，除了杨浪，已经没人怕蛇了。

说来奇怪，先前不吃蛇的时候，远远地看到那冷血的生物从草丛中游过，也吓得身上长毛，若不小心被蛇咬一口，指头也能肿成小腿粗，医治不及时，还会切脚锯手乃至丢命，可自从城里人吃蛇，山里人知道蛇能卖钱，连孩子见到蛇也像见到黄金，猛追不舍，被蛇咬了，无非像蚂蚁叮了。

许宝才离开村庄的前半个月,在严家坡的柴山里捉到十多根蛇,每捉一根,都捆扎在身上,浑身上下,蛇尾卷曲,蛇头蠕动,蛇信子如乱旗招展,他随身带的药箱没法挎,就顶在头上,当他怀孕婆似的走回家,肚子和腿上到处是血,他却屁事没有,用盐开水一洗就万事大吉,药都不用上。苟军也是这样把蛇往身上捆,有了蛇伤,吐泡口水往伤处一抹,比盐开水还管用。可见世间的毒跟世间万物一样,也是此消彼长的。

开始是年轻人捉蛇,后来年轻人走了,老年人竟也敢捉,见到蛇迹,就跟着追,蛇钻了洞子就拿烟熏,没钻洞就扑上去,一把掐住蛇的脖子。

杨浪生怕有人来,站在十米开外,跟蛇说话,叫它快走,叫它今后再没耍处,也不要到路上来。可是蛇不听他。看来它的确没耍处。它的同类日渐稀少,稀少到荒凉,就想横在亮处,让残存的同类看见。杨浪拾起细土块,朝它扔过去,它抬起头,喷吐着铁青色的信子。杨浪退后几步,接着扔。蛇仿佛叹息了一声,不得已把自己折叠过来,嗦啦嗦啦地梭进渠堰上方的枫香林去了。杨浪看不见它隐没的部分,感觉是枫香林一截一截地把它吃了。

他痉挛了一下,正想过去看看,张胖子跟东升通电话的声音传了上来。

杨浪望下去，正好看见李奎一家过沟。李奎走在前面，映秀走在后面，映秀的怀里抱着个小人儿。杨浪的心里有些酸，也说不清为什么。

回去过后，李奎一家就收拾行李，离开村庄，下贵州去了。他对父母说，贵州那边事情多，要不是东西放在山上，他们从镇上就直接走了。

算起来，李奎在千河口总共只待了两天多，在父母家吃了五顿饭，去夏青家吃了两顿饭。李奎坐牢之前，夏青就拜寄给他爹妈了，以前没什么，这次回来，他却真是把夏青当亲姐姐看的，不仅去她家吃了两顿饭，还给小栓拿了五百块钱。

小栓已满十九岁。

病好以后，他去鞍子寺小学插班读书，直到学校垮台。十五岁那年，他跟着父亲符志刚去了，可不到四十天，符志刚又把他送了回来。他脾气古怪，常跟工友们争吵。其实他并没上班，只是到厂区玩。那时候符志刚早就没在东莞造电熨斗，而是跟千河口多数打工者一样，进了磨石厂。

不过，千河口人打工，除刘三贵这样极个别的去了河南

（第二次出门，刘三贵还是去的河南，只是不在先前那家工地），一般是走广东、上海和江苏，符志刚却离开广东，单独去了浙江嘉兴，进了一家名叫"更好"的磨石厂。磨石厂都在偏远郊区，随便搭个棚子，就是厂房，计件结算，因此老板不监工，只验收，闲人想进去玩，随你的便，只是别在油坊抽烟就行。

去浙江没几天，小栓就学会了抽烟，也学会了喝酒。他一天活没干过，能懂啥？可是他抄着手，在料坊、油坊、石磨坊、水磨坊和包装坊里，串来串去，不管走到谁面前，都要子丑寅卯指点一通，说你做得这不对、那不好，开始人家还把他当小孩子，跟他笑，说多了就烦。那是很累人的活，噪声又大，哪能腾出精力听你开黄腔？特别是货被老板三番五次打回来的时候，就不仅烦他，还叫他滚。你叫他滚，他就扭住你，跟你吵，真吵起来又只会说几句"揪揪话"。

符志刚承认，他不喜欢儿子，他跟儿子太陌生了，也不明白儿子为什么变成了现在这个样子。把小栓送回来后，符志刚当天就走了。如果不是考虑到小栓没出过远门，怕他路上走丢或言语不当挨揍，连送的时间也没有。那正是旺季，挣钱全靠大约四个月时间的旺季，过了这季节，一天能上半天班就不错了，多数时候是三天打鱼两天晒网。

这么多年来,符志刚不可能没挣到些钱,可他的家境看不出丝毫改变。比他晚出门多年的,也在镇上买了房,而他家的房子,依然是爷爷修的木板房,夏青还是那样起早贪黑,忙了田里忙地里,忙了外面忙家里。让人不解的是,夏青却照旧那样快乐,且比先前更加快乐,好像只要儿子的病好了,她在世上就没有任何忧愁。

"他在磨石厂,造松花石茶几!"

如果有人问起符志刚,她便这样高声回答。

小栓自从回到本地,他爸爸说的毛病全改过来了,改得连影儿也没有,相反,他话很少,非常少,尽管不像现在的梁春那样比杨浪的话还少,但的确没有几句话说。而且既不抽烟,也不喝酒。李奎给他钱的时候,他同样不说话,只是把双手背到背后去,不接。

还是他妈帮忙接过来的。

夏青看重的,依然不是钱,是情,就像李成给她钱一样。

十九岁的小伙子待在家里,毕竟也不是事,这年的十月份,夏青去找到李成,说:"爸爸,能不能叫小栓去跟大哥或者二哥学做生意?"

李益和李钟都比夏青年长。

"他们那生意,没啥前途。"李成说。

夏青以为是有难处,没再言声。

其实李成另有心思。大儿子和二儿子,虽然有钱,对父母却都不怎么好。钱是给他们用的,而且从没吝啬过,逢二老的生日,都是扯到街上去办大席,请了各方有头有脸的人物,前来为自己父母祝寿,那阵势,搞得刮风下雨的。可他们没像别人家的儿子,给父母去镇上弄套房子,让父母住着,享清福。李成跟邱菊花这么大年纪了,该享福了。两个儿子却没那打算。二儿子李钟沿河修了那么多房子,跟另外几个房产商——既有本地人,也有市县里来的——一起,把普光镇扩大了一倍多,并且还在继续扩大,却没有一套房子是要拿给父母住。

不是不让去住,可只叫去他们家里住。

那家里能住么?大儿子家纯粹是个蛇部落,甚至是个蛇国家:乌梢蛇、菜花蛇、王子蛇、烙铁头蛇、青竹扁蛇,还有毒性很大的中华珊瑚蛇和碗口粗的蟒蛇。为防这种蛇吃那种蛇,也防大蛇吃小蛇,李益把它们分出类别和大小,盛在不同的竹筐里。若过三天没售出,屋里阴气呛皮,就得给蛇洗澡:水属阴,以阴治阴。李益给蛇洗澡,不是用水龙头往竹筐里喷，而是将盖子一揭，打声唿哨，蛇们身子一顿，连环箭似的射出，从后门下坎，沿土坡飙下河去。七八分钟后，李益又是一声唿哨，蛇迅疾上岸，从后门进来，归位到自己的竹筐里。那真是普光镇的一大奇观，蛇上坡下坎，扫荡出飞沙走石的声响，所过之处，草成泥，土成槽，河水暴煮。

奇观不假，却是末日景象，在河岸洗衣的妇人，在浅滩耍水的孩子，百十米外也吓得绝望惨叫。即使那些妇人和孩子曾经是山民，也只在山里才不怕蛇，到了镇上，感觉就完全变了。何况那是一支庞大的蛇军。

不少人提意见，但李益没理睬，他说我的蛇又不咬人，我叫它们不咬，它们就不敢咬。这话大家也信，常年把蛇往刀俎下和汤锅里送，让蛇怕他。这正如无论多么凶恶的狗，见了资深杀狗的屠夫，也四股打战，那些屠夫只需轻声吆喝：过来。狗就走到他面前，屠夫一手托住狗的下巴，一手将刀捅进它的脖子，狗连哼都不敢哼一声。可就算你的蛇不咬人，天底下却并非咬人的才吓人，于是又去政府反映。李益照样没理睬。直到后来，快艇通了，高速路也通了，几天还没售出的情况几乎没有，无需为蛇洗澡，他才停止了那种把戏。

可从那以后，李益嫌竹筐占地方，运输也不方便，便将竹筐换成了尼龙口袋。这更容易麻痹人。要是乏了，不经意间往口袋上一坐，顿时要吓个半死：大热天里，蛇身也砭人肌骨，还在屁股底下拱来拱去。要是口袋没扎紧，蛇还会跑出来。事实上蛇经常跑出来，横在板凳上，挂在挑梁上，盘到厨房里，甚至溜到枕头底下。

除了蛇，李益收来的死猪死狗，窖在旁边一个大冰库里，虽没啥气味儿，可躺在床上，想着隔墙那一堆堆码起来的尸体，心里就怎么也踏实不了。

后来，山里人少了，送蛇和送死猪死狗来的没那么多了，李益一面继续经营那种生意（那生意实在挣钱，没彻底断了货源，就舍不得丢），一面卖起了建材，主要是卖钢条，钢条在屋里撂成垛子，从门口一直捅进屋子的深处去，进出都踩着它过，长索索的，老觉得踩的是蛇，让人心惊肉跳。

那实在不是人住的地方。

再说李成也不喜欢大孙子李灯，那家伙老是阴着一双眼睛，一天的任务就是吃、喝、耍，见到爷爷也不大叫。

大儿子家住不得，二儿子家么，天天夜里聚一帮人，喝酒打牌，闹腾到一两点钟也不消停。二儿媳肖婷婷又是个特别爱妖艳的，当初在农村，牛屎抓得，狗屎摸得，一去了镇上，住进铺了花岗石地板的套房，突然就高贵起来了，又是烫头发又是戴耳环，还常常拿出个小镜子，涂脂粉抹唇膏。这且不说，她竟然见不得一点脏东西，地板上掉颗饭粒子，也立即揪出一张上好的抽抽纸，把饭粒拈了；饭粒还不算脏东西都这样，要真是脏东西，她就皱眉，肿脸，说话粗声粗气。从小到大，她还闻少了旱烟味儿？可现在也闻不得了，李成躲到阳台上去抽，还把阳台跟客厅之间的玻璃门关得严严实实，也见她坐在沙发上，边看电视，边歪着鼻子，把越来越白嫩的手在鼻子跟前挥来挥去。李成上了年纪，又抽烟，痰多，在老家是随便吐，去了儿子家，他再没见识，也知道只能吐到垃圾袋或马桶里去，可连他咳痰的声音，二儿媳也听不得，只要他的喉咙吭的一声响，她就痛苦地压住胸口，像要发呕的样子。二儿媳跟蟒蛇一样可怕。

李成觉得，两个儿子对他们不是不好，但绝不是好。儿子对父母，不是好，也就是不好。三儿两口子就不同！他们回来只待了两天多，除了吃饭睡觉和挨门挨户打招呼，其余时间全在地里，小两口扛着锄头，硬是把桑树坪那片地挖出来了，李奎连抽支烟的工夫也没歇过，当然他本身也不抽烟，映秀的手上打了好几个血泡。挖了桑树坪，又去大地埫，给遭了风灾的玉米扶秆子、上追肥，映秀跟李奎一样，挑着八十斤一担的粪桶，一来一去好几趟。

要论长相，老大老二媳妇哪能跟映秀比？可人家那样能吃苦！那样能吃苦，却还是那样白。那天生就是城里人的长相，却不带城里人的娇气、脾气和架子。她还是个刚出月子的产妇呢！她还给公公婆婆剪趾甲呢！

因了这些缘故，李成对老大老二不是很待见。

他们有钱，做父亲的自然高兴，但所谓高兴，也就是满足一点虚荣心而已，李成从不因为儿子钱多就作势，更不觉得儿子就成了人上人。张胖子认为他趾高气扬，那是张胖子的看法，他自己并没有。他不仅没有趾高气扬，许多时候——在他痛彻地想念三儿子的时候，只用小半心思去跟人说话，大半心思用来看人的脸色。

正是由于对三儿子的痛，不止夏青，别的任何人提到老大老二蒸蒸日上的生意，他都是那句话："他们那生意，没啥前途。"

当然了，这话也不能全然当真，显摆的成分也是有的，前途不前途，现而今，还不是以挣钱多少来定，挣钱多就有前途，挣钱少和不挣钱才没前途。老大老二挣下的票子，尽管比不上杨峰，大概也比不上房校长的三女婿，可要在普光镇本地，他们都可以排进前五；老二起步晚，照样可以排进前五。但李成那句话所代表的感情，大半是真的。他对老大老二确实有意见。

另一方面，他现在要故意在熟人面前踩踩老大老二，来抬高老三。

老三现在办了个养殖场，也有了自己的生意！

他坐牢那些年，每当李成在人前说起他（说他是冤枉的），除了杨浪和干女儿夏青，别的人么，哼。人人都想别人站出来，第一个去吃螃蟹，却从不打算把祝福送给那第一个吃螃蟹的人。对此李成是早就看穿了的。

当初，整个村子对山外既向往又畏惧，听说杨峰、符志刚跟李奎要走到山外去，他们口头上咋呼，说你当老板去了，心里却巴不得你倒霉。特别是李奎，那时候才满十八岁，一把嫩骨头，竟也敢出远门去当"老板"，这让他们更不舒坦。李奎挣了钱，这是他传回的第一个消息，然后无声无息地闷了两年，终于传回来第二个消息——第二个消息就是他被抓的消息。他当真倒了霉，当真遂了那些人的心愿，所以听李成为儿子喊冤的时候，他们脸上要跑出幸灾乐祸的狗。他们自己也知道把那条狗撵不进屋，默默地听几句，就连忙转了话题,说他李成家老大(后来加上老二)有多能干,生意做得有多红火。可他们肚子里的蛔虫,李成是数得清的。

现在老三出来了,找了个好女人,生了个乖儿子,还跟手跟脚地刨出了生意,打开了财路,比你们那些没坐过牢的,活得旺实,混得体面!

但毕竟,李成不好明目张胆地去踩别人(主要是不屑于那样做),就踩自家老大老二,说他们的生意没前途,以此表明:老大老二的没前途,老三的才有前途。

李奎是怎样在出狱后跟映秀认识,并同居生子的——他们生了儿子还没办结婚证,李奎那次回来,除了认为自己可以回来,应该回来,还为了带映秀去民政所补办结婚证——李成没拿出来讲过,邱菊花倒是透露了一点,说映秀是李奎"战友"的妹妹,"战友"是贵州熄峰人,李奎跟他在狱中就结成了拜把子兄弟,他们都犯了罪,但都不是坏人,只不过是一时的鬼迷心窍。两人反而从对方的罪过身上("战友"犯的是飞车抢夺罪),看到了比一般人高的德行。"战友"比李奎先出狱一年多,李奎出狱后去找他,他不仅收留他,帮助他,后来还把自己刚满十九岁的妹妹介绍给了他。

李成不愿意讲这些，他只是说，李奎跟映秀交往一段时间后，两人就找映秀的爸爸帮忙贷款，在熄峰包了个养殖场，是好大一片山林，用线网拉了，养野鸡，养那东西并不费事，收入还很可观。其实并不是贷的款，而是找李益借的，李成这样说，一方面还是表明三儿子自己有办法，另一方面是不想让儿子露富。李奎在远方，再怎么露富都无所谓，李益和李钟在近处，有尾巴也最好夹着。

那次李奎说，他回贵州后，要在当地招几个人手。当时李成没在意，现在夏青找到他，他想，与其在外面找人，不如找自己亲人（他把夏青一家都当成了自己的亲人），一是放心，二是有钱大家挣，肥水不流外人田。他临时涌起的更重要的想法是，他要在家乡造成李奎招人的声势，没有声势，也要有那风声。

这样一想，他就给李奎打电话，问人招齐没有。李奎说早就齐了。他说你放掉一个，让小栓去，小栓现在没去处，工资给少点无所谓，让他淘些见识。

李奎沉吟半晌，说要得，叫他来。

这样，小栓就到贵州去了。

夏青之所以只说让小栓跟老大老二学做生意，没说老三，是不想小栓走那么远。小栓跟自己爸爸走到远方去，也是东不斗榫西不落靠，不要说跟别人。

但既然保爹那么热心，她也就不好再说啥了。

小栓刚出脚，李成就四处走动，以十分淡然的口气，说李奎的场子太大，而且越拉越大，要很多人手。说了，他就一家一家去问，已经搬到镇上去的，他就在赶场日子到镇上去问，问某某的男人或儿女，要不要离开打工的地方，去李奎那里。他报的月薪，是比着人家眼下的收入来的，比如人家现在的月薪是二千五，他就说二千五，是三千，他就说三千，人家一想，工资没加一分一厘，还倒来倒去的花路费，耗时日，何苦呢？于是不去。

他要的就是你不去，他只是把事情宣扬出去就够了。

效果显著，好多人都在议论，说："别看李奎那家伙是个劳改犯，还真有出息。"有些人还拿李奎，去教育自己打工多年也挣不回钱来的儿子。

这只是苦了张胖子。每当他听到别人在他面前夸李奎，他心里就当猫抓。他老是觉得别人夸李奎是在夸他的东升。这种感觉很不着调，却很坚实，很黏稠，击不碎，挥不去。即便李奎是浪子回头，首先也做过浪子。他不要他的东升做浪子。他要他家的所有人，就像他家的火塘一样洁白无瑕。

然而别人一夸李奎，他就觉得东升已经做了浪子。这让他痛苦不堪，给老婆交代后事的次数也更频繁了。

起初，也就是张胖子头几回交代后事的时候，王玉梅很是担心，差点就给儿子打电话，叫他们回来，想到去来一趟不容易，才忍住了没打。熬过一段时间，她发现丈夫啥事没有，相反身体还好了些，以前动不动就上厕所，又开腿站老半天，才淅淅沥沥撒出几滴尿，现在上厕所的间隔明显延长了，她才知道丈夫交代后事，就像房校长说"那羊就要吃狼了"一样，是句口头禅。

可张胖子是认真的，特别是李奎突然出现在他面前且成为别人的话题之后。

再到后来，他简直怕听到李奎这个名字。

越怕，那名字出现得越频繁。

最讨厌的是汤广惠，几乎天天晚上到他家闲坐，天天都要说到李奎。

梁春出门那阵，汤广惠没有伴儿，可她偶尔才去别人家坐，现在有了伴儿，倒在自己家坐不住了。那是因为，梁春不在时，他在她的牵挂里成为她的伴儿，当他就在眼前无需牵挂，反而成不了她的伴儿。不再是话痨的梁春，就像长时间下雨的天空，一旦放晴，就晴得把地干死。他把以前说话的时间，都用来干活，手上没活，比上刑还难受，简直跟夏青一样了。可夏青是一个人在家，以前小栓在也从不帮她拾根柴草，梁春跟汤广惠是两个人在家，田里的干完了，地里的干完了，柴禾也堆满了阶沿，梁春无事可做，夜里就是根木桩，白天就上房翻瓦。屁股恁大一块住处，经不住几翻就翻盖完了。他又不可能去翻别人家的瓦。他倒是想去的，哪怕一分钱不收，一口水不喝，纯粹帮忙，但没人请他，他怎么能去呢？

后来汤广惠学奸了：既然你闲不住，那就把洗碗、宰猪草、喂牛水等等杂活，通通撂给你，她自己则消消闲闲地串门。她所在的东院，能串的也只有张胖子家。夏青太忙，没时间听你扯咸淡的。杨浪么，是咸的淡的都无人愿意跟他扯，汤广惠再闲，也不愿意跟他扯。至于别的院子，中院的苟明成已经死了，他老婆还比他先死，他儿子苟军，在父亲死后一段时间，悄悄锁了房门，据说到了遥不可及的地方。桂平昌一家，没有了苟军的欺负，反倒比先前更没有生气一样，阴得像影子。刘三贵家也把房门锁上了：玉玲生了小孩，她妈上街去帮她带。孙相品两口子虽是回来了，可孙相品不仅觉得没几个人配跟他说话，还天擦黑就关门闭户，把山村、山村的夜晚和访客，一律拒之门外。西院李成和邱菊花那里倒是可以去，可毕竟远了点儿，特别是晚上，万一踩虚脚摔一跤，老骨头就要变成石灰粉了。

所以汤广惠串门，都是去张胖子家。

有人串门张胖子是喜欢的，王玉梅也喜欢，但汤广惠一坐下来就唉声叹气，就说到自己养儿养女，只是还前世欠下的债，可人家养儿养女，却有享不尽的福气，受不完的面子。像鲁家的小凤，凭一己之力把全家弄进了县城，鲁家今后出生的孩子，就敢大明其白地说自己老家在县城，而不是山高路陡的千河口。刘家的玉玲，不仅开了火锅店，生意红得发紫，还成了明星，听人说，进县城的路口都挂着她的照片！又听说，离县城很近的一个地方，名叫青河湾，想申报4A级风景区，正碰上全省新农村文化展演的好机会，县里多方努力，把展演地争取到了青河湾，前些天玉玲带着几个人去那里演出，受到了领导和各路专家的高度评价，市里的晚报采访她，登了一整版，其中她的照片差不多占了一半。

这些"听说"都是事实。申报4A风景区要有国家级元素，玉玲她们唱的"打闹歌"，已被批准为国家级非物质文化遗产。"打闹歌"本是老君山的，县里为打造青河湾，就说青河湾是它的发源地。不过这也无所谓，现在的民歌都只是表演，哪里需要，就可以移植到那里去，比移栽一棵树省事多了。

玉玲她们去青河湾时，在上级领导和专家面前，都说自己是青河湾某某村人，表演结束，某位省里来的领导提出要去"打闹歌"的主要传承人玉玲家坐坐，县里有关人员一阵手忙脚乱后，以最快的速度，在三华里外为玉玲布置了一个"家"，当然是干净的，华美的，朴实的华美。家里一对老人，玉玲进屋就叫爸爸，叫妈，叫得那个亲热，亲热得要往下滴，还把脸靠在"妈"的肩上，哼哼叽叽地要"妈"给她做好吃的，弄得那个明显刚刚洗过头发，也刚刚换了一身新衣的妇人，老泪纵横。她自己的儿女，已经四年多没回来看过她了……

这些事，汤广惠听说过，张胖子他们自然也听说过，但在乡间，新闻要变成旧闻才能叫新闻，否则那新闻就没有价值，是听而不闻。

说过了鲁家的小凤和刘家的玉玲，汤广惠接着就说到了李成家。

其实她最想说的就是李成家。

李成的两个儿子发大财，让第三个儿子去坐牢，也算老天公平待人，谁知第三个儿子从牢里出来，照样发财！说这话时，汤广惠的声音明显提高了，两只手还舞来舞去，像她正淹在水里，浮柴泡沫和危险的水生物正朝她扑过来，她要把它们刨开。好些年来，她都是这种被淹的感觉，先是被苦日子淹，再是被丈夫的话淹，后是被寂寞所淹，现在又被老天的不公淹了。她想不通。她不去李成家闲坐，路远恐怕不是理由。她需要找到一个跟她一样，家境不算太坏却也没有多少起色的同类，她觉得张胖子和王玉梅就是她的同类。

然而，只要汤广惠的话头一过渡到李成家，特别是过渡到李成的三儿子时，张胖子就很不耐烦，生硬地说："时候不早了，睡了。"

即使天还没黑透他也这样说，根本不管这话说得合不合情理，是不是得罪人。

汤广惠倒不跟他计较，起身离去。

第二天却又去闲坐。除张胖子家，几乎没地方可去是一方面，此外汤广惠将心比心，知道别人家要么在镇上买了房子，要么去县城买了房子，而自己家却还是只能守住为几辈人养老送终的老屋，那种滋味儿很不好过。她家和张胖子家都属于这种。她不好过，张胖子也不会好过，因而她同情并原谅张胖子的不好过。

她不知道，张胖子担心的，不是成为她汤广惠的同类，而是成为李成的同类。

其实，无论怎样焦愁，张胖子对东升都是抱着幻想的，否则他就不会只是喋喋不休地交代后事，他可以正儿八经地装病，装得很深沉，深沉到快死的样子，这样王玉梅就会叫儿子们回来。他不信那时候东升还不回来。他没这样做，也是不信：不信东升当真会成为第二个李奎；再就是相信：相信东升真的在做正事。

他不愿意因为自己的怀疑，就把儿子给耽误了，甚至抹黑了。他是匠人出身，几十年的手艺生涯，让他深知不凭别的，单凭怀疑，就能把一个人抹黑。

可他着实又不解，农民工做正事，无非是下工地，进厂房，有啥不好明说的？

四岁就敢递刀杀鬼的家伙，到了二十岁会不会操刀杀人？……一张布告躲过法官和万民的眼睛，挣脱胶水和墙壁，越过平原和岗岭，日夜兼程向老君山奔扑而来，到千河口东院，到东院张胖子面前，喊了声"爸爸"，砰然瘫倒……

这么想象一阵，张胖子听见自己的骨头咔嚓一声。

而这时候的东升，正在遥远的远方，在他父亲骨头的响声里，伸懒腰。

他正干的事，是父母和千河口人想不到，也不能理解的，所以他不明说。

其实说出来也很简单：他是农民工，却不想走农民工的路。

出门之初就厌倦了。对身份的厌倦。

新一代农民工，尽管很少再背标志性的编织袋，可稍有经验的眼睛，一眼就能看穿他们的身份。他们总是结伴而行，候车时聚成堆，吸烟吸得忒狠，路粮都带着，别人买盒饭或去餐车时，他们从鼓鼓囊囊的箱子里抠出方便面，另外可能还有用牛皮纸包着、剁得块头很大的卤鹅，男人再从衣兜里摸出一瓶老白干——若是清溪河流域的，便是"清溪白酒"。

李成过上好日子后，曾多次用清溪白酒招待过房校长，但现在的清溪白酒已开发出酱香型、浓香型和曲香型，且各有档次，农民工喝的，一律是曲香型，也不知为什么。曲香型虽然便宜，但浓香型的低端酒跟它价钱相当，农民工却偏偏只喝曲香型，仿佛有根无形的鞭子，驱赶着他们挤上了同一条路，这条路上只供曲香型酒。如同第一、二代农民工，分明有那么多提包和背包可选，却偏偏都只背编织袋。曲香型有头曲和二曲,农民工喝二曲。他们旋开盖子猛饮一口,用手掌在瓶口上揩一下,再递给下一个男人,同时嘴皮湿答答地赞叹:"清二好喝!"所谓"清二",就是"清溪二曲"。凡喝这酒的农民工,全是这样称呼。

火车在广袤的大地上奔驰,可它走得再远,对农民工来说,也只是钻进一条逼仄的深巷。下火车过后,一、二代农民工可能只需乘坐市内公交车就能到达目的地,后来的大多要走出市区。无论在市内还是市外,农民工都有着规定的方向:出卖与身份相符的苦力。

东升那时候和强娃还没有什么联系,他跟几个老乡到了广州,然后从广州到东莞,又从东莞到长安,再去长安镇一个叫不出名字的村子。

那村里有厂房,有机器。那些厂房和机器对他们翘首以盼。

就在半年前,这里还人满为患,候在劳务市场等事做的,数日数夜蜷在那里,把自己焐酸,焐臭。仅仅半年过去,人流神秘消失,比蒸发的水还要无迹可寻。

对此,似乎谁都说不清原因。勉强可说的是,新一代农民工再不像他们的祖辈父辈那样,为了一口饭,干活从不挑肥拣瘦——挑肥拣瘦这说法过于文雅,文雅到不符合事实,事实是，只要能挣到钱，再烈的毒，再险的地儿，一、二代农民工都敢碰，也敢去，到实在干不动了回归故乡，不少人即使没带残疾，也病痛缠身；当然也有人只能以骨灰的形式被拎回去。但他们从不后悔，他们自觉地认为自己是乡下人，城市能开门让进，便觉三生有幸。新一代农民工不再那样窘迫，因而懂得惜力，内心渴望的，钱之外，还有上升空间，甚至渴望成为真正的城里人。同时，他们已不再觉得自己在城市做工是城市的恩赐，因而敢于伸手，向城市要公平，当劳动强度、劳动环境和劳动报酬悬殊太甚，就不干了，走了。

他们为什么走，用工方一清二楚，但并没做好准备，廉价劳动力不仅是他们的红利，也是整个中国的红利，若涨工资，就意味着红利再不像以前红得那样艳，以前是血的颜色，涨了工资就变成肉的颜色了。冷战。用工方与劳力方的冷战，还有用工方彼此间的冷战。他们相互观望，都不愿首先出招。

在这节点上，工地和厂房都安静下来。

但这只是短暂的。

当一条河流里星空似的搅动着鱼群，只要有钩，就能钓上鱼。

东升他们就是被钓到的鱼。几人进了一家磨石厂。

但东升只干了五天,便离开那个村子,离开长安镇,到了毗邻的深圳宝安区。

他就在那里遇上了强娃。

强娃一天活没干过,只租了间脱皮掉牙的房子,在里面自由自在地玩电脑。东升去了,他非常高兴,让东升跟他住在一起。

两人对出门大失所望。门外的世界并不属于他们。他们从城市里穿过,就像从月光里穿过,月光照在身上,月亮却高悬于天。

自从东升到来,强娃不再成天关在屋里,他跟东升一起,朝城市的核心靠近,钱不够,他就找父母要,父母手上有,自然会打到他卡上,没有,会找他们的大儿子想法;反正强娃从不亲口找哥哥要钱,他觉得自己已经二十一岁了,是个男人了,二十一岁的男人可以靠父母,不能靠哥哥,所以哥哥让他去宁波,他也一口回绝。强娃要到钱,就跟东升打伙用,吃住以外,还从偏僻的住处溜进城去,染头发,逛酒吧,泡夜店。两人都在那样的场合破了童身。

破身的那天夜里,东升悄悄哭了一场。

他想起那些先于自己出门的同学，有次他在镇上遇见几个，他们刚从南方回来，过两天又走，并且劝东升也走，因为城里"好耍"。他们谈起那些"好耍"的事情，就像谈青菜萝卜。其中一个说，有回他穿着水靴去找鸡，人家照样接待，照样把他当老爷伺候，因为那里只认钱，不认身份。城市的夜店比城市的殡仪馆还平等。这话东升当时不理解，现在理解了，理解之后却是无尽的空虚。尽管他没穿水靴，可他觉得瞎子都能看到水靴正套在他的脚上，还踩得呱唧呱唧响。

无意之中，他走着跟那几个同学同样的路——农民工的路。

公开的、隐秘的，都是那条路。

城市的核心藏在城市的深渊里。

那段时间，他特别想家。反正没做事，想回去就回去。好在强娃是个无可无不可的人，他的主要兴趣就是玩电脑游戏，这既可在车上玩，也可在老家玩，因此东升说回家，他把东西往包里一塞，就上路了。头两次回去，东升很快乐，后来他发现，家乡照样认身份：挣了钱的有身份，否则就没有。他不仅没挣钱，还找母亲要钱。他总不能一直用强娃的钱。可他又觉得，用父母的比用强娃的还让他屈辱。他并不是特别爱玩手机，可在家里，吃饭时也丢不下手机。

这只是为了逃避。

父亲让他别再出门、留下来种庄稼的话，像一记闷棒敲在他头上。在他看来，庄稼、土地和农民，三个词其实是一个词：代表身份的词。他瞧不起这种身份，也痛恨这种身份附带的卑微和封闭。家，比城市对他的威胁还大。

逃避已无济于事，留给他的只有一条路：逃离。

那天早上，他快到县城才给强娃打电话。

杨浪在朱氏板看到强娃时，东升已经到县城了。他在县城里等强娃。怕父亲追问，跟强娃约好见面的地方，他就关了机。强娃到来后，两人又一同回到深圳。此后，东升再不跟强娃猫在出租屋里，也不约强娃进城，他凌晨起床，有时中午回来，有时下午回来。不管他什么时候回来，强娃都无所谓，他甚至不知道东升是什么时候回来的，也不清楚他出去干啥。墙角的柜子上，码着方便面，饿了，强娃就泡了吃，吃过又玩电脑，或者睡觉，东升干什么，确实超出了他关心的范围。

东升是做工去了。

搬运工。

当搬运工有个好处，干一天算一天的工钱。东升做工的地方，见不到一个熟人，有熟人他就不去。他不能让任何一个熟人知晓他也在干着农民工的活。

头一个月，他没一天缺席，从第二个月开始，他干五天，歇三天，歇这几天里，他躲在屋里看书。他买了很多书，因为不知道哪种书能成为砖头，帮助他敲开城市的"内门"，他买的书很杂，证券、军事、时政、历史、文学，还有他最不擅长的英语。他把这些书吃下去，吃得形销骨瘦，发质枯涩。那头发是早就不染了，也剪短了。他还买了台二手笔记本，写日记，也写自己的苦闷、彷徨和渴望。

这期间，强娃的银行卡也瘦了。

他哥，包括他父母，都对他很绝望。到了该结婆娘的年龄，却丢不开奶嘴儿。吸爹妈的奶不说，还吸哥哥的奶。千河口人，即使到了天边，在形容一个人不争气的时候，恐怕都离不了以杨浪作比。强娃的家人跟东升的三哥一样，断言强娃将来"比那东西都不如"。于是断了他的奶。

很长时间以来，强娃都用着东升的钱了，包括房租也是东升在交。东升觉得这是应该的，要说，他也只是还情。强娃知道自己在用东升的钱，还知道东升帮他的比他帮东升的要多很多，觉得惭愧，却又无力自拔，心里憋，便不管东升在不在，玩游戏时把声音开得很响。东升看不进书，也写不下文字，就把书和电脑装进挎包，去了茶楼。二十元一杯花毛峰，可以在那里混一整天。

正是那些茶楼，为东升开辟了另一个世界。

在特别空虚的日子里，东升经常仰望富丽堂皇的高楼，好些年纪很轻的男女，穿得体体面面，在那里进进出出，他们是些什么人？为什么能从容地进去，又能从容地出来？有次走到一幢写字楼前，他对强娃说："我想上厕所。"强娃说里面肯定有，你去吧，我等你。他的意思，本是要强娃为他壮胆，陪他进去看看。结果强娃不去。他说："算了。"他连独自进去看一眼的勇气也没有。

进了城市，面对陌生而巨大的存在，这个曾经递刀杀鬼的人，变得十分胆小，甚至脆弱，觉得任何一种障碍，都可以把自己摧毁。现在到茶楼里来，他发现这里也有不少年轻人，这些人跟他一样，带着书本和电脑，他们在电脑上敲，有时饭都忘了吃。东升不知道他们在敲些啥，很好奇，却又不知道怎样跟人搭讪。

有天下午，他朝坐在对面圈椅里的一个高个子看去时，那人也正看他。他们都笑了一下。两个人都注意到，连续三天，他们都坐在了同一个位置。

笑过后,那人说:"你好。"话就这样搭上了。

彼此通名报姓过后——那人名叫欧阳述——欧阳述问:"你是哪里毕业的?"

东升卡住了。他明白"哪里毕业"的意思,当然不是指中学,更不是指小学。

原来,这些来茶楼看书和敲电脑的,都是大学毕业生。

不知哪来的灵感,他脑子里突然冒出复旦两个字,于是说:"复旦。"

欧阳述的眼神暗了一瞬,是自卑的那种暗。

他没说自己毕业于哪里,但肯定比复旦差。

时至今日,东升也抹不去心里的愧疚:为欧阳述的自卑愧疚。可他也认识到了另一种有关身份的法则,为自己终于比别人身份高而暗喜。

那第二天,他就拨通了电线杆上的某个电话,定制了复旦大学文学院的毕业证书。他定制毕业证的时间,比刘三贵去办假身份证还稍早一点。

此后,只要去茶馆,他就跟欧阳述在一起。欧阳述说他老家在皖北农村,这使东升也敢承认自己来自大巴山区。有天,欧阳述见他电脑上写着一句话:"我紧紧偎依在你的怀抱,因为只有你和我相依。"这本是他写给自己模糊的梦想，欧阳述却说："得怀乡病了吧？"他没回答。但那表情，像是真的得了怀乡病。

"知识分子的乡愁。"欧阳述有些嘲讽地说。

不过他立即变得正经起来，接着说："有人认为不能为了满足知识分子的乡愁，就置农民的利益于不顾。讲这话的人，是担心城市的门向农民工关闭，是好心，但乡愁不止知识分子才有，农民工也有。我们这些出身农村的知识分子，最知道农民工受的煎熬：城市购买他们的劳力，却不接纳他们的老人和孩子，即使某些地方办了农民工子弟校，也大多风雨飘摇。农民工身体在异乡，牵挂在故乡，这样的乡愁连血带骨，不是知识分子那点山月水影似的愁绪能比的。"

欧阳述一口一个知识分子，让东升很不自在。欧阳述思考的事——这天他还谈到，持续数十年的民工潮，正悄然改变着中国社会的结构，以前是家庭结构，现在是江湖结构，在家庭结构里，一大家人如挤在车辙里的鱼，彼此以唾沫相濡，以湿气相嘘，动人倒是动人的，却也太可怜了；在江湖结构里，江宽湖广，鱼各走各的路，彼此便也"相忘于江湖"，自在倒是自在的，却也太烧心了，因为人不是鱼。他又说：如果一个国家只追求"快"，弄不好就可能失控，如同车开太快就可能失控一样；"快"能迅速取得单一性进步,单一性进步是不计代价的进步,可代价摆在那里,你迟早得偿还,而且加倍。世界的常态是慢,不是快。在眼下的中国,学会慢,敢于慢,不仅是需要,还是担当,是情怀……这些话也让东升觉得,自己这个曾经让欧阳述自卑过的"复旦生",在他面前简直不值一提。

从那天起,东升常在夜深人静、连强娃也睡去之后,去网上搜看复旦大学的公开课讲座。他把自己当成了真正的复旦生,他不能给自己的"母校"丢脸。

强娃在他的生活中,彻底边缘化了。

十月初的某个中午,东升正跟欧阳述谈论"道德自恋与历史暴力"——这是他刚刚从公开课上学来的——收到强娃一条短信。强娃说,他走了,到宁波找父母和哥哥去了。出门数年,他没学会任何一样生存的本领,只能投靠哥哥。对东升长时间供他吃住,他很感激,并邀请东升以后去宁波玩。

看完短信,东升的第一感觉是轻松。并不是因为少了个花他钱的人,而是在他身边,再没有一个知道他底细的人了。

跟往常一样,钱袋空了,东升就去做搬运。他对欧阳述实言相告。在他看来，在欧阳述面前不必隐瞒，因为欧阳述知道他是"复旦生"。一个复旦生去干农民工的活，跟农民工只能干农民工的活，是有区别的。

但欧阳述还以为他是想学赫拉巴尔。赫拉巴尔得了博士学位，却专门回到底层，干最底层的工作，目的是了解社会，成为作家。这也曾是欧阳述的梦想。比搬运工更苦的活，他也干过。可他最终发现，那太难了。

他思索了一会儿，对东升说："有件差事，不知道你愿不愿做。就是帮老板们写自传。这照样是当作家，不过没有署名权罢了。那些老板大都有一个奋斗历程，奋斗到一定时候，就想显身扬名。于是写自传。他们中的不少人，生意场上是人精，可一旦接触比生意古老得多的文字，就摸头不知脑。但他们特别希望自己有文化。没有文化的有钱人，非常渴望自己有文化，也渴望别人觉得他们有文化。以自传的形式出书，就是表明他们有文化。老实说，我三年前写的第一本就在他们圈内出了名，找我的人多得很。写一本五万。如果你愿意……"

那一天，正是夏青家的小栓，出门往贵州去。

卷三

鹧鸪天

小栓一走，千河口就再没有一个年轻面孔。

连小孩子也没有了。

鞍子寺和白花嘴等村小垮掉后，这片广阔山野上的孩子，如果不能跟父母去务工地上学，就只能去镇中心校。中心校无住宿，回家又远，便只能住到镇上去，镇上有房的自然好，没房，就租。不过租只是权宜之计，反正是要买的，镇上没房，儿子就结不到婆娘，即便打工时"窜"到一个，人家也要跟你一同回乡，看看你镇上的房产，再决定是否要跟你订婚，是否要嫁给你，毕竟，像李奎那样"窜"到外地女人的，是极少数，大多数还是跟清溪河两岸的女子结缘。

孩子们从小去镇上读书，就把镇子当成了出生地，放假期间回到老家，像走亲戚，又比走亲戚家放肆，有了不满都大声说出来。最主要的不满是没什么好玩的，没有广场，没有网吧，不能滑冰和骑车，想吃零食也只能干着急——对杨浪给的糖果，他们早就不感兴趣了。他们现在吃的是薯片、海苔、鱿鱼丝，即使吃糖，也是吃巧克力糖。可杨浪还以为水果糖就是天下美食，还在为"那东西给我的，蜜蜜甜"这句话陶醉，见到孩子就递。孩子们转身离开后，他还当成是讲礼性，拖着不灵便的腿追过去，硬往孩子荷包里塞，被厌恶地撇了嘴，甚至遭到呵斥，他才停下了，木然地站在那里。他并不知道是嫌他的糖不好，还以为是嫌他手脏。不过的确也嫌他手脏。不仅嫌他的手脏，还嫌村子里到处都脏。

鉴于这种种原因，孩子们往往在老家过上三五天，就到街上去了。

这情形让镇上的老居民高兴。

据说大城市有些老居民很不欢迎后来者，镇上人的本土意识没那么强，他们觉得，后来者并没让他们失去什么，只带给他们欣欣向荣。

那些住到镇子的村民再不是以前的村民，他们敢花钱了。平时敢花，逢寿辰和婚丧嫁娶，更敢花，还要比着花，宴席络绎不绝，餐馆酒楼简直忙不过来，一度要提前一个星期甚至十天半月，才能在"玲妹火锅"订到餐位。只要设宴，主人必从市县请来表演队，人声车声歌舞声锣鼓声鞭炮声，营造出一派繁荣市声，这也让老居民格外喜欢。孩子们的打闹声和欢笑声，尤其让他们喜欢。村里孩子刚到镇上时，又羞又怯，但很快，地皮踩热了，乡野气蒸腾而起，撩拨得镇子生机勃勃；他们初见世面，嘴馋眼花手痒，这也想吃，那也想要，便天天吊住大人的衣襟讨钱，大人往往是恶声恶气地骂几句，立即就会满足他们。在孩子身上花钱，比婚丧嫁娶花钱更大方，骂那几声，只是为了教育孩子，让他们知道钱来之不易。

孩子上街，必须跟个人去照顾。勉强有些劳力的男人都到了外地，穿戴上了他们本不习惯、后来慢慢习惯了的工装，只有女人跟孩子去，如此，千河口的女人也少了；十多岁的姑娘和二三十岁的媳妇，自然早就不在，这里是说，连那些当了奶奶的老年妇人也少了。

然后是更少了。

到而今，除了李成和张胖子是两口子都在村里，千河口再也找不出一个这样的家庭。梁春的女儿终于在镇上买了房，把儿子送回镇上念初中，需要个为他做饭的，他爷爷奶奶都已过世，只有靠外公外婆；外公是靠不住的，只能靠外婆。这样，汤广惠便住到女儿的新房里去了。在她心目中，

"别人的儿女"和"我们的儿女",也终于没什么区别了,张胖子和王玉梅的耳朵,也可以清静了。耳朵倒是清静了,心里又闹。这村里,除了几个光棍汉,谁还像他们这样呢?汤广惠去镇上没多久,孙相品夫妇和桂平昌夫妇也离开了村子。桂平昌不想离开,是他老婆和儿女硬拉到街上去的,同样是去照顾孙子辈;儿子说,现在的娃儿太调皮,妈一个人照顾不过来,其实还是想当爹的别把自己拴在土地上,去街上享几天清福。孙相品住到了二儿子家,倒不是因为有小孩需要照管,但离开千河口的事实是一致的。

千河口就这样持续不断地做着减法,算式如下:

1. 总人数(以某年为基准)－死亡的人＝活着的人。

2. 活着的人－外出务工的年轻男人＝老年男女、年轻女人和孩子。

3. 老年男女、年轻女人和孩子－年轻女人＝老年男女和孩子。

4. 老年男女和孩子－外出务工的老年男人＝更老的男人、老年妇人和孩子。

5. 更老的男人、老年妇人和孩子－孩子＝更老的男人和老年妇人。

6. 更老的男人和老年妇人－老年妇人＝更老的男人。

（5和6是同时进行的。）

7. 更老的男人－……＝……。

当然，这只是一个大体的公式，并不准确，比如相对而言还算年轻的夏青，就依然留在村庄里，但基本走向是这样的。

    我们家乡的树子，

    树叶飘到别处去了。

    我们家乡的泉水，

    悄悄流到别处去了。

    我们家乡的岩鹰，

    展翅飞到别处去了。

    我们家乡的山坡，

    影子映到别处去了。

    我们家乡的黄狗，

    叫声响到别处去了。

    我们家乡的男女，

    狠心老到别处去了。

    我们家乡的鬼魂，

    找不到回家的路了。

这是一首在老君山上传唱甚久的古歌，没想却成为谶言。

某些事情，开始就预示了结束。

但这首古歌，现在无人再唱。它不属于"打闹歌"，玉玲她们也不唱。玉玲她们只唱"非遗"。歌也是有身份的。如果把歌的身份对应官阶，也有国家级、省部级、厅级、处级之类。在某些场合，你分明邀请了一个厅级干部，却只来了个处级甚至科级，你就不高兴。玉玲她们出去表演也是如此，那首古歌再好听，再忧伤，再丰饶和辽阔，因为没有身份，你唱它，邀请方和听众都不满意。它最多作为配盘。

少人唱，然后无人唱，它就被遗忘了。

或许它真的渴望被遗忘。

它只把自己作为答案，化石般深埋，等人发现。

这时候的杨浪，比以往起得更早，不到凌晨四点，他就起了床，沿着款款相连的沟渠，去三层院落里转悠。路是熟的，熟透了，天再黑也不必照亮。他像幽灵一般，走到每一家的门前，坐到人家的阶沿底下，凝神谛听。

大多数家庭没有人烟，好多家的房子不是垮了，就是烂了，有些垮掉和烂掉的屋子中央，长起来好大一棵树；没烂屋脊只烂了板壁的人家，从龇牙咧嘴的壁缝间望进去，只见白沙沙一片。那不是月光，也不是雪，不是霜，而是白霉。山里潮气重，过些日子不生火，就长白霉。寂静的夜里，杨浪能听见白霉生长的声音，这声音长着牙齿，能把陈旧之物咬碎，吃掉。陈旧之物也就是房主人的声息，包括主人在的时候，饲养的猪牛猫狗鸡鸭鹅兔的声息，还有不想饲养却总是与人为伴的老鼠的声息。就连气味，就连炊烟，也能发出属于自己的声音。

在杨浪那里，世间众生，都以声音宣示自己活着。

死亡不是呼吸的停止，而是声音的寂灭。

如果那家里还住着人，杨浪会待得更久些，因为这时候他不是在回忆里听见，而是真实地听见。他珍惜这种真实的声音，而且越来越珍惜了。他明白，这样的声音不会陪他太久。他熟悉村里每个人睡觉的声音，不只是鼾声和梦话，还有心脏缓慢跳动时把胸前的衣服摩挲得窸窸窣窣的声音。人们并不知道，自己睡过去后，是声音养育着自己的身体和灵魂，如水养鱼，如草养羊，如空气养万物。只有那些享尽奢华之声并在其中逐渐变得冷漠的人，才会厌弃声音，才说这世界噪声太大。

三层院落里，还数得出几户有人的人家呢？

东院，除杨浪本人外，只剩张胖子、王玉梅、梁春和夏青，但已经算多的了，中院只有九弟，西院是贵生和李成——前些日还是李成一家，现在只是李成一个了，邱菊花也住到街上去了，带小孙子。李奎把他们快满三岁的儿子送了回来，请父母帮忙带，也让儿子在普光镇上幼儿班。将儿子送回来的当天，李奎就从二哥手里买了套九十多平米的房子，户主是李奎和映秀，事实上就拿给父母住，让他们在里面养老。先前，李成为老大老二不给他们一套房耿耿于怀，可现在老三真的给了一套，他却住不惯，最多住上两天，就要跑回来，回来就十天半月也不下去。其实，住不惯只是少半原因，多半原因是他丢不开庄稼。当了一辈子农民，庄稼成了他的命根子，有时候，他还会哼两句曾经在二面山上广为流传、现今也同样没人再唱的歌谣：

一寸田土噻一寸呢金，
田土噻才是那命根根。

他无法想象让田地抛荒，只长野草不长庄稼。好在他虽然年龄不轻，身体却没有任何毛病，他曾担心自己见不到三儿子出狱，那完全是多余的，他的身体不仅没有毛病，还简直可以称得上壮实，尽管他的石匠活做得糙，但当石匠的经历，像史书那样刻在他黑沉沉的手臂上；同院的杀猪匠高双平离开后，他把那套家伙接过来，无师自通地操起了新行当，两三百斤重的猪也难不倒他。

不过人去了，哪来猪，留给他显本事的机会少之又少。

曾经热闹非凡的千河口，只剩了八口人。

沟渠照样淙淙流淌，院前院后的草木和竹林，照样花开花谢，叶长叶落。

只是人少了。

因此，杨浪用不了太长的时间，就能把村庄"听"完。

如果不是在梁春门前耽误得久些，他会听得更快。

汤广惠上街的时候，叫梁春一同去，但他不愿意，说都去了，吃啥？因沉默太久，他的话瓮声瓮气的。汤广惠一想也是，就没坚持，怕他劳累，把猪牛都卖了，只让他随便种点儿，够一家人吃就是。

自从梁春一个人留下来照管庄稼，每到黄昏，他从地里回屋的路上，都去路边的青冈林里瞅。他在找"豁拉子"。那是一种米黄色的、周身长着肉刺的小虫，以毒性面对世界，也以毒性求得生存，每个毛孔里都是毒，如果它会叫，那叫声里也一定盛满了毒汁，也不知它为什么没被自己毒死。它勿需叮你，只虚虚地往你身上一粘，即刻红肿。痛跟肿同步，痛得很辣，类同火烧，却又比火烧尖锐。痛过后是痒。痛可忍，痒不可忍。痛是一会儿就过了，痒起来却没完没了，酒洗没用，盐水洗更没用，只能抠，抠得血水染红了指甲，被抠烂的皮肉渣，填塞在指甲里，把指甲胀得生痛，却还是龇着牙，不歇气地抠，恨不得把那块红肿的地方割去。

但梁春找"豁拉子"，要的就是那点痒。

黄昏盛大，从四面八方围困过来，如同无声的浪涛。无声的浪涛就是时光。梁春感觉到自己正被时光淹没，像打尿禁似的，有些颤抖，也有些心慌意乱。他的全部精气都凝聚到眼睛里，用目光拂开夜幔，使劲瞅，直到瞅见了某片叶子上有那虫子，才安稳了。他把那片叶子摘下来，带回家去，饭吃了，杂活做了，该上床睡觉的时候，他再拾起那片叶子，用"豁拉子"趴着的那面，往自己身上的某个地方拂一下。这样，他就把"豁拉子"的毒养在身体上了。养了这枚印章似的毒，他就不再惧怕漫漫长夜。上床不久，他就抠。困得实在不行，加上皮肉抠烂，暂时由痒转痛，比较地容易打熬，他会睡过去。醒来后又接着抠。因为睡那一阵，毒在暖烘烘的夜气里繁殖，奇痒难耐，醒来后除了抠，啥都不想，也不能想。待稍稍好一点，又睡，然后是又醒，又抠，当毒性跟着血水和抠烂的皮肉流走，那地方除了微微的疼，已不再有别的感觉时，天差不多就亮了。

凌晨时分，杨浪听到梁春抓挠着养在身上的毒，或者说养在身上的痒，就如同在苍茫暮色里听斑鸠叫，听到的是一个村庄的声音。

这声音表达着什么，又预示着什么，他不愿去多想。

他只是将自己化入那声音里。

那声音是深青色的，他也变成了深青色。

每当这时候，说不出来由，他总是想起许许多多年以前的事情。那些事他没有见过，祖辈也没有见过。那些事只活在祖辈的传说里。活在传说里的是一个女人。这女人出现在老君山时，老君山是一团被太阳烧红的火焰。土火，石头火。数百年甚至更长时间没下过雨了，这团燃烧的土石寸草不生，山下的清溪河也滴水不存。这女人，披发跣足，去了远方，当她回到老君山，衣兜里便揣满了种子：水的种子。她日夜不息，遍山种水。水生根发芽，长成小苗，她再把水苗移出，均匀地栽于山野，水苗长成水树，水树长成水的森林。水的森林唤醒了草木，草木唤醒了鸟兽，唤醒了人。从此万物生长，河水奔腾。

杨浪听着村庄里的每一种声音，仿佛都是听到了那个种水的女人……

听完村庄，他接着朝鞍子寺方向走。

人多人少，是从路上就能看出来的，那些年，路上草棵零落，现在葳蕤盖野，大太阳底下，也只看见草，看不见土。杨浪担心蛇，走得很慢。但他不必像别人走夜路那样，每走一步，都先用棍棒驱赶。他手里的竹棍只在需要的时候才伸出去，每伸出去，必然赶走一样东西，要么是蛇，要么是蛤蟆、青蛙或蝎虎。事实上蛇是很少的。自从李益收蛇卖，这整架大山里，蛇就成了肉，源源不断地送往镇上和城里人的餐桌。山里的蛇几乎绝种了，但李益依然没断货，因为稀罕，价钱比前些年高出数倍。正是这高价，才使老年人也敢去掐蛇的脖子，只是毕竟上了岁数，手脚不利索，掐不准，掐准了也乏力，很容易就被咬一口。不知是蛇拒绝绝种，毒性进化，还是老年人体质弱，近一两年来，听说被蛇咬过后，再不像蚂蚁叮了那般轻松，躺十天半月起不了床的事时有发生，丧命的事也偶有耳闻。

杨浪已经很久没看见过蛇了，李奎回来那次，他在渠堰上见到的笋壳斑蛇,是他见过的最后一条蛇,所以他这时候尽管担心,却不足以让他分心。

他边走,边听夜晚、凌晨和黎明的声音,听露水凝结的声音,听晨光降临的声音,听草木苏醒的声音,听鸟兽起床的声音,听太阳挣扎向上和喷薄而出的声音……每一种声音被他听到,他就可以成为那种声音。他已经超越了模仿,不是像,是成为。人不能两次踏进同一条河流,也不能两次发出同一种声音,人是这样,万物也是这样,然而,杨浪的整个身体就是一部录音机,这部录音机独一无二,举世无双,能把声音和声音里的全部情感保留下来,如此,人和万物,就不仅能两次,还能多次踏进同一条河流,多次发出同一种声音。

许多时候,他独自一人走在去鞍子寺的路上,嘴里会突然冒出声音来,这可能是青蛙的声音,蛐蛐的声音,夜鸟的声音,也可能是人的声音;但不是他自己,而是别人的声音。别人仿佛在路边的田地里锄草、播种、施肥,见他走过来,就给他打招呼:"吃了没得?"偶尔他会很不高兴地应一声,大多数时候是不应的。谁这么早就吃了呢?而且他也不喜欢别人动不动就问他吃了没有。

自从母亲过世后,在村人眼里,就像他饭也吃不起似的。事实上,他种的庄稼不仅够他吃,还可以节余一些卖掉,买回油盐和衣服,并给乡邻送人情。但村里人老是觉得他饿着肚子,更觉得他荒着油水。每逢年关,某些村民杀了猪,将一笼心肺提给他,说:"那东西,我们屋里谁都不想吃这家伙,你帮我吃了吧。"他知道是怕他过年没肉吃,故意这样说的,他内心感激,但绝对给钱,一分不少。别说肉,连水果他也不白吃人家的。长在田边地角的果树,虽各有归属,但千河口还没人把果子背到街上去卖,不卖,就与钱无关,就留着一份情,无论哪家的果子熟了,招呼都不用打,直接就爬上树去,边摘边吃,吃够了才下树,只要不撇断了树桠,主人家都无二话。但杨浪从不上人家的树。一根针他也不会拿人家的。

他怕村里人说他懒,做不出庄稼,没吃的才馋成那样。

此时此刻,独自走在路上的杨浪,听别人问他吃了没得,便在心里抗辩。抗辩几声后,他即刻意识到,问候他的人,要么离开了千河口,要么死了,甚至死去多年了。天色还在黎明之前,留守村庄的活人,根本就没出动。

明白了这一点,他会情不自禁地打个寒噤。

寒噤过去,他的嘴里又冒出声音,像又有人在对他说话,而且说话的人跟他挨得非常近。他的腰往旁边一闪,仿佛那人在边跟他说话，边拿指头捅他。其实，除了父母亲活着的时候，除了哥哥在他很小很小的时候，难得有人离他这么近过。

直到走拢鞍子寺，那些声音才寂灭了，他也才清醒过来。

鞍子寺以前除了学校，就是田地和荒坡，后来鲁凯住过去了。再后来，鲁凯只剩了房子在那里，全家人都离开了。

鲁凯是带着怨气离开的，他本来兴兴头头地在鞍子寺过日子，可村里人眼红他占了学校，终于出来说话了，他们对村民组长说：修学校的时候，我们谁没摊钱？谁没出力？凭啥让他一家子去养猪养牛？你说叫他看守，学校都垮了，没一个老师，没一个学生，还看守啥？就像以前的公猪圈、大食堂，公家不养猪了，没人去大食堂吃饭了，未必还要派人把那房子守住？如果每弃用一样东西都要派人守住，后来人怎么过生活？而且守得住吗？学校不是变成了牲口棚吗？

组长觉得，自己说不出更好的道理去反驳，就叫鲁凯把拦住操场的篱笆拆了，把猪啊牛的牵走，然后把钥匙收了回来。

鲁凯牵走猪牛的时候，朝着村庄的方向掏出家伙撒尿，撒了尿再破口大骂，把家家户户都骂遍了。他认为自己有理由这样做。他想的是：若干年来，我行医问病，救死扶伤，我的行医资格被取消后还被你们纠缠；再后来许宝才打工走了，你们有了个七长八短，特别是搭了急病，就近找不到医生，又跑来求我，我冒着风险给你们治，治了还不敢收诊断费、医疗费，只敢收点药钱，我对你们不是恩也是恩，现在占点空房子用，你们就往胯裆里说淡话！

他很快卖了牲畜，去镇上滨河路旁边开了家诊所，叫"福康诊所"。

一个乡村医生行医证也没能拿到手的人，却大明其白地把诊所开到了镇上，还开在人来人往的滨河路，反倒没见谁去过问他，也不知他使了什么魔法。

到镇上没多长时间，鲁凯就医名远播。他跟所有做过赤脚医生的人一样，是万金油，除了不截肢开颅，像啥病都能治。而且他还比普通的赤脚医生更"逼病"，如同厉害的猫能"逼鼠"，凡经他手的，都好得特别快。他的诀窍是用猛药。他抓中药是真"抓"，根本不称秤，每样药都是凭感觉，抓一把了事。

尽管鲁凯咒骂了千河口的所有人，但千河口人照样去他那里弄药，每个人进了他的诊所，都说："你当时占学校，我可是一句舌头也没嚼过。"鲁凯不回话。来他这里的都是病人,他一律当病人对待,至于是不是千河口人,是不是对他嚼过舌头,他不再计较了。

反正他都是离开了的人了。

鲁凯离开过后,学校操场上,很快长起深密的野草,野草淹没了三个乒乓球桌。里面布满了鸡屎鸭粪(乒乓球桌上也是厚厚的一层),土地格外肥沃,草也长得格外欢实。屋顶的瓦片被风揭走,椽子烂掉,阳光照进去,雨水飘进去,种子落进去,教室里便也草蔓丛生。有时候,能看见几只野鸡从教室里扑棱棱地飞出去,飞进后山的林子。如果站在高处,还能看见教室里被猪屎牛粪养育的鹭鸶菌,长得像树那么高,成为菌子的森林。

这天杨浪走进学校的时候,天已蒙蒙亮。

他刚踏上操场边缘,就听到一个声音说:

"我这里太潮湿了,我快闷死了,麻烦你把我搬到透光通风的地方。"

这个声音是如此陌生,杨浪从来没听见过。

"谁呀?"

没有回答。

"是哪个在说话？"

还是没有回答。

草梢上簌簌有声，那是晨光碎裂的声音，每一个晨光碎裂后，便合力铺展出更大的光明。春末夏初，晨光碎裂的声音是绿色的，光明也是绿色的。在浓翠欲滴的绿光里，杨浪看见了立在操场边的四个断头战将。现在，战将的头颅全都不知去向了，没在脖子上，也没在草丛和水田里。据说是山下人上来偷走了，送到省城的古物市场，能卖个山里人想也不敢想的好价钱。

这四个断头战将把杨浪点醒，并给了他醍醐灌顶般的启示。

他像獴子那样钻入草林子，两手分披着朝前游。草林如水，分开了又合拢。他游过操场，接着往校舍背后游去。校舍背后本有条阴沟，现在完全看不出来，雨水冲刷下来的泥土，把沟填满了，成为一条黑郁郁的巷道——即使没填，照样看不出来，壮硕油嫩的花狗尾巴草，漫沟生长，快要长到屋檐那么高；花狗尾巴草本来长不了这么高，它们大概想争取一点阳光，就不顾惜自己可能缺钙的骨质，也不顾忌自己的本分了。如果山里还残存着躲过劫难的蛇，这种地方是它们最喜欢藏身的，但杨浪似乎管不了那么多，在草林里快速游动。可一直游到头，也没发现他要寻找的。他再次钻进去，往回游，边游边用手摸索。

在三分之一处，他摸到了壁洞。就在这里了。他把周围的草拨开，壁洞里的如来佛，便露出阴暗的脸，佛头上的螺丝，也如阴影般层层叠叠。

杨浪问："佛啊，是你在对我说话吗？"

佛无言。

但杨浪坚信，刚才就是如来佛在对他说话。

他对佛说："你至少有八九百斤重，我怎么搬得动你？"

这时候，他对佛深怀怜悯。他恨自己没拿把镰刀来，把巷道里的草全都割去。回家去拿自然行，但他的心又开始痛，就像看见李老师舔一下摸了肉的指头那样痛。他痛得已经无法容忍自己离开之后，还让佛被深草淹没，哪怕是极短的时间。他蹲着马步，开始拔草。花狗尾巴草扎根相当狠，且下面是干土，拔起来并不容易。

当他把整条巷道的草拔完，已过晌午。他的衣服被汗水湿透，湿了又干，干了又湿，汗盐存不住，白沙沙的掉了一地，两只手也血糊糊的。风软软地吹着，草的绿色汁液和淡青色的香气，在他手上很快变黑，被血一浸，绿色和香气又丝丝缕缕地活过来，线虫一样在他的血和他的鼻孔里撩动。

他把草归拢，扔到操场外边已无人栽种早已荒芜的田里去。

那块田傍着房校长挖的鱼池。鱼池干了好长时间，后来大雨将败草冲至龙眼，龙眼被堵塞，又积起小半池水。水很清亮，杨浪看见，一条两拃长的青尾草鱼，在池中央沉思着游动。自鱼被那两个老师起出且干了池水那么长时间过后，不可能有谁来投放过鱼苗，上面又无沟渠把别处的鱼冲下来，这条鱼是从哪里来的？

只能说它是自己长出来的。

万物都能自生，都有自生的渴望和自生的本领。

是渴望赋予了本领。

杨浪把旁边田里的草抱了一捆过来，投进池子。

草香醉人，那条鱼尾巴一扫，倏然钻入了草底下。

池子里响起又轻又密的唼喋声。

这辈子，杨浪几乎没说过一句聪明话，更没做过一件聪明事；说聪明话只需要聪明就够了，做聪明事首先得聪明，但只有聪明又远远不够，所以连聪明话也不会说的杨浪，不可能做出聪明事。

他把巷道里的草拔去，自以为可以让如来佛能多少通一点风，透一点气。第二天，他又在天蒙蒙亮的时候，扛着锄头，打算去把草根铲掉，同时把沟掏出来。到真正入夏过后，雨水频仍，而且总有三两场大雨，大到凶猛，几条活闪几声炸雷过后，天垮了，雨不是落，而是瀑布似的垂直奔流，地上顷刻间就起了山洪，没有沟，水就可能拥堵，漫到距地面不足一米高的佛身。前些年就漫上去过，如来的肚脐眼里填满了泥土，肚脐之下跟黑泥融为一体，已看不出石质本相。校舍的砖墙上，也横着很高的黑印子，这样泡，泡不了几年，砖墙就会坐下去，把佛埋了。

所以必须尽快把沟掏好。

他还想过，等九弟伤好过后（前些日，九弟进山挖麦冬，摔下崖壁，左膝盖翻翘，头上还磕了个眼），他们四个男人——他、李成、九弟、贵生——用杠子和大索，把如来佛从洞里抬出来，抬到向阳处去。只能靠他们四个了，张胖子是帮不上忙的，梁春也不行，每天夜里把毒和痒养在身上的梁春，仿佛那毒和痒成了他的女妖，吸得他形容枯槁。女人也帮不上忙。干这活需男人才行，尽管夏青比他们年轻，尤其是比她保爹李成年轻，可她是女人，女人的肩膀上，搁不住两百多斤重的杠子。

这天杨浪就想着这些，走过操场，进了巷道。

从巷道入口，他开始铲草根。

昨天被草茎勒伤、被草叶割伤的手掌，一碰锄把就痛。一痛又流血。他去旁边抓了几把柔嫩的浅草，握在烂了的掌心，这样就好受多了。铲一会儿他想歇歇，歇气的时候，他朝壁洞走去，要看看如来佛是不是比昨天高兴些。

这一看，他倒吸了一口冷气。

如来佛的头没有了！

如今的乡村，明人越来越少，暗人却在增加，这些人不知来自何方，行踪神鬼莫测，他们相信，在遗弃的村庄里，尤其是那些古老村庄里，有他们需要的东西。乡里人不识货，将那些东西跟村庄一同遗弃了。老君山的好几个村子都被暗人光顾过。中院刘三贵阶沿底下的那面"八方错"，不知哪天消失了，只留下一个圆如满月的印迹。凉桥村一些老房子的窗花，被悉数挖走。徐家梁有座唐朝天宝年间的武官墓，墓冢高阜，退步响堂，这武官曾为杨贵妃押送荔枝，徐家梁村后的山脊上，有一条被黄土和荒草掩埋的荔枝古道，墓旁一组同时期留下的彩塑石刻，静静地述说着那段"一骑红尘妃子笑"的蒙尘风月。这些久远的陈迹，前几年都好好的，而今石刻一尊不存，墓体也残破不堪。

废弃的鞍子寺小学，已有四批这样的人出没过，第一批带走了四个战将的头颅,第二批和第三批,都一无所获。昨天夜里,来了第四批,来得太是时候了,杨浪刚刚拔去了巷道里的深草,他们能很方便地穿过去,拿着双节电筒,一路照射。壁洞像一扇辉煌的大门,大门里是耀眼的黄金。

这些人究竟带着什么工具,锯石头像锯木料那般轻松和齐整,杨浪不知道。

不知道带什么工具也就罢了,可他也不知道那些人啥时候来过。

他本以为,自己听不到人在天上的声音,却能听到人在地上的声音,结果连地上的声音也有一部分对他关闭。

肯定还有许许多多的声音对他关闭。

"作孽呀。"他对自己说。

他听不到那些声音,特别是听不到那些暗人的声音,他觉得是自己作孽;尽管他相信,那些暗人一定是在他睡着的时候到来的,但他还是不能原谅自己。

然后他看着断头佛像,出声地说:"作孽呀。"

——你要佛像,为啥不整个搬走,非要锯掉佛的脑袋?

那些人当然想整个搬走,可是没法搬。好些村子都通公路,但千河口不通。千河口以前跟徐家梁同属一村,村支书是徐家梁人，他去上面要了钱来，把村道和几条支路修通，还没来得及修千河口的路，就因贪污被关进了监狱；是他手下告发的，他的手下说，他一个人把肉吃光，又一个人把骨头啃光，还一个人把汤也喝光。并不是肉把他送进了监狱，是骨头和汤把他送进了监狱。后来的支书没进监狱，却也尽量啥事不做，他们知道，不做事就不会犯错。

如此，千河口的路就还是祖祖辈辈走的老路。

千河口实在需要一条另外的路，能跑车的路。搬到镇上去的，好些都想抽空回家种些庄稼，他们不相信那么多农民不种庄稼，粮食还能源源不断地供给市场，觉得总有一天，市场上突然就没有粮食了，人们为了抢粮，彼此厮杀，越厮杀越没有粮食，只能以人为食，那样，人就混到头了。

但那要路通才行。路不通，回趟老家很难，住在镇上又闲，便闹出许多事端。西院李成的邻居庹传昆，去镇上后闲得手痒，便进茶馆搞赌，输得一塌糊涂，还找茶馆老板借高利贷，两口子天天吵，最近听说要离婚了——都快七十岁的人了；中院九弟的邻居郑兴梅，男人在广东江门打工，她在镇上带孩子，孩子白天进幼儿园，她东摸西摸也摸不出个事情做，也进茶馆打牌，钱倒是没怎么输，却跟老街孙剃头的儿子勾搭上，被孙剃头的儿媳捉奸在床，呜喧喧的闹得满街响。

这条路该修，差的只是钱。

而钱本来也不成问题，政府没钱，可以找个人筹资。

当然是有实力的个人，比如杨峰。

千河口接连几任村干部，何强、任志星、冉从勤、刘纪，都去找过杨峰，结果都是空手而回。

千河口人很愤怒。杨峰在外面当慈善家，尤其让他们愤怒。他们觉得，村里不通公路，全是杨峰的错；庹传昆搞赌，郑兴梅放淫，也是杨峰的错。据说杨峰修那个儿童医院，投资上亿，修恐龙博物馆更吓人，从全国各地买恐龙化石，一小块碎片，就要几千块，骨骼完整的，动辄数十万，体型越大越贵，而其中有个恐龙，光颈子就有将近七米高。你杨峰有那么多钱，你杨峰少买几条恐龙尾巴，就能把千河口的路修得溜光水滑，但是你宁愿去买恐龙尾巴。

这时候，只有李成站出来为杨峰说话。李成说，杨峰是千河口人，是普光镇人，是清溪河流域人，这都不假，可不能因为这个，他就天然地该把钱拿给这方人用。钱是他的，他想给哪个就给，不想给就不给。他弟弟他也没给过呢！

李成这样说的时候，杨浪就站在不远的地方，像块石头。大家朝杨浪看过去。要不是李成提醒，几乎所有人都忘记了那块石头是杨峰的弟弟。

因为杨峰的缘故，杨浪在人们眼里更是一钱不值。

他本来就一钱不值，因此人们并不关心这个，他们关心的是，李成是怨恨杨峰的，却要为他说话，多半是怕找李益捐钱。

李成是不是这样想的，不知道，但都这样认为。

实际没有谁打过李益的主意。李益做那生意，发的是暗财，估计他挣了很多钱，但也只是估计，他在镇上只有一套房子，连爹妈也没接去，同时他也没有自己的船，没有自己的车，平时的穿戴，也是简简单单的，皱皱巴巴的。

何强他们也没打过李益的主意，更没打过李钟的主意，那时候的李钟，还在外地打工，还没回来做房产。玉玲和小凤，也都没发迹——即使发了，也没显出迹象；即使显出一点迹象，跟杨峰相比，也微如星火。

何强在任的时候，找杨峰不成，他并没放弃，又继续想办法。他想的是，凡在鞍子寺小学读过书的，都有义务为千河口做些贡献；其实不是贡献，是回报，当初学校的修建和修缮，都由千河口人独自完成，你徐家梁人、凉桥村人，来这里读书全是白读，但千河口人从没说过半句怪话，现在，你们也该有所表示才对。

于是,何强多方打听,看徐家梁和凉桥村有没有去外面风光发达的。

终于挖出一个,是凉桥村的钱云。

钱云大学毕业后,先在重庆教书,然后辞职,去旅游公司当导游。他学的是韩语专业,便专带韩国客人,并因此跟某些韩国涉外商人建立了联系,几年以后,他离开公司,单独和韩国人做起了生意。韩国人以美元付款,他的生意越做越大,也赚了越来越多的美元,兑换成人民币又增长几倍,姐姐嫁女,他出手就是二十万礼金,此外还给外甥女送了价值不下五万元的金银首饰。

何强便去联系钱云。

可联系钱云就像联系外星人。凉桥村已没有他的亲人,四邻八舍谁也不知道他的电话,也不确切地知道他的住处,一会儿说上海,一会儿说北京,一会说青岛,甚至有说他不住在中国,住到韩国的仁川去了。他姐姐的婆家在马伏山岳家嘴,但岳家嘴比千河口还空,早就没什么人,那里属清溪河下游的北坝镇,他姐姐一家没在北坝镇买房,很可能是去了县城,甚至市里。

也不知何强通过什么手段,竟然找到了钱云的姐姐。确实是去了市里，在市区东城的二马路上开了家五金店，店面朴实，人更朴实，何强比她年轻近十岁，以前没有任何接触，但他起眼一观，就看出坐在店门上那个微胖的妇人，是清溪河流域人，是老君山人。他像个顾客那样进去瞅了几眼，才问妇人是不是普光镇凉桥村的，是不是叫钱晓华。妇人眼睛亮了，说是呀，你咋晓得？何强说自己是千河口的。妇人哦了一声，忙给何强倒水喝。何强接过烫手的纸杯，东拉西扯了几句，就问起钱云，问钱云是不是住到韩国去了。"哪里呀，"妇人说，"他是隔三岔五就到韩国去，但去那边是谈事，谈完事就回北京。他多数时候住在北京。"

这一路都说得很高兴，可何强终究是要套出钱云的电话。

当他避不开，不得不问起，钱晓华变得警惕起来了。她可以接待故乡人，却不愿让弟弟接待。弟弟的身份不同。何强明白了她的心思，想起钱云在鞍子寺读书那阵，杨浪常常顶风冒雪，担着粉身碎骨的风险，送钱云回家，这件事情很多人都知道，他不信钱云的姐姐不知道，于是说，要钱云的电话不是他要，是杨浪要。见对方迷惑，他又说，杨浪是你弟弟的好朋友，跟我住隔壁（其实不是），小时候下大雪结暗冰的日子，多次送你弟弟下山。

钱晓华想起来了,眼睛又亮了。

尽管只亮了一下,给电话也给得迟疑,但毕竟给了。

离开店子,去车站等车的时候,何强就把电话拨给了钱云。先说自己是他好朋友杨浪的邻居,接着说到千河口想修公路,但没有钱。说到钱,想起去杨峰那里碰的鼻,心里来了气,就变了口气,说到千河口人当初如何耗财耗力修学校,如何让徐家梁人和凉桥村人到学校白读书,如今是不是也该有所回报。这些话像是逼人家给钱,不该说的,但他在气头上,全都说了。说了又觉得还是不该说,又连忙道歉。

钱云听后,表现出的态度让何强感动得眼眶湿润。

钱云说:"你说得对,我们确实应该回报……你没说错话,本来就该,你不要客气,是我们不好意思。我出五十万。你什么时候要,给我说一声,我把款子打到你们的专用账户上。"

挂了电话,何强的手只管抖,抖得烟都点不燃。

然而,那一阵激动过后,他就颓唐了,比之前还要颓唐。人家一个外村人,出五十万,已经够多了,多得过分了,但要修通那条路,五十万又只是杯水车薪。

接下来,何强不知道怎么办了。

不知道怎么办,只能不办。

何强觉得自己尽了力，从此也死了心。

但那次回到村里，他一句都没提到杨浪。尽管钱云在电话里也是一句没提杨浪，可如果不说出杨浪，钱云有没有那么爽快？即使他不是看杨浪的面子，是真心实意地觉得应该回报，毕竟是通过杨浪才要到了钱云的电话。何强不能让村民觉得自己还比不上"那东西"。他只是把钱云愿意捐资五十万的事宣扬出去了。这一宣扬，人们又开始骂杨峰，比以前骂得更狠。杨浪在村民眼里越发不堪了。

杨浪自己倒没感觉到。听到钱云的名字，他会想起那些遥远的冬天，想起那些冻桐子花的时节，在心的深处，非但不觉得寒冷，还有一股温暖的溪流淌过。听到人们骂他哥哥，他一如往时，就像没听到，就像块石头。

只是，千河口依然没有公路。

——因为没有公路，保住了如来佛和战将的身体。

——也因为没有公路，让如来佛和战将身首异处。

这天上午，杨浪站在断头佛像前，总不相信那头真的不在。他数次伸手去摸，想把佛头"摸"出来。可那地方是空的。

千真万确，佛头不在佛的脖子上了。

他再一次对佛深怀怜悯。

然后他跛着脚,跑进村子,把消息报告给了另外几人,包括躺在床上的九弟。

这有什么值得大惊小怪的,不就是一尊菩萨的头被锯走了吗?

想想,确实也不该大惊小怪。

不过杨浪还是非常自责。那些天,他经常做梦,每次都梦到身首异处的如来佛,看不见头和身子,只能看见脖子,脖子被锯断的地方,汩汩涌血。

七月末的一天,杨浪去看九弟的时候,正碰上贵生也在那里。

这要放在早些年,根本不可能。早些年,千河口的光棍汉,除当年的"跑跑女"进了某人家门要跟大家一同去看,彼此之间再没有任何来往。特别是九弟和贵生,不仅互相看不起,还乌鸡眼对乌鸡眼。他们没有丝毫矛盾,可就是看不起对方,提防对方,甚至恨对方。而今坐到一起来了。

没有"跑跑女"了,什么都过去了。

摔伤两个半月后,九弟的伤情已大有好转,肿消了,膝盖骨合上了,头上的眼儿也结了疤。但时常感到头痛,痛起来就喊爹叫娘。真是喊爹叫娘。那么大岁数的人，有了病痛还是叫爹、叫妈，好像他是小孩子，爹妈还在他的跟前。其实不仅爹妈早就不在，他在世上已没有一个亲人了。贵生也是。杨浪有亲人，等于没有。三个人都是五保户。让他们去镇上的敬老院，都不愿意，说就想住在千河口。

九弟不能下地走路的日子，杨浪和贵生去街上跑了好多趟，为他领津贴，帮他买日用品、急需品，并且每次都去鲁凯那里汇报九弟的近况——九弟摔伤的消息，是贵生去政府报告的，政府知道不好把他弄下山，一时又派不出卫生院的医生，就派了同是千河口人的鲁凯去给他清洗、缝针和包扎。鲁凯把这种指派当成自己的光荣，背着药箱，很负责任地来给九弟治了，之后又上山为他换过几次药，直到拆了纱布。杨浪或贵生向鲁凯汇报了九弟的近况，再拿回些稀的干的药物，外用或者口服。九弟一天两顿或三顿饭，全是贵生帮他做，且是在自己家做好，给他送去。他换下的脏衣服，杨浪洗得更多，那是因为贵生要忙活路：忙自己的，也忙九弟的。但活路再忙，贵生也会在送饭来的时候，帮九弟洗脸擦手倒便桶。九弟的头发也是贵生理的。这两个最是互相仇视的人，成了最好的朋友。

七月末的这天，三人聚在一起，本来应该欢欢喜喜才对，九弟却很有些悲观。

并不是因为头痛，而是十天前千河口死了一个人。

那是个外地人，死在村西的霞沟。霞是彩虹的意思，千河口的孩子很怕彩虹，那横天怪兽，渴了就去沟里喝水，据说能把一头牛喝进去；童年的种子埋进骨血，长大以后，照样对霞畏惧三分，加上那边没什么田地，因此很少人往那里走。近些年来，除了杨浪，几乎就没有人去。

十天前那个下午，杨浪走在渠堰上，走到酸枣坪，见路边的刺笼里，开着一朵硕大的白百合，他看着那朵百合，心尖尖儿颤了一下，格外感动。不是感动于百合花赐予他的芳香，而是感动于花的聪明。它们不想人摘，就要么自己长刺，要么开在刺笼里。刺同样聪明，它们不被喜欢，却拥有最美丽的鲜花；或者说，为了拥有最美丽的鲜花，它们情愿不被喜欢。花和刺，该是怎样的惺惺相惜又心心相印。它们如此动人地讲述着自己的故事，与房校长讲的狼和羊的故事，构成尘世间完全相反的两面。

然而，那份感动还没抵达更深的地方，杨浪低平多皱的额头上，就绽出豆大的汗珠。

这不是热的，是吓的。

百合花明黄色的花蕊上，停着两只蜜蜂，一只蜜蜂腿停在那里，翅膀却没停，偶尔，翅膀带离它的身体，与花蕊保持几公分的距离，随即再贴上去。

——杨浪看见这些，却听不见声音！

只要他醒着，只要他愿意，花开的声音也能听见，别说蜜蜂飞舞。

可是他现在听不见！

不仅花开的声音听不见，蜜蜂的声音听不见，轻风在吹，蝴蝶在飞，群鸟在鸣，知了在叫，竹鸡在跑，野兔、松鼠和猪獾在觅食……他都听不见了！

最初的惊愕过去，他镇定了，心下明白：只有人的死亡才会有如此强大的磁场。

想到这点，他又慌乱起来。

但还是加快脚步朝前走。

越走越沉寂，他就知道方向是对的。

这样一路走到了霞沟。

果然，那里躺着一个陌生的死者。

霞沟是山洪经年累月冲刷出的大沟，从白花嘴直贯清溪河，途中次第形成山石台梯，那人横担在一块倾斜的石台上，两只脚伸进浅浅的水沟里，一群出生不久背壳发白的螃蟹，在脚板上爬，还竞相攀上死者跷出水面的大脚趾，扑通扑通练习跳水。这是一个白发苍苍的老人,头发长及肩头,胸脯软软地耷着,是个妇人。

杨浪连忙跑回村子,去找李成。

从这里回村,距李成家最近,再说李成也最能拿主意。李成用手机报了案。

派出所来了民警,然后又来了法医。法医拉下死者的裤子,才发现不是妇人,是个男人。法医检查过后,说,这人死于突发性心脏病。可他是何方人氏,为什么来千河口,谁也不知道。好在他裤兜里的钥匙串上挂着一枚私章。法医问:你们哪个家里有印泥?没印泥有圆珠笔也行。这两样东西,在千河口都是稀罕之物,但夏青想起她有回收拾装针头线脑和碎布头的筛子时,看见过里面有支圆珠笔,那是儿子读书时留下的,她没有扔,于是回家去拿来了。墨已枯干,李成接过去,往笔管里抿口水,再鼓圆了腮帮往印章上吹,吹出一团,盖在树叶上,太浓,乌溜溜的一巴饼,看不清;揩干净了再吹,终于看清了,现出"于盛华"三个字。

民警打电话去普光镇的户籍上查找,虽有两个于盛华,却都是年轻人。又把电话打到邻近乡镇。在清溪河下游的马渡乡查到了,而且确定了就是此人。几年前,他老婆病逝后,他得了间隙性精神分裂症,发作时点人家房子(幸亏那些房子里早没有人），还乱跑，有时跑十天半月也不回去，结果死在了外乡。

九弟悲观，是因为，多年以来，千河口有个不可解的怪事：只要一个人死了，不久就会再死一个，好像死在前面的那位需要个伴儿。

九弟说："我怕是也活不长了。"

贵生安慰他："于盛华又不是千河口的。"

九弟本人也这样想，但不足以让他释怀。于盛华虽不是千河口人，却埋在了千河口。这一方面是因为天气大，盘来盘去的，还没下葬，就会臭成一摊黄水（于盛华被发现时，已死五天，要不是霞沟阴凉，早就臭了，事实上也真臭了），更重要的原因在于，他只有个独儿，他独儿多年前就在山西死于一场械斗，儿子死后两年多，儿媳带着孙子，跟一个倒卖兰草的大胡子男人走了，走得无痕无迹。是马渡乡民政所出钱，给他买了副临时钉成的松木盒子，请李成、杨浪、贵生、夏青和王玉梅五人，在霞沟旁边的黄荆林里挖了个坑，把他埋了。

虽不能释怀，也只能自我安慰。

九弟说："都这把年纪了，要死我也不怕。"

几个人都不想谈这话题。死亡,不仅威胁着九弟,还威胁着村子里的每一个人。他们都老了。人们在很年轻的时候,把自己一生中想得最遥远的事情就是老,结果说老就老了。张胖子都把后事交代过千百遍了。梁春脸色黯淡如土,土色中带一点青,人家马渡乡民政所叫人埋于盛华的时候,他分明在场,可见了他那模样,特别是看见他臂膀上的烂肉(抠烂的),也不点他的名。说不准什么时候,千河口的几层院落里,就会少一个人,多一个鬼。

贵生说:"九弟,都到后晌午了,干脆就在你这里做饭,我们三兄弟喝顿酒要不要得?"

九弟来了精神:"要得!可是我没得酒哇。"

"我那里有满满一胶壶,"贵生说,"我去提来。杨浪你先生火。"

杨浪才把火生上,贵生已把酒提来了,同时还提来一方至少五斤重的腊肉,是肉多膘薄的圆尾肉。

三人当中,贵生是最勤快的,按千河口的说法是最吃苦的,也是最富有的。他跟杨浪一样,吃得少,用得少,跟杨浪不同的是,他像牲口一样吃苦,大热天也精赤着排骨累累像筷子笼那样呈筒状的上身,去地里薅草,往田里送粪,让黑色的汗水在焦黄的身体上汇成溪流，每年春节，只休息大年三十的下午半天。他养的猪最低也要长到三百斤，屁股肥圆得像斑马屁股，脖子粗壮如老树；这样的猪他一年至少养五头，卖三头，吃两头。他已有三年没碾过谷子。他辛辛苦苦把谷子种出来，割回来，将谷穗堆在阶沿底下和家门前的院坝里，堆得比房檐还高，可之后也就不再经管，因为他仓里的陈谷还有上千斤。那些堆在外面的谷穗，被雨一淋就生秧，谷穗里层，雨淋不到的地方，则养着成百上千只老鼠。老鼠集体进食的声音，如雨打河原，风走林梢。他养的老鼠都吃新谷，他吃陈谷。

立夏过后的腊肉有些哈喉，加了很重的青辣椒，还是哈喉。饭是杨浪煮的，肉和菜是贵生炒的，九弟吃了块火柴盒大小的瘦肉，咳两声说："还是你贵生的手艺不行，黎燕那回是八月间来的，她炒的腊肉为啥就不哈喉？还没加这么多辣子呢！"

黎燕是多年以前跟九弟过了半个多月的"跑跑女"。

"我也奇怪呢，"贵生说，"沈小芹那回切的是菜板肉[1]，吃起来那个香……"他斜着眼睛，抖动着嘴唇，想找个好词

---

[1] 菜板肉：将腊肉整块炖熟后，切下来直接吃，不炒。

形容一下，才不辜负了那香，想了半晌，他说的是："狗日的，硬是香！"然后他望着九弟，以探询的口气说："你记得她是十月初二来的吧？"见九弟不言，他又说："初三那天早晨，她给我煮了碗挂面，那时候穷啊，我家里没油，猪油清油都没得，她只好煮白水面，嘿，往嘴里一吸溜，那味道像是舀了一大勺子老猪油进去，你说怪不怪！"

沈小芹就是那个先被汤广惠带到贵生家，她摇头，接着被带到九弟家，她把头摇得更快，因而又被送回贵生家的那个"跑跑女"。

三人喝下半碗酒，贵生对杨浪说："你这家伙不是会学吗，你给我学学沈小芹说话吧。"

"硬是要听么？"杨浪问。

"做梦都想听！"贵生说。

见九弟也是很想听的样子，杨浪便弯着颈项，垂下眼帘，说："我还是去开头那家。"

这已不是杨浪的声音，真真实实就是沈小芹的声音，细气，有些微的沙哑，此外，她跑出夫家一天两夜遭遇的惊恐，以及爬山涉水经受的风尘和疲劳，都在声音里纤毫毕现。

那句话，是沈小芹被带到九弟家说的，她要再回贵生家去。这时九弟有点儿尴尬，不过那只是一瞬间的事。他嚼着一块酸萝卜，腮帮里咯咯有声，萝卜泡的时间太长，酸得浸骨，他缩鼻子眯眼睛，很痛苦的样子，但他努力朝贵生笑。而这时候的贵生，眼睛猛然间变得年轻了，目光里桃花灼灼，盯住杨浪。看那架势，他马上就要伸出手去，把杨浪搂过来。

"你也学学黎燕吧！"九弟说。

贵生激灵了一下，很惊异地看了看杨浪，又看九弟，好半天才明白，他现在是坐在九弟家那个数十年前歪歪扭扭、而今依然歪歪扭扭的细桌儿前，跟两个老哥们儿喝酒。

杨浪虚拟地抿了抿头发，扬声说："要不要我，你倒是给句话。我不查食，我好养。"

在所有来千河口的"跑跑女"中，黎燕是最大胆的，来的头一天，当着众多村民的面，她话也说得最多。她被中院的张大娘领进九弟家半个钟头，九弟都一直咧着嘴，忙前忙后地抱柴禾，烧开水，还偷偷从后门出去，找邻家借了米，响锅亮勺地准备做饭。这些举动本身，表明九弟是多么欢迎她来，多么渴望她来，她迈进门槛的那一刻，九弟就把她当成了从远方归来的、久别重逢的亲人。黎燕知道这些，但她还是要九弟当众表个态,让她心里踏实,同时更要显示她的自尊。她明显来自更高的山上,嗓子粗。再粗也是女性的嗓子,有女性的柔和女性的香。

此时此刻,九弟摸到了那柔软,闻到了那香气。

他端着酒碗,要跟杨浪把剩下的半碗干掉,杨浪说你头痛,别喝太多,他说我的头不痛了,刚才都痛乎乎的,一听到黎燕说话,就一点儿也不痛了。他自己先把酒干了,又掺满,接着给杨浪和贵生掺满。胶壶是十斤装的,要两只手才能托住。

放下酒壶后,他说:"杨浪,你学学黎燕叫我起床吧。"

"九弟!九弟!九弟!"

桌上酒液荡漾。黎燕叫九弟起床,都是她从地里回来过后。在千河口,她只比杨浪晚起一点,天麻麻亮,她已提着夜壶,去地里淋菜,淋了菜回来,天依然没亮明白,但如果这时候九弟还粘在床上,她就会站在屋前,高喊三声,一声比一声粗,一声比一声响,比先前队长敲过木梆后喊出工的声音还响,几层院落都能听见,站在村后的渠堰上,照样能听见。

九弟双腿一跷,真做出急急忙忙翻身起床的样子。膝盖处的疼痛阻止了他做进一步的动作,也让他明白了这里只有

233

杨浪和贵生,没有黎燕。

他抽了抽鼻子,说:"多能吃苦的婆娘啊,多好的婆娘啊,不晓得为啥子还要打她。她来的那天晚上,我碰都不敢碰她,她背上、腿上,全是乌紫乌紫的。她身上就难得有块好肉。不好意思说,连奶子上都是挤挤密密的青疙瘩,还有烂点子,像是烟锅烫的。我在鲁凯那里悄悄给她弄药,好几天过去也一直舍不得碰她。还是她怜悯我,说不怕,我痛惯了,痛惯了就不痛了。唉……"

九弟叹息一声,摇摇头,又叹息一声,又摇摇头。

然后他转了腔调,央求杨浪:"你学学她骂我吧。"

但被贵生拦住了:"骂你有啥球好听的?杨浪,你给我学学沈小芹走路的声音。"

杨浪学了。那是无声的声音。沈小芹走路,在静夜里也听不到声音,即便她担着水,挑着粪,背着一大捆柴,踩在地上也悄无声息,像她整个人都跟大地接通,她是静水,大地是海绵,她被大地吸收,她弄出的声音也被大地吸收。

但杨浪将那无声的声音学出来,九弟和贵生都分明听到了。

"你再学学她叠衣服抖被子的声音吧,她进我屋的时候,我墙角底下堆了好些脏衣服,第二天一早,她拿到堰塘去洗，顺便也把满是虼蚤屎和虼蚤血的被单洗了，洗过后晒在堰塘边的李子树上，下午收回来，铺在床上，撅着沟子叠衣服，缝被子，被子缝好，又把被子提起来波波地抖。杨浪你学学那声音。"

杨浪端起酒碗，脖子一仰，把大半碗酒喝了下去，然后将碗重重地蹾在桌子上，说："我没听见过，我学不了。"他像带着很大的怒气。

九弟愣了一下，立即明白，再不能让杨浪学那两个女人了，这对他太残忍了。

"吃菜，吃菜。"九弟说。

可贵生并没明白，执意想听，因为他知道杨浪听到过沈小芹叠衣服抖被子。那天下午，杨浪去西院找李成，李成正在贵生家。李成刚砍柴回来，指肚上锥了棵槐刺，他来让沈小芹给他挑刺。沈小芹那时候只有二十四岁，要么就是二十五岁，最多二十六七岁，眼睛清亮。沈小芹给他挑了，他站在堂屋中央，跟贵生说话，没说几句，就看见杨浪在他门前晃，他喊杨浪，杨浪也进了贵生家。那时候，沈小芹正在床边叠衣抖被。卧室跟堂屋紧邻，门又是开着的，杨浪不可能听不见。

贵生又要求杨浪学沈小芹的时候,九弟给贵生使了个眼色,转过头,很疑虑地问杨浪:"那年李成说,他跟邱菊花本来想把林翠芬带给你,你不要,说怕沾了女人,坏了童身,就丢了学声音的本事,是这样吗?"

"我不晓得,"杨浪低声说,"那话我是说过的,但我不晓得会不会那样……我不像你们,你们打的粮食多,女人跟了你们不吃亏,跟了我会吃亏……"

九弟听了,眼睛发潮,便不再深说。

那个本打算带给杨浪的"跑跑女",最后是带给九弟的。在九弟家只过了两天,她就跑了。这次跑得很近,从千河口中院跑到了千河口西院,在杀猪匠高双平家过了十一天,就被寻来的夫家揪了回去。

林翠芬的声音脆,像十来岁的孩子的声音;或许正因为声音脆,她才特别爱唱歌。其实,林翠芬之后,千河口并不缺唱歌的人,那个人名叫吴兴贵,粗粗地会做些泥瓦活,凭个胆子大,竟也像孙相品刘三贵梁春他们那样,敢于沿了清溪河,上下游走,打着铁制的响片儿挣生活。他挣来的生活不是钱,而是一个女人。是拐来的。拐来那个女人后,吴兴贵突然变成了骨头中空的鸟,成天歌进歌出。但村里人不爱听他唱。他的歌都是唱给那个小脸小嘴小蛮腰女人的。嗓子也不行,像卤水点老了的豆腐,不戳嘴,戳耳朵。吴兴贵唱了些年就不再唱了。算起来,他从歌起到歌歇,时间不短,却没人在意,更没人传唱。后来玉玲试图从旧时光里打捞出他的歌声,终究是徒劳。那是吴兴贵一个人的歌。

而林翠芬,在千河口待了不足半个月,却把歌留了下来。

林翠芬会唱很多歌,可她最喜欢唱的是《溜溜歌》:"一朵红花么连连,两朵红花么溜溜,三朵红花么哎嗨哟,映山红嘛溜溜……"也不知道她究竟要唱什么,只记得,她逃出夫家跑到千河口的时节,映山红正遍野开放,开得再好看的云彩都不好意思从上面过。林翠芬自己说,在逃跑的路上饿了,她吃的就是映山红的花朵。

贵生见杨浪不愿学沈小芹,就说:"你学学林翠芬唱《溜溜歌》吧。"

杨浪却没言声,提起胶壶,举得老高,往碗里倒酒。

酒液乱溅。

"学啥呀,不学了!"九弟说,"说一千道一万,那些都是别人的女人——不学了!"他也像带着很大的怒气。

彼此沉默,只听见缓缓的咀嚼声。

"我想他们啊!"沉默一阵,九弟突然说,带着稠稠的哭腔,"我想这村子里的人啊,最多的时候,村里有二三百口人,为啥一个一个都不见了啊!"

贵生接连打了几个酒嗝,弯着脸说:"有啥办法?一部分死了,更多的离开了。"

贵生话音刚落,杨浪便双手往腰上一叉,高叫:"石娃子,我们再比一盘!"

这是建炳老爹的声音。

建炳老爹已死四十七年了。

在将近一个世纪的漫长岁月里,他是村里最受尊敬的乡贤,尽管死了那么久远,至今还被人提起。他能把心像一碗水那样端平,邻里和家庭之间,有了再深的过节,经他调解,大家都服。此外他还是远近闻名的大力士,年轻时候,他应征去七十里外修碉堡,一趟可挑八百多斤土石,吓得人吐舌头,都忘了劳动,只站在一旁,看着他挑,到吃饭时,都抢着把自己带去的干粮分给他。

到他死的前几年,还跟村里的年轻人比气力。那年冬闲时节,二十一岁的石娃子听人吹嘘建炳老爹当年的风光,淡然地说:"那也不算啥。"这话传到建炳老爹耳朵里,在一个雨雪霏霏的日子,他从西院去了中院,还没进石娃子家门,就喊:"石娃子,今天没事,我俩爷子去背磨扇,看哪个背得起!"东院外那棵沧桑的黄桷树下,有个石碾,石碾旁边有扇石磨。石娃子乐呵呵地答应了。两人被前呼后拥地到了东院,将至少七百斤重的磨扇揭下来,绑到用青冈木做成的背夹上。结果都背起来了,但建炳老爹只走了十七步,石娃子却走了三十一步。建炳老爹不服,一遇不出工的日子,就听他在中院声若洪钟地高叫:"石娃子,我们再比一盘!"

那时候,杨浪、九弟和贵生三人,年龄都不大,杨浪的这一声喊,倏然间唤回了他们的童年和少年时光。

"人真怪呀,"贵生说,"那些年分明稀饭都喝不饱,可劲头大得很,个个欢喜得很!"

"就是,"九弟说,"你说有事无事,去背磨扇做啥子?还有踢毽子记得不?一有了空闲,特别是春节那几天,三个院子的人都集中到我们中间院坝来,几十个毽子飞来飞去,跟穿花一样。你们院子(他指指杨浪)的鲁细珍,哼,那才踢得好!同时踢五个,前面踢,后面踢,盘着踢,勾着踢,叉着腰踢,侧着脸踢,还闭着眼睛踢,想快就快,想慢就慢,想它们不掉下来,它们就硬是不掉!"

贵生叹息:"鲁细珍好些年没回来过了。"

"她回来做啥子?"九弟说,"娘家都没人了。以前李成不是就说过，小凤寄了很多钱回来，李益在县城大通街看见鲁家选房子，鲁细珍多半也沾了光，搬到县城去了。只可惜那一脚好毽子，也不晓得鲁细珍到了县城还……"

没等九弟生说完，鲁细珍踢毽子的声音已经响起。

不仅是毽子跟脚面、脚尖、脚跟和脚板接触的声音，还有擦着头发飞到后面去又飞到前面来的声音，鲁细珍微微喘息的声音，母亲笑骂的声音，看客凝神屏气又担心毽子落地因而哆嗦和轻叹的声音，到最后静止片刻同时发出喝彩的声音，一个不漏，声声在耳，且能从各种声音里分辨出每个声音的主人——

那藏在众声里一直响个不停的细微杂音，是何三娘的，她有痀病。这个当姑娘时就得痀病、不到三十岁就躬腰驼背的人，却成了千河口的寿星，活了一百零二岁。临死前她还耳聪目明的，精精神神的，那天吃罢中午饭，她坐在竹椅上跟曾孙女摆龙门阵。摆的尽是她小时候的事情，是些前朝往事，活跃在往事的人，都早已作古，她像突然意识到这一点，盘根错节的手拍了拍腿，对曾孙女说："我这不要脸的，活得太长了！"曾孙女低头织毛衣，嘻嘻笑，说祖祖才活一百多岁，算啥长啊？人家彭祖活了八百岁呢。但祖祖闭着眼睛，再没应她，一摸鼻息，已经死了。

那笑得抽不过气的声音，是梁运宝的。梁运宝是个快乐的家伙，快乐起来没个完，笑起来也没个完，笑得脸上浸血。他二十多年前去北方某矿山做工，只做了三个月零六天，就出透水事故死了。他才三十四岁，离老还远得很，就死了。梁运宝是千河口第一个死在外乡的人。他已生过两个儿子、目前又大着肚子的婆娘文丽绢，千里迢迢去拎回来一个骨灰盒。那时候，村子里还有很多人，很多人都去看那个雕着一棵青松的骨灰盒，也都听见了梁运宝躲在里面发出的抽泣似的笑声。

"我好想再吃一碗！"这是贺大汉说的。贺大汉只比建炳老爹早死七年，却比建炳老爹小五十多岁。他生于饥荒年间，骨头里便埋着饥荒的记忆，只要有饭，就只管吃，胀得能透过肚皮看见肠子，他还是说："我好想再吃一碗！"吃得再多，身上也只有一层皮，叫他贺大汉，是因为他骨架子大。他生于饥荒，死于饥荒，死的那年，半个中国旱得起火，他去山里寻野粮，寻来都给父母和五个弟妹吃了，说他自己边挖边吃，吃了好多。发下的救济粮，熬成粥，他把干的给父母和弟妹，自己只喝清汤，还不让父母看见。三个月后，终于熬不住，一身的骨架子塌了。死之前，他让母亲凑近他嘴边，气若游丝地说："妈，我好想再吃一碗。"

那个声音是谁的？想笑，又不愿让人觉得他跟大家一样，因而把笑忍住，只在喉咙里挤出咳嗽似的声音。这是苟军的。有一天，苟军去赶场，碰到几个招工的人，说是劳务输出，去塞拉利昂搞建修，挣大钱。当时围了大群人在那里，为"大钱"两个字吞着口水，却又不敢去面对那个陌生得让人起鸡皮疙瘩的地名。苟军却不怕，脖子一顿，说："我就不信邪！"说完就跟招工的人走了，从此杳无音信。

还有这个呢？如狗咬脆骨，又如火烧竹节。这是孙相品的。他在扳手指。凡他要衷心赞叹什么，就扳手指；他自己做了件满意的活计，也站在一旁，边欣赏边扳手指，所以请他做家私的主顾，只要见他在扳手指，就格外喜悦。人们说他装大，这是事实，但许多时候，他是在想他的活计，想他什么时候，才能得到"扳手指"的奖赏。他心目中的最高奖赏，来自他自己。奖赏的方式就是扳手指。满五十过后，没人再请他了，都是去家具店买，家具店的轻便雅气，而且是现成的。多数都是买来就搬进镇上的新家。自从不能为自己的作品扳手指，孙相品就整天失魂落魄。幸好他妻侄儿在广东佛山某家具厂做工，把他介绍过去了。

他还在路上，妻侄儿就在老板面前，把自己这个姑父吹得天花乱坠，做个女人那女人就能生娃娃的话，自然是不会漏的，还说姑父是鲁班转世。这一是他确实崇拜姑父，二是想自己在老板心目中升值。老板确实很器重孙相品，可也只是一段时间的事。在老板看来，孙相品的好，全在于活路做得老实。老实固然值得称道，却不合潮流，不合潮流就是落伍，落伍就要遭到淘汰。庆幸的是，广东有批诗礼人家，钟情于被淘汰的东西，按他们的说法，是"历史接缝处的东西"，因此孙相品的货还能保证基本的销售额，老板也便留着他。

　　真正坏事的，是孙相品的傲慢。老板觉得，自己在繁华之地经营家具生意多年，比你一个老山区来的匠人，自然更见多识广，某件东西该怎么做，他要给孙相品提要求，但孙相品充耳不闻。他觉得老板根本不懂，不懂的人来指挥他，就是皇帝，他也不听。在这一点上，他犯了李兵老师同样的毛病。孙相品还更过分，不仅不听，做成了一件东西，却不是接着做下一件，而是翻来覆去地摩挲，摩挲到某个地方，会拿起工具修补一下，修补的动作几乎是虚拟的，有时候连工具也不拿，只用指肚轻柔地磨蹭，或者用指节叩一叩，因此这样摩挲老半天，修补老半天，你看上去还是原来的样子，没有任何变化，而他自己却觉得意义重大，舒口长气，再哔哔剥剥地扳着手指。他竟然还有闲心扳手指！老板忍无可忍，把他开了。

孙相品出门那些年，进过不下十家厂子，每次的结局都是被开。当他彻底老了，再没人要他，才不得已回了千河口。这时候的孙相品，脑子混乱，混乱到控制不住自己的身体，连出门转个田埂都踩得实一脚虚一脚。他虽然老，还不至于老成这样。都以为他是走城市的平路走惯了，再也走不惯山路，其实不是。他这般不经蹦，只有一个原因：此生此世，他再也没有机会扳手指了。他家老二在坝下当上门女婿，老二怕父亲这样子遭遇岩高坎低，就把父母接去，跟自己住在一起。

老两口被儿子接走那天，不知是因为匆忙还是因为恍惚，一只母鸡忘了带，母鸡在院外玩了一会儿，准备回客来生蛋，却见门锁了，慌慌张张地跑来跑去，不知道把蛋往哪里生……

"噢哟！"

几个人正想着孙相品，想着孙家忘带的那只母鸡，杨浪突然又这么吆喝一声。

一听就知道是刘三贵的。

刘三贵从外地回来了。

或许早就回来了，但千河口人最近才听说。

他没回村子，只住在镇上，且住下来就不再出门。

他住的房子，是玉玲在镇上的老房子。

玉玲现在除了开火锅店，还把老街三户相邻人家的房子买下来，保持木质结构，只做外部装饰和内部装修，并将三幢房打通，又开了家店子，叫"饮饮约约"：喝茶，喝咖啡（不仅市县来的，普光本地人也学会了喝咖啡），下棋，打牌。尽管老街茶馆林立，但跟新街比，还是冷清，因玉玲的介入，它又热闹起来了。

玉玲喜欢热闹。

她不容许任何一点不热闹。

自从回到镇上，结婚，做生意，生孩子，搞演出，在别人看来，或许只是平常的生活，最多是风光的生活，对她则是拒绝冷清。结婚过后，她从不独处。镇上的男人，闲暇时，多数都上茶馆打牌，但玉玲的丈夫不打，他现在已不做摩托客运，店里的事也几乎插不上手，也就是说，白天晚上他都是闲着的，但照样不打牌，因为玉玲会随时召唤他。只要身边没人，玉玲就会恐慌。她恐慌起来，挽成髻的头发分明纹丝不乱，却给人凌乱如麻的感觉。她去老街买铺面，有人说是相中了那里的古意,并利用古意招揽"怀着乡愁"的顾客,表面上她自己也是这样想的,但内心深处,在她不愿触碰的地方,是不希望自己周围有冷清的地方存在。

"饮饮约约"跟"玲妹火锅"一样,开张不久就很火。

玉玲真是做生意的天才,加上她跟姓郭的学了很多,再加上她现在有了名,各种资源便如川归海。她竟然把全县的象棋和麻将比赛,都拉到了"饮饮约约"来举办。因为她的缘故,带动老街其他店面也活泛起来,难怪那么多人喜欢她。她现在的待遇,比当初的房校长还吃香,不仅有人打招呼、让座,热天见她走在街上,还有大妈跟上去为她摇扇子。玉玲喜欢别人喜欢她,这样她就不孤独。她觉得世间之所以有那么多人孤独,只因为不被珍惜,不被喜欢。她不离开普光镇去县城发展,就是怕县城人多,自己反而被淹没,反而不再有那么多人认识她,更不再有那么多人喜欢她。

自从开了"饮饮约约",她又买了一套房,将老房子即丈夫在婚前买的那套,腾出来给父母住。很可能那时候刘三贵就回来了。

可他为什么不出门,还故意把熟人躲开呢?

杨浪学过了上面那些人,又接连学了二三十人。

他用他的一张嘴,组建了一支乡村交响乐团。

"你都来一遍,把每个人都来一遍!"九弟激动地说。

贵生也连忙请求:"杨浪,我的好兄弟,从你能记声音时起,把村里人说的话,各捡那么两三句,学给我们听听吧!"

杨浪自己也是这样想的。

他喝了口酒,从东院开始,一个一个学。

每学一个人时,与之相关的声音也随之响起。这其中,会突然出现某个亲戚的声音,比如九弟的亲戚,贵生的亲戚,还有杨浪自己的亲戚。当然那都是好多年前的声音了。那时候走亲戚是件相当慎重的事情,大人小孩都穿上新衣裳,没有新衣裳也要穿上干净衣裳,提一把挂面、两斤白糖,若家境好些,再加瓶酒,家境不好,挂面白糖都没有,只背两窝白菜也行。去到亲戚家,路程再近,也要住一夜,那天夜里,吃过了饭就摆龙门阵,摆到鸡睡了狗睡了还不睡,有时候鸡醒了,喔喔啼鸣,人照样没睡。都是些平常话,却像桑蚕织茧,把亲情织起来。

现在早就不这样了,即便还记得亲戚,也是去超市买件包装精美的礼品,到亲戚家后,礼品一放,屁股没坐热就走人。这还是通公路的地方,不通公路,就没人来走,千河口已经多年没有谁家的亲戚来过,要走,也是在镇上见面。但三个光棍汉不包括在内,无论在村里,还是在镇上,都没有亲戚跟他们来往了。

然而,杨浪让九弟和贵生知道,他们曾经也是有过亲戚的,在他们的虚楼上,火塘边,也曾有亲戚跟他们和他们的父母,彻夜长谈。他们并不孤单。

除了人声,还有年节烧爆竹的声音,打钱棍的声音,耍车车灯的声音,更有平日里的鸡鸣牛哞声,猪撞圈栏声,羊唤乳羔声,猫扑老鼠声,以及风声、雨声、鸟叫声……当然,九弟和贵生以为那些声音只是人声的伴奏,而在杨浪那里,此刻的声音和下一刻的声音,都是它们"自己的"声音,是独一无二的"一种"声音。每一种声音都不寻常,每一种声音都是单个的生命,完整的生命。

村庄在声音里复苏了。

不知不觉,太阳下坡了,落土了,天黑了。

三个人都醉了。

他们随便往地上一躺,幸福地睡去。

九弟的预感是对的,他没活多长时间。他脑子里有淤血。死之前,当着杨浪和贵生的面,他说的最后一句话是:

"我想他们啊!"

尽管此后不到两秒钟他就断了气,但说那句话的时候,眼睛还亮闪闪的。几十年来,他过得并不快乐,然而他的眼睛分明在说,让他再见一眼那些一去不复返的人,再过一天那些一去不复返的日子,付出什么样的代价他都愿意。

他以前的仇敌后来的好朋友贵生,在他去世大半年后,也跟去了。贵生与当年的何三娘一样,死得很安详。他躺在床上,没盖被子,一条腿直伸,一条腿曲起来,面带微笑,两只手交叠着,静静地放在腹部。在他伙房的餐桌上,有小半碗没喝完的酒,一盘吃了多半的洋芋丝。看样子,他是喝着酒吃着饭的时候,听到了某种召唤,他便顺从而乐意地丢下碗筷,去床上躺着,让召唤他的人把他领走。

乡里人对死都早有准备,有的才三四十岁,遇到合适的木料,就把棺材割好了。他们把棺材叫大料,或叫寿材,好像死和生,是满含亲情的融合。由于此,他们把割棺材是当成喜事来做的。杨浪的母亲在去世的前三年,请孙相品为自己割棺材,顺便也给杨浪割了。杨浪的那副,放在跟哥哥的房子连着榫头的半边屋里,也就是塌了的那半边屋里,屋塌过后,他也没去把棺材清理出来,他觉得这样也好,他还活着的时候,他的棺材就被埋了。九弟和贵生为自己准备得稍晚些，但至少也已备好了十多年。

对九弟和贵生而言，死了勿需停灵，只把身子洗净，尽量多穿几件衣服，在脸上盖层冥纸（以此告诉死者，阴阳仅一纸之隔，去阴间的路并不遥远，尽管放心去），然后放一圆鞭炮，点三炷柏香，烧些纸钱，便装棺入殓，抬进墓地。身子是杨浪洗的，寿衣是杨浪穿的，墓穴也是杨浪挖的。往墓地抬，九弟死，有杨浪、贵生、李成和夏青，贵生死，就只有杨浪、李成、夏青和王玉梅了。抬棺材的人，被称为棺材佬，又叫"四人帮"，从古至今，这"四人帮"都是男人做，现在女人也搭上了。夏青倒说年轻些，王玉梅是多大岁数的人啊！好在九弟和贵生觉得自己身位卑贱，压不住福，为自个儿准备的，都是薄棺，加上人一死，就如去了谷穗的稻草，成"一把把儿"，轻。再轻也不该让女人去当棺材佬。可现在的好多村子，人死过后，找几面山也找不到人抬。千河口还算好的，毕竟能凑够人数。

抬往墓地时，张胖子拖着沉重的身躯，喘吁吁地跟着指挥。梁春则在前面铲路。梁春比王玉梅都不如，只能做这事了。他种的庄稼虽然少，因体质弱，抢不过雨水，多数收不回来，抛洒在地里。他现在完全像盏残灯，随便来股风就能把他吹灭。汤广惠多次回村，要把他劝上街，可他总是不肯，逼急了，才说："等把这季庄稼收了。"季节周而复始，他上街去住的时日，也便一再拖延。后来听说刘三贵住在镇上，他就更不想去了……

棺材抬去之前，杨浪已事先挖好墓穴。挖墓穴叫打井。"背井离乡"的"井"，既指生时喝水的井，也指死后安息的井。

当棺材放入井里，杨浪就说："你们走吧。"

他要一个人掀土，把老伙计埋掉。

此外他还有别的事情做：掀土之前做道场。

他不想别人看见他做。

人死了怎能不做道场呢？不做道场，死者朦胧入梦，还以为自己没死，还要在梦中为生活担惊受怕。杨浪不是端公，也不是阴阳，但这时候，他把自己化成了阴阳。做道场所需的灵幡、纸钱、水碗和大米，他先已备好，打井时带过来，藏在林子里。他敲响水碗，曾经听来的阴阳先生的念词，随口而出："一敲东方甲乙墓，二敲南方丙订货，三敲西方庚申金，四敲北方壬癸水，五敲中央戊己土。"啪！水碗破了，死者由此知道，自己已是阴间的人了。然后他打着灵幡，扔着纸钱，绕墓而行，边行边唱："牛头马面使者，乌牙凤嘴神将，监押亡人冥官……"他停住了。死者自己上路就是了,为啥要押送?"金刚赦罪大天尊!"不由自主,他这么高喊一声。原来,人有罪,才需监押,也才求赦免。

可是,九弟有什么罪啊,贵生又有什么罪啊。或许,人生而有罪,从某种程度说,人活着就是罪,人活着,就让某些生命不能活。他继续打着灵幡,撒着纸钱,拖腔拖调地念:"我执坟标领队行,阴钞纸币买路神,龙架随行棺椁沉,过桥遇舍鞭炮鸣,孝男孝女脚步紧,密锣碎鼓唢呐声,声势浩荡驱恶魂,邻里乡亲送英灵。"

这时候,仿佛九弟,或者贵生,跟在他的后面,他们是在合伙为别人举行葬礼,那葬礼盛大辉煌,不仅有沉实的棺椁,有喧天的响器,还有一大群孝男孝女。

可他很快清醒过来。

是他,是他杨浪一个人,在为九弟,后来为贵生,举行葬礼。

"等我死那天,谁来为我办葬礼?"这念头倏然滑过。

但他不容自己深想,往棺盖上及墓穴四角撒了"八花米",便举起了铁锹。

埋了两个伙计,杨浪又去给他们烧"七"。七个"七",七七四十九天过后,他们就真的死了,灵魂便安息了。给九弟烧"七"时,他能听到贵生的脚步声,给贵生烧"七"

时，贵生的脚步声就交给了另一个世界。

杨浪听不到那个世界。

老君山鲜花遍野。它们自在地开放，自在到不知道自己在开放，因此也就不会悲伤于自己的凋零。这些道理，花花草草，猪狗牛羊，天生就明白，而作为人，或许只有死者才明白，生者是不会明白的。生者最多能明白其中的一部分。杨浪感觉到，只有他明白的那部分，才会向他展示声音。

难怪有那么多声音要向它关闭。

千河口声音的门，一扇接一扇，都向他关闭了。梁春抠痒痒的声音也没有了。那天凌晨，他没听见梁春抠痒痒，第二天凌晨照样没听见，这才注意到梁春一整天闭着门。他例外地没去听村子，在梁春门口等到天亮，但梁春依然没现身。门扣搭拉着，人肯定在家。又等一会儿，他去打门喊叫，不见应，顿时慌了神。院子里，除张胖子还在响亮地打着呼噜，别的都上坡去了。杨浪想，把他们叫回来也没用，不如上街去叫汤广惠。汤广惠听说，扑趴连天地跑回来。

她家的空牛棚里有架楼梯，能顺着爬上虚楼。汤广惠从虚楼的风窗翻进去，见梁春躺在床上，睁着眼睛，屁事没有！汤广惠气得高声怒骂，一把将他扯起来，直接往街上拖。拖到院坝底下,汤广惠舍不得那口用了二十多年的磬罐——啥都可以扔,这口拿到街上去根本用不着的磬罐不能扔,因为她喜欢;于是她返身回去,把磬罐提上,再接着拖。拖梁春就像拖一具影子,轻便得很。

他们到了朱氏板下面,碰到了杨浪。杨浪刚走到这里。在街上的时候,他是跟着汤广惠走的,可他腿瘸,走不快。

汤广惠一路上都在骂梁春,碰到喘着粗气头上像烧着茶壶归来的杨浪,也没打招呼,就像没有碰见任何人。

梁春的离开,让张胖子着慌。

也不只是张胖子,村庄里每走一个人,都会让留下来的着慌;这如同走在近晚的山道上,不知道前面的路程还有多远,陪伴自己的亮光却在熄灭。别人着慌,不一定表现出来,张胖子却是表现出来的。

自从给老婆交代后事,他就被两种心思纠缠:既自暴自弃又怀着希望。他支撑着,不让自暴自弃把希望扑灭。现在他真的不再希望什么了。

没有东升的坏消息,这是事实,但也没有他的好消息。或许,这才是真实的东升,一个普通而平凡的东升——正像他,张胖子,一个普通而平凡的人;他父母也曾对他满怀希望：想让他去当兵，想让他当生产队队长……都没如愿。他最终做了匠人。"风吹日晒大雨淋，世上最苦是匠人。"可既然他自己愿意，父母也只能认命，任由他走乡串户，过自己的日子。他过自己的日子，父母则老去、死亡。而今，东升过自己的日子，轮到他老去和死亡。他很惊异自己活了这么长时间，他以为还留在千河口的，自己肯定最先死，后来觉得梁春可能比他先死，结果九弟死了，贵生也死了，梁春还活着，他也活着。他的自暴自弃，也是认命：对自己身体认命。

他不再向王玉梅交代后事了，而且连续三天不洗澡了。

这反常的举动，把王玉梅吓坏了。她觉得再不能不对儿子们有所要求。东升只有那个样儿，她就向另三个儿子提要求。尽管先就说过老两口跟东升住，但你们也是我十月怀胎生出来的。自你们出门打工，就没给爹妈寄过一分钱，爹妈也从没找你们要过，是觉得你们在外面辛苦，又要养家糊口，不容易，但并不是说就不该寄。你们的孩子爹妈没带过，这是实情，可你们爸爸的身体不好，我又要忙田地，你们又不是不知道。

王玉梅给儿子提的要求，只有一条：让他们在镇上买房子，把父母接到镇上去住。"你们爸爸确实不行了，"她说，

"要是忽然之间……连个医生都找不到！我么，我也不想种庄稼了，种了一辈子，种伤了！"

其实，在她心目中，镇上有房，她跟丈夫去不去住并不重要，但必须有。别人有——连梁春和汤广惠都有——你没有，就没法做人。

她知道丈夫也是这样想的。

以前给儿子说什么，王玉梅全是商量的口气，这回直接下了命令。

出门多年，三个儿子其实是挣了钱的，他们没到镇上买房，老大是觉得不必买，他膝下是两个女儿，女儿都是等着女婿买房；老二老三是觉得还不到买的时候，老二是一儿一女，女儿虽只有十五岁，已经和两个堂姐一样，跟在父母身边打工，儿子才满十三，由黄金镇的外公外婆带着，在黄金镇中心校读书；老三的儿子才八岁多，同样在黄金镇中心校读书，老三媳妇是二嫂说的媒，俩妯娌的娘家，只隔着一条大沟。在老二老三的计划里，房子肯定在普光镇买，不会在黄金镇，黄金镇远不如普光镇繁华，再说黄金镇是别人的镇，又不是他们的镇，但他们都觉得还不到买的时候。他们把这"时候"，定在儿子订婚之前。

王玉梅知道他们的心思，正因为知道，才伤心。一把屎一把尿把儿子拉扯大，结果儿子只看到自己儿子的时候，看不到爹妈的时候。

母亲发了气，三个儿子就在电话上说这事，老大咬定了不出钱，老二说他儿子成绩好，将来多半要上大学，上过大学的人，虽然很多也是像农民工一样自己找事做，可他们做的事，跟农民工做的事到底不同；主要是农民工走千里万里，最终都要回到老窝子，尽管不是老屋子，也不是老村庄，但方向上都是回家的路，而上过大学的人，都尽量逃离那个方向，逃得越远越好。这意思是说，老二也不愿出钱。

老三气呼呼地把电话掐了。

他想给东升打电话，但只是想，并没打，反正打了也白打，还花话费。再说，这事应该老大成头，老大不成头也该老二成头，轮不到他老三。

于是，买房的事就搁置起来。

在搁置的那段时间里，老三一直等着大哥二哥的电话。他以为大哥二哥跟他一样，心里正受着煎熬。不管怎么说，被撂在山里的，是自己的爹妈。大哥二哥确实在受煎熬，但他们害怕的，是父母给他们惹麻烦。他们只想自己清净。

等不到老大老二的声息，老三便生闷气，发无名火，老婆赵菁跟他在同一家厂子做工，活没比他少干，回到租房还要做饭，他却嫌这个菜盐放多了，那个菜醋放少了，赵菁忍了两天，不想再忍，说："当初说的话，未必是放屁？"老三认为这不是骂他，是骂他爹妈，一拳打过去。两口子闹了一夜。

第二天，老三早饭也没吃，就去上班，赵菁赌气不去，可没过半个钟头，她又来了。老三看着她鼻沟那里被打破的伤形，心里痛。再痛，他也觉得该打。爹妈不可以骂，这是最低限度。他知道赵菁跟大哥二哥想的一样，他自己也曾那样想：父亲当那么多年匠人，肯定存了不少钱，但他们结婚时，却没有分给他们一点的意思，这明显是要留给老幺的。所以几兄弟才提出父母将来跟东升住。但现在看来，父亲并没存下钱，可能是他做活太挑了（挑能不能让他天天洗澡），加上后来又生病，还为他们三兄弟订亲结缘；今年四月份老三才听说，前几年为东升在外面逍遥，母亲还借过不少账，到去年底才还清。

那天上班期间，老三去上厕所，就在厕所里给东升打电话了。

虽是白打，那口气要出。

东升没接，这让他更气。

到晚上，东升主动打过来了。

老三没等东升把"三哥"叫出口，劈头就问："你啥时候带爸妈去坐飞机？"

这是东升小学时候说过的话，说他将来有了钱，就带爸妈去坐飞机。他都忘了。但三哥还记得。爸妈也记得吗？……东升回不了话。

手机里的电流声，像夜幕下的潜行者。

"你再不带他们去，"老三说，"就只有像梁明那样，背着爹妈的骨灰盒去了。梁明的爸爸是火化了的，背得起，我们爹妈不得火化，我是怕你背不起！"

梁明是梁运宝的大儿子。文丽绢去把梁运宝的骨灰盒拎回来后，心想丈夫死那么远，一定不能收脚迹——清溪河流域，认为人死过后，魂灵要去自己生前走过的地方再走一遍，把脚迹收回，这样才能死得安稳——文丽绢自己挺着大肚子，爬坡上坎的不方便，便派大儿子梁明，背着父亲的骨灰盒，去山山岭岭间各路亲戚家走动，帮助父亲收脚迹。那时候梁明还不满十一岁。梁明说，他走在见不到太阳花花的野岗子里，一点也不孤单，更不害怕，因为他随时听到爸爸在骨灰盒里笑。梁明跟他爸特别像，从小就欢喜得很，他十三岁那年，母亲带着弟妹下堂[1]时，他照样笑嘻嘻的，他把母亲和弟妹送到村口，母亲抱住他哭，嘱他听爷爷奶奶的话，他说晓得，说罢还是笑。成人后，梁明跟父亲生前一样，也去矿山做工，矿山收入高，攒起来的钱，不仅自己讨了媳妇，还在镇上买了两套房子，不到二十五岁，他就把爷爷奶奶和母亲跟继父一家，接到镇上去住着了。

东升当然知道梁明一家的事情，如芒刺在背，更说不出一句话来。

好在三哥把电话挂断了。

一个钟头后，老三跟赵菁都睡了，东升的电话却又来了。

"三哥，"他说，"爸妈没啥呀，我才给妈打了电话，还跟爸爸摆了半天龙门阵，他们都好好的，叫我们别担心。"

这是实话。被三个儿子冷落，王玉梅开始很伤心，后来也渐渐想通了。人老了，还对儿女生气，就是自找气受。既然对他们来说，镇上有房并不是需要，而是面子，可面子那东西，盯住它时，它比命都重要，你把脸掉开，它就啥都不

---

[1] 下堂：改嫁。

是了。

王玉梅这样宽慰自己,一方面是让自己好受些,但更主要的,还是想到儿子们定有难处,她还根据自己的想象,把儿子们的难处渲染给丈夫听。

"都平平安安的就好了,"她说,"这些年来,漏夜连晚地担心东升,可他也没闹出毛病,这就对了,不求别的了。住在山上咋样呢?山上空气好!像你这身体,就该待在空气好的地方。"

这些话,张胖子听着有些酸,但他体谅妻子的苦心。他越来越知道体谅人了。他恢复了天天洗澡,只是没像原来那样抽空就交代后事。王玉梅觉得,这是他心里还有节,便不停地把上面那些话向他灌输。

这天两人正无比怜惜地说到东升,东升的电话来了。

此时此刻接听他的电话,王玉梅和张胖子,口气都格外慈祥。

父母的慈祥,让东升泪流满面。他是带着泪水给三哥打电话的。

但他说的那些话,让躺在老三身边、听听清清楚楚的赵菁,禁不住在心里冷笑。当老三把手机放下,又轻松又高兴地说:"爸妈没事。"赵菁只把后脑勺给他,躬着脊背,装睡。老三知道她没睡着,去扳她,赵菁拐了一下:"给我们装病,为老幺宽心,哪像当大人的!早晓得就不该生你们,只生老幺!"

她把每个字都说得比冰还冷。

老三不言声了。

夜晚潮湿而凝重。

"你是不是又在我背后攥拳头?是不是又想打我?"死寂般沉默一会儿后,赵菁在黑暗中说,"反正你们家有遗传,你爸爸以前就是那样打你妈的。"

老三喘着粗气,嗖地一声坐直:"赵菁,你摸着你的良心说,我跟你结婚十年,除了你昨天说话太难听我打过你一次,啥时候打过你?"

赵菁又是一声冷笑:"打过一次也就是打了。男人就这种东西,打老婆就像开荤,有了一次就有二次。但我给你张永庆说,我不得像你妈那样忍,你敢打我二次,我就不跟你过。十年来,我赵菁没有对不起你张永庆的地方,我赵家也没有对不起你张家的地方,你没权利打我。我再说一遍,你再敢朝我伸手,我就走人。现在的女人,走来走去,嫁来嫁去,又不丢脸。你莫以为像我这种年龄的女人,就没人要！"

老三被彻底击垮了，瘫下去，心里充满忧伤。

而今乡村的婚姻，跟乡村的房子一样不牢靠。某些女子，见某个男子镇上有房，答应跟他结婚，婚后又出门打工，双方在一起还好，不在一起的话，碰到个会说甜言蜜语又知冷知热的男人，而且从人材到家境都比自己男人更好的男人，就把丈夫扔了；若生了小孩，就把丈夫和小孩一同扔。即使双方在一起，同样会出现这种事。要是绘成地图，乡村六七千万留守儿童，占了中国版图的一个大省，这样单亲家庭的孩子，至少是那个省里的一个县。另一些女人，没去打工，留在镇上带孩子，像郑兴梅那样受不住寂寞，就去跟别的男人勾搭。

郑兴梅偷人，毕竟还只是偷，凉桥村有个叫冉碧的更过分。名义上，冉碧是在镇上带儿子，可儿子基本上甩给了他外婆。冉碧倒不像郑兴梅那样爱打麻将，但受不住寂寞是一样的，便参加了表演队。这表演不是玉玲她们那样的表演，是帮人哭丧。现在乡里死了人，死者亲属都不哭丧，只请人哭。除哭丧，还跳舞。反正出殡的前一夜，表演队要从天黑闹到后半夜。这时候已筋疲力尽，衣服也不换，脸脚也不洗，就在丧家指定的卧榻上随便一倒。丧家那天有不少客人,床铺紧张,供给表演队的就是一张床,不管你多少人。一般都有六七个。六七个男男女女,骨碰骨肉挨肉,再是疲惫,也难免生事。何况女队员都穿得十分暴露。她们跳的是艳舞,不艳,就没人请。冉碧就这样跟一个队友混上了。自此,有生意的时候,两人一同出门演出,没有生意,就去县城,浪酒闲茶一喝,便去开房。后来县城也懒得去了,因为他们觉得不必掩人耳目,便在镇上公然地出双入对。

冉碧的年龄就跟赵菁差不多。

老三躺在暗夜里,仿佛看见赵菁偷偷起来,开门出去,跟人开房去了。接着又看见跟赵菁开房的男人,跑到赵菁的娘家去了,赵菁的爹妈还很喜欢他。

"不要脸!"老三咬牙切齿,只想照身边的人猛击一拳。但他知道这一拳是不能打的,赵菁心性刚强,能说到做到。他的满腔怒火无处发泄,又恨起东升来了。

东升那时候正在很远很远的地方,躺在简陋至极的租房的床上,读一首诗:

> 还能在这里待多久
> 我无从得知

我想我还能坚持下去

每天我都是这样想的

我想我还能坚持下去

我站着的时候想

坐着的时候也想

睡着了，我就用梦想

我想我还有个家

每每想到这

漂泊在外的冷也都是温暖的

我想我还年轻

干点粗活扛点重物

累是累了点，可也锻炼身体

只是当阳光都走散了

一个人在夜里

多少还是有点迷茫，有点难过

有时揉揉困倦的双眼

想要清醒

却不经意地朦胧了视线[1]

---

1 许立志诗：《我想我还能坚持下去》。

东升觉得，这首诗就是写给他的，他甚至觉得就是他自己写的。

现在他在江西上饶的一家搬运公司上班。

不是三天打鱼两天晒网那种上法，而是天天去。

这似乎有些自我放弃的意思，但东升觉得，这才是他真正的生活。

在深圳结识的朋友欧阳述，提议他帮老板写自传，并为他介绍了个姓尹的。姓尹的带着他，出入于各种场合，包括豪华写字楼和高级会所，他很兴奋，没想到自己竟以这样的方式切入到城市的核心。然而，这或许是城市的核心，却不是他的核心。是自尊心提醒了他。姓尹的不管带他去哪里，都不介绍他，别人也从不向他问候，更不和他说话；如果在场的是五个人，有三个临时走了，只留下他和另一个，那另一个也不跟他说话，他主动说，人家也不接腔，直到那三个回来，话头才又重新开始。在他们心目中，其实不是五个人，是四个人。姓尹的还把他带到家里去过。跟腾达的生意比起来，那家里简单得多，主要是不够大。他还跟老家人一样，评判一个人是否阔绰，就看房子大不大。他当然不知道，这家里的一个茶盘，也够他在普光镇买套大房子。因姓尹的住房不够大，让他有了某种奇异的亲切感。

正是这亲切感，使他陷入更深的小人物的悲哀。

姓尹的像是没有家室，只有个十八九岁的保姆，姓尹的一进屋，保姆立即为他泡茶，姓尹的喝了两口，就睡午觉去了。保姆也不见了。他坐在客厅里，像被扔在沙发上的一个手提包。直到两个钟头后，保姆又才出现，去姓尹的卧室门口轻轻敲，说时间到了。姓尹的起来，洗脸，喝茶，抽烟，出门。姓尹的没跟他说一句话，但他知道必须跟着。这时候，他的腿变得不是他的。电梯直通地下车库，下电梯后，他终于鼓起勇气，说他要办些私事，想离开两天。姓尹的似乎回了声"好"，然后走向车子，钻进去，开走了。

他再没跟姓尹的联系过。姓尹的也没联系他。事先谈好，正式动笔前，支付他百分之二十稿酬，现在还没动笔，他没拿过姓尹的一分钱，这让他心里安稳。但他跟着姓尹的吃过不少饭，还坐过他的车，又让他不安稳。但既然不主动联系他，证明姓尹的不需要他，他的那点歉疚，便也释然了。

世界是多么广阔！他曾经以为逼仄得透不过气来的地方，原来是这般宽广无垠。农民，或者农民工，至少是一种身份，而他跟着姓尹的，算作什么呢？他相信，欧阳述肯定

267

也曾受过类似的屈辱，只是他熬过来了，要么就是他对屈辱不在乎。每个人都有植物人的特征，有的是思想的植物人，有的是情感的植物人，有的是自尊的植物人。在他最感屈辱的时候，也想成为自尊的植物人，但他做不到。

过分自尊不能成事，这是他读过的一本书上说过的，可那是什么样的事呢？无非是挣钱，而且也说不上多。他并不可惜。

但不干那种事，又能干啥？难道真的只能像父老乡亲一样？他不甘心，在很短的时间里，尝试了多种职业，结果发现，自己所从事的，依然是农民工的职业。即便是农民工的职业，也在不断萎缩。那些行业本身在萎缩是一方面，更重要的是他们不需要那么多人了。尽管厂方抛下钓钩，能钓到鱼，但冲着廉价钓饵上钩的鱼，毕竟越来越少，如此，涨工资便成为必然。当劳力不再成为红利，就逼迫厂方革新机器，开发技术，用机器和技术清扫人力。那少量的机器和技术的操纵者，不可能是农民工，而是那些有高等学历并掌握了特定技能的人。等到某一天，城市很可能就不需要农民工了，他们只能回去。但老家的房子垮了，土地不是抛荒就是被征用，已经回不去了。在镇上倒是可以住些年，但大批人集中到镇上，即便有钱经营买卖，蛋糕就那么大，你一口，我一口，几口就吃没了。

事实上，新一代农民工，好些已经不愿回去，城市不需要他们，不给他们工做，他们就在城市里游荡，成为城市的幽灵……

东升痉挛了一下，仿佛他自己也成了幽灵。

正如每个人都有植物人的特征，每个人也都有幽灵的特征。

东升在心里默念，觉得自己成不了幽灵，或者说他不会把内心的幽灵唤醒。父亲那些关于衣服脏了可以洗、骨头脏了不能洗的话，本以为是多余的，现在才发现它一直响在耳畔，一直在严厉而温和地提醒他。

也是在这时候，他开始审视自己：没什么说的，你就是一个农民工！那本以假乱真的毕业证，也漂洗不了你的身份。你读过那么多书，却几乎都是囫囵吞枣，既没形成真正的知识，也没形成真正的技能，难怪到处应聘，别人都不要你。

至此，他才后悔自己没上大学。这是他第一次后悔。

他当时只是英语不好，而只要有上大学的愿望，学好英语并不难。

如果人能够选择抛弃现在，直接去到未来生活，那么尽

269

可以成为自己想成为的人，但问题是，人只能生活在现在，成为现在的人。

这么一想，东升不再揣着那本假文凭往招聘会上瞎跑了。

昔日虚幻的感觉里让他把自己弄丢了，他想逃离那种感觉，就辞别广东，辞别欧阳述，一路到了江西，先去建筑工地，后去搬运公司，总之是干着最苦最累的活。他在电脑上写了句狠话："想在世上追求幸福和寻求公平，本身就是对生活的背叛。"写这句话时，他想到了欧阳述。他要感谢欧阳述。欧阳述曾经偶然提到的赫拉巴尔，像盏灯那样在他心里亮起来。那个法学博士想成为作家，便深入底层了解现实，而他本身就是底层，本身就是现实，为什么不可以书写自己的现实？

到江西不久，他开始写诗。

其实以前他就写了很多诗，但那只是浑浊的呓语，连日记也算不上，现在，他直面自己的怯懦、忧伤和渴望，毫不羞怯地诉说自己的梦想，并将手上的趼巴和钻戒赋予同样的尊严。当他的组诗《碎地成花》在国内一家著名刊物发表后，引来群声和鸣。这大大出乎他的意料。熙熙攘攘的人流里，也有跟他一样的微火。这火光尽管微弱且散佚各地，却也能相互取暖。

就这样，他在书写中解放了自己，并且发现每个人都有两种身份，一种在外，一种在内。他不再为自己是农民工而纠结了。

但并非没有焦虑。有多长时间没回过家了？那位他从未谋面、跟他一样是农民工的诗人说："我想我还有个家……"如果没有家呢？他还能坚持下去吗？东升想回家，想回去看看父母，有时候想得呻唤，然而，回家的日程总是一拖再拖。包括那天夜里，接了三哥的电话，他的心就像被虫子吃得千疮百孔的菜叶，可当他跟父母通了话，又心安了，虽是流了泪，却也很快就能够静下心来读诗了。父母的宽厚和平安，成了他拖延回家的理由：自己为自己找的理由。

——要不是三哥打电话叫他回去，他还会拖。

老三的这个电话，是在东升读过那首《我想我还能坚持下去》的两个月后。

老三终于在普光镇买房子了。他把赵菁说通了：买两套，黄金镇一套，普光镇一套。黄金镇那套相当于就是给赵菁父母的。普光镇这套，先让自己父母住，将来留给儿子。因没人去照管装修，普光镇的这套是简装房。

房子买好，老三才回了千河口。

几年没回，小路荒芜多了，村庄凋敝多了，父母也老多了。他们竟然还不知道自己老：不知道自己的皱纹密实了，不知道自己的眼光涣散了，不知道自己的头发全白了。老三本来是带着又气恼又讨乖的心情回去的，因为父母有四个儿子，那三个儿子都不管他们，只有他管他们。但见到父母这副样子，那种心情即刻化成一截又冷又硬的东西，戳他。

买房的事他既没给老大老二说，也没给东升说，但夜里摆龙门阵，他听出父母着实想念东升，也担忧东升。毕竟东升是爸爸结扎了怀上的，一个结扎过的人又有了孩子，会觉得那孩子一开始就悬在半空，天生有种漂泊感。东升确实在漂泊。经历了许多甘苦，特别是和自己儿子长年分别的老三，似乎也理解这层心境了。

东升的漂泊是一个人的漂泊，他早该成家，早该有子女，却女朋友也没找到。母亲最担忧的就是这个，母亲说李奎都找得到，未必他就那么不中用？催他，他总说不急。再不急，水就过三秋了，就跟杨浪他们一样了。曾经担心他成为李奎，结果没成为李奎，却成为杨浪！要从现时光景看，杨浪哪比得上李奎？……

当天晚上，老三就给东升打了电话，把事情一五一十讲了,要东升回来,一同接父母下山。还说他明天去黄金镇待两天,兄弟俩在普光镇会合后,再想办法找人去村里抬父亲,因为父亲显然不可能自己走下来。

这时节票松,东升第三天早上就到了县城,给三哥打了电话,便往普光镇赶。到镇上时,三哥还没从黄金镇下来,而且说刚上车——他去看老二的儿子,耽搁了些时候。

东升便坐在车站旁边的石椅上等。

从黄金镇下来,至少四十分钟,他本可以利用这点时间去转转街,但他没去。他既对街没有兴趣,也不想碰到熟人。关于千河口人在镇上的情况,比如玉玲、鲁凯、梁春,他已从母亲的电话里得知,可这位置既望不见玉玲的"玲妹火锅"(当然更望不见"饮饮约约",车站是在新街上),也望不见鲁凯的福康诊所,至于梁春住哪里,更不知晓。他只是觉得,房子这么高,又这么密,跟他走过的地方没多少区别。这让他完全没有回到故里的感觉。以前冷场天的镇子是空落落的,现在却有许多人,且有好些年轻人。他原以为年轻人都不愿回来,没想到竟有这么多,三三两两、勾肩搭背地走过。是因为城市不再需要他们,还是他们觉得自己挣的钱已经足够?他不知道这些比他更年轻的年轻人,几乎都是没出过门的,即使出门,也是去亲戚朋友所在的工地或厂房,晃悠些日子就打转身,回来让父母养着。父母宁愿养他们,也不想他们出门,因为每次出门,不是惹事,就是借一屁股债……

"东升!"

东升吃了一惊。

是李钟。他倒没怎么变,只是肚子大了。东升早知道他在街上修房子卖,三哥的房子就是从他手里买的。东升站起身,叫了声"钟哥"。

"咋铲成了平头?"李钟望着他的脑袋,"你个家伙不是染的杂毛么?"

他跟强娃染发的时候,李钟在外面打工,并没有看见。可见老家一直在传。换句话说,他在老家人的心目中,就一直是"染杂毛"的形象。

"婆娘呢?"李钟看了一眼他身旁孤零零的背包,又问,"咋不把婆娘带回来?"

他笑。笑得很不自然。

其实他早有准备,回到故乡,碰见熟人,总免不了问起某些事。而恰恰是那些事,他要尽量回避的。这可能也是他迟迟不归的原因之一。他喜欢女人,爱过别人,却从来没真正谈过恋爱。在他眼下做工的地方,更没有机会谈恋爱。

"该找个婆娘了。"李钟拍着他的肩,关切地说。

这证明他已经知道他的情况。三哥去他那里买房子,肯定跟他摆谈过了。三哥以前就这样,喜欢以摆谈他的不是,来显示父母的不公,也显示自己的能干。

然后李钟摸烟。其实他一直在等东升摸烟,可东升不抽烟。再是不抽烟,从远方回来,包里都要备着烟,见了熟人就摸出来散,这是规矩,东升连这个规矩也不懂。李钟摸出的是软中华,烟盒皱巴,烟更皱巴。这让东升情不自禁地想到那个姓尹的。姓尹的是抽雪茄,偶尔也抽纸烟,纸烟也无非是软中华,但无论何时,他摸出的烟都又挺直又光生。

李钟刚把烟点上,一辆小车开过来,停下了叫他。李钟走过去,跟司机即车主说话。是在约中午去哪里喝酒。"就去你们村那婆娘店里么。"车主说。"我吃火锅都吃反胃了。"李钟说。"哪个叫你往胃里吃?是往眼睛里吃!那婆娘又招了新妹儿,乖得很。"说完车主跟李钟打趣:"人家不去你哥那里进货,未必你也跟你哥一样,就不去人家那里消费?太小气了!"李钟用牙齿咬着烟,做出不值一辩的样子。"就这样定了啊,"车主说,"时候还早,我们先去打几圈牌。"李钟昨晚约了人在家里打牌，输了八千多，想歇歇手，把"恶时辰"歇过去，因此依旧是懒洋洋的。车主见状，又说："要不把郑波儿约上，去猫跳河吃鱼。那狗日的这回遭惨了，昆娃子从邯郸回来，屋都没进就去找他，一砣子就把他打摆起，在县医院住了半个月，昨天才出来。我们给他接个风噻。"李钟笑笑，咬着烟说："昆娃子本来没恁大力气，主要是出了严玲那个事，把他龟儿子吓尿了，反而把力气逼出来了。"

两人又说起那个叫严玲的人。

虽是东一句西一句，但很容易就能拼接起来。

这显然是近些日的热门话题，说得舌头生疮，也不嫌烦。

严玲是从马伏山下来的，男人出门打工，她在镇上带女儿，女儿才五个月大，可某一天，那婆娘把女儿扔在家里，就跟一个男人走了，据说是玩九寨沟去了，玩了九寨沟不尽兴，又往香格里拉去，往丽江、大理和腾冲去，很长时间也没回来。她想的是婆妈会去照管女儿，反正婆妈也有钥匙，女儿又不吃奶，只吃奶粉。

平时，婆妈确实间天就会去看看，偏偏这次不知为啥，一直没去，邻居闻到臭味儿，又觉得那屋子久未开关，便报了警,警察拐弯抹角问到房主,找不到严玲,就通知了严玲的婆妈。婆妈跑来,开门进去,见床上放着孙女。她叫孙女的乳名,丫丫,可丫丫只用臭味回答她。她一步一挨地陷入臭味的深渊里,到了床边,停住了。停老半天,才伸出手,把丫丫往身上一抱,还没抱进怀里,丫丫的头掉下去了,接着一只手也掉下去了。直到这时候,才响起那声撕心裂肺的哭号。

看来,那个叫郑波儿的,也拐了某个女人,就像另一个男人拐了严玲一样。但郑波儿被女人的男人打了。那名叫昆娃子的男人,既愤怒于郑波儿给他戴了绿帽子,更想到丫丫的惨状,生怕自家孩子也遭遇同样的命运,就对郑波儿下了狠手。

郑波儿从医院出来,车主提议给他接风,证明几人关系不错。

"我给郑波儿打电话。"车主说着,已拨通手机,叫郑波儿开车去猫跳河,"莫忘了带上江朝苹啊!"说过这句,车主哈哈大笑。

那个叫江朝苹的,应该就是让郑波儿挨打的女人了。

"走!"车主收了电话,发动了引擎。

李钟把烟屁股呸了,侧过身,跟东升扬了扬手,走到另一面，坐上副驾，往猫跳河方向去了。猫跳河是清溪河的一小段，在镇子上游，对面即是罗家坝半岛的末端，河道狭窄——说是一只猫也能跳过——水流汹涌，鱼特别鲜美。

东升望着他们远去，心里越发黯淡起来。

挣钱，挣更多的钱，然后去吃喝玩乐花掉这些钱，这就是故乡人的生活。没有品质和梦想的生活。可梦想这个词刚出来，东升就感觉到，它带着倒钩，钩住了他自己。难道别人挣钱花钱，就不是梦想？你与别人的区别，只是别人的梦想已经实现，而你的还云烟茫茫。强大的物质准则碾轧着他，使他卑怯如初。如果刚才李钟问他在外面干啥，他敢承认在做搬运工吗？多半不敢。更不敢说在写诗。在遥远的他乡，他可以为自己是个诗人自豪，一回到故乡，一切又都回到了原点。

这种感觉，使他彻底厌弃了故乡。这片生他养他的土地，不能让他感知到那些微火清澈的温暖，只让他陷进生活的泥沼，变得浑浊、芜杂、迟钝和焦灼。

当他跟三哥一起找到一乘滑竿和几个抬夫，回到千河口，母亲三句话过后就问他的工作、收入和婚事，他就不想说话，只想发呆，而且想马上离开。他原计划回家待一个星期，这时候简直一分钟也待不下去了。他好像跟父母也生疏了。

张胖子躺上滑竿的时候，很有些不好意思，"我又不是走不去！"他说。这么说着的时候，他已经躺上去了。

站在一旁的杨浪连忙提醒，说用背条捆住，路陡，怕翻。杨浪话音刚落，王玉梅已找出一条曾背过东升的青布条。她早就想到了。她原说街上有房，去不去住无所谓，还说张胖子就该待在空气好的地方，但这时候，她和张胖子都满面喜色。

布条放在箱子里，捂了这么多年，虽看不见灰尘，却有一股灰尘味儿，张胖子嫌脏，可也不好说啥，因为抬夫已经在嫌他们啰唆了。东西是早就收拾好的，两个老的却把他们小儿子从头看到脚，又从脚看到头，当妈的还揪住了小儿子这问那，你有那么多话问，在路上不好问么？去街上不好问么？抬夫本来就有意见，见到张胖子，更是心里发麻——早晓得胖成这样，就不该是那个价！

抬夫抬着张胖子，走在前面，王玉梅和两个儿子，用花篮背着舍不得丢的物什，走在后面。杨浪走在更后面，他抄着手，默默地送他们，送到堰塘边，望着一行人走过十数根田埂，下朱氏板去了。

从今往后，千河口再也听不到张胖子打呼噜的声音，也听不到他交代后事和洗澡的声音；王玉梅应答丈夫的声音，走路的声音，干活的声音……都听不见了。

人声稀微，飞禽走兽的声音也日渐稀微。

杨浪小时候，能分辨出十七种鸟叫，后来变成十六种、十五种、十四种，到现在，仅剩四种。"灭多威""一次净"之类的杀虫药，"见绿斩""百草枯"之类的除草剂，在杀死虫和草的同时，也杀死鸟们的歌唱。

而今种庄稼的那么少，鸟族应该繁荣昌盛起来吧，可是猎人又来了。

那些猎人来自远方，他们把车开到镇上，携带全副猎装，朝千河口走来。这里没修公路，让他们多多少少有些遗憾，但并不十分遗憾，因为登山和打猎，都是一种生活方式。他们不是猎人，要的只是一种超越日常乐趣的生活方式。

可也正因为不是猎人，便不懂得猎人与猎物之间亘古的默契。猎人不需要装满他的猎袋，更不会因猎获过多，多得无法带走，便将猎物的尸体——还微微温暖着的尸体，扔掉了事。猎人自有猎人的真理，这几乎与不竭泽而渔、不杀鸡取卵的实用哲学没有关系。那是一种理解，带着猎人智慧和心肠的理解。

正朝千河口走来的，不是真正的猎人，因此不能理解。

这些人多在候鸟迁徙季节到来，并排站在鸟们必经的山口，接连不断地开枪，当然也不惜朝那些并非候鸟、正为小鸟觅食的母鸟开枪。羽毛纷飞和猎物挣扎的景象，还有鸟儿横过山野和长空的惊恐悲鸣，都能引起他们兴奋的尖叫，特别是那些跟来的女人（每次都不是带着猎狗而是带着女人，再次证明他们不是真正的猎人）。女人们尖叫过了，就扔掉采了满把的野花，跑过去，抱起血迹斑斑但还扑棱着翅膀或翕动着长喙的将死之物，哭腔哭调地说："好可怜呵，小乖乖，你要坚强啊，你千万不能死啊。蒲厚平！"她们恨恨地叫着一个男人的名字，"你坏！"然后又回过头跟鸟说话，把鸟身没有血迹的地方，贴在自己香喷喷的脸上（脸上的脂粉因登山时流汗，冲出几道小沟，但已经补上了），还嘬着嘴亲它，接着又求它别死。

然而，鸟似乎很不领情，慢慢闭上了淡青色的眼睛。

累了，饿了，就扳些枯枝，现场烧烤。反正刀具是带上的，盐和作料是带上的，酒也是带上的。他们——男人和女人，热烈地品评着哪种鸟肉更细嫩，更香脆。

如果能打到兽，比如獾、獴、狐狸、黄鼬和消失许久、一两年前又才重新归来的麂子，场面会更加热烈。要是兽类没当场死去，将四蹄捆了，跟它们近距离甚至零距离接触，就越发有意思，女人拿着饼干或巧克力，丫着手挪过去，很慈爱地去喂它们。那些不识抬举的家伙，开始还浑身发抖，女人的手一挨近，立即龇牙低吼，目露凶光，女人将食物一扔，迅速跑回男人跟前，抱住某个男人的臂膀，筛着身子叫："它咬我！它咬我！"男人走过去，朝着那些家伙厉声质问，当然是问它们为什么不识抬举，说这某某小姐，曾是某校校花，今是某市市花，亲手喂你东西吃，是你万辈子的福分，你非但不惜福，还搞出样子吓她！你不解风情也就罢了，为什么连良心也不长？如果它不回答，男人就飞起一脚，踢在它流血的地方。它只是哀鸣，依然不回答，男人又补一脚，接着再补一脚，就这样踢死了事。

不过，他们中的某个人，执刀割肉的时候——猎物实在太多，在这个身上割一刀，那个身上割一刀，鸟割翅，兽割腿——偶尔也会这样反思的，说我们是不是太残忍了？这样滥打滥杀，是不是在破坏大自然？

但立即就遭到同伴的反驳。

先驳第一条："'不能只击落飞翔的鸟，还包括留下的鸟卵和鸟巢。'这是杜安说的。跟杜安比,我们这能叫残忍?我们都仁慈得过分了!即便真叫残忍,也不仅不必脸红,还应该高兴,因为这证明了我们是人。残忍本就是人类的专利。动物界同样充满暴力,并借助暴力维持生命、延续物种,但动物之间不存在相互拷问,拷问这事,人才会做;蚂蚁把甲虫拖进洞子,只是把食物放进冰箱,你可以说那是暴力,但不能说是残忍。残忍比暴力更高级。"

接着驳第二条:"'人类破坏大自然,大自然也希望我们如此。'这是威勒德·佳林说的。这话很有启示意义,因为人类和大自然的抱负,都只有通过其对立面才能实现,忧郁具有最好的喜剧意义,财富具有最佳的贫穷意义,放荡具有最高的道德意义,死亡具有最强的生命意义。"……

他们都很有学问,嘴里冒出的人名,有的像人名,有的不像,看来,那个叫杜安和威勒德·佳林的,跟他们一样是远方人,远到山川之外,远到天涯海角,总之与这架大山无关。此时与此地,此情与此景,不过是他们的特定激素药,用的时候觉得好,不用也就忘了。现在他们还在使用的过程中,所以吃吃喝喝时,人人都挖空心思,说上几句杜安和威勒德·佳林式的狠话或者启示录(他们都是当成俏皮话来说的),仿佛只有这样,才配得上享用这野味,也才配得上享用这野苍苍的林莽，特别是，才配得上在他们之间形成的暧昧不清黏稠潮湿的气氛。

天色晚了，他们走了，能带走的带走，不能带走的扔下。

扔下的多为残尸，因为好肉（他们认为动物身上有好肉和坏肉）都被割下了，要么当场烤来吃了，要么装进了猎袋里。

除了猎杀，还有捕获。

那些人背来沉重的线网，在山野平林间铺开，吹着模仿雌鸟或雄鸟叫声的哨子，有的是放电媒，但或许是为了打发无聊，多数是拿只歪歪扭扭的铜哨子吹，引诱它们朝罗网里扑，然后捉住它们，装进笼子，提到鸟市兜售。

它们，画眉、百灵、绣眼、锦鸡、乌鸫，都是天地间的至诚歌手。在画眉和百灵鸟柔美的花腔里，暗绿绣眼连续不断的单音唱显得格外高亢。锦鸡惯于早起，华美铺张的羽翼，背负着朝阳新鲜的光芒，嘎嘎鸣叫着，在透明的空气里游弋。乌鸫则是鸟界精灵，也可以说是鸟界的巫公巫婆，整个上午，甚至整个白天，都不挪地方地站在一个梢头上，学着林子里的各种鸟叫，学一阵，暂时停下来，左顾右盼，看有没有鸟为它鼓掌。不仅如此，它还透彻人世，在烽火连天的岁月，它叫的是："女吃一辈子，儿吃一会儿。"意思是生女可以终老故土，生儿却会战死沙场；在重男轻女的年代，它叫的是："儿吃一辈子，女吃一会儿。"意思是儿子才是自己的人，女儿终究是别人的人。它没有原则，东边规劝人，西边怂恿人，它的全部乐趣，就在于卖弄自己的歌喉和字字清晰的发音。

那些从山下来的捕鸟者，吹出的哨音却是浑的。

哨子和吹哨子的人，都不懂鸟心，也没有鸟的灵魂，因而无法跨越物种的界限。

有一天，李成又听见这些人在吹哨子，心里很不屑。

他从他们跟前路过，说："一个破玩意儿也想充男女？"

那些人没听清，停下来。

李成又说："你们那不行，我给你们叫个人来，让他学鸟叫，保险叫一声就引来一大群。"那些人兴奋得"哈"了一声，说："老叔，那人在哪里？麻烦你帮我们叫来，我们不会亏待你。"说罢给李成递烟。

李成瞄了一眼烟盒上的牌子。他虽然不抽纸烟，但他知道，这些人抽的烟，比他家老大老二抽的，至少低了三个档次。他宽厚地用手一挡："我不抽你们那个，我抽叶子烟。"

那些人自己点了,再次请老叔帮忙。李成叹了口气,说:"叫不来了,那人死了。"那些人愣怔了一下,呵呵笑,说老叔你这人,真有趣。

言毕又鼓圆了腮帮,把哨子吹得满山价响。

李成之所以临时改变主意,是他在电视上看过一台节目,其中一个男人表演口技,学了摩托车发动的声音和锅炉厂放气的声音,又学了一点锣声鼓声鞭炮声,就逗得台下的观众发疯,不停地朝他挥舞荧光棒。如果把杨浪找来学鸟叫,被这些山下人知道了,又通过他们传到更远的地方去了,更远地方的人,会不会也来请杨浪去电视上表演?这个在千河口谁也打不上眼的家伙,连亲哥哥也羞于认他的家伙,会不会也像那个脸膛肥厚的男人那样,到处向观众挥手,到处吃香喝辣?李成觉得,杨浪跟他一样,在千河口住了几十年,住惯了,去外面风光可能风光,却一定会非常难受的,于是他就改变了主意。

他不知道,杨浪就躲在附近的另一片山林里,正在学鸟叫。

他的声音没有哨音响,也没有哨音频繁,但他学鸟叫的时候,不是学,而是他本身就变成了鸟,因此鸟都听他,齐刷刷地朝那片山林飞去。山林动荡，天空也跟着动荡。天空本来是不存在的，如果没有太阳、月亮和星星，也没有鸟和树梢，便不会有天空，是高于大地之上的事物，创造了天空。此刻，杨浪学鸟叫的声音，或者说他对鸟的召唤，高于他脚下的土地，也高于他自己，他的声音和鸟一起，创造了那片喧闹、生动和自由的天空。

然而，总有一些性急的鸟掉入罗网。

今天掉一些，明天落一些，山里的鸟进了城，被锁进笼子（在进城途中死去的，则被扔掉或上了餐桌），去唱它们调门完全不同的歌。

之后又来了一些城里人，这些人由林业所长领着，来得浩浩荡荡又光明正大。他们是来买树的。买大树，古树，栽到城里去。听说千河口东院有棵枝叶盖地的黄桷树，他们来看了，惊讶了一番，但不买。这棵树的躯干空得像一艘竖着的独木舟，能在里面藏好几个人。不买还有个原因，就是千河口不通公路，无法搬。

于是又去别处。

在长达七年的时间里，老君山都活跃着由林业所长领来的买主，雪松、罗汉松、紫荆树、香樟树，凡粗壮漂亮的，特别是城里人觉得自己需要的，都被挖倒，锯枝剔桠，变成

"树蔸",再拿薄膜裹了头,用大卡车运走。

大炼钢铁的时候也没把它们砍掉,烧山的时候也没把它们烧掉,现在却让它们告别故土,背井离乡去了。树是鸟的家,树走了,习惯在大树和古树上栖息的鸟,就没有家了;如果它们没被猎杀和捕获,就只有三条出路:要么从大树和古树上下来,降尊纡贵地找个新家,要么骄傲地死去,要么跟那些被搬走的树木一样,告别故土,流浪远方……

只留下一座空山。

一座声音稀微的山。

事物的每一个侧面,都可以构成自身的核心,色彩、气味或者声音,都可以。从这种意义上说,声音是乡村的核心,也是世界的核心。

乡村消失,是因为乡村声音的消失。

卷四 千年调

但日子还是在继续着。

杨浪一如往常,凌晨三四点钟就起床,去村子里转悠,接着去林子、古寨和废弃的学校转悠。村子空了,山空了,他似乎并没因此感到悲伤,惯于退缩的性格和数十年的阅历,使他不用费力去想就能明白:损耗和遗失,在人的一生中占据着不可比拟的地位。

所以他还是很早起床,在声音缺失的地方去回忆声音,在声音存在的地方去化入声音。

不过,现在起得这么早的,不止杨浪,还有夏青。

夏青的心太"猴"了,她一个人,至少种了八个人才能种的田地,她恨不得把千河口所有的空田空地都种出来。每当她经过一块荒地,都会站下来,莫名其妙地用锄头刮两下，刮两下后才沮丧地感觉得到，除非自己再多长出几只手，否则根本没有能力种更多的庄稼了，于是恍恍惚惚地离开。

"那女子命苦。"有一天，李成这样对杨浪说。

杨浪并没明白这话里的意思。

他想的是，说夏青命苦，无非是指她还没能像别人那样去镇上买房子，但她不愁吃不愁穿，丈夫符志刚在外面挣钱，儿子小栓也在外面挣钱，就说挣得还不够多吧，只要在挣就好。特别是小栓，以前是夏青唯一担心的，现在彻底走上正轨了，病好了，做事也能干了。

据李奎打电话回来说，小栓确实有他爸说的毛病，上工时爱对别人指指点点，而他"指点"的事情，他自己屁都不懂，此外抽烟喝酒也很厉害。对抽烟喝酒这事，李奎不会管束，相反，只要小栓提出来，李奎还会尽量满足他，有好几次，小栓说想抽烟，李奎马上掏钱给他买一条，买的都是好烟；又有好几次，小栓说想喝酒，下工后，李奎就把他带到酒馆，让他喝够。

但在正事上绝不姑息。李奎让他单独调配饲料，他就没有机会去胡言乱语地"指点"别人了。如果野鸡们该进食的时候，他还在睡懒觉、打洋逛，饲料没配好，或者没按比例调配，让野鸡得不到相应的营养，生长缓慢，肉质口感也差，"我绝对是要骂的，"李奎说，"有两回把眼泪水都给他骂出来了。光流眼泪怎么行？你流一桶眼泪，事情不做好，照样挨骂，还要扣工资！现在他完全改了，比我们都起得早，配饲料也不用我检验，因为我放心。"

夏青在院坝里接李奎的电话，扬声器开得很响，坐在家里的杨浪听得如雷贯耳。李奎在那边说一句，夏青应一声，最后夏青说："弟弟，别说骂，打也该！你外甥交到你手头，你就架势管，他要是长了良心，就晓得三舅舅是为他好，就该听三舅舅的话。"

从没听到过小栓把李奎叫啥，现在夏青帮他叫了：叫三舅舅。

小栓确实也听了他三舅舅的话，那个电话过后，大约过了两个半月，夏青就收到儿子寄回的第一笔钱。一千块。小栓让母亲用这笔钱重新去买个手机，说妈你那个花九十块钱买的手机实在太不成样子了。

当然，夏青并没去买手机，她只拨打和接听，连短信也不会发，要那么好的手机干什么？她去镇上的农业银行开了户头，把那笔钱单独存起来。她想的是，自己再需要钱，儿子寄回的也一分不花，全部给他存着，让他将来娶媳妇。

夏青干活累得苦，但说不上命苦。

对夏青和李成，杨浪怀着一份唯他自己知道的、深入骨髓的感激。九弟和贵生离世，梁春和张胖子也相继搬到镇上过后，这份感激更是不仅装在他心里，还本身就成为他心的一部分。要是没有夏青和李成，他无法想象自己的白天黑夜。他跟夏青一样，从不看电视，夏青是没时间看，因而不买电视，他是根本就不看。李成有电视，但李成知道杨浪不爱看（李成是觉得他看不懂），只要杨浪进了屋，就从不开，正开着也关掉；这说明李成自己也不是很爱看，至少，在看电视和与杨浪这个沉默的活物相处之间，他选择后者。杨浪更是，他对那些从没进入过自己生命的人世，缺乏感觉。对电视里的声音同样缺乏感觉。

近段时间，杨浪经常想起李兵老师曾在课堂上讲过的一个故事，那故事说，某一天，地球上只剩一个人，结果那个人被自己的脚步声给吓死了。当时全班同学都笑，杨浪也笑，但他现在明白了，那故事是真的。不一定成为事实，但它是真的。当别的所有声音寂灭之后，自己就将成为自己的灾难。"繁花落尽，谁也成不了这世界的守夜人。"李老师这样说。

杨浪还经常想起房校长讲的那个故事：关于狼和羊的故事。他承认，他不喜欢那个故事。仔细想来，那故事疑窦丛生又漏洞百出，比如，老天爷当真存在吗？如果不存在，人们为什么要随时提到他？有了愁苦和灾难，还要向他求救？如果存在，为什么又看不见他，而且他也基本上听不到人们的求告？那故事的漏洞还在于：老天爷为什么要羊和狼蹲到树上去？羊是不会爬树的，狼会不会爬树，杨浪没看见过，不知道，但羊肯定不会爬树，就算房校长说的是一棵矮树，也照样不合情理。

不过，房校长讲的，或许就是一个不合情理的故事呢？

从古至今，都是狼吃羊，不是羊吃狼，而且谁都必须吃东西才能活下去，听说有种青蛙只吃清晨的阳光存活，可只是听说，至少在千河口，没有见过那样的青蛙，千河口的青蛙要吃蟪蛄，吃青虫，吃蛾子，吃蚱蜢，否则它们就不能活。

如此说来，那故事你喜欢不喜欢，又有什么关系呢？

只是，老天爷可以创造光明和黑暗，可以任意指派谁对谁有生杀予夺的权利，又何必多此一举，让不会爬树的羊和很可能也不会爬树的狼，蹲到树上去，且让它们变成一模一样的、让他也分不出来的两片树叶，再胡乱指派？这要么证明老天爷并非万能,要么证明尽管天地不仁,却也有不忍的时候。

不仁和不忍,都可能不合情理,却也可能是最大的情理。

杨浪读书太少,不容许他把这些事情一路上往深处想。可他能朦朦胧胧地感觉到。他总觉得有某个地方不对头,但他说不出来。

有一回,他在村子上方的枫垭山口听到猎人们那些让他似懂非懂的话,就更加茫然,更加说不出他感觉到的那一点点东西。

每当这时候,他的眼光就往里沉。

听觉超凡脱俗的杨浪,耳朵却长得十分平庸,小,干,耳垂几乎看不出来,能看出那点影儿也没有弧度。他就是眼睛长得好。其实看上去也不好,眼皮又单又薄,是千河口人说的"秕壳壳",然而,在他捕捉到某种声音,或者思谋着某件事情的时候,那双眼睛却能闪现出内敛而生动的光辉。遗憾的是,从没有人看到过那种光辉,包括他自己也没有。那光辉是跟着他的耳朵和心走的,一旦分神,就暗淡了。

不能往深处想,他就不想。说不出来,他就不说。他本来就惯于沉默。

沉默，是因为他觉得自己不重要。

重要的是他们。

他感激他们，想念他们。

这"他们"，既包括村里人，也包括李老师、房校长、桂老师、钱云……在古寨梁子割草那次碰到房校长，他对房校长还怀着芥蒂，也怀有一些陈旧的但真实存在的怨（不是因为开除了他，是因为把他脚冻跛了），但现在一点没有了，只剩下想念了。李老师曾说，从古至今，有千亿人在地球上生活过，那么多人，杨浪想念不过来，再说他不认识他们，也没"听"过他们，无从想念。他只想念那些在他生活中出现过，然后又消失了的人。

这些人中，自然少不了他的哥哥。

他现在上街，连哥哥的消息也很少听到了。其实他是有意躲开，只要有人在谈论杨峰，他就躲开不听。怕人们知道他的身份丢了哥哥的脸是一方面，更主要的是不敢听，听到会让他更想。夜深难眠时分，他想起哥哥，心口会剧烈地疼，像那里硌着块毛毛糙糙的石头。每当这时候，他就起来，梦游一样在屋子里转。他住的房子，是祖辈留下的老屋

（旁边哥哥家的房子，是哥哥快结婚时才起的），哥哥在这里出生，他也在这里出生，母亲说，他们生在同一张床上，就是他现在还睡的这张老式木床。他跟哥哥在母亲的子宫里长成人形，然后又降生在同一个地方，被正式承认为人。可是他们太不一样了。哥哥是进攻型的，而他固执地习惯于退守，且以退守为满足，在他那里，草不割不香，李子不笑[1]不甜，种子不死，也就不能发芽，因而，丧失有时候比获得更重要。这让哥哥很看不起。

哥哥从小就看不起他，觉得他傻，觉得他懒，觉得他懦弱。但是哥哥并不是不爱他，哥哥很早就充当起了他的保护人，谁欺负了他，哥哥一定帮他把欺负还回去。

但是他伤了哥哥的心。

父亲去世后一段时间——具体多长时间记不清了，只记得父亲坟头上的土已是半新半旧——有一天，快黑了还没做午饭，他饿得哭，哥哥说："我削个红苕给你。"红苕窖在伙房的坑里，揭开坑板，热烘烘的腐烂气息即刻弥漫开。

哥哥趴在泥地上，上身伏进长方形的黑洞里，摸出一个，脸挣得通红。然后到阶沿下把烂掉的地方削掉。他蹲在

---

[1] 李子笑：熟得咧开了口。

哥哥面前，盯住那个在哥哥手里变得越来越小的红苕。结果刀尖戳到了他的额头。并没戳深，只流了拍死一只蚊子那么一点血。哥哥却吓得面如土色。"幸亏……没戳到眼睛！"哥哥说，说着用口水给他抹伤处，边抹边求他："弟弟，莫告诉妈哟。"妈年纪轻轻就守了寡，独自带着两个儿子，每天累得像牛那样吐白沫，脾气也因此变得暴躁，动不动就打人，当然都是打哥哥，说他不听话，不好好读书，也不好好做事。这天他是答应哥哥的，答应得很温顺。但哥哥不放心，为讨好他，又去摸了个红苕削给他。

吃了两个红苕，他就到院坝边去，用柴草逗蚂蚁玩。哥哥则进屋做饭。父亲还在的时候，哥哥放学回来也是立即干活，不割牛草就做饭，罐子提不起，在地上拖，拖得满地锅灰。

那天他正玩得起劲，听到院坝边的石梯上有声音，抬头一看，是母亲回来了。其实不用看，只听声音就知道是母亲回来了，母亲还在很远的地方，他就听到了她的脚步和喘息。母亲比别人都回来得晚，下工以后，她要去自留柴山里砍柴。砍柴本是男人的活，现在她既是女人，也是男人。她就像男人那样，用背夹背着大捆沉甸甸的青枝绿叶，上了院坝。那是一捆马桑柴，马桑水分重，比别的柴更沉，母亲每走一步，膝盖都不能打直，且是两胯撇开了走，样子相当难看，加上被汗水湿透散乱在脸上的头发，还有积在嘴角随呼吸冒泡的白沫，就更难看了。

见到母亲，他炸的一声就哭起来。他哭着跑到母亲跟前，拦住母亲的路，指自己的额头，说是哥哥用尖刀儿戳的。母亲没言声，连看也没看他一眼，绕过他，重浊地扛着打杵，一路走过院坝，走到自家的阶沿下，也像男人那样，脚一踮，背一躬，肩一耸，让背夹上的柴捆从头上飞越出去。然后母亲解下背绁，扔了打杵，可同时抄起旁边的抓笆，朝屋里大步走去。

那时候，哥哥已站在门边，忧伤地望着他。

是的，哥哥的眼神里没有恐惧，只有忧伤。

母亲在能抓到哥哥的时候，就伸出了手。他们之间，隔着两尺高的门槛，哥哥如平地跳水，往前一扑，扑到了门外，可是门外不是水，是踩了若干辈人的三合土，硬如铁板。先是噗的一声，那是哥哥的腓骨刮在门槛上的声音。接着啪的一声，是哥哥整个身体摔打在地面上的声音。再接着，声音凌乱，笃笃笃，啪啪啪，砰砰砰，嘣嘣嘣。那是抓笆和哥哥身体不同部位接触的声音。

抓笆是斑竹做的，干了水性过后，一斧头也锤不烂。哥哥在地上翻滚着，像被拖往刑场即将受戮的猪那样号叫着。但叫一阵就不叫了，也不再翻滚了。他并没有晕厥，却既不叫，也不翻滚，甚至也不拿手挡一下。竹棒打在哪里，他就用哪里承受。这激起了母亲更大的怒火，下手更重，也不管是打在屁股上，还是打在头上。

那时候，会踢毽子的鲁细珍还是个半大姑娘，是她过来把母亲拖开的。

如果不拖开，后果不堪设想。

哥哥伤得很重，在床上躺了三天。但更深的伤是在他心里。心被皮肉包裹着，看不见，不容易伤，可一伤到就可能伤碎。从另一方面说，只有柔软的东西才容易伤，可见那时候哥哥的心还是柔软的。

然而，从那以后，哥哥变了，在家里变得寡言少语，也再不忧伤。哥哥的目光是卵石做的，看母亲，看他，都用卵石做的目光看。而且行事独断，性情冷漠，非常自私。哥哥念初中时，吃穿用度，母亲总是首先满足他，特别是吃，尽量把粮食给他拿足，拿的都是细粮，自己和小儿子，吃粗粮，甚至吃野粮，留少少的一点米，也主要是为了待客，可哥哥却还要把这少少的一点米偷走，他找出母亲不常穿的两只深筒袜装了,捆在腰间,用外衣遮住,带到街上卖掉,请三朋四友去店里吃肉包子。他对家人冷漠,下了山,去了街上,对同学和学校周围的街娃子,却热情似火,朋友总是很多。

后来,哥哥初中毕业回家劳动几年,人长圆了,西院的刘二娘去马伏山贺家梁一个远房亲戚家奔丧时,为他相中了一个女子。那女子名叫贺秋萍,皮肤黑黑的,鼻翼左侧有颗绿痣,做事手脚麻利,割草不是她割,是草自己朝她手里跑。爱说媒的刘二娘觉得,从年龄和长相看,说给杨峰合适,就去说了。

中院的马四娘,也就是刘三贵的母亲,在那边也有亲戚,她走亲戚时,特意捡个空当,去贺秋萍家说了大堆白话。马四娘以拆散别人姻缘为乐事,千河口把这叫"说白话",也叫"打穄子儿",当初九弟和贵生本来都有机会结到女人,都是被她"打穄子儿"打掉的。马四娘说哥哥的白话,最厉害的一句是:"杨峰那人粘不得哟,是个好吃嘴儿啰!"那年月,好吃跟懒惰一样,是最受山里人鄙薄的毛病,女人好吃就找不到婆家,"张家那女子,啥都好,就是嘴巴离不得饮食"。有了这句话,等于是说张家女子啥都不好,她便只能秋月春风等闲度,预备着当老姑娘。女人如此,男人更是,男人好吃的同义语就是结不到婆娘。

马四娘的话让哥哥几乎万劫不复,但女方同村有哥哥的同学和朋友,他们说,杨峰不是好吃,是义气,他请我们吃肉包子,我们吃两个,他只吃一个。贺秋萍的父亲觉得自己就是个义气人,也喜欢义气人,义无反顾地把女儿嫁给了他。

但当时哥哥做的那些事,把母亲的心又伤了。特别是哥哥结了女人分家过后,还有出门过后,就不再过问母亲和弟弟,简直把母亲的心伤透了。

母亲觉得,她自己无所谓,但弟弟你不能不管,弟弟二十多岁还找不到女人,眼看就要打光棍,你不该既当聋子又当瞎子。尤其是,当你发了财,如果掰出个三两万,给弟弟修间大房子(当时还不兴去镇上买房),再给他拿笔兴家费,就算弟弟懒得痒痒都不抠,想必也有女人愿意跟他,可你就是不拿,你硬着心肠,让弟弟饿着男人的身子骨,由二十多岁饿到三十多岁,成为板上钉钉的光棍,这就把母亲的心伤得流血了。母亲大概早就忘记了在那个黄昏里怎样打他,那次虽然打得毒,却并没伤到骨头,说起来也是较为平常的一次。那天,鲁细珍把母亲拖开后,母亲看着横在地上的儿子,埋怨鲁细珍:"背时女子,为啥不早些来拖呀!"不过这样的埋怨也是经常性的,所以母亲忘记了。

然而哥哥没忘。

他不仅记得母亲那次打他,还记得为什么打他。他虽然没说,但从他眼神里看出,他早就发誓离开跟母亲和弟弟牵绊着的家庭,也要离开这个地方。

离开之后,他对千河口人,包括对整条清溪河流域人,都变得冷漠了。杨浪不明白为什么。他只能大致猜想:当初,哥哥请那些人吃肉包子,很可能并非心甘情愿,很可能还埋着什么说不出的屈辱。哥哥的那些屈辱,他和母亲都不知道。

要么就是另一种可能:哥哥是在逃避。逃避自己。母亲毒打过他,弟弟伤害过他,但他无法不去爱他们,理智和自尊又让他不愿去爱,便用薄情寡义甚至冷酷无情来掩饰自己的深情。他做人的强势,绝不允许自己向感情投降,更不允许让别人看出他在向感情投降,就连整个故乡的人都不愿见了。

他认定自己没有亲缘,如果有,也来自远方。

然而,远方真有他的亲缘吗?

有件事情,杨浪一直埋在心底,不敢把它掏出来仔细看看，下细想想，就如他曾经不敢去想玉玲和小凤在火匣坳的那段对话一样。不过，对玉玲和小凤的那段对话，他是不忍去想，对另一件事情，他是觉得自己没资格去想。

这件事情是：千河口那些出门打工的，偶尔从远方回来（以前是回到村里，现在是回到镇上），都穿得很周正，可恰恰是这种周正，还有他们身上的气味，说话的声音，让杨浪觉得，他们远离家乡，走在陌生的人群里，该是怎样的形单影只。然而，就在前不久，他在镇上碰到西院庹传昆的堂孙女庹倩，庹倩刚下车，跟赶场的老乡打招呼，说的竟是普通话。

别人回到家乡，至少要说家乡方言，尽管说得有些夹生，或者故意夹生。庹倩却直接用的是普通话。而就是这个庹倩，在家乡时胆子细得跟玉玲的姐姐明月差不多，甚至比明月还不如，明月无非是不敢走夜路，可听说庹倩刚出远门时，大白天也不敢单独去菜市场，天天哭，天天想回来，却又没回来；直到有一天，她听到街上有狗叫，才大惊失色："天呢，这里的狗跟我们那里的狗叫得是一样啊！"从那以后，她才放开了胆子。但现在，她回到老家，跟乡亲们打招呼也用普通话了。

她的普通话让杨浪掀腾起波翻浪涌的怜悯。怜悯她铁了心丢掉故乡，更怜悯她只凭一口普通话，很可能在天南地北的远方也找不到故乡。

她，还有他们，多半是觉得故乡不好，没有办法，才强认他乡作故乡的。

是这样吗？

——哥哥是这样吗？

如果是，哥哥会是多么孤单。

多年以后，杨浪也无法说清自己分明已经答应了哥哥，为什么一看见母亲，却又立即哭着告状。他当时觉得委屈，这是他记得起来的，可现在想来，他真不是单为自己委屈。不单为自己，还为谁？为哥哥吗？为母亲吗？为睡去之后就不再醒来的父亲吗？父亲下葬后将近一个月时间，他天天找母亲要父亲，母亲总是简简单单一句话："你爸走了。"当时他并不理解，父亲"走"了人世间最遥远的路，他只是觉得，父亲明明就在屋后的坟林里，却既不回来跟他们一同吃饭，也不回来跟他们一同困觉，他去坟林里哭，父亲也不搭理。父亲是铁了心不要他了。所以他委屈。父亲最让他委屈。当他慢慢理解"走了"的真正含义后，尤其觉得委屈。

然而，无论杨浪怎样为自己出卖哥哥的行为辩解，都显得苍白无力。

于是他不辩解。

他本来就没打算辩解。

一切责任全在他,是他伤害了哥哥。

钱云出卖他,他看上去是原谅了钱云,其实心里并没有,至少没有全部原谅,因此哥哥不原谅他,他完全能够理解。他对哥哥的伤害,远远大过钱云对他的伤害。

有些东西,一旦失去就无法挽回。明白了这层意思,杨浪更加想念哥哥。一种很痛的想念,深藏不语的想念。他不进哥哥的屋去,并非他说给别人的理由(哥哥没把钥匙给他),更不是懒,而是不想去"碰"。随便碰到什么,都会唤醒他的痛。他很清楚哥哥的房子跟他住的老房子连着榫头,可他对某种可能的结局,怀着奔赴的心情,怀着迷幻般的期待。

期待的没有到来,老房子只垮了半边,而且是他很少去活动的半边。

他还活着。

活着,就止不住想念,绵绵不绝。

在四处无人的时候,在夜深人静的时候,在纠缠不清的睡梦里,他不知道把哥哥说话的声音,打鼾的声音,发怒的声音，在屋子和院坝里不耐烦地走动的声音……模拟过多少回了。他病态地模拟着那次他出卖哥哥过后，母亲毒打哥哥的声音，他用由此获得的痛楚，来鞭笞自己，同时也让自己的内心自欺欺人地通向安详与平静。

这种想念越深入，杨浪越是珍惜身边的人。

夏青虽然跟他住同一个院坝，但她是女人，杨浪不好有事无事去她家里坐，因此李成那里成为他唯一可以走动的人家。他往李成那里走，以前是从中院经过，现在故意不走中院，而是从黄桷树下面的一条小路过去。中院没一个人了，那种在寂静里奔流的声音，像口深井，让他沉陷。他承认，自己有时候迷醉于那种沉陷，正因此，他才要避开。黄桷树下面的这条路，先往下垂，再蛇行向西，其间，要穿过中院外面的慈竹林。竹子久无人砍，阴翳蔽日，新生的笋子争不到阳光，还没成竹便枯萎了；笋子枯萎，竹鞭却在攒集，累累实实，将那块曾现小半碑身的卧碑，完全吞没。杨浪从这里路过，也总是听到深井里的声音：寂静的声音。

他避不开这种声音，从头至尾都避不开。

事实上，那种静谧而沉厚的回响，无数次令他感动，但此时此刻，他不想听到那声音。当声音稀缺，寂静弥漫，他便宁愿从声音里听出寂静,而不是从寂静里听出声音。于是他关闭自己的听觉,快速穿过竹林。

竹林那边是一条更窄的小路。

小路那边就是西院。

西院里住着李成。

看到李成的房子,一种有温度的声音才浸漫而来。

邱菊花刚住到镇上去的时候,杨浪曾担心李成也丢下村子,跟着邱菊花去,后来发现不必担心。李成似乎离不开村子,现在比以前更加离不开,往往个多月甚至两三个月后,他才去一趟镇上,看看小孙子,理理发,也购些化肥、农药和生活必需品回来。

邱菊花已经很久没回来过了,先前在天气好的周末,她会把小孙子带上山住一天,小孙子说,山上一点不好玩,她就只好不上山了。其实是她自己也不想回来了。她已经习惯了镇上的生活,一旦习惯,才发现镇上啥都比山上方便和舒坦,还能随时去老大老二家走动。她不像李成那样敏感,她觉得老大老二包括他们的女人,都是很孝顺的,也是很好相处的,自她上街以来,自己做饭的时候非常少,大多数时候,不是被老大请去吃,就是被老二请去。她没专门为老大老二带过娃娃,现在专门为老三带,老大老二却不计较,还经常请她吃饭，帮老三省了一笔生活费，这样的哥哥嫂嫂就不错了，还能要求他们什么呢？至于老大家的蛇，现在少多了，因为数量少，尼龙口袋都能扎紧，蛇跑不出来，也就不那么吓人了。

几十年同吃一锅饭，同睡一张床，而今一个住在山上，一个住在镇上，住过一阵后，李成和邱菊花都觉得，这样分开过的日子，其实蛮好的。他们的年龄实在不小了，李成应该有八十岁了吧，邱菊花也有七十二三，但他们的身体都还相当硬朗，特别是李成，绝对看不出有那么大岁数，如果不是因为长年风吹日晒让他显黑，他比当年的房校长还经老。

夫妻二人，在身体还硬朗的时候分开过一段时间，真的很好。

这是李成目前最深的感触。

他觉得一辈子都没像现在这样自在过，撒多少谷种，栽多少秧苗，施多少肥料，种多少洋芋、苞谷和油菜，全由他一个人说了算，空田空地那么多，因此往哪里种，也由他说了算。整个村子，除了杨浪抱住属于他自己的那点田地（就连那点田地他也没种完），李成和夏青，脚底和眼底，都变得无限宽阔，像一直被禁锢在某道门里，以为世界就只有门之内那么大，突然把门推开，才发现高天厚土。

他们都种了大大超出自己份额的土地，尤其是夏青。

夏青种那么多，是她认为自己不得不种那么多。她老是显得急吼吼的，而且越来越如此。儿子离开后，她每天比杨浪更早起床，把猪食煮好，再把一天的饭煮好，天色未明，她已经喂了鸡，喂了猪牛，接着慌忙脚手把饭刨进嘴里，院坝里就难得见她的踪影。她只在下午两三点钟露一下面，是回来喂猪牛（猪牛比她金贵，一天吃三顿，她只吃两顿），喂了猪牛又不见了，直到天黑尽，才又听见她开门的声音，然后是宰猪草和收拾杂活的声音，到最后，才是热冷饭冷菜的声音；如果天气暖和，热都懒得热。可天气暖和的时候，闷了整整一个白天的饭菜又容易馊，即使浸在凉水里。馊的也吃下去。她似乎感觉不到那股馊味儿。

有天晚上，大约十点钟的样子，杨浪站在院坝里望天，天上云层很厚，但云层的缝隙，偶尔飞速地跑过一颗流星。屋脊和后山的林梢，萤火虫往来穿梭。这证明明天不会下雨。明天是赶场天，他要上街去领津贴，买盐巴。他准备望了天就回去睡觉，正要起步，突然闻到一股刺鼻的馊味儿，是夏青揭开盖子，要吃饭了。为防老鼠和灰尘，再热的天，饭菜都得用锅盖盖住。

夏青把饭端到阶沿下，坐在青石坎上吃，吃得很响，从屋里照出的灯光，让她头发被橡皮筋束住的地方，泛出隐隐的红光，此外整个身体都在暗处。杨浪在更深的暗处。更深暗处的杨浪对暗处的夏青说："夏青，你那饭好像臭了呢。"

夏青吓得差点摔了碗，她不知道杨浪在那里。她模糊地骂了一声，又笑了，说："没有啊。"杨浪说咋没有，我这么远都闻到了。夏青继续吃，吃得更响。"闻起来臭，吃起来不臭。"她大口咀嚼着说。这或许是实话，吃饭之前，她干嚼了几颗花椒，那花椒麻得！若是病人嚼几颗，开刀都不用打麻药了。

杨浪没再言声，进屋去了。夏青的咀嚼声盖过了夜虫的鸣唱。夜虫到处是，不仅在屋后的阳沟里，还在垮掉的半边屋子里，多雨潮湿的季节，甚至会跑到床底下来，一叫一整夜。杨浪希望虫鸣声再大些，让他不要听到夏青。

可事实上，夏青的声音一直响个不停，直到他睡过去。

最近一段时间，夏青甚至恨起了黑夜，因为黑夜里她不能下地。她曾在薄薄的月光里下地，第二天去看，发现昨夜的锄刃铲断了好几窝豆苗，她把那几窝豆苗拾起来，看几眼，在膝盖上挞几下，又看几眼，随即恶狠狠地诅咒夜晚。她是在向土地"要"。但有时候杨浪觉得，她不是在"要"，而是在"交付"。多年以前,房校长用他狭窄尖利的声音讲狼和羊的故事,那故事的收尾一句是:"土以万物为食。"杨浪分明感觉到,夏青正是在把自己变成食物,让土地吃掉。

李成跟她就完全不同。李成没种夏青那么多,然而在他自己的感觉上,他比夏青种得更多。很多土地他没有去碰,但它们存在于那里,他啥时候想种,都可以去撒上种子,因此他完全有理由认为:"那些土地是我的。"每当他站在院坝边,朝山上山下望去,只见竹木青葱,台梯层叠,留在田里的稻茬,在风里微微颤抖,稻茬周边长着野豆子,豆蔓的绿和稻茬的黄,使田土织锦般好看,那些织锦般的田土,还有那些眼下杂草丛生,但只要犁耙一翻就欢欢喜喜奉献庄稼的荒地,都从容娴静,坦然地面对白云朵朵的天空。

每当这时候,先民们那种"插占为业指手为界"的快意,就在李成的心里汹涌激荡。他享受着先民的快意,却勿需付出先民刀耕火种的劳苦,更勿需担忧被后来者抢占,那份风和日丽的美满,是夏青永远也不能体会的。

在庄稼上,李成尽自己的力量,也止于自己的力量,该睡觉时睡觉,该抽烟时抽烟,该吃饭时吃饭;如果杨浪没去他家,他也闲得无聊,就打开电视瞄几眼。如此,他比邱菊花在家也没种那么多土地的时候，倒更加悠闲，天黑前他必然归屋，下雨天也绝不出工。遇到下雨的日子，他会主动到东院来，但每次来，夏青都关门插锁。"下雨天还去地里溜，"他对杨浪这样说他的干女儿，"把地踩死了，庄稼哪能扎根？祖祖辈辈当农民，连这个都不晓得！"

那时候他低头裹着旱烟，语气慈祥。

他在杨浪家一坐就是一两个时辰。

但这并不是说，李成很喜欢跟杨浪聊天。他跟杨浪聊天，显得很吃力，因为杨浪基本上不说话，也没有什么表情。不说话，没表情，都没有关系，关键在于，如果遇到那些需要意会的暗示，杨浪完全没那个脑子。他脑子里少根弦，甚至少几根弦。他只能照字面意思去理解，而字面上的意思许多时候根本就不是意思。这才是最让人着急，也最让人生气的。

比如李成说："刘三贵的脚不对呢，走路比你还跛。"杨浪就做出很同情的样子。他同情起什么来，像他正从被同情对象的心里过了一遍。说到刘三贵脚跛，他就只看重那个事实，并跟刘三贵一同承受那个事实，绝不会问：刘三贵为什么跛？这让李成解释起来，很没有趣味。

当然他还是要解释的。

听李益说，梁春上街过后，有天专门去访过刘三贵。

刘三贵的门是掩上的，只留了条小缝；他不想见人，也没想到别人会去看他。确实也没人去看他，倒没别的原因，主要是他女儿太发财也太招眼，你不主动跟人接触，别人也就尽量离你远些，免得背个"舔肥"的污名。

刘三贵已经习惯了别人不去他那里走动，更没想到梁春会去，他扔下梁春悄悄走了，害得梁春比杨浪还像块石头，且往自己身上养毒（这些事他都听说了），梁春一定是恨他的，怎么可能去看他呢？所以刘三贵完全没有防备。加上梁春虽然住到了镇上，却还没学会镇上人的规矩，镇上人的规矩是：要去见谁，先在电话上约，走到人家门外，即使大门敞开，也要敲几声。梁春没学会这个，他还是按山里的套路，想去哪家，起身就去，去了，只要门没上锁，就直接推开。区别也就是这点了：千河口的门朝里开，是推；镇上的门朝外开，是拉。

那天梁春拉开刘三贵的家门，刘三贵正站在屋中央，弯腰捡了块什么东西，要往沙发边的垃圾桶里扔。他走路竟一高一低，幅度比杨浪还大！

惊诧当中，梁春喊了声"三贵"。

刘三贵已快到垃圾桶旁边了，听到喊声，猛然停住，扭过头来，见是梁春，愣怔着说不出话。

但终于说出来了。

"进屋坐。"他说。

接下来，他就以那种扭曲的姿势站在那里，等梁春进屋。

如果是在千河口，有客人来，主人会马上给客人备凳子，凳子分明干净得很，也用手抹一下；当然这里不需要备凳子，宽大的沙发摆在那里，坐十个八个也成，但至少，主人会迎过来，以表明自己的热情。但刘三贵没有，他就那么站着，在感觉梁春准备进屋、低头看路的瞬间，他身子一挪，重重地把自己甩到了沙发上。

他是怕梁春看到他的脚跛。

他不知道梁春已经看见了。

如果他不那样遮掩，梁春会以为他的腿是临时出了毛病，那么一遮掩，梁春就知道，他是真跛了。

"喔喔喔——"一声鸡啼在梁春的耳朵里响起。这只鸡远在河南，刘三贵偷来吃掉之前，每天都能听到它的啼鸣。刘三贵正是从啼鸣声注意到了它。它被吃掉的次日，它的主人打早就寻到工地上来了。那地方把鸡叫鸡娃子，把所有外地人都叫老乡,那人刚好问到洗脸的刘三贵:"老乡,见到我的鸡娃子么?"刘三贵连忙摸出手机,看了一眼回答:"六点十二。"那时候他早就能听懂当地人说话,却装着把鸡娃子听成了几点钟。那人摇摇头,往前去了。刘三贵蒙着嘴笑,吃了鸡的另外几个,也笑。鸡主人太大意了,刘三贵洗脸的盆子,被火熏得焦黑,好大一片搪瓷都烧掉了,如果他揪住了深问,就能倒叙回去,把那只鸡问活:被放进盆里炖,被扯毛,被烫,被绞脖子,被饭团引诱,最后,鸡又鲜鲜活活的,歇在它自己的窝里。

——要是碰到个不大意的人呢?……

梁春没进刘三贵的屋。

他说我不进屋了,我来看看就是了。

说完把门掩上,走了。

回到家,梁春并没吱声,是汤广惠发现了异样。住到街上后,梁春找不到"豁拉子",不能在身上养毒,可他每天夜里照样抠,像他在心里养了毒,心里的毒就蹿到身体上了。身体是心的衣服,心里的万般症结,总会反映到身体上来,正如咬人的虱子,都不是藏在皮肤上,而是藏在衣服里。可自从那天他出门去一趟,就不再抠了,黯淡如土的脸,也慢慢有了血色。汤广惠高兴,却也想知道原因。

她知道直接问是问不出来的,便使了个花招,说在某一天的某个时候,她进超市去了,王玉梅来找她耍,王玉梅说分明听见你在家里咳,为啥不给她开门?梁春这才分辩,说那时候他没在家,他找刘三贵去了。

汤广惠说:"哦。"

她小心翼翼的,怕话一多反而封了他的嘴。

住到镇上的梁春,跟所有住到镇上去的村民一样,不再关心太阳,也不再关心雨水,看时间不是从天色里看,而是从钟表和手机上看。若不是要照管外孙上学,根本没必要关心时间,或者说时间根本就不存在。他整天都躺在沙发上看电视,尤其是晚上,盯住电视不转眼,但手却在身上不停地抠。这证明他没看进去。他看到和抠到睁不开眼睛的时候,就在沙发上睡了。汤广惠觉得,他身体本来就枯,这样子成天不挪窝,会枯死的,买菜的时候,就拉着他同去。后来,汤广惠又以各种理由,比如她要给外孙缝扣子,要去裁缝店把裤脚改短,要去交水电气费,要去请人来修洗衣机、捅下水道,等等,总之是脱不开身,逼着梁春一个人去菜市场。

独自买了十几天菜,他好像也慢慢体味出了镇上的生活,有时也出门转转街,偶尔还去张胖子家串门,陪着张胖子喝减肥茶，吃降压药（当然他不喝也不吃，他只是陪着）。或许是买菜和串门都必须说话，他的话又多出了一些。但只是"一些"，而且往往是你要他说的时候，他不说，你不要他说，他反而会说几句。

这时候，汤广惠就故意做出不要他说的样子。

这一招很管用。沉默片刻，梁春说："三贵的脚跛了。"

汤广惠又是一声："哦。"

接着又是一阵沉默，梁春说："跛得比那东西都凶。"

汤广惠缄口不语。

梁春说："他心里养着毒啊。"

这意思是，刘三贵非常孤单。刘三贵扭过头的那一刹那，梁春就被他脸上的孤单镇住了，正像当年，他自己被丁老婆婆的死镇住了。是丁老婆婆那种孤单到骨的死，让他变成话痨的。他以为多说话就不孤单，结果他错了。

传说刘三贵染了头发，在梁春的想象中，刘三贵就一直是满头青丝，可他见到的，却如朔风里的草茎，又枯又白。从年龄上说，那头发依然算得上茂密：茂密的枯，茂密的白。他又被那茂密的枯和白镇住了。

他始终没说刘三贵为什么跛。他说他不晓得。也确实是不晓得。他听到的那声鸡啼，只有他自己听到，不会讲给任何人听。而且那声鸡啼也说明不了什么。

汤广惠把这事宣扬出去，人们就猜：是在外地做工时受伤的吧？

如果真是这样，刘三贵有啥必要遮掩？

如此，想象和猜测的空间，就变得无限宽广。

李成给杨浪解释，也无非是想象和猜测。

但不管怎样，如果杨浪是个谈话的对手，单是猜想这件事情，就可以打发整整一个白天，甚至无数个白天，可那东西，脑壳里弦都没长全，实在太傻了。

比较而言，谈论刘三贵还好一些，至少可以天马行空，而另一些话题，你明明有答案，而且只有一个答案，却不能说。

你不说，杨浪就啥都不懂，那才真正把人气死。

比如李成说夏青："那女子命苦。"话里分明藏着玄机，杨浪就是领悟不出来。他领悟不出来，李成就只能把答案往肚里吞，比当年吞下被铃舌崩断的牙齿还难受。再难受也得吞，毕竟，夏青是他干女儿，他不能随便把干女儿的事情讲给外人听。

夏青命苦，并不是苦在筋骨。

是苦在心里。

符志刚在外面有女人。

不仅在外面有女人,还有儿子。

这件事情,是邱菊花从许宝才那里听来的。

许宝才丢下药箱,先去了江苏昆山,后来去了上海青浦。在老家的时候,因为撬了鲁凯的饭碗,让他饱受非议,从内心说,他想当医生,也想把鲁凯挤掉,但真的挤掉了,又感到不安。后来听到别人的议论,且大都不愿去他那里看病,便觉得没有意思。鲁凯见了他更是连招呼也不打,这让他在没意思上头,又添了一层悲凉。加上乡里人少了,他只能挎着药箱,像牛贩子那样在大山里游走,他发现,再这么把赤脚医生做下去,就真的只能打赤脚。不如去外面打工算了。

他是个直性子,做事心劲足,特别吃苦耐劳,吃饭穿衣之外,无任何其他需要花钱的嗜好,挣的钱都是净钱。他在昆山挣了一笔,又去从药检局局长位置退休的二舅那里借了一笔,到青浦过后,便不再给别人打工,而是自己开了家磨石厂,手下有二十多号人马。就是那段时间,他把家口也带去了。

他待工人非常宽厚,端午发粽子,中秋发月饼,遇到淡季,活路不多,但又不能放了工人,怕突然接到一笔订单,接到订单无力完成,也就等于丢了一个客户,工人没事干,磨皮擦痒,他就带工人去附近游玩。那年的四月十二,他带工人去了青浦区金泽镇。那里有条横江,江面不宽,却水势汪洋,某些地段跟清溪河很相像。横江两岸,油菜花无边无际,农人清闲,蜜蜂忙碌;近水处,顶开沃土和败叶的茭白,嫩枝灼灼;白鹭在江面上飞,高兴了就啸叫一声,把浪花吓得乱迸。

那天,他们在镇上玩了,又去西岑社区。

他之前去过那里,他对手下这些来自西南和西北偏远农村的工人们说:"你们去看,人家一个社区,比我们那里一个镇还体面。"

在西岑社区逛了一圈,回到车站,正准备上车的时候,他意外地看到了符志刚。

车站对面有家超市,符志刚正从超市出来,撕着一包香烟的封条。许宝才开始有点怀疑那是符志刚,尽管长得实在太像,因为他听说符志刚在浙江,后来一想,符志刚在浙江嘉兴,嘉兴离这里近,很可能是到这里办什么事,或者跟他们一样来游玩。他正要张嘴喊他,见一个四五岁的男孩跑过去,抱住符志刚的腿,接着又见一个女人走到符志刚身边,很自然地挽住他的胳膊。

"我一家伙就把嘴蒙住了,"许宝才说,"还打了我各人两个嘴巴子。怕志刚看见我,我头一低,躲到一个工人背后。工人以为我碰到仇人了呢,说:'许哥,你指,这街上谁是你仇人,我们去帮你做掉!'当然是开玩笑,他们知道我这人,怎么可能有仇人?就说鲁凯,也是他把我当仇人,我从没把他当仇人。"

邱菊花听许宝才说这些,是在老二李钟家里。许宝才来普光镇买房,让岳父岳母住,再说他们自己一家将来也是要回来的;买房就找到李钟,李钟正招待几个从县城来的生意伙伴,就顺便留许宝才喝酒。他在酒桌上说了那次去横江的奇遇。

听到这事,邱菊花当然不信。

她不信,就像那些过着平稳日子的母亲,不信自己女儿会遭到不测。

可偏偏遇到许宝才是个一根筋。如果夏青真是邱菊花的女儿,许宝才也会像别人那样,在外面说得风生水起,在当事人及其亲属面前闭口不言,但夏青只是邱菊花的干女儿,那就不算啥了,通常是,即使不像梁春在徐家梁的那个干儿子一样,只到保爹保妈家走两年就不再走动,但大体说来,

323

干儿干女也只是在年少和年轻时候跟保爹保妈关系密切,到了一定岁数,那层关系就淡了。那仅仅是刷在桌面上的漆,不是桌子本身。因此许宝才脖子上绷着青筋,说:"如果那都看错了,我这眼睛就是球日瞎了!"

他算是邱菊花的晚辈,晚辈本不该在长辈面前这样说话,但许宝才的直性子,主要就表现在他说话没个言高语低,当初村民不愿去他那里看病,除了怀疑他的医术,还因为他不会说话。鲁凯看见面色痛苦的病人进了屋,会说:"没事的,你先坐下,我看看舌苔。"类似的话放到许宝才口里,就变成了:"你做出那样子吓哪个?未必要咬人?坐倒,我看看狗舌头!"不仅对平辈兄弟这样说,对姑娘和年龄相仿的长辈也这样说。

尽管大家都知道,鲁凯是言温猛药,许宝才则相反,许宝才弄药的时候,都要给病人详详细细讲病理和药理,表明他的行医资格证,不是因为二舅的关系混来的,而是他自己有学问、有本事,他说药不是钱财,钱财越多越好,药以"分寸"为高。还说,药和病之间,病显,药隐,病强,药弱,因此药要顺着病的毛毛抹,要具备十足的耐性和坚韧的毅力,去探寻病的规律,而病最重要的规律是,必须慢慢好,如此才不伤及其余,也不伤及整体,古话说"病去如抽丝",并不只是对病好得太慢的叹息,还是对规律的正确描述。一服药下去猛然间就好了,是好了这里,坏了那里,就像踩跷跷板,这头下去了,那头又上来了,而身体健康的标志,全在于内部的平稳与和谐。对他的这套理论,人们渐渐也接受了,加上鲁凯不看病,千河口死人的速度也并不比以往更快些,就更是觉得,许宝才或许也不是想象的那样无用。

可还是不习惯听他说话。

作为医生,他竟然不知道话也是药。

那天在李钟家,许宝才完全没注意到邱菊花吃饭的速度减慢了许多,自顾自地接着往下说:"车站和超市之间的那条马路,还不如老二家的饭厅宽。"他夸张地用手比画了一下,按他的比画,那条马路不仅没有老二家的饭厅宽,还没有一根条凳宽。"志刚弯下腰抱他儿子的时候……"

邱菊花立即厌恶地打断他:"你晓得那就是他儿子!"

许宝才却没看她,只看着津津有味听他说话的李钟和李钟的老婆肖婷婷,照自己的思路说下去:"志刚弯下腰抱他儿子的时候,他后脑勺上那块疤我都看得醒豁。"符志刚小的时候,跟几个伙伴把一块门板斜放着,玩梭梭板,结果门板上一颗锈蚀的钉子勾掉了他后脑上一块皮,从那以后,那

325

块指头大的地方就不长头发。

"那女的长得倒是一般般——当然比夏青好看多了,"许宝才干下一杯酒,兴致更浓,"再说年轻,最多二十五六,散着头发,脑顶上染了撮黄毛,周围的头发都是板栗色的,耳朵上吊了两个暗红暗红的大圆圈圈儿,她挽着志刚走的时候,那圈圈儿就荡啊荡的,像两个风火轮。"

酒桌上笑声四起。大家都看着肖婷婷,因为她的耳朵上也吊着那样的两个圈圈。肖婷婷偏偏摆一摆头,让两个圈圈调皮地荡起来,在耳垂上哗、哗、哗。

只有邱菊花没笑。

她悄然下席,离开饭厅去了客厅,坐在沙发上,忧伤地看着电视。

李成上街的时候,邱菊花把这事对李成说了。

符志刚是否真的在外面有了女人,还有了儿子,仿佛成了一桩需要她来决定的事,她拿不定主意,便征求丈夫的意见。

李成的意见是:"我早就晓得了!"

其实他并不晓得,但听邱菊花这一说,再联系符志刚多年来的表现,许宝才的话应该是真实的。再说许宝才本来就不爱无中生有；他说话没个言高语低，但无中生有的话从不说。在同一块土巴上住了若干辈人，谁的家风，谁的脾气，都知道。

邱菊花认为自己也知道，可是她现在不这样认为了。

比如符志刚，爹妈死得早，家里没个成头的，要找到女人本是件难事，村子里大多以为他要走杨浪他们的老路，可他不仅找到了女人，这女人还特别吃苦，特别顾家，靠的是啥？靠的是志刚自己的踏实和本分。他和杨峰、李奎三人，第一批远离故土，乡邻们谈谈的时候，不为杨峰担心，也不为年龄最小的李奎担心，就为符志刚担心，他实在太本分了，去街上卖鸡，买主说，绑鸡的稻草要除一两秤，他老老实实就除一两。他完全就是凭着对夏青的一腔情义出门的，他说过，夏青不嫌弃他，他就要对得起夏青，让夏青过上好日子。

结果呢？

人家杨峰发了那么大的财，混出那么高的地位，老婆也还是原来的老婆，听那些去省城见过贺秋萍的人说（杨峰不愿见家乡人，都是老婆贺秋萍为他挡），她还是那么黑，鼻翼左侧的那颗绿痣也还在，气质也还是那么土——在家乡时看不出她土，可去省城看她，尽管她穿得很洋气，倒反而显

327

得特别土——但从她嘴里冒出来的,是东京、伦敦、旧金山、巴厘岛……你以为人家是在你面前显摆,其实不是,她现在过的就是那样的日子。她才是真正过上了好日子。

原以为本分的符志刚,发誓要让夏青过上好日子的符志刚,却不仅没把钱给夏青挣回来,还在外面有了女人,有了儿子!

事实上,在听许宝才眉飞色舞讲述这事的时候,邱菊花就跟丈夫一样,也觉得自己"早就晓得"了。除情理上的推断,她还想到了另外的证据,就是小栓那次去浙江。小栓一定是在那边察觉到了啥,要么是听别人说,要么是亲眼看到了,否则不会突然变得古怪起来,还抽烟喝酒,被他爸爸很快送回家后,他连话都不大说。后来他去李奎那里,开始那段时间,又有了在浙江时的毛病,多半是环境一变,又让他回想起了在浙江的所见所闻和带给他的刺激。他去浙江那年都十五岁了,该懂的事情都懂了。

"你说咋办?"邱菊花问丈夫。

"这些事情,"每每遇到相对慎重的事要他发言时,李成便一如既往地低头裹着旱烟,"装着不晓得算了。未必要去告诉夏青?那不把她怄死,也要怄疯。"

接着他严肃地交代:"你不要出去乱讲。给老二和婷婷也打声招呼,叫他们都不要出去乱讲。"

但就在那当天,李成从街上回去,就对杨浪暗示:"那女子命苦。"

那第二天,李成就对夏青说:"志刚在外面有女人你晓得不?"

这又是一个落雨天,淅淅沥沥的秋雨。雨从前半夜就下,一直没停过,屋檐水先是一滴、一滴,后来滴滴答答地连成串,被风摆动或驱赶时,滴答声要么更小,要么更大。夏青的屋檐底下,放着一个洗脚盆和一个木桶,洗脚盆接满了,木桶接了大半。水从瓦沟流下来,濡染着焦黄的烟尘。她是拿来镇清亮后煮猪食用的。

午饭过后,李成穿着大儿子买给他的带帽雨衣来到东院,夏青的门照例锁着,他朝杨浪的屋子觑了一眼,没见杨浪,但听见了他轻重不一的脚步声。李成急忙躲了,借雨声的掩护,从杨浪屋外一条巷道穿出去,走向后山。

他并不知晓杨浪的耳朵灵敏到能从混乱中听出秩序,也能将进入他的各种声音条分缕析,不管这些声音有多么繁复。开始杨浪听见李成朝东院走来,就像在落雪天里,坐在温暖的炉火前,听到故人来访的消息。李成穿过梁春家留下的畜棚，进了院子，杨浪便朝墙角的水缸走去。是去给李成取烟。杨浪自己不抽烟，因为李成到他家来的时候多了，他赶场时就特意称了几斤旱烟，备在那里招待李成，李成每次进屋，就给他取上几匹。旱烟用塑料布裹着，放在水缸旁边，这样既能保证烟叶的干燥，又能给予适度的润清。他走向水缸时，却听见李成进了他家旁边的巷道，朝屋后去了。他出门来，瞧见李成穿着军绿色的长雨衣，就知道不是来找他说话的，来找他只需戴着斗笠就行了，穿雨衣是怕树枝草梢或傍田埂的长叶庄稼扫了裤腿。

这证明李成是要下地去。

杨浪望着李成的背影，大声问："你也要雨天上坡？"

在大巴山区，上坡和下地是同一个意思。

李成放慢脚步，但并没回头，"我的猪感冒了，打喷嚏，"他说，"我去弄些蛾树叶来给它治治。"

夏青和李成都养猪，李成只养了一条，夏青却跟贵生生前一样，养了五六条，这时节已长得肥头大耳，半夜里，猪们放屁的声音从畜棚传过来，响彻整个院落。

除了猪，夏青还养着一头黄犍牛。现在也只有她才养牛，犁田用。李成使牛的时候，就去她那里借，当然，所谓借，其实不必跟她说，见牛在棚里拴着，直接拉去使就是。

330

李成曾经买过一台微耕机，用过几天就扔了，那东西快是快，却冰冰凉凉，不像牛，在它身上拍一拍，温嘟嘟的，皮肉和毛发的质感，能从手上传到心里去。此外还可以跟牛说话，牛世世代代为人劳作，便能懂得人的语言，甚至能懂得人的心事，它用鸣叫、扇耳、甩尾，来和人交流。在只有阳光和野风的田土里，李成需要这样的交流，因此他还是宁愿用牛。杨浪不用牛，当然更不用微耕机，他种的水田那样少，用铁锹就能深挖出来。

夏青养了牛，又养那么多猪，猪牛饿了，锐声嘶吼和撞圈栏的声音，自然超过放屁，简直炸耳惊心，尽管它们是养在傍黄桷树的虚楼底下的。那幢虚楼和虚楼底下的畜棚，主人是鲁细珍的哥哥，也就是小凤的父亲，他离开前，把钥匙交给了夏青，请她帮忙看守。鲁家不跟人来往，别人家婚丧嫁娶，连帮忙也不请他们，让他们觉得自己被孤立，心里便有了恨意。许多年来，只有几个光棍汉和夏青没做过办酒设席的大事情，也就不存在不请鲁家帮忙的情况，因此鲁家恨不到他们头上去。要看守房子，最好是同院人，不被恨的同院人，只有杨浪和夏青。当然不可能找杨浪。鲁家一去不回，也没个音信，夏青便把猪牛吆进了那虚楼底下的畜棚。

这位置虽跟夏青的住房隔着一段距离，但在一条线上，有风没风，都能闻到冉冉的臭气，何况风总是不缺的。而正是这股臭气，让她感知自己的日子，并对日子怀着期待。李成就是这么说的，李成说自己养猪不是为了杀肉吃，而是为了闻到那股臭气，他说牲畜的臭气代表着兴旺。

只有杨浪既不养牛也不养猪。

有家才养猪，自母亲去世后，杨浪的家就不成其为家。

这时候，他见李成连头也没回，只好把烟叶放回去，心里很是孤寂落寞。这种情绪是如此鲜明和凌厉，刺得他本就有些跛的腿，厉害地颠了一下；本就是一塌一塌的腰，厉害地"坐"了一下。这在他是极其少见的，甚至根本就没有过。

他不知道这是为什么。

或许是老了。

"跟李成一样，我也老了，我没有李成那样老，可确实老了……"

听着李成越来越远的脚步声，他这样想着。

李成走完那条房檐遮阴的巷道，爬几十步梯坎，就进了坟林。

这是东院的坟林。每个院子都有每个院子的坟林。以前除了堰塘附近那几座无主的坟茔，坟林都打整得很光生，比活人住的院坝还光生，现在大多是草根累累了，住到镇上去的，偶尔还回来收拾一下，若是整家人都去了外地打工，数年不归，哪能顾及祖坟，想都不想了。野草和刺藤把坟身罩住，只露出隐隐的土包或石墙，草刺丛中夹着笋子和竹枝，也没人去经管。千河口人不允许竹子长在坟林里，竹鞭旺盛而强健，一路往下扎，就可能扎进死人的眼眶，如此，死人的后代就会变成瞎子。千河口人最感到恐惧的事情，是看不到这个世界，因此他们在坟林中见了竹子，会立即连根拔去，还要把那竹子烧成灰，扬进风里；即便甲和乙有仇，甲在乙的祖坟周围发现了竹子，也会去乙家告知。不过这已是古老的忌讳了，而今好多家的祖坟上长了成片的竹子，也没听说谁家的后代成了盲人。

东院的坟林，只有六座坟打扫得干干净净，其中两座坟里，埋着杨浪的父母，另四座坟里，埋着符志刚的爷爷奶奶和父母。站在穿坟而过的小路上，能清楚地看见正南方志刚家的四座坟，坟前坟后，一片落叶都没有，坟的两旁，还理了水沟。在志刚父母的坟头前，各有三炷柏香的残枝，明显是最近留下的。

这些天，既不是志刚父亲的生期和祭日，也不是他母亲的生期和祭日，且早就过了七月半的鬼节，为啥要去烧香？李成想不明白。

他只是很心酸。志刚家的祖坟越像祖坟，他越心酸。

"志刚啊，你不要天良啊！"

李成听见自己这样说。

并没说出口，但他明明白白地听见了。他听自己的声音也像别人听他的声音，因为舌头老要去顶掉牙漏风的豁口，声音里带着肉肉的、淡紫色的舌头味儿。在咬铃舌咬掉的两颗牙旁边，又自行掉了两颗，豁口更敞，那股味儿也更浓。

雨越下越大。秋天并不太深，但毕竟是秋天，玉米早收过了，稻子也割过了，漫山遍野，无论是林地、庄稼地或荒地，都一律还给了大自然，钓鱼草爬地牵着长藤（像真的能在地面上钓到鱼），响铃草的蓝花还在盛开，螃蟹草的黄花也依旧艳丽，但山菊已含苞欲放，团团簇簇，大有将满目秋色一笔收的架势。此外知了已喑哑了叫声，茅草已枯干了尖儿，青冈叶的绿色血液，也不似先前畅快奔流……秋雨携着秋气，落在这各具色彩和形态的万物之上，响声便也有了色彩、形态与气息，响声是万物的镜子。

李成当然无法分辨这些，他耳朵里嗡嗡嗡的，都是那句他没说出口的话：

"志刚啊,你不要天良啊!"

既然他不要天良,夏青就有理由知道,并应该采取相应的措施。昨天,李成还说不能告诉夏青,通过一夜的默想,他的想法变了。他现在就是去找夏青。

看了符家的祖坟,走在泥泞的路上,听到自己耳朵里的嗡嗡乱鸣,他越发觉得,自己有责任将真相告诉干女儿。

他凭着一个庄稼人的直觉,还有对夏青的了解,估摸着她可能在哪里干活。这时节本没什么活路非干不可,该收的收了,该种的还要等些时候,但有事无事去把地挖几锄是可以的。夏青有块地在滚牛宕,那是她自家的地,尽管地力相当好,可因为实在太远,她放弃了一季,很可能,她要去把它办出来,隔些日子种洋芋,或者秧红苕、点油菜。那块地下面的斜坡上,长了满坡的野地瓜叶,猪牛都特别肯吃,如果夏青要弄猪牛草,也可以顺便。

果然在那里。夏青光着头,披着蓑衣,蓑衣尾子上雨水成行,头发上也是,一张脸像被水淹住了,衣服早湿透了,湿透一次又湿透一次,她的脚一动,鞋口就滗出泥水花。她小小的个子挥着锄头,腰一曲一伸,猛然间看见全身包裹只露出鼻子眼睛的李成,吓得锄头抡在半空,定住。

把李成认出来后,她依然惊诧,放下锄头问:"爸爸,你这是去哪里呀?"

李成说:"我不去哪里。"

夏青愣了一下,说:"这么大的雨。"

说完又挖地。

李成说:"你做那么多干啥子哟!"

夏青边挖地边回答:"不做咋个……"

"不做饿不死人!你就该不做!"

李成声音不大,可话里深含的愤懑让夏青纳闷。

"我问你一句话。"见夏青只是抹了把脸上的雨水又接着挖地,李成这样说。

夏青停下来。

"志刚在外面有女人你晓得不?"

这一声是暴喊出来的,带着满腔怒火。

听滚牛宕这名字,就知道是一块被围困的洼地,且面积不大,夸张的说法是如一头牛滚出的宕子,李成的怒吼声撞到前面的山壁,随即荡回来,撞到后面的山壁,两相撞击,声音碎裂,四处乱碰,因此,整块宕子响起接连不断的怒吼声:

"志刚在外面有女人你晓得不?"

"志刚在外面有女人你晓得不？"

"志刚在外面有女人你晓得不？"

……

夏青处于声音的交汇处，正如河流的交汇处，清浊不一，又强行融会。那是她的脸色。但雨天里几乎看不出她的脸色。当声音止息，她又在挖地了。

"不止有女人，还有儿子呢！"

这一声喊比刚才更响，怒火也更旺，从山壁碰撞出的声音，如闪电之后的雷鸣。

夏青在雷鸣声里躬着腰。她并没有被击倒，几乎也没有感觉到什么痛苦。她弯腰是因为锄头的楔子掉了，她要把楔子上上去。她走到地边，对着一块石头使劲笃，将锄头笃结实后，又回到原处，继续挖地。

这让李成大惑不解。

不过他很快就理解了。从情形上看，夏青也早就晓得了。

她可能比他们——包括许宝才——都先晓得。

如此重要的消息，李成本想第一个告诉夏青的，结果她先就晓得了。

这让李成深感遗憾和失落。

朔风越过秦岭，自北而南，自西向东，沿"背二哥"们大半个世纪前用肉身在米仓山开辟出的栈道，迅速挺进大巴山区。那是冬的浩大使者，以"不仁"为己任，但正如房校长讲过的那个故事，如果老天爷对羊仁慈，狼就会饿死，对草仁慈，羊就会饿死，这时候的仁，将成为另一种不仁；也正如朔风，对黄叶仁慈，嫩芽将无从吐露，大地就不会有春天。世间万物是环环相扣的局，各自安稳又相互挤对、彼此滋养。风还在远处，败叶飘零之声就已传来。这是声音的河流，把奔腾当成唯一的方向——奔腾既是它的方向，也是它的使命。

风进千河口地界，已过子夜，一觉醒来，落叶在山野积了厚厚一层。什么都是白的，天是白的，地是白的，就连那些落叶，还有山下的清溪河，都是白的。这不是雪（入冬以来，千河口还没下过一场雪），是被风吹了。风能洗去所有的颜色，让天地归还于白。风也能把时光吹走，让春节随风而至。

腊月三十的大年一过，很快迎来正月十五的小年。

过小年要吃猪脑壳肉，表明一年的开端，从这一天正式启动。就连杨浪也遵循这样的规矩，仿佛他对未来同样怀着期待。他本来就从没说过放弃未来，尽管他不养猪牛，不能从自家畜棚里，闻到李成所说的那种代表着兴旺的臭气。钻石有钻石的未来，尘土也有尘土的未来。不过，在杨浪的脑子里，或许根本就不存在"未来"这样的词语，如同所有的山里人，尽管对死早有准备，年纪轻轻就看到自己的棺材或者留在山林里预备着为自己做棺材的树木，可不到立马咽气的时候，从来不会为死亡分神，哪怕像九弟死之前那样，因为自己的伤情和于盛华的缘故，情绪上有些低落，或者像张胖子在老家时那样，抽空就向老婆交代后事，其实内心里照样没为死亡分神。活一天，就吃一天的饭，做一天的事，操一天的心。

如此而已。

杨浪遵循规矩，更大的可能在于怀想。

怀想是在规矩中完成的，规矩是形式，也是内容。

吃猪脑壳肉是在中午，也不知是谁规定的，反正是在中午。可这天到了下午三四点钟，夏青还没从坡上回来。她真的变成生前的贵生了，比贵生还贵生，贵生至少会在大年三十休息下午半天，而夏青哪有休息的时候。大年那天她没去上坡，但也没休息，她很早起来，戴着草帽，接长竹枝扫把，扫去屋顶和板壁上积了一年的阳尘，然后打扫房前屋后。把这些忙完，就该做年饭了。

杨浪上完坟刚回来——他不仅上了父母的坟，还上了九弟和贵生的坟，并且跑到霞沟去，给那个名叫于盛华的人上了坟——夏青也朝坟林走去。她端着筛子，筛子里放着酒碗、肉碗、饭碗以及香蜡纸钱和一圆鞭炮。几分钟后，鞭炮声响起，啪啪啪啪，尽管声声相连，每一声响却都显得那么孤零零的，跟杨浪之前放鞭炮一样。鞭炮响过很久，夏青也没回来。杨浪都吃完了饭，洗过了碗，她还没回来。

待她回来，走路就一踮一踮的，膝盖处的土痕像印染在裤子上。这证明她在坟前跪了相当长的时间。她是对逝者有所求吗？她在求什么呢？

路过杨浪的家门外时，杨浪对她说话："一直不下雪啊夏青。"她转过头，说："呃。"然后笑了一下，笑得很惊异，像是有了抑制不住的快乐。

她是求到了吗？她笑的同时已回过头去，匆匆忙忙走过阶沿，进了屋，没多久出来，把门锁了，拎着包袱朝后山爬去。那是要回她的娘家白花嘴。她回白花嘴也只有一个目的：上坟。那里跟千河口一样，空了，夏青的父母已去世，三个哥哥都去新疆落了户，安了家。她当天晚上就回来了。

此后的十多天，整个白天她总是在坡上待着，天黑甚至天黑许久才回家。猪要么卖了，要么杀了，等到节后正式开场，才再去街上买双月猪儿来养，所以她连中途回家喂猪的事也免了；牛还养着的，但比较而言，牛比猪好伺候得多，只要草料放足，它就可以用小半时间来咀嚼，用大半时间来安安静静地反刍。

因此夏青可以很晚才回家。

家是她的黑夜。

她回家只是为了度过黑夜。

今年春节，符志刚没有回来。出门这么多年，他是年年春节回来的，但今年没有。小栓也没有回来。腊月十九那天，李奎来电话说，他想爸爸妈妈带着他们的儿子去贵州过节，腊月三十天的团年饭一吃，就由他开车，带一家人去贵州纳雍、水城、六盘水和云南宣威、昭通一线旅游，他们旅游去了，养殖场只好交给小栓照管，交给别的人吧，要么没时间，要么不放心。夏青跟杨浪一样，只为自己过节。也只有他们俩，代表千河口过了这个春节。李成腊月二十三那天杀了自己家的猪，并卖给杨浪二十斤肉和十斤猪油，二十四那天帮夏青杀了猪，二十五就去了镇上，二十六跟邱菊花带着小孙子去了市里，次日一早从市里乘飞机去了贵阳。机票是李奎给他们订上的，也是李奎开车，把他们从贵阳接到了熄峰。

正月十七，李成回到了普光镇。

当天傍晚，他就回了千河口。

出趟远门，他不仅没有疲态，还显得更精神，更年轻了。他把脸刮得青格格的，连蓄了多年的山羊胡子也刮了，穿着三儿子为他新买的呢子大衣，戴着银灰色鸭舌帽，蹬着深棕色大头皮鞋，看上去比房校长还要气派。——多年没在普光镇见到房校长了，听说他在镇上的那套房子也早就卖了，还有人说，房校长两三前年就已经"走了"。

李成的归来，对杨浪来说是件大事。自李成离开以后，杨浪天天都站到院坝边去，望着黄桷树下面的那条小路。李成从镇上回来，要从那条路上过。

不仅如此，杨浪把转路的距离，也大大延长了，过了堰塘，下了朱氏板，一头扎进密密匝匝的青冈林，林子里有条悬垂的山路，他沿着这条路继续下行，走到一条平缓的垭口。那地方叫哭垭，也叫泪潮垭，背后笔陡的山岩上，立着的正是古寨，许许多多年以前，千河口的先祖们为守护来之不易的栖息地，居高临下，将阵雨般的火铳和飞石投向后来者，后来者横死野岭，他们的妻女前来收尸，哭声恸地，泪水成潮。走过这条数百米长的大塆，便与从古寨扔下的"三十丈"相接，因过于陡峭，塆子尽头也就简便地称作了"陡处"。

杨浪一直走到陡处，站在石帽上，朝下张望。下面是钱云的老家凉桥村。钱云家的房子自然早不存在了，凉桥村已经没有房子了，杨浪知道这些，他不是望房子，是看有没有李成的身影。现在人少了，割草的少了，砍柴的少了，枝柯横逸，深草夹道，看不清，他便不用眼睛，只用耳朵。

可是，他只听见风拨空枝的声响，这样的空弦音蕴意深远又毫无内容。他知道再听下去，空弦音就会给另一种声音注入阳气，那声音来自时间的深处，暴烈而悲凄。杨浪赶场的时候，曾在这里听到过无数回，他不想听，现在更不想听。他既觉得累，也觉得冷。非常冷。没下过雪，却比哪年都冷。

他转过身，朝村子的方向走。

他以为李成永远也不会回来了。

可是李成回来了，在正月十七这天。

杨浪很后悔没去陡处接到他（这天他也去过陡处，但提前回来了），只在院坝边看到了他。他喊李成，李成就上来了。他本来就准备先上东院看看。

"夏青又上坡去了？"李成站在院坝边问。

杨浪说，她不上坡，就过不了人日子。

李成眯了一下眼睛。他以为杨浪已经知晓了夏青心头的苦楚。但从杨浪石头般的表情——盼星星盼月亮地盼着李成归来，可真的见到李成，杨浪还是那副万古不变的表情——看出，他并不知晓，那句话不过是随便说说。

"志刚啥时候走的？"李成又问。

"志刚啊，"杨浪说，"去年正月初二走的。"

李成怔了片刻，问："你是说，他今年没回来？"

杨浪没回答。

很多话他都是不回答的，如果本来不需要回答，或者他已经回答过了。

李成摸出旱烟来裹。

"志刚已经下定决心，不要家里的这个女人了。"他裹烟的时候这样想，"要么是许宝才的那些话跑到了他的耳朵里，他不好意思再回来。不好意思回来，也等于是不要家里的这个女人了。"

杨浪邀李成去家里坐，李成说我走热了，就在外面站一会儿,抽完这袋烟就走。

事实上他接连抽了三袋烟,天黑下来才离开的。

夏青回来时,院坝里烟味未散。她从这烟味得知保爹回来了。

她问杨浪:"爸爸回来了?"

其实她不需要问,因此也不必等杨浪回答,立马进屋去,提着一个沉甸甸的布袋子,去了西院。

那袋子里装的,是给保爹保妈的年礼。

年礼本来该在正月初一到正月十五之间送,但这期间她没机会,年前的腊月二十九,是去年的最后一个赶场天,她就在那个赶场天买好了年礼,给保爹的是两瓶白酒,两盒灯影牛肉,给保妈的是一件暗红缎面夹袄,一顶绒线帽子,还有两封冰糖。买好之后,她本想放到老大老二家,可老大老二不像老三,并不认她这个干妹子,有时在街上碰见,她打招呼,他们不忙的时候会应一声,如果还有别的人在跟他们说话,就懒得应了。特别是老二媳妇肖婷婷,最近两次碰见,不仅懒得跟她搭腔,还对她很轻贱的样子。于是她把礼品背回了村子,等保爹回来后亲手交给他。

李成没吃夜饭,夏青没吃午饭,夏青便在保爹家做了

345

饭吃。

开始还好好的,可突然,夏青就哭了。

隔着两重院子,杨浪听见,夏青哭得肝肠寸断。

这是他第一次听见夏青哭。

她为了什么事哭,还哭得这样伤心?

漆黑的、空荡荡的千河口,游荡着一个妇人的哭声……

次日中午,杨浪去找李成,见门锁着。晚上去找,还是锁着。他这样去了四五天,李成的家门上都挂着那把挂了几十年的大铁锁。

这么说来,他是上街去了。

刚回来又上街,很可能是他大孙子又惹麻烦了,杨浪想。

李成的大孙子李灯,是李益家老五,前面四个都是女孩儿;说是大孙子,只因出自长房,论年龄,李灯比他二爸的儿子还小。

自从离开村子跟父母去了镇上,李灯就没消停过,在中心校读书,几乎每天打一架,读到初二实在读不下去,就辍学回家,成天在街上闲混,混过几年,他爸李益让他跟自己学做生意,可他瞧不起老爸的生意。主要是觉得,长天白日坐在家里卖建材、收山货,实在无聊。他表示愿意跟老爸的一个朋友周叔叔学开车。周跑长途,常去汉中、西安,有时跑得更远,要到河南三门峡和山西运城。学开车自然不必跟长途,李灯之所以想跟周叔叔走,是以为跑长途好玩,没想到所谓长途,就是面对无穷无尽的路,枯燥得让人发疯,跟了不满一月,他不愿意了。李益说,这是你自己选的,不干也得干。他哼一声,又坐上了周叔叔的副驾,却既不看路,也不看周叔叔开车,只拿把小刀,戳自己的手。戳着玩儿。这回是周不要他了,周对李益说,他戳着玩儿,可是我怕呀,跟着我没把开车学会,却把人跟废了,我咋个给你交代?再说跑长途的都有忌讳,搞得血湖血海的,不吉利。

李益扇了儿子两个耳光,说:"你既然敢用刀戳自己,证明你不怕痛,再说你小时候又喜欢打架,干脆去武校好了。"

于是又把他送到本县南坝镇的余门拳武术学校。

南坝镇兴场立市千余年,历来是三教九流会聚的码头,因明惠宗朱允炆——即史书称"不知所终"的建文帝——逃亡至此,以兵变推翻了建文帝的明成祖朱棣,派老师唐瑜过来对建文帝监视截杀,由此兵气更炽,武术大兴。其中以余门拳最为有名。余门拳的发展史,便是一部格斗史,提砍砸压，短手寸劲，攻击目标是眼睛、后脑和下裆，口诀是"一打眼睛二打迈[1]，三打腰身四打快"。有人曾劝李益，说万万不能让李灯去武校，尤其不能去余门拳武校。余门拳太凶狠，远的不说，只说近百年间，其弟子内御土匪，外抗倭寇，所到之处，鹤唳风声，令敌胆寒，可现在既无土匪，又无倭寇，你让他去学那么凶狠的拳法干啥子？

李益也有这担心，但他听说过一句话，叫"穷文富武"，有钱人才能送儿子习武，历代武术家，也以富家子弟居多，所以把儿子送进武校是件很体面的事情。当然，更重要的是，李益希望武校老师能帮他治一治儿子。要把李灯治住，非下狠招不可，余门拳打人狠，习时必挨狠打，挨一阵狠打，他就知道老实了。

李灯去那里学了三年，真是收心务正，成为掌门人盛爱的高徒，但他谢绝了留校任教的邀请，带着胀破衣服的黑疙瘩肉和满身功夫，走出了武校朱红色的大门。他出来就在县城里混，倒也没有无事生非地跟人打架，却利用从武校学来的本钱，进出赌场，威吓别人。他一出武校就迷上了夜店，同时迷上了赌博，让父亲对他变老实的愿望彻底落空。他最

---

[1] 迈：步法。

喜欢的赌博方式是摇骰子，只能赢，不能输，若是输了，特别是输得太惨的时候，他便叫来老板，阴着眼睛说："你这骰子有问题。"说时两指一合，骰子粉碎。见这阵势，谁还敢不把钱还给他！

在县城混了些时日，觉得码头太小，又去市里。

市里混了，又去省城。

他拒绝结婚，也不回家，家里谁都对他无可奈何。

事实上，近十年来，他跟家里和家里跟他的联系，都细若游丝了。

谁知他又跑了回来。他遇到了高人，欠了那高人二百八十万赌债。

李益骂天骂地，暴跳如雷。

他跟他爸爸先前一样，留着山羊胡，他暴跳如雷的时候，就揪自己的山羊胡。

但最后还是割肉剔骨，帮儿子还了那笔巨款。

遇到高人之前，李灯是来去如风的人，这之后，完全变了，就像弹簧拉过了，既不能伸也不能缩，变成僵死的一条。他的胆气被废掉了。加上多日不练又荒淫无度，功夫也所剩无几。一度千河口和镇上人还悄悄议论，说李成家里很可能要出两个劳改犯（第一个指李奎），现在没有谁这样想了。

不过说李灯全变了也不对，他还是不愿在家里待着，还是要去县城和市里混。像以前那样强吃别人，他已无心无力，只是混，而混总得花钱，李益是再不给他一分钱的，他就找亲戚朋友借。所谓借就是肉包子打狗。日子长了，再傻的人也不会扔肉包子去打狗了。他在江湖上的名声已经败坏，找熟人朋友借即使可能，也极其有限，于是借起了高利贷。因急着用钱，利息高到三角，甚至五角，他照借不误。借高利贷不比借亲戚朋友，那里有铁一样的严酷法则，到时候还不上，是要断手断脚的。每当被追债，他就回家找父母。债主怕他逃匿，往往一路追踪到普光镇。

近一年多来，李益家常常鸡犬不宁。

每遇这种事，李益态度鲜明，他对债主们说："你们可以收他的命，收了他的命，是帮我减了个负担，我不仅不找你们麻烦，还要请你们喝酒。但是，你们不能断他手脚，如果只断他手脚不收他命，我就要收你们的命！"

这样的话，不知道债主们听了怎么想，李灯的母亲和奶奶是绝对听不得的，婆媳俩又哭又闹，合力逼李益帮儿子还钱。李益大多数时候是听的，他知道拖得过初一拖不过十五,且拖一天是一天的利,超期不还的利就不是三角五角的事;但有好几次,他气得骨头稀软,心却坚硬,便捂住耳朵不听。

李益不听,邱菊花就会给李成打电话,叫他赶快去镇上。

李成去不去镇上其实没什么作用,李益最终是要还钱的,但毕竟多个劝解的人,让李益既有个台阶下,也有更多的理由从心里说服自己。

杨浪以为李成又上街劝解去了。

可他不该四五天也不回来。

更不该十多天也不回来。

问夏青,夏青只是简简单单一句话:"不晓得。"

他是不回来了么?

农历二月初五,杨浪去赶场,走到苏湾的石拱桥,听见几个人坐在桥塽上闲聊,这几个人他很陌生,却听见从他们口里冒出千河口,他以为又要说到他哥哥,不想听,立即加快脚步,登上拱桥的梯子。虽如此,他的耳朵其实还是在听。却不是说他哥哥,而是说"李益的老汉"。李益以他在普光镇经营的独一无二的生意,全镇人几乎都认识他,说到他很正常，怎么说到了他老汉李成？杨浪装出无事人的样子，走到桥栏处，望着乱石磊磊的河汊。少雨时节，河汊里几股细流，虫子一样在乱石底下钻来钻去，河汊两岸枯干的芦苇，被风吹拂，倒是拨弄出潺潺流水声；远处的清溪河，波动着一轮一轮冰冷的肋条……

杨浪望着这些，心直往下沉。

当他离开拱桥，朝街上走去时，能分明感觉到自己的脚比平时更跛。

那几个人说的话让他苦涩。

他深知，世间的许多事情，近处的人往往毫无察觉（尽管他的耳朵很灵），正如灯光只照光晕之外的地方，因此近处的秘密大多从远方传来。

那几个人说得很笼统也很含混，到了街上，杨浪听到了更详细更清晰的解说。

说的是李成和夏青。是这样说的：

因天气太冷（这是事实，天天打黑霜），上了年纪的李成肺上不好，怕吸寒气，起得很晚，干女儿夏青每天早上就去帮他煮猪食。夏青先为保爹煮好猪食，再回来煮自己的，因此她比往常起得更早。李成把后门的钥匙给了她，打开后门就是灶。

这天,大约凌晨三点半钟,夏青已蹲在李成家的灶前。她刚把火发上,李成就起来了,趿着煴鞋,披着李奎为他买的那件大衣。他的身上暖烘烘的,而夏青虽进屋有几分钟,还发燃了火,可她卷进来的寒气依然在屋子里奔突。李成强忍住才没打喷嚏。他走到干女儿身边,干女儿才发现他。夏青"噫"了一声,很不好意思,说:"爸爸,打火机冻住了,打好一阵才打燃,把你吵醒了。"李成似有若无地点点头,不知是表明干女儿确实吵醒了他,还是表明吵醒他也没关系。

点过了头,李成说:"天寒地冻的,起来这么早干啥呀?你该多睡一会儿。"夏青把一根长柴在膝盖上撅断,"反正睡不着,"她说。静了片刻,李成说:"人一辈子,三穷三富不到老,九磨十难不到头。不管遇到啥事,要晓得想开些。"夏青手上忙着,沉默不语。李成靠近半步,重复着"想开些"的话。他的两手开始是环抱在大衣里的,这时候散开,递给夏青一瓶罐装饮料,"王老吉,"他说,"我昨天去街上买的,专门给你留着。"夏青一手喂柴,一手摆动:"爸爸你各人留着喝,我又不渴。"李成说:"现在不渴总有渴的时候嘛。"

对保爹给自己东西,夏青向来不好拒绝,她觉得拒绝了

353

保爹的东西就是拒绝了保爹的心意。于是她伸手去接。

从灶孔里蹦达出的火光，喷在她的脸上，火光融化着她脸上的冰霜，痒，她去接的时候，手先在脸上蹭了一下。而蹭在她脸上的，还有李成的手。

李成摸到的脸，真的就像一块冰。"冷成这样……"李成说，"志刚那狗日的，硬是不要天良！"他这样骂着，腿一屈，捞住夏青的腋窝，将她"端"起来，把她的脸捂进暖烘烘的大衣里。夏青说："爸爸！"李成说："这么冷，先去爸爸床上煨一会儿。"夏青说："爸……爸……"李成再不言声，把她往卧室里架。夏青说："我睡够了，不睡了！再说我也不冷！"李成不言，使着劲儿。尽管他身体很好，尽管他做过石匠，后来还当了杀猪匠，毕竟上了年纪，角力中他被推倒在地。依然握在他手里的饮料，趁势逃脱，哐当哐当地躲进了暗处。

夏青也趁势逃脱，跑了。

李成在冷地上把自己也坐冷了，才攀住旁边的烘笼爬起来。

杨浪听到这些，还以为是自己的耳朵走火入魔。

他只想堵住每一个传说者的嘴，因为那不是事实。

他记得太清楚了，李成是正月十七回的村子，第二天，也就是正月十八，李成离开了村子，而那时候，他和夏青都没有养猪。

可杨浪知道他不可能堵住别人的嘴。

这类话题，永远都比空气扩散得更快。

他涌起一种冲动，要去找李成。他要告诉李成，传言是假的，他可以作证！

可他不清楚李成住在哪里。他甚至不清楚邱菊花平时在街上住的房子是李奎买的，还以为她住在李益或李钟家里。李益和李钟他都不想见，那兄弟俩偶尔在街上碰见他，要么就像不认识他，要么就喊一声"那东西"；在村子里喊他"那东西"，他觉得无所谓，到镇上还这样喊他，他很难过，真的很难过。

然而，为了宽慰李成的心，他还是决定去。

李益和李钟的家在哪里，他同样不清楚。从千河口搬到镇上去的，包括同在一个院子住了几十年的梁春和张胖子，他们在镇上的门朝哪方开，他没一个清楚。想了想，他朝河边广场那边的滨河路走去，准备去福康诊所找鲁凯问问。

河边广场白天比傍晚安静得多，但还是有两队老人各占一块地盘，用录音机放着曲子跳舞，每队统一着装，一队黄,一队绿,背后都印着一排字,黄衣印红字,绿衣印白字,黄衣上的字是"玲妹火锅",绿衣上的字是"美好超市"。"玲妹火锅"和"美好超市",在普光镇都相当有名,但他们还嫌不够。或许这真是一个酒好也要吆喝声的时代,真是一个拼了命做大做强、让大树底下寸草不生的时代。人们把做大做强叫作进步。人们都不愿意停一下脚步,照着原来的样子好好生活。

杨浪刚走过广场,就碰到邱菊花了。

邱菊花站在台梯上看那两群人跳舞,见了杨浪,马上挨过来给他打招呼,其主动到急切、热情到亲热的程度,是以前从没有过的。

打了招呼,邱菊花接口就说:"夏青那婆娘!"

这称谓,特别是那口气,让杨浪愣住了。

那是愤怒的口气。邱菊花脸长,头上的绒线帽子奇异地让她的脸显得更长,比皱纹还要密实的愤怒,也因此显得更加旺盛。

"夏青那婆娘,硬不是他妈个东西,我以前简直没把她看出来!你杨浪——"她拉了一下杨浪的袖子,"你杨浪是长着眼睛的,你说我跟李成平时是咋样在待她?可以说从没见过外,都是把她当亲生女儿,我李奎回来,还拿钱给她呢,还把她小栓带到身边呢！这些她都记不得了。记不得也就算了，你不该忘了恩还要负义，更不该张起两片小×乱嚼！你说，"她又拉了一下杨浪的袖子，"未必李成看得上她？你自己男人在外面乱搞，整年整年的不回来，你荒慌了……你也赶场啊？"邱菊花对一个笑嘻嘻地走过来的妇人说。杨浪不认识那妇人。看样子，邱菊花想尽快把那妇人打发走，可她攀住邱菊花的肩膀，说她儿子下个月要回来订婚，须尽快买套房子，让女方到时候能见到"硬通货"，她想在李钟那里买，枝枝叶叶地找邱菊花问起了价码，其实是想跟邱菊花套近乎，看能不能便宜点。

杨浪趁势抽身走了。

他觉得自己没有必要去找李成了。

对身边的所有人、所有事，杨浪始终抱着理解的愿望，但大多不能理解。他无法剥去生活的壳，无法辨识虚假的外壳和真实的核心，或者真实的外壳虚假的核心。

那传言分明是不真实的，可听邱菊花的意思，好像是夏青自己说出去的。也不知她是通过什么方式说给了谁。不过她现在赶场的时候多了，几乎逢场必去，因为她要卖菜。以前，千河口人只卖粮食，不卖菜，也不卖水果，现在夏青既卖菜，也卖水果。钱云曾经就读的普光中学，已从河对面的罗家坝半岛迁到了镇上，半岛整个变成了蔬菜瓜果基地，且在镇子与半岛之间，建了一座两车道的钢架桥，菜农和果农再不是坐木船过河，去来十分方便，哪有她夏青的市场。

但她卖得便宜。她不计成本，不计劳力，只想把菜换成钱。

夏青是在赶场的时候说出去的么？……

邱菊花愤怒而刻薄的言辞，久久地在杨浪的耳朵里回响。这跟她以前提到夏青时生母般的慈爱，判若两人。对此，杨浪同样理解不了其中的关节和转变。

邱菊花或许没有注意到，也可能根本就不知道，她戴的帽子，还有穿在身上的暗红缎面夹袄，都是夏青为她买的。幸亏杨浪也不知道，否则在他不理解的世界里又会增添一层。在回来的路上，他爬到陡处，突然听到凄哀的哭声。

哭声遥远而切近，跟正月十七那天夜里夏青的哭声交汇。

那天夜里，他是在夏青的哭声里睡去的，他现在想起来了。

他把这声音放进他的仓库里，锁起来。他希望那把锁永远也不要打开。

李成再没回过村子。

他放在老家的粮食、衣物、锅碗瓢盆和两只鸡（李成本来养了六只鸡，有四只不见了，或许是死在哪里了，或许是变成了野鸡），是李益带着几个背夫上来搬走的。有个背夫问那部电视机怎么处理，李益说不用搬了，"那鸡巴玩意儿，都老起了黄斑，搬去谁要？莫占了我的地方！"问话的背夫正想说既然你不要，就送给我吧，可话没出口，李益就拾起一个铁锈裹身的秤砣，把电视机砸了个窟窿。背夫伤心地看了好几眼。

大巴山深处的春天来得这样迟，到了三月，别处该是花红柳绿，而在千河口，麻柳树还没吐芽，青冈树还没上水，枯黄的地表也没有泛青的意思。俗语说，三月三，蛇虫蚂蚁往外钻，往年倒差不多是这样，那些卑微的生物初出洞口时的好奇、试探和胆怯，也正是初春的样子。可是今年还看不见它们的样子。就说蛇在里山几近绝迹，但也看不到蚂蚁的样子。天没有尽头地冷下去，太阳很久没出来过了，铅黑色的天空，像凝结的膏，块头太大，直往下沉。

在这样的天幕底下，活动着两个人。

一个在田土上劳作，一个在山野间转悠。

那个走在路上的,像承受不住天空的重量,显得那般矮小。究竟往哪里去,他越来越拿不定主意,而且他发现,近来,随便看见什么,听到什么,都会让他动情,比如刚才,一只小小的白头翁站在桦树枝上梳理自己的羽毛,羽毛掉了一根,朝树下飘飞,白头翁停下来,惊异地看着,直到那根本来长在它身上的羽毛落到地上,定住不动,它才不再看,继续梳理自己。见到这景象,他的眼眶竟然湿答答的。听到一只斑鸠叫,同样如此。事实上他尤其听不得斑鸠叫,那种跟土地一样古老的生物,叫声里饱含孤独。亡灵般的孤独。这样容易动情,真不是好事。证明他老了。尽管他确实老了,可一旦被证明,他还是叹息了一声。

在举棋不定的时候,他就不做选择,直接朝鞍子寺走。

那边有他的事做。

他把学校打整出来了。

他不仅锄去了断头佛像和断头战将周围的杂草,还锄去了整个操场上的杂草,把操场和乒乓球桌上干成灰的鸡鸭粪便,都扫进了下面的田里,将教室外面的高台和梯坎,也扫得很洁净。每过两天,他就去那边看看,有了灰尘,再扫。

打扫的时候,他既听到了扫把摩擦地板的声音,也听到了存留在旧时光里的声音,李老师上课的声音,房校长和桂老师走路的声音,同学们在操场上打闹的声音,钱云跟他悄悄说某个笑话的声音,他都听到了。他还听到了鱼池里那条青尾草鱼吃草叶的声音。但现在鱼池又干了,没有鱼了。操场边刺槐树的枯枝败叶,掉落在池子里,他将枯枝败叶除去,用石块和黄泥把龙眼堵严。他相信在未来的某一天,池子里有了水,鱼又会自己长出来。当然,他也听到了佛的声音,佛说:"我这里太潮湿了,我快闷死了,麻烦你把我搬到透光通风的地方。"佛的声音让他深怀怜悯又无比愧悔。每当听到这声音,他就勾了腰使力扫,并用一块特意买来的毛巾,把佛身抹了一遍又一遍,像这样做,能让他自己心里好受些……

这天,他扫完地,直腰的时候,看见了不远处鲁凯留下的房子。那房子修得牢固,本身完好无损,但屋前的土坝上,长满了紫藤、葛藤、蛇藤和龙须藤,像是藤蔓的聚会;以前那里就惯生藤蔓,鲁凯忙乎了许多个日子,以为已将它们斩草除根,谁知道,哪怕只留下发丝样的根须,它们也静静潜伏,等候时机东山再起,收复失地。藤蔓攀墙抱柱,绞缠生长,看上去柔弱无力,实则比钢筋还硬,桶粗的大树也会被它们缠出深深的凹痕。眼下新叶未发,像是死了,等到煦风一吹,那种生长的伟力,就会即刻爆出噼噼啪啪的声响。

"可惜了。"他出声地说。

他是在可惜那几间房子。

他走到那几间房子面前,发现藤网交织的阶沿底下,不仅有扫把,还有锄头弯刀。他钻进去,取出了那些工具。

三个钟头后,当他看见焕然一新的房舍,心里突然注入一团光明。

天快黑下去了,可他分明听见那团光明注入的声音,如鸽子般扑扇着翅膀。

"如果我把三层院子都打扫干净,"他想,"那不就还是一个村庄吗?"

垮掉的房子他不能起,但打扫出来是可以的。

反正他不像夏青要侍弄那么多田地,他有的是时间。够他吃的洋芋和红苕是种下的,够他吃的油菜和小麦也是种下的,他的地里还有萝卜,还有青菜,还有包心白,够了,非常够了。在撒谷栽秧之前,他空闲得很。

他觉得,既然自己有那么多空闲,就应该去收拾出一个村庄。

这想法让他激动不已。

大清早，杨浪来到这座院子。

空院子。

空无一人的院子。

——这是三层院落里的中院。

东院还住着人，虽垮了几间房子，毕竟存着人气，西院也是一个多月前才走了最后一个人，比较而言，中院最为不堪，九弟死后，那里就没有人了。

于是杨浪从中院开始。当他背着花篮，扛着铁锹和扫把，站在中院的口子上，又听到了那种来自深井里的声音。但这回他既没沉陷，也不回避。他宁静地倾听着，让那声音把自己牵进了院坝。夜色怨妇似的，拽住黎明，迟迟不去，眼前啥也看不见。可他等不及，在模糊流淌的晨光里，他已开始了劳作。

断垣残壁间，瓦砾狼藉，去年留下的铁线草，蓬勃蔓延，将瓦砾缠住。但天色稍亮，就能看出这里曾经是个院落，是千河口最大也最热闹的院落。

正因为看得出来，才格外让人感慨。

杨浪首先要做的，是将瓦砾和败草清理掉。本以为安居乐业的蟑螂，被拾瓦的碎响和铁线草绷断时弹拨出的金属音，惊得四散逃逸。他将好瓦一匹一匹捡出来，码在一边，再将碎木头烂瓦块背走。背这东西是很坏花篮的，许多木头上钉着铁钉，铁钉穿透篾片，锥破他的棉衣。他将它们背到中院外侧竹林旁的空坝上（那里曾经是一孔窑，后来被填了），背完之后，又回过头下细收拾那些好瓦。

好瓦还剩了千多匹，它们从屋脊倒下时，以为地面是另一片屋脊，便顽强地保持着自身的完整，忠实地履行着自己的职责。他将好瓦分别码在断墙旁边，将墙固住。然后去院外砍来竹子，又去山里割来茅草，做了几条两米宽的屋檐，护住墙，也护住瓦。"总有一天，"他这样想，"他们是要回来的，这么好的地方，怎么舍得……即使千河口的老住户不回来，也一定会有另外的人来……到那时候，这些墙和瓦，说不定就还能派上用场。"他立起的是另一个堡垒，跟二里地外的古寨，有着完全不同的性质。古寨拒绝，这里迎纳。砌瓦的时候，他在形式上也做出迎纳的姿势：两竖排上去，中间留着一道门，那道门永远敞开。

最后，他打扫院坝和空屋。所谓空屋，其实就是屋基。

长久不见天日，院坝上的石板发暗，发黑，像蒙着一层油腻。空屋里的灶台忠厚地蹲在那里。乡里人的灶台奇大，通常要占去伙房的一半乃至多半，灶台上安大锅、中锅、小锅，大锅煮猪食，口子多的人家用中锅熬稀饭，春节前也用中锅点豆腐，蒸米豆腐，还在中锅上面的横梁上吊汤圆，小锅炒菜，总之，日子的清贫与热络，全都摆在灶台上了。嵌在灶台上的铁锅，大多锈烂，他将烂铁片收在一起，再打扫屋子。他从门槛或者门槛的印迹辨识着别人的房间。无意中闯入了别人的房间，为此他感到羞愧，还有轻微的生理上的不适。那些霉烂的鞋袜、衣裤和帽子，是主人穿戴过的，主人走了，把它们留下，留下旧时光和旧生活的痕迹，也留下将它们穿上身时那种棉质或丝绸的细响——他都听到了。

不知是因为风还是老鼠和虫子的缘故，他分明觉得，这件东西是九弟的，却到了许宝才的屋子，这件东西是刘三贵的，却到了鲁凯的屋子，这件东西是苟军的，却到了桂平昌的屋子。同时，鲁家的也造访了许家，刘家的也造访了桂家。每个人的东西都散发出同样的气味。很可能不是风，也不是老鼠和虫子，而是它们在自主地串门。它们也感到孤单。在孤单对孤单的温暖里，融为了一体。想当初，苟军欺负桂平昌，两家结下仇怨，谁知在他们离开过后，他们使用过的、留下他们气味的东西，却兄弟姐妹般串来串去，在荒村败草中窃窃私语。鲁凯和许宝才也一样，为当年的行医资格，他们彼此隔膜，不再来往，但他们使用过的东西在来往。

杨浪特别精心地把九弟家的般般件件，不漏过一块破布，一根线条，一丝头发，全部收拢，跟中院其他人的东西混搭着，在空坝上焚烧了。

物品自主串门的情形，在西院完全一样。

贵生留下的稻穗残渣，满院里流动。李成还在的时候，贵生门前被老鼠遗漏的谷粒，就会在院坝的石缝间发芽。西院的石板残损厉害，好些地方跷了、破了，破掉的干脆揭走，成为浅坑，所谓石缝，就是正方形的土坑。谷粒发芽生秧，李成并不拔掉，相反，他还把洗脸水倒进去，把它们养起来，让它们长成稻子。长成稻子后，被鸡啄掉就啄掉，不啄掉便在太阳底下结出果实，飘出稻香，然后果实萎地，来年再长。把稻田搬进院坝，李成似乎很享受这种感觉。现在李成走了，鸡没有了，鸟儿也那么少，季节一到，该是整个院坝都成为稻田了。

只是贵生养的那成百上千只老鼠，失去了往日的乐园，不知流浪到了何方。它们当初集体进食的声音，老远就能听到，包括此刻，杨浪照样能听到。他第一次发现自己喜欢那声音。对他来说，任何有关村落记忆的声音都是好声音。他似乎充分理解了老鼠们当初的幸福。他曾以为，贵生离世，他最悲伤，现在他明白了，还有老鼠，老鼠跟他一样悲伤。

同时他也明白了，贵生当初为什么要把自己辛辛苦苦种出的粮食，用来喂那些老鼠，后来他简直是爱上了那些老鼠。这不仅仅是因为孤单，还有别的。世上的爱分为两种，一种是愧疚产生爱，比如杨浪对哥哥的爱，一种是付出产生爱，比如贵生对老鼠的爱，付出越多，爱得越深，直至难以自拔，到最后，你已经分不清是在爱你爱的对象还是在爱自己的付出。

不管怎样，事情就这样发生了。人人喊打的东西，被人所爱……

整个西院，只有李成家的房子还立着，而且上着锁。

杨浪走到他的屋前。不走前门，走后门。后门外有条石砌的水沟，水沟外侧有口井。千河口共三口井，西院占了两口，另一口在中院的竹林底下。三口井中，数李成家后门的这口最甘甜，井后一棵何首乌，根粗藤壮，汪翠凝碧。可二十多年前，跟李成隔着两户人家的庞老婆婆栽到里面淹死了。她死了不到半个月，那口井枯了，何首乌也死了，像它们都在等着庞老婆婆一样。

这时候，杨浪从枯井旁边迈过水沟，贴近后门。年深日久，松木门板"惊"出指拇宽的裂缝，他能很方便地看到里面的情形。里面堵着一口土灶，黑森森的，还能有什么情形？但杨浪看的，就是那口灶和灶孔前的柴旮旯。

他想象着某天夜里在这里发生的事情。

真的发生过，抑或仅仅在传说中发生？

如果真的发生过，且是夏青自己说出去的，杨浪相信，夏青不会去说给别人，只可能去说给邱菊花。她有很多委屈，找不到人诉说，就去找到保妈。每次上街卖菜，她都会捡最好的留下，去送给保妈，她多半就是在给保妈送菜的时候说给保妈听的。当然，那要等李成不在家，或者她打电话直接叫保妈出来。她忘记了保妈是保爹的女人，也忘记了保妈和她都是女人，同时忘记了她是比保妈年轻许多的女人，她在保爹那里受到的委屈，变成了保妈的委屈，而且比她的委屈更加凛冽，更加遒劲，更加无可奈何因而也更加悲凉，她以为保妈的满堂儿孙绝大部分都在身边，丈夫也在身边，就能找到人听她诉说，让委屈轻易得到排解，不知道类似的委屈越是亲近的人越无法说，于是只好带着刻毒的怨恨——本来是怨恨丈夫，却最终把所有的怨恨都转移到了夏青身上——去说给外人，说给天下人。

如果是这样，话就是从夏青口里出来，在邱菊花口里传播。

话的腿长在人的嘴上，从夏青嘴里出来时，或许是原封原样的，传出去后，就走样了，再经过口口相传，就走到十万八千里去了。杨浪觉得，事情如果真的发生过，只应该发生在夏青去送年礼的那天夜里，但传来传去，深夜变成了凌晨，做饭变成了煮猪食，而且编排得那么有鼻子有眼……

里面很黑，看不见灶台那边据说是李成攀住它爬起来的烘笼。杨浪知道李成的伙房里有个烘笼，粮食收回来又逢雨季的话，就把烘笼架在临时砌的石灶或砖灶上，将粮食倒进去用炭火烘干，用了几十年，补过好多次，重得像口铜钟，那颜色也正是古铜的颜色。李益带人来收东西的时候，连电视机也不要，不可能把烘笼搬走。到了街上，烘笼毫无用处。它应该在，但是看不见。看不见也就罢了，可杨浪总想看见。他不仅想看见那个烘笼，还想看见李成是怎样被夏青推倒在它旁边的。这是偷窥，他知道，但他并不脸红，因为事情过去好久了，他其实是啥也看不见。

真正让他脸红的，是偷听。别人偷听是当场偷听，他不需要，每一种声音都能在天宇间保存，什么时候想听，打开按钮听就是。

由于不相信，使他尤其想追寻真相，也就尤其想听。

但他最终没有摁下那个按钮。

他怕。怕听到那种声音——让千河口失格，也让乡村失格的声音。

而且正是那些声音，让李成离开了……

他拿起扫把，将井台周围，那条水沟，以及李成的房前屋后，仔细清扫。

当他把中院和西院都打整完毕，已到三月底了。

他的手上起了很厚的茧子，有些茧子被磨破，痛得钻心。

他准备休息两天，再打整东院。

对杨浪所做的事，夏青并不知晓。她种的田地都在东院以东，李成离开后，她便不再往中院和西院那边去。

其实杨浪也有二十多天没看见夏青了。他只在夜里听到夏青的声音。能听到就好！对现在的他来说，夏青的声音已成为声音中的声音，可以让别的一切声音失去意义，也充满意义。

这样说，不仅因为在而今的千河口，除了他就只剩夏青，还因为：夏青曾跟李成一起，帮他收拾过屋子。那是很多年前的事了，那一年的那一天，那一天的那个黄昏，李成想把"跑跑女"林翠芬带给他，先和夏青进了他的屋，帮他收拾了床铺、地板和灶台。床铺是夏青打整的,那天李成回到堰塘边碰见他,就对他说过,李成不说,他也知道。歪斜的席子拉得很周正,铺盖叠成豆腐块儿,还把枕头平平展展地放在铺盖卷上,露出干净的一面。只有女人才会这么细致。何况他听得见那声音——夏青抖搂被子的声音。他知道,自己不该去听,可是,在他稍不留神的时候,那声音就长着舌头,撩进他的耳孔。这让他觉得自己很不洁,甚至很卑鄙。

九弟死那年,三个光棍兄弟在七月的那个下午一起喝酒,贵生让他学沈小芹叠衣抖被的声音,他突然有了怒气,善心的九弟以为是老让他学他从未得到过、跟他没有任何关系的"跑跑女",伤害了他,这方面的原因不是没有,但他之所以发怒,主要是针对自己。那一刻,他又听到了夏青为他抖搂被子的声音……

除了那种让他别扭和心烦意乱的声音,他需要夏青各色各样的声音。

现在尤其需要。

可这天夜里,也就是杨浪打整完西院的这天夜里,到很晚的时候,夏青的屋子里也没有任何声音。只有黄桷树旁边的畜棚里,传来猪牛喊饿的哭叫。她又养了五条猪。未必还在地里？天空乌云密布，黑得天地一统，她不应该还在地里。

意识到这一点，杨浪的心乱糟糟的。他躺在床上，几次披衣起来，想去看看，觉得不合适，又躺下了。然后他听见外面起了风。风像一支夜袭的军队，开始只隐隐作响，一旦得手，便鼓盆击缶，狂呼乱嚷，躯干空洞的黄桷树，枝桠倾覆之声如大河咆哮。这加剧了他的不安。他心一横，穿上衣服，跂上鞋子，开门出来。出门就接连打了几个摆子。风寒刺骨。饱含雪意的彤云在空中飞驰。

都到三月底了，还冷得这样不成体统。

在他打扫院落的二十多天里，太阳是出过的，尽管太阳也怕冷，每次都出来得很晚，且出来露个面就回去了，但毕竟出过，并让天气暖和了许多；因这缘故，有的树木已抽新芽，小草也怯生生地张开了眼睛。——今晚却又刮起这么割人的寒风。说是冻桐子花的第二个冬天吧，又早了些。是第一个冬天还没结束么？或许是。

杨浪把衣服合拢，顶着让他换不过气的烈风，走到夏青的屋前。

脚下"噗"的一声。

是他惊扰了歇在门口的几只草花鸡。

夏青当真没有回来。

杨浪伸出手,摸到了门钮。门钮上挂着锁,锁针插进锁眼里。

寒气透骨。他觉得时间在他心脏里停了一下,他的心跳也跟着停了一下。

"不可能……"他想。

他想的是,夏青不可能也像李成那样,阴悄悄就离开了村子。

绝对不可能的,她的猪牛还在。再怎么她也不会丢下她的猪牛。何况她种了比往年更多的庄稼和蔬菜。

算算日子,今天不是赶场天,她不会在街上还没回来。

杨浪有一种不祥的预感。

他立即返身回去,换了双鞋,穿过屋后的坟林,朝后山爬去。他并不知道夏青白天在哪里干活,也缺乏李成对夏青的那种了解,但走向更高的地方,仿佛是山里人的本能。他这时候才觉得应该有把电筒,没有电筒也该舞个火把,他自己是不需要的,只要在千河口地界,他无处不烂熟于心,伸手不见五指的黑夜也能走得稳稳当当,何况刚才的那阵大风,把阴云赶走了好多,几颗高远的星星慈悲地吐放着微光。可此时此刻他是去找人,那个人不一定在路上。他边走边犹豫,是不是应该回去做个火把来,犹豫着却没有回去,是不想耽搁一分钟。

他走的路完全正确。爬了大约二十分钟,他听到一声喊:"杨浪!"

风弱了些,但还是呜呜乱鸣,那声喊刚一出口就被吹散。

不过杨浪还是听得明明白白,这是夏青的声音。

虽然听清了,他还是有些陌生。他这才注意到,夏青平时很少喊他,或许根本就没喊过他——既没喊过他名字,也没喊过"那东西"。

"杨浪!"又是一声。

那声音从头顶上的夹夹石传来。

他迈开不灵便的腿,气吼吼地往上跑。

夏青坐在路当中。这条路从两块巨石的夹缝中穿过,低处可拉过一头牛,高处宽不过五寸。

她摔了岩,两条腿肿了,不能下地。万幸的是,没像当年的九弟那样还摔伤了脑壳。她是在酸梨树坡摔的,一个多钟头前。从酸梨树坡到夹夹石,要下两段败叶覆盖的土坡,还要下一段石梯和土路间杂的陡坎。那几处地方她是倒挂着爬下来的，爬到这里再也爬不动了。

"只有我背你了。"杨浪说。

夏青没做声。

杨浪蹲下去，把她往背上捞。夏青的牙缝间，不停地挤出咝咝声。

杨浪使了很大的力气去背，可他差一点向前栽倒。

他觉得自己背着的是一片树叶。

风声止息，只响起杨浪一轻一重的脚步声。其中还有夏青的脚尖刮着地面的声音。尽管夏青的个子也是小小的，但杨浪实在太矮，又背着她走下坡路。

"李奎对我小栓好，"夏青突然说，说得没头没绪。

"……唔……"

"他妈叫他不要小栓了，可李奎还是要他。"

杨浪想问：李成呢？李成叫没叫李奎不要小栓了？

可他没问。他又只回了声："唔。"

背回家，放在伙房的灯光底下，杨浪才看清夏青的两条腿肿成了啥样子。那样子就是不成个样子。像架在火上烧过。

"今晚上不能去给你弄药……"

375

"弄啥药！不要弄药。没伤到骨头，我晓得。过几天，肿一消就好了。"

杨浪木了一下，转身出门，回到自己家里，提来小半胶壶白酒。

"你自己用手揉一下。"他说。

"嗯。"夏青说。

"杨浪，"夏青又说，"我的草花篮还在酸梨树坡。"

杨浪再次出门。

到了酸梨树坡，他老半天才找到夏青的草花篮。在一重岩坎底下。岩坎底下是不足两米宽的艾蒿地，如果弹出这片艾蒿地，就是七八丈高的石壁，石壁光光的，浸水在石壁上流，青苔在石壁上长，青苔泛绿的时候，石壁就是绿的，青苔萎枯，石壁便黑如锅底。如果背着花篮的夏青再翻一转，她从此就没有声音了。

花篮上捎了一大转草，藤条缚着的，没有散开。

他感觉草花篮不知比夏青重了多少倍。

"未必她是蚂蚁变的？"杨浪想。

或许，她就是一只蚂蚁。蚂蚁才能搬动比自己重很多倍的东西。

进了院子，杨浪把花篮放在夏青的阶沿上。

夏青说:"杨浪,你帮我喂喂猪牛要不要得?"

杨浪又把花篮往院外的畜棚背。

夏青说:"不要,上面是牛草,下面是猪草。"

杨浪将藤条解开,把牛草捞出来,抱着走了。

皮面上的草冻得硬翘翘的,跟猪草接触的地方,焐得暖暖和和。草香在他怀里跳荡、弥漫。每把草都用草要子缚住,杨浪走到牛槽旁边,先将草放到地上,一把一把解散,抖松,再丢进漏斗状的木槽里去。这头牛他从没喂过,连看到它的时候也不多,可是它认他,它弯着脑袋,用短促的角,轻轻地,又无限深情地蹭他的手。几步过去就是猪圈,猪听到人声,昂扬地欢叫着,可人声在牛圈那边就停住了,老半天也没去理它们,昂扬变成了委屈,欢叫变成了哭喊。杨浪加紧把牛草收拾完,立即回转,从锅里舀一桶猪食,桶柄往肘上一靠,提着走了。多年没干过这活,加上脚跛,累了那两趟更跛,一路上泼泼洒洒。

牛闻到猪食桶里的水气,顿时忘了吃草,朝从圈外路过的杨浪蹦跳着,喷着鼻息。鼻息突突地冒着火烧火燎的热烟。它是渴慌了。杨浪将猪食倒进石槽,又去下面还没翻犁的冬水田,提来满满一桶水,给牛喝。牛将嘴筒扎进桶里,只听吱拉一声,水桶罄尽。他又去提来一桶,牛才喝够了,感激地朝他摇几下尾巴，继续吃草。

走出畜棚，杨浪情不自禁地看了看黄桷树。

黄桷树的树身空成了竖着的独木舟，刚才吹那么大的风，以为要把它吹断，可是它没有断，它现在又稳稳地立着。它以这样的姿势，站立了上百个甚至数百个春秋。它的肚腹是怎么空的？不知道。比杨浪更老的老辈人也不知道。烧土炉炼钢的时候，本来要把它砍掉，可觉得它空成那样，砍下来也劈不了多少柴，就留着了；那些城里来买树的，也因为它空，把它放弃了，否则再不通公路，他们也能想到别的办法把它弄走……

"杨浪，你帮我热一下冷饭要不要得？"当杨浪提着空桶回来后，夏青说。

杨浪去生火，为她热饭。

"杨浪，你等着我吃完饭，把我背到床上去要不要得？"

杨浪说："唔……你吃，我先回去一下，等一会儿我过来背你。"

"按理我比你晚一辈，我不把你叫浪爸爸，你生气吗？"

杨浪难得一见地笑了笑，"那都是好多年前定下的辈分了，"他说，"最近至少三四代人，我们两家都没有过姻亲，还有啥辈分不辈分的。你随便叫。"

"我也是这么说呢。"

说过这句,夏青沉着眼睛。趁这空当,杨浪出门去,回了自己的家。

他在家里静静地坐了一会儿,又过来背夏青。

"我吃了一大碗饭,更重了。"

"你不重。你太瘦了。"

"再瘦,骨头也有几十斤,说不重是假的。你的脚还跛呢。"

"跛倒不怕,主要是老了。"

"都不年轻了。"

夏青的卧室在地镇楼里,高于地面将近一米,杨浪撑上去,着实费了些力气。

"今晚上要不是你,我就死了。"

"没那么容易死。"

"看这天冷得,冷也要冷死。"

见杨浪没回话,夏青又说:"但我晓得我不会死,我晓得你要来救我。"

"……为啥?"

"我说不来,反正我晓得。我坐在夹夹石,连吭都没吭一声,我就坐在那里等。"

"我就在想呢,要是你吭一声……我开始在西院,后来又刮大风……"说这话时,杨浪非常自责。他觉得无论如何,他都应该听见夏青摔了岩。可在西院的时候,他却费了那么多心思,想去听李成。

小心翼翼地把夏青放到床上,帮她理好被子,又从缸里给她舀来一碗水,放在她的床头柜上,杨浪才离开。

接下来的几天,杨浪为夏青喂猪喂牛,煮饭洗碗。应夏青的要求,他还在她床头放了个便桶,夏青靠手的力量,能够挪到那便桶上去。

让夏青心安的是,她摔岩的那天,到后半夜,云又聚起来,接着开始下雪,几天来一直没停过。整个冬天都没下过一场雪,季候上的春天走了那么远的路,雪却下得扯天扯地,千河口银装素裹,竹木断裂之声此起彼伏。在这样的雪天里,是不适宜也没办法去坡上干什么农活的。

幸亏她种的萝卜那么多,杨浪将开积雪,捡萝卜缨子割,猪牛就有的是吃的。猪还是嫩娃子,萝卜缨子辣,不喜欢吃,可不吃又饿,在槽边转来转去地哇哇叫,杨浪可怜它们,就翻红苕藤割,夏青地里的红苕藤也多得是。

夏青的腿确实没伤到骨头,几天后,肿消去大半,她可以勉强下地了。

这反而让杨浪为难,他不知道自己是否还要为夏青做饭。

夏青说:"杨浪,你还要帮我弄几天猪牛草。"

杨浪说:"那还用说。"

夏青说:"杨浪,你还要帮我煮几天饭。"

杨浪说:"唔。"

夏青说:"杨浪,你给我煮饭的时候,为啥不把你的一并煮上?我不缺那点儿米粮!"

杨浪没言声,但他照夏青的吩咐做了。

这样,他就跟夏青在一张桌上吃饭了。

这天吃晚饭的时候,夏青突然说:"杨浪,你能帮我做一件事吗?"

杨浪一时没反应过来。他想,这些天来,我不是一直在帮你做事吗?

夏青放了筷子,脸色变了,声音也变了:"你帮我……帮我……学学志刚说话……我只求你学这一回,随便学几句,我听听就好,听了这一回,我就把他丢开了……"

那天夜里又刮大风,又是乱云飞渡。

云动天不动。大风过后,天空晴朗。

星星越聚越多,银河灿烂奔流。

子夜时分,风刚刚停下来,杨浪突然听到一个声音,缥缈、奇异而神秘。

那是许许多多年以前,那个披发跣足的女人栽水的声音。

接着声音变幻,由远及近,宏阔苍凉。

那是千河口的先祖们,在齐声传颂中院外竹林里那块卧碑上的碑文——

碑阳:

吾本南人,鱼米生鲜。汉河纵横,九曲连环。不为世巧,不为戚怨。和邻睦里,孝悌为先。贼兵突至,荒岁相接。倾巢之下,安有完卵。廪无余食,藏无积帛。群凶害直,血溅钩帘。于西窜迹,一步三顾。鹤响难留,逸隐地偏。故里千河,托名此间。草木际野,目与色共。地大物瘠,以勤以俭。斩荆伐木,寒耕暑耘。松明点灯,麻布为衫。互为表里,结庐三院。共济同舟,固有内外。开济明豁,宏深包含。恩及卑众,禽鱼自安。河流后退,岸上即河。桑梓天涯,重开井泉。人得其所,乃怡乃欢。继属千秋,瓜瓞绵绵。孰播其馨,勿忘其源。志于斯石,山高日远。

碑阴（录初西窜者,凡二十九名）:

刘荣	冉大九	冉美莲	许文虎	许锦华
任永健	孙轩	李义宣	李新勇	李霞
张小艳	张顺福	何巧巧	苏雪梅	杨小琼
杨富贵	罗兴元	孟慧	贺吉秋	苟佳明
高广美	姜玉兰	曹葵花	梁西海	庹家乐
鲁菊	鲁朝晖	鲁秀	蒲清明	

图书在版编目（CIP）数据

声音史 / 罗伟章著. —南京：江苏凤凰文艺出版社，2023.9
（尘世三部曲）
ISBN 978-7-5594-7146-8

Ⅰ.①声… Ⅱ.①罗… Ⅲ.①长篇小说-中国-当代 Ⅳ.①I247.5

中国版本图书馆CIP数据核字（2022）第162506号

声音史
罗伟章 著

出 版 人	张在健
责任编辑	项雷达　李　黎
责任印制	刘　巍
出版发行	江苏凤凰文艺出版社
	南京市中央路165号，邮编：210009
网　　址	http://www.jswenyi.com
印　　刷	苏州市越洋印刷有限公司
开　　本	880毫米×1230毫米　1/32
印　　张	12.125
字　　数	202千字
版　　次	2023年9月第1版
印　　次	2023年9月第1次印刷
书　　号	ISBN 978-7-5594-7146-8
定　　价	118.00元（共三部）

江苏凤凰文艺版图书凡印刷、装订错误，可向出版社调换，联系电话025-83280257

寂静史

尘世三部曲

罗伟章 著

江苏凤凰文艺出版社

目录

第一章   1

第二章   11

第三章   19

第四章   33

第五章   45

第六章   59

第七章	71
第八章	85
第九章	97
第十章	111
第十一章	125
第十二章	137
第十三章	149
第十四章	161

第一章

有那么一小会儿,我恍惚觉得自己变成了对面的女人:一位土家祭司。祭司似乎是相当古老的职业了,属于土司时代,也由土司供养。供养这个词就是她说的。这个词在我眼前立刻化为一只褡裢模样的胃。那只胃早已割除,弃在历史的深处,被时间之水泡得发白。可跟它血肉相连的人,竟还鲜活明亮。这个人就坐在木桌的那一边,和我相距不过两米。

她叫林安平。

林安平给我讲她的出生。她说的每句话,几乎都超出我经验的范畴,在她面前,我感觉自己是根生错了地方的藤蔓,茫然地挥舞着手指似的卷须。无所适从当中，我想：林安平，你是在虚构。这么一想，我终于放松下来。意识到她祭司的身份，她的话我就全能理解。祭司上通天、下通地、中通人世的职责，使她天然地获得了虚构的特权。

但这样说又并不准确，甚至不公平。她出生时的见证者，除了她母亲和姐姐，还有千峰大峡谷黄岭滩的两户邻居。她的描述来自于他们的描述，她是通过别人的描述来确证自己，也可能是别人的描述，迫使她走上了做祭司的道路。

我是这样想的。

或许我错了。我不该不信有些人来到世间，就是为了承担某种使命。

那是1968年农历七月初七。

怀胎七月的谢翠芬，打早起来，烧着柴禾，两根苞谷棒子煨在炭灰上。煨熟了，就做她和女儿的早餐。吃过早餐，她要去出工。这时候，三岁的女儿在睡觉，丈夫数月前就去了峡谷深处的满月坡，在那里修路；不是修公路，是修人行路。许多年来，峡谷地区勉强能叫路的，只有背二哥们双脚踩出的栈道，那些穿着麻耳子草鞋的背夫，驮着食盐和桐油，一路唱着相似的爱情和哀伤，迤逦前往陕西。能当背二哥的人，都是命好的人，他们有体力，累得吐血，吐出的血把路边一丛野草淹死，也只是抓把干净草，将嘴巴揩了，又接着上路。多数人身上没那么多血，更没胆量吐那么多血，便只能守在老地方，脚下无路，就四肢并用。因这缘故，峡谷地区的男女，胳膊都较常人长一大截，包括林安平，也包括她母亲谢翠芬。

这天谢翠芬坐在火塘边，听着烤苞谷的炸响，想着自己的男人。

出脚即河，河岸即山，河被山壁挤压，翻卷咆哮，杀气腾腾，而那山壁，刀砍斧削，如从云端垂落。在这样的地方修路，需借助山外送来的黄药和雷管，爆炸声撕山裂石，相隔几里，也能震碎一头老熊的肺。他会不会出意外？

每一种联想都可能成为预言，谢翠芬的男人林康，最后就死在修路的工地上。

不过这是十多年以后的事了。

在1968年这个盛夏的清早,谢翠芬想了男人,又想睡在床上的女儿。

她扳着指头,把女儿从三岁数到十五岁,十五岁就可以嫁了,但愿她嫁个好人家。峡谷地区几无贫富之别,大家都穷,睡觉是"冲壳子",也就是钻进晒干的苞谷壳中,钻进去就像尸体,不能动,否则苞谷壳流向两边,梦里都在吹风落雪;这里昼夜温差大,即使三伏天,太阳一阴,就凉得浸人。谢翠芬所谓的好人家,是男人不打女人的人家。这里的男人,累起来像牲口,一闲,就扭住女人不放,不是想女人,就是睡女人,不是睡女人,就是打女人。谢翠芬挨打的次数不算最多,却痛得最久,林康是铁匠,手也像铁一样硬,随便一巴掌,就皮肉开花。自从嫁过来,谢翠芬就难得睡个囫囵觉,一寸一寸的痛,总是把她的睡眠掐断。但愿女儿成为女人过后,不再吃她这样的苦。

想过了女儿,

又想偏厦里的猪,

土墙外的鸡,

山梁上的一块自留地……

——就是没想肚子里的那团肉。

　　想也没用，那还算不上个人。出生过后，胎毛脱净，从母亲的奶子上下来，自己能扶墙走路，端碗吃饭，也还算不上个人。到拿着弯刀砍柴，举起锄头挖地，照样算不上个人。结婚了，嫁人了，那时候算人，却也只能算半人：好些人家的房檐底下，都蹲着一张毛竹制成的轮椅，是有人出行或劳作时摔残了，成"半人"了；若轮椅空着，是那人已经死了。

　　所以对从未谋面的肉团子，谢翠芬懒得想。

　　苞谷已烤熟，弥漫着煳香。猪闻到香气，以头撞圈，尖声嘶吼。谢翠芬拍了苞谷上的黑灰，凉在小桌上，去喂猪。她边舀昨夜煮好的猪食，边骂那只养了半年却不到五十斤重的家伙：还好意思叫，还好意思发气，屙泡尿各人照照，还不晓得羞死！这么骂着，半桶发黑的汤汤水水已倒进石槽。喂了猪，又去看鸡。猪是一只，鸡是两只，一公一母，在屋外寻食。谢翠芬要去把它们收回来，否则人一出门，它们就可能被野物拖走，只在某片竹林或刺藤丛中，给你剩下一堆血毛。

两只鸡如一对夫妻,歇在李子树下。往天清早,它们跳出门槛,精精神神抖了毛,在石头上鐾几下嘴壳子,就急不可耐地找虫子、啄土坷垃。今天看来是没睡醒。那只公鸡刚学会打鸣,母鸡的颜色也才定型,它们都还是孩子。孩子瞌睡多,人和畜生没啥两样。谢翠芬有了不忍。让它们再睡会儿吧,睡了起来还要吃几口才行,一旦关进屋,就没得吃了。

青色的晨光里,她朝远处望了一眼。在这夹皮沟,所谓远处,就是高处。高处清风雅静。唯有一只乌鸦,在不知哪片密林里声声叫唤。乌鸦善学同类的叫声,还会学人说话,这时候它说的是:"还不起床!还不起床!"谢翠芬笑了一下,回身走进里屋,将苞谷壳一阵扒拉,唤醒了如虫子般蜷缩着的女儿。谢翠芬要把她带在身边。那些丛林里的性命,不仅吃家畜,也吃孩子。

女儿名叫果果。果果搓着眼睛起来,跟母亲一道啃烤苞谷,也学着母亲,不仅啃下苞谷粒,还龇着两颗小门牙,卖力地把棒子啃成渣,舌头搅拌几下,就颈项一伸一伸的,咽下去。

谢翠芬说,慢些,看梗住了。

这时候她想到肚子里的那团肉了。

她觉得那团肉像没长毛的雀子,正蹲在她心脏下面的窝里,直杠杠地顿起颈项,嘴全力张开,接纳她送下的食物,因此她尽量嚼得细碎些。

是嚼得还不够细,把那团肉梗住了么?她的肚子痛起来。

其实是心里怕,吓痛的。今天出工,是去猴头岭清理塌方,怀胎七月的妇人,累得下来吗?可不去又挣不到工分。想到工分,就不能不去。越这么想,肚子越痛。她粗糙的手掌,怜惜地在肚皮上画圈,像在安抚被惊吓的孩子,实际是在挨时间。

太阳已蹦出对面山头,古铜色的光芒,利剑似的劈下来,把山体劈成明暗两半。再不能挨下去了,她撑起身子,又去门外看鸡。

她心想鸡该睡够了,吃过些东西了。

可那一公一母,依然躺在那里,脖子耷拉着,纹丝不动。

她说:嘿,害瘟症啦?

话音刚落,那只笋箨色母鸡,抽搐几下,立起身来,摇摇晃晃朝前走。走三五步,翅膀一裂,飞上李子树,脖颈一截一截抻长,抻到极致,便开始鸣叫:喔喔喔——它自知悖了天意,鸣叫声生涩而怯懦,但它已经豁出去,叫了一声,又叫二声。叫第二声的时候,李子树也跟着叫,那叫声像婴儿啼哭。母鸡打鸣,草木哭泣,这是凶兆。谢翠芬的肚子里,像有人使劲扯了一把,撕裂般的痛,使她蹲了下去。裤子是阴丹布,穿了几年,早就汤了,这猛然一蹲,从屁股丫子破开,破到裆口。母鸡叫第三声、李子树叫第二声,她听见破开的不仅是裤子,还有羊水。母鸡叫第四声、李子树叫第三声,那团肉掉下来了。肉刚沾地,太阳的光芒打着卷,嗖嗖嗖,眨眼间从地上卷到天上。光芒一收,天昏地暗,电闪雷鸣。

这个被母鸡鸣叫和树木哭泣催生出来的,就是林安平。

她生下来就是个有罪的人。

第二章

跟林安平接触，我是带着功利的，这一点我必须承认。

我是县文化馆馆员，前些日接到一项任务：搜集千峰大峡谷独有的文化资源。原因是县里将多方筹措，斥资百亿，打造千峰大峡谷。地理学家告诉我们，神农架、张家界与千峰大峡谷，共同构成了中国华中与西南神异地貌金三角，神农架和张家界，早已名满天下，游人如织，而千峰大峡谷却养在深闺，遗世独立。经济学家告诉我们：这是对资源的巨大浪费。千峰大峡谷在我们东轩县境内，东轩是几十年的国家级贫困县，日久天长，把贫困当成了习惯，还为贫困找出振振有词的借口，比如身处山区，资源稀缺，却不知道大山大水和旖旎风光，就是最大的也是最时髦的资源。县里把这话听进去了，几番踌躇，下了决心。

要开发旅游，单有风光不够，还得有文化。风光只具有生物性，文化才能持久共享。我接到的任务很明确，既要搜集原生文化，更要学会制造文化。头儿给我打比方，说原生文化是棵白菜，你有本事，就能做出四百块钱一份的开水白菜，没本事，就只能做五块钱一份的白菜汤。头儿说他有回去某地参观，见一口枯井，当地旅游局局长掷地有声地宣称：我们准备把这口井，搞成女娲井！这就是把白菜做成开水白菜。又比如神农架，闹了多少年的野人，可至今也无人真正见过野人，这是另一种思路：不让你吃到，只吊你胃口。不管怎样，都是在"制造"上下功夫。人家有了女娲文化、野人文化，你总不能跟着人家的屁股转，说我们这里有盘古文化、外星人文化，那就闹笑话了。头儿让我多动脑筋。

既然可以制造，我当然就可以闭门造车。但闭门造车超出了我的想象力。主要是没有糊弄头儿的想象力。这次点名指派我的头儿，不是我们馆长，而是负责文化和宣传的上级领导，他曾是某名校艺术学院的高才生，毕业后教过几年书，就走上政坛。在我们以前不多的交往中，每次见面他都对我说，世上最富想象力的职业，不是艺术，是政治。

我只能采用笨办法，先搜集，再制造。

于是我挎着相机，背着笔记本，去千峰大峡谷采风。

进去就被迷住了，那河水，动处白浪滔滔，偶尔安静下来，就蓝得发翠。河岸山野，怪石奇之，林木秀之，鸟鸣于远处，云生于脚下；那云，白得空茫，有风奔驰，无风也奔驰，感觉不是云在奔驰，而是群山在急急赶路。走再远的路，也只觉腿软而呼吸平和，是因为氧气多得能舀一瓢就喝。山中多溶洞，跟随日光进去，光怪陆离，跟随月光进去，又如梦如幻。奇特幽闭的处所，正是生命的繁盛地，虎熊潜踪匿迹，猕猴随意嬉戏，水里有鲵，即俗称的娃娃鱼，海拔两千余米的葛杨村，有世界极危物种崖柏……

但我这次来，到底不是欣赏风景。风景是天赐的，给富人，也给穷人，给义人，也给小人，文化却是人的专利。有所选择，是人的智慧，也是文化的精髓。

整个峡谷地区的民众，都属土家族，特别爱唱歌，但喜好唱歌算不上独有，藏族，维吾尔族，包括黄土高原上的汉族，都爱唱歌。高天之下，人烟寥寥，世事苍茫，他们就用歌声跟自己和自己的命运说话。

何况峡谷人现在连歌也不唱了。

千峰大峡谷河只有一条，山峰却何止千座，山山相连，绵延天际。峡谷人干活，舍不得把光阴耗在路上，每到农历二月下旬，穿着半旧衣裳进山，吃杂花野果，饮露水山泉，夜里就睡在田地旁边的蓼棚里，等点完苞谷，收罢油菜，割了燕麦，接着又扳了苞谷，长长的时日就漫过去了，回家的时候，衣服烂成巾巾绺绺，周身挂着苍耳子，男人多毛的胳膊和女人半裸的乳房上，生满青苔。不过这是前些年的事了，现在干农活的少得很，我在里面转了四十多天，偶尔碰到几个，没见谁身上长青苔，却也没听见半句歌声。

继续这么瞎转，已毫无意义。

正在一筹莫展的时候，西柳乡文化站站长陈婷婷，给我推荐了林安平。

　　陈婷婷说,林安平是她小学同学,是个祭司,也是个医生,本是西柳乡人,但早已离开西柳乡,住到了土门镇。

　　陈婷婷还说,林安平是我们这一带仅存的祭司。

第三章

我没想到跟林安平见面,她会那样心生戒备。

她说,你是谁?

我回答了,还把身份证递给她看。

她说,有介绍信吗?

我又把介绍信递过去。

她说,为啥找我?

我问陈站长是否给她打过电话,她不说打了,也不说没打,脸色相当难看,眼里是山隔水阻似的拒绝。

话题无法展开,两人尴尬地沉默着。当然,是我尴尬。但直觉告诉我,坐在我对面的,是个特别的人,走进她,或许真能完成我的使命。想一蹴而就,根本不可能。没有人有义务向另一个人倾吐自己的故事,尤其是没有义务倾吐自己的内心。除非相互信任。我感觉到,信任也好,提防也好,都是一片湖水,彼此贯通,林安平在提防我之前,我是否已对她有了提防?我提防她,是因为她跟我们不一样。首先是那身装扮:头发盘在顶上,挽成髻,发髻里插一根金鸡翎、一只山羊角,脖子上套着六个渐次扩展的银圈,衣服青黑色,前胸、衣襟和袖口,都绣了花,同样是青黑色的裙子上,也绣着花。

最好的办法是不回避,我就盯住她的穿戴,请教那些繁复的花纹是什么意思。

你只对这个感兴趣?

她这么问一声,轻轻舒了口气。

可紧接着,她的眼神落下去,像她眼睛背后有个漏斗。

我正疑惑着,不知道怎样回答,她就回答我了。

这是祭司服,她说,当然,我是土家祭司,服饰也带着土家标记。然后她站起身,一一指给我看:这胸前,左绣青龙,右绣白虎;第二颗扣子以上,绣的是祥云;这袖口,绣花卉蔬菜,要是男人,就绣兵书宝剑;这裙边或裤脚,绣的是山川河流。总起来就是:头顶青天,脚踏大地,在祖宗的护佑下,依靠勤劳的双手,过上幸福的生活。我的祭司标记,在头上,也在脖子上。脖子上最小的这根银圈,是我的本命圈,其余五根,是五行圈。别人不能戴,只有我——祭司才能戴。

说到这里,她的眼睛凛然一亮。

在她裙子的中间部位,绣着一朵红花,她没说,而我非常想知道。

这朵花么?她像通晓我的心思,以这样的口气向我解释:这是人世。人世间就是个花花世界。你的衣服上同样有,无非是没绣出来,看不见,也摸不着,但并不是没有。我跟别人不同的是,别人在花花世界里逍遥、享乐和受苦,我为花花世界的人礼赞、祈祷和祭祀。我充当人世与鬼神之间的使者,调和他们的冤仇和矛盾。我为人送魂,也为人喊魂。我给人占卜、消灾、治病。我是医生,既医肉身,也医灵魂。人的灵魂和肉身是分开的,古话说,活不认魂,死不认尸,意思是,人活着时,肉身不认灵魂,死去后,灵魂又不认肉身。灵魂不认死去的肉身，证明了灵魂的不灭。花花世界里的人，对短暂的肉身看得很宝贵，生怕它吃亏，对不灭的灵魂却不闻不问，任随它遭虫子咬，被蚂蚁叮。人活得很糊涂，很可怜。

说完她盯我一眼，像我就是很糊涂、很可怜的人群中的一个。

她真是把我看穿了……

我决定在土门镇住下来。

这里是千峰大峡谷的起点，河水从镇外流过，河岸全是石头，镇上的房屋，也多用石头垒成，包括林安平住的那间。

她在那石头房子里，吃饭睡觉，开中药铺，也参神、做法事。药铺后面，有她的圣殿，供着数十尊小如一握的菩萨，还有个不知什么年代供养过祭司的土司造像。从造像看，那是个精瘦的男人，尤其是脸，瘦得只剩骨头，他整个人就是由骨头凝成的意志，他的万般计谋和消灭对手的决心，以及被传说的慈爱，都藏在鹰隼般的眼睛和又陡又窄的额头里。圣殿下去，右边是厕所，木门上用粉笔画着一个相当复杂的怪异符号，怪异得像里面不是厕所。左拐十余步，是玄祖殿，殿里的菩萨与人等身，林安平给人做法事，通常就在这里。若做大型法事，比如三月三的春祈会，九月九的秋报会，再比如祭日光天子、月光神、水神、火神、土地神等，就得去玄天观。玄天观在下游鹿走乡的龙头山，从乡场东边的桥头上去，上到一千八百米高处，有处孤零零的殿宇，就是玄天观。

第二天我又去林安平家。头天夜里，我已在网上做了许多功课，知道祭司不是随便能做的，须知识广博，儒道释三通，也是这三教的领袖。我凭自己的理解，向她阐释三教的关系，本意是卖弄一下，让她不至于把我当成只是在机关里混日子的饭桶，没想到我的一通解说，很合她的心意。

趁她高兴，我请教厕所门上的那个符号。

你不是只对我的衣服感兴趣吗？

真是那样的话，我说，今天我就不来了。

我把县里打造千峰大峡谷的宏伟规划，还有我自己的任务和行踪，讲给她听。

我为你出不了力,她颓然而又高傲地说。然后回答我:你问的那个,既然写在厕所门上,当然就是厕所的意思。但那不是符号,是文字,只是现在没人用了。

她的手抖索了一下,接着又抖了一下,像是在犹豫该不该干一件事。

最终,她从抽屉里拿出一本软面抄递给我。

翻开来,写了十来页,共三百多个会意字,旁边注着汉文,比如玉帝、伏羲、男人、女人、高、下、美、丑。说是会意字,其实好些无法会意,比如美和丑,因为各自的标准不同。我问怎样分辨,她便给我讲了个故事,说很古很古的时候,有个酋长,去遥远的地方走了一趟,带回一个女人,从此把结发妻子冷落一旁,让妻子伤心,族人也议论纷纷。这时族里的巫师出面,巫师在夜间的茅舍旁燃起篝火,让远方来的女人跳舞,舞影映于墙,巫师将影子画下来,遍示族人,族人都说:昼夜失序,好丑啊。接着让酋长的妻子跳舞,巫师将舞影画下来,遍示族人,族人都说:日月调和,好美啊。以影绘形,就创造了文字。每个文字都不单纯是一个形状,还埋藏着天地观和道德观。人不能做到灵肉合一,人创造的文字却能做到。

把本子还给她时,我说,你或许要出大力,不仅仅是帮我。

之后我每天去她那里。她不表示欢迎,但也没赶我走。

我看她给人把脉、开药。病人不多,只有在医院久治不愈的,还有被医院判了死刑的,才会来找她。以前来找我的起路路,她说,自从搞了合作医疗,可以报账,来的就少了;我这里不能报账。她的医术是师傅传的,为拿行医资格证,又去医学院读了函授。每开一张药单,签过名,她都要立起身,庄重地盖上一个大印。

我从没见过药单上要盖印的,一看,印上篆字刻着:汉寿亭侯。

这是关羽的印!

她说:关帝爷义薄云天,神鬼敬畏,盖上他的印,再恶的鬼也不敢作祟了。我的药医身体,关帝爷的印医心。有些病人在医院开了单子,把单子拿到我这里来盖了印,再去医院取药,可医院见了这印章,就不给取药了。用机器治病的医生，不懂治病救人这句话，以为治病就是救人，其实治病跟救人各是一门子事。

正这时，一个妇人进来。那妇人三十岁模样，或许有四十岁，因为她生得很漂亮，漂亮能让人显得年轻，这是老天双倍的恩典。林安平让妇人坐下，却不把脉，也不问任何话，就开单子。单子上只写着一句：出门旅行。然后盖上汉寿亭侯的大印。只要不给药，她就分文不取。妇人瞄了一眼药方，低头疾走出屋。

望着妇人的背影，林安平说：你看她，胭脂搽得多，衣服穿得少，这是男人不喜欢她了，她对自己作为漂亮女人的资本，绝望了。她的身体没病，就是焦心，是心病。出门旅行，或许能在路上碰到个喜欢她的人，她又能找回信心。

可是，随着年龄增长，容颜不再，她总有那样一天。

对我的这种说法，林安平的回答是：每个人的身体里都埋着神秘的青春，哪怕这个人再老。至于你说的，光明耀世，光阴仍亏，那是每个人都逃不过的命，但要每个人自己去悟，不悟，就消除不了幻想，跟着也就消除不了恐惧。我不过是给她一次机会。人的一生，有一次机会就够，不要梦想总有机会给你。老天已经待她不薄，她该满足。其实我是理解她的，不然也不会给她机会。她是想突破边界。道家炼丹，行外说是想长生不老，当然并没说错，但最根本的，是想突破边界：生老病死的边界。她也是。她希望自己永远年轻，永远美丽，永远被追求。

这样做合适吗？比如说，她是有夫之妇，却在旅行途中有了艳遇……

我至少没叫她一个人去旅行！

我觉得这是狡辩，想继续问下去，又怕破坏了交流的气氛，反而封了林安平的口。毕竟，她从未有过婚姻，还是通常意义上的姑娘。

其实这担心是多余的，她正等着我问。

在她心目中，人至高无上。她说，老天赐人，有人就好。她从那妇人的焦虑或者说绝望当中，看到的不是青春和爱情的流逝，而是人脉的断绝。另一方面，人在明知某些生活的趣味正离自己远去时，却不愁苦，也不设法拯救（虽然往往无效），这样的人看上去正大光明，其实是无心也无脑。一个人的生活方式并不等于生活本身，生活方式不论多么圣洁，只要无心无脑，就无任何道德可言。

原来她特别爱说，也特别想说。只是没有听众。她的听众都是她的信众，为数不多，文化很浅，除极个别跟她年龄相当，大都比她年长十多二十岁，甚至三四十岁。她需要别样的听众，包括从俗世来的听众。

现在我成了她的听众。

经过半个多月的交往，我感觉自己跟她有了默契。她也是这样感觉的。她表达这种感觉的方式，是问我一句话：你还记得我们第一次见面吗？

人不会忘记不愉快的事情，那天你不愉快，我开始也不愉快。

你不愉快是真的，她说，像你们这种县份上的人，往下面一溜达，到处都对你们笑脸相迎，我没做出那样子，你觉得受了怠慢，当然不愉快。而我，那天是盛装见你。我的服装分为三种，襆服、合服、胡服，我那天穿的是襆服，那是我的盛装，只有特殊场合才穿，平时是不穿的，你来这么多天，哪里见我穿过第二次？

我很惭愧，也很感动。只是不明白，既然盛装见我，为什么要给我脸色？反过来问也行：既然不打算欢迎我，为什么又要盛装见我？

这事很久以后我才琢磨出来。

第四章

风在传，鸟在传，河水在传。

传的都是林家生了个灾星。

说那灾星非比寻常，耳朵像扇子，眼睛像灯笼，还长着獠牙。消灾除祸最简便的办法，是将她扔进河水，或者带上崖顶，投入山谷。命定的灾星都是这样收场的，不管是人，还是畜生——像狗长单耳，猪生六爪，都是灾星的标记。

可究竟如何处置，谢翠芬决定不了。也可能是忍不下心做决定。

她等着当家人回来。

林康是三天后赶回来的，进屋时已是后半夜。他进屋做的第一件事，是点上桐油灯，从柴屹崂里摸出弯刀，再去鸡圈里抓出母鸡，垫在门槛上，一刀剁了。随后，李子树淡黄色的木渣，把刀身上的鸡血舔得干干净净。这两个敢跟天意叫板的家伙，死得却这般平常，就是像鸡那样死去，也像树那样死去。死的同时已背上诅咒，再不能投生，再也没有来世。

接着，他回到屋子，扯下挂在墙上的一团乱麻，用桐油浸了，塞进吹火筒，做成火把。他将火把点上，横在灶台上，再吹熄油灯，进了里屋。出来时，他赤着上身，手里拎着一个包袱。当他举起火把，踏步出门时，谢翠芬的声音追出来：你要做啥子？他没回话。谢翠芬的声音再一次追出来：我的女儿呢！他这才知道是个女儿。说什么女儿，分明就是怪物！他的步子更实沉。谢翠芬的声音第三次追出来，这一次是哭声，很压抑，很低。

夜晚静得像是老天老地都闭了气。其实河水的喧哗排浪般涌来，只是他听不见。他只听得见婆娘的哭声。火把椭圆形的亮光之外，是胶成块状的黑暗，婆娘的哭声穿透黑暗的壁垒，一滴一滴，往外浸。天地间只剩下这哭声,这让他心烦意乱。为啥要哭得那样低呢?他站住脚,回过头怒吼:你狗日的是羊子变的呀?要哭不晓得大声哭哇?是哪个龟儿子把你喉咙捏住了哇?这一吼,女人不哭了。她不哭,那哭声却在,丝丝缕缕,将他缠住。

他继续走,每跨一步都特别用力,像要把缠住他的哭声挣断。

他是朝河边去的。

这条贯穿整个千峰大峡谷的河流,河岸都是一样的景致:石头挨挨挤挤,不留丝毫缝隙,连根草也不长。石头在暗夜里顽强地吐出白光。夜有多黑,石头就有多白。他迈着大步,直奔河沿。只是奇怪,包袱里的东西咋不吱一声?你再是个怪物,在生死攸关的时候,也该吱一声。他使劲抖了几下,那团肉在包袱里跳荡,但就是不吱声。未必死了?死了更好。死了的话,把她扔进河里,就不是杀,是埋。峡谷地区的死人,最近这些年才是往土里埋,以前全是往河里埋,拿深腰竹篓装了,往河里一丢,死人以站立的姿势,随水漂流。水不烂人烂，烂了也就是埋了。

他没带竹篓，却带着包袱，包袱是他的衣服，尽管穿出了许多窟窿，却是他最见得人的衣服，用这衣服做她的棺材，也不算亏她。

冷气隐隐扑来，是快到河边了，固体般的浪头子，从光影里闪过。

他站在冷气的当口，拎包袱的手臂，使力画出一个半圆。

他闭上眼睛，咬紧腮帮，等待着包袱破水的响声。

响声迟迟没有传来。

因为包袱还在他手里。他没有扔。

他不甘心，要看了这怪物的模样再扔。

他蹲下身，将包袱放在石头上，瑟瑟索索的要去解开。

可他似乎还没动手，那小人儿自己就蹦进了火光里。

顿时，他惊得眼球外翻。

这孩子的耳朵不像扇子，眼睛不像灯笼，更没长獠牙。这孩子漂亮得让人心酸。这孩子是一个漂亮得让人心酸的孩子！毕竟只在娘胎里待了七个月，个头是小了些，可她身上没多出一样，也没减少一样，嫩红的皮肤底下，蜷缩着她安宁的睡眠。他就是这样想的，觉得女儿的睡眠，是被她吹弹即破的皮肤包裹着的。女儿井水、莲花和种子般的安宁，比她的漂亮更让他震惊。

火把在他手里呼啸。他站起身，将火把高高举起，像举着一面旗帜。猎猎风声里，他对着长河呼喊：她不是灾星，我的女儿不是灾星，我的女儿是从天上来的！

河水不管这些，一如既往地奔向更加狭窄的山口。

但从此以后，从天上来的，就成了林安平的符号。

当父亲把她拎回家去，告诉母亲说，我们的二女子是从天上来的，母亲就无日不对着她的耳朵讲：娃，你只是借我的肚子成了人形，可你不属于我们这个人世，你是从天上来的。妈生了你，就把你养大，你长大过后，就不要在家里待，自己回到你的仙班里去。

为了女儿，也为了家，林康给二女取名安平。

——林安平。

但这并没起到什么作用，没过多久，大女果果病了，吐绿水，绿水里夹着血块。果果刚病，猪又死了，早上去喂的时候还活蹦乱跳，下午再去就硬邦邦的了。才把死猪拖出圈，那只公鸡又死了，死之前，它努力地想往树上飞，被伐倒的李子树旁，是棵深梢的桉树，桉树根部以上丈余高处，都是光溜溜的树干，你一只鸡怎么飞得上去？你真想上树，周围到处是树，又何必死盯住那棵桉树？可是它着了魔，飞一次不行，又飞二次，二次不行，又飞三次，就这样活活累死了。

　　猪死了，鸡死了，也就罢了，果果可不能死。

　　果果都长到三岁了。果果是个普通的孩子，远没有她妹妹好看，但她是个正常的孩子，正常到人人都能接受。安平却不被接受，自她出生过后，除了那些不得已来请林康打铁的，没人再靠近林家的房子。

　　与其让果果死，不如……

　　这想法，在林康和谢翠芬心里同时萌生。

　　他们对视了好几眼，都等着对方把那想法说出来。

　　谢翠芬首先开了口。

　　她说：当家的，去……去……

　　林康生怕她说出口，因而没等她说出口，就翻身出门去了。

这一去，就第二天下午才回来。跟他一同来的，还有肖道长。肖道长是峡谷地区最具法力的端公，四方游走，居无定所，但毕竟有个籍贯，是水口乡人。林康就去水口乡碰运气，结果没拢水口，就在路上遇见他了。林康正要说话，肖道长往前一指。指的是林康身后的路，意思是少废话，快走。他像是正往林康家去的样子。

林康站住了。

他定在那里了。

愿望和愿望的达成，他从未有过这样天衣无缝的衔接，他不习惯，也不相信。

直到肖道长从他身边挤过去，朝前走出十余米，他才跟上去。

果果危在旦夕，就像行将熄灭的火，需一股风将她重新吹旺，或者要另外的火种将她重新点燃。肖道长成了林康心里的那股好风、那粒火种。可肖道长的年纪实在太大，大到老态龙钟，走路像捡绣花针，这样子走到黄岭滩，那把小小的柴禾早已灰冷火熄了。为了快，稍微平整些的地段，都是林康背着他跑。他用于作法的家什，林康接过来，挂在自己脖子上，一荡一荡地跑在两个人的前面。

即使这样，还是晚了，两人进门时，谢翠芬已在为果果备殓衣。所谓殓衣，无非是给她换身干净衣裳，穿上大人的鞋子；给夭折的孩子穿上大人的鞋，死后就能继续长，直到脚把鞋塞满，这样，那孩子就不枉来趟人世。

哭过了吗？肖道长问。他是问谢翠芬哭过没有。谢翠芬神情呆滞，一言不发。没哭就好，肖道长说，哭过就没救了。而这时候，林康正抱起果果，嘴巴大张，听了肖道长的话，张开的嘴慢慢闭上了。肖道长从布袋里取出法器，一样一样地摆设和穿戴：先是圣母娘娘画像，再是绘了牛头马面和乌牙凤嘴的桌围，之后是花冠、道袍，最后取出师刀。他摇着师刀，围着灶台，且舞且歌，从半下午，跳到次日黎明，才收了家伙，站到门口去，望着在黑暗和静寂中显得愈发盛大的山野，念念有词。几分钟后回过身，往嘴里包一口清水，走到身体僵硬的果果面前，噗的一声喷在她脸上，再盯住她的额头，右手扣成金刚指，右、左、上、下地比划，每比划一下，就念一声咒语：一划成江，二划成河，三划人延寿，四划鬼断绝！

果果的身体软了，眼睛睁开了。

肖道长拒收劳务费。这在他是从没有过的。林康感激不尽，让果果给他磕头，但他也不让。他对果果说：我来，不是为你。说完就离开了。

肖道长的话令人费解。

但不管怎样，果果萎了几天，就精神起来，从此再没生过怪毛病。

林安平也一天天长大。

伴随着林安平成长的，是母亲每天必说的那句：娃，把你养大了，你就回你的仙班里去。

峡谷地区，"大"的标准跟外界不同，外界至少十六岁，这里只需十二，这里的女孩子十四五岁就可以嫁人了。自从会数数，林安平玩耍的方式，就是扳着小指头，数她还有多长时间，就要离开亲人，回到仙班。她数得越认真，越快乐，林康就越酸楚。几年以后，她就要单门独户地去对付这个世界了,尽管她是天上来的,但终究是活在这个艰难的人世间。

怕二女将来吃亏,林康决定送她上学。

这里的孩子大多不上学,比如林安平的姐姐就没上过一天学。即使上,发蒙的年岁也没个定准,一般都不小于八九岁。林康希望二女能读到小学毕业,因此七岁就把她送进了学堂。

林安平说,许多年来,她是那学堂里年纪最小的学生。

第五章

我的手机响了。我的手机很久没响过了。初来峡谷时，手机就像害怕寂寞的姑娘，动不动就唱歌。是县城的老朋友让它唱的，他们约我喝酒，打牌。我们的业余生活一直是这么过，现在我不得不缺席了。我不想说自己在哪里，更不愿透露在干什么。头儿说给我半年时间，我希望在这不长不短的时日内，能弄出一个像样的方案，如果早早嚷出去，最终却遭弃用，就要被嘲笑了。我知道自己越来越脆弱，怕人嘲笑。我对每一个电话撒谎，不是这样事就是那样事，总之是不能赴约。很快，他们把我忘了，忘得像水洗过，再不跟我联系。何况现在天还没亮明白，也不是城里人的作息方式。这样的作息方式只属于山区。

我租住在一对老夫妻家——其实两人都才四十出头，却带着大群孙儿孙女，最大的孙子已经十一岁。可见人是被后人推老的。这对夫妻也自以为老，动不动就是我这老头子、我这老太婆，像他们过得太难，现在终于混老了，很是欣慰。他们来自半山，在镇上买了房，儿女出门打工，老两口带着孙子辈在镇上念书。凌晨四五点，就常听见他们的电话响，无一例外开着扬声器，铃声大得吓人，说话的声音更大，不是说，是喊，连对方说啥我也能在隔壁听得一字不漏。

可是谁这么早给我来电话呢？

不可能是我老家的人。我老家也在东轩县。东轩县分上五区和下五区，千峰大峡谷属下五区，我老家属上五区。所谓五区，就是五个乡镇。比较而言，上五区是殷实之地，物质生活确实更为优渥之外，更大的不同在于，上五区即使也是山峦重叠，山口都朝向外面的世界。若走水路，上、下五区相距不过四十五公里，走旱路稍远，但也不会超过六十公里，可上五区人说起两百公里外的重庆，说起三百公里外的成都，都像说着眼前,而说到下五区,就像说着天外,距离遥远,时光的苍茫。他们被时光扔下了,不像上五区跟时光同步。因为同步,早已开发和融入,早就知道不大清早给人打电话。说是亲人有急事么,我已没有亲人在老家了。

我想,给我打电话的,只能是林安平。

结果不是。

是她同学陈婷婷。

陈婷婷问我找到林安平没有。

这话让我恍然如梦。差不多一个月前,她给我推荐了林安平,而且据情形判断,我去找林安平之前,她还帮我联系过,现在才问找到没有。

我把情况大致讲了,陈婷婷格外惊讶:啊?

我能想象出她"啊"那一声时的样子。她脸胖,唇薄,说话很用劲,每说一句,都把上唇一掀,鼻头一皱,顶住滑落的黑框眼镜。

千峰大峡谷的五个乡镇,除已经提到过的西柳乡、水口乡、鹿走乡、土门镇,还有风源乡,五个乡镇的文化站里,我最熟识的就是陈婷婷,她是县政协委员,每次到县里开会，都到文化馆来，讨要些我们编辑整理的书。啥书都要，只要是书。

其实那些书里的不少内容，都来自她本人的讲述。她是个有心人，去山上割野菜、挖药材（药材也是野菜，党参到处是，乡场上的人喜欢挖来炖鸡），撞到茅草丛中一段几米长的石墙，也要打电话给我们报告，不管我们的态度如何，她自己都满山满岭寻访老者，探究那石墙的来历，得出的结论是：那不是墙，而是古道遗迹；非一般古道，是荔枝古道。她说当年杨贵妃吃的荔枝，是从四川广元送去的，途经东轩、万源、镇巴、安康到长安。想想，杜牧描写的"一骑红尘"，就从我们东轩县奔驰而去。如此，那段残墙就越千年风雨，直通大唐。

凭良心说，要说制造文化，陈婷婷并不输给头儿讲的那个要把一口枯井搞成女娲井的旅游局局长。进入峡谷之初，我就想到过她，但我认为，她说的那些，编进并不公开发行的书里是可以的，要正儿八经纳入一项工程，就渣了。你总不能拉着游客，天远地远走到深山更深处，就为看几块垒起来的石头。那会引起游客的敌视。前年我去某地游览，跟随旅游团，早上六点起床，颠簸五个多钟头，去到一个比普通堰塘还小的水池边，导游举着干喇叭动情地讲述，说王母娘娘在这池子里洗过澡。像王母娘娘洗了澡刚离开，那导游还伺候她穿了衣裙。

我当时就很反胃。我想，既然头儿把任务交给了我，我就希望自己发掘出来的文化，包括制造出来的文化，不这样漂浮无根，而是带有某种体验性，能在生活和心灵中流淌。

可是，陈婷婷由一段残墙，想到大唐，想到贵妃，想到荔枝、奔马和烟尘，想到"在天愿作比翼鸟，在地愿为连理枝"的绝世爱情，难道与心灵无关？

或许，我的想象力真是很稀薄的，我只是在嫉妒陈婷婷。

有时候我想，如果头儿知道有陈婷婷这么个人，就不会指派我了。

越这么想，越不愿见她。

如果不是进峡谷四十多天还一筹莫展，我肯定不会跟她联系。

不过幸好联系了,否则我就不会认识林安平。

对陈婷婷给我推荐了林安平,这些天来,我一直心存感激,尽管她的推荐完全是我引导的结果。我并没向她透露自己的真正目的,只说这段时间闲,想来峡谷找些"文化活体",跟他们聊聊。她一如既往地,说到耍狮子的、跳钱棍舞的、打薅草锣鼓的……那些人我都见过多回。也可能是见得太多,我感觉不新鲜,更不"独有"。但除此之外,她就想不出别的人了。中午时分,我们去吃饭,席间谈着网上八卦,她问那算不算文化,我说算,她又问那种文化是不是正意味着文化的堕落,我说不是,我们的文化太重,而且依赖于重,久而久之,就失去了轻的能力。说到这里,我突然觉得,她的那些考证,比网上八卦更离谱,我的话也并非真心,而是暗含着自我辩解。在这一刻,我们都走向了自己的反面,却都做出真诚执着的样子。不如执着到底。于是我说:传统文化追逐典型,现代文化不要典型,只要例外。

可能就是这句,让她想起了林安平。

林安平是祭司,且是仅存的,当然例外。

我正感激着她呢,她却"啊"这么一声。

"啊"一声过后,她问我见到林安平的女儿没有。我说还没有呢。林安平早给我讲过,她有个养女,叫林芳,在鹿走乡卫生院做护士,不忙的时候每周回来,忙起来两三个月也不回来。她说自己领养过十多个孩子,养大了就让他们远走高飞,只把林芳留在了身边。

听说我没见到林芳,陈婷婷似乎很遗憾,吞吞吐吐几声,就把电话挂了。

这个电话在我心里留下了一丝阴影,说不清阴影的方向,但它存在。

可吃过早饭,我又找林安平去了。

走在清冷的街道上,我揣摩着陈婷婷的意思,揣摩不透,就放下了。我只是觉得,自己跟陈婷婷其实是一路人。我们都是在考证某一段痕迹。这段痕迹存在过,现在被遗忘了。从这个意义上说,陈婷婷发现的那段本没有名字的残墙,比荔枝古道更重要,荔枝古道还活在传说中,而那段残墙早就死了,曾经摸过它的手,化为连天荒草。我们都是死人的后代,死去的不仅是先辈,还有自己身上的某一部分,所以我们也是自己的后代。

人人如此。

我把这想法讲给林安平听。

她略微思索了一下,说:你这是把时间分出段落了。时间没有来路,也没有尽头,因此每个人的每时每刻,就都处于时间的中心。比如我,她说,我的出生,还有我七岁那年走进学堂,都不是发生在多年以前,而是今天,是此刻。

——她进的那个学堂,师生共三十四人,但开学第二天,变成了五十六人,多出的,是部分学生的家长。他们是来要求清退林安平。没人相信她是天上来的,只知道她是灾星。校长传话,让林安平的父母去,当众描述女儿出生时的景象。

父亲没有发言权,因为当时他并不在场。只有母亲来说。

母亲说的是,七年前的那天早上,她正要去出工,女儿怕她受不住累,就从她肚子里出来了。只有这些了。人群中站着她的一个邻居,也是临时请来的。地广人稀的峡谷,最近的邻居也有两里多路,其间横亘着嵯峨乱石和茂林修竹,但那邻居板上钉钉,说那天他看见了林家的母鸡上树，听见了林家的母鸡打鸣，也听见了李子树的哭泣。然后他说，那年七八月间去找林铁匠做过活路的，谁见他家养母鸡了？他家里到现在都不养母鸡！谁又没看见那棵李子树遭砍了？那棵树每年结的果子把树都压趴，要不是它接灾星下世，林铁匠舍得砍？

其实我妈不该扯谎的，林安平对我说。

你觉得是你妈扯谎不是邻居扯谎？

当然啦！她眼睛一瞪，这样回答。

之后告诉我，她出生时，不仅有那些众人皆知的征象，后山一棵浓荫盖地的黄桷树，叶子落得像下暴雨，歇在枝叶间的鸟，全都坠地而亡。

关于那天的事情，她像比所有人都更清楚。

可在当时，要不是肖道长，她就读不成书了。肖道长啥时候游走到了学校，站在操场外的杨树底下，无人知晓，听见他沙哑的声音，才注意到他。那个沙哑的声音说：七主地势临渊、以寡服众，林安平的命里，不是一个七，是四个七，在娘胎里待七个月，七月七日出生，七岁上学。天一地二，天三地四，天五地六，天七地八……你们以为说她是天上来的，是胡说？

肖道长德高望重，他的话，让弥漫在人群中的愤怒被风吹散。

可肖道长毕竟太老了，很可能老糊涂了。这是许多人的看法。因此，林安平虽然入了学，却被安排在最后一排，单独坐。

同学都不跟她玩，和她对面走过，立即别过头，或者用双手蒙住眼睛。他们在家里就受到父母的警告，说如果跟林安平对看，就会被她吸了魂，慢慢失了元气，变成纸人，变成鬼——还活着的时候就变成鬼；疗治的办法只有一个，就是戳瞎你的眼睛。真有个男同学的眼睛被他母亲戳瞎了。那同学不信邪，偏要盯住林安平看。林安平自己也怕吸了别人的魂，因为她不知道把别人的魂吸来干什么，又装在她身上的哪个地方，跟人路遇，她自己都会躲。可那男同学不让她躲，她躲到东，他就跳到东，她躲到西，他就跳到西，她闭上眼睛，他就去扯她头发，扒她眼皮。她哭了，说：我给你妈告！她当然没去告诉他妈，是那同学自己说出去的。过了两个礼拜，他发现自己既没变成纸人，更没变成鬼，就忍不住，骄傲地把这事讲了。他母亲闻言，怔在那里，然后去撕下一棵洋槐的老刺，把儿子往怀里一抱，只听噗噗两声，儿子的两个眼球便流出红白相间的液体。

但没有人认为那男同学的眼睛是被他母亲戳瞎的，都说是林安平看瞎的。

那一年，林安平读到了小学四年级，还有一年多才毕业。

在这一年多时间里，她被同学随便打。她不仅是有罪的人，还成了魔鬼。打魔鬼是每个人的义务。都是从背后进攻，擂拳头，或者扔石子。有几个同学不满足于这样，因为打人的主要乐趣，是看清对方脸上的恐惧，从背后却看不见。

于是他们聚在一起商量：她的眼睛那么厉害，何不给她戳瞎？

我的眼睛看三界，哪是想戳瞎就戳瞎的？林安平对我说。

但我想的是，要戳你的眼睛，必须看着你的眼睛，他们不敢看，才没把你戳瞎。

当然只是想，并没说出口。

我差点出口的话是：陈婷婷也打过你吗？

第六章

峡谷是化外世界，时日慢得慌，可在林康和谢翠芬眼里，那些年的时间比河水跑得还快，眨一下眼睛，女儿毕业了，再眨一下眼睛，女儿该回她的仙班去了。

林安平十二岁生日这天，她父母都没去出工。

那时候，外面的土地已经下户，但峡谷人不知道，峡谷的土地还捏在集体手中。林康和谢翠芬却都没去出工。他们要守住女儿。守最后一天。

那天夜里，林安平也是睡在父母的床上。

最好是天不亮，永远不亮。

可天还是亮了，跟往天一样准时。

林康拿出两圆备好的鞭炮，送女儿上路。

从路程上说，林安平倒并没走远。黄岭滩以西，有个不知何年修的小庙，年深日久，既无道士僧侣，也无香客光顾，墙面塌了半边，门扉也烂得没了形迹。但这无关紧要，遮不住风，能挡雨就行，晚上在外面烧堆火，吃人的野兽也不敢拢身。

林安平就在那里安家。

离家的当天，她就回来了。但不是以女儿的身份，是以徒弟的身份。

这是林康的主意。林康舍不得女儿，便想了个办法：让女儿跟他学手艺，这样，女儿就能经常回去了。他不收女儿学费，还每天给她五角工钱。

我学得很快，林安平说，才学四个月，我就能甩鞭锤。她把铁匠用的小锤，叫问锤，大锤叫鞭锤。她说打铁的全部学问，在于会听，听谁？当然是听铁。你先用小锤问它，看它怎么答你，以什么声口、什么心情、什么态度答你，你听懂了它，甩起鞭锤来就丝丝入扣。甩鞭锤的难处不在于它沉，而在于要会使巧力。世上的难事，从来就不是难在事情本身。说这些话的时候，她把上身倾前来，两条长臂盘绕在桌上，看上去像有许多条手臂。

幸亏学得快。第二年四月间，她父亲林康就死在了修路的工地上。黄药雷管高于雷阵的爆炸声，震垮了悬垂的巨石，林康被压在巨石底下。把石头粉碎后掏出的尸体，是一张牵牵连连包裹着碎骨的碎皮，还有深坑里那个仿佛是人的形状。埋他，就是埋掉了那张碎皮和那个形状。遗憾的是，起出那个形状时，形状也碎了。

他做事天理不容，峡谷人说，把一个有罪之身养了十二年，还让罪人跟他学艺。

林安平自己，完全认同峡谷人的看法：父亲是因为她死的。

她母亲和已出嫁的姐姐，又完全认同她的看法，并因此恨她。

母亲给了她一套锅碗瓢盆，断了她的归路。从此，她真正成了无家可归的人。

好在还有那个破庙，还有父亲的那套行头。她把父亲的行头继承了，因为母亲不想放在家里，怕看着伤心。只是，她的手艺再好，峡谷人也不会去找她。

无奈之下，她把铁匠铺搬到了峡谷之外。

从西柳乡,一路过风源、水口,鹿走、土门。

过了土门,就不属峡谷地带了。

距土门几十里外,有个乡叫华锦,许多高悬庙堂的史书,也要记述这个地方:华锦出美女,从唐至清的数代君王,都在这里选妃子。按陈婷婷的考证,早于唐千多年,站在商纣王身旁观酒池肉林、赏炮烙之刑的苏妲己,就是华锦人。陈婷婷说,苏妲己在家乡时,清纯快乐,可十四岁那年的某一天,她在河边洗头发,被一骑快马掳走,快马如风,风声止息,她已进了纣王宫,从此忧愁苦闷,见纣王荒淫无度,更是万箭穿心。她知道逃跑是不可能的,便心生一计:引诱纣王还荒淫些、再荒淫些,以此促商速亡。两年前,我们到华锦搞文化下乡活动,各乡镇文化站站长也参加了,中午休息时,陈婷婷领着我和我的一位同事,沿河走三里多路,到一处形如鸭嘴的河岸,指着一块石头说:妲己当年洗头发,就蹲在这块石头上。

十二岁的林安平,当然不知道这些。

她只觉得华锦人有一种从骨子里透出的傲慢。这不是看出来的，是感觉到的；她始终低着头，不看人的眼睛。见这么小个孩子，且是女孩子，独自在一棵大榕树下，架着砧板，扯着风箱，那些人便围过来，围一会儿就散开。她把带来的一把旧锅铲伸进炉火，让铁变成飘逸的丝绸，随着锤子的几声叩问，丝绸还原为铁，还原为锅铲——更加漂亮的锅铲，那些人依旧是沉默地看着，然后沉默地走开。

夜里，她睡在榕树底下，搂着风箱和铁锤。

十天过去，她没做成一件生意。

就在第十天晚上，林安平说，我做了个梦，梦见有个人来到我身边，抖着白胡子说话：林慧静，你要当一辈子铁匠吗？你忘了自己的职责吗？他是谁？林慧静又是谁？但不容我问，我像被人牵着，站起身来，朝前走。路是黑漆漆的路，可每一脚我都踩在该踩的地方。我就这样走进了峡谷，走过了白天，又走过了晚上，都是迷迷糊糊的。当我清醒过来，发现到了一间木屋前。木屋单门独户，立在山尖子上。那时候正有恶风路过，再骄傲的树都弯腰让道，有些树因为弯腰不及时，当即折断。山野鬼哭狼嚎。可我面前的简陋木屋，一点事儿也没有，连挂在挑梁上的蛛网，也平平静静，一只黑蜘蛛趴在网心，安闲地睡大觉。潮头一样的风声里，有个苍老的声音从木屋里传出来：林慧静，我等你好久了。

她推门进去，看见了躺在床上的肖道长。

肖道长成了我的第一个师父，林安平说，慧静是他赐给我的法名。

肖道长那时候已久不出门。

他着实太老了，老得不知年岁，身边又无妻室儿女（若干年前，他女人生头胎时死于难产，他便再没婚娶），峡谷人都以为他死了呢，都把他当成死人在传颂他的神迹呢。

做端公驱鬼，只是他最浅俗的法事。老辈人记得，有年大旱，草木枯焦，河水断流，接连几十个夜晚，都听见狼群对着月亮苦涩地悲鸣，肖道长着人搬了口炉缸去河边，寻上下十里，寻到半缸子水，他放三枚鸡蛋在缸里，说：上来。鸡蛋听令，浮出水面。他握住一枚，扔向头顶打天，烈日阴了，天暗了；扔二枚，起风了；扔第三枚，下雨了。瓢泼大雨。当时围观的除普通民众，还有位葛巾青衣的道士，那道士说：天本来就要下雨，哪是他的法术！肖道长气急攻心，将炉缸踢翻，对天发誓：我自废道法，永不传世！从此，那法术在人间失传。

但他还会踏炼度，就是赤脚从炭火上踏过，为罪孽深重的亡人超度。还会驱蛇，他念过咒语，叫蛇走哪条路，蛇就走哪条路。包括他住的那间木屋，狂风刮得飞沙走石，木屋却岿然不动，是因为他在屋前埋了挡风石，狂风见了这石头，知道屋里住着高人，便不敢侵犯。

我问林安平：这些手段，肖道长都教给你了吗？

她不回我，只说：师父让我行了拜师礼，陈说了我的前世因后世果，此外还给我讲了一件事。这件事是他一辈子的悔恨。

他十岁那年，峡谷来了个云游道士，姓苏，但都不叫他苏道士，而叫苏端公。苏端公跳神、祭坛、驱鬼，他往哪里一站，前五里，后五里，左五里，右五里，中五里，五五二十五里的鬼，都归他管，也归他收。车碾马踏，岩崩树打，水陆两途，胎前产后，寒林山下，室内穷魂，五音子了，这些凶魂之鬼，他全收，收回来有坛归坛，有庙归庙，并负责为他们超度。

那时候人挨饿，鬼也挨饿，苏端公怜悯人，也怜悯鬼，某些个夜间，他挑几粒饭，往山谷里撒，那饭是他慈念过的，几粒撒出去，到鬼面前就满盆满钵。他还敢斥责菩萨。有回他路过落儿山，见满山树皮都被剐掉，地上无蚂蚁，枝头无鸟叫，农民辛辛苦苦种出来眼看就要收割的庄稼，更是颗粒不剩。这是因为十天前下过冰雹，冰雹岩崩似的，下了个多时辰。落儿山有个灵官庙，苏端公走进庙门，扯住灵官菩萨的胡子，厉声质问：你是什么神？不保一方平安，不保百姓丰足，你说你算什么神？菩萨被问得情急，泪流不止。

说到这里，林安平停下来，像陷入了沉思。

几分钟过去，她才继续说：我师父十三岁那年的六月初九，去山里打柴，碰到苏端公，苏端公说，小娃子，跟我走吧。就这一句话，师父就扔了柴刀，随苏端公去了。他的法术，全是苏端公教的，但苏端公留了一手，他用这最后一手来考验徒弟。我师父二十岁那年，也是天旱，苏端公对我师父说：鹿走乡龙腾山下有个洞，洞里住着一条龙，我去请龙出来下雨，你站在洞口等我，我出来的时候，你千万不要叫我师父，要叫我天兵天将。我师父应了。苏端公傍晚进去，三更天才骑在龙背上出来。我师父见龙闪着两只巨眼，吓坏了，忘了嘱咐，高叫一声：师父喂！龙听到这声喊，立马退了回去。没多一会儿，苏端公的骨头从洞口流了出来。龙以为是天兵天将请他，没想到是个凡人，来了火气，就将苏端公害了。

这也怪不得你师父，任何人遇到那种情况，都可能失口。

见她神情苦恼，我这样安慰她。

你的话没错，她说，但……如果是故意的呢？我师父对我说了，他是故意的。他想的是，反正我会了那么多法术，只要苏端公不在，即使不学最后一招，我也能统治整个峡谷。师父说他终于遭了报应，孤身一人，还活这么大岁数，经历这么多悔恨和痛苦。包括他扔鸡蛋求雨的道法，也不是他自己废的，是苏端公的阴魂废的。"我自废道法，永不传世"这句话，表面上是他说的，其实是苏端公的诅咒——站在一旁的那位道士，就是苏端公的灵。

　　林安平喝了口水，沉默了一会儿，说：师父把这件事给我讲了，就落了气。正因为给我讲了这事，虽然他没给我传过任何一样法术，却不能说他没教我。他教了我很多。在他的影墙上，写着一个大大的"心"字。心，刀带三点，一点自己，一点众生，外面一点是邪心，所谓修行，就是把邪心去掉。师父就这样教了我。他落气过后，我想着把他埋在哪里，刚出门查看，房子就垮了，垮成个棺材模样。入棺为殓，我师父也算寿终正寝。

第七章

林安平从此再没出过峡谷。

时至今日,她也只去过峡谷外的华锦。

肖道长死后,她回到了那个破庙。她说:我需要等待再一次天启。

当时峡谷的土地也已陆续下户,但林安平没到分配土地的年龄,因此没有土地。她靠老天的赐予为生,老天扔下一个千峰大峡谷,并慈悲地养活这里的万物,她便也有活下去的理由。野山羊能走的路,她就能走,野狗能吃的食,她就能吃。后来,她学会了开荒种粮。她在荒地上忙碌时,往往抬眼就能看见母亲在田土里忙碌,想去帮母亲,但母亲不要她帮。母亲真的不把她当自己的女儿了。许多个夜晚,她悄悄溜到老屋前,坐一阵,又跑到父亲坟前去,抱住一堆土哭。父亲听不到她的哭声。这并不是因为父亲死了,她说,而是因为父亲死得不完整。

平常日子,她是这样过的:白天去荒地上站,夜里在破庙里躺。

但到了腊月二十三,连破庙也躺不成了。

腊月二十三被称为小年,从这天起,峡谷人开始办年货,最高级的年货,是杀猪和推豆腐。峡谷之外,还包括推汤圆和米豆腐,但峡谷地区是石灰质土,存不住水,因而不产水稻,峡谷人没吃过米,也不知道有米。林安平去华锦的十天,见到过米饭,但不知那叫米饭,也从没吃过,她只吃红薯、苞谷和土豆,这是她吃惯的粮食,且认为是世上最好的粮食。推豆腐要点卤水,一年到头只做一回豆腐的峡谷人,很难掌握火候,要么点轻了,要么点重了,点轻了出不了花,成一锅浑汤(峡谷人叫点醒了),点重了变黑,变硬,像一坨铁(峡谷人叫点死了)。这年马背梁的李富贵就点出了一坨铁,他抱起那砣铁,对着山梁下的破庙大骂。

峡谷人的嗓子，长着千万条腿，出口就亡命飞奔，山山岭岭迎着那条嗓子，加大它的马力，并添进新的内容：我家的豆腐点醒了。我家的猪血成不了血旺。我家的锅炸了口……九九归一，都是破庙里那个灾星的缘故。

因此，每到腊月二十二，干部就到林安平的住处，站在庙子背后（怕看到她的眼睛），喊着说：安平啊，你是啥人，灯笼一提是亮了的，就不用我多说了，这些天就委屈你啊，明儿一早，你就动身走人啊，免得乡里乡亲办不出年货啊。

于是林安平收拾行装，上山去。

西柳乡有座山，叫老黄山，高得很，把她赶到那里，她就害不了别人。

你到多少岁才不被驱赶？我问。

十七。

我想起峡谷地区的女孩十四五岁就可以嫁人，而她十七岁之前还被撵来撵去，显然无人给她提媒，更不可能有男孩追求她。

75

我把这想法对她说了。

连看都不敢看我,还给我提媒,还追求我,你这不是开玩笑?

然后她说:其实你不晓得,在这地界,找个女人难上难。这里生活太苦,老天爷怕女人吃不下那个苦,就舍不得女孩降生。我爹妈生了四个女孩,十分罕见;我过后,妈又生了两个妹妹,都是没满月就病死了。她们死后,爹妈很伤心,有时异样地看我,但从没在口头上怪过我。这是爹妈对我万万年也报答不了的恩情。爹妈可能还觉得,女人活得苦,早早病死,也是她们的福分。女人少,男人讨女人当然难,可是男人不晓得珍惜,好不容易讨一个到家里,不捧着不说,还经常打。我为啥要让男人打呢?我是天上来的,凡间的男人没资格打我!

我附和她,表示赞同。

然而接下来,她却道出了一个让我绝不可外传的秘密:她嫁过人。

她十六岁那年的初秋,有天夜里,她被麻袋一笼,横担着上了一个人的肩膀。凭汗味儿,她知道自己共上过三个人的肩膀。三个人换来换去，第二天上午，将她扛到了拐枣弯。拐枣弯住着谢旺财。谢旺财一家大小都信五毒教，信这教的人不惧五毒，锄地时，挖到蜈蚣吃了，捉到蝎子吃了，在墙上抓住蜘蛛吃了，逮住四脚蛇也吃了，所以灾荒年间从没饿过肚子。

谢旺财有四个儿子，长子谢土，一年前死了老婆，将两岁多的儿子交给父母和兄弟，就出门做生意去了。一年过后回来，身份是逃犯。他出峡谷就当人贩子，把本县的女人，卖往北方，这次回县"装货"的时候，被公安抓获。但是他跑了。他知道迟早要被捉回去，就对家人把事情说了。他爸谢旺财听罢，立即想到了她：林安平。儿子灾事太大，需以毒攻毒，他要用比五毒更毒的灾星，嫁给儿子冲喜。至于那灾星的眼睛，已经顾不得了，那年头，卖几个人就要枪毙，谢土卖了三十几个。被灾星的眼睛吸了魂，总比吃枪子儿强。

峡谷结婚，程序简单，男女去祖坟前跪拜了，就算夫妻。林安平被扛着抖了一夜，把她放下时，她只能趴着。她看见那个男人坐在阶沿上，搂住他儿子，像个女人那样在哭。他妈去把娃娃抱开，他爸拖他去坟前。林安平则被他二弟拎着,提到了坟前,还是被拎着,跟他并排磕了头,又被拎回院子里。他回到院子,立即抱过娃娃,又哭。正这时,出去放风的三弟四弟慌慌张张跑回来,说戴盘盘帽的来了。他爸去抢娃娃,叫他快跑,他死也不放,更不跑。警察很快扑来,把他捉了。这时候他很温驯,主动把娃娃递给妈,让警察戴了手铐。

带他走的时候,林安平说,他转过头看娃娃,还看了一眼我,满脸的泪水。

言毕垂下眼皮,左手拇指之外的四根指头,抽搐似的抠着右手背。这样子已经完全不像一个祭司,而是来自尘世、受过不少委屈充满无限怀想的女人。

那次出嫁,可说是她唯一的"俗世"。她的表情告诉我,绣在她裙子上的那朵花——人世间这个花花世界,她的职责虽是礼赞、祈祷和祭祀,内心却何尝不希望也如俗世之人,在其中享乐和受苦。而且我感觉到,在这一刻,她对那个男人特别想念。他是她曾经也有过俗世生活的见证,他被带离时满脸泪水地看她那一眼,成了她烫人的回忆。

没过多久,他就伏了法,林安平说。

又说：死之前，他给我写了封信，说我是自由的。

其实她并没在谢家住，谢土被带走后，她就回了破庙。抢她去是为冲喜，喜没冲成，她也就没什么价值，而且留着她，也终究是留着一个祸害。

信是给他爸的，林安平接着说，他爸讲良心，转给了我。他字写得多好的。

她拉开抽屉，抽出一本很厚的中医书，准确地翻到某一页，取出那封信，递给我看。信上写道："林安平，感谢你做我婆娘，我活不成几天了，你莫耽误各人，你是自由的。"其中有好几个错别字，字不仅不好，还很差，比林安平的字差多了。纸张是粗纤维，发黄发脆。

我把信递还后，林安平细心折好，压进书里。可当她把书放进去，关抽屉的时候，手却下得很重，像是突然间有了深深的厌恶，再不愿就这个话题说下去了。

于是回过头，说她春节前被撵上老黄山。

雪下得扯天扯地，风一吹，斜斜的如河水奔涌。茫茫雪尘盖了远山近水，世界小得只剩了眼前。每个人，每条狗,每棵树,都是孤独的。除雪花奔涌的声音,天地静寂,连穿越峡谷的河,也在浩大的落雪声里收敛自己。

野苍苍的背景下,一个黑色的人影,重浊地呼吸着,动物似的在雪坡上攀爬,越来越小,越来越黑,黑到极致,便被白吞没。这个人正月十五之前,不许下山,否则任何人都有权打她。这不比在学校挨打,在学校打她的都是跟她一样的孩子,无非是觉得她可以打,并没把打她跟自己坚硬的生活以及对生活烈火般的渴望联系起来,因此只是朝她背后挥拳头、扔石子;现在的人打她,却是往死里打。

这时节,山上不可能找到食物,她就自己背去,能背多少是多少,背得多多吃,背得少少吃,实在没吃的,还可以吃雪,吃雪尘下的草根,吃那些被秋风扫落于地、皮面发黑被动物遗漏了的坚果。她坚信自己饿不死。她说,人一旦还原为动物,就消除了饿死的恐惧,大地再荒凉,也没有一只动物觉得自己会饿死。

千峰大峡谷的山野间,有很多风洞和溶洞,住虎,住龙(比如害了苏端公的那个龙洞),住蝙蝠,住妖魔鬼怪，但更多的是住人。许多洞子都有人生活过的痕迹。凡是人住过的，在陈婷婷口里或书面报告中，一律称为"蛮子洞"，她说数千年前，里面就住过蛮子，清道光年间的白莲教起义，义军被剿杀时，也多在蛮子洞里藏身。

现在又添上林安平了。

每年的大年三十啊，她说，都有人给我送吃的来。送到洞口，就走了。我最先看到的是我妈，看到她匆匆下山的背影。后来又听到响声，我想肯定是妈又转来了，这是大年三十啊，妈要跟她女儿说几句话，尽管她不再认我这个女儿，可我是从她肚子里爬出来的，她还养了我十二年。结果不是我妈。也不是我姐，姐嫁得远，峡谷的规矩是过了腊月三十才走人户，她只有来看妈的时候才可能来看我。我看到的是别人，有的认识，有的不认识。他们给我送来豆腐，还有五花肉，都是煮熟的。他们也让我过个年。

最后一句，林安平说得声音哽咽，随后用戴满指圈——类同于脖子上的五行圈——的手，蒙住脸抽泣。

我一言不发，任由泪水从她指缝间拱出来。她像这

81

样当着别人的面流泪,大概很少很少。我只是望着门口,看有没有病人上门。自从跟她结识,我注意到,到她这里来的,只有病人,最多再加上陪伴病人的家属,从没有人来闲聊,她也从不出门去找别人闲聊。

情绪稳定后,她用手抹了脸,说不好意思啊。

我有意把话岔开,问她:你睡在洞子里,不害怕?不冷?

不害怕,她说,我经常想我师父,心里有了师父的脸面,就不怕了。也不冷,有牛羊陪我。峡谷人放牛羊,都是把它们赶上山,特别是冬天,不像峡谷外有稻草作饲料,这里没有饲料,拴在家里就只有死路一条;他们在牛羊身上做个记号,几个月后再到处去收。那些牛羊跟我亲热,晚上偎着我睡,最贴身的是小羊,外面是大羊,再外面是牛,我暖和得很,暖和得连委屈也没有。

她笑起来,笑得像刚哭过的孩子,泪花还挂在睫毛上。

正是这时候,我觉得,自己变成了坐在对面的女人。

我说，林安平，我像是变成了你。

她惊异地望着我。

原来，真有一个变成了她的人。

第八章

说不清具体从哪天开始，峡谷人敢正视她了，连言之凿凿指认她出生时诸多异象的邻居，也不再回避她的眼睛。这是一次偶然的发现。那天她去拾柴，想着苍苍茫茫的心事，完全没注意到那个邻居在松林里捡菌子，邻居跟她打招呼，她吓一大跳，猛然抬头。邻居撅着屁股，脸扭过来，朝向她。她跟邻居对视了。她迅疾转过头，又惊又恐，连声道歉。邻居宽厚地笑了一声。从那以后，类似的事情便时有发生，像老天故意用这种方法，让她知道别人敢看她，她也可以看别人。

　　她看到了人面的美，也看到了那些眼睛里的苦和乐。

这可能与老黄山有关。那些给她送吃食去的，见到了围在她身边的牛羊，如果她是灾星，牛羊都会死，可它们不仅没死，还因为她活得更好。二十多天里，不管下多大的雪，结多厚的冰，整个白天她都在找牛羊，她把它们从深雪里救出来，从危险的崖顶唤到缓坡。它们跟人一样，稍不小心就会摔残，摔死，人残了还可以坐轮椅，它们残了就跟死了一样。她把它们聚在一起，给它们开会，讲安全知识。牛羊听得很专心，还微微点头。待春暖花开，主人上山察看，只要放牧在老黄山的，都不像先前那样少了个数。

天地开放，如花。

在峡谷地区，这是林安平才有的感觉。

十八岁那年的十月间，她去了乡场。

西柳乡的乡场窄得像根皮带，北面五虎山，南面轿顶山，河水从轿顶山与场镇间流过。这一带曾是万载荒野，到光绪十一年，才来了四户人家，后来逐渐增多，成为集市，并设甲里，民国初年设乡，叫三清乡，乡长是个外地人，过不惯高天远地的日子，一年中有大半年，见不到他的影子，三清人因此过得很散漫，很自由，峡谷人把自由说成"西柳"，解放后，就改叫西柳乡了。

林安平来到乡场，在场镇傍河的涵洞里铺上苞谷壳，住下来，白天背着篓子，去居民家收破旧衣服，逢赶场天，就在场边摆个摊子，将衣服卖给山民。

经常到她摊子上来的，有位老人。老人白发苍苍，手臂黑筋盘曲，他来，不买货，只捣乱，本来卖两块钱的，他问五角卖不卖？看他实在太老，答应五角钱卖给他，他又不要。到春节前夕，集市收了，林安平只好回家去，也就是回到那个破庙里去。远远地，她就看到老人坐在庙门口，像在等她。她很欢喜，要是老人无家可归，正好跟她一同过年。她有整整五年没跟人一起过个年了。她欢喜得简直没去想老人怎么知道她的住处，只顾着跟老人开玩笑，说：嘿，我像在哪里见过你呢。

老人说，当然见过。

言毕摸出一面镜子，叫她凑拢了看。

她看到，本是男相的老人，变成了个年纪轻轻的女子，小圆脸上有两个酒窝，嘴唇含苞欲放，眼睛大而明，却像渊面，明的是日月之光的反射，命里的动荡与沧桑，都藏于深处。

这是她：林安平自己！

我跟她是一个身体两个灵魂，林安平说，从那以后，在人前，我出现，她就不出现，她出现，我就不出现。我们一起待了大半年，她对我说，她是龙女，石头开花马长角的时候，她犯了天条，被贬到凡间——就是说，龙女的罪，不犯在过去，是犯在未来，如果真要给时间分出段落的话；石头开花马长角，是遥不可及的未来。龙女说，她到凡间，化为男身修炼，可至今也未修成正果，现在她要走了，请我在她灵魂出窍后，用火烧她肉身，帮忙除掉她的妖气。她说你虽然不像你师父肖道长那样会踏炼度，但因为你经常想着师父的样子，他已在冥冥中把法力传授给你。她还指点我，说五虎山头有个武圣宫，武圣宫里住着一对姐妹尼，是双胞胎姐妹，合称斋姑娘，因为姓牟，又称牟斋姑。她要我去拜牟斋姑为师，说肖道长只是把我引进了门，牟斋姑才能让我真正承担起来到人世的义务。

跟林安平结识二十天左右，她曾对我说，过些日子，她要去五虎山给师父烧纸，现在明白她指的师父，就是牟斋姑。

既然说到了牟斋姑，我问她啥时候去，她以期待的眼神望着我，说：明天就去。我说我陪你。真的呀？又是那副小女孩模样，拳头握起来，在胸前晃。

很快她变得严肃起来，说：你去了，我师父会高兴的，会感到光荣的。

这话让我如荷千钧。

一个尘世间的小人物，怎么可能给仙界里的人带去光荣？

你是县上来的嘛，林安平说。

我内心颤抖了一下，深感卑微……

林安平不看我，接着说：我当年去五虎山找师父的时候，师父刚好六十岁。姐妹俩早已立下誓愿：不收弟子。可她们拗不过我。主要是舍不得不收我。她们不收弟子有很多原因。这条路太苦了。此外，传人有相当严格的要求，需辨宿缘，观人品，察体相，度慧根，合八字，属相必须是四个脚的，指尖上的纹路，要么是十个筲箕，要么是十个箩箩，不能岔。这些我全具备，而且我不怕吃苦，她们不收我，简直舍不得。

你找到舍不得不传的传人了吗？

沉默片刻，她说：我是小祭司，只能传女；男祭司称大祭司，女祭司称小祭司，大祭司男女都可传，小祭司只能传女。你说的人，我心里有，有三个，但我知道一个也传不了。

为什么？

她转过头，扫视了一眼门外的街景。

她的房子像个火柴盒，窄而深。她扫视过去的时候，正有几个妇人走过，隐约传进来的声音，是说谁的那把牌打得臭。现今的峡谷，除了学生，就无姑娘，姑娘都天南地北务工去了，中年妇人也务工去了，就女性而言，留在当地的，老妇之外，便是少妇，老妇带孙子，少妇带幼子，幼子多睡，当母亲的无所事事，便邀约着打牌。无论从哪个方向进入峡谷，立刻就能感觉到别天别地，是不可置辩的"化外之地"，而女人们的装扮，却也是空调衫、森女裙或里裤外穿。

时尚的浪潮，并没有遗忘了这个角落。

或者说，世界的改变，是从女人开始的。

我仿佛听见了冰层坼裂的声音。

林安平说无人可传，我以为是因为现在的人要懒了，只想过安逸日子，但她不是这意思。她说：只做祭司不开药铺的话，我吃穿都成困难。开了药铺照样难，没几个病人，开销又大。鹿走乡龙头山的玄天观，是唐太宗时代留下来的文物，却无人经管，是我请个哑巴在那里看守。我在玄天观主持法会，祈祷风调雨顺、国泰民安，或者报告上天，说今年收成不错、地方太平，感谢天神保佑，这既不为我，也不为我信众当中的任何人，但都是我和我的信众凑钱在做。当然，你可以说没叫你做，你搞迷信活动，没找你麻烦就不错了。可是人错就错在这里，认为自己的生活是自己挣的，跟天无关，跟地也无关，不知道雨润万物，地发千祥，人才能代代相传。总之一句话，你做的事不挣钱，只花钱，人家觉得跟着你没前途。

前途这个词，用在这里是如此嶙峋，却又如此现实。

我私下掂量，开发千峰大峡谷，林安平的"前途"

会很可观。头儿找我谈话的时候,特别提到,我搜集和制造出的文化,中心是为一个剧目服务,目前国内的诸多景点,都有剧目演出,不管是实景剧还是舞台剧,反正有,没有的正在准备有,有了的正准备做大,我们一步到位,开始就做大,大投资、大制作、大气派,总之是在大字上做文章。头儿还说,我们要请大团队、大导演、大编剧。说到这里头儿笑了笑。我懂他的意思,是说我当编剧显然不够格。我的任务是提供材料,既包括原生的,也包括制造出来的。

林安平就是最好的"材料"。

除了她的人生故事,我还见过她跳舞。几天前,她说到自己的饮食,说她并不忌荤,但不吃狗肉和牛肉。她没说不吃狗肉的原因,只说不吃牛肉是因为牛太辛苦,吃牛肉不忍,也不该。说罢起身,取下颈项上的一根银圈,跳芒牛舞给我看。在她面前,仿佛站着一头牛,她跟牛嬉戏、闹气、和好,牛是她的玩伴和兄妹。跳罢芒牛舞,又跳水神舞,她仰首向天,悠长悠长地舒叹一声:啊!随后双臂波展,细浪追逐,天地间清水幽幽,百川喜悦。接着跳稼神舞,禾苗能分平原山川,贫沃能种五谷麻棉，能养蚁民心和性……她的舞蹈，正是心、性和命的语言，放入剧目，绝对精彩。而且她远远不该只服务于剧目，她可以教一批学生，既在剧中跳，也可在很多场合跳，比如在县城建个风情广场，让她的学生去广场表演，游客一入县境，马上就能感觉到独有的氛围。

"独有"，正是头儿强调的。

只要头儿高兴，钱是不缺的。

如此，林安平的前途就很光明，何愁她相中的传人不跟她。

可我又怎能给她承诺？且不说我的方案不一定被采纳，关键在于：千峰大峡谷真的要开发吗？这是很难讲的。以往的事实证明，县委书记换了，蓝图也跟着换了，而书记换得是那样频繁。书记一换，上届开始的项目，立即停下，去做别的项目，上届为那项目投入了几百万、几千万乃至几个亿，无所谓，说停就停，比做什么事都态度坚决。

我又哪里能够给林安平承诺什么呢？

第九章

夜里星斗满天,可被房东的电话吵醒后,却听到嘭嘭的雨声。

还要去五虎山吗?听林安平说,坐车到了西柳乡,出站就爬山,山势陡峻,很难走。下雨天必定更难走。

不管怎样,先准备好。天色未明,我就起床,去厨房煮面条。房东从没见我起这么早过,男主人从卧室出来,边穿上衣,边问我今天咋这么早。我说了原委,男主人哦了一声,站在那里,欲言又止。我以为他是觉得我在骗他,担心我离开土门,且一去不返,而又忘了我是交过房租的,于是提醒他说,房租我交了两个月,现在还没到期。他一听,深紫色的脸又紫一层,连忙申辩，说他知道，说房租交不交有啥关系呢，你愿意来我们家住，是看得起我们，家里多个人，也闹热些。说完却不离开，而是凑到我身边，很体己地问我：你跟林安平是亲戚？我说不是。那你为啥天天往她那里跑，还陪她上坟？我不习惯人家这样打探，抽出一握挂面，往沸腾的锅里下，没回他。他不仅没尴尬，还凑得更近，说：她那里去不得哟。

我心里咯噔一声。

前些日陈婷婷那个电话在我心里留下的阴影，若干天过去，已经淡了，或者说我已经习惯了，此刻又意识到它的存在。我用筷子在锅里搅拌，浓烈的蒸汽蓬住了我的脸。

为啥？从蒸汽里浮出的声音，又潮又热。

你没见满街人都不去？

这是事实。前面说过，去找林安平的，只有病人和陪伴病人的家属。

虽是早已知道的事实，我却并不明白是因为"去不得"，心里禁不住又蹦一下。

她呀，是个勾人精。男主人双目发亮，格外神秘。

女人怕男人遭她勾,不让男人去,男人怕女人从她那里学会了勾人,又不让女人去。

原来如此。我笑笑说:今后,你们病得再狠也不要去找她,免得遭她勾引。

他听出了我的话外之音,干笑几声,说:她手段好嘛,不找她咋行?

可他离开厨房后,我却感到一丝悲凉。

很显然,那样看待林安平的,不光是土门镇,也不光是普通居民,远在西柳乡的文化站站长陈婷婷,同样那样看她。陈婷婷"啊"那一声,内容更清晰了,她或许在想:你是不是被林安平勾上了?

在峡谷人心里,林安平就是一个女人。

一个没有男人的女人。

只在某些时候,才变成医生和祭司。

我猜想,她是在西柳乡待不下去才到了土门镇。

她当然知道土门同属峡谷,但这是她能退的最远的距离了。无法想象去了峡谷之外,她还可以在药单上盖汉寿亭侯的大印,还能以她自己的方式,替人栽花树(使小儿肯长)、接寿(寿数快尽时,将寿命接通,又

101

能再活很长时间）、收影（影子跑了，失了魂魄，将其收回）、送亡魂禳灾（亡魂揪住某个生人不放，她帮忙把亡魂遣走，让生人安稳）……我曾见她给一个女人禳灾。那女人奶子痛。两年前深秋的某一天，她跟婆妈打架，失手把婆妈推进了堰池，婆妈被人救起时，伸手朝她抓了一把；相隔六七米远，当然抓不着，但能感觉到抓的部位是她左奶。十余天后，婆妈死了，死于伤寒。婆妈落气的同时，她的左奶就痛。从此一直痛。林安平听罢，让她撩起上衣，用毛笔在她左奶上画慧（咒语）。画过慧，又去楼下的玄祖殿做法事，为她婆妈超度。第二天早上，那女人打电话给林安平，说婆妈给她投梦，表示从今往后原谅她，她醒来，发现奶子不痛了！

如果到了峡谷之外，以这样的方式为人疗治，不会有任何效果。

因为峡谷外的人不信。

峡谷是林安平的土壤，峡谷人的"信"，使她能方便地探究人的秘密，帮助患者实现自我疗治。她不能离开了这片土壤。也可以说，她是在利用这片土壤。但所有主动都暗含着对等的被动力量。她利用这片土壤，也被这片土壤利用。

人们利用了她，还要戳她的脊梁骨。

她是女人，一个没有男人的女人，是她最软的脊梁骨。

我感到悲凉还因为，别人不来找林安平闲聊，她也不去找别人闲聊，非但如此，我想起有一天，移动垃圾车停在她门外，她提着垃圾袋出去，老远就往车上一扔，迅速转身回屋，像稍稍慢一点，就会被什么抓住。现在看来，是怕被闲话抓住。邪径败良田，闲口乱善人，这是古训，她再是祭司，也不能不顾忌。

我相信，她那火柴盒似的又深又窄的房子，也是她自己设计的，是有意跟"闲话"拉开距离。顾忌如此之深，却允许我天天去找她，除了因为我来自县上，她觉得街坊大概不会把我跟她扯到一块儿，还可能因为，她对我是抱着希望的——为了她的处境。包括跟我初次见面那天，本来不欢迎我，却要盛装见我，或许也是这个原因。而我，却不能给她任何承诺……

雨越下越大,可我三刨两下吃了面,到林安平那里时,见她早已收拾停当。

我说了去看师父,她这样解释,师父就在等我,下刀我也得去。你不去就算了。

怎么可能,我说,走吧。

峡谷内的公交车班次很少,好在我们赶上了头班。公路是沿河切割山体修成,直的时候笔直,弯的时候像蛐蟮滚沙。左岸是河,右岸是山,河水的吼声给人错觉,像是车窗外奔流的绿光在吼。过了水口乡,雨小了,接着停了,太阳并没有出,百草千树,却流淌着绿茵茵的光芒。两个钟头后,我们下了车,车站正对五虎山。西柳是林安平的家乡,她母亲已去世,姐姐从不跟她来往,因此她没什么人要见。走出站口,她却问我要不要见谁。我猜她指的是陈婷婷,说算了吧,不过看你。她不回答,直接上路。她挎着一个沉甸甸的布袋,我要帮她挎,她不肯。她说你各人把路走好就是万福了。

我老家在上五区普光镇,镇外的清溪河,从两面大山的脚下挤开,河左岸的老君山,就是我老家的山,但我离开那里已经多年，亲人们离开也有将近十年，近十年来，我没再爬过山，对爬山确实有些畏惧。好在出脚不久，林安平就指着山上的一朵白云说，我师父的坟，就在那朵云上。那朵云并不太高。

虽单名五虎山，深入进来，却见前后左右，到处是山，山与山相互牵扯又各自为政，形成苍茫万山。开始的路较平缓，一直往石头沟里走。这条沟称剑门峡。林安平说，剑门峡左面的山体，一年要垮好几次。是因为若干年前，山里住着一户人家，开着幺店子，女主人美艳风骚，男主人愣头愣脑，是个傻子，生个儿子也是个傻子，远远近近的浮浪子弟，有事无事到这店里喝酒，意在跟女主人调情和上床。有天来了不少客人——跟女主人调过情上过床的，差不多都来了，男主人叫儿子拿钱，出门打酒，儿子多拿了一块，男主人追出去，追到远处，身后的山垮了，把浮浪子弟和女主人埋了。一年垮几次，就是让他们永世不得翻身。

讲完这故事，林安平说：这个世界不干净。

我想到了她的肉身和灵魂之论，也想到了自己在县城几十年的生活。调情算什么？可以说，没有调情，就没有酒局和牌局。汉语的任何一种意象，都能用来调情，荷叶莲花藕，鸡巴卵子球，男人说得，女人也说得。区别在于，古时的调情让汉语含蓄、优美，今时的调情让汉语直接、凌厉。至于上床，古时要费大堆工夫才能走到那一步，我相信，即使想勾上那个美艳风骚的女主人，也不是三两句话就能办到，而今时的人，用手机"摇一摇"就可以去开房。在县城里，我没觉得这种生活有什么不妥，只在自己遭遇伤害的时候，才感觉到疼痛。但此刻，在这深山峡谷中，枝叶凝着水珠，天上飘着白云，一只岩鹰在谷口无声地滑翔，宽阔的翅膀，庄严地把天空镀亮……我才感觉到，我几十年的生活过得不干净。

可林安平的话并没说完。

如果只是蠢人和傻子的干净，她接着说，你觉得有意思吗？

我无法回答。我不知道。

走完剑门峡，爬山真正开始。

十余丈高处，有间土坯房，房前傍崖处，有个蜂桶，有个大石水缸，一个五十岁左右的男人，站在蜂桶与水缸之间，大声喊"林先生"。林安平应一声，对我说：他是周善人，是个儒教先生，我在玄天观做法事，他做我的辅祭。

周善人从岔路上迎下来，左手提茶壶，右手拿弯刀，拿弯刀的手上还捏着两只土碗。林安平向他介绍我。在她口里，我已经不是县上来的，而是县里请来的专家。周善人朝我们走近，不看脚下的路，只笑眯眯地望着我。

我最见不来他拿弯刀的样子！

喝过水，刚跟周善人分手，林安平就这样说。

这让我觉得奇怪，他是农民，弯刀是他的工具，有啥"见不来"的？

但林安平说，他拿弯刀既不为砍柴，也不干别的，是要跟摄影家走。六年前，峡谷来了个摄影家，拍了一组照片，获了联合国教科文组织的什么奖，从那以后，来这里的摄影家就没断过，他们雇当地人带路、背器材，还砍树枝。他们遇到一处风景，可那风景被树枝挡了，就把树枝砍掉。周善人就经常被他们雇用。他觉得

107

跟着摄影家走，自己也成了摄影家，摄影家用相机，他用弯刀。所以不管去哪里，哪怕去街上赶场，包括刚才给我们送水来，他也把弯刀拿在手上。

我似乎听明白了，周善人把弯刀当成了自己的身份，却不把儒教先生穿的米黄色袍子当成身份。他刚才穿的是一身灰白短装。按规矩，见到祭司，他应该穿上袍子出来，但他没有。

弯刀能给他带来现实的好处，袍子不能。

林安平在他面前吹嘘我，大概是想稳住他的心。你看，县里请的专家也来采访我，还跟我一起去祭师父；你的那些摄影家，虽然得过奖，却不是县里请来的。

她感觉到，其实是早已经感觉到，她在峡谷地区的土壤，也日渐稀薄了。

在她的法事里面，有一样叫"定女人"，就是女人跟人私奔了（这种事在上五区早已出现，在下五区也越来越多），经她一"定"，十天半月过后，女人便自行回转。而我亲眼看到，有三个找她"定"过女人的，都没定住，女人的夫家来问缘由，她一声不吭，只是拉开抽屉，数出钱来，退给人家。

因为那些女人不只在峡谷里私奔,她们私奔到峡谷之外,甚至县外、市外、省外,那是别样的世界,林安平无能为力……

过了周善人家,就见不到一个人。

偶或碰见一间半垮的木屋,里面空空荡荡。

坟茔倒是经常遇见,就卧在路边,对我们翘首相望。人活着,仿佛不是大自然的一部分,死了才是。山中是巨大的寂静,静到既没诞生时间,也没诞生空间。可转过一个垭口,却兀然听见轰轰乱响。是山洪。山洪石头般砸下来,形成宽沟。沟上横着圆木,圆木铁黑,生着木耳。许多地方,路像从峭壁扔下的一根绳子,早上的那阵雨,涨得满山水气,路面打滑,脚趾抓不住,手指抠不住,就又请出牙齿帮忙,咬住垂枝或藤蔓,甚至直接咬住路上的石钉。更多的地方宽不盈尺,右是山壁,左是绝壁,眼光随便一溜,就直透谷底。宽阔的山谷间有电线飞越。山民曾每人平摊千元,不惧粉身碎骨地把电拉通,但电费没用到百块,就都把家搬走了。

第十章

林安平说，她师父从娘胎里就吃斋。我不知道这是表明她师父的母亲也吃斋，还是她师父跟她一样，出生时带着异象。不过我相信一句话：富人需要信仰，是因为除了信仰他们什么都有了；穷人也需要信仰，是因为除了信仰他们什么都没有。她师父属于哪一种？——她告诉我，牟斋姑是绥定府（即而今的绥定市）人，父亲是大盐商，人称"牟半城"，姐妹俩刚过十岁就离家，到这深山峡谷的武圣宫修行。十来岁的孩子，即便锦衣玉食，也还不懂得富贵尊荣的含义，更不需要用信仰去填补空虚。或许，我相信的那句话并非真理。

可是现在没有武圣宫了。早就没有了。它不是毁于时间，是毁于大火。但如果火有舌头，能说话，就会指责我诬陷它们。火成为大火之前，有人洒上松节油。火种成为火之前，有人划燃了火柴。不是一人，是很多人。

武圣宫被烧毁成为一个象征。脱掉了长袍，就没有人觉得你是书生，解下了铠甲，就没有人认为你是战士，毁弃了佛殿，牟斋姑就不再是姐妹尼，而只是两姐妹。于是她们被收编为当地社员。她们在距武圣宫不远的松林里，搭了个蓼棚，一面参加集体劳动，一面偷偷念经参禅。佛殿在她们心里。

但"偷偷"二字已暗示了结局。

姐妹俩被跟踪，被发现，被揪出来，双手反绑，跪在人群中。然后牵来一条狗，当着她们的面，用青杠棒把狗打死，又当着她们的面，把狗剥皮炖汤，再掐住她们的腮帮，把狗肉灌进她们的喉咙。为此还取了个名字，叫"狗肉开斋"。

说到这里，林安平突然停住，侧过身，对着绝壁下深不见底的山谷呕吐。

呕得很厉害，却啥也没吐出来。

我明白了她不吃狗肉的原因。

这是一段险路,我生怕她出意外,可她就像长在石壁上。人岂止可以像动物那样过日子,人简直可以变成动物,还可以变成植物和石头。这是林安平说过的话。

她从壁缝腾出一只手,揩了眼帘上瀑布样的汗水,又往上爬。

爬过那段险路,她接着说师父:这里找女人难,那时候比现在更难。现在峡谷出生的女孩,只比男孩少两成,老天爷不怕降生女人了,看来峡谷的天,真的要变了。可那时候,女人就像麦田里的豌豆苗。明明这么少,却有两个空在那里,死不嫁人,在他们看来,就是天大的罪过。个个男人都去打斋姑娘的主意,把她们的蓼棚烧了,家具毁了,让她们没法过活,逼她们嫁人。我的两个师父,虽然一辈子也没有嫁给谁,可不晓得被强奸过多少回。我受龙女指点去找师父的时候,一路上都听见有人骂她们,说那两个斋姑娘不是好东西,生"私娃儿"。

我很想问:她们生过吗?

还想问:如果生过,那些孩子又是怎么处理的?

可这样的问题太残忍。

恍然间，已走了三个钟头，林安平指的那朵云，依然高悬山崖。

再行一程，又见一座孤坟，孤坟旁是间塌了屋心的空房子，檐下横着一张条凳，林安平一屁股就坐下去了。凳上灰积寸许，我实在放不下屁股。她瞄我一眼，说：有人才有灰，有灰才有人，这就是尘世。这话让我莫名地感动，便也坐了。她打开布袋，摸出一瓶矿泉水递给我，接着又递给我一袋饼干。

她自己却不喝，也不吃。

我要敬了师父才吃，她说。

类似的话，几十年前她就是这样说的。

她去拜师，让牟斋姑恐惧，但如她所言，牟斋姑拗不过她，又舍不得不收她。她们把她藏起来，教她绣花和诵读经书。牟斋姑曾有三百余部经书，数次被焚，幸存的二十多部，姐妹俩打成包，外面缝上巢脾，挂在高枝上，别人便以为是蜂巢。后来怕好事者去把"蜂巢"捣掉，又取下来藏进树洞。林安平去拜师的时候，书依然藏在树洞里，每个树洞藏几本，藏了八个树洞。书从洞里取出来，带着深邃和秘密的气息。林安平很快接纳了这些气息。在牟斋姑看来，林安平聪明是次要的，主要是宿缘深厚。姐妹俩再次品鉴弟子，发现她的受胎、属相与生期，全都对应同一星辰。这样的人信仰坚定，万分难得。

几番挣扎过后，姐妹俩对弟子说：我们要教你一种文字。这文字受过大难。嘉庆十八年，天灾人祸，民变蜂起，我们的祖师在川东一处名叫狗儿坪的地方设坛，祈求上苍生发慈悲，痛顾万民。法会要做五天，刚做一天，狗儿坪就发生了抢粮事件。那里有个粮库，也不知是听从了哪一个神秘的号令，方圆百里的饥民，潮水一样朝狗儿坪涌流。打个喷嚏的工夫，万多斤粮食就被抢劫一空。县令派兵追来时，已过去三天时间，抢粮的早不见踪影，只有祖师和他的信众。祖师正领头跪在烈日底下，代民向天赎罪。兵丁不由分说，将烈日下的人捆了，带回县衙，说他们是抢匪。祖师用那种文字为上天写的颂词，他们不认识，就层层上交。最终判定，大江南北的民变，正是通过这种"巫文"相互联络。一起普通的抢粮事件，就这样演变成了颠覆朝廷的事件。使用那文字的人，包括那文字本身，遭到血洗。

讲过这段历史，牟斋姑再倒回去，讲那个远古酋长的故事，讲那文字以影绘形的来历，还有文字的神圣以及埋藏在文字里的人心。

然后说：那次血洗过后，这文字只能偷偷传。师父传给我们的，有三百七十八个，我们全部教给你，你要像保护自己的性命一样，保护好它们。

言毕撤根树枝，在泥土上教，每教会一个，立即擦去。

林安平一直记在心里，两年前，她感觉自己的记忆力在衰减，而且对找到传人失去信心，才用笔记下了，并在厕所门上试探性地写出了一个……

学艺期间，怕被发现，也想帮师父改善生活，林安平并不在师父那里久住，学几天就离开，去乡场做生意。倒卖旧衣服的生意已不好做，又没法再拾起打铁的营生，父亲的那套行头，丢在华锦了，现在她置办不起，再说久了不摸，铁已跟她生疏，要打也打不出个样子。于是她买来布匹刺绣：绣鞋垫、衣裙、帽子。

这些是刚跟师父学会的,可她绣朵云,那云就能飘,绣朵花,那花就有香气,别人喜欢得很,抢着要。她就这样存钱,存到一定数量,就买上馒头、麻花、海带、菜油、桐油、糖果,经黄岭滩、竹林滩、剑门峡、凉风垭、向阳包……直到五虎山,去看师父。往往是走了十里八里,天才亮。

路上再饿,她也不吃,要师父吃了她才吃。

我师父说,这样的好东西,只有父母给她们吃过,然后就唱歌,就哭。

唱啥?

她们唱啊:清净之水日月花开,中藏北斗内蕴三台……

哭啥?

她们哭啊:天神把她们降生得不是时候。

旁边的坟头前,长着狗尾巴草,草茎上一只蚂蚁,快速往上爬。爬上草梢,茫然四顾,随即倒转身子,又急急忙忙下来了。世间万物,都是这般不得闲暇地过完一生。林安平看着那只蚂蚁,眼神沉静而悲哀,自语似的说:盘古天聋,地母地哑,天聋地哑造化众生,盘古听不见痛苦的声音，地母说不出痛苦的滋味，但知道有痛苦这个东西，就用忙碌做众生的解药。我师父唱过了，哭过了，就去锄地。天黑作一团，也去锄地。汗水一流，师父又欢喜起来，又开始唱，她们唱啊：即使鸟不语，花不香，女人无情，男人无义，老天也从没对人失去信心。所以我师父说天神把她们降生得不是时候，并不是怪谁。她们连命也不怪。

话音刚落，林安平突然立起身，望着屋檐外一碧如洗的天空，轻声说：你听，有神仙路过！

我悚然一惊，起身侧耳细听。

可我是凡人，只听见蜂群的嗡嗡声。

她跺一跺脚：那就是啊！

山野壮阔，天宇无垠。大千敏通，万物皆神。

那些辛勤采花的微物之神，完全融化在透明而恢宏的背景里。

它们不显形，只用自己的声音，来阐释寂静的真谛。

蜂群远去，我们离开空屋和孤坟，接着上行。

林安平也接着讲她的师父。

那时候,村里的大人不明里去师父那里走动,小孩却不顾忌。师父心痛别人家的孩子(尽管那个"别人",可能是给她们灌过狗肉的,可能是强奸过她们的),把糖果和粑粑饼饼给孩子吃。这些孩子长大后,为祖辈父辈消孽,做了不少好事。

说着,林安平站住,回望来路。

其实完全看不见路,只看见密林和密林掩映下的巉岩。但路就在其间。那都是他们修的,她说:每个脚印子,都是他们用錾子打出来的,花了整整十七年的工夫。人做起好事来,真不简单!

那朵云不见了,但五虎山到了。

是并排着的五面石壁,白中带红,状如虎脸,虎须也历历在目。林安平向右边一指,说那地方曾是武圣宫。现在只能看见断崖。崖畔一棵栎树上,挂着一口大铁钟。林安平把布袋递给我,自个儿抠住石缝,踩着晃晃悠悠的几根朽木,蹑到那铁钟底下,弯了腰,手伸进崖口,掏出一根铁锤,对着钟敲:当——当——当——

山鸣谷应,久久不绝。

藏身密林的鸟,在钟声里群起群飞。

山林为之动荡。

她过来后,我问她:是为了告知师父吗?

不,她说,是让人世听清音。

牟斋姑的旧居即墓地,松林、蓼叶和茅草,比试着乱长。茅草高得像树。林安平给我指,哪里是师父的伙房,哪里是师父的卧房。完全看不出来了。只有齐肩而立的坟堆,让我知道这里曾生活过两个苦难的老人。

而林安平毫不悲伤,非但如此,还相当快乐,又快乐成了小女孩模样。

她从布袋里摸出香蜡纸钱,点上之后,敬上果品,在师父坟前各磕了九个头,就转身坐下,拿块饼干嚼着,望着对面遥远的山脊和与山脊相接的天空,乐不可支地对我说:有好多回,我跟师父躲着看云,有次在云里看到两个人打架,一个追另一个,追上了用刀砍,把那人砍倒了,我们为倒下的人加油,叫他站起来,可他没能站起来,被砍成了一张皮。又一次,看到飞来很大一个球,后面跟着个大汉,把那球一脚踢开;那球不是天上的，神仙把它踢出了天。再一次，见大队人马，扛枪的，背花篮的，拉板板车的，朝我们走来，我师父说，这么多人来，我这里住不下呀。这时另一人出现，朝那群人吹喇叭，那群人就不见了。

我觉得，林安平和她的师父牟斋姑，都没有过完整的童年。

她们是在寻找自己的童年。

第十一章

从五虎山回来,路过鹿走乡,林安平想看看女儿。她女儿很久没回去过了。这季节泥石流多,伤员也多,做护士的林芳很忙。反正后面还有一班车去土门,不愁回不去,我们便在鹿走乡邮政局门口下了车。乡场上并没有固定的公交站点,路边的人招招手就能上,车上的人喊一声就能下。

从邮政局去卫生院的路上,竟然碰到县环保局副局长熊强。我跟熊强熟,是在牌桌上,他打牌手性硬,难的是输,易的是赢,因此圈内人又称他"熊掌"。没想到这称呼竟成为预言:他现在的身份,不是副局长了,而是千峰大峡谷工程指挥部指挥长,真正成了"熊长"。

指挥部就设在鹿走，目前的中心工程是修拦河坝，将水位提升四十米，形成峡谷深涧的气势，营造湖光山色的美景，也便于开发河漂。以前的河流太急，河里石头太多，水位提升后，石头埋于深渊，相当于清理了河道，又因地势的缘故，落差依然在，漂流起来刺激不减。熊强对我说，这项工程涵盖整个峡谷，到时候将是货真价实的百里长漂。然后他放低声音，以他惯常的把不是秘密当成秘密的口吻说：苟书记下了死命令，要我们搞成中国第一漂；前些日市里开会，刚上任的市委袁书记宣讲未来五年规划，对我们县提的要求是：以千峰大峡谷为核心，开发全域旅游。

即是说，项目升级了。

不仅峡谷地区，全县都成了旅游开发区。

而且既然纳入了市里规划，即便更换县委书记，该也不会流产。

我想象着水位抬升后的景象，那将淹没现在的公路——这是几年前才耗巨资外搭几条人命修好的。风源乡与水口乡，也要整体搬迁。

我终于明白了头儿为什么说最富想象力的职业，不是艺术，而是政治。

熊强还告诉我，进入峡谷的快速通道，市区一条，县城一条，已开始招标。

他每说一句，我都情不自禁地瞄一眼站在两米外的林安平。我是要用兴奋的眼神告诉她，熊指挥长带来的消息，对她是件大事。老实说，去五虎山的途中，我心里一直有个负担，生怕林安平对她师父说：师父，某人也看你们来了，你们一定感到光荣。我承受不起这样的话。结果，这样的话她一句也没说。可她越不说，我心里的负担越重。现在这种负担解除了。

然而，林安平皱着眉头，像是既没听熊强说话，更没注意我的眼神。

熊强却注意到了。他也朝林安平看。

他开始还不知道我跟林安平是一起的。因为是去给师父上坟，林安平带着青色襆服，太热，只在师父坟前穿了，去来的路上都脱下来，露出灰色胡服，缠青帕子，打黄绑腿，脚上却穿着解放鞋，这是别处见不到的古怪打扮。熊强的眉宇间刻着很深的迷惑。当我跟他告别,与林安平一同朝前走,他的迷惑更深了。我知道,往后的很长一段时间,只要碰见熟人,他都会以告诉人秘密的口吻,讲起这件事。

鹿走乡卫生院在一段斜坡上面,林安平在斜坡下给女儿打电话,然后站在那里等。很快跑出来一个高挑女子,合身的白大褂,使她显得更修长,更清爽,而且那么漂亮!说华锦出美女,我几次去华锦,真没见过有林芳这么漂亮的。她的身影和她娇滴滴的声音一同出现,"妈!妈!妈!"这么连声叫着,朝母亲扑过来。林安平张开双臂,跟女儿抱在一起。她们彼此都有一种攫取,对感情。

我觉得自己不该在这个气场里,躲到十米开外的一棵树下,靠住树身抽烟。这么一靠,才知道腿有多软,小腿肚里像长了无数个心脏。

林芳说她的忙,问母亲为什么来鹿走。母亲还没答完,她就扭扭身子,撒着娇说:妈,好烦哦,张医生马上做个手术,我要回去帮忙。林安平连忙推她:那你不早说!推一把想起了我,指着我说,那是何叔叔。

我快步走过去。

然而迎接我的，是一张冰冷的脸。

女儿跟母亲一样，对陌生的世界和陌生的人，心生戒备。

我们回到路口去等车，这时候林安平问我：刚才那个人讲的，都是真的？

我说那当然。

我不喜欢那个人，她说，他以为他是在干惊天动地的大事，可他也不想想，水位抬高那么多，在低岸生活了千千万万年的山岩和植物，也要永绝于世，还有动物呢？河岸的动物多得是，水里的更多，单是鱼，就不晓得有好多种，有些鱼只能生长在现在的环境里，像阳鱼、娃娃鱼，特别是娃娃鱼，平时是钻进水下的岩窠，水的深度和温度变化太大，就只有死路一条。有些鱼要回流产卵，堤坝一修，就回不去了，也是死路一条。

我想起曾在川南某段江堤下见到的景象，白沙沙一片，是想回流而不得的硬头鳟鱼，纷纷撞死在堤坝上。

他杀死这么多条命，林安平又说，还以为自己是在干大事、做好事。他又不是佛。佛可以普度众生，也可以杀人如麻，佛才是自由的，但佛的自由也是在决断之前，一旦决定，开始行动，佛也要被行动捆绑，也不自由。所以佛通常不行动。

仿佛是为熊强，其实是为我自己，我辩解了一句。

我说：这也怪不了他，他不过是执行任务。

林安平冷笑一声：世上的责任就是这样推掉的，坏事就是这样做出来的。

这话有理，却太刺耳，太伤人。

如果不是熊强来电话，我或许会对林安平说，你怕鱼们没活路，就别指望改变你的处境。这话更加刺耳。我没有权利把这么难堪的选择题，扔给林安平去做。幸好电话响了。熊强请我吃夜饭。我说不了，我马上去土门。熊强问：跟你一起的……我说是祭司，林祭司。他显然不知道祭司为何物，以为祭司就是巫婆，说你要问神，县城花街的马老太婆就灵得很，何必跑这么远？我生怕被林安平听见，走远了些，细声给他解释。我照例不想透露自己的使命，只说文化馆想为林祭司写本书，我到土门采访她，待了好几十天。熊强对我前面的话毫无兴趣，只是问：你几十天都没回过县城？那你晓不晓得……雅玲结婚的事？十天前办的婚礼。我说：早晓得了！说完把电话挂了。

回土门的车上，林安平一言不发，且一直把脸掉向窗外。

我知道她是累了，或者是心里有事，不想说话，但我非常感激她。我认为她是知晓我不想说话，才故意沉默的。

当天晚上，我一夜未眠。爬山五个多钟头，下山三个多钟头，一去一来又坐了四个钟头汽车，使我浑身酸痛，尤其是腿。

然而这只是一夜不眠的好借口。

真正的原因是雅玲结婚。

雅玲是我前妻，跟我离婚刚满一年。

不过这与我有什么关系？离婚次日就结婚，也是她的权利。可我为什么要在熊强面前要那一点自尊？不知道就是不知道，为什么要说早晓得了？

我睡不着，正是觉得我应该知道，觉得自己依然对雅玲拥有某种权力。

而事实上，这样的权力在一年半以前就失去了。

她知道了我跟另一个女人的关系。我跟很多女人有过关系，但以前的那些她不知道，这一个她知道了。在我们的夫妻关系中，她习惯了弱者的地位，她可以向我哭。但她不哭。在这个问题上，她丝毫也不将就，且突然由一株草变成了一棵树。

只是这棵树再不愿长在我的土地上了。

我们的婚姻死了。

我们把婚姻的尸体，封存在那个名叫家的棺木里。封存到儿子高考结束，才埋葬了。

现在雅玲有了新丈夫。那是位声誉日隆的重彩画家，比我小两岁，此前从没结过婚。来峡谷的前几天，我在滨河路还见他俩手挽手散步。

我承认，我爱她，虽然这话很叫人恶心。有时候我想，是不是因为她跟了别人，我感觉到失去，才"挖掘"出了对她的爱？或者，她找了个有出息的男人，我有了嫉妒，才感觉到她值得爱？事实证明不是，我回忆她的时候，鲜明，质感，踏实；而回忆她知道的那个"她"，包括"她"之前的她们，全是一片雾。我和她们，都是在有性无爱的风月场中。

表面上，我顺从地接受了这种失去，可我比以前容易喝醉，好几次进洗脚坊，我在按摩床上一觉睡到大天亮。我不想回家。离婚的时候，雅玲要了店面（她一直开服装店），我要了房子。是她挑的，我觉得她是故意的，故意把一个装殓过我们婚姻尸体的棺木扔给我。

不管从哪种角度说，我都要感谢指派我到千峰大峡谷的头儿。他让我的逃离有了光荣的理由。我是真心实意想做一点事，为自己赢得一点尊严，让雅玲看见。我想让她看见的，并不是作为她前夫的尊严，而是补偿她对我的失望。当初，她认为我也是有出息的。她嫁给我的时候，我是县里有名的文学青年，写的小品，到省城演出还获过奖。我不知道自己是如何变成了现在的模样，只记得她曾多次劝我，说人经不起几耗，不要有空就吆三喝六，说人掉进河里还有救，陷进人堆就没救了。开始听了，我还要想一下，还要愧疚老半天，后来越陷越深，她再说我就发火。她早就对我失望了。她跟林安平一样，洞悉我的肉身和灵魂。

第十二章

连续多日，我没去找林安平。腿痛了一个星期，让我啥事也没心情去做。当疼痛减轻，我依然躲在租房里，清理各种信息，分辨哪里还需补充，哪里可以制造。县城方面，我已没什么念想，既然头儿说过给我半年，我便下定决心，半年都不回城，一次性交齐了余下时间的房租。房东家的吵闹，对我已无任何影响，孩子们白天上学去了，本来也算不上吵闹，两口子会时不时爆起一阵笑声或者怒骂，接打电话和招呼街坊的声音，也响若雷霆，但于现在的我，这些声音都构成奇异的安慰。窗口南开，当窗的黄桷树上，鸟儿果子般悬挂，彼此呼唤和应答，阳光像开在枝叶间的花朵。乌云一来，雨也就来了，乌云是落到天上的雨，天上的雨和地上的雨交接，弄出空茫繁响。我的心里，总是涌起突如其来的温暖和悲凉。

正是这时候，馆长的电话来了。馆长生硬地问，你在哪里？我说峡谷啊。你在那边干啥？这让我蒙。当时头儿找我谈话的时候，他也在场，头儿说，半年之内，馆里的事你不必做，这个嘛，老夏会支持的。馆长急忙表态：全力支持。

可现在却问我在峡谷干啥。

我突然来了火气，说我在玩儿。

大学毕业后，我就在文化馆上班，跟我一同进馆的，全都离开，且都在各自的单位混了个一官半职，唯我守在老窝子，并且依然是个馆员。但并不证明我不该受到尊重。馆里的实际事务，编书，培训，整理民间故事、民间歌谣特别是非物质文化遗产资料，不是我牵头在做，就是我独自完成。我当初朝雅玲发火，就曾拿这些东西，来表明自己有多忙、多累。

馆长听出我口气不对，却并没理睬，再一次问我：你为啥一直不汇报？

他是说我为什么不向头儿汇报,当然也暗含着为什么不向他汇报。但那次,头儿除了说半年内我不做馆里的事,还说我不必汇报,他也不过问我。他只要成果。

馆长很是恨铁不成钢:你就是这样在理解领导的意思?你不汇报,他怎么知道你的进度,又怎么知道……嗨,我也不拐弯抹角,我问你件事:听说你成天跟一个寡妇泡在一起?

我的脑子里,立刻浮现出熊强的那张肥脸。我早就猜出,他会把我跟林安平同行,当成秘密到处传播。可是不对,如果是他,会把林安平说成巫婆,不会说成寡妇,而馆长说的是寡妇。只有峡谷人才知道林安平嫁过人,如果被抢去跟那个人贩子见过一面,也算嫁的话。林安平以为那是秘密,其实峡谷人多半早就知道了。

不会是熊强。

果然不是他。

是她——陈婷婷。

陈婷婷到县里开会的时候,知道了发掘千峰大峡谷文化资源的消息,写了份长达四十六页的报告,打印出来，亲自呈给了县委办公室，县委办公室呈给了牵头领导这事的头儿，头儿读了三遍（他亲口说的，读了三遍），交给下面几位文化人，包括馆长，让他们甄别。

馆长说，陈婷婷的报告，内容极为丰富，荔枝道、苏妲己自然是有的，还对峡谷里的地名做了梳理。比如落儿山（林安平的师祖苏端公曾在那里斥责灵官菩萨）、满月坡（林安平的父亲曾在那里修路），陈婷婷是这样写的：

楚汉战争期间，刘邦手下的大将樊哙，镇守千峰大峡谷，同时还肩负着一项特殊使命：保护刘夫人吕雉。那时候刘邦在汉中御敌，将吕雉交给了樊哙，吕雉怀着孩子，某个风雨交加的傍晚，楚军突袭，吕雉脱险，跑到水口乡一面山上，将孩子在野地生下了，从此，那面山就叫落儿山。生过孩子不到两天，吕雉又跑，跑到河对面的半坡，藏在一户农民家里，直到满月，从此，那面坡就叫满月坡。

吕雉生下的这个孩子，叫刘盈，即汉惠帝。

如此，普普通通的地名，变得高大上起来。

还比如状元碑，状元碑位于西柳乡葛杨村最高处，山形如状元顶子，因而得名。但陈婷婷说，不是这样简单的，它是有来历的：许许多多年以前，有个妇人从那里过，遇到一个正歇气的背二哥，那背二哥姓孙，孙见妇人独行，就把她奸污了。孙背着重物，爬了高山，又行性事，性事毕，精力耗空，当即死亡。妇人跑回家，左右不安，就告诉丈夫，说我看见个外乡人，倒在路上，脸色嘎白，递根狗尾巴草到他鼻子跟前，草也不见动。丈夫说，未必死了？见了路毙的死人，又不知这人的来路，就要帮忙埋掉，不然要被死者纠缠。于是妇人和丈夫拿着锄头铁锹上去，见孙已尸身僵硬，就把他埋在了路旁。而妇人却怀了孙的孩子（妇人跟丈夫从没育过孩子），这孩子长大，考上了状元，状元从母亲口中知晓了自己的身世，为表达对生父的追思，便去接受父精母血的山头，立了块碑，就是状元碑。陈婷婷说，那是一块白石碑，现在不见形迹，也不知是被日月风化了，还是被人偷走了。

馆长等人看过陈婷婷的报告，都说落儿山和满月坡还有些蛛丝马迹，状元碑却完全是胡编滥造，把史书翻烂，也找不到东轩县出过状元。

他们把这意见反馈给头儿,头儿只是冷笑。冷笑过后,说:出没出过状元有那么重要吗?想当状元才是重要的!你们说,哪位家长不希望自己孩子当状元?我看这个故事不错,我看那个文化站站长不简单。

馆长问我,前几天来了几位国内知名旅游策划专家,去千峰大峡谷转了一圈,你知道这事么?我说不知道,也没碰见他们。馆长说,今天上午开座谈会,我们都参加了,专家谈了他们的看法,总体说来是风光绝美,前景大好,对县里制作的规划图和宣传片也做了充分肯定。领导听得非常亢奋,头儿在专家之后发了言,专谈文化打造,说我们已有专人做这方面的工作,而他说的"专人",是陈婷婷,不是你何先文——一个唾沫星子也没提你!

说完,馆长等待我的反应,可是我没有反应。于是他接着往下说。正题之前特意交代:下面这些话,是有回陈婷婷进城,我们招待她吃饭,她在酒桌子上讲的,确不确实我们也不晓得,我只是提醒你注意,莫把自己弄"夹"起了。

是关于林安平的。

1992年，牟斋姑死了。姐妹俩死于同年同月，相差四天。这四天是留给林安平的，好让她安埋，姐姐俩害怕同一天死，她忙不过来。从此，林安平接下了师父的衣钵，但这人心性很高，不愿意只像师父那样做个斋姑，而是要做三教领袖，可三教当中，她只学过道和释，尽管那时候她连道教的皮毛也没学到，毕竟拜了师。她还差儒教。祭司文化里，儒教是基石。道教重今生，佛教讲来世，儒教则提倡利世，因而特别重视秩序——人世的秩序，在铁一样的秩序底下，修习学问和人格，然后为国为民贡献自己的能力，虽九死而不悔。所以儒教是大观思想，没有它，其他教飞不起来。林安平是个聪明绝顶的人，又是个雷厉风行的人，想到了，就去做。

当时，鹿走乡有个儒教师，名叫梁明有，林安平就去跟他学。

梁明有把林安平安置在无人经管的玄天观里，他本人是合作社职工，要周末才能上去，为徒弟授业。整个玄天观，只有他俩。那时候梁明有四十九岁，秃发独臂，但眉眼里有英武气；他本来就文武双全，早年去川西青城山，用独臂施展的余门拳，打得几个月找不到手。他不教林安平拳法，只教她儒家经典和中医。

但谁都知道，他不只教这两样。

陈婷婷在酒桌上说：你们没见过林安平，更没见过她年轻时候的样子，那是个美人坯子。十七八岁前，她都垂着头，一副可怜相，这以后突然就变了，那双眼睛……那双眼睛……比天还深，没几个男人经得住它吸。儒教师梁明有照样经不住。传言四起，梁明有的老婆气病了，后来吊颈死了。十多年后，梁明有也死了，死之前给林安平留了一笔钱，让她去峡谷地区场面最大的土门镇开中药铺，这样就不愁吃穿，也不愁养不活女儿。林安平确实领养过许多孩子，但有个女儿不是她领养的，是她生的——跟梁明有生的。

馆长突然不说了。

我问：还有吗？

别的没啥，只是你不要再跟那个女人瞎混了。凭你的条件，你要再找个女人，城里有一个连的女人供你挑，甚至不止一个连，是一个团、一个师！你何犯于……一个村妇，名声那么糟，神神叨叨的，听说还比你大！当然这些都是你的私事，但我这里要说句公事：你是去工作的，不是去混女人的。

这最后一句，深深地刺伤了我。

我直接把电话挂了。

馆长立即又打了过来。你现在咋这么大的火气？是这样的，我打电话，是叫你回来，马上回来！不是我叫，是头儿叫！

然后告诉我：那几位专家不仅到过千峰大峡谷，还到过半岛，就是普光镇对河的半岛。那里是你老家，我不说你晓得，十余年前，半岛发掘出古巴人遗址，因而"惊世骇俗"。史学界早有论定，说巴人"神秘消失"，而半岛的出土文物显示，那里很可能是古巴国的中心王都——最后一个王都。十余年来发掘了四期，占遗址面积的十分之一，每次发掘后都回填，现在整个半岛都是庄稼地。专家们去看了那片庄稼地和部分文物图片（实物送到了省博物馆清理和暂存），认为，既然你们要搞全域旅游，文化方面就应该以巴文化为主题，千峰大峡谷是核心区域，峡谷是土家族聚居区，而土家族正是巴人后裔。你们要在这方面动脑筋。如果搞剧目，以巴文化为视角，就比以土家文化为视角古老得多，大气得多，也神秘得多。

馆长说，头儿边听边点头。还说：开完会，我到头儿身边，专门提到你，是想让他回忆起派的是你去做那工作。他像真的忘了，不接我的腔，只是说，专家就是专家，巴文化的思路太有意思了……何先文编过那么多书，看他有没有这类资料，资料是一方面，主要是看有没有特别的想法……这样，你叫他到我这里来一趟。

第十三章

我并没立即回城，而是两天后才回去的。

这两天时间里，我去了鹿走乡。

我要弄清楚，林安平的女儿林芳，究竟是她的养女，还是她十月怀胎亲生的。我知道，弄清这个毫无意义，但无意义并不等于不重要。如果认为无意义就不重要，那是得了幼稚病，更是缺乏想象力——我头儿特别强调的想象力。

老天赐人，有人就好，这是林安平说的，说这话的时候，她还非常郑重地表明她的态度，说自己作为医生，旗帜鲜明地反对用DNA来揭示一个人隐秘的命运，一个人是否到世间来，什么时候来，以哪种方式来，是沉默的欢乐和悲伤，人类和握在人类手掌里的科学，都无权揭示。对此，我当时是赞同的，可现在有些动摇了。每个人从自我出发，都能总结出一套貌似真理的言论。

而今想来，对林芳的身世我早有怀疑。林安平领养了多个孩子，都让他们鸟一样飞走，唯独把林芳留在身边，这是为什么？那次陈婷婷给我打电话，知道我跟林安平泡了很长时间，别的不问，只问见到她女儿没有，又是何故？但我怀疑的时候，还没见过林芳，不知道她有那么年轻，我以为林安平讲她十六岁那年嫁给谢土，并没讲全，林芳是她跟谢土生的。果真如此，我也并不觉得她骗了我。可现在我觉得她在骗我。房东说她勾人的时候，我还对房东含讥带讽呢。我回忆着林芳的长相，看有没有跟林安平相像的地方。可我只能想起林芳的漂亮，五官简直回忆不起来。漂亮本就是一种光彩，在这光彩之下，五官是模糊的。

我很想直接去问一下林芳，但念及她那冰冷而戒备的眼神，就知道问不出什么来。再说这也不关她什么事，而且她还不一定知道实情。于是我在鹿走乡走访老人，走访了数十个。老人们异口同声：梁明有的女人，确实是因为林安平吊颈死的，可林安平从没大过肚子。自从林安平住进玄天观，几乎天天都有人去求神问卦。虽然她是梁明有的徒弟，但人们信的，是她，这个小时候名贯峡谷的灾星，变成了名贯峡谷的神婆。她能活出来，本身就是奇迹，就令人敬畏。何况她还跟过肖道长，跟过龙女，跟过牟斋姑。玄天观是这些年才冷落的，它冷落的时候，林芳都有四五岁了。当年，人们天天看到林安平，谁也没见她大过肚子。

不过老人们又说：林安平有法术，怀了娃儿，却不显肚。娃儿在她肚子里是一股气，长成熟后，她不用从下面生，而是从嘴巴里吐，吐出后把气聚拢，就是个婴儿了。林芳就是林安平从路上捡回的婴儿——林安平自己是这样说的。她收养的孩子，无一例外都是别人扔掉的，有的是非婚生，有的是养不起，有的是生着病。

老人们还告诉我，林安平不过读了几年小学，读书的时候年龄小，个子小，却坐在最后，连黑板都看不见，还经常挨打，根本不可能学到什么，但你听她现在说话，比学校里的先生还有文化，那不是她在说，是龙女在说！她跟龙女互相幻化。虽然龙女毁了肉身，可她的精魂，是附着在林安平身上的。

我听明白了一些，同时又不明白。

我就带着这样的明白与不明白，回县城去了。

去头儿办公室的路上，我设想了种种情形，唯独没想到的，是他对我那样热情。我刚到门口，他就站起来迎接了。这让我错愕。看来，头儿对我或许有不满的地方，但并不是馆长说得那么严重。是馆长自己觉得很严重。他把我迎到沙发前，跟我并排坐下，没有任何寒暄，就说：前几天到峡谷，有件事弄得我很尴尬，专家问我那条河的名字，我说了，又问为啥叫那名字，我却说不出来。后来去半岛，专家又问形成半岛的两条河，同行的没一个能说清……

我说，我能说清。

贯穿峡谷的河流，叫前河。

在半岛交汇的两条河，一条叫中河，一条叫后河（它们在半岛前端，汇流成清溪河）。从发源地和流程看，三条河无法用前、中、后确立。确立它们的依据不是方位，是文化。《山海经》载，身居中原的太皞伏羲，是华夏民族共同的始祖，伏羲的曾孙后照，是巴人的始祖。由此推断，后河是后照河的简称，中河本该叫中原河，它们得名，是巴人为纪念自己的世宗和根脉；前河，则是前进之河——敌势汹涌，巴人在半岛那片膏腴之地无法生存，被迫迁徙，但他们不改勇毅，步履维艰，也要勇往直"前"。而前河流域山高路陡，蛇蝎倒退，鬼神见愁，追兵以为巴人会在绝境中自灭，止步息戈，才使这支困顿行旅得以在峡谷栖身。

头儿听后，双手抱头，长叹一声：这就对了，靠上巴人了，连成整体了。

他不知道，这是我依照他的指示，临时"制造"的。

昨天黄昏时分，我回到县城的家里。家跟我陌生了，灰蒙蒙的啥都看不清，像不愿意我进去。当我走进久不光顾的书房，把嵌在镜框里的雅玲的照片取下来，更是陌生得像是别人的房间。陌生好。陌生意味着可以重新开始。明天要见头儿，我得理出一些思绪。专家们整合巴文化的想法，为我打开了一扇窗，这是听馆长转述时我就想到的。只是有关巴人的史料极少，无非是说，巴人浪漫疏阔，能歌善舞，且特别好战，武王伐纣，汉王伐楚，都曾以巴人为前驱。可这能说明什么呢？与县境东北部的半岛和西南部的千峰大峡谷，又有什么关联呢？

我想不出来，便随手翻阅在峡谷拍摄的数百张照片，第一张就是那条桀骜不驯的河，前河。灵感这东西或许真的存在，由前河，我立即想到中河与后河，并根据《山海经》的记述，"制造"了三条河流的内在联系。

没想到这是头儿首先需要的。

趁他高兴，我提到了林安平。

头儿意味深长地盯我一眼。

这表明他也听说了我跟那个"寡妇"的事。本来没事，我却怯了一下。我这才发现，自己一直处于怯的状态，完全没必要怯的时候，内心里也在左顾右盼。几天前跟馆长发火，接了电话没立即回城，对我完全是个例外，却也因此深感不安。我对情爱的滥施滥用，或许只是以肉体的麻醉来抵押灵魂的亏空。

我本来应该好好讲一讲林安平的，却只是摸出手机，打开视频，让头儿看。

林安平跳芒牛舞、水神舞等，我都用手机录下来了。

头儿看是看，兴致并不高。

那个剧呢？他问，你对那个剧有设想没有？

当然想过。早想过了，只是昨天夜里又做了修正。

我说，林安平曾解说心字，说心是刀带三点，一点自己，一点众生，外面一点是邪心。那台剧，就可以心入手，以心为魂，也以心结构，比如，演员在舞台上构筑一个宏大的心字，再一"点"一"点"去掉，去掉三点，心就成了刀，刀光剑影的巴人史，由此展开。通过艰苦的认知和努力，把那三点再次第加上去，最终合成一个完整的心。心的三点是怎样被去掉的，又是怎样取回来的，其中一点"邪心"，是怎样被约束的，整台剧就表现这个。这会很特别，也有慷慨悲歌的冲击力。还可以用另一种结构，以那种文字的起源来结构，同样很有画面感和历史感，而且可能构成一种发现。

我把林安平记下的三百多个文字，以及它的来龙去脉，包括狗儿坪事件引发的大清洗，讲给头儿听。

头儿像在点头，又像只是神经性地抽搐。

好一阵过去，他问我：你认识陈婷婷么？

没等我回答，他起身走到办公桌前，拿起一本套着红色塑胶封皮的资料，似乎准备给我，想想又放下了。我知道那就是陈婷婷的报告。

头儿没回到沙发上，而是坐在他的圈椅里，说：你把你的想法，也要写成文字……听人说，你讲的那个林安平，像是口碑不好？

我不明所以地笑了一下，说：信，就是口碑不好，不信，就是谣言。

头儿默然。

我又说：林安平身上确实有巫的一面……

巫不是问题，头儿打断我，巫也是文化嘛。现在又不比以前，现在要保护这些传统文化。你应该很清楚，当年的巴人跟楚人一样，本身就崇尚巫鬼。生在大山大水地界，生产力低下，自己掌握不了自己的命运，就畏惧巫鬼，并求告巫鬼，这是所有先民都走过的路。既然这样，当然就是传统的一部分。我们不能因为懂了点科学，就看不起先民的恐惧和他们原始而艰苦的探求。科学是不讲情面的，但是恐惧和渴望却带着温度。先民把他们的温度遗传到了我们的血液里。血是干啥的？血是暖心的，你刚才提到的那个"心"字结构，就不错嘛。但是我想，林安平要改造身份才行，不能说她是土家祭司，要说是巴人祭司，而且她自己就要这样认识。

很明显，头儿已同意我的提议了。

我向他保证，林安平那里，由我去说。

走出县委大院，我立即给林安平打电话。

传过去的是报喜的声音，可传回来的，却是勿庸置疑的否定：不不不，那是乱说，我师父从没讲过我们是从巴人来的。

我空空地咽下几口唾沫：你师父也并没说你们不是巴人。

没说就是不是！

态度坚决，完全没有商量的余地。

连续几通电话，都是如此。

到了晚上，我又拨过去。我想再试一次。

林安平接得很慢，第一句话是：你回去也不给我说声。

像把我上午的电话完全忘了。

我也装出忘了的样子，把上午说过的又重复了一遍。经过一个白天的发酵，我把她改造身份后将得到的益处，根据我的想象，格外渲染。最后对她说：你怎么能说自己不是巴人后裔？当时巴分两支，一支虎巴，一支蛇巴，虎巴敬虎，蛇巴射虎，后来两支巴人遇到了共同的敌人，只能联合，联合的标志，就是衣服上既绣虎也绣龙，蛇飞起来就是龙，你看看你衣服的前胸，左青龙，右白虎，不就是这个意思吗？

林安平沉默着。电话里断续地响起砰、砰的声音，像在捣药。

砰砰声停下后，她说：何先生请你原谅，也多谢你的好意。可我们的代谱和祖脉，一是师传，二是问心。师父没那样传，我只能问心。既然你说我们是从半岛来的，明天我就跟你一路去半岛听听，听到了祖先的声音，我就认，听不到，就不认。

第十四章

去半岛必须从县城过，第二天，我在县城等她。

林安平最快也要九点才到，但不到七点半，我就去州河大桥东头等着了。她是十点零几分到的，当她下了车，站在县城的水泥路上，我发现，她是多么小啊。她个子本来就小，可在峡谷只是略有感觉，到了这边，小得简直叫人生怜。我在三十米外朝她跑去，边跑边喊她。但她没听见，也没看见，东张西望，茫然失措，像被抛弃的孩子。她一生只到过紧邻峡谷的华锦，从没来过县城，县城这个"人世"给予她的冲击，该是何等的惊心动魄。

她穿着盛装，也就是青色襆服，因为她是去认祖归宗，尽管那里可能没有她的祖宗。这种装扮让城里人对她侧目而视。我觉得那些目光也会伤害她，跟她走得很近，弯腰对她说话，显得格外亲热，以此表明她不是异类。带她走过一条大街，在建设局旁边的巷道里上了车。那里停着许多做生意的私家车，跑各个乡镇。以前从县城去普光镇，要差不多两个钟头，现在只需三十多分钟，绥定至西安的高速路，既经过县城，也经过普光镇。横在镇子与半岛之间的那条河，是中河，半岛的那一边，是后河；遗址发掘前，中河上是推渡船，而今修了钢架桥。

半岛上烟雨蒙蒙。正是稻子黄熟季节，微微起伏的田野，弥漫着宽阔而丰饶的气息。走在石板铺成的小路上，稻叶和稻穗在身上扫来扫去。

这里真富！林安平说。

这是她在半岛上说的唯一的话。我没接腔。是不想打搅她。

虽然发掘后被回填，也很清楚哪里是动过的，哪里没有动。我把她带到半岛中心，就站在那里，让她自己朝后河边去。遗址的主要区域，就在后河边。

个多钟头后,她回来了。

她不言声,我也小心翼翼地不去问她。

我们在镇上吃了饭,就回县城。

她没在县城做任何停留,就搭车回土门去了。

我到了,傍晚时她打电话说。

我听见了,她又说。

言毕,电话那边痛哭失声。

三年过去,我还经常想起那哭声,也经常琢磨她为什么哭,还哭得那样伤心。或许,百余年前一个名叫桑托的刺客,能给我一些提示。桑托勇敢地刺杀了法兰西总统,可临刑时,他却颤抖得厉害,几乎没法走向绞刑架,于是人们说,桑托死得像个懦夫。无人理会他声音微弱地说出的遗言。遗言是他的信仰。到死,他也没放弃信仰,没有向现实投降。但无人理会。人们把他肉体的恐惧视为灵魂的恐惧。肉体被当成唯一真实。我不知道林安平的哭,是不是与这些事情有关,是不是她觉得,人们对这个世界的怀疑,其实从来就没错过,并因此悲伤。

三年后的千峰大峡谷,已开门迎客。我们县的全域旅游,也初具规模。但这没我什么事,也没林安平什么事,尽管她认了半岛上的巴人做祖先。

千峰大峡谷的文化打造,特别是那个剧,头儿和他请来的大导演,选了陈婷婷的方案做底本。剧目的故事是这样的:

苏妲己——陈婷婷说苏妲己是华锦人,剧里改成了水口乡人——被纣王抢去,悍勇的巴人自然不依,但巴国毕竟弱小,便派说士去见周武王,力陈纣王的荒淫残暴,游说周武王发动义战。周武王洞悉巴人的意图,说:别的都是废话,你们想抢回妲己是真,前些日我跟纣王相会,见过妲己,美艳绝伦,值得拼命,也赞赏你们的决心。你回去告诉巴君,请他放心,我会全力相助。如此,武王伐纣的战争,变成了古希腊的特洛伊战争;特洛伊战争为美女海伦,武王伐纣为美女妲己。这台名叫《魂系巴国》的舞台剧,也因此成为了"东方的《荷马史诗》";鉴于那位大导演的影响力,剧目排成后,去全国多地巡演过,海报上都是那样宣传的。

此外,在葛杨村顶,塑了尊高达十米的大理石碑——状元碑，旁边还修了个庙——文昌庙，每年高考前夕，去那里搭红敬香的，压弯路途。

方案敲定过后，头儿找我谈过一次话，安慰我，说你的方案不是不好，只是太沉重了，人家是出来玩的，要那么沉重的东西干啥？除了沉重，还缺乏国际视野。

从那以后，我就再没跟林安平联系过。

图书在版编目（CIP）数据

寂静史 / 罗伟章著. —南京：江苏凤凰文艺出版社，2023.9

（尘世三部曲）

ISBN 978-7-5594-7146-8

Ⅰ.①寂… Ⅱ.①罗… Ⅲ.①中篇小说-中国-当代 Ⅳ.①I247.5

中国版本图书馆 CIP 数据核字（2022）第 161582 号

寂静史

罗伟章 著

出 版 人	张在健
责任编辑	项雷达 李 黎
责任印制	刘 巍
出版发行	江苏凤凰文艺出版社
	南京市中央路 165 号，邮编：210009
网 址	http://www.jswenyi.com
印 刷	苏州市越洋印刷有限公司
开 本	880 毫米×1230 毫米 1/32
印 张	5.375
字 数	80 千字
版 次	2023 年 9 月第 1 版
印 次	2023 年 9 月第 1 次印刷
书 号	ISBN 978-7-5594-7146-8
定 价	118.00 元（共三部）

江苏凤凰文艺版图书凡印刷、装订错误，可向出版社调换，联系电话 025-83280257

隐秘史

尘世三部曲

罗伟章 著

江苏凤凰文艺出版社

这扇门里的声音和寂静,杨浪听不见,林安平也听不见。

很可能,世上没有人能够听见。

——题记

◎ 目录

隐秘史 　　　　　　　　　　　　　　　　　　　　　1

附录一　与这个故事有关的另一个故事　　　　　279

附录二　与一位青年作家的会面以及后来的事　　303

隐秘史

一

这只是老君山数十个洞子中的一个。不同之处在于，它没有名字。别的洞子都有名字，比如树精洞、盘丝洞、鸳鸯洞、叫花子洞。

这个洞子却没有。

因为桂平昌发现它之前，谁都不知道它的存在。

当然，此前或许还有一个隐秘的发现者。

但这仅限于猜测。

可能有，也可能没有。

即使真有，也因为过于隐秘，不仅没使它暴露，反而加深了秘密的深度。

世间之所以有秘密，就是等着人去揭示的。这话或许没错，但桂平昌从没想过要成为那样的人。他在老君山过了大半辈子，埋在心底最深最久的秘密，发生在四十九年前。那年八星不对，旱得邪气。大春栽种以后，本是一副风调雨顺的样子，可不知从哪天起，雨水悄悄撤了，你追我赶的九十七个暴太阳，把老君山的石头都晒死了，田土裂开的伤口，能陷一头牛进去，来不及抽穗结实的庄稼，成为烈日下的枯草，矮瘦，稀疏，邋遢；庄稼尊贵惯了，不愿意这样不体面，但那些日子，太阳发烫，月亮也发烫，它们实在没有办法。宁为玉碎，不为瓦全，庄稼们像是商量好了，接二连三，无火自焚。田间地头，到处是自焚的火焰，到处留下黑乎乎的残尸。山民没吃的，饿得口痰也舍不得吐。

多年以后，桂平昌回想那段岁月，全是黑白的，静止的，沉默的。跟照片一样沉默。但那不是照片，是实情。干旱持续到两个月左右，村里村外就听不到狗叫，也听不到人声。那年桂平昌十岁，在村东鞍子寺小学读三年级，但自从村庄变成了哑巴，学校的老师就等不来一个学生了，学校也成了哑巴。桂平昌既不上学，也不进山，一天中的大部分时光，是在自家阶沿底下度过的，起床过后，他就光着上身，蜷缩到那里，靠着梁柱，木呆呆望天。

天空红得发白。

白得一无所有。

看来天上也没啥吃的。

他以为就这样饿死了事，可有天深夜，出门几天的父亲，竟讨回一个拳头大的南瓜和半木碗苞谷面。父亲把东西放在伙房，进卧房去摇睡着的母亲。母亲平躺在席子上，被摇晃的时候，头在细瘦的脖子上挓过来，又挓过去，就是不应声，也不睁眼。她不是睡过去了，是昏过去了。父亲把嘴往母亲脸上凑，凑近了说：

"他妈，粮食！"

母亲痉挛了一下，从昏迷中惊醒，双手乱抓。父亲去把粮食拿过来，让她抓。母亲抓到了南瓜，又抓到了苞谷面，喉咙里像蛤蟆那样叫了半声，遽然翻身起来，去打整那些粮食。她不点灯，只生火，而家有喜事，火是要笑的，她怕它笑，火柴的豆焰舔着柴草以前，她就事先打招呼：

"你要讲规矩啊，这深更半夜的，你不要笑啊，免得吵醒人家了啊。"

久不说话，她声音迟钝，浑浊，但火听懂了，火觉得有道理，从头至尾，一直安安静静地燃烧着。整个屋子都很安静，比睡着了还安静，连母亲把南瓜切成块，放进罐子里炖,炖烂后把苞谷面搅进去,都没弄出任何响动。苞谷面在沸汤里搅拌几下就熟了,父亲把铁罐提进里屋,一家人无声地吃喝。

这期间,住在隔壁的二爸咳过两声嗽,二妈叹过三声气,比桂平昌小七岁的堂妹小翠,在睡梦中哭过几声,每一声哭都是一个"饿"字。

只要出现这样的动静,正吃喝着的一家人都停下来。本来无声,但还是停下来,像防贼一样提防着隔壁的耳朵……

桂平昌相信,直到如今,二爸一家也并不知晓他们在四十多年前那个深秋的夜晚,喝过南瓜糊糊。在他眼里,人世间的所谓秘密,莫过于此。

所以,当他进入那个洞子,看到那件东西时,有种天塌地陷的感觉。

二

这是农历七月末的某个午后,桂平昌背着麦冬,走在回家路上。山深林密,热空气呈块状挂于树枝,躺于路途,他每跨一步,从头到脚都被热空气扑打。山里啥都熟得晚,这正是挖麦冬的好时候，但他打早出门，上坡下坎，走了不下三十里地，热出满身的痱子，也只挖了半花篮。

现在山里人少了，要找到山货却不容易，几年前，十几年前，二十几年前，当大多数山里人还没出门打工，也没把家搬到镇上去的时候，涌起过一波接一波的风潮，捉蛇、捕鸟、套黄羊……将这些活物或尸体，牵线子似的卖往城镇，兰草、大黄和麦冬，同样如此，都是连根拔，须子也不留下，有的还没等到蓝白色的花朵完全萎谢，就拔走了。大山里要长出这些，再不是从根子上长，也不是从种子里发芽，而是要老天爷重新创造一遍。

桂平昌固执地守在这里，便只能靠山吃山。不过，大山再贫瘠，也足够养活他，即使再来一场四十九年前那样的大旱，一时也饿不到他，因此他有理由把日子过得舒心顺气。特别是邻居苟军离开过后，他不仅舒心顺气，有时候还相当满足，相当快乐。比如在这个闷热的午后，他翻过牯牛岭，下了大地塆，再钻过密匝匝的青冈林，到了离家不到三里地的凉水井，心里就乐得痒酥酥的。

凉水井无井，头上是条悬垂的大沟，由山洪冲刷而成。沟里乱石奔云。当山洪驱石下泄，响如滚雷，地皮彻动，房屋摇晃，小儿啼哭，牲口哀鸣，很有些天昏地暗的末日气象。好在七月末的这天,阳光普照,天下太平。

　　与青冈林相接的地界,一块巨大的石礅将沟道截断,石礅里侧,略朝下倾,形成石槽,石槽背后有泉眼,长年出水,干净得叶子落进去半年也不烂;石礅干爽的地方,可坐着乘凉,便叫了歇凉石。这真是歇凉的好去处,山风激流般吼叫,再热的天,坐上几分钟就感觉皮子发紧。

　　桂平昌在歇凉石中间停下来,脱下背绁,搁了花篮,先扑到石槽边灌水,灌得肚皮里哐当哐当响,再双手一撑,两腿一盘,坐下来裹旱烟。

　　抽烟的时候,他悠悠缓缓地想着心事。

　　他的心事再散淡,也离不开自己的日子。

　　他的日子没啥说的!

　　两个女儿和大儿子,都已成家生子,都举家在外地打工,也都在山下的普光镇买了房。房子空着,逢赶场天,他便跟老婆拿着几串钥匙,去儿女的房子里,敞了门窗,打扫灰尘,并按儿女的嘱托,将电视机开一会儿。儿子早就叫爹妈去镇上住,但桂平昌不愿意。他丢不下农活,也丢不下老屋,他完全不理解有些人能把侍弄了一辈子的土地、住了一辈子的家,说丢就丢了。他觉得自己前世是棵树,一旦站下来,就跟周围的一切倾心相认,就是万辈子的亲缘,老窝子

8

再窘迫,他也不想挪。

再说他去镇上干啥呢?儿女都不把孩子给他们带,两个女儿的娃,在她们各自的务工地读书,儿子的姑娘才七个月大,离不开人,她妈就不上班,专门带她。反正不送回来让两个老家伙带。这也好。村里老人带孙子辈,有的带死了——淹死或摔死,有的带坏了——孩子去镇上念书,老人跟去照顾,却管不住,也不敢管,否则就以离家出走甚至跳楼、割腕相威胁,于是由着他们看电视、玩手机、打游戏,把读书只当成应酬。带孙儿孙女,成了高危职业,个个胆战心惊。可不带又空得慌。住到镇上更空,好像每天的光阴就是用来等死。死迟早会来,不急那一时半会儿,更用不着费心思去等。

像他桂平昌这样,住在老家就好多了。

老家有活干,忙时忙农活,闲时挖山货。

抽完那袋烟,汗湿的衣服早已干透,身上凉飕飕的,桂平昌把烟蒂从竹管里磕出,将烟嘴在砂红色的手掌里旋了两圈,揣进荷包,接着像穿衣服那样,把手伸进背绁,准备离去。

如果不是起身时打了个趔趄,事情可能就不会发生。

趔趄之后,他又坐下了。

他说：

"撞你妈的鬼哟！"

其实是山风卸了他的力气，加上腿一直盘着，麻。

他是很好面子的人，早些年的某个清早，他挑一担粪去地里，不小心滑倒，他顾不得痛，左顾右盼，确定没人看见，便在粪汁四溢的泥地上笃屁股，狠狠地笃，笃了十几下，只差没把屁股笃平；他以这样的方式惩罚自己。他不容许自己挑一担粪上山竟然滑倒。现在虽说上了年岁，也不该背半花篮麦冬就打趔趄。跟那回一样，他坐在地上，四处瞅。村子空了，毕竟还剩了十多个人，他不想让任何人看见自己刚才的样子。

这一瞅，没瞅见人，却瞅见了十余米高处的一大丛麦冬。

好家伙，将它挖起来，足够把花篮装满！

麦冬的叶子像被梳过，根根下垂，碧绿得只想搂住啃几口。它生在沟道右侧的崖壁上，或许是险了点儿，高了点儿，更主要的是周围长满了深绿的马儿芯草，把它挡了，才长时间地没被发现。

他激动得又骂了一声，骂的还是那句话：

"撞你妈的鬼哟！"

然后脱下背绁，从花篮里取了点锄，攀着乱石往上爬。

十多天前下过一夜暴雨，发过一场山洪，接着便是日日不缺的红火大太阳，石头干得起壳，然而，山洪跑过的痕迹依然清晰可见，那是如刀刻的水印，还有虫子密密麻麻的尸首，那些尸首都只剩一张皮，紧贴在石面上，像石头长出的花纹。虫子们毫不怜惜地让自己的脏腑消逝不见，只把皮留下来，仿佛它们的脏腑并不重要，皮才重要。桂平昌在石头上每抓一把，都抓下满把的皮屑。

爬到最靠近麦冬的那块赭红石条上，才发现高度不够。脚尖踮起来，手尽力伸直，直扯得肋骨痛，还是不够。幸好离麦冬不远处，有棵从岩隙生出的马尾松，松树的一根垂枝，有斧柄粗细，他逮住试了试，牢靠得很。接着又察看地形，攀上崖壁，骑在树脖子上，完全可供他挥点锄。其实不要点锄也行，崖壁土层薄，使了劲儿扯，想必能扯起来。但他还是把点锄往土里一挖，固定住了，再握住树枝，身子奋力一荡，两条腿耸上去。

他本是把脚朝山壁上蹬的，却踏倒纷披的蔓草，脚尖从壁身钻了进去。

就这样，他发现了那个洞子。

三

他不该多那一点好奇心,大山里有个洞子太正常了,前面说老君山有数十个洞子,实际谁知道呢,说不定有上百个、上千个,动物们靠那些洞子栖身,躲避天敌,生儿育女;成日里奔走的风,深感奔走的劳苦和寂寞,也仰仗那些洞子弄出一点或恐怖或好听的声音,给自己大荒般的生命添些内容。再说洞子本就是山野的窍孔,山要靠它呼吸,小小的一个人都有九窍,一架山该有多少?仅从桂平昌有证可考的高祖辈算起,桂家扎根老君山,已历五代,他不可能不懂山,不可能不懂关于山的道理。可是那天,他还是从壁上取下点锄,除去蔓草,把洞子亮了出来。

是一个圆口洞,里面暗沉沉的。

很久以后,桂平昌也说不清自己当时为什么要钻进去。是想捉蛇吗?上个月,县电视台天天晚上播一部情景剧,说的是曾经在这片山川繁衍生息的远古巴人,被秦兵追杀,不断败退,退到了县城以西的千峰大峡谷,并在那里组成了一个新的部落;桂平昌是不是想,现在蛇也被追杀,也不断败退,巴人退到了千峰大峡谷,蛇就退到了老君山的这个洞子里？果真如此，里面就也可能藏着一个蛇部落，将其一网打尽，卖到镇上的餐馆酒楼，就能发笔横财了。

但那是不可能的。他知道不可能。那一波接一波的风潮过后，山里的蛇几乎绝种。当然照旧有贩子收蛇，贩子们给的价，比镇上的餐馆酒楼给的，高出很多；他们是卖到县城去，甚至卖到成都重庆去。可价钱再高，山民也只能吞冷口水，因为很难再找到蛇，赶场天谁要是带着根指拇粗的小蛇上街，就一路的被惊叹，被羡慕，问是从哪里捉来的，如果自己也去过那地界，而且比卖蛇人先去，却没把蛇弄到手，就骂自己的祖宗八代，咒自己的眼珠子遭麻老鹰啄。

很久以后，山民才得知，蛇并没绝种。蛇只是在山里绝了种。它们在山里扎不住，就偷偷下山，朝镇上迁徙。那些冷血而忧郁的生物，该是在怎样一个月黑风高的夜晚，在大山睡去之后，拖儿带女，离开了世代祖居的家园。

遗憾的是，它们不知道自己不是人，人在山里有房子住，去镇上也有房子住，蛇以为自己在山里能打洞，去镇上也能，结果镇上全是水泥地。与水蛇对应，山里的蛇被称为泥蛇，可是水泥不是泥。面对崭新的世界，基因遗传给它们的本领，悉数清零。于是纷纷朝河沿跑。河沿的某些地方，也是水泥，好在不全是，还留着真正的泥。可蛇们不知道的事情实在太多了，它们落入了另一个陷阱。

从镇外流过的清溪河，是一条峻急的河流，春夏秋三季，高兴了涨一场水，不高兴也涨一场水，那些在河岸存身的泥蛇，尽管并不怕水，但不能在水里久居，闻到生水的腥气，见了洪水的潮头，便慌忙钻出洞穴，爬向高处。这正好。高处是滨河路，滨河路以里，就是成排的餐馆，餐馆里的老板和大厨师傅，包括闲逛的居民，如果正逢赶集，就还加上赶集的农人，或赤手空拳，或拿刀执杖，对蛇紧追不舍。蛇慌不择路，要么被活捉了，要么被砍死了。

不愿被活捉，也不愿被砍死，就没入水中自杀。

桂平昌就亲眼见过一条自杀的蛇。那条丈多长的乌梢蛇，刚爬上滨河路的红砖地，五六个人就朝它奔过去，它头一扭，悲伤地看着身后崖坎下的浊水，稍作犹豫，就把自己扔了下去。不幸的是，那里是个回水荡，它又不敢游向远处。几分钟后，它冒出头来换气，迎接它的，却是石头和竹竿。它干脆沉入深处，不再起来。当它起来的时候，身体像根烧焦的棍棒，黑的，直的。它死了。

曾经——那是很久以前了，县文化馆有个姓孙的老师，到老君山东游西荡几天后，回去接受县电视台采访，说山里人捉蛇，命都不要，说有个叫苟军的，出去一趟就捉回几十根,并不往口袋里装,而是满身捆扎,长的捆在腰间,短的捆在腿上,更短的捆在胳膊上,最不可思议的是,还把蛇捆在脖子上,刚出生的幼蛇,就挂在耳朵上,蛇在他的下巴和脸跟前,吐着信子,流着涎水,而他根本不往眼里去。问他:"不怕蛇咬?"苟军回答:"怕的时候才怕,不怕的时候就不怕。"

孙老师感慨,说而今的山里人,不再珍惜自己的物态了。

桂平昌不懂什么叫"物态",但他会想:如果我也变成了一条蛇,或者变成了一只甲虫、一只蚂蚁……他这样想,并非就不捉蛇,直到他目睹了那条自杀的蛇,才彻底收手。别说很难碰到蛇,就是碰到了,他也不再把它们看成钱,而是看成命。命常常用钱去计算,其实命跟钱无关。

因此,农历七月末的那个午后,桂平昌钻进那个洞子,他不承认自己是想去找蛇捉。即使那洞子里藏着一个蛇国家,他也没想过要去把它们变成钱。

他只是迷迷瞪瞪就进去了。

洞口不大,跟那种老式炉缸的口子差不多,因此他是把自己折叠之后,一段一段送进去的。洞子也不高,一米六七的桂平昌,腰一伸就撞头。光线似有若无,但那只是不超过半分钟的事情,半分钟后就明亮些了,仿佛他打开了一盏节能灯。

原来,这不过是个平平常常的洞子,大约五十平方米。

如果有五千平方米就好了,他就可以去报告政府,说不准还能因此获得一笔奖金。近几年来,政府打造旅游,一段荒烟蔓草中的石堆,也找几个文人来编故事,说那不是石堆,是残存的古道,且不是普通古道,是直达长安的荔枝古道,当年杨贵妃吃的荔枝,就是从这古道上送去的。发现一个万木丛中的小水塘,就说那不是一般的水塘,是七仙女洗澡的地方,因此那水不能碰,碰那水就相当于摸了七仙女的肌肤,仙女能摸吗?仙女是不能摸的,除非你觉得自己也是神仙。不远处有棵巨大的古木,古木上有个树洞,说是雷公藏身处,七仙女洗澡的时候,雷公就躲在那里偷看。连雷公也只敢偷看呢!……

真有个五千平方米的山洞,要装多少故事?故事越多,越离奇,外地游客越有兴致,越愿意不辞辛劳,把钱送来。

然而不是五千平方米,是五十平方米。

五十平方米就太平常了。

既然平常,应该粗粗地瞄一眼就退出来,但桂平昌似乎怀着某种期待,他不信五十平方米的洞子里,空得啥也不装。于是他朝深处走去。

所有山洞都有的气息——那种类同于金属的气息,越往深处越浓,浓得像固体。深处的光线也更暗,可他隐隐约约看到,靠近山壁的地方,仿佛有块长条形的石头。他打算证实了那块石头,就出去干他的正事。

结果不是石头,是一架白骨。

平躺着的、完完整整的人骨。

四

回到家,桂平昌没吃午饭,就躺到床上去了。

挖半花篮麦冬就累成这样,在他还是头一次。

他老婆对他的累非常不满。他老婆名叫陈国秀,陈国秀觉得,你要是挖了一百斤麦冬,不要说回来就往床上躺,你还在院坝就躺下去,让她把你往床上抱,你也有那资格,可事实上,连叶带根,不过三四十斤,将块根摘下来晾干,也就八九两,你有什么颜面累成那样?她对床上的男人说:

"不想去挖地,就打明里讲,见不来那副充军样!"

"充军"这个词用来骂人,在老君山是毒骂。老君山属大巴山余脉，古巴人从鄂西迁徙于此，后遭遇灭顶之灾，千载之下，这里又成为热弹横飞的战场，也是历史上著名的流放地，战争、迁徙和流放造成的伤痛，被先民埋进骨血，代代相传。山里人活得累，话也尽量往少处说，对那种伤痛只用两个字概括：充军。因为伤得深，骂起来也格外狠。

老婆脾气不好，这是最近十多年来，桂平昌唯一感到遗憾的。但也不十分遗憾。他知道老婆的坏脾气是怎么来的。不管她喷出多么难听的恶言，他都不计较，也基本不搭腔。今天更是，因为他完全没听清她在说什么。

陈国秀不知道他听不清，狠着劲儿又骂了几句，才无奈地扛着锄头，独自出门去了。她同样没吃午饭。她本是等着男人回家，一同吃了饭，再一同去挖地，可男人既然那么不中用，她就得一个人干掉两个人的活，腾不出空来吃饭。反正饿一顿又饿不死人。

陈国秀一走，桂平昌就打起了摆子。

是吓的。

他本来就不是累的，是吓的。

发现白骨后，是怎样钻出洞子，梭下崖壁，背着花篮跑回了家，他一点也记不起来了。是怎样躺在了床上，同样记不起来。是白骨在追着他跑，也是白骨把他摁到了床上。陈国秀甩门的声音，使屋子动荡，阳气也跟着漾开，让他回魂。他把自己掐了一把，虽不甚痛，却让他感觉到了身体的存在，随后五官归位。他抬了抬眼皮，瞧见了床顶斜上方的亮瓦，还有那只去年就在亮瓦底下安家落户的蜘蛛，也才明白：自己现在是在家里。

洞子里怎么会有白骨？世世代代，老君山死了人，都是入土为安的，且各家都有祖传的坟山。在兵荒马乱灾岁相接的日子，有些人家死了娃，可能简便处理：把死娃子装进坛子，放进某个能遮风蔽雨的岩垤。老辈人说，上世纪三十年代初，军阀刘存厚在老君山跟红军打仗，打得到了五月间，树叶子还不敢长出来，战火刚熄，散匪又至，散匪挨门挨户抢，稍不称心，就把人往林子里吊，有的吊得太久，吊断了颈项，只剩个脑壳挂在高枝上——即便在那时候，再穷再苦的人家，也不会将死娃裸放进岩垤里。

何况桂平昌发现的，分明就不是个娃。

娃没有那么大的头骨。

九年前的五月初二，同院的孤老婆婆张大孃死的前几个月，她去扯伙岩捡干柴，在岩垤里见到一个釉彩坛，将皮面上的灰土抹去，坛身完好无损，光洁如新，遍体烘制的映山红，叶子青葱，花朵怒放。张大孃正需个家伙腌咸菜，就将它背回了村。盖子封得太死，完全像跟坛身长在了一起，张大孃又是用开水淋又是用热醋泡，费了好些力气才启开。启开后从里面滋出一股玄黑的阴气，寒彻肌骨。待阴气散尽，张大孃把坛子扣过来，倒出了一堆人骨，别的骨头都碎了，只头骨是完整的，仅兔头那么大。

而这个人的头骨，能把张大孃背回的头骨装两个进去。

白骨来历不明。

多半是一起凶杀案。

五

事情很可能是这样的：某个星月无光的夜晚，一个人将另一个人杀死，然后把死者背进了凉水井上方的无名洞。凶手事先发现或者说提前找到了那个洞子，以为几十年甚至上百年内，不会被第二个人发现，就放心大胆地把死人放了进去，让死人在里面慢慢烂，烂成一架骨头，由骨头再变成石头，由石头再变成灰，而凶手自己则潜回家中，继续过他的白天黑夜。

桂平昌就是这样想的。

他只能做如此简单的想象。

但问题在于，骨头还没来得及变成石头，更没来得及变成灰，就被另一双眼睛看到了。从行凶到暴露，用了多长时间？不会太长的。桂平昌见过无数死去的动物，若吃毒药死的，不能食用，只能扔掉，要是埋进土里，隔那么三年五载，去那地方垦地或起房子，挖出来的就只剩白骨；要是露尸野地，几个月就不见了皮肉。动物如此，人也差不多。凉水井的那个洞子，尽管有深草锁门，无孔不入的空气，却是想进去就能进去，就算洞子干燥，烂得慢些，给一年的时间已经足够。退一步讲，不是一年，而是十年吧，或者二十年吧，小孩子才长大，中年人才变老……桂平昌分明感觉到，那个凶手还活着。

他能背着一个死人爬上崖壁，证明他当时年轻力壮。

发现来历不明的尸骨，应该报案。桂平昌起了床，去伙房找手机。家里只有一部手机，全部功能就是用来跟儿孙通话，如果两口子都下地，要么桂平昌，要么陈国秀，把手机带着，有一人在家，就不带，荷包里揣个东西，干活不方便，当然主要是怕弄丢。

手机放在伙房的八仙桌上，一眼就看到了。

桂平昌抓过来，抖抖索索地摁键。

刚摁两个键,他打个激灵,停下了。

那架白骨的样子让他起了疑心。

在洞里没看仔细,现时回忆起来,却清晰得刺目。

白骨能有什么样子呢?头颅光光生生的,天门处有浅浅的凹陷,额头有个抹斜的坡度,眼眶是两个洞,鼻子也是两个洞,左右两侧,耳朵还是两个洞,挺露出来的牙齿,比活人的牙齿显得更长,长得多。天底下的白骨都是这个样子。那年张大孃背回的骨头,虽是个细娃儿,也是这个样子。

但桂平昌还是疑虑重重。他吓得那么厉害,猛然间见到白骨是一方面,更重要的,是开始就有了疑虑。要说白骨,他挖地也会挖到的,掌骨、肘骨、肩胛骨、胴子骨,都挖到过,有次一板锄下去,直接翻出来一个骷髅,野草惨白而强韧的根须,把骷髅裹住,眼窝和鼻孔里,更是根须成堆;根须是植物的嘴,到处找养分吃。每当挖出这些,他会有片刻的惊悚,但也就是片刻,他很快定了心,把骨头拾起来,淡淡的怅惘里,是跟山野一般旷邈的宁静。他知道这是某个祖先的骨头,多半死于兵灾或集体的饥饿,才没能装殓入棺,埋进祖坟。那祖先活着的时候,很可能也来锄过这片地,他现在是锄祖先们锄过的地。他因此有了感动,觉得自己真的就是一棵树,从自己的前世一路长过来,时光漫长,根子深密。

要不是有了疑虑,一架白骨把他吓不成这样。

他好像认识那个人。

说不出具体特征,可就是觉得认识。

有了这心思,从那架白骨上淌过的光阴便迅速回流,由白骨变成尸体,由尸体变成人,这个人毛孔粗大,皮肤黝黑,自然卷曲的浅灰色头发,一绺一绺的,在头上划出阡陌……

到这时候,桂平昌真的认识了。

是他?

未必是他?

是他。

肯定是他。

——这岂止是认识!

该不该报案,桂平昌犹豫了。

正在他犹豫的时候,同院的吴兴贵回来了。

六

老君山腹地这个名叫千河口的村庄，论面积，比世界上好些国家都大，却只有东西向排列的三重院落，东高西低，其间有渠沟相连。桂平昌住在中间院子，不知为什么，中间院子叫老二房，一辈接一辈的都这样叫。先前，老二房住着十四户人家，后来东走一户，西走一户，没几个春秋，院子就空了，只剩下桂平昌、吴兴贵和光棍汉九弟，前年九弟死了，就只有桂平昌和吴兴贵了。

无论走到哪里，吴兴贵的嘴都打着响片儿。他爱唱骚歌。现在他唱的是：

约妹儿约到芦苇林（呢），
甜嘴儿亲得赛鸟鸣（啰）。
妹儿你莫嫌芦叶割（哟），
快把罗裙儿当草坪（哦）。

都六十多岁的人了，还这么不正经。

吴兴贵从院坝南端走到北端，开了门，有了几分钟的安静,然后又听见他关门插锁,唱着歌走了。

在吴兴贵越发不成体统的歌声里,桂平昌把摁下的两个数字消了。

那个人死了,都死成一架白骨了,从不见人过问,我又何必去多管闲事?

他把手机放回了原处。

因为他不想管闲事。

他觉得管闲事就会被闲事缠身。

但这不是他的真实想法。

他只是用那样的话来欺骗自己。

他真正的想法是:如果他没认错(咋会错呢),洞子里确实是那个人,他去报案,就不是管闲事,而是引火烧身。

他没有罪,同时也相信不会无中生有地给他定罪,但被盘问是免不了的。警察盘问他,不可能爬山涉水地来村子,定是一个电话唤他去镇上,甚至去县城。就说去镇上,也有十五里地,下十里陡坡,还要沿清溪河走五里沙滩和芦苇林。平时,要不是陈国秀逼着,让他隔三岔五就跟她上街给儿女看房子,他才不愿意耽搁一整天活路,累得手脚稀软地去镇上晃悠。镇上有稀奇可看:把舌头像皮筋一样拉成两尺长;命令一根软绳直立起来,然后攀着绳子爬上云端;刀口一拉，豁开肚子，从里面取出一只活鲜鲜的麻雀……这些稀奇以前就有，现在更多。城里不再准许他们摆场子，就摆到镇上来了。但那些东西，看一回就够了。

他真正看不够的，是田土和庄稼。

他可以蹲在一窝庄稼面前，看上大半个时辰。

城里人觉得自己养的狗会笑，猫会笑，桂平昌觉得自己种的庄稼会笑，"你笑啥呀？"他这样问，庄稼是怎样回答的，别人听不见，他能听见，他和庄稼像老伙计一样，细细密密地谈着土壤、天气和年景。跟老婆陈国秀，倒没这么多话说。陈国秀怨他闷，也怕他闷出病来，才经常逼他赶场。他本人根本不想去得那么勤，他觉得如果没有要紧事，三两个月上一回街就可以了，他不信儿女们的房子三两个月不通风就锈了，也不信电视机三两个月不开就坏了。他住的木板房，住了五十多年还好好的。

然而，如果警察唤他去盘问，很可能让他今天去了，明天又去，明天去了，后天又去，直到把凶手抓住，证明了他的清白为止。

要是一直抓不到凶手呢？

那就今年去了，明年又去，明年去了，后年又去。

可既然有人被杀，怎么会没有凶手？

抓不到真正的凶手，被怀疑的人就是凶手。

他是凶手。

——桂平昌是凶手。

想到自己差点报案，桂平昌吓出一身冷汗。

虽没报案，警察也没来唤他，他却有了愁苦。

你不报，人家会不会报？你已经把那洞子亮出来了，别人很容易发现，要是别人也跟你一样，钻进去看到了白骨，而那架白骨像"他"，很像"他"，不仅像，分明就是"他"，警察照样会怀疑你，照样会把你叫去盘问。

赶紧去把洞子捂住好了！

可怎么个捂法呢？将除掉的草种回去？你在种的时候，要是正有人路过，该如何解释？一百种解释也是白搭。一百种解释就是一百种不打自招。再说，庄稼人只除草，不种草，一个种草的庄稼人会遭庄稼嫌弃，庄稼会因此远离你，让你再也种不出庄稼。即使是东边院子著名的懒汉杨浪，从不收拾庄稼地里的野草，可他也从不种草，他让草自生自灭。

最便利的办法，是砍些柴枝，覆住洞口。

但这照样行不通，凉水井周围又不是你的柴山，凭啥去砍？就算砍的时候无人知觉，柴枝过段时间就会干，捡干柴的人就会把它捡走，洞子照样会露馅……

一番挣扎过后，桂平昌对自己相当不满。

在凉水井歇了那阵气，背花篮时打了那个趔趄，他骂了声"撞你妈的鬼"，看到那丛麦冬，他又重复骂了一声，结果真就撞到了鬼。话是通灵的，有些话是说不得的，"说"字的左边是个言，右边是个兑，意思是话说了是要兑现的。他不说那句话，也就不会在他头上兑现。可是他说了。而且说了两遍。

他觉得，把一个人杀了是错误，发现别人杀人的事实，同样错误——对他而言，是更严重也更可悲的错误。

他对自己不满还因为：我又没杀人，我为啥要去捂那个洞子？

话虽如此，究竟心虚。他轻脚轻手地走向门边，耳朵紧贴门板，细听外面的动静。数十年的烟熏火燎，门板上满布炭灰的颗粒，像焊上去的，硌得耳朵生痛。院子里有猫叫的声音。是猫在学院外竹林里的鸟叫，想把鸟引下来，好让它扑。猫学得也算像模像样，可人一听就知道是从猫嘴里发出的，难道鸟听不出来吗？猫是白费力气。但也难说，生生世世，猫们遗传了这本领，证明有用。接着是一声鸡啼，只啼半声就止住了，像在打呵欠。

再接下来，没有了别的声音。

唯有光阴从耳边流走，把几乎炭化的门板擦得沙沙响。

桂平昌打开门，跨了出去。

七

院子里脏得很，干的稀的鸡屎，东一簇，西一堆，颜色鲜艳。桂平昌小的时候院子里就这么脏，现在还是这么脏。现在更脏，因为曾经的十四户人家，有十户的房子都垮了。房子立着，有人住在里面的时候，再脏也是家，人离开了，房子垮了，家成了废墟，自然就脏了。脏的不是灰尘和瓦砾，而是阴秽的气息和萧条的气象。这比鸡屎更脏。正像县文化馆的孙老师那回说：萧条是世间最大的脏。

住在右手间壁的二爸一家，房子垮得最不成样子。

二爸的女儿，也就是比桂平昌小七岁的小翠，是被做高骡子生意的人卖掉的，卖到了新疆，那年小翠十九岁。七年过后，她带着一个比她大十多岁的男人和从五岁到半岁的四个孩子，突然出现在千河口，她领着一家人给父母下跪，然后独自去祖坟上哭了一场，再然后，她抹掉眼泪，苦口婆心地劝父母和弟弟都去新疆落户,说我们新疆啊,比你们这里好多了,新疆平,田地又广。父母既伤心,又高兴,伤心和高兴都让他们不平静,待平静了,就几层院子走动,跟着女儿说新疆的好,好得不得了,比我们这山旮旯好一万倍,好像他们是吃着新疆的米过了几十年,好像他们女儿不是被卖掉,是主动嫁到了个富贵地方。随后,一大家子果然都连皮带骨地去了新疆。

二爸回来办迁移手续时,要把房子以两千块卖给桂平昌,桂平昌想要,却找不出那么多钱,便没接手,也无任何别的人接手,房子就闲在那里,没闲几年就老了,塌了,塌得稀里糊涂。

二爸家的房子塌了,张大孃的房子塌了,冉从勤的房子塌了,贺永胜的房子塌了……一幢接一幢的空屋,都塌了。连前年夏天才死的九弟,他那房子也塌了屋脊。屋脊相当于人的脑门,脑门塌了,便是死相。

院子就是这样变得更脏起来的。

除了桂平昌和吴兴贵,另有两户没住人,但房子还立在那里。

其中一户,男主人名叫刘志康。

刘志康是千河口继杨峰、符志刚、李奎之后,第四个出远门的人。但他跟前三人不一样。前三人出去后，杨峰总共只回来过一次，那次他回来把老婆娃儿领走，就再没露面，听说他成了大富，在省城购下了别墅，经营着地产；李奎出去混了些年辰，先富了，又穷了，之后因偷盗判刑，刑满释放之前不能回来；符志刚倒是每年春节都回来的，但只是溜达一圈就走。而刘志康出门五年过后，却是专门回到老家，将土墙房换成了青砖瓦房。

不过，青砖瓦房还没住出烟子味儿，刘志康又拖家带口，辗转于安康、酒泉、石河子、齐齐哈尔和江浙一带，走到哪，工程就包到哪。又是差不多十年过去，他觉得自己的财运满了格，再蹦跶已无济于事，便回到本地县城，在县城买了房，一家人定居下来。自此，每隔半年左右，刘志康就坐三个多钟头上水船，在老君山脚登岸，爬到村子，看看他的房子，也顺带看看乡亲，他跟乡亲们随便往哪里一蹲，就能摆半天龙门阵，随便哪家请他吃饭，他都答应，随便做什么饭菜，他都吃得很香。最近两年，腿脚不大听他的使唤，他才断了这条路。他那房子的砖缝里，长长短短生着蕨草，蕨草随风摇曳，岁岁枯荣。

另一户，就是苟军。

苟军住在桂平昌的左手边。

算起来，苟军离开已有十一二年，从没回来过，他的房子却不烂，更不垮。那房子也是板壁，在他出生的前一年，由他父亲苟明成起的。苟明成是木匠，据说立架子那天，往房顶扔糖果包子的仪式做过之后，苟明成当众夸口：

"我这房子，一百年不烂，两百年不倒！"

这是夸口，却不是夸海口，每根梁柱、檩条，每块板壁、椽子，包括窗格、门栓、把手和所有细碎部件，都剔除杂木，全用老柏木做成——这还是其次；更为重要的，是他把一个木匠对木料和房子的愿望，特别是对家和儿孙的愿望，在砍伐的时候，弹墨的时候，钻眼的时候，刨花的时候，点点滴滴渗透了进去。几十年来，千河口百分之八十的老房子，都是苟明成主持修建的，有好多间也全用的是柏木料，可那些房子只要六七年不住人，即使没倒，也做出随时准备倒下的样子。苟军的房子却丁是丁，卯是卯。

当然，这并不是桂平昌关心的。

七月末的这个下午，他来到院坝，不是为了看房子的。

可事实上他就是在看房子。

他盯住苟军的房子不转眼。

八

除用作牛棚猪圈的偏厦，苟家的正房不宽，进深也短，至多也就一百三十个平米。这在农村房子里面算窄的，尤其是大巴山区的农家，火塘大，灶台大，再加上农具和杂物，要好大一间屋子去装。苟家完全有能力把房子修得更宽，却偏偏没有，好像老天爷早就料到，苟家不需要那么宽大的房子。苟明成寄望自家的房舍能经两百年风雨，寄望子子孙孙人丁兴旺，可他就得了苟军这根独苗。

独苗也没关系，大山里面，多的是独木成林。

然而，苟军偏偏连独苗也没留下。

作为手艺人家，家境自然比别人好些，苟军十八岁就娶了女人，比跟他同岁的桂平昌早娶六年。女人名叫孙月芹。这名字简直取封了相，孙月芹的脸盘子，像满月那样圆，像芹菜梗子那样白，苟军和他父母都很喜欢。可嫁过来两年多，孙月芹的肚子还是块荒地，一家人的脸就变了。苟军的脸跟手是连在一起的，脸一变就动手，他拿根黄荆条，把老婆像打孩子那样打，却又比打孩子下手狠，打得孙月芹喊爹叫娘，深更半夜还往野地里躲。开始，当父母的还拦一下，后来干脆睁只眼闭只眼,偶尔还煽风点火。

又过去大半年,孙月芹的肚子一如既往地荒着,苟军手里的黄荆棍换成了使牛棍,把老婆像打牲口那样打。孙月芹不敢落屋,晚秋时节,在后山的某个洞子里过了一天两夜,才心一横,带着辘辘饥肠和将近40度的高烧,跑回了对河马伏山的娘家,再不愿过河。

镇子在河这边,她就连镇子也不去。

这样过了三年多,千河口终于有人在镇上看到孙月芹了。她的怀里抱着个娃娃。原来她又嫁了人,婆家也在马伏山。反正又没办证,跑回娘家就算离了,跟另一个男人安排几桌酒席,请三亲四戚和村坊邻里吃一顿,又算嫁了。这次嫁过去不满一年,孩子就生下了,是个男孩。孙月芹在普光镇出现时,孩子已有半岁。她把盖在儿子脸上的手帕取开,欢欢喜喜地让过去的婆家那边人看,也就是让千河口人看。小家伙白白胖胖的,熟睡着,安静得像块云团子。

这事传进苟家耳朵里,苟军父母的脸黑臭了地,见谁都像见到仇人。

苟军本人倒不这样,只是酒喝得厉害。这三年多时间里,他没再娶。他毒打老婆的名声传得很远,村里没人再敢给他提媒,即使提了,也没人愿意把女儿嫁过去受罪,受罪还是小可，万一想不通，朝梁上搭根绳子，往嘴里灌瓶农药，那才喊天。有好几次，苟军想去马伏山把孙月芹请回来，都被母亲臭骂，母亲说，一个寡蛋，请回来做啥子？要回来她自己长得有腿！后来苟军熬不过，悄悄去了，却听说孙月芹已经嫁人了。

桂平昌的大女儿满一岁半的时候，苟军又有了女人。是个过婚嫂，带着个四岁多的男孩儿。孩子不是自己的骨血，苟家当然遗憾，两个老的还动不动就用厉声的呵斥和响亮的巴掌，来表达自己的遗憾，但总体说来，一家老小还是日日月月的在往下过。谁知过了不满两年，那孩子就在村外半里地的池塘里淹死了。

孩子的母亲成了大半个疯子，无数次把儿子的坟刨开，将小棺材背到池塘边，即使天寒地冻，也提着斧子，去把池塘里半尺厚的冰层锤个窟窿，跳进冰水捞儿子的魂，说把儿子的魂捞出来，儿子就能活了。她这样疯了些时日，就从千河口消失了。谁也不知道她的下落。据说，跟她一同消失的，还有她儿子的尸骨，但没有人去证实，那小人儿埋在苟家祖坟里，傍着山壁一棵脱了皮的桉树，本就是个不显眼的土包，被他母亲刨来刨去，连土包也看不出来了。

从那以后，苟军秋月春风，送走了母亲，又送走父亲。

他父亲苟明成死的前一个月,备着酒肉,把桂平昌请进了家门。

他请桂平昌,是要跟桂平昌立字据。

关于产权的字据。

首先是地产。苟家和桂家之间,有条两米宽的夹巷,多年以来,人们从这条巷子上山,也从这条巷子回来,但产权属于苟、桂两家。

其次是院外的竹林。竹林是老二房的另一堵院墙,凤尾森森的,分属四家,苟家的与桂家的挨着,中间界着盈尺宽的水沟,水沟右边属苟家,左边属桂家。这是早有定论的,苟明成之所以要在尽管表面看不出有什么病,却深感自己来日无多的时候,明明白白立了字据,让桂平昌和苟军签字画押,是为儿子忧。

儿子独门单身,看样子将来也找不到婆娘,即使找到婆娘,也无子嗣,而桂平昌,大女已说了婆家,二女已念完小学,儿子的开裆裤已换成连裆裤,接下来肯定还不会罢手,还要继续生,他老婆陈国秀有副好胯骨,左右撑出来,像两只耳,这样的女人特别能生,稍不留意,就会两腿一劈,屙出一个。她已经屙了三个了。她身体里的那条道路,就像树槽,滑第一根树下山,槽道有些滞涩,树要自己找路,滑第二根树下山，路就是现成的，滑第三根树下山，那条路就成了康庄大道，四根五根、六根七根，唱着歌子就跟来了。多半还有带把儿的。说不定，第四个就又是个带把儿的。在未来的日子里，桂平昌必将儿孙满堂，苟军却是孤家寡人，若发生产权纠纷，他哪斗得过桂平昌。

桂平昌记得，那天他们把酒喝得很愉快，他跟苟军以兄弟相称，两人端着杯子，倾心吐胆地说老半天亲热话，才脖子一仰，喝个底朝天，接着又把酒续上。

喝到快结束时，陈国秀来了。

陈国秀站在门口，倚着门框，说了几句难听的话，桂平昌还把她骂了。那天的气氛实在太好了，陈国秀不该翻旧账，更不该把话说得那么难听。

但事实证明陈国秀是对的。既然你对产权一清二楚，为啥总是把手伸那么长？为了院外的竹林，桂家不知道受了他苟家多少的欺负。苟明成做墨斗、做尺子、编背篼，让儿子去砍竹子，砍的都是桂家的竹子。你要是支吾一声，砍几根竹子也不值啥，可偏偏不。苟明成知道苟军砍的是谁家的，也不下个话。正是舍不得自家的竹子，他才故意让儿子去，自己好装聋作哑。这点儿小心思，瞒得过桂平昌，瞒不过陈国秀。甚至，苟军在自家竹林里见了竹虫，也一只一只捉下来，放进桂家的竹林。这是陈国秀亲眼看见的。

九

苟明成立字据是为了保护儿子，但苟军不需要他的保护，更不需要字据的保护。老爹死了没多久，他干脆把手伸得更长些，将桂家的竹林霸占了。

没明说霸占，只理直气壮地去砍桂家的竹子。以前去砍，还要瞄一眼桂家门，现在懒得瞄那一眼，提着刀，直接就去了，去得明目张胆。

霸了竹林，又打起巷子的主意。

他把阶沿下的柴草，包括花篮、蓑衣、斗笠之类的杂物，都移到了巷子里。当年的先祖，只说巷子属苟、桂两家，但各占多少，并没说清，因此才都不去碰，留作公用的通道。苟明成拟那张字据时，以为巷子千年万载都只能用作通道，各占多少同样没说清。但毕竟说了两家共有。而苟军却在父亲尸骨未寒时，就一人独占了。

他这一占，彻底改变了院里人通向后山的路。

千河口大部分田地都在后山，且多在老二房上头，所以苟军改变的，不止是老二房的路，也是整个村庄的路。

只好从屋后一片空地上绕。

说是空地，其实是坟山，那片坟山没有主人，以前听张大孃说，它的主人嫁到了远路上。那时候张大孃还很小。这意思是，张大孃还是个小女孩的时候，坟山的主人是个女主人。女主人家的男人，名叫裴颂云，在重庆任军职，不知为什么事，得罪了人，被对手暗算，遭了枪决，女主人将裴颂云的尸首运回来，埋了，她就在千河口住下来。此前，千河口人从没见过她。也听不懂她说话。于是她不跟人说话，也不栽秧挞谷、养牛喂猪。可她不缺吃穿。她比千河口人都吃得好，也穿得好。她的好吃好穿，都由兵丁挑着担子从山下送来。送了三年，供她为男人守满三年孝，她又走了。听说去的还是重庆，而且是嫁到了重庆，嫁的人，就是先夫的对手——那个把先夫置于死地的人。

裴家祖上就在重庆为官，可连续几代，都遵从叶落归根。自从裴颂云的奶奶去世，他家老房子里就没有人，裴颂云死的时候，他奶奶已去世二十多年。在那二十多年里，平时见不到裴家人，见了，就一定是有亡人送回来。送亡人回来时，除了修坟山，还把老房子也修一修。毕竟有钱有势，修的坟山都是石头砌的，包括裴颂云的坟山，也是石头砌的，而且不要村民插手，匠人都从别处带来，手艺精湛。这么多年过去，坟山完好，只是看不大出来了，因为坟与坟之间，长满了竹子，慈竹、斑竹、金竹、水竹，都有，蓬蓬勃勃，四季葱茏，连竹鸡在里面打架，也看不见它们的身影，只听见怒吼和啼鸣。

要从那里绕路，只能绕冤枉路。那里本来没有路，现在是要从坟山后面走出一条路。在千河口人看来，路离坟山不能太近，太近了是对死者的不敬，虽然裴家人早就扔掉了千河口，但裴家的死者还在，何况死者就是死者，也不管是谁家的死者，都应该尊重。如此，就不是绕十步八步，是绕了将近半里。

绕那一点冤枉路虽然憋屈，也还不打紧，打紧的是坏了若干辈人的习惯。一条路走上三代，就成了骨骼的一部分，后辈受孕成胎，趾骨和脚掌上就带着那条路的纹理和方向，而现在，纹理也好，方向也罢，都得修正了。

修正是要经受阵痛的，大伙怕痛，就去找到桂平昌，说苟军咋那么霸道啊；要占巷子，也不该他一人独占。他们的意思，是让桂平昌和陈国秀出面，请苟军把巷子腾出来。对此，陈国秀洞若观火，她想的是，苟军霸占我的竹林，你们为啥屁都不放一个？她不仅没叫苟军腾，还把自家的柴草也往巷子里堆。里面已没多少空间,但总能挤出一些空间。

苟军抽着烟,默默地看着她忙碌,次日一早,他起床煮猪食,抱的却是桂家的柴禾,且是木质坚硬火劲最足的青冈棒。

只要去过问他几声,打一场架就在所难免。

苟军不喜欢吵,只喜欢打。桂平昌打不过苟军。桂平昌全家上阵,也打不过苟军。苟军粗大的毛孔一偾张,身体就肿起来,一嘟噜一嘟噜的疙瘩肉,在黝黑的皮肤底下呼啸奔跑,像在调集军队,自然卷曲的头发里,还缕缕冒着青烟。桂平昌和陈国秀,都多次被他拿扬杈叉在地上,叉住了用脚踢,还被他坐在屁股底下,想打一拳就打一拳,打累了就坐着抽烟。他甚至用胳膊去锁桂平昌的喉咙,桂平昌憋不过气,舌头都掉出来。

桂平昌独自疗伤的时候,总要想起立字据那天的情景,他和苟军不是以兄弟相称吗?不是倾心吐胆地说了许多亲热话吗?他慢慢明白了,所谓倾心吐胆,只是他一个人的倾心吐胆,亲热话也只是他一个人的亲热话。

苟军不在场,桂平昌被村里人同情的时候,他放过狠话,说总有一天,他要收了苟军的命。不过大家都知道,这无非是私底下过过嘴瘾,且不说桂平昌有没有那个能耐,他先就没那个胆子。至于桂平昌的儿女，那时候都没成人，就像庄稼没收进粮仓，能不能填饥喂饿，还难说得很。

正像苟明成预料的那样，陈国秀接下来又生了个儿子。这是桂家的老幺。尽管在苟明成眼里，陈国秀能生，可从此以后她也没再生，除了生不起，还因为不想生。不想生是因为不想做另外的事。这是后话了。桂家是两儿两女。桂平昌确实把收拾苟军的希望，寄托在儿女——特别是儿子——长大过后。没想到儿子真的长大了，天南地北地打工，把家乡的那点儿鸡毛蒜皮，根本就不放在眼里，更不放在心上。尤其让桂平昌没想到的是，还没等到他儿子长大，苟军就干净利落地丢下老家，去了老君山人从没听说过的远方。

那个远方名叫塞拉利昂。

苟军有天去赶场，在镇上碰见几个招工的陌生人，说是招涉外工，去塞拉利昂，搞建修，每月工资能拿到一万二。他被他们说动，就跟他们走了。

关于这件事，是李奎的父亲李成传回来的，李成又是听外村人讲的，老二房人只知道苟军有一天锁了门，就再也没把那扇门打开过。

十多年过去，他的房子百虫不侵，门上的铁锁却早已锈蚀，铁锁本用绿漆漆过，绿漆脱落后，变成黑色，现在是土黄色。

桂平昌承认，他巴不得那把锁一直烂下去。

烂成渣，烂成灰。

然而，在这个七月末的下午，他发现那把锁没有烂，阳光照着刘志康家的砖墙，碰出青色的反光，其中一束，刚好落在苟军的铁锁上，铁锁也成了青色，像一簇正在生长的植物。

那房子里，分明还聚着苟军的魂魄。

他去塞拉利昂的事，很可能只是谣传。

本来就是谣传，苟军并没有远离。

他从来就没有远离。

他就在凉水井的那个洞子里！

十

如果报警，首先被怀疑的，只能是他桂平昌。

苟军蛮横，不讲理，说棒棒话，但跟村里别的人，毕竟很少把脸皮撕破，只有一回（那日子好记，是1999年的最后一天），为点小事，他和吴兴贵闹翻了，他闯到吴兴贵门前，捋着袖子，要打吴兴贵。跟桂平昌之外的人闹得这么厉害，绝无仅有。怕他躲他是一回事，还因为他父亲是木匠——以前，千河口有两个木匠，孙相品和苟明成，后来孙相品离开了村庄，苟明成就成了千河口唯一的木匠，兴房起屋，添家置具，还有给女儿办嫁妆，为老人割棺木，都有求于他，即便有了不满，也窝在心里，忍一忍就过去了。

可做他的邻居就不同了。

既惹不起，也躲不起。

俗话说远亲不如近邻，而事实上，真正能把邻居做得勉强像个样子的，至多也就十之一二。何况是跟苟军做邻居。他家的鸡可以随便到桂家的阶沿下刨虫子，可以吃桂家晒在院坝里的粮食，可以蹲在桂家的门槛上屙屎，而桂家的鸡若是进了他的地盘，能打死就绝不饶命。

在桂平昌的记忆里，自从他和苟军去普光中学念完初中，一同回家务农过后，苟军就经常生出各种岔子，找他的麻烦。待他娶了陈国秀，就不只找麻烦，还想尽花样欺辱他，好像觉得他不该娶女人，也没资格娶女人。他要让他在女人面前丢脸，让女人瞧不起他，不跟他好生做夫妻、过日子。然而，陈国秀嫁过来，半年后肚子就盔圆了，那是大热天，穿得单薄，一股风吹来，把衣衫掀开，见她肚脐眼都笑嘻嘻地鼓翻了。从那以后,荀军更是觉得桂平昌欠了他一样,要桂平昌偿还。仇怨就是这样结下的,年年月月,积成池塘,积成深渊。

这些事情,千河口的人知道,鬼也知道。

荀军不明不白地成了白骨,不怀疑他桂平昌,还怀疑谁?人死了就不是人,而是证据,这证据把他跟荀军的仇怨联结起来,他跟荀军的仇怨,又跟杀死荀军的凶手联结起来。说他没那个胆么?羊子急了也要顶你一角、咬你一口!

桂平昌决定,关于那个洞子里的秘密,就让它成为永远的秘密好了。不能报警,也不能告诉别人。连陈国秀也不要告诉。妇人家不知深浅,只以为人不是自己杀的,就到处嚷嚷,而世间的许多事情,是跟鞭炮一样的,嚷一声就把自己炸了,嚷得越响,炸得越碎。

可是,蒙住眼睛就能装瞎子吗?堵住耳朵就能装聋子吗?

好像不能。

要想万无一失,还得去把洞子捂住。

不捂住,它就亮在桂平昌的胸口,任何人朝里一看,都能看见他的五脏六腑。

……当真需要去捂住么?

当然。

那还用说!

既然这样,那就去吧。

要做就做得滴水不漏。思来想去,最妥帖的办法,依然是把除掉的马儿芯草种回去。马儿芯秆深叶密,遮挡面积大,加上叶口锋利,割牛草的人也不会割它。至于种了草会被庄稼嫌弃,也只能让它嫌弃了。儿子不是早就让爹妈去镇上住么,真的种不出庄稼,就听儿子的,跟那些住到镇上去的村民一样,不再关心太阳,也不再关心雨水,看时间不是从天色里看,而是从钟表上看。其实也没必要关心时间,没带孙儿孙女读书,时间就不存在,每天晚上窝在沙发上看电视,看到睁不开眼睛,就在沙发上睡了,第二天啥时候起来,完全看自己想不想起来。

这么决定过后,桂平昌进屋,拿上点锄,锁了房门,出了院坝。

院坝右侧,有条陡窄的石梯,春夏秋冬,石梯上都铺满竹叶和笋箨。张大孃的房子就在旁边,当然早就是一堆废墟了,张大孃吃了四个多月用那口彩釉坛腌的咸菜,就死了。房子成了废墟,堡坎也龇牙咧嘴地暴开,废墟和堡坎的缝隙里,生着藤蔓和灌木,两三年前,站在院坝里还能看见坛身，距坛子不足米远的地方，是一张撑着蚊帐架子的大木床，证明张大嬢是把坛子放在了卧房里，现在，坛子和木床都被藤木吞掉了。

桂平昌本来早已淡忘了那个装过人骨的东西，这时候却刻骨铭心地想起了它。他快步走下石梯。刚走到石梯下面的土路上，又立即打了转身，回家背上了花篮。花篮可以当他的掩护。同时他还想到应该去把那丛麦冬挖掉。

要是有人跟他一样，发现麦冬后攀上崖壁，也跟他一样，发现了那个洞子，并钻进去，发现了洞里的白骨，还看出了那是苟军的白骨，照样要怀疑到他。

所以必须把那丛麦冬挖掉。

从土路横插过去，经过淹死苟军养子的池塘，再过一片旱地和杂木林，就到了凉水井。这条路，桂平昌走了几十年，现在却不是他熟悉的路了。既不熟悉这条路，也不熟悉他的家。他觉得自己把路丢了，也把家丢了。下午三点多钟，太阳明晃晃照着，他却感觉不到，他眼里的殷殷件件，都是暗沉沉的阴影。这时候应该很热，比他两个钟头前回来时更热，可他也感觉不到热。非但感觉不到热，还浑身发凉：冰凉，透凉，窝心凉。

这一切都是怎么发生的？

是因为贪那丛麦冬,更因为那架白骨。

他恨自己的贪,更恨那架白骨。

那个恶人,活着时欺负他,让他过不安生,死了照样欺负他,照样让他过不安生。

十一

平心而论,他没有对不起苟军的地方。他比苟军大二十七天,两人同去鞍子寺小学念书,后来又一同去普光中学念书,都在同一个班,彼此确实少于交往,放学或放假,碰上了就碰上了,从不相约回家。

但桂平昌从没去老师那里告发过苟军,更没和其他同学一道暗算过苟军。

上初中过后,苟军就周身长刺,两句话不对路,或一言未交,只因他看不顺眼,就踢人脚尖,扇人耳光。同学们都怕他。他那一身黑肉,就是为了吓人的,况且他还在跟镇上一个姓何的屠户习武。何屠户又瘦又矮,与人们印象中的屠户大不相同,但都说他猪杀得利索,功夫更是了得,苟军每个周末去他那里半天,帮他烧水,递刀,清理肚杂,打扫屠场，忙碌的间隙，何屠户会教他几招，回到学校，每天凌晨四点过，他就起床练那几招，酷暑寒冬，从不间断。学校礼堂外面有棵百年洋槐树，树身长满岁月的鳞片，粗硬，齐整，威严，然而，在一米多高的地方，却伤痕累累地露出黄肉，据说就是苟军练武时抓的。

人言，习武的人，武功越来越高，胆子越来越小，这叫武德，而苟军是武功长一分，胆子大两分，他习武就是为了欺负人。

欺负的人多了，相当于在自己脚下掘了一条深阔的壕沟，再好的马也跃不过去。无人成头，被欺负过的同学便自动结成联盟，能在瞬息之间，组成分工明确的战斗集体：放哨的，引诱的，出手的，一应齐备。

出手不是打他，既不明打，也不给黑拳，而是从别的方面暗算。宿舍是平房，寝室里搭着两排通铺——钉几根长木杠，木杠上钉板子，同班的三十多号男生，就挨挨挤挤睡在上面；宿舍门外是条阳沟，水流不畅，洗碗水倒进去，饭渣泡得发胀，像蛆，深更半夜，那些遭尿憋醒的，不想跑到阳沟尽头去上厕所，也就近撒在沟里，有的把屎也拉在里面，即使落雪天，臭味也能钻肉。暗算苟军，就是把他的衣服、鞋子和枕头，扔进臭水沟。

初中两年，至少有一年半，苟军身上都弥漫着臊尿和大粪的气息。

桂平昌记得，初二上学期快结束的一天，朔风凄紧，把校园的路吹得发白，把身上的衣服吹得梆硬，脸上疼得慌，是被风割开了血口子。但那天上晚自习课，苟军却是打着赤脚进了教室：吃晚饭时，有人见他进了食堂，就把他放在床底下砖头上的煨鞋扔进了阳沟（寝室里润清得很，垫了砖头放鞋子，放箱子，才霉烂得慢些），正好他穿在脚上的单层布鞋，又在去食堂的路上踩进了水窝子。这样他就没鞋换了。他跟桂平昌一样，只有两双鞋，且都是母亲扎的布鞋，买不起胶鞋。在村里的时候，他以为自己家里富，到了镇上，才发现自己也是穷人。他当惯了富人，不想当穷人，可他就是个穷人。

当天夜里，苟军躺到床上去，头刚落枕，猛然间又翻起来，因为他的枕头也是湿浇浇的、臭烘烘的。

如此收拾苟军的事情，桂平昌一次也没参与过。

当然，苟军那时候也没欺负过他，欺负他是后来的事情。可有些同学没被苟军欺负，照样要暗算他。桂平昌从来没有。

但是苟军偏偏不放过他。

死了也不放过他。

桂平昌既忧伤,又委屈。但他并没忘记了自己的使命。走在去凉水井的路上,他看路的时候少,看人的时候多。他怕看到人,又希望看到人。看不到人,他觉得自己鬼鬼祟祟,看到了人,他又被迫撒谎,还要担心别人是否相信他的谎言。比如他说去挖麦冬,这是真话,他的确要去挖麦冬,可这真话里面分明埋着谎言。如果别人再问:都半下午了,去哪里挖?他会觉得别人是在逼他,把他像剥洋葱那样一层一层往里剥,更会觉得,别人已经知道了那个洞子,也看见了洞子里的白骨,并且怀疑上他了,早在暗地里观察着他的一举一动。

山川寂寥,只偶有一只鸟无声地掠过。没有人声,也没有人影。吴兴贵两口子肯定到老鹰嘴打扫塄坎去了,那地方背梁,吴兴贵唱歌的声音再大,这里也听不见。前几天,符志刚的女人夏青,上下午都在池塘附近的菜地里,撅了屁股掏排水沟,菜地边堆着好些石头,她操着杠子,一寸一寸把石头往底下的荒地里挪,才挪走三分之一,排水沟也没掏好,可今天她偏偏没来。很少干农活,只爱在山野间闲逛的杨浪,也不知躲到了哪里。

桂平昌的眼里越来越黑。

他已进了杂木林，很快就到了凉水井。

再大的太阳，凉水井也是荫翳蔽日。

十余米高处的那个洞口，像没有牙齿的嘴。

但桂平昌知道它的牙齿藏在里面。

那牙齿不咬别人，只咬他。

他要去堵住那张嘴。

好在铲掉的马儿芯草都没断根，只是散开了，屈辱地窝在沟道的石缝间。它们长在那里，不知道有多少年，老去化尘土，春来发新枝，并没有招惹谁。桂平昌叹息一声，将它们捧起，比捧金珠宝贝还小心。

他把草先放在洞口，再攀爬上去，分成六窝，种在原来的位置。

然后，他下到歇凉石，仔细观望。

基本看不出那里有个洞子了。

但他还不放心，又从旁边的青冈林里，挖了一窝铺天盖地的牛马藤，种在洞子左侧，将藤蔓理开，顺到右侧，缠在马尾松上。

如此，彻底看不出来了。

做完这些，他才像完成了一件惊天动地的大事，将那丛麦冬挖掉。

十二

陈国秀回到家时,天已黑透。

桂平昌在灯下宰猪草。

在地里的时候,陈国秀还担心,怕桂平昌生病了,如果她回来看到桂平昌还躺在床上,再累再饿,她也不会生气,结果他在宰猪草。她正要发作,见八仙桌底下,倒了一堆麦冬,花篮里还装了半篓子,证明他并没把一个下午睡过去,他又找钱去了。当陈国秀揭开饭罐,见饭一点没动,就不仅没有气,还心头一软,觉得自己下午真不该骂他。骂他别的可以,骂他躲懒,就是胡骂了。他特别能吃苦。千河口能吃苦的人多,但像桂平昌那样的不多。陈国秀很后悔。

这才是真实的陈国秀。她本是脾气温和深有主见的人,平时不多言多语,但一出口就是道理,当姑娘时就这样,连长辈也要听她。十六岁那年,她跟爷爷争一件事,爷爷年轻时当过教员,还跟过船帮,跑过重庆,是当地最见多识广的人物,却也说不过她,只好笑眯眯地摇着头,教训她:

"理是直的,路是弯的,道理总是离日子远。"

她不服。咋会远呢？日子是水，道理是水里的珍珠，道理被水养着，又比水值价。

然而，出嫁过后，当她接触了真正的日子，真正的生活，才知道珍珠不长在水里，是长在泥里。要说，婆家虽然穷点儿，却算是好婆家。婆妈跟儿媳千年不解的结，在她这里并不存在；起初有一点，为某件小事，婆妈会责骂她，可她不像别的媳妇，把婆妈的责骂当成委屈、记在心里，她不这样，真是她的错，勿需婆妈把话说完，她立即就认，不是她的错，或者婆妈指责的事本身就算不上错，她会耐心地等婆妈发泄够了，再轻言细语地解释。她的恳切和不紧不慢的语调，特别是她的那一套道理，婆妈再刁，听了也难反驳。何况婆妈不刁。

谁知好婆家傍着个恶邻居。

她的道理在苟军面前，啥都不是。

苟军只信霸道，谁霸道谁就有理。

这时候，陈国秀仿佛才知道自己是一个女人，要靠了男人才能伸枝展叶。然而，她的男人桂平昌，天下太平时，死要面子：端着碗去院坝里吃饭，总是把肉食或油重的菜蔬亮在明处；去街上吃个馒头，却不说馒头，非要说成面馅包子；摔个跤，生个病，本是平常不过的事，他也生怕别人知道了丢脸。可要是有一点风吹草动，金子做的面子他也舍得扔。那面子撑不起他的体面，只不过是在脸皮上打稿子，字字写着他的软弱。软成这样，别说当婆娘的，连他母亲都冒火。但母亲到底是母亲，母亲担心儿媳嫌弃儿子，就用这样的话劝慰儿媳：

"他软，不是他没胆子，是他心善。人都是心善才软。马善被人骑，人善被人欺，这是老辈人传下来的话，可是骑马的人，欺人的人，不一定活得更长。就像牙齿咬舌头，牙齿掉光了，舌头还活着。"

对此，陈国秀听一半，留一半，不想多说什么。

有些话她一辈子藏在心里，不说。

如果只是被咬的命，活那么长有意思吗？

一点意思也没有。

公公婆婆大概也觉得没意思，很快就死了。

他们在世的时候，苟军再横，有两把老骨头挡在前面，还相对好些，待两个老人走了，苟军一来势，桂平昌立即噤声，像雁嘴被箭穿着，鱼腮被钩搭着。苟军骑在他头上屙屎屙尿，他也能忍。只有一次没能忍住，可那情形，比忍还难堪，难堪得陈国秀都不愿去想……

那些温和的、饱含水汁的道理，在陈国秀那里干涸了，只留下嶙峋的河床。

她变了。

是怎么变的,她说不清。能说清楚的变,是有准备的变,而她没准备变,也没想过要变。直到变过后,她才知道自己变了,也才私底下明白,她喜欢以前的自己,不喜欢现在的自己,可是她没有办法。她回不去了。没有谁是真正完整的,人的一生,就是缝缝补补的一生。苟军离开的十多年里,她已经缝好了数不清的裂口和破洞,但再怎么缝,也缝不成以前的自己了。

十三

看到宰着猪草也跟她一样饿着肚子的丈夫,就算她有了后悔,动了怜惜,说出的话依旧是怒气冲冲的。她说:

"你是瘟猪啊?你饿了不晓得先往嘴巴里头捅几口啊?"

桂平昌说:

"我不饿。"

他的声音像从地窖子里发出来的。

那件"大事"只在表面上完成了。就像取土填一个大坑，却又造出另一个大坑，这另一个大坑带着新鲜的伤痕，触目惊心。

猪草已宰完，桂平昌用筅箖往大锅里撮。睡觉之前，得把猪食煮好，免得第二天早上再煮，耽搁了田地里的活路。农人把早上的那趟活看得很重，往往脸也来不及洗，就背上花篮，花篮沿口上别着镰刀，再把锄头扛上肩，从院坝的上方或下方，走向田地。去一阵回来，花篮里却可能啥也没装，肩上的锄头也可能根本就没放下来过，只是从长满苘蒿和猪鼻孔的田埂上，从黄荆条、八角花织成的塄坎边，走那么几趟，看看庄稼，让鞋子上沾满泥，让露水打湿半条裤子，就回来了。仿佛他们打早出门，并不是真正有活路要干，而是因为在家里过了一夜，要迫不及待地出去和田土建立联系。

这很像某种仪式，古老，醇厚，入心，所以才重要，才不愿花去早上最初的时间，窝在家里做吃的——不管是为人，还是为猪。打早在家生火的，不是老人就是孩子。像桂平昌家，老人不在人世，孩子不在身边，想做吃的，就得从田地回来过后。可是人等得及，猪等不及，猪的全部职责就是好好吃，吃了长肉，对猪来说，挨饿就是失职。哪怕是被动的失职，同样是失职。因此稍有饿意，它们就咕咕叫，算是有礼有节地发出警示；真饿了，那还了得！呼天抢地乱嚷不说，还以头撞圈，撞得山响，撞得十里八村都听见，让十里八村都知道你家不会养猪。

晚上把猪食煮好，去田地转一圈回来，就能马上舀给它们吃了。

这是热天，若是冬天的话，再忙，猪食也是早上煮，这样可以保证猪们一天中至少能吃上一顿热食。当然主要是因为冬天不忙，下田下地去，也没多少庄稼可看，出去走上一程，望望满山雪野，见池塘和水田都结了冰，旱地被霜打得铁一般黑，也铁一般硬，就哈着腾腾热气带着个红鼻子回来了。

桂平昌收拾猪草的时候，陈国秀风风火火热好了饭菜。她把饭菜添上桌，还为桂平昌把每顿必喝的酒倒好，桂平昌却像傻了似的，愣在一旁，不往饭桌上坐。

陈国秀说：

"挖了那些麦冬，功劳硬是大得很，未必要我给你喂？"

桂平昌听了，才反应过来。他变得那样迟钝，连他自己也感到惊讶。他的脑子里装着两个世界，一冷一热，一阴一阳。这是两个完全不同的世界。待他坐下，端上碗，低头吃了小半碗饭，却连一箸菜也没夹，一口酒也没喝。陈国秀把筷子戳在齿间，盯住他。当桂平昌又往嘴里刨饭时，她一巴掌拍在他的额头上。

她是在摸他是不是发烧了。

鬓角有汗，额头却是冰凉的。

陈国秀放了碗，沉默了不下半分钟，才问：

"贞强又来电话啦？"

贞强是他们的大儿子。小儿子叫贞学。贞学刚满十八，但已经跟着哥哥在外面打工三年了，出门的时候，怕厂子或工地不收，还办了个假身份证。现在兄弟俩在深圳，但不在同一家公司。前些日，贞强来电话，说弟弟被抓了，弟弟所在的公司，天天召集老年人开会，推销保健品，普普通通的砂糖和淀粉，加了染料，再贯以特效、祖传、秘制、宫廷、神丹之类的前缀，就能由几块卖到几百块，甚至上千块。之所以专挑老年人下手，按公司老板的说法，是因为他们"钱最多，最得闲，最怕死，头脑最不好用"。有天正开会，并在会场上逗老人开心，让他们踩气球玩儿，先踩破的前五名，各奖一瓶橄榄油，老人们正卖力踩脚，掌声笑声加油声正灌满一屋，突然涌进来一队警察，把公司员工全部逮进了派出所。

这件事让桂平昌又羞又怕，连续两天没闭过眼睛。

以前，要是谁家有人被公安抓了，出门遭狗咬都没脸拿棍棒打。近些年变了，变得狗都不敢咬他们了。普光镇上游的乌龙镇，有两个村都在外面行骗，其中不下十人从云南跑到了缅甸，跑过去还是行骗，抓了、判了，放出来照样行骗。也是在乌龙镇，一个名叫梨树村的地方，前年遭了雪灾，县领导去看望，问某个中年男人家里被子够不够，那男人骄傲地回答：领导放心，我家里猪盖的都是蚕丝被。领导很高兴，问他发家致富的门路，他又是一脸骄傲：我女儿在外面当猫猫，我儿子在外面掏包包。当猫猫就是做小姐，掏包包就是做小偷。

不仅是乌龙镇，也不仅是梨树村。那样的人，普光镇有，老君山有，千河口也有。西边院子的李奎，在苏州盗电缆，被判了整整十年。儿子被判了刑，李成却照样能吃能喝，照样尖着鼻子到处嗅。他特别爱打探小道消息，探到了，就像是他天大的喜事，到处传扬，神神秘秘又眉飞色舞。

李成是李成，桂平昌是桂平昌，桂平昌想的是：宁愿去踏阎王老子的门，也不能去踏牢房那道门。每次接儿女的电话，他都要重三遍四地交代这句话。这并不是说牢房比阴间更可怕，而是说那太丢脸了。东院的张胖子搬去镇上之前，担心外面的儿子作奸犯科，常对儿子说，衣服脏了能洗，骨头脏了不能洗。但在桂平昌看来，如果衣服是指人的脸，脸脏了比骨头脏了还可怕。

好在第四天，贞强又打来电话说，弟弟放了，只有老板和会计还关在看守所，公司其余人员都放了。弟弟现在跟他在一起。桂平昌不信，要听贞学说话。贞学开腔就哭。桂平昌好一番心痛，接着又是好一番教诲。

在这件事情上，陈国秀的看法和桂平昌是一致的，但贞学被抓过后，她知道丈夫胆小，就做出天垮不下来的样子，即使垮下来也有她顶着的样子，其实晓夜揪心。贞学从派出所出来后，她本是叫他回家的，但贞学不愿回家，说在哥哥那里住些天，再去找事做。就在那第二天，陈国秀听吴兴贵的老婆陶玉说，她内侄女又被派出所逮进去了。陶玉的内侄女在浙江做服装生意，倒卖假品牌，被派出所抓走，很快就放了。分明放了，怎么又逮进去？

陶玉以很内行的口气说，放她是因为证据不足，证据足了，又可以抓她。或许是陶玉跟娘家亲人没什么感情，或许是她对在派出所进进出出本身就无所谓，说得轻轻松松。可在陈国秀听来，却像一声炸雷。

她一直不敢把这事告诉丈夫，今天见丈夫魂不守舍，首先就想到，贞学肯定跟陶玉的内侄女一样，又被逮进去了。她躲不开，不得已才那么问了一句。

经陈国秀这一问，桂平昌才恍惚记起，他下午出门，忘了带手机。

他起身去把手机拿过来，查看未接电话。

没有未接电话。

陈国秀舒了一口气，转过来却又对丈夫的迷糊非常恼火，大声斥责：

"吃饭就该有个吃饭的样子，喝酒就该有个喝酒的样子，你看看你，十魂去了九魂，未必撞到鬼了？"

这最后一句，在桂平昌心里卷起风暴，他坐立不稳，东倒西歪。

陈国秀连忙去扶他。

十四

桂平昌真的病了。

他躺在床上，躺了三天。可三天过去，依然不见好，一天中的大多数时候，依然躺着。他不发烧，不拉肚子，也没听他说哪里痛哪里痒,病是怎么得来的?陈国秀想不出来,只能猜,觉得他多半是中了暑。她在他脖子上揪,左边揪了揪右边,皮子揪破,也不见黑。真的发痧或者伤风感冒,一揪就黑,一黑就好,这办法在老君山流行千年,从未失手。

可是桂平昌不黑。

陈国秀想找医生,但村里已经没有医生了。赤脚医生鲁凯被许宝才排挤后,气不过,索性去镇上滨河路开了家"福康诊所"。许宝才挎着药箱,跟先前的鲁凯一样,在山山岭岭间转悠,可是鲁凯转悠是有病人请他,许宝才却是转悠着找病人。山里人分明病了也强撑着,说自己没病,直到病得跟床捆在一起,才不得已承认病上了身。如此,挎着药箱去找病人,比找蛇还难,比找灵芝还难。所以许宝才并没把那药箱挎多久,就扔掉了,背着排挤鲁凯的名声,举家去了沿海。

村里没有医生,陈国秀还是只能用土方。

揪不行,就去摘些蛾叶草来,熬了让桂平昌喝。那东西本是给猪治病的,治人照样有效。在乡里,有了人,有了牲畜,才成一个家,因此人和牲畜都是家里的成员,许多时候生着共同的病,用着共同的药,也能见出共同的效果。

可这回用在桂平昌身上,却不见一点起色。

陈国秀并不着急，人活几十年，别的或许一无所有，三灾六病总是不缺的，见得多了，也就不会大惊小怪。几天来，陈国秀丢下农活，腾出大片时间服侍丈夫，把生蛋很勤的一只母鸡，也狠心宰掉，剖开之后，往肚腹里灌上黄芪、大枣、黑豆、花生，特别不能少的是魔芋，灌上这些，再用魔芋叶包起来，蒸熟了让丈夫吃，据说这是一味好药，既能大补，也能治疑难杂症。

然而，这些努力全是白搭。

到第七天，桂平昌的病情明显加重。

他开始翻白眼，说胡话。说什么完全听不清，像在跟人争吵，没吵两句，就求饶，不仅表情和语调像求饶，还嗖的一声坐起来，两腿一曲，跪在床上磕头。

陈国秀几耳光扇去。

她认定丈夫真是撞了鬼，那耳光不是打丈夫，是打鬼，边打边骂，说我家男人，一辈子就是个遭人欺负的货，没有害人的胆，更没有害人的心，你赖巴着他做啥子？就说你是个冤死鬼，也冤有头，债有主，不该找不到冤头债主，就往我男人身上赖！想必你也是个山里人，山里人有山里人的规矩，你咋就把祖宗八代的规矩坏了，跟那些城里人学？

后面一句是陈国秀的即兴发挥。

前些天二女秋华来电话,说他们厂里有个小伙子,去马路上扶一个自己摔倒的人,那人一把将小伙子揪住,咬定是他撞的。这样的事,早先在县城也发生过,那些赶县城的人回来,咋咋呼呼传扬了很久,清溪河两岸的村民,都很担忧,怕这风俗——他们把每一种陌生现象,都当成远方的风俗——某一天下放到镇里,他们就连场也怕赶了。村民赶场,总是长挑短担、大包小包,难保不把人撞一下。何况还有故意让你撞的。故意让你撞的人慢慢倒地,去医院检查,却有了骨折。那是老伤。用老伤骗你的新钱。据东边院子符志刚回来讲,某些家伙怕老伤不顶用,还事先请人用铁棒将自己骨头打断,再用断骨头去骗钱;那执棒的,叫"做伤师傅"。没过多久,就听李成说,河下游清坪镇有个姓鲜的,先在广东打零工,后来加入某团伙,就在那团伙里做"做伤师傅"。

那风俗并非只是来自远方,也来自近处。它是城里的,也是乡下的。乡村消失,不只是乡下少了许多活着的村庄。因为钱,或许还因为别的,人心坏了。人坏了,鬼也坏了。陈国秀觉得,鬼是死了的人,是人变的,鬼坏是因为人坏,如果下死手打鬼,鬼也冤屈。于是她没下死手,几耳光扇过便歇了。

好在作用明显，桂平昌安静下来。

可没安静五分钟，他又翻白眼，又说胡话，又磕头求饶。

这么闹腾了半顿饭工夫，他才往床上一倒，睡了过去。

要在以前，就该请端公，请巫婆。可而今，端公在这一带已经绝迹，老端公死了，年轻一辈，包括老端公的儿孙，都不愿去学那门前景黯淡的手艺，因此衣钵不传。巫婆倒是有一个，是从千河口嫁出去的，小名燕儿，家住清坪镇光荣村，离"做伤师傅"鲜某不远。但清溪河包括它的支流中河与后河流域的巫婆，都不能驱鬼，只能辨鬼。能驱鬼的巫婆只在前河，也就是千峰大峡谷里面，听说有个叫林安平的，能像深具法力的端公那样，扣成金刚指比画几下，就成江成河、恶鬼断绝。可那峡谷地区，化外世界，别说从没有人去过，就是去了，千山万壑，云遮雾绕，你到哪里去找那个姓林的？而且听说虎豹拦路，瘴气穿林，从外面去的，多半是有去无回。

真找巫婆的话，还是找燕儿妥当。

燕儿不能驱鬼，能辨出来也好哇，至少可以帮助对症下药。

陈国秀正这么想，吴兴贵两口子看桂平昌来了。在阴暗的床头站了片刻，陈国秀把他们引进伙房，然后对吴兴贵说：

"兴贵你帮我照看半天，我去一趟清坪镇。"

陶玉一听，就知道她要去请燕儿。燕儿的电话是能问到的，但请端公和巫婆，不能打电话，也不能带信，必须亲自上门。陶玉连说要不得。吴兴贵帮忙照看当然没问题，但是请巫婆，先得信，不信，不仅辨不出鬼，治不了病，还会添病加灾，而世世代代，巫婆的信众既不在她婆家，也不在她娘家，巫婆都是远离熟人，四方游走，所以叫游巫。像在千河口，谁会信燕儿？陶玉来了半年，燕儿才生，有回陶玉抱她，屁股底下没垫布片儿，一泡屎拉了陶玉满怀。

这样一个燕儿，打死也不信她身上有神灵鬼道。

其实陈国秀也不信，她是觉得桂平昌的病生得怪，才准备勉强信一回。听陶玉这一说，她犹豫了。吴兴贵见她犹豫，才慢条斯理地开口：

"国秀你要是嫌钱花不完，拿给我帮你花。你莫把钱往粪坑里扔。"

吴兴贵最不信那些，他唱的骚歌里面，有一首就是调侃端公跟巫婆的。

他建议桂平昌还是去医院靠谱。

话是这么说，可医院怎么去？

看桂平昌那样子，根本走不去，即使能走，也不敢让他上路。他在路上发了疯咋办？千河口山高路陡，稍不留心踩虚了脚，妈都叫不出一声，哪有余地让你发疯？只能背，或者抬。许多年来，千河口有了病人入院，都是背或抬上街；山里人除了顾及钱财和面子，轻易不承认自己有病，身体确实也经熬，非得入院的话，一定是不能自己走了。桂平昌好歹也有百多斤重，要在平地上，陈国秀都能背去，但走山路不敢，尤其是下山不敢。前些年，村里人背肥猪去镇上，每年都有摔崖的，好在没摔死过人，可猪都摔死了，卖猪时节往往砍了柴山，山壁光趟，恶札札的，一贯到底，猪从池塘底下的楼口门，顿也不打，滚到山脚，摔得肚子破裂，肠肝肚肺都不见了踪影。主人家找到死猪，大哭一场，哭它的肠肝肚肺，也哭它洒空了的血。

猪在背上只会乱拱，不会发疯。

背桂平昌，比背猪更危险。

用滑竿抬相对稳当些，可以把他的手脚捆住。但在这村里，已找不出能抬滑竿的男人了，桂平昌五十九岁，已是第二年轻的，最年轻的是杨浪，可杨浪也上了五十，或者他比桂平昌还年老，已经上六十了，他像鬼一样活着，谁知道他的年龄呢？就算他只有二十几、三十几，也没人敢叫他去抬滑竿。懒得从不给庄稼上肥，几十年粪都不挑一担的人，肩上搭只手也打晃。杨浪和桂平昌之外，别的都是六十几、七十几、八十几，这些人中，除李成身体硬朗，另外就是吴兴贵还能歌进歌出，其余几个，每天的主要任务，就是喘气和咳痰。就说吴兴贵，两条腿也枯成了两根干柴棒，根本搭不上力。让他们去抬桂平昌，还不如直接把桂平昌丢下山简便。

叫儿子回来么？陈国秀几次拿起手机，又放下了。路程那么远，去来一趟，既花钱，又耗工。连爸爸得病，她也没告诉儿女。

左思右想，她还是把桂平昌托付给吴兴贵，自己出门去了。

但没去清坪镇，而是去了普光镇。

十五

这是个冷场天。陈国秀从没在冷场天上过街，因此在她眼里，街道荒凉得很。幸好没听儿子的，到街上来住。她不像桂平昌那样丢不下土地、庄稼和老屋,但那些东西毕竟陪了她大半辈子,确实不能说舍就舍。曾经,她见住到街上的妇人脸变白了,人变洋气了,分明比她年长,却变得比她年轻了,也为之心动,之所以没跟她们学,还是因为丢不下,否则桂平昌不来,她自己也来了。好些村子的人家都如此,男的来了,女的不来,或者女的来了,男的不来,相守几十年的夫妻,就这样分开了过。自从兴起打工潮,几乎就没有一个农村家庭是完整的。

街道的荒凉,让陈国秀的心也跟着荒凉和灰暗起来。

她很少这样过,即使苟军在的时候也没有。

——事实上,当她确信儿女都在外面好好的,桂平昌的病又来得不明不白,她就想到了苟军。活路忙,没细想,今天有空,她可以翻来覆去想一想了。

她相信,在桂平昌身上作祟的,就是苟军。这么说来,苟军是死了吗?死在那个名叫塞拉利昂的地方了吗?可他死千回万回,也没理由来纠缠桂平昌。看来,他去到那个地方,跟那个地方的人打交道,并没占到什么便宜。他的霸道和威风,只能耍给柔弱的孙月芹,耍给住了几辈人的老邻居。他就这个德性,也就这点儿本事!可你桂平昌呢,苟军做人时你怕他,做了鬼还怕?人怕鬼,是因为那鬼在做人的时候，你亏欠过他，而你桂平昌亏欠的，只有自家婆娘！

陈国秀的脑子里，飞快地跑过这些念头。

脑子快，脚下也快。走过邮局，走过普光宾馆，从宾馆与一家五金店之间的土路下去，上了滨河路，右拐五十米，到了福康诊所。

她是找鲁凯来了。

福康诊所挤满了人。

来镇上开诊所没多长时间，鲁凯就忙不过来。凡去他那里的病人，能治好的，都绝不拖泥带水，能迅速好起来，像是说好就好了，鲁凯因此得了不少"药到病除"的锦旗，横的竖的，长的短的，挂在诊所墙上。其实是他敢用猛药，还喜欢开些稀奇古怪却很见效用的药方。比如中街有户人家，老老少少都爱患感冒，家里填塞着咳嗽、哮喘和擤鼻涕的声音，去卫生院拿了大堆药，根本不管事。后来找到福康诊所，鲁凯听完病情，又知道了他们半年前才从乡下住到镇上，说：

"晓得毛病出在哪里吗？"

病人答不出。

病人怎么能答得出来呢？

鲁凯把桌子一敲：

"你们现在不用夜壶了！在乡下用夜壶，晚上想小便，被子一撩，夜壶提起来就开干，到了镇上，住了好房子，数九寒天也往厕所跑，就容易贪凉了。城镇患感冒的比乡下多，道理就在这儿。当然，刚住到城镇的乡下人，患感冒的又比城镇的老居民多，因为还没习惯不用夜壶。"

接着为他们开了药方：继续用夜壶。

此外没开一粒药，但那家人再没来过，不知是不是听从了鲁凯的建议，一家人都通泰了？

陈国秀进来时，是午后两点钟左右，鲁凯坐在桌前，面前蹲着一碗饭，跟在老家时一样，菜舀在饭碗里，问病把脉的同时，偶尔舀一勺喂进嘴里。陈国秀饿了，见他吃得这样不经心，无端地感到心痛。她站在角落里，不敢因为是同村人就上前掐列。鲁凯对千河口人有怨气。几十年来，他不辞辛劳，救死扶伤，半夜三更敲他门，他也从没赖过床，从没耽误过，哪怕是数九寒天；可听说他被许宝才取代了，就纷纷跳出来编派他：青霉素是二十年前的，把小病说成大病，敲竹杠能一棒子把人敲死……他们去找许宝才，结果连续两起，许宝才把小病医成了大病，卫生院都治不了，要往县医院送。正因此，许宝才才丢下药箱，出门打工。但许宝才对人说，他出门，是因为山上人少，相应的病人更少，"没啥搞头"。

这些事，鲁凯一清二楚。关于许宝才的事，他更是比许宝才自己都清楚。

自从来到镇上，鲁凯对老家人就不怎么待见了。

他的看法是：人在世上走，离不开熟人，但千万别去招惹那些有八辈子瓜葛的老熟人，老熟人不帮你，只伤你。

这看法他是明确说出来的。

以前，陈国秀觉得鲁凯那些话未免绝情，可是今天，当她一路上念着苟军的恶，才发现鲁凯是对的。再想想那些搬到镇上的村民，刚搬来时，看到赶场的乡亲，还热情地拉进家去喝口水，说些话，甚至招待一顿饭，在镇上住了一阵再看到乡亲，多数时候只点个头就过去了。就是一起住到镇上来的，相互之间也淡了，镇上的楼房，将他们隔开了，他们不会去同一口水井里挑水，不会去同一个池塘里洗衣，不会在同一根田埂上相遇，加上离开土地过后，各想各的事，各发各的懒，面对春雨冬雪，没有共同的喜，遭遇洪涝干旱，也没有共同的忧。

本来，陈国秀今天来，是想请鲁凯辛苦一趟，上山去为桂平昌看看。她留有鲁凯的电话，不打电话亲自跑来，就是希望像请端公和巫婆那样，表明她的诚心。

现在她打消了那念头。

她觉得，自己这一趟跑得真不值得。

十六

也不是，鲁凯毕竟给了她药方。照样是古怪的药方。他叫陈国秀回家去，让桂平昌连续睡上十个钟头，病自然就好了。陈国秀说：

"他每回最多睡一个钟头就醒，咋能让他睡那么久？喂安眠药？"

鲁凯比桂平昌小几岁，把陈国秀叫陈嫂，他一本正经地对陈嫂说：

"喂安眠药算啥方子？许宝才开得出那种方子，我开不出来。——你陪他睡，脱光，你的奶顶住他的心窝子！"

这分明就是玩笑。屋子里个个开心，有个害灰指甲的家伙，笑得整张脸上只剩一张嘴。鲁凯当赤脚医生时，是喜欢跟平辈妇人开玩笑的，到街上后就不这样了，今天大概是他的心情特别好。偏偏陈国秀的心情不好。陈国秀说：

"砍脑壳的，你是医生，咋兴乱嚼！你好歹给他弄点药。"

鲁凯用一支挖耳勺似的银匙,从一个瓶儿里勾出三粒黄药,小如人丹,用纸包了,递给陈国秀,说:

"一天一粒,如果吃一粒就好了,就不要再吃了。"

陈国秀出来,天色已经不早,她连点心也没吃,连儿女的房子也没去看,就一路紧赶慢赶地回村。

还在楼口门,就听见吴兴贵唱歌:

高高山上一棵桃(啰喂),
青枝绿叶长的好(得嘛)。
有朝一日桃熟了(幺幺),
抱住桃树摇几摇(哟哟)。

从楼口门顶端的石盆向右,是相对平整的田埂,站在田埂上就能看到吴兴贵了。他正到池塘里挑腌臜水。这水挑回去,是煮猪食用的,千河口人把煮猪食用的水,叫腌臜水,即便那水是从井里挑来,也这么叫。晚霞垂天,霞光把吴兴贵和他身前身后的水桶,还有池塘边一排李子树和树下的蜀葵花,照得金灿灿的,像他们是从天上下来的。这景象让陈国秀感动。她也说不出为什么感动,就是双眼发潮。吴兴贵的快乐，也让她心生嫉妒。除了睡觉，吴兴贵总是唱个不停，饭包在嘴里，也要哼哼几声。这跟早年的"跑跑女"林翠芬一个样。那些年，大巴山区的女人总是跑来跑去，跑到一个地方，被某个男人收留，跟那男人过一段日子；她们跑，是因为被夫家虐待，或嫌婆家太穷，实在养不活自己，就出去躲痛、躲命。听说林翠芬是被虐待跑的。那个女人会唱很多歌，吴兴贵却只会唱骚歌。

其实吴兴贵也不光会唱骚歌，他同样会唱很多歌，只是人们记住的都是他的骚歌，并用记住的那些歌，去骂吴兴贵不正经。

吴兴贵快乐，可再怎么说，也没必要嫉妒他。

这与正经不正经没有关系。

四十岁前，吴兴贵都没老婆，在山里，这可说是铁定的光棍。那时候，千河口有三个光棍，杨浪、九弟、贵生，九弟和贵生在农事上都很勤劳，杨浪则相反。对别的一切，包括对女人和钱财，杨浪根本没什么兴趣。杨峰是他一母所生的哥哥，哥哥在外面发了大财，后来还在省城当了个什么委员，他全不在意。他只对声音着迷。很小的时候，他听声音的本领就超凡出众，炊烟升起，山野花开，都能进入他的耳朵。他格外珍惜自己的这种本领，几十年来，每天黎明前夕,他便潜入山林,悉心搜集风雨雷电鸟兽虫鱼发出的各种声音,然后惟妙惟肖地学那些声音。

吴兴贵从不跟那三人打堆。不跟杨浪打堆是自然的,有几个人愿意跟杨浪打堆呢?他在声音上的本事算不算本事?大概也算,可究竟太无聊啦,太没用啦。但吴兴贵也不跟九弟和贵生打堆,像是怕沾染了光棍的晦气,像他自己不是光棍的样子。但在村里人看来,他就是铁定的第四条光棍。吴兴贵被那眼光逼得搁不住脸,过了四十岁生日,就沿河做工去了。他会泥瓦工。

大半年后,他回来了。

去的时候是一个人,回来的时候是两个人。

那大半年他具体去了哪里,无人知晓,问他,他只说在普光镇上游。清溪河有三百公里水路,普光镇上游的两百多公里,沿岸平坝少,崇山多,且比老君山更深阔,随便在哪里落下一户人家,就能藏过几朝几代,那户人家不知道皇帝,皇帝也不知道他们。吴兴贵正是在皇帝也不知道的地方,拐走了陶玉。

陶玉那时候二十六岁,据她自己说,她从没嫁过人。这实在不能让人信。在乡下人眼里,二十六岁还不嫁的女人,跟四十岁还不娶的男人一样,都是怪胎。女人比男人更怪。

男人是因为娶不到老婆，女人是因为什么？

常言说皇帝的女儿不愁嫁，其实农家的女儿也不愁嫁，特别是清溪河流域，又特别是横贯千峰大峡谷的前河流域，男人比女人多。这仿佛是老天爷的安排，老天爷知道，生活在这等地界，要担负劳苦，他老人家舍不得让女儿身担负劳苦。同时也是人的安排。很长的时日里，有些人家生了女孩，怕交超生款，孩子还没来得及哭一声，就被利索地处理了；她没来得及哭，更没来得及睁了眼看，就回到永恒的寂静和黑暗里，把寂静和黑暗，当成母亲的乳汁和怀抱。只把男孩留下来，既为宗族接香火，也为家庭添劳力。如此，男女比例越发失调。只要是个女的，长大了都能嫁，陶玉不聋不哑，不跛不瞎，凭什么到了二十六岁还不嫁？

知道别人不信，因此不久以后，陶玉便又自己改口，说嫁过，但男人有病，她春天嫁过去，春天没过完，男人就死了。又过些日子——大概是三两年过后，隐隐约约听到传言，说陶玉的男人既没病，更没死，陶玉跟吴兴贵是私奔。还说，陶玉在那边生下一个娃后，做了绝育手术，因而跟了吴兴贵，再没法生。

这话听上去合情合理。陶玉确实没给吴兴贵育下一男半女。

尽管吴兴贵没后人,陈国秀依然嫉妒他。

嫉妒他,是因为嫉妒陶玉。

十七

那个小蛮腰女人,刚来千河口时,全村人都去看稀奇。见惯了"跑跑女",村里来个陌生女人,本也没什么稀奇可看,而陶玉却有些特殊,她不是自己跑来的,是男人拐来的。好多人都想看看能被男人拐走的女人长成什么样子。结果还是个女人样子,无非是比一般女人生得漂亮,小脸小嘴,眉毛弯弯,额头上亮晶晶的。只是眼睛稍显怪异,有事无事朝一边斜,像有大风在吹。

别的女人跑了,最多三二十天,夫家就能问山问水地问出一条路,问不出路也能嗅着气味,准确地找到她的藏身地,骂骂咧咧地将她带走,而陶玉的男人竟然由着她。几年以后,大概就是传言陶玉跟吴兴贵是私奔的那段时间,有人私底下讲,千河口来过一个陌生男人,那男人头大,眼小,神情忧郁,明显不是游走的神汉,很可能就是陶玉的丈夫。但事实证明那只是谣传,村子里无任何动静,陶玉还是跟着吴兴贵过,冬去春来,至今已历二十四载。

这二十四年里,陶玉从没走出过老君山,甚至都记不住她是否走出过千河口。再下细想,她似乎连凉水井那边也没去过。要是遇到别人,不闷死,也早闷出病来,但陶玉鲜鲜活活的。她好像要不了多大的地方,她好像觉得,老君山太大,千河口太大,老二房太大,有吴兴贵那个小小的窝,就足够了。

吴兴贵值得她这样托付。

她不能生娃,吴兴贵从没怨过,还唱歌给她听。有不少歌都是吴兴贵自己编来,专门唱给她听的。她也爱听。有时候,深更半夜还听见吴兴贵给她唱歌,歌声一停,又听见两口子嘻哈打笑,笑得脆响。

这不重要,重要的是吴兴贵敢护她。

那一年的那一天,也就是1999年的最后一天,上午,老二房的炊烟刚淡下去,突然听到一声暴喝:

"吴兴贵,你狗日的出来!"

是苟军闯到了吴兴贵的家门口。

吴兴贵当时养着几只羊,他的羊吃了苟军一窝白菜,苟军上门兴师问罪。他捋着袖子,意思是要打人。陶玉先出来,说我们……话不成句,拳头已到。陶玉头一偏,没打着，但失去重心，人倒在了门槛底下。吴兴贵家的门槛，跟所有老式门槛一样，高过两尺，据说这样能防鬼进屋。苟军没进屋，他站在门槛外面，弯腰去抓门槛下的陶玉，想抓起来再朝脸上打。这样的打法，陈国秀再熟悉不过了，那拳头跟脸一碰，五官就忙着换位。可是那天，他的爪子还没挨近陶玉，伙房里便卷出一股风：一股白风，白得晃眼。

那是吴兴贵手里的砍刀。

砍刀"欻"的一声，咬在门槛上，把门槛咬脱一大块。它本是朝苟军臂膀上咬的，苟军眼快，往后一挫，避开了。吴兴贵说：

"你敢碰她一下，老子就送你上西天，——不过就杀个把人么！"

苟军脸都吓紫了，屁没放一个，就蔫嗦嗦地退出阶沿，走半个院坝，回了自己的家。

这情景陈国秀是从头至尾看见的。

吴兴贵身体单弱，腰杆比城里女人的还细，屁股小得像两瓣橘柑，跟略显丰肥的陶玉比起来，陶玉更像男人，他更像女人，可是他以女人似的身板，保护着自己的女人。

从那以后，苟军再也不敢跟吴兴贵斗狠，见到陶玉，还主动打招呼。

就凭这一点，陈国秀嫉妒陶玉。

当然她从不会表露，也不愿表露。

仔细思量，陶玉实在也不值得嫉妒。

作为女人家，能被男人拐走，不就是荡妇么，荡妇不就是淫妇么。在陈国秀的道理里边，淫是万恶之首。淫欲唤醒占有欲，是要招来血光之灾的。陈国秀不想咒她，也咒不了她，因为这么多年过去，陶玉并没招来血光之灾，她跟吴兴贵过得有盐有味。但是，作为女人家，抛弃丈夫就不说了，竟也能抛弃孩子（如果那些传言不虚，陶玉当真生过娃），一辈子也不跟孩子见面，陈国秀理解不了这该是怎样的一副心肠。而且还能长时间地抛弃娘家。直到大前年秋天，吴兴贵的表弟才以做工的名义，帮忙去她娘家那方打探消息，从此也才联系上，但爹妈都谢世了，那边的兄弟姐妹，没来看过她，她也没有回去过，彼此只是偶尔通个电话。或许是大家都老了的缘故，最近一年，电话打得稍微勤常些了。

但丢掉的感情，永远也别想再捡起来了。

陈国秀承认，许多时候，自己其实看不起陶玉。

可让她奇怪的是，越看不起，越是嫉妒。

特别是听到吴兴贵专门唱给陶玉的歌，像刚才唱的《高高山上一棵桃》，还有那首《约妹约到芦苇林》——村里人猜想，吴兴贵就是在那个他们不知道的远方，把陶玉约到某片芦苇林里，成就了好事，然后才私奔的——每当听到那样的歌，陈国秀就觉得空。空得噌的一声，像一只鸟从电线上起飞，飞入虚空，消逝不见，一片白茫茫。吴兴贵唱歌的时候，陶玉一定在后山的某处，静静地听着，吴兴贵的歌声哪怕天下人都听见，陶玉也知道是唱给她一个人的，她边听，边时不时捋一捋头发，打着抿笑。这是她最爱做的动作。陶玉还知道，像她陈国秀这种有儿有女有亲有戚的日子，天下人都在过，而她陶玉过的是另一种日子，她把这另一种日子过得昂首挺胸，任你不舒服，任你看不起，更让你嫉妒……

乱纷纷的思绪当中，陈国秀走过阴晦的田埂。

十八

直到走进塘埂上的霞光里，吴兴贵才看见她。

"国秀，"吴兴贵急忙收了歌声，很不好意思地说，"平昌睡了，我才来挑水的。"

或许是歌声收得太急，还留有尾音，说出的话也像唱歌。

"未必哪个不准你挑水?"陈国秀说。

她也把心思收得太急,话里带着懊恼和怨怒。

但她马上意识到了,想到自己应该感谢人家的,便放平了语气问:

"他睡多久了?今天咋样?"

"没怎么发病……好好的。"吴兴贵说,"中午陶玉弄了酒肉,端到你们家吃,我兄弟俩喝了足有半斤,他还吃了两大碗洋芋饭。他刚睡着,我就挑水来了。"

陈国秀放了心。

其实她是心累,不想知道得更多。

但要说放心,似乎本来就该放心。桂平昌到底也说不上什么病,从鲁凯开的玩笑,还有他同样是开玩笑一样给的三粒药丸,都印证了桂平昌的病不是病。

可这种想法,陈国秀刚踏上院子就被摧毁了。

大门关着,但没上锁,年月久了,门板发鞒,桂平昌的喊叫声从门缝里进出,震得门鼻儿晃来荡去。除了喊叫,还有器物的锐响。陈国秀慌忙跑过去,将门推开,见桂平昌站在八仙桌旁,手执菜刀,朝桌上一只南瓜乱砍。

这南瓜是陈国秀昨天摘回来的,饱满,光滑,爱煞得像能说话,可现在已被砍得稀烂。手机就放在旁边,随时可能成为渣滓，稍后一点，还放着电视机，要是……陈国秀冲进去，先抢过手机，再去夺刀。桂平昌本来没多少劲，今天却肩膀一抖，把陈国秀甩出老远。

"剁成浆子，剁成灰！剁成浆子，剁成灰！"

他这样叫嚷着，每个字都吐得咬牙切齿，刀也下得忒狠。

南瓜确实已成浆子，因此刀刀砍在桌上。

那张桌子，陈国秀嫁过来时就在，婆妈曾说她嫁过来时也在，那张桌子是供过好几代人的，既供活人的饭菜，也供祭祀的香蜡，桌面积满烟尘和油垢，却异常结实，村里还很热闹的时候，无论哪家办酒设席，都少不了它，无论哪家死了老人办丧事，请来狮子队表演高空杂技，它也是作为底座。后来把电视机买回来，也是放在上面，尽管看得少，陈国秀是基本不看，但电视机摆在那里，也就摆了一份热闹，哪怕是别人的热闹。那张桌子是这个家的见证和功臣。

没想到今天遭此一劫。

如果不是吴兴贵回来得及时，桌子多半就彻底毁了。

吴兴贵跟陈国秀一起，把桂平昌控制住，夺了他的刀。

刀一离手，桂平昌呻唤两声，即刻瘫成烂泥。

十九

那天夜里,陈国秀先弄了饭,去床边服侍桂平昌吃,桂平昌不吃,她自己胡乱刨几口,又去给桂平昌喂药。药丸倒进她的掌心,害羞似的挤着一堆儿;即使挤着一堆儿,合起来也不及一颗绿豆大。实在太小了,吃一粒行吗?她真想把三粒都给桂平昌拍进嘴里,但鲁凯历来是用猛药的,不管治啥病,药量至少是其他医生的倍数,他说一天一粒,其他医生定是要求捣成粉,分作两天甚至三天服用,如果三粒一起吃下去,就相当于一顿吃了六天甚至九天的药。那不是医人,是医牛。

这么一想,陈国秀不敢那样做了。

不知是不是有了那通发泄的缘故,桂平昌很安静,安静得像一个真正的病人。陈国秀坐在床沿,捧起他的头,给他喂药,他也只是微微翕开嘴。温开水从嘴角溢出,陈国秀用手给他擦,越擦越多,湿答答的,黏人,不像开水,像口水。她没再管,把他的头放下,让他平躺着。他睁着眼睛,眼里啥也不装,像两个洞子。这时候,陈国秀做了一个动作,让她事后觉得很不吉利:她伸出手,从眉头往下抹,把他的眼皮合上了。

悬在屋中央的电灯暗了一下。她干脆将它掐灭，弓下腰，在床头柜上摸索，找到昨天没用完的小半盘蚊香和放在旁边的火柴。划火柴的声音像撕碎一块布。蚊香点燃后，她起身朝卧房门口走。走两步怕他受凉，又回过头，从蚊帐架子上，扯下一件曾用于驱赶蚊虫的旧衣服，搭在他的胸膛上。蚊帐是早就拆了，好几年前就点蚊香了，但那件衣服一直搭在那里，轻轻一碰，陈年往事的气息，就蚊虫一样扑。

做了这些事，陈国秀再出去忙杂活。

杂活本来不需要忙那么长时间，但她一直忙到鸡叫二遍。

实在太累了，手啊脚的，都不长在自己身上。可熄了伙房的灯，她却并没进卧房里去。她坐在火塘靠窗的一侧，拿着铁火钳，在冷灰里刨，像她冷，要刨出一粒火星暖身。其实她一直出汗。月光照进窗口，火塘正中，便落下一个硕大的头影。头影周围，月光如汪洋的流水，她的头漂浮在水中，证明她的身子，她的心，都被淹了。她想挣扎，却又感觉到没有挣扎的必要。

都这个岁数了，岸很快就会到来。

不过那是另一条岸。

有岸就好，总比泡在水里强。

这时候，她听见遥远的嬉笑声。

或许并不遥远，就在院子的另一角。笑声跟月光一样，化成水，涌过来淹她。月亮是最浓的云，笑声也跟月亮一起，飘过来罩她。

她带着豁出去的心情，尖着耳朵细听，却又啥也听不见了。

静，静得石砌的灶台也能发声，像在伸懒腰，又像在叹气，令她毛骨生寒。

她却依然没动。她清楚地记得，自己来桂家相亲那天，也是坐现在这位置，那时候的长辫子姑娘，转眼间就成满头花白的老妇人了。想必，从相亲至今，该有一大堆日子，可那些日子沥青似的，粘在一起，掰不开，揉不碎，皮面发黑，里子更黑。所以没必要去掰。

邻院的鸡又在啼鸣，吴兴贵和陈国秀家的鸡急忙应和。应和之声尽管响亮，却是零落的响亮。滴滴，嗒嗒，有一下，没一下。当陈国秀家的鸡停下来，吴兴贵家的鸡也停下来，邻院的鸡声就如来自隔世，来自往古，细弱，缥缈，荒芜，鬼气森森。

鸡声与其说是在打更，不如说是在找寻同伴。

在这大山深处的村庄里，它们已经没有几个同伴了。猪狗牛羊，也没有几个同伴了。它们叫声孤单，蹄印寥落……

夜晚深沉。天地万物，该睡的和想睡的，都睡了，不该睡和不想睡的，还醒着，该睡却不想睡的，也醒着。

陈国秀醒着。月亮醒着。

夜越深，月光越亮，亮得汪起来。陈国秀不是凭鸡声，而是凭月光的亮度明白，再不睡，就会漏尽天明，她就没有睡觉的机会。庄稼人只要身上无病痛，只要坡上还有活路，是不兴白天睡的，而到了这时节，就算有点儿病痛也只能挺，村外的谷子临近成熟，谷香已跟随夜风，时浓时淡地从田野飘进院子，再晒三五个太阳，谷粒收了浆，就该收割，收割之前，镰刀要磨，院坝要扫，晒席要补……收割庄稼其实也是服侍庄稼。服侍人和服侍庄稼，都一样是忙差，也是苦差。

陈国秀起了身，跨过伙房中央一片三角形月光，走向黑黢黢的卧房。卧房斜上方的亮瓦，多年没清扫，积着蜡黄的尘垢，磨盘大的月亮也照不透。里面悄无声息。自从给桂平昌喂了药，一直就这样悄无声息。

这正是陈国秀期待的，却也是她担忧的；她担忧桂平昌又会突然说胡话，甚或像傍晚时一样，冲出卧房，乱砍乱嚷。

他没有，这太好了。

然而，离鲁凯说的连续睡十个钟头，还远着呢。

陈国秀巴望十个钟头赶快过去。但只凭那粒药丸，行吗？鲁凯开的方子里，可不止那几粒药丸！药丸还是她要的，在鲁凯的方子里本来是没有的。

在伙房坐那么长时间，陈国秀强迫自己胡思乱想，而事实上，鲁凯的那句玩笑话，像枚锋利的铁钉，始终扎在她身体里最敏感的部位。

她忽然发现那不是玩笑。

那个短腿鸡胸的家伙，鲁凯，把她最隐秘的症结都看穿了。

不脱光跟桂平昌睡，有多少年了？陈国秀记不清，反正有很多年了。从小儿子的年岁推算，该有十八九年。十八九年之前，桂平昌只有四十来岁，陈国秀只有三十四五，都还算年轻。

开始是没心情，后来简直厌恶。

心里厌恶，身体也厌恶。

有些事情，陈国秀对自己也要回避。那是毒药。如果苟军……是我男人，我就……不会受那样的欺负……这样的心思，她确实有过，但她不敢去回想。

那太恶心了。见到苟军就恶心，没见到，只提到他和想到他也恶心，怎么可能让他做自己男人？但这样的说服没有力量，因而不能说服。

她只是恶心了苟军，又恶心自己。

正因为对自己恶心，她再不跟桂平昌做那种事。桂平昌求她，求不成，就掐她，咬她。越是这样，她越厌恶。她觉得一个男人如果真发了急，真觉得女人做了对不住你的事，你可以用手打女人，用脚踢女人，用烟头烫女人，唯独不可以用指甲掐女人，用牙齿咬女人。何况掐和咬的时候，还阴悄悄的。他自己不敢出声，也怕她叫。可是她不叫，他又得不到满足，因此希望她叫。她偏不叫。不屑于叫。她手臂乌紫，大腿乌紫，奶膛乌紫，有的地方被铁片似的指甲割破，血痒酥酥地往外爬，但她就是不叫，也绝不做出痛苦的样子。她想的是，如果你桂平昌像苟军，敢拿了使牛棍打老婆，我也可以像孙月芹，喊爹叫娘地呼痛，你既然不敢，那你掐死我，咬死我，我也不当回事。

既不叫，也不反抗。真的反抗起来，她不一定会输给他，但她不。她只是让他不存在，更不把自己给他。当他累得汗流浃背，气喘吁吁，却发现离她越来越远的时候，便垮了，败了。比在苟军那里败得更惨。

好像是小儿子满六岁过后，也记不住具体是哪一天，他突然停止了对她的折磨。其实是停止了对他自己的折磨。

他认输了。

先是心里，然后是身体。

刀枪入库，两人和平共处。

之后苟军离开。这对他们而言，应该才意味着真正的和平。他们有精力腾出更多心思，来打扫各自的战场，也帮助对方打扫战场。

然而事实并非那样简单。

二十

苟军锁了房门，一天没回来，两天没回来，一年没回来，两年没回来，直到第五年也没回来，但这并不能说明什么，村里最先出门的几个，除了符志刚，不都是五六年也不见打个转身么？苟军的迟迟不归，反而让陈国秀更紧张，就像身边有个打着震天响的呼噜让你无法安睡的人，呼噜声突然停了，你不是轻松下来，恬然入睡，而是更加清醒和不安。你担心呼噜声又会起来。你甚至期盼它快一点起来。但到了第七年，第八年，苟军依然不见影子，陈国秀就想，苟军去的那个塞拉利昂，难道比省城还远吗？比北京还远吗？

但愿它比天还远！

确实像比天远，别的几人虽少于露面，却不断有消息传回来，即使杨峰，领走老婆娃儿过后就把村子扔了，连母亲去世也不回来奔丧，连对亲弟弟也不闻不问，可普光镇和千河口，照样能经常听到他的消息。

苟军却无任何消息。

直到这时候，陈国秀才扭松了螺丝，慢慢去淡忘那些耻辱和伤痛。

淡忘不是忘记。

伤好了还有伤疤。

她想干干净净回到以前的自己，再怎么努力也办不到了。

桂平昌同样办不到。自从停止了对妻子的折磨，桂平昌对生活的全部欲求，都寄望于儿女、土地和庄稼。他很少休息，除了睡觉，几乎就没休息过，像忙着春耕的牲口。即使酷暑天和白雪盖野的日子，他坐在家里，也是织花篮，编背继，做锄把，磨弯刀，更早的时候还打草鞋。他这是在逃避。以消耗自己的方式逃避。

他要让自己成为没有性别的人。

他们都是没有性别的人,尽管每天夜里睡在同一张床上,却不会脱光了睡。她更不会把她的奶,顶在他的心窝子上睡。

他们各睡各的。

这样的睡法,已经有十八九年了。

难道鲁凯把这些也能看出来?

其实,鲁凯能不能看出来,看没看出来,都是无所谓的,真正让陈国秀烦躁的,是怕桂平昌的病就是"那样"得上的。鲁凯当赤脚医生时,跟平辈妇人开玩笑,老是说:

"别看个个男人五脏俱全,其实从头到脚就长两样东西,上头嘴巴,下头啥子巴,我不说你们也晓得。男人就这两样了,没多的了!你们把自家男人的那两样东西伺候好,他们就不会生病。当然,你们要是对我鲁凯好,想照顾我的生意,就别去管他们的上下二'巴',让他们多到我这里来。"

这些话分明就是胡扯——未必不是胡扯而是当真?未必要医治桂平昌的病,我就必须把自己当成药引子?

陈国秀觉得屈辱。

在这个深夜里,她走向卧房,感觉自己就像一头行将就戮的羊。羊不想走进那道里面架着屠刀的门,会把脖子扭过来,屁股朝后缩,蹄子刮得噗噗响。陈国秀似乎也听到了自己蹄子刮地的响声。但她不是羊。羊不想进去,主人家拍拍它的屁股,它也就扬一扬脑袋,认命地进去了,她却完全可以说不。

她可以去睡儿女们当初睡过的房间……

不知道为什么,这想法刚一产生,她的肚子便痛起来。只痛了一下,却格外猛恶,像有人抓住她的肠肝肚肺,使劲儿扯了一把。

深渊一般的静夜里,她感到惊慌和恐惧。于是她不再多想,也不敢多想,像羊,扬一扬脖子,走进了那间睡了几十年的卧房。

桂平昌呼吸均匀,该是睡得很沉,很平稳。陈国秀估摸着时间,如果他吃了药就睡,现在应该有四个钟头了。床头的蚊香已经熄灭,至少有四个钟头了。也就是说,再睡六个钟头,他就好了。陈国秀轻手轻脚,生怕把他闹醒。

不过上床之前,得续上蚊香,就算她不怕咬,也怕蚊虫咬醒了他。床对面的墙根底下,摞着三口红漆剥落的箱子,大半盒蚊香放在箱子上的,她去撤开一盘,万分小心地蹲到床头去，划燃火柴。

火柴划燃的，是三束亮光。

另外两束，是桂平昌的眼睛。

眼睛大睁着，明显不是刚刚醒来。

火柴梗在陈国秀手里燃尽，烧得皮子炸响。她恼怒地扔掉，膝盖一撑，伸手摁亮了电灯。这时候她才看见，桂平昌大汗淋漓，脖子上的汗存不住，顺着肩胛往下流。她掀掉盖在他身上的衣服，出去倒来半盆热水，用帕子绞了，为他擦胸膛、颈窝和脊背。颈窝里很黏稠，可能是早先流出的口水。

擦洗的过程中，她问：

"好些了吗？是不是好些了？"

她多么希望他嗯一声，或者点点头。

但是他没有。

陈国秀有一种想哭的感觉。

刚遭受苟军欺负的时候，她会哭，后来就不哭了，苟军打得她鼻青脸肿，她也不哭；再后来，桂平昌掐咬得她满身青紫，她同样不哭。

现在，她更不会哭。

她只是句句短促地说：

"睡吧。鲁凯说了。吃了那粒药。睡上十个钟头,你就没事了!"

她把水端出去,哗的一声,泼在了院坝里。

月光和水一同流。

二一

桂平昌很虚脱,但陈国秀割谷子的时候,他也拿着镰刀下田。镰刀在他手里比一把斧头还沉,分明磨过的,刀刃却像比刀背还钝。陈国秀说:

"你歇着吧,不过就几亩田,我一个人割得过来。"

千河口地域广大,但多的是林木和石山,按桂平昌和陈国秀的人头,水田分了不到两亩,当绝大部分村民离开了村子,绝大部分田土抛了荒,他们看不过,再加上一点儿贪心,自己的份额之外,又多种了五亩有余,加起来共有七亩。

万里无云,四野无风,窝在山壁下的稻田里,更是风层层儿也没有,偏偏太阳不被山遮挡,火球似的悬在头顶,要独自一人顶着那轮火球把七亩割完,小年轻也会在浑身冒油时，半直起身来，大声控诉：

"累死个人啊！我的腰杆不见了哇！"

也不知控诉谁，又向谁控诉。他们没经验，不晓得在收工之前，是不能直腰的，否则就再也弯不下去了，真的像是没有腰了。

要碰上吴兴贵，就会放了声唱：

天上玉皇要饮露（喂），

地上万民要吃粮（嚯）。

玉皇饮露随手取（哟），

万民吃粮累断肠（呢）！

他把自己去跟玉皇大帝比，心中似有不平。其实累才是真的，不平是假的。自从有了陶玉，他心里好像从来就不装不平事，即使苟军为一窝白菜去向他问罪，事情过了也就算了，毕竟他没挨打，陶玉也没挨打，苟军自己反倒被吓住了。再苦再累，只要有陶玉在身边，他就觉得自己比玉皇大帝还过得逍遥和舒坦。

因此他又接着唱：

她是一个女，

我是一个男，

变成两只嘟嘟鸟，

扑噜飞上天，

观音见了眯眯笑，

玉皇见了躲半边。

陶玉是他的仙女，比玉皇身边的仙女更妖娆动人，所以玉皇也要吃醋，怕吃醋得不能自持，做出有失身份和体统的事情来，就躲开了。

但这样的自美，并不能解除他的劳苦。头顶烈日，曲腰撅股地割那么一阵，他又拉长了调子，歌唱似的呼喊：

"老天爷呀，硬是把我肠子累断哦！"

陈国秀虽比吴兴贵年轻，可到底是女人，累不断肠，也要累垮筋骨。

不过，只要桂平昌的病好了，她的心情就好了，再累也不觉得累。

她把丈夫病情的好转，当成自己的意外之喜。

确实也像意外，完全说不清病是怎么好的，就像说不清病是怎么得的。

当然，鲁凯给的三粒药，是全吃了，每吃一粒下去，都出狂汗，几趟汗一出，桂平昌能够真正入睡了，晚上睡了白天睡，醒来后再不说胡话，更不磕头。

为此，陈国秀心生感激。

感激鲁凯，也感激桂平昌。

鲁凯的确有本事，她给他讲桂平昌的病情，只讲了桂平昌说胡话，并没透露他磕头求饶；她心里想的，是苟军肯定已不在人世，但他的鬼魂跑回来，像生前一样欺负桂平昌，桂平昌是在给那鬼魂求饶。这事怎么给外人去讲呢？连最关键的病情也隐瞒，鲁凯只听个半截子话，照样能治，难怪他生意那么好。

她感激桂平昌是因为，鲁凯开的药，除了那三粒小如人丹的药丸子，还有她的光身子，桂平昌只吃了药丸子，没吃她的光身子，自己就好了。他没有为难她。

然而，如果她真像鲁凯说的那样去做，桂平昌会不会觉得也是对他的为难？

想到这层意思，陈国秀免不了涌起一丝悲凉。

但她心里清楚，悲凉不悲凉是她自己的事，与丈夫无关。她自己先那样想了，他那样想，就该理解。她不仅那样想了，还那样做了，这些天来，她上床连长裤子也没脱过。

扪心自问，如果桂平昌知道鲁凯开的药方，要求把每道药都吃下去，她会同意吗？

不会的。

她觉得自己不会的。

既然如此，她就不该有啥不满意。

三十多年来，她对丈夫总不满意，可究竟说来，她还能要求他哪样呢？斗不过比自己强蛮的人，心里怕，是人之常情，并不是什么罪过。他在暗夜里掐她，咬她，是因为她拒绝尽妻子的义务……

陈国秀又开始讲道理了。

只是她感觉到，爷爷当年教训得没错，道理离生活真的很远。

连她自己，也不能从那些道理当中获得平静了。

二二

镰刀在手里吼叫着，稻秆像不是镰刀割断的，而是被镰刀的吼声割断的。千河口人割谷，镰刀都是伸向稻秆中间偏下的部位，小半留在田里，犁田时翻进土里，烂作肥料，大半连着谷穗背回家,在院坝里连磙带拌去净谷粒后,上到草树上,经半个秋天,变成枯草,冬天扯下来喂牛。

而今的千河口,总共只有两头牛,符志刚的女人夏青喂了一头,桂平昌和陈国秀喂了一头,那些没喂牛的,犁田时都借他们两家的牛去使,却从不会给牛割一把草,也不会在落雪天将自家的枯草提一捆来投进牛槽,牛为他们辛苦得嘴角流白沫,而他们要么割谷时就不存草,要么将枯草烧成灰,甚至任由它让雪沤烂。世间找得出平坦的路,却找不出一件真正平坦的事。说吴兴贵心里不装不平事,很可能只是不装,并不是没有。

桂平昌跟不上趟,和妻子越拉越远,但他并没丢下镰刀。想想以前,他该是多么享受这样的日子,阳光炽烈,正是割谷的好天气,金黄的垂穗,珍珠般闪光,鸟群逐着谷香,卖力啄食,希望抢在农人把秋天搬进村庄之前,饱餐几顿。这样的日子和景象,本是多么美好,可今天桂平昌感觉不到了。

他只闻到一股焦糊味儿。

那是太阳把妻子的脊背烤焦了,也把他自己的头皮烤焦了。陈国秀是弓着腰割,桂平昌腿股子软,差不多是坐在地上割,割几窝挪一下屁股。

陈国秀回头看他，回头的瞬间，汗水泼在手膀上，手膀被烙出红印子。汗水也是沸腾的。她见他割得那样慢，又见他消瘦成稻秆样的身体，突然来了火气：

"叫你歇着，你为啥不听？帮不了忙，又把自己搞病，我难得服侍你！"

无论是轻言细语地讲道理，还是大声武气地发火，妻子的话都无法反驳。桂平昌也不想反驳、不会反驳。他歇下了，从荷包里摸出旱烟来抽。

烟刚点上，陈国秀又发话了：

"你不晓得去阴凉处歇呀！"

桂平昌站起身，走向傍崖的田畔。田埂底下的拐坎上，长着一棵核桃树、两棵杉木树、三棵李子树，都是他家的树，杉树专门留着，将来为他和陈国秀做大料用的，现在已有碗口粗。再长这么粗，做一副大料就完全够了。再长这么粗需要多少个年头？总得要十年八年。他能活那么久吗？或者说，当一根杉树长到可以做一副大料的时候，他就必须死吗？

桂平昌不愿去想这事，在树荫下几朵猪鼻孔草上坐下来。猪鼻孔怕痛，不想他坐，但它们的根扎在地下，想逃也逃不了。扎根可以活命，可以生长，也可以囚禁，可以戕残。透过树与树之间的缝隙,能望见几十米下的池塘。池塘周边,差不多都是夏青和杨浪的田地。夏青这时候也在割谷,小小的人影高于土地,低于日头,有种说不出的孤单。四十刚出头的女人,长年累月独自在家,不仅喂了一头牛、四五头猪,还种了三亩旱地、九亩水田。她比她的牛还苦。人家都说,在千河口,桂平昌能吃苦,但跟夏青比起来,桂平昌就算闲人。

不过夏青以前倒不是这样的,那时候,老是病恹恹的儿子跟在她身边,她虽然愁,却过得白天是白天,晚上是晚上,后来儿子病情好转,也出门去了,她反而没个抓拿,最近两三年,更是心急火燎,恨不得世间没有晚上,只有白天,好让她不歇气地去坡地里忙活,像她不够吃,也不够穿。她男人在外面年年月月地挣钱,虽然挣得有一个没一个,毕竟在挣,儿子同样在挣,她究竟急啥?是因为这么多年过去,她男人还是个打工的,没能像杨峰和刘志康那样当老板吗?她就为这个急吗?可是她也不想想,符志刚毕竟也没像李奎那样被关进牢房。人比人,比死人,比上不足,比下有余,就够了。

不一会儿杨浪也冒出个扁平的脑袋来了。

杨浪迈着龟步,走过池塘,又从夏青的田埂上走过,进了自己的田里。他也是去收谷子的,但不背花篮,也不拿镰刀,只端着一口升子。他田里的野草深过谷穗,谷穗要不到阳光,成熟得比别人家的晚些,但他垆缸里的陈谷已经罄尽,等米下锅,便端着升子进田,找谷穗上黄熟的粒儿,揪下来,回去用碓窝舂出米,把青的留着,让它们慢慢熟,他吃完了再来揪。

这东西到底是过着怎样的日子呢?分明有个亲哥哥在省城,既有钱又有位,他哥哥随便掰个角角儿给他,别说在千河口能过得流汤滴水,就是在镇上,乃至县城,照样能,可他就不去找。

不去找哥哥倒也可说,因为哥哥本身就不认他。

他们父亲死得早,母亲特别偏心——人不偏心是不可能的,没有一点分别心,就是菩萨了,人不是菩萨,所以多多少少,总会对这个好些,对那个差些,哪怕对亲生儿女这样,也是正常的,但像杨家兄弟的母亲那样偏心,着实少见。千河口的老辈人都说,在他们母亲看来,手心是肉,手背是皮,小儿子杨浪是手心,大儿子杨峰是手背。弟弟哼一声,哥哥就要挨打,也不管是为啥哼那一声。不仅挨打,还打得皮破血流,甚至差点就打出残疾。那完全不是母亲打儿子的打法。她把生活的重、日子的苦,都泼到大儿子身上了。

自从杨峰走下老君山，四海为家独自打拼，他心目中就没有了老家，也没有了老家的亲人。发财过后，他到处捐钱，成了名声响亮的企业家和慈善家。可他就是不拿一文钱出来给弟弟用。

这么说来，杨浪不去傍哥哥，是他识相，但又为什么正事不好好做，非要费心劳神地去搜集声音？说他懒吧，他真的比狗都起得早，绝对可以跟夏青一起，算作千河口最勤快的人，甚至比夏青还勤快。但人家夏青，每年出几头肥猪，收万多斤粮食，而你杨浪就当了个录音机，收了大堆看不见也摸不着的声音！像是怕声音发霉，过段时间他就翻出来晒一下，也就是用他的嘴学一下。

别人晒粮食，他晒声音。

听起来简直是笑话，却是他的全部乐趣。

那年九弟摔了岩，伤口愈合了，头却痛得慌，他感觉自己活不了几天，临死前百事不想，只想"他们"：村子里死去和离开的人。他叫杨浪挨个学那些人，让他听听。杨浪去到九弟床前，让九弟闭着眼睛听。百鸟不同音，千口不同调，连一声浅笑，一声叹息，都被杨浪从光阴的深渊里唤醒。村庄在他声音里复活，复活到最热闹时的景象。或者说，杨浪用他的声音，重建了一个村庄，只不过房舍还是那些房舍，男女还是那些男女。九弟听到了，并透过声音见到了。他听得心满意足，好几次热泪盈眶，后来死得也少了许多遗憾。

九弟家跟桂平昌家，只隔两间房子，那天下午，桂平昌和陈国秀在酸枣坪办地，铲塄坎时拗断了锄头，桂平昌回来换锄头，进院坝时，刚好听见杨浪在学林翠芬唱"颠倒歌"：

锄头扛肩过山坡，
山坡行在脚底窝。
耕牛牵着四季走，
粮食吃人有几多。

学了林翠芬唱歌，又学鲁细珍踢毽子。鲁细珍能一次踢五个毽子，五个毽子次第擦过空气的声音，在脚尖脚背敲击的声音，鲁细珍微微喘息的声音，还有观众们的笑骂声、喝彩声、凝神屏气声，得得在意，声声在耳。

桂平昌本来很看不起杨浪的这一套，那天却也听得入神。

然而，众声之中，又出现了一个声音：想笑，又不愿让人觉得他跟大家一样，便尽量把笑憋住，只在喉咙里挤出咳嗽似的声音。

这是苟军的声音。

听到这声音，桂平昌离开了⋯⋯

此刻，桂平昌坐在田畔的树荫下抽烟，又鲜明地听到了那个声音。

那个声音让他把眼前的一切都忘了。

忘了烈日，忘了田野，忘了妻子，也忘了杨浪和夏青。

他心里只想着两个人。

一个活人，一个死人。

活人是苟军。

死人是苟军的尸骨。

二三

十多天来，桂平昌都在试图忘记。

就像被捉拿的罪犯忘记手铐，被关押的囚徒忘记大墙，被击中的伤兵忘记枪子儿。越想忘记，手铐越凉，大墙越高，枪子儿越烫。

他的谵妄症就是这样得来的。

即便睁着眼睛，他也被一个影子般的人领着，穿林打叶，踥踥蹡蹡走过阴森狭长的洼地，仿佛走了几度春秋，才劈面撞见一道山门。山门上青苔离离，当门自动启开，两扇青苔便朝里奔跑。他跟随那个影子人，跨进去。

进去后，门立即关闭。

开门时阒寂无声，关门时震荡山岳。里面的院落深似黄昏。也正是黄昏如雨的时候，柱头、挑梁、屋檐和周遭的怪树上，重重叠叠堆拥着黑色。黑色朝他睒眼睛。他正迷惑，"呀——"的一声，黑色耸动翅膀，让麻布似的天空动荡倾覆。他战栗着，朝影子人靠近，可那人早不知去向，连影子也没留下。他急忙朝一间空屋里躲。那间屋子没有屋顶，几面绿墙之间，敞着一扇门。他刚躲进去，黑色就跟进来，且高举着斧子。是把宽刃大斧，可以劈柴，可以剁肉，当然也可以杀人。尽管他懦弱，可这时候也明白：反抗生，顺从死。

反抗是唯一的出路。

于是他就反抗了。

他跳开一步，跟斧子保持足够的距离。他需要一个东西来延长自己的手臂。屋子里，除贴地而生的浅草，无任何物件。但他摸到了墙体上的另一扇门，这扇门由几棵树做成，是死门。几棵树皮面粗糙，脂油腻手，花香乱目。是李子花的香气。这么说来，该是农历二三月间。不过他不关心季节，只关心步步逼近的斧子。他想把门推开，可它是死门，又是一扇活着的门，那门对斧子胁肩谄笑，跟斧子勾肩搭背，铁了心要送他走上不归路。他向斧子求饶，向手执斧子的黑影求饶。他并没有伤害他，是他伤害了他。可正因为是黑影伤害了他，黑影才不打算接受他的求饶。他看见斧子在滴血，那是他的血。情急之下，他发现那扇活着的门开着裂缝，便肩膀一缩，肚子一收，从裂缝间挤了出去。

咕咚！

他掉进了水里。

他生在山里，长在山里，跟多数山里人一样，见到的是雨水——雨水里不能游泳；是山洪——山洪里不能游泳；是渠堰——渠堰里不能游泳；是池塘——池塘里可以游泳。他在水里的全部本领，都是半亩池塘给的。

那是好多年前的事了，那时候他还敢在众人面前光着屁股，亮出鸡鸡。可即便在那时候，他下水的机会也少之又少，他从小身体弱，父母怕他经不得风吹雨淋，只要他下水，捞出来就是一顿暴打。这让他的胆子越变越小，小得像鸡的胆子。再后来，父母不打，他也不敢到水里去了。小学毕业那年，热得脚板都不敢往地下放，走路是跳着走——从这朵草跳到那朵草，其实草也是烫的，好在不像干土和石地，能把皮肉烫糊，整个七、八月间，每到午后，池塘里就闹翻了天，他却倚着岸边的李子树，不敢下去。堂妹小翠说：

"哥哥不怕，下来，我带你。"

那时候小翠才五岁，就敢拿条大人的裤子，做成水牛角似的救生圈，骑在上面，游到池塘中央。满池塘的人都笑他。苟军撇撇嘴，打个溺头儿，就不见了踪影，冒出来时，已在池塘的那一边，然后双手没于水中，踩着立立水游回来，距岸十米左右，突然手一扬。一条滑溜溜的水蛇飞到了桂平昌的脚下。水蛇伸出脑袋，莫名其妙地张望几眼，从另一面斜坡梭到水田里去了。这次吓破了他的胆。胆子本来就小，很容易吓破。从那以后，哪怕池塘里演大戏，他也不敢去看。

他怕水，在水里的本领更是极其有限。

何况这是二三月间，春寒未退，他的夹衣和线裤被水一泡，即刻成为捆绑他的绳索。

更何况，岸上还有一把斧子，他挣扎到哪里，斧子就逼到哪里。

他不想挣扎了。

过一会儿，他听见岸上有哭声。

是另一个黑影在哭。

一个女人模样的黑影。

他认识那个黑影，并在那黑影的哭声里得到安慰。

她哭他，也就够了。

他得到安慰，老天似乎也得到安慰，云层薄了，化了，黑色遁去了，星光出来了，他俯卧在水面上，从水的水里看到了自己：头大，眼小，神情忧郁……

他觉得这不是他自己。

可不是自己又是谁呢？

桂平昌不知道他是谁了。

二四

这情形虽然严重，却比前些天的混乱好得多。

陈国秀去找鲁凯那天，陈国秀刚出脚，桂平昌就觉得自己在分裂。如果身边有面大镜子，他全身照一下，会看见身体是他的，可头和脸都不是他的了。帮忙照看他的吴兴贵坐在旁边，让他难过。他古怪地感觉到，他脖颈以下的部分跟吴兴贵亲近，头脸却对吴兴贵仇恨：刻骨仇恨。他不知道这是为什么，只清楚地记得，那天他一直憋着劲儿，把自己保持住，既没说胡话，更没跪着求饶。他总觉得吴兴贵想听他说，也想看他跪。他不能让他得逞。人可以遇到丑事、烂事、惨事，可以承受最最不堪的结果，但几乎没有人愿意让别人看见自己承受的过程。每次在陈国秀面前说了，跪了，清醒过来的瞬间，桂平昌都羞愧难当。更不要说在一个外人面前。

他暗自责备陈国秀请吴兴贵来照看他。

让人知道他得病，就够丢脸了，还请人来照看。

他多次对吴兴贵说：

"兴贵，你去忙你的，我没事。"

为表明自己确实没事，吃午饭的时候，他不仅喝了酒，还故意多吃了一碗饭。但吴兴贵就是不走，说自己不忙，还以"国秀交代的"为由，固执地留了下来。

分裂和保持，都让他透支，使他不停地出汗。吴兴贵殷勤地为他擦，出一点擦一点。这简直是对他的折磨。他干脆闭上眼睛，装睡。但闭上眼睛并非就不能看见。他看见的是一把斧子，是手执斧子的黑影。

惊惧之下，他骤然睁开双目。

吴兴贵正朝他笑。

他又装睡。

很快又把眼睛睁开。

吴兴贵还是在朝他笑。

他继续装睡，而且不睁眼睛了。

吴兴贵还在朝他笑吗？是的，他闭着眼睛也能看见。他一直认为闭着眼睛是看不见什么的，现在知道错了。有些事情，闭着眼睛照样能看见。

是时间救了他。天色晚了，吴兴贵要去挑腌臜水。

可这也差点毁了他。

吴兴贵刚走，他就看见那架白骨出了洞子，僵硬地走过凉水井，走过杂木林，走过池塘，从竹林旁边的小路上了院坝，直杠杠朝他家走来，用头把门顶开，跨入伙房，倾过只有两个洞的鼻子，嗅着灶台和案板。同样是两个洞的眼睛里，缓缓地流出黄水。那是泪水吗？见他桂平昌还在过日子，他想不通吗？他抬了抬手，想把泪擦去，可两只手直杠杠的，上下交错，怎么抬也不济事，于是放弃了努力，朝桂平昌卧房走来。伙房到卧房，要过两道门，两道门都没关，他很顺利地进了第一道门，这道门高于地面半米多，门内铺着木板，他只有骨头的脚，踩在木板上，不像踩，像戳，响声古旧、阴沉。整个屋子里，即刻弥漫着尸体的气息。

桂平昌被这气息呛住，肺肿起来，眼球往外凸。

而那架白骨，已迈入第二道门槛，只需三步，或者四步，就走到床边。他翻身而起，从白骨身边挤过去，冲进了伙房。并不是他看见了八仙桌上的南瓜，而是南瓜主动让他看见的，南瓜变成了白骨的头，圆滚滚地向他示威。与此同时，案板上的菜刀也扯过他布满血丝的眼睛，菜刀长着两条腿，奔跑到他的手里。

菜刀的扁，对应着头颅的圆。

这是充满敌意的对应，是毁灭的对应。

他举起了菜刀。

从小到大，他做什么事情都是被动的，这时候，他挥刀的动作同样是被动的。

可一刀下去，头颅碎成了两瓣。

这给了他无尽的勇气。

从第二刀开始，他变成主动的了。

平生第一次，他这样主动。

原来，主动是如此畅快。

他不是被鲁凯的药医好的，是被"主动"医好的。

二五

坐在田畔，桂平昌抽完一袋烟，山下的杨浪就打转身了。他怀里的升子可以装五斤，但他不会揪满，只要够吃一顿，他会立即丢手。连续多日的好太阳，让谷粒还长在穗子上时，就干了水性，拿回去直接就能倒进碓窝里舂；即便不能，铺在石坝上晒半个钟头，或者用滤帕在火塘上吊半个钟头，也就能舂了。下一顿饭，杨浪就能吃到新米了。

尽管他的稻子比别人家的熟得晚，可许多年来，他都是千河口第一个享用新米的人。别人要吃新米，需把所有稻子割完，集中将谷粒褪下，不管谷粒有多干，都再拿晒席晒几天，如果收割季节碰上连阴雨，就用烘笼烘，烘得用牙一咬，嘎嘣价脆响才罢，全部晒完或烘完，装进仓里，才撮出一背笼，牵出牛，扛上枷，拿着筲帚，到东边院子下面的石碾上，花上几个钟头，碾出米；整个村子只有这架石碾，因此得排队，有时要排好几天，轮到自己那天，才能尝到新米。现在那个碾子废弃了，是用打米机，家家户户都有小型打米机，用不着排队，出米的速度也快得多，但前面的那套工序，照样要一丝不苟地做完。

别人家吃新米的时候，对杨浪来说，那已经是陈米了。

桂平昌突然有些羡慕他。

几十年来，桂平昌羡慕过很多人，却从没想过要去羡慕杨浪。这就像陈国秀，从没想过要去嫉妒陶玉。没想过，却偏偏羡慕了，也嫉妒了。嫉妒陶玉陈国秀能找到理由，羡慕杨浪，桂平昌能有什么理由呢？

自从母亲过世后，杨浪在村里就可有可无，无论他在哪里出现，在别人眼里都只是一根会走路的木桩。这样说还是抬举了他。他啥都不是。硬要说他是个啥，就是啥都不是。连木桩、石头、土块、鸡屎、牛粪……都不是。

好不容易变了人，却混得这样不堪。

这首先与他哥哥有关。杨峰在外面做慈善家，动不动就投资上亿，却不愿为家乡架座桥、建个厂。架桥建厂也就罢了，你该不该为千河口修条路？

去年上任的村支书桂承伍，很想做些功德，把路修通。前几任村干部也曾为此努力，都打了水漂，他不信到自己手里还是打水漂。他先去找了镇长，镇长说，千河口地势险要，不好修路，加上人都快走空了，没必要修路。这明显是怕花钱。只要不怕花钱，月亮能去，火星能去，未必千河口不能去？说没必要修，更没道理，而今的村村寨寨，哪里不是差不多走空了？但搬到镇上去的，多数都想抽空回村种田地。俗话说，家里有粮，心中不慌，可对农民而言，要看到庄稼生长的过程，要亲手把五谷从种子侍弄成禾苗，从禾苗侍弄成果实，然后搬离大地，收进粮仓，才能真正做到心中不慌，否则就不踏实。即使有钱买粮，照样不踏实。他们是把粮食和耕种连在一起的，自己没参与耕种，吃着碗里的饭，就像困难年代去别人家做客，不好意思多吃，也不知道下一顿还招不招待你吃。

那些通公路的村子，住到镇上去的村民，隔段时间就租辆摩托，条件好身体也好的，就自己买辆摩托，花三二十分钟，最多花四五十分钟，骑回老家，犁田耙地，播种收获，庄稼自然也免不了耽误，但耽误得少，同时还能为老屋生烟火、驱虫子。他们没丢了老家，日子又比在老家时过得伸展。千河口人却不行，上了年纪的，爬坡上坎回来一趟，先就累脱了半条命，哪有精力再下田地忙活。

桂承伍把这些道理，讲给镇长听，又讲给书记听，终于要到一笔款子，修了两公里。那两公里路从镇子北面分叉，一路蜿蜒上山,远看像飘飞的水袖。路两旁,白桦树和夹竹桃把高处和低处的阴影,投向路面,如同织锦。这么好看的路,可要是骑摩托,踩一脚油门,风在耳边呼呼两声,路就断了。断头路还是路吗?路是伸向前方,伸向目的地,断头路却没有前方,也到不了目的地。

起初,千河口人还兴致勃勃地去走那两公里,他们走在路上,说:这是我们的路。但在"我们的路"上没走几回,就不走了。摩托开不到家,步行么,比老路还远。而且老路是踩熟的,每一脚下去,都有记忆扑上来。

但桂承伍不留恋记忆。他召集村民大会,说:

"大家想一想,普光镇还有哪个村没通公路?好像除了千河口,再数不出第二个。没有路,就没有出路。当然我们有条老路,但老路上只能两条腿走,不能跑车。现在是跑的时代啦!别人都在跑,我们还在走,我们就成了原始人。大家都有脸,也都要脸,可别人打个唿哨就去来一趟,你躬腰爬背气喘吁吁捣腾几个钟头,也还在半路上,又有啥子脸面?说一千道一万,落后就是落后,找出几大箩筐理由,还是落后!大家都有田地在村里,舍不得让田地抛荒,也不敢抛荒,我们这拨年轻人,没挨过饿,老辈人是挨过饿的,晓得挨饿的滋味儿,那滋味儿我们只是听说过,没尝过,可难保今后永远都是丰衣足食,难保再没有挨饿的时候,难保我们和我们的子孙后代,身体发胖不是油多,而是浮肿。既然不敢打保票,也没有人敢打保票,哪能让田地抛荒呢?所以……"

"所以"后面的话没说完,村民就东一个西一个起了身。

都听出了桂承伍的意思:是要大家集资。

前几任村干部,也曾想让大家集资修路,也是这样东一个西一个散了。

和前几任干部一样,桂承伍看着渐行渐远的背影,毫无办法。他不能强迫村民掏腰包。他没有那个权利。自从土地下户,后来又免除了农税提留,当村社干部的,就不知道自己应该干什么、可以干什么、能够干什么。

于是他又去找镇领导。

镇领导对他说的话,只是把对前几任村干部说的重复了一遍:别的村子,做买卖的,包工程的,都是小打小闹,你们村可不是那样。

领导的意思他知道,是让他去找那几个发了财的千河口人化缘。

但他还知道得更多,比如前几任干部去碰得一鼻子灰。

可他还是硬着头皮去了。

先去了县城，找到刘志康。

刘志康很慷慨，说小桂，没事，你放心好了。但他接着说：

"你还必须去找杨峰。你还没找过他么？……好，那你就去。找杨峰的时候，别说先找过我。杨峰出一百万，我出一百万，杨峰出两百万，我出两百万，杨峰一分不出，我也是一分不出的。这当中有个道理，要是他不出，我出，他会认为我是在乡亲面前讨好卖乖，更会认为我是在跟他斗富。小桂你想想，我哪有资格跟杨峰斗富？他能买几条大街，我最多买间门市。我是提防人心。虽说他在省城，平时见不上面，但毕竟是老乡，难免有打交道的时候。"

桂承伍感激不尽地出来，第二天打早，就把家乡的土特产拎了一大包，上了省城。去杨峰任委员的部门，问到他的电话，可整整一个礼拜，连杨峰的照面也没打上。杨峰先是说开会，后来又说有急事去了外地。

再不识相，也看出意思来了。

桂承伍把土特产在街头卖了，空着两手回了村子。

他没再去找刘志康，也没再找任何人，背着鼓鼓囊囊的帆布包，出门打工去了。他不当这个村支书了。没把事办成是一方面，主要是心理受挫。他本以为自己比前几任干部能干。

于是，千河口到镇上的路，就还是祖先们蹚出的关门岩、楼口门、夹夹石、鬼见愁……村民在路上走苦了，眼见庄稼被耽误了，老屋经管不到，漏了雨，遭了虫，很快朽了，甚至塌了，也就不在乎祖先蹚出的路能给他们记忆，只扬了脸，吐着唾沫星子，朝着远方骂。

不骂别人，只骂杨峰。

你杨峰的第一声哭是落在千河口的，第一泡屎是拉在千河口的，你现今长成了一棵大树，但千河口是你的根。可是你丧了天良，不认这条根。你把大把的钱给别人用，就是不给家乡人用。家乡人住到镇上去，就钉死在那里，坐吃山空还算好的，还有更糟的：西边院子的张顺，只有个独儿，搬到镇上几年后，儿子在外面遭了车祸，儿媳拿到赔款，便带着孙子消失在茫茫人海里，老婆天天怄气，没多久也死了，老家的房子已经垮掉，张顺就躲在镇上的房子里耗着。还有庹传昆，同样住在西边院子，在镇上混来混去混瞎了光阴，就去茶馆搞赌，先是小赌，后来大赌，输得裤腰带都没了。老二房的郑兴梅，钱倒没怎么输，却把人丢尽了：她跟下街孙剃头的儿子勾搭上，被孙剃头的儿媳捉了奸，闹得波翻浪涌的。

在千河口人看来，这些都是杨峰的错。

如果通了公路，能时不时回来种庄稼，就闲不出那些乱子。

不过话又说回来，杨峰连他亲弟弟都不管，还管你这些外人？

这么一想，好像又想通了。

二六

别人想通了，桂平昌却没想通。他不是怪杨峰不出钱修路，修不修路，对他来说根本就无所谓。他是在另一个层面上想不通。

母亲在世的时候，曾当着他和陈国秀说：人是被亲人抬起来的，再是低到土里的人，只要亲人爱他、护他，他就有个人样；要是亲人不把他当回事，他就一辈子飞不起来，一辈子埋在土里，任人脚踩鞋踏。母亲的意思，桂平昌和陈国秀有不同的理解。陈国秀听出婆妈依然担心儿媳嫌弃儿子，就说这些话来提醒她。桂平昌听出的却是：母亲、妻子和儿女，都是他的亲人，他要一辈子爱护他们。

他想不通的是杨峰为什么不爱护杨浪。

他承认，有些人不需要亲人，自己就能飞，比如杨峰。

可是杨浪能吗？

杨浪不能。

不能自己飞的杨浪，本来有个哥哥能挣面子，还能挣大面子，结果却是遭人唾骂。骂的是杨峰，但杨峰远，接不到唾沫。唾沫都被弟弟接了。

其实，杨浪连接唾沫的资格也没有。

眼里只是不放他，看不起他，他接没接唾沫，都一样。

但世间事总是说不清。李奎还是坐牢的，他父亲李成照样过得风生水起。这是不是可以证明，自己活不出人样，亲人再爱再护，也照样活不出人样。李成是个绝顶聪明的人，做一行通一行，他种的谷子，鸡要是心大，一次啄两颗，就要梗死，他种的冬瓜，粉嘟嘟的，立起来有人多高，他养的猪，尾巴全陷进肉缝里。此外他还种烟叶、天麻、黄栀子，因为种得好，价钱也卖得好。最近这些年，他花钱从没愁过，要是他愿意去镇上买房子，想买哪里就买哪里，想买多大就买多大，之所以没去，无非是跟桂平昌一样，丢不下老屋，也丢不下田土。李奎被抓后，李成逢人就说儿子含冤受屈，听的人嘴上应着，心里却在冷笑，有的还幸灾乐祸，但要说谁敢明目张胆地瞧不起李成，那是不存在的。

可是人人都敢瞧不起杨浪。

多年以来，杨浪都活在阴影里。除李成、九弟和贵生，几乎没人跟他说话。后来九弟死了，跟他说话的只有李成和贵生了。九弟死了大半年，贵生也死了，跟他说话的就只剩李成了。李成愿意跟他说，是他为儿子喊冤时，别人都在冷笑，只有杨浪才诚心诚意又不厌其烦地听他。李成不过是找个听众，与杨浪本人没多大关系。要说有一点关系，也是他希望从杨浪那里，多少能探听些杨峰的消息，他好出去神神秘秘又眉飞色舞地传播，尽管他也深知探听不到。

没人跟杨浪说话，更没人和他坐下来拉拉家常。连跟他打招呼的也少。李成只要不想说儿子，同样懒得招呼他。

不过，碰上心情好，兴致高，村里人偶尔也会招呼他一声的，却既不叫他名字（像他没有名字），更不按辈分称呼（像他没有辈分），而是叫他"那东西"。叫"那东西"同样是对他的抬举：在人们心情好兴致高的时候，他到底升格了，不是"啥都不是"了，而是真的成了木桩、石头、土块……

这样一个家伙，桂平昌怎么可能羡慕他呢？

但奇怪的是，此时此刻，也就是桂平昌坐在田畔抽烟的时候，他把杨浪羡慕得直咽口水。

看看山下的夏青，勾成一团儿，几乎见不出人形，如果不是因为在缓慢移动，完全像是被太阳烧焦的一个小黑点；再看看身后的妻子，满身冒白烟，嘴角积白沫，脸上挂着水帘子，那水帘子不是汗，是烈日烤出来的油。

哪像杨浪！

杨浪来得悠闲，去得也悠闲，日子没给他劳苦，只让他自在地活着。你说他田地种得少，庄稼长得不成样子，可他并没缺吃少穿。非但如此，他还从不把庄稼收尽，谷子、麦子、土豆、红苕、苞谷，他都留些在田地里，说是给雀子和小兽过冬。而且手脚干净得很。从坡上回来的时候，路过别人家的菜地，顺手牵羊揪几根黄瓜、摘几个辣椒、掐几尾蒜苗，很多人都做过，主人家一般也不计较，但杨浪从不这样。他用的一分一厘，都是他自己的。他需要多少，就做多少。他永远相信老天爷不会亏待他，让他撒下的种子能发芽，发芽的种子能出苗，苗子在野草丛中，能自得一份天地，开枝散叶，扬花结果。他就凭那些果实，让自己吃饱穿暖。吃饱穿暖，就是他的全部欲求了，他只需要这么多了。

难怪别人那么热衷于议论他的哥哥，他却从不议论，更不说哥哥一句坏话。哥哥发大财、有地位，是哥哥自己挣出来的，他没有什么不平衡。无论大人小孩叫他"那东西"，他都欢欢喜喜地答应，父母给他的名字，他自己记得，你不记得是你的事，他也没有什么不高兴。他痴迷声音，你觉得无聊，可那回他在九弟家"晒"声音，桂平昌不照样听得入神吗？

时至今日，桂平昌还能鲜明地回忆起当时的感觉。

或许是因为没离开村庄也不打算离开的缘故，桂平昌尽管时时感到冷清，却没怎么觉察到村庄的逝去，听了杨浪学那些声音，他才有了危机，并勾起深切的怀念。他跟九弟一样，也想"他们"了。他想念的人，都是一去不复返的，偶尔回来，也是作为客人。他阻挡不了别人的脚步。当初二爸一家迁走，他伤感了很长时间，并非割舍不下跟二爸的感情，而是觉得二爸背叛了村庄。那么多辈人住过来，说走就走了，村庄眼巴巴地望着他们的背影，他们却头也不回。后来这个走了，那个走了，每走一个，都把村庄带走一部分，也让村庄荒芜一部分。

伤感日久，成为焦虑。

伤感不容易察觉到，焦虑却是明明白白的，说话的时候，像舌头上长了个东西，吞咽的时候，像喉咙里长了个东西，走路的时候，像脚底下长了个东西。

幸亏有杨浪。杨浪用他的声音，把整个村庄保留下来。即使村庄彻底消失，他还让它在自己的声音里活着。说不定，到了某一天，那些慢慢老去的千河口人，会跋山涉水来找到杨浪，让他用声音为他们引路，领他们回家——回到记忆中的家，有祖辈护爱、也有儿孙绕膝的家。

桂平昌终于也找到羡慕杨浪的理由了。

除了羡慕杨浪，他还羡慕杨峰。

不是羡慕杨峰的财富，是羡慕他的"主动"。

杨峰是千河口人，是普光镇人，是清溪河流域人，他却并不因此天然地就该把自己的财富拿给这方人享用。财富是他的，他想给谁就给谁，不想给谁，就不给。他不在乎你的赞扬，也不在乎你的唾骂。

二七

如果想成为怎样的人，就一定能成为那样的人，这个世界就不会有遗憾。不幸的是，遗憾偏偏是世界的主题。是人的主题。也是桂平昌的主题。他"主动"了那一回，治好了他的病,但病好了,病根儿还在。病根儿这东西,在肌肤,在肠胃,都好办,但要是在心里,就不好办了。在心里它就是跟着感觉走的,感觉在脚上,脚痛,感觉在脸上,脸痛,感觉在头发上,头发痛,要是忘记了,没感觉到它,就没地方痛。可桂平昌除非在睡梦中,从没忘记过,因而随时都痛。

劳动或许能帮助他淡忘。他本来就该下田去。妻子在那里挥汗如雨,他却坐在阴凉下歇息,这种生活于他太过陌生。又陌生又可耻。

开镰第二天,他没管陈国秀的呵斥,又下田割谷。

割谷的声音应该是这样的:嗯嗯——噗!前面两拍,是左手将大把谷穗握住,后面一拍,是镰刀将稻秆割断。而桂平昌割谷的声音成了:嗯、嗯——噗、噗、噗、噗。陈国秀的怒火又起来了。她似乎不愿意承认自己之所以愤怒,是担心丈夫身体太弱,不能受累,她不仅不承认,甚至都没意识到,她意识到的只是,庄稼人就要有庄稼人的样子,你桂平昌割谷的架势,简直不像个庄稼人。她说:

"你以为稻秆就不晓得痛?啥都跟人一样,不怕死,怕痛!你那样子割,不是折磨它?"

这话桂平昌听进去了,尽管他并不赞同。人既怕痛,更怕死。但他确实是在折磨稻子。同时也是在折磨镰刀。镰刀本来那么锋利，被你这么一使，显得它很不中用似的。当陈国秀说：

"别割了，过来帮我系把子！"

他也就把镰刀丢下了。

因为不系把子，陈国秀割得更快，割出流水般的声音。她割这么快，却能准确无误地剔除稗草。薅秧薅得再勤，再仔细，田里也会留下稗草，它们把自己装扮得很像庄稼的模样，瞒过农人的眼睛，深藏于稻子的海里，该是格外地志得意满，然而，当稻子被割掉，只把它们留下来，却又显得那般纤瘦和落寞，那副无所适从的样子，让人心生怜悯。

桂平昌跟在陈国秀后面，将她割下的谷系成把。满把谷穗握在手里，沉甸甸的，他便顶在膝盖上系。空气开水般烫人，但柔韧的稻秆上，还留有一丝清凉，通过手和膝盖，清凉传遍全身。初始的笨拙和吃力过后，他自如了许多，也轻松了许多。望过去，是立着的黄金，回过头，是躺着的黄金，这是多么完整的日子！他热爱这日子，也热爱铺天盖野的灼人的阳光。阳光让他流汗，也给他骨力。

不过他不要去想那个"骨"字。

他要忘掉那个字，只专注于眼前。

眼前的一切都是好的。翠绿色的昆虫起起落落，偶尔停在他手背上，觉得停的不是地方，又飞向别处。其实他没想赶它们，更没想打它们。这时候，所有生命于他都是亲切的，就连剩在田间的稗草，他同样感到亲切。稻田并没干透，某些地方还有碗样的水坑，今年四月，他在这田里放了十几尾鱼苗，长到现在，该有半斤左右，但水坑里不见鱼的影子，想必是七月间的那场暴雨，把它们冲到别处去了，或者稻田干水时，它们还贪恋着某个地方，没来得及往残水里退，终于晾死在干坡上，被馋猫或老鹰叼走了。叼走了好，桂平昌不愿看到硬挺挺的尸首，更不愿看到雪白的骨架。他就要这样干净的田野，干净得没有死亡，只有生命。

陈国秀割了大半亩，桂平昌开始往回背。

比平时背得少些，但每次也装了满满一花篮。昨天割下的，昨天就背了回去，因为吴兴贵提前用了院坝，那些谷穗都堆在阶沿底下，今天陈国秀已给吴兴贵说好，由他们用，明天吴兴贵再用，这样轮换着来。

太阳快落土的时候，陈国秀不再割，也一起往回背。稻子铺在院坝里，院坝长高了许多。再牵出牛，枷上石磙，从外到内转圈，千河口叫打磙。跟打米机一样，现在打谷机也是有的，但那家伙特别费电，既然有院坝可用，有牛可使，就还是愿意打磙。石磙的吱呀声柔软绵长，今年的日子跟去年的日子、前年的日子、许许多多年以前的日子，跟河流一般悠远的人世，都天衣无缝地接上了。牛在蓬松的稻毯上走，每走一步都是试探性的，好在对它来说，石磙不算太沉。转过无数圈，把稻毯碾轧瓷实，再用扬杈抖搂、翻转。院坝里没有点灯，灯都点在天上，星星如乱石窖，多得稠密，多得天装不下，要从天壁上冒出来，亮，亮得晶莹剔透，连谷粒中夹杂的青籽和秕壳，也看得粒粒清晰。

这时候吴兴贵和陶玉出来帮忙。昨天桂平昌和陈国秀也为他们帮了忙，吴兴贵不要桂平昌帮，但他还是帮了。陶玉挥扬杈的动作，像跳舞，大团稻草被她抛到天上，平行散开，再徐徐下坠，被扬起的谷粒先于稻草，疾雨般降落。风也被她撩动，嗯啦啦吹，暂时歇在一旁的牛，兴奋地抽动鼻子，像在赞赏谷香醉人，也在赞赏陶玉的舞姿。

吴兴贵比陶玉做得更夸张，仿佛在跟妻子比试一样。不管干什么，他俩都在比试，或者说较量，这是桂平昌早就发现的，最近，这种感觉更深。他们的相亲相爱，还有许多时候根本就说不出来由的快乐，都是在秘密的较量当中生发的，如同齿轮，彼此咬合。他们的快乐之所以说不出来由，是因为有时候像快乐，有时候又不像，而不像快乐的时候，也是快乐，是快乐过了头的那种快乐。两口子深更半夜关起门来嘻哈打笑，可你要是多听一会儿，又觉得不是在笑，是在哭。笑过了头，就跟哭是一样的。每当快乐过了头的时候，吴兴贵总是用他的歌声来舒解。此刻，他跟陶玉比试着挥扬杈，也没忘记唱歌。

他唱的是：

一茬茬稼禾地里头黄，
想你想的那日子长（幺妹儿呢）。
日子长长如绞索，
一索索子捆了我两个（心肝儿呢）！

对别人，吴兴贵的歌声只是一种声音，有时还是噪音，对陶玉就不一样了，那是医她的药⋯⋯

抖搂翻转之后，再接着碾。要翻三四遍，碾三四遍，牛才能歇。但人还不能歇，人从谷堆里抠出稻草，双手握住，越过肩膀，使劲拌，直到穗子上再不留谷粒，主要工作才算完成。但离真正完成，还要好些时候。女人将谷粒撮进背篼，背进屋去。男人先用稻草搓出粗大的长绳，再合草捆。

院子里人多的时候，草捆先是堆在院坝边，院坝边堆不下，就往底下的竹林外放，别挡路就行，等到农历九月十五过后，再上到草树上去。等到那时候，并不是因为那时候该收的收了，有空闲了，而是因为，过了九月十五上到草树上的草，牛才肯吃；而不上草树，只堆放在某个地方，牛照样不肯吃。这说不出任何理由，恐怕只有牛才知道理由。就像狗不吃胡豆，再饿也不吃，人不知道为什么，因为胡豆不难吃，甚至很好吃，人都不嫌，狗嫌？直到世上出了个懂狗语的人，问它们原因，它们说：胡豆是我们狗的舅舅。

万事万物的神秘联系，细想起来，真是惊心动魄。

以前为临时堆放草捆发愁，现在完全用不着。

那么多塌了房子的空地，随便堆。

这天夜里，桂平昌和吴兴贵把草捆堆在了张大孃的屋基上。桂平昌不想往那里堆：他不敢去想那口彩坛。但吴兴贵先就扔了几捆过去，他不好说什么。对自己的事情，只要别人为他安排过了，他总是不好说什么，过去是，现在也是，将来还是吗？他不知道。他希望不是。

但他明显感觉到，他恨吴兴贵。

因为吴兴贵不问他的意见，就为他做了安排。

他更恨自己。

因为他完全可以不听吴兴贵的安排，可是他听了。

二八

当又一个黎明苏醒过来，谷子差不多都已收起，草捆也堆成了小山。

夜色与晨光交接之际，天地间发出沉重的叹息，叹息声里，星星不见了，月亮下去了，天黑黑，地黑黑，身体消失，只剩下明亮的心思。

桂平昌站在寂静的草垛跟前，黯然神伤。

在他很小的时候，收谷子那些天是小孩子的节日。他不敢跟伙伴们下水，却敢钻进谷草垛里藏猫。大集体时代，捡狗粪都是全村出动，收谷子更不消说，千河口的三层院落，老二房的院坝最宽敞，因此打磙多在这里。把节日搬到自己家门口，让老二房的孩子感觉自己比别人优越。所有的收获都是丰收，场面欢乐盛大，四角挑梁上，各挂一盏大号马灯，三头牛拉着三架石磙，分内外三层碾轧，几十上百号人，忙的忙着，闲的闲着，忙的和闲的，要么跟牛说话，要么跟人说话，女人拾一枝谷穗，趁男人不备，塞进他们的后颈，那东西跟毛毛虫一样叮人，先是痒，再是痛，然后是又痒又痛，男人痒得舒服，痛得舒服，却也礼尚往来，趁女人不备，让她们尝尝同样的滋味。

孩子们理解不了这其中的乐趣，去找自己的耍子儿，先是呼来啸去地"打国"，等到合了草捆，就钻进草捆与草捆之间的缝隙藏猫，满院的孩子，有时是满村的孩子，手心手背，分出两方，一方躲，一方找。

不下五十回，桂平昌都跟苟军成为躲的一方。

这不奇怪，奇怪的是，几乎回回他都跟苟军藏进了同一个草洞。黑暗中，听见找他们的人近在咫尺地错过，两人得意地做着鬼脸。有一回，躲了好长时间，找的人也没发现他们，两人就在里面睡着了……

可是，苟军现在不是睡着了。

是死了。

他没钻进草洞，而是钻进凉水井那个没有名字的山洞，成为一架白骨了！

二九

谷子收完的第二天，正好是个赶场天，陈国秀背着两个大南瓜，独自上了街。

她没把南瓜背到市场上卖，直接去了福康诊所。她是去送给鲁凯的。鲁凯自从在镇里开了诊所，他自己就没买过菜，也没买过烟酒，被他治好的乡下人，赶场时都会顺便送菜给他，镇上人则是送烟酒。他在千河口当赤脚医生时，即便将人起死回生，也没有谁给他送什么，现在千河口人也跟外村人一样，不惧辛劳，给他送时鲜小菜来了。他的名声大了，身份也变了。

鲁凯问桂平昌现在怎样，陈国秀说，就是瘦，别的没啥。鲁凯抿着嘴笑。陈国秀从他的笑里，想起他让她跟桂平昌脱光了睡的话。他一定认为桂平昌的瘦，是跟她睡瘦的。这让陈国秀再次感到屈辱。因为深藏心底的对丈夫的愧疚，还有对丈夫很可能也不愿意跟她脱光了睡的猜疑，使她此刻的屈辱格外凛冽。

鲁凯见她脸色不好，把笑收起，又是那副一本正经的样子，说：

"把这个拿回去，让他嚼，嚼几片就胖了。"

言毕给她七八片木渣样的玩意儿，每片只有一毛钱硬币大小，削薄如纸，却收价四十。鲁凯从不因为你给他送了礼，收钱时指甲就挖浅些。

回到家，陈国秀把药摸给桂平昌：

"揣好，记得嚼。今晚上就不嚼了，从明天开始嚼。鲁凯说了，每天午饭前嚼两片。"

桂平昌把药接住。是用碎报纸包着的，他没打开看，直接揣进了荷包。第二天吃午饭前，陈国秀问：

"嚼了没有？"

他说嚼了。

第三天又问：

"嚼了没有？"

他说咋没嚼呢。

陈国秀一天不落，连问四天，才不再问了。

她问得这样勤，不只是普通的关心，还因为愧疚。在她的愧疚里面，没照鲁凯说的那样跟丈夫睡，只是一部分，是她可以面对的部分，还有另一部分，这部分她不能面对。上次拿回三粒药丸的当夜，丈夫躺在床上，睁着眼睛，她伸出手，从上到下抹，把眼睛替他合上了，当时她觉得很不吉利，过后想想自己的心思，顿时起了满身鸡皮疙瘩。幸亏丈夫好起来了。幸亏是这样。

两声"幸亏"过后，她彻底关闭了那扇门，就当自己从没"那样"想过。

紧逼过来的农活,帮助她把那扇门封死,加固。

谷子归了仓,苞谷叶干沙沙的响声又随风传进村子,是在通知:别嫌累,赶紧来收,不然就遭松鼠糟蹋尽了。人离开了,鸟兽就来了。而今的老君山,曾经消失的鸟兽,回来了大半。但最多的还是老住户:野鸡和松鼠。野鸡乱飞,松鼠成群。松鼠以家庭为单位,你占这片苞谷林,我占那片苞谷林,今天吃了,明天接着吃,老老小小,都在"自己"的领地里,绝不越界。它们吃得十分卖力,风看不过,才通知农人。

农人刚坐下又起身,抢着去收苞谷。

苞谷收结束,这一年才算大功告成。

接下来,消消停停地挨着光阴,等待太阳变冷,等待树叶变黄,等待小草枯萎,等待起风,等待下雪……其间种洋芋,秧红苕,点油菜和麦子。刚开始等待时,秋老虎就已过去,但并不意味着立即就能凉爽下来,要凉爽也是一早一晚,白天,阳光依旧很烈,前些日身上被太阳烤焦的地方,纷纷脱皮,老皮没脱尽,嫩肉没长成,接着又经受炙烤,像在伤处抹了辣椒面。再勤劳的农民,这段时间也知道将息自己,午饭后的一两个钟头,尽量躲在家里不出去。当然夏青除外,她在土地上的那种啃劲儿,已经不是勤劳两个字能说的；杨浪也除外，但杨浪虽然祖祖辈辈吃在山里，穿在山里，却很难讲他是真正意义上的农民。

要看这时节勤劳的农民是怎样过的，在千河口，看桂平昌就知道。

吃罢午饭，陈国秀去床上躺着。吴兴贵和陶玉屋里没声音，大概也在床上躺着。桂平昌不躺，不歇，但也不上坡去，只把活计搬到竹林里。

这些活计除了织花篮，编背继，做锄把，磨弯刀，还包括箍桶，搓烟绳，修背夹，砍犁头。竹林里有块两三平米宽的空地，刚好供他施展手脚。只是笋箨和竹叶上东一堆西一堆的猫屎狗屎鸡屎，很臭；也没有风，比太阳底下还闷热。这都不打紧，打紧的是墨蚊多，那些小如针尖的黑色生物，一网一网的来，顷刻间就把身上裸露的地方盖严，一巴掌扇去，满手血。它们那么小，那么无声无息，却能吃进那么多血，血流出来，彻底淹没了它们的尸首。

在这种地方，时间都用来拍死墨蚊，长手就是为了抠痒痒，基本做不成事，因此，只要弄出的响声不至于影响了陈国秀睡觉，桂平昌就到自家阶沿下去做。

尽管有些午困，但他并不感到疲倦。

这些日子，他的身体好了许多，大体恢复到了得病之前的样子。像以前的样子有个好处，就是没有人再注意你。所谓自由，就是你必须像别人习惯了的样子。别人见不惯你的样子，希望你改，但你真的改了，你就不自由了。桂平昌的身体似乎比桂平昌更懂得这个道理，日里夜里长肉，以尽可能快的速度，恢复到陈国秀习惯的样子。陈国秀只能看到他的身体，就如人人都可以看到别人的高矮胖瘦。既然他的身体好了，她也就不再去注意他、经管他，像眼下这样的农闲时节，她可以丢心落肠地睡她的觉，桂平昌也可以安闲自在地干他的活。

陈国秀睡午觉有时要睡一两个钟头，睡没睡着不知道，反正她把自己关在卧房里有那么久。吴兴贵和陶玉睡得少些，但也少不太多。跟城镇人比，乡下人的一生显得格外漫长。他们很少鞭打时间，还常常忘记了时间。人睡，猪狗牛羊同样睡，院里院外，寂寥得很。桂平昌喜欢这寂寥，他在寂寥中默默地，缓慢地，干着他的活。除了抽烟，他的嘴没张开过，唇线模糊，正如他的心思。

许多时候他没有心思——那是以前，现在不可能没有了。

手上的活变成机械性的，他的心思全在别处。

当然他不再去想小时候跟苟军钻草洞的事了。人是自我覆盖的，就像太阳，每一天都是新的，钻进草洞时的苟军，跟钻进凉水井那个无名山洞里的苟军，没有任何关系。桂平昌想的是，自己身体好了，人长胖了，陈国秀肯定又觉得是鲁凯的功劳，其实不是，那七八片木渣样的玩意儿，他一直揣着，动都没动。收苞谷那些天，他没换过衣服，反正弄脏了、汗臭了，懒得换，把那整趟活干完再换。当他终于把衣服脱下来，陈国秀要拿到池塘里去洗，他才想起荷包里的东西，摸出来一看，早被汗盐沤得发黑，他悄悄扔进了火塘。火塘里亮了一下。只亮了一下，就成了炭。说不定亮的还不是它，而是包它的碎报纸。

如同将一个南瓜砍得稀烂治好了他的病，不听妻子或者说不听鲁凯的安排，让他胖了起来。

为此，他感到满足。

三十

但还不能满足。远远不能。这天，他坐在阶沿下补筲箕，只要抬一抬眼睛，就能望见堆放在张大孃屋基上的草捆。这时节雨水多，草捆用宽大的薄膜盖了。他斤斤计较于第一次打磙那天，吴兴贵不问他的意见，就把草捆往那里扔，而他不发一言，让他扔，不仅让他扔，自己也往那里扔，那天扔了，以后还接着扔，他家的所有草捆，都堆放在那片藤蔓交错灌木丛生的废墟上了。啥都被捂死了，包括那口彩坛。坛里的孩子，尽管已被张大孃埋到了别处，但桂平昌觉得，他（她）始终还在里面，那孩子本来已经死了，死去多年了，现在不得不再死一回。

这都是因为他桂平昌作孽。

桂平昌是这样想的。

顺从和妥协，许多时候不是和善，更不是友善，而是作孽。

他坐不住了，丢开活计，下了院坝。

院坝底下的竹林左侧，是块台地，上面乱草丛生，将乱草拨开，能看到瓦砾、铁钉和碗碴，都被土裹住。这些残存之物，沉默地述说着村落的历史：台地上曾经也有房子，也有住户，但在某个时候，房子毁于风灾、火灾或兵灾。现在，上面立着几根七八米高的木柱，就是各家用来上草树的。

桂平昌先去张大孃的屋基上提来三十捆草，围着木桩砌，每层四捆，层层上叠。这活看上去简单，其实是个技术活，有经验的农民才能干好，砌得再高，都一样粗细，砌成之后，吹再大的风也不垮，勿需遮挡，下再大的雨也只打湿表面，里层不仅粘不了雨水，还能保证适度的通风，因而绝不霉烂。

桂平昌砌到第二层，李成跟他老婆邱菊花过来了。

他们是送邱菊花的弟弟走的。

她弟弟今天上午才来，六十大几的人，走了二三十里路，只吃顿饭就回去，照样熊行虎步。不满十五岁的时候，他就是老君山远近闻名的猎人，曾经徒手打死过一头四百斤重的野猪。十八岁那年，他自制火药，把硫黄、硝石和锯末混在碓窝里舂，舂得性起，就吹口哨。他的口哨吹得实在好，据说能让猛兽发笑，他正是在野猪眯眼大笑时，跳上它的脊背，揪住它肥大的耳朵擂拳头。谁知碓窝里的家伙听了他的口哨也笑，噗！笑了他一脸。笑的颜色应该是红的，但笑过了头，成了黑色。就从那天起，他的脸成了黑脸，烂黑，凡认识他的人，都叫他鬼脸。邱菊花开始听到别人这样叫，是要骂的，但后来她自己也这样叫了——村里人见她割了肉，说：

"又打牙祭了！"

她说：

"我们这牙齿贱，用不着祭。我弟弟来了。"

她有三个弟弟，别人不知道来的是哪一个弟弟，于是又问：

"是老几呀？"

她说：

"老二哪，鬼脸哪。"

"鬼脸"成了鬼脸后，并没停止打猎，一直没停，尽管他的猎枪早被政府收缴。他凭超凡脱俗的嗅觉，在猎物必经之地下窝弓。昨天他套到了一只野山羊，今天给姐姐姐夫送了条山羊腿来。

他们说着话，从台地下面的土路上过去，说话的声音很小，证明那些话很重要。他们能有什么重要的话呢？无非是关于李奎的。"鬼脸"的妻侄儿上个月到李奎服刑的城市包工程去了，看能不能让他去给那监狱领导送笔钱，李奎自己再表现好些，争取减刑。他已经坐了七年牢，如果能减一年半载，很快就可以出来了。除了说李奎，邱菊花还提醒"鬼脸"，下窝弓时小心些，野山羊现在受着国家的保护，动它们是犯法的。邱菊花可不想儿子坐了牢，弟弟又去坐牢，她劝二弟别跟村里人发生争执，免得那些"烂屁眼的"去告发。

就这些事重要了。因为重要,几个人聚精会神的,低着头,没注意到上面的桂平昌。十多分钟后,李成和邱菊花回来时才注意到了。那时候桂平昌都砌到第五层了。干这样的活,通常是两人联手,一人砌,一人抛,可桂平昌只有一个人,他砌好一捆,梭下来,提一捆再爬上去。他往上爬的时候,李成抬头看见了他。

李成站住了,问:

"平昌,你在做啥子?"

桂平昌说:

"我在上草树。"

"我晓得你在上草树,我是说,今天才八月二十九呢。"

桂平昌说:

"我晓得是八月二十九。"

李成一时哑了口,停顿片刻说:

"你跟国秀要去贞强那里呀?"

村里有些上了岁数的人,农闲后会去儿女辈或孙子辈打工的地方走走,看望儿孙的同时,也算是出过了远门,见过了世面。

但桂平昌说:

"不去。"

又说：

"哪儿也不去。"

"那你慌啥子？"

桂平昌不答。

邱菊花嘟囔了一声：

"总是鬼撵起来了嘛！"

边嘟囔，边在背后戳李成。李成动了步子。李成的步子牵着邱菊花的步子。一路上，两人叽叽咕咕的。说的很可能就是"鬼撵起来了"。

尽管桂平昌前些日得的那病，除了吴兴贵和陶玉，陈国秀谁也没说，还叫吴兴贵和陶玉也别说——她知道桂平昌不想让人知道他得病，本来连吴兴贵两口子也不想说，但住在一个院子，想瞒也瞒不过，何况她还要请吴兴贵帮忙照看——但凭李成探听消息的兴趣和本领，不可能没捕捉到一点风声。

因此邱菊花的那句话，不是随便嘟囔的。

好在桂平昌没听见。

没过一会儿，夏青从这里路过。她扛着铁锹。她的铁锹也在流汗。铁锹和铁锹流出的汗水，都是深青色，而她脸膛发紫，脚步仓促。但听到响动，她还是停住了。停住时双脚还向前滑了半步,像飞驰的汽车按了急刹。

"噫!"

她惊异地说。

只要离开手上的活,无论见到什么、听到什么,她都是这般惊异。

"平昌爸,要不是看到你上草树,我还忘了日子呢,还以为没到九月十五呢!"

言毕迅速启动,朝家的方向跑。她想到自己家的草树还没上。

桂平昌望着她的背影,大声说:

"本来就没到九月十五。"

不知她听到没有。

然后杨浪过来了。他也满身是汗,显然是从山上回来的。他两手笔直地垂着,站在桂平昌的草树底下,望了两三分钟光景,离开了。那东西认识那么多声音,能学那么多声音,自己却很少发出声音,沉默得像块石头。沉默的人是要想事的,长天白日,他都想些啥呢?如果不想,他又拿什么去把日子填满呢?他分明看见桂平昌上草树,却问都不问一声,是他跟夏青一样,昏头昏脑不省天日吗?这绝不可能,因为在他那里,初一和初二,哪怕天气完全一样,村里人的活动也完全一样，但这两天发出的声音，却绝然不同。他凭声音数日子，比日历还准确。他知道天日，却既不理睬，更不惊诧，让桂平昌多少有些失落。

三一

可以想见，桂平昌上的草树，都被陈国秀扯掉了。陈国秀边扯边骂，既骂桂平昌，也含沙射影地骂别人，意思是你这样把草拿来糟蹋，将来牛不肯吃，你以为人家愿意把草送给你家的牛吃？人家只晓得使你家的牛，不会喂你家的牛，你家的牛不吃你自家的草，就只有饿死，等到开春犁田，你就只有喊天，你喊天天不应，犁不了田，种不下庄稼，你也只能跟牛一样，饿死下场。

陈国秀在持续不断的骂声里，把草捆扯完，送回到张大孃的屋基上，且用薄膜盖了，太阳就快落土。那时桂平昌早就上坡去了。陈国秀扯草和开骂的时候，他就走了。他知道这一切都是必然的，但他无所谓。他自己想做的事，已经做了。

桂平昌没听见她骂，让陈国秀非常窝火。

她把散落在路上的草屑拾干净,上山去捡回半篓子松菌,又喂了猪,把鸡收进屋,桂平昌还没回来。这让她更加窝火。可是牛还没喂水呢,再不喂,天就黑了,于是她去了畜棚,把牛牵出来,朝池塘方向走。

牛渴得危急,出圈门时还能保持风度,靠近池塘,闻到水气,便焦躁起来,刨着蹄子,喷着鼻子,昂首向天,发出苦涩的鸣叫。陈国秀走在它前面,它吐出的每一丝气息,都像火苗子,烧得她痛。皮子痛,心更痛。痛牛。想到牛一年到头为别人付出的辛苦,禁不住又骂,且骂得越发难听。话是对牛说的,说你给人家出了力,卖了命,可人家的草,宁愿用来铺淫窝子,也舍不得给你喂一口!这是老派的骂法。先前,老君山人买不起床垫,都是用稻草铺床,整年才换,换下的旧草霉臭刺鼻,结成一饼,撕都撕不开,投进火里也不燃。

陈国秀一路骂到了池塘边,从地里归来的陶玉听见了,觉得是在骂她,但又不好说什么,只笑笑地问:

"国秀你又在发哪个的气呀?"

她的年龄比陈国秀小,但她随吴兴贵叫。

陈国秀看到陶玉,才觉得自己那样骂,听上去是泛泛的,她自己也以为是泛泛的,现在才明白,她骂的真的就是

陶玉。可被陶玉听见了,再被她这么一问,陈国秀又觉得不好意思,收住口,说:

"割猪草啊陶玉?"

如果依桂平昌叫,她该把陶玉叫嫂,可她历来都是直呼其名。不仅是她,村里凡跟吴兴贵平辈的,年龄再小,都不把陶玉叫嫂,都是叫名字。为这件事,陶玉暗中怄过气。这表明千河口人不承认她。不过,陶玉以吴兴贵的歌声为食,悄悄怄几回气,就过去了。

陶玉从池塘上方的田埂和土梯上下来,走到陈国秀身边,陈国秀也才回她的话。

"发哪个的气?"她说,"平昌么!"

她将桂平昌上草树的事,忿忿不平地讲了。

这事陶玉并不知道,她和吴兴贵比陈国秀起得早,没注意到桂平昌上草树,陈国秀发觉并大动干戈的时候,他们已经下地去了。

听了陈国秀的话,陶玉说:

"他怕是记错了日子。"

"屁!我问了他的,我说今天是啥日子,你就上草树?他说今天是八月二十九。我说你既然晓得日子,为啥子还做那拙笨事?他说我想做。——你说怄不怄死人!"

陈国秀怎么也没想到,听了她的话,陶玉哈哈大笑,笑得说不出来的开心,笑得那总是朝一边斜的眼睛,斜到天那边去了。

像她很赏识桂平昌的话。

这女人!

这个身份不明的女人!

这个跟野男人私奔的女人!

这个不要脸的女人!

陈国秀越发瞧不起她了。

陶玉把笑出来的眼泪用手抹了,还带着抑制不住的笑意说:

"回去呀。"

"我的牛还要喝水。"陈国秀生硬地回了一声。

其实牛早已喝饱,肚子滚圆,连皮毛里也像有水珠子往外浸。它伸出舌头,舔着自己褐色的嘴唇,舔几下,低了头,捡池塘边的草吃。它不管人间事。

三二

陈国秀在池塘边说的话,桂平昌是听见的。他在后山的林子里齐柴(把砍下的柴禾用弯刀剁齐整,便于打捆),陈国秀的声音那么响,池塘边又很敞阳。妻子的愤怒让他怜悯。一个人动不动就生气,不是喜欢生气,而是心里有焦虑,有恐惧。刚嫁过来时的妻子那么温和,温和的人不焦虑也不恐惧。是他传染给了她。特别是"恐惧"这两个字,一直贯穿着他的生活,从小到大,从大到老。

七月末的那天,他挖麦冬回来,在凉水井歇气的时候,还以为自己过得舒心顺气,甚至相当满足,相当快乐呢。

即使有过那样的满足和快乐,也被随后发现的尸骨夺走了。

整整一个月来,他都在跟那架尸骨搏斗。

搏斗的结果,是他克服了恐惧。

克服的意思,并非他把尸骨斗赢了,而是他不再挣扎,主动承认了。

——承认是他杀死了苟军。

承认之后,他才发现,自己早就想杀死苟军。

早到十九年前的初秋。

那个初秋的某个傍晚,苟军去竹林的界沟左边,砍了三根竹子,三根都是好竹子,粗壮深梢,竿子金黄。那天陈国秀割猪草回来,恰好看见苟军在往外拖。陈国秀认得自家的竹子,就像所有农人都认得自家柴山里的树。但她还是进竹林察看了,出来后说:

"苟军,你怕是砍错了哦。"

苟军咬着腮帮,不回她,拖竹子的动静却更凶狠。

陈国秀说:

"你爸爸立的字据还是温热的呢!"

那时候,苟明成死了不到四十天。

苟军把竹子拖得尖叫。

他已上了院坝,正往院坝中央拖,竹枝在石地上擦刮出乱糟糟的纹路,叶子落了一地。张大孃当时养着一只黄、黑、白相间的花猫,名字就叫花花,花花追着竹枝扑,竹枝戳痛了它的脸,它就放开竹枝,追着纹路扑。它以为竹枝和纹路各自在跑,可当竹枝停下来,纹路也躺着不动。它怪异地愣了片刻,伸出爪子抓纹路,却一抓一个空,便疑惑地偏着头,研究这是怎么回事。

陈国秀在离花花几米远的地方,站了一会儿。

然后地动山摇地走过院坝,进了家门,质问正在滗饭的丈夫:

"你充军去了哇?你是死人哪?人家把你家的竹子都砍光了,你那眼睛遭麻老鹰啄瞎了哇?"

桂平昌蹲在地上,继续滗饭。米汤像白色的布皮,从翕开的罐盖缝里扯出来,在滗饭架下的木盆里还原为汤;带着米香的热气,袅袅蒸腾。可陈国秀质问过后,那香味闻不到了。屋子里只有滗饭时细微的水声。

陈国秀的花篮还背着,镰刀还拿着,她举着镰刀,弯了腰,狠命往铁罐上敲,恨不得把铁罐敲破,一家子都不要煮饭吃,一家子都饿死。

也难怪她生气,类似的事情,已发生过好多回,桂平昌看见了,就像没看见,她说给桂平昌听了,桂平昌也像没听见,如果非要他给个态度,他就说:

"砍几根竹子,你瘦不了,他也肥不了。"

道理听上去不错,但一回二回可以,三回四回也可以,五回六回,甚至回回如此,便是踩着你骗,明摆着欺负你。陈国秀开始不说什么,心里也是想的砍几根竹子无所谓,但道理她认,欺负不认。不讲理不知羞,还打定主意欺负你的人,占你一棵草你也心里发堵。但她还是没说什么,她觉

155

得,既然苟军没有女人,就该由男人去跟他交涉。可自家男人完全靠不住。她忍无可忍,才不得已站出来,去和苟军理论。

然而,只要陈国秀说上一句话,苟军脸上的肉就横着长;说上两句话,苟军的脖子就肿起来;说上三句话,苟军就动手打人。

陈国秀挨打的时候,桂平昌躲在家里,不敢出去,但自家婆娘在杀猪般嚎叫,不出去又不行。他出去不是帮陈国秀打,而是把陈国秀往家里拉。但只要他出现,苟军就连同他一起打。中学毕业过后,苟军没专门练过拳脚,只在桂平昌和陈国秀身上练拳脚。

所以在这个初秋的傍晚,陈国秀骂也好,敲罐子也好,桂平昌都不敢开腔。他听清了,陈国秀只对苟军说了两句话。如果说了第三句,又要挨打。桂平昌怕自己开腔,更加激怒了妻子,她又会跑到外面去,把第三句话说出来。

院子里的人都还在坡上,真打起来,连个劝解的也没有。

其实,每次苟军动粗,别的人都是三两步就溜进自己屋里,只有苟军的父母和张大孃出面劝。苟军的父母站得远远的,劝得淡心无肠,多数时候面子在劝,里子在激——好在他们都死了。真劝的只有张大孃。张大孃已经很老了,老得村里人都不知道她的年龄,好像她的年龄太高,再大的个子,举了头也望不见。可对她本人来说,因为老,却是离天越来越远,离地越来越近,一年到头穿在身上的青布长衫,笼到了脚背;也因为老,她把全村人都看成自己的晚辈,四五十岁的,她也叫"乖儿"。见苟军脸红脖子粗地挥拳头,她以尽量快的步子颠过来,拉住苟军说:

"乖儿呢,你咋个恁大的气心啰。"

这声"乖儿",让苟军从猛兽变成绵羊。

把苟军拉开,她又把桂平昌和陈国秀扶起来,为他们拍身上的灰土,边拍边说:

"乖儿呢,你这里出血了,弄些盐开水,好生洗洗。"

然后她又去干自己的活。

她见的人世太多了,在她眼里,没有什么是大不了的。漫长的光阴是百炼钢,能成绕指柔,也能兵来将挡水来土掩。

每次面对苟军,桂平昌都特别希望有张大孃在。

但张大孃耳朵背,她在屋里就听不见苟军行凶。

何况这个初秋的傍晚,她还在坡上。

大人不在,小孩也没一个。桂平昌的大女秋月,今天上午去外婆家了，二女秋华放学回来，领着刚学会走路的弟弟贞强，去了西边院子，找她的同学玩。往常遇到父母挨打，秋月和秋华只要在家，都会过来帮忙，而且帮得上忙——她们以大人的口气对苟军说话：

"军爸爸，我爸妈又是哪里惹到你了？不要说没惹你，就是惹了，都是隔壁邻舍，何必呢？"

奇怪的是，尽管年龄不大，又是女孩子，但这些话一出口，苟军的拳头变轻了，再挥几下也就停了。或许是那声"军爸爸"起了作用。千河口是杂姓，但相互间舅子老表七姑八姨的牵扯，为他们确立了辈分。

可这天，两个女儿都不在家。

三三

桂平昌怕铁罐被敲破，饭没滗干，便提起来，煨到火塘里去。接着往搭钩上挂了吊锅，从案板里侧的白瓷罐里夹出一颗猪油，准备炒菜。

吊锅下的干松木，烧得油旺，几舌头就把锅舔得透红，猪油扔进去，香味随即闹开。他要炒的是娃娃菜，这是妻子最爱吃的菜。但他不知道,这些生活细节,在此刻的妻子眼里,是多么的无聊,多么的可厌。

陈国秀扔了花篮和镰刀,冲出屋子。冲得太急,被门槛绊了,若不是及时攀住阶沿上的柱头,会直接摔到院坝里。阶沿到院坝,有两米多高的梯坎。

院坝中央,两根竹子齐整整地横躺着,竹梢伸到了院坝之外;苟军还搂住一根在怀里,正用短柄直刀剔枝去叶。

陈国秀几大步过去,抱了一根,就往自家门前拖。

惨叫声是她出门不到十秒钟就响起来的。

若在荒郊野外,谁也不信那是人的惨叫,人怎么会发出那样的叫声?人的嘴唇和鼻子的形状,就不该发出那种薄如刀刃的声音。

桂平昌蹲在火塘边,用铁瓢压住油颗,在红噜噜的铁锅里滋,油不纯,又小,滋出一点很困难,因此他格外用力,以至于把那力用出去就收不回,外面惨叫了三五声,他还在滋。苟军手里有刀,陈国秀是被他杀了吗?

多半是的,因为三五声过后,就没有了声音。

桂平昌的手瘫软了。他丢了铁瓢,双手握住锅绊,将搭钩往上一耸,搭钩折叠,锅升上去。然后他走出去,站在阶沿。他的大半个身体都被柱头遮了,他成为另一根隐形的柱头。也不知是因为火燎还是因为用力，他的脸呈酡色，酡得不均匀，一团一团的酡。

陈国秀并没被杀，她只是被苟军掀翻在地，仰卧着，苟军面向着她，骑坐在她胸脯以下的位置。她的上衣纽扣已绷掉几颗，胸脯上的两团白肉，颤巍巍的露了大半，苟军屁股底下的肚皮，也露出来。陈国秀不胖，但有胖意，因为被压，喘得急促，胸脯和肚皮都一闪一闪的，圆如酒盅的肚脐眼，也嘴唇似的翕动着。苟军的上身微微伏着，两只手悬在陈国秀的奶子上面，就那么悬着，十根弯曲的指拇，像将死的蜈蚣，战栗着，抽搐着。而陈国秀却没像开始那样叫，连吭都没吭一声，她的两只眼睛，喷着怒火，因而亮得贼，亮得可以融化，可以烧毁。

苟军的手终于动了，是左手，伸到他自己的屁股后面去，却看不清具体伸到了什么位置，右手在陈国秀的奶沟上触了一下，随即上移，移得缓慢、犹豫，最终在陈国秀的下巴底下停住，卡住了她的脖子。

陈国秀把眼睛闭了，准备等死的样子。

但苟军只有卡的动作，并没用劲，而且很快又移开了。右手移开后，左手也收回来，两只手一时不知往哪里放好，又像先前那样悬着。

陈国秀始终闭着眼睛,因压得太久,胸脯大起大伏。

这时候秋华回来了。

没看见她人,只听见她笑。笑声顺风吹花一般轻巧。秋华明显是跟弟弟在对着渠沟笑。或许因为父亲的胆小首先是从怕水开始的,两个女儿和只有一岁半的儿子贞强,特别喜欢水。他们从小就抵抗父亲,就知道父亲的不中用。现在的孩子,倒不会去池塘里游泳了,他们嫌脏,池塘里既喂牲口,也洗衣服,包括洗孩子的屎尿片儿。但渠沟里的水是干净的,那是从山上流下来的泉水,从东到西,流过几层院落,西边院子的更西边,有条跟凉水井一样深阔的天然道沟,叫霞沟,泉水就从霞沟流到山下去;只在开春时节,犁田打老荒,才将水截流。泉水源源不断,渠沟终日盈盈,除隆冬时结冰,其余三季,都活泼泼的。秋月和秋华很小的时候,就爱去沟边耍水。贞强也是,见到水就踢脚舞手,哇哇乱叫,发出嘘声,到了沟边,非要蹲下去摸摸,不让他摸,他就哭。

此刻,姐弟俩一定是伏在渠上,弟弟的一个什么动作,惹得姐姐笑了。

听见秋华笑,苟军皱了皱眉头,像是非常痛苦,像是他比被压的人还痛苦。

然后他把屁股抬起来,再站起来,左腿跨过陈国秀的身体。

陈国秀眼睛一睁,慌乱地翻过身,捡起几颗纽扣,才四肢着地撑起来。

她并没立即整理衣衫,只跟苟军面对面站了。

"畜生!"她说。

接着一耳光扇过去。

"啪!"

像装满气体的塑料袋爆了。

苟军摸着脸,摸几下,伸出又宽又软的舌头,舔了舔右手中指,用那根舔湿了的指头又去摸脸。他竟然把那一耳光认了,这是之前从未有过的。他赢一尺,却绝不会亏一寸。可今天,他竟然把那一耳光认了。

陈国秀把纽扣揣进裤兜,将衣衫合拢,往回走。

刚迈步,背后就是一拳,陈国秀扑倒在地。狼就是狼,即使暂时认下那一耳光,到底也要在短时间内加倍还回去。陈国秀扑倒后几乎没做任何停留,自己就爬起来了。她回过头,朝苟军冷笑一声,上了梯坎。

这时候,桂平昌迅速趸进屋去。满屋油烟,呛得人匔。尽管吊锅远离火苗,但火一直在烧,油被烧焦,噼噼啪啪炸。桂平昌从案板上端来筲箕，将半筲箕切成片的娃娃菜倒进去。锅里轰隆一声，吐出火舌。用铁瓢抄几下，火舌收了，而翠白的菜片子，都变成黑色，看上去不是油烧焦了，而是锅烧化了，化掉的铁，把菜裹住了。陈国秀最爱吃的一道菜，就这样毁了。

不过这实在没什么关系，因为谁都吃得很少。秋华是嫌难吃，爸爸不仅把菜炒坏了，煮的饭也有股浓郁郁的烟子味儿，米粒发黄，像得了肝炎。

丢了筷子，陈国秀还怔怔的。

她的衣服已经换过，只是纽扣扣错了位，灯光底下，露出奶子的暗影，她懒得去管，秋华提醒过她，她照样没管。生过三个孩子的妇人，奶子却没有塌，没有吊，也没有黄，鼓胀胀的，隐隐现出淡青色的血管。

秋华开始一直抱着睡过去的弟弟，这时候她把弟弟往母亲怀里一丢，自己去收拾餐桌。

往常，桂平昌不帮忙收拾，也会蹲到灶台后面去，宰明天的猪草，或者把柴捆从阶沿底下抱进柴屹崂里，便于明天起床就能烧，把锄头前前后后检查一下，看楔子松没松，便于明天下地就能用……总之睡觉之前，他不会停，该干的活和不该干的活，他都拿上手。今天却没这样。

他跟陈国秀一样，怔怔的。

秋华都快把碗洗结束，桂平昌才倾了上身，把儿子的头扳了一下，让他睡正。开始他嘴鼻捂在母亲的奶子上，鼻子都捂扁了。

这之后，桂平昌才离开板凳，又跨过另一条板凳，从门背后拿了弯刀，出门去了。

三四

"打死人啰——"

这绝命的呼喊，破空而来，惊动了整个村落。

除了耳朵聋的张大孃，家家都在开门，在问，在说，在跑。

狗也叫起来，满村叫。

呼喊声完全变形，听不出是谁在喊，但毕竟指引了方向。

是在老二房，是老二房外面的竹林里。

那天没有月亮，也没有星星，天一黑，就是真的黑了，黑得一切都消失了，只有呼喊声活着。不知是谁拿来了火把，接着有了更多的火把，举在竹林四周。竹林里亮堂堂的，连一只伏在疖疤上的竹虫，也看得仔细。

是桂平昌在砍苟军家的竹子。苟军是怎么发现的？桂平昌砍第一刀，他就发现了。事实上，桂平昌拿着弯刀走下院坝，他就跟下了院坝。他尾随在桂平昌后面。他的肌肤比黑夜还黑，反而能清晰地看见他，桂平昌倒是隐了形，在黑夜里望过去，以为走下院坝的，只有苟军，没有桂平昌。苟军本来是桂平昌的影子，结果他的影子把他本人变成了影子。

桂平昌的刀砍下去，苟军就从后面锁住了他的喉咙。这一招桂平昌早就见识过，念中学的时候，苟军就这样对同学施展过锁喉功（大概也是何屠户教的），后来也对桂平昌施展过，有好几次桂平昌憋不过气，舌头都掉出来。但这回他并没那样下狠手，他像是在玩儿，锁一小会儿就松开。

桂平昌咳嗽几声，喊出了第一声：

"打死人啰——"

当火把乱明，两人依然站在界沟右侧，桂平昌举起刀，"嚓！"砍下去，苟军随即手肘一拐，锁住他的喉咙，锁一会儿松开，又是咳嗽，又是那声呼喊：

"打死人啰——"

那天夜里，桂平昌砍了十六刀，便呼喊了十六声。

他砍十六刀连一根竹子也没砍断，只在十六根竹子上留下了刀伤。他还想砍第十七刀，可是不能了，苟军夺了他的刀，顺手一抛。外面的火把乱得轰的一声，接着传来一只猫凄哀的鸣叫，哀鸣的同时，白影一闪。这证明不是花花，而是刘志康家养的猫。那时候，刘志康已把妻儿接走，那只白身黑蹄圆头圆脑的公猫，便在村子里流浪。但这夜之后，就再没有谁见过它，看来它伤得不轻，躲到哪里悄悄死去了。

桂平昌手里没刀，砍不成竹子，苟军便慢悠悠转到他正面去，左手将他腮帮一捏，右手伸进他嘴里，抠。桂平昌发出一连串浑浊的声音，每发一声，嘴角都追出一串血泡子……

多年以后，桂平昌回想起来，确定就是在那天夜里，不，更早，在那天傍晚，自己就想杀死苟军。

三五

到今天，当他跟苟军的白骨斗了整整一个月，他才承认：自己不是想杀死苟军，而是确确实实、明明白白、真真切切地把苟军杀了。

杀心起处，苟军在劫难逃。

想杀是在傍晚，真杀是在夜里——那天夜里，桂平昌杀了苟军十六刀，每一刀都尽量往颈子上砍。

开始几刀，没有火把，但弄清苟军的颈子，不需要火把。苟军比他高三公分的样子，他只管朝斜上方砍，就能砍对位置。苟军锁住他的喉咙，反而能让他使出更大的力。窒息的力。斜上方的颈子，呈方形，血管暴凸，粗如竹鞭。苟军的皮是黑的，血管也是黑的，血管里的血，同样是黑的吗？不，桂平昌看见了，是红色，普通的红，平庸的红，毫无特色的红。

只是，那血管咋这么硬啊，他用尽平生力气砍去，才听见咔嚓一声破开，血呛出来，网弹似的扫射着竹丛，使整片竹林动荡不安。歇在枝叶间的鸟，本来准备在窝里安静地蹲一会儿就睡觉，这下不得不重又打开翅膀，飞得太急，又看不清天空，被竹枝折断了好几根羽毛。

鸟刚飞走，火把来了。火把林里，桂平昌看见了妻子。不知是把儿子放到了床上，还是交给了女儿，妻子的怀里是空的，错开的纽扣依然错着，她胸口上像瞪着两只眼睛，惊讶地注视着竹林里的血案。

咔嚓！

167

桂平昌没看见女儿，那时候，他最想看见的就是女儿，女儿从醒事那天起，就知道爸爸胆小，爸爸受欺负，今天他要让女儿看看，爸爸挨苟军的打，是忍让，不是胆小，爸爸也是有血性的男人，不出手不说，一出手，就要收命。尽管没看见，但他相信女儿一定在人群中，女儿又在对苟军说话吗？这回他不要她说，他要自己解决。

咔嚓！

要是大女儿也在就好了，可惜她到外婆家去了。她说的婆家，离外婆家不远，她会不会只是从外婆那里路过一下，就到婆家去，见她的未婚夫？这很难说。但她还小呢，还是个孩子呢！那么小真不该说婆家，这是山里的陋习，丑陋的陋，习俗的习，我桂平昌是读过书的，我桂平昌读书不像苟军读书，苟军读书是狗屎，我是黄金，可是黄金败给了狗屎，黄金要受狗屎的欺负……我既然读过书，就不该让女儿落入陋习里去，但是我没有办法，我生在这里，长在这里，只有服从于这里。可你毕竟那么小，未必也是几天不见那个人，心里就当猫抓？有那么难吗？我跟你们妈，从订婚到结婚，有一年半时间，这一年半里只见过两回，订婚那天见一回，当年春节见一回，不照样没瘦死，照样也活过来了。——就算真有那么难熬，你哪天不可以去，非要今天去？可惜了，真是可惜了！

咔嚓！

……

记忆中，那接下来的几天，桂平昌和陈国秀都在鲁凯那里弄药。桂平昌是治口腔，他口腔里伤痕累累。鲁凯为他用西药疗治。陈国秀是下体出了纰漏，那地方出血，出得不多，隐隐的，若有若无的；若有若无的意思，不是无，是有，表面看，像没有，撕张二女的作业本往那里一擦，又能擦出比尿液更浓也更深的颜色。鲁凯看了看作业纸，觉得看不清，又看了陈国秀的下体，看过后说，那不是下体的问题，是肚子里面的问题。

"你是不是怀了？"鲁凯问。

陈国秀木然地点点头。鲁凯没多言，为她用中药疗治：保胎。这被保住的，就是小儿子贞学。如果没保住，他就是一点血，像墨蚊，被拍死之后，血就是它的全部，连皮肉和骨头也看不见。

口腔伤得再重，有口水滋养，终究好得快，也就是说，桂平昌比陈国秀好得快。桂平昌能自如地咀嚼、吞咽和说话的时候，陈国秀还在吃鲁凯给的药，从早到晚，屋子里闻不到饭菜香，只弥漫着中药的苦香。

桂平昌就记得这些。

可还有一条隐秘的记忆。

这条记忆通向更加真实之境。桂平昌寻着这条记忆，找到了他与苟军之间的真实。那就是：他在十九年前那个初秋之夜，就把苟军杀了。苟军没被杀死，也死了大半。他的血喷洒在竹林里，使第二年长出的笋子，又胖又腥。

后来的日子，苟军还在吃饭、放屁、干活、睡觉、打人，但那不过是他的小半条命。他有一个完整的身体，但绝大部分身体只有体，没有命，就像山野间遭雷殛的树，大半枯死，仅在某根枝桠上长着几片绿叶，表明它还活着。

苟军就是以那样的方式活着。

连那样的方式，也维持不了多久，因为桂平昌没有一刻不想彻底杀死他。杀心惨于杀手。往后的苟军，活动着的只是他的鬼魂，他的躯体早成了枯树。他的躯体甚至先于他的父母死去。也就是说，很可能比十九年前那个初秋之夜更早的时候，桂平昌就想杀他。苟明成找桂平昌立字据那天，他和苟军以兄弟相称，成为他深不见底的屈辱。人家欺负了你，你却把人家叫兄弟，还叫得巴心巴肝，生怕人家不认，陈国秀站在门口说了几句难听的话，你还骂她，你以为把陈国秀骂了，苟军就会认下你这个哥。你这不是把陈国秀当亲人,是把欺负你的人当亲人。这既屈辱又可耻。屈辱和可耻都拜苟军所赐。苟军早就赐给他了,他早就想杀苟军了,苟军早就成了枯树了。

难怪苟明成在无病无灾的时候,就知道自己来日无多。那是儿子在阴曹地府为他通风报信。但苟明成不知道,还多此一举地立什么字据。

这就是整个事件的核心。

至于是在哪一年的哪个时候,让苟军死了个干净,并把他的尸体搬进了凉水井的那个无名洞里,桂平昌怎么也回忆不起来了。年份勉强能回忆起来——那年,桂平昌的小儿子贞学,不是六岁就是七岁——日子却混混沌沌。只能推。推起来也并不困难:是在传说苟军去塞拉利昂之前的几天。

具体日子是记不清了,但肯定就是那几天。

虽记不清具体日子,但他记得整个过程。

三六

正如他曾经想象的那样,在一个月黑风高的夜晚,他做成了这件大事。

那天午后,他下地薅草,从鲁凯屋后路过时,无意间听见鲁凯跟人说:

"不晓得苟军吃了啥子东西,肚子拉得恁凶,我行医也算有些年头了,从没见过人的肚子会拉成那样,全是白沫沫,没有臭气,倒是有股油腥气,像肠子里面的货早拉空了,只能拉肠壁上的油。"

鲁凯屋后的路,跟他的房顶齐平,房顶正中的烟囱口,冒着轻淡的残烟,鲁凯的话也像残烟一样缥缈。但在桂平昌听来,却是实打实的。他这才经意,今天确实没见苟军出动,苟军很可能去鲁凯那里弄了药,就回去躺下了。

傍晚时分,桂平昌磨了弯刀。怕陈国秀起疑心,磨刀之前,他说:

"我明儿早上去把桑树坪那几棵树剔了,树桠子把地都遮完了。"

随后他把弯刀拿上手,胡乱察看一下,很不高兴地问:

"你借给谁使过了?"

事有凑巧,桂平昌下地期间,陈国秀果真借给张大嬢使过。张大嬢那么老,可除了打老荒的活不干,啥活都干,她和村里人唯一的区别,是她天擦黑就睡,夜晚深长,中途醒了,起来做些家务,又睡。她来找陈国秀借弯刀,最多半个钟头就还了回来，陈国秀没在意，随手往门槛底下一扔。他们家的很多东西，破鞋烂袜，弯刀斧头，都是堆在傍墙的门槛底下的。这时候桂平昌咕哝着说：

"那老婆婆怕是去劙烂箱烂柜，碰到了钉子，刀口都砍缺了。"

他从水缸里舀了半盆水，在火儿石上磨。他把火儿石磨平了一块，两个膀子像灌了两斤醋，才停下来，又将它扔回门槛底下。

该吃夜饭的时候吃夜饭，该睡觉的时候睡觉。但桂平昌躺在床上，不敢闭眼，他怕眼睛一闭，就睡过去了。天亮了就不好办了。他听见陈国秀睡了，孩子们睡了，整个院子，整个村子，都睡了。只有夜虫精神，夜虫在屋后的阳沟里，像吵架那样嚷。桂平昌听着它们嚷，觉得比吴兴贵唱歌好听多了。但这院子里的某个人，过了今晚就听不成了。然后是鸡叫。鸡叫声是把尺子，丈量着夜晚的深度。一尺。两尺。一丈。两丈。有些夜晚深不可测，有些是十丈，有些则只有五丈，甚至四丈、三丈，比如今夜。

不能再等了。

他悄无声息地起了床，从卧房到了伙房，摸到门槛底下的弯刀，启开了门栓。

千河口忽燥忽湿，家家户户的门都有个毛病，打开时要叫，"咕——嘎——"苟明成那么好的手艺，给自家做的门同样叫。遇到下雪的清早，听这声音是温暖的，睡了一个漫漫长夜，把身上的骨头都睡痛了，突然听见谁家开门，就知道夜晚过去了，白昼降临了。鸡听到开门声，立即从柴窝里走出来，站定了，奋力抖毛，抖得自己打趔趄；将一身乱毛抖顺，再往门槛上飞，母鸡忙于越过门槛，去硬土或石梯上颠来倒去鏧嘴壳子，把嘴壳子鏧得闪闪发亮，雄鸡则站在门槛上，抻长脖子高声啼鸣。正在起床还没走出卧房的人们，听那啼鸣声比晨光更明朗，也更清寒，就知道外面是一大大雪。这样的日子，理所当然地不必上坡去，因而在白昼赐予的安稳里，又添了一层免除劳苦的闲适。生活因此变得无限美好。

但桂平昌这天开门时，既不是清早，也没有下雪。

所以他不要那响声。

睡觉前他就做了手脚，往门轴上抹了菜油，还垫了少许棉花。

门很争气，跟他一样，悄无声息。

然后他走出去，比猫步更轻。他径直走到了苟军的偏厦里。自从父母死后，苟军就跟杨浪一样，不养猪牛，偏厦里安静得很,连茅厕里的臭气也不再活跃。茅厕在偏厦的南面,傍着空猪圈。桂平昌一步一探,探到他认为恰当的位置。长方形的茅厕用木板盖了,只留了一条宽不足尺的缝。他在盖板上,斜身站了,左手扶猪圈栏,右手握刀,紧紧地握着。这样便于苟军来茅厕拉肚子的时候,能即刻下手,一刀毙命。

在闪念的工夫里,桂平昌把一切都想好了。他想的是:苟军吃了鲁凯的药,很可能就不再拉了,就会一觉睡到大天亮,如果是这样,那就算了。尽管鲁凯的药厉害,但既然苟军拉得那么凶,连鲁凯都没见识过,他吃了药,多半要继续拉,可要是他提了便桶进屋,他把便桶放在床头,想拉的时候,屁股一撅就拉了,连床都不用下,如果是这样,那就算了。猪牛清空过后,苟军的偏厦就没装电灯,但如果他心血来潮,最近偏偏装了,他在床头一拉灯绳——山里人家,电灯开关往往齐聚卧房,并不是为了起夜方便(去偏厦里上自家茅厕,谁都不需要灯光),而是前些年为处理突发事件养成的习惯,那些年,老有强盗钻屋,偷粮食,偷猪牛——偏厦里亮了,那就算了,他也就跑了。跑是容易的,偏厦里侧,傍山墙有条排水沟,这条沟直通张大孃屋后,从那屋后下去,就是通向池塘的小路,往那路上一跑,便像什么事也没有发生。

此外桂平昌还想到：他从站定下来就数数，不紧不慢地数，数到五百下，在这五百下内，苟军来上茅厕，是合该他命绝，数完五百还不见动静，那也就算了。

真是苟军该死，桂平昌数到三百零七下，便听见他趿着鞋子的脚步声。

他没开灯，连卧房的灯也没开。

他的脚步声，开门声，都响在黑暗深处。

但桂平昌不仅能够听到他，还能够看见他。

因为苟军比黑夜还黑。

处理起来比想象的简单多了，桂平昌的刀完全是白磨了。他根本没用刀刃，只用刀背，就把他解决了。幸亏是这样简单，因为他开始握刀的时候，就握反了。苟军哼都没哼一声。他是朝颈子劈去的，没有血溅出来，才明白自己把刀握反了。他感觉刀背在绷紧的绳索上深深地陷了一下，然后弹回来。

只这一下，苟军就倒了。

连哼都没哼一声。

他这么容易死，自己为什么要一直怕他呀！

但桂平昌还不能把心搁进肚子里。

他蹲下去，放了刀，去探苟军的鼻息。或许是有夜风的缘故，或许是夜风的温度跟鼻息的温度接近的缘故，探不出什么来。正因为探不出来，他才更不放心，才两只手伸过去，握住了苟军的脖子。粗壮得差点握不住，浑身的力都调集到手上，像也摁不出一个坑儿。但桂平昌能感觉到苟军脖子上的热度。这是世间最可怕的热，最危险的热，最应该消灭的热。

他照心意而行，咯吱咯吱，把那热消灭了。

然后他坐下来，就坐在茅厕盖板上。

苟军，不，苟军的尸体，蜷曲在他身边，像他俩是多年的兄弟，正做彻夜长谈。立字据那天称兄道弟，那是假的，现在是真正的兄弟了。苟军现在这副依恋他的样子，是真正把他当哥了。这时候，桂平昌很想抽烟，但他知道不能抽。他吞了一泡冰凉的口水，手猛地伸出去。刚伸出去又缩回来。缩回来后，才明白自己是想去摸摸苟军。迟疑良久，还是摸了。首先摸到的，是手臂，那手臂糙如皮革。顺着这条皮革，一路朝下，摸到了手指，手指也是蜷起来的，拎着裤头。裤头已褪到屁股以下，看来他是边跑边褪，好在蹲下去的瞬间，就能顺顺畅畅地山崩地裂。

桂平昌拈住苟军的一根手指，扭了一下，没问题，还能扭动。整个身体都能扭动。他跪起来，把苟军的手从裤头上拿开，将他身体拉直。

茅厕盖板成了苟军的停尸板，这有些寒碜，但也只能将就了。桂平昌要做的，是把裤子为他扯起来，否则就寒碜过头了。

扯裤子的时候，他碰到了苟军的屁股。那是两扇肥大的屁股，肉乎乎的，又圆又鼓。这两扇屁股曾经骑在陈国秀的白肚皮上，让陈国秀呼吸急促……

桂平昌又把刀拿上了手。

但想想已经没有意义了。再劈他两刀，也就那么回事了。再说他不应该对死人下手。他的当务之急，是把死人藏起来。凉水井那个别人都不知晓的洞子，是桂平昌早就发现的，说他是专门去找到的也行。那个洞子就是为苟军准备的。自从桂平昌发现了它，它就天天等着苟军，等得都不耐烦了。很可能，自从有了那个洞子，它就肩负着等待苟军的使命，等了千千万万年了。

三七

"来,我背你。"桂平昌对苟军说。

苟军没回答,看来是同意了。

桂平昌把苟军捞到背上,苟军的头朝前一挞,把桂平昌的后脑撞得砰的一声。

"你把我撞痛了。"桂平昌对苟军说。

苟军没回答。看来他自己也被撞痛了,无暇他顾。

"我日你先人,你咋这么沉啊。"桂平昌对苟军说。

苟军没回答。看来他自己也觉得自己沉。他的魂跑了,魂是人的翅膀,没有魂,就只能下坠,怎能不沉。

桂平昌背着苟军,走过院坝,接着下梯坎。背一个比自己高的人下梯坎,总担心后者的脚撑着地面,将背的人顶翻。桂平昌转过身,退着走,小心得让心长到了脚上。下了梯坎,横插过去,不一会儿就出了村落。走出村落,桂平昌就不停地跟苟军说话。在偏厦里说那几声,是悄悄说的,现在是大声说。他喘着粗气,话说得断断续续,但并不影响表达。他是这样说的:

"苟军,我俩的生日只差二十七天,这么多年来,我算来算去，觉得我桂平昌唯一对不起你的地方，就是比你先看二十七天的世景。可这也不该是你欺负我的理由，谁先谁后，由不得我做主，也由不得你做主。先来世间又怎样呢？你也知道，我家里穷，我爸妈刚结婚，爸爸就去百多里外修公路，修了四十二天回来，左手包着纱布，拆了纱布，五根指拇就伸不开了，成了个'斗斗'，上面说他是自己不小心被二锤砸了，不给发残疾证，回来照常出工，按小男妇女记工分，还说这是照顾；工分挣得少，粮食就分得少，周年四季，一家人都饿得黄皮寡瘦。我出生后，妈没奶给我吃，把奶子挤成两张皮，挤得发乌，挤得出血，就是挤不出奶。这些事情你后来都知道了。我比你早生二十七天，是早受了二十七天的苦。"

他又说：

"而你没受苦。你，苟军，没受苦。虽说那时候大家都穷，可你爸是木匠，你爸为人家做了事，能讨到饭吃，就为家里节约了粮食。你们一家子，没怎么挨过饿。你还能吃到肉。你爸在别人家吃肉，都拈出几片，用草纸或菜叶子包了，给你揣回来。你还记得当年收谷子的时候，我们在院子里藏猫吗？为啥我老是跟你钻进同一个草洞？不是我俩都碰巧相中了那个草洞，我是故意的。我总是看你先进去了，自己再跟进去。你知道这是为啥么？——我喜欢凑近你的嘴巴，闻你！你隔些日子就能吃到肉，呼出的气也有股肉味儿，我闻着那肉味儿，就当是自己也吃了肉了。这事你以前不知道，今天我告诉你。"

他又说：

"当然那是上小学之前的事情。上小学过后，我们少于来往，那是你不跟我来往。人长到七八岁，就知晓了贫富，你嫌我们家穷。刚发蒙那段时间，我每天上学都去叫你，可有好几天，我去叫你的时候你都走了，证明你不想跟我一块儿走。既然这样，我就不叫你了……"

他又说：

"我胆小，我死要面子，这些我都承认。越被看不起，我越要面子，这些我也承认。但我要面子是我的事，并不会伤害到你。我从没伤害过你。在普光中学读书那阵，你的衣服鞋子枕头被同学扔进臭水沟，我开始确实有那么一点点高兴，这些我同样承认。可是高兴一下，我心里就不舒服，就很难过。毕竟我俩是同一个村的，还几辈人住在同一个院子里，俗话说千年修得同船渡，同院住上几辈人，那要修多少年的缘分？说十万年太少，说百万年也不多。所以我为你难过。我高兴那一下，就像灯泡亮一下就断了钨丝，那简直就不叫高兴。那高兴也成了难过。我就是这样待你的。我没有对不住你。"

他又说：

"可是你呢，却不停地伤害我，你恨不得把我踩在脚下，往我嘴里屙尿。你自己想想，我这样说有没有冤枉你！同学们收拾你的时候，我没阻拦，这是事实，但你想过没有，同学们为啥子收拾你？这些事情你要想才行，想清楚了，你就不会觉得委屈。你总不能先给人家碗里屙泡屎，人家把屎扣进你碗里，你就觉得委屈。照你这么说来，日本侵略中国，中国把日本打败了，日本也该觉得委屈。何况你还没败呢！你记不记得那个叫覃有富的同学？你怀疑你的枕头是他放进臭水沟泡过的，两拳把覃有富打得流鼻血，眉骨上吊起一坨乌青，还把他的铺盖枕头衣服裤子，全部扔进了臭水沟，你记不记得？"

他又说：

"你没娃，这不是我的错；孙月芹跑了，去跟别人生了娃，同样不是我的错……这些话我不说了，那该是你的伤心事，我不说了。我想说的是，孙月芹比陈国秀长得好看，你后来结的那个过婚嫂，是叫啥子霞吧，我都忘记她的名字了，那女人是个苦命人，本来就不爱说话，儿子死后又成了大半个疯子，疯一阵就跑不见了，像雪化成水，山里山外没个下落，谁还记得她的名字？我猜连你也忘了。——我的意思是说，孙月芹比陈国秀长得好看，那个啥子霞，也比陈国秀长得好看，但是，我桂平昌从没把屁股骑在她们的肚皮上，还把手往她们的奶子上碰。那种事我想都没想过。我向老天爷赌咒发誓，我想都没想过。老天爷你听，东轩县普光镇千河口村的桂平昌，向你老人家赌咒发誓：我刚才说的那种下作事，我不仅不会做，连想都没想过。如果我桂平昌说了假话，你老人家现在就放一个雷下来，把我劈死！"

他又说：

"老天爷不放雷，他老人家知道我的清白。我清清白白地对待别人，也清清白白地对待你苟军。我清白，但是我不明白，我不明白的是：我究竟是哪一点得罪了你，哪一点触犯了你，哪一点冲撞了你，你要那样欺负我？……"

桂平昌说着这些话，背着苟军，捋着黑暗，一路到了凉水井。

三八

他把苟军或者说苟军的尸体,在歇凉石上放下来。他知道得抓紧时间,但是太累了,得歇一歇。刚把重物卸下,他脑子里就轰隆一声,浑身是麻酥酥的轻,轻得像个吹足了的气球。他下意识地抠紧了脚趾,生怕自己飞起来,更怕飞起来后的坠落。要是落到歇凉石底下,就完蛋了。那底下可是悬垂的大沟。

于是他坐下了。就坐在苟军的头边。看不见是苟军的头,他是摸出来的。天地黑得浓稠,黑得遒劲,他是怎样走过来的?一路上,他连一颗石子儿也没踢到过。哪里有颗石子儿,哪里有个小坑儿,他一清二楚。几十年的光阴,积聚成光,有了这种光,不需要天光,也不需要灯光,就能让他看见。

他爱这片让他把光阴积聚成光的土地!

远处有萤火虫,忽上忽下,闪闪烁烁。其实并不远,就在青冈林外围,傍着歇凉石边缘,他愿意伸手去抓的话,手伸长些,说不定就能抓到。黑夜让一切变得很长,也让一切变得很短。可是为什么要去抓呢?萤火虫又没惹你。它们照不透黑夜，只让别人看见它们，它们再看见自己的路。

萤火虫有路，他呢？

路这个字，足字旁边一个各，是不是就能各走各的路呢？

不能。从来就不能。

"大路朝天，各走半边。"这是俗语。说的虽是各走各的路，却也是在同一条路上。有的人能一直走下去，有的人走着走着，就走成了断头路。

断头路就是没有路。

想到这里，桂平昌的心里，浸润着充盈的悲哀。

活了大半辈子，他从未想过会迎来今天这个夜晚，从未想过与死亡如此靠近。这不是说他没见过死亡。他见过的死亡还少吗？父母亲死的时候，他都守在床头，亲耳听到了他们喉咙里发出的响声。那声响是关闭了一扇门，门外是生，门里是死。如果死亡是能够看见的，他就目睹了父母亲死亡的过程。张大孃死的时候，他不知道，千河口谁都不知道，死的前三天，她穿着寿衣，坐在堂屋正中一张靠背椅上，面前放着个瓷盆，她捏着纸钱，一串一串的，放进瓷盆里烧。她在为自己烧纸。她觉得她要死了。她怕自己一个孤老婆婆，死了没人为她烧纸，去了阴间，短了买路钱，惹恼了冥官。当时陈国秀割猪草回来，从她门前过，是看见的，但陈国秀既不诧异，也没问一声——张大孃为自己烧纸烧了七八年了！至于烧了多少回，没法说清。每回烧了纸，她都精精神神地活着。但这回真的死了。烧过纸，她闭了双扇大门，没再出来。门关了整整一天，陈国秀才惊觉，说：

"噫，未必张大孃老了？"

言毕就朝张大孃的屋子奔。

门闭着，但没上栓，陈国秀一推就推开了。

嘎吱吱的门响还没传进院坝，桂平昌也奔了过去。

椅子上没有人，只有椅子面前瓷盆里黑乎乎的纸灰。

张大孃躺在床上。她是躺到床上去死的。

床上很整洁。张大孃齐展展平躺着的遗体，让那种整洁添了庄严，并因为整洁和庄严而显得特别干净，干净得不像遗体。但再干净，也要"抹汗"，就是把死者身上洗洗，让他们体体面面去到另一个世界。按理，应该把死者的衣服脱下来，用热帕子仔细擦，但张大孃已经僵硬了，寿衣熨熨帖帖裹在身上，成了她身体的一部分，这样一具遗体，哪怕不脱，只掀开衣服象征性地擦一下，也像坏了那种庄严。陈国秀就说不用抹汗，张大孃自己肯定抹过了。

棺木是早就割好的，就放在卧房里。棺木是死者的房子，张大孃早就请苟明成修好了自己死后的房子。有了房子，就有了心安，听说城里人为间房子没日没夜地拼命，也没日没夜地愁苦，乡里人不必，乡里人知道人住不了多大地方，更不会把房子炒来炒去，几角钱的白菜叶，炒几下，就炒成了青丝熬成白发也买不起的黄金叶。张大孃死后的房子是柏木做的，或许是光线的缘故，也可能是跟大床对比的缘故，那柏木房子上面尽管盖着草席，还是小得像个孩子，很羞涩的样子，但张大孃是个比它更小的小老太婆，完全够住，它用不着羞涩。

该准备的行李，张大孃都准备好了，现在是为她装殓，请阴阳先生来做两天道场，送她的魂魄上路，然后把她的躯体弄上坡去，入土为安。

张大孃没有儿女，没有亲人，是桂平昌为她摔的孝盆。

就说苟明成死过后，不也是桂平昌去为他抹的汗，然后又抬了棺吗？

他见过的死亡还少吗？

着实不少。可是以前所有的死，都是死神让他们死的。

身边的这个尸体，却是他让他死的。

他创造了这个人的死亡。

他是一个凡人，一个卑微的凡人，一个低到土里的凡人，哪有资格创造死亡？

创造别人的死亡，也就创造了自己的死亡。

他把自己的路走成断头路了。

原本他不是这样想的，他以为创造这个人的死亡能够拯救自己，结果却是更深的陷落。深到深谷里，深到深渊里，深到不可救药。

三九

萤火虫不见了，夜风起来了。

看不见风的方向，但桂平昌感觉到，他的左脸被拍打一会儿，右脸又被拍打。是不是风向左边吹过去，遇到断头路，又向右边吹过来？风也比我聪明，桂平昌心想。断头路并不是就没有路。断头路还为你留着一条路，就是向回走的路。不能把尸体变成活人，但可以把尸体掩藏起来，就像从没有过这具尸体。

他本来就是来干这件事的。

不能再耽搁了，天亮了就麻烦了。

即使天亮不了那么快，尸体变硬了也不好办。

摸一摸，还是软的。但这时候不叫软，而叫松弛。他像被那种松弛吓了一跳，噌的一声弹起来。弹起来时转了个方向，风扑进他的鼻孔，让他闻到了浓烈的屎臭味儿。就是从尸身上发出来的。很可能，在死的瞬间，苟军就拉了肚子，可走那么远的路，他竟没有闻到。这时候让他闻到，是什么意思呢？人死了，屎却不死，是要向我示威吗？是要表明你欺负不死我，也要臭死我吗？

桂平昌冷笑了一声。

冷笑这一声给了他力量。

他蹲下身，再次把尸体往身上捞。

但这回不是背，而是扛。

目的地就是那个洞子。

小心是不必说的，比下院坝时更加小心，他既怕自己摔了，也怕尸体摔了。摔了自己，痛还是其次，主要是担心陈国秀和村里人问起来，不好解释；摔了尸体就太不地道了，死者为大，宁愿摔自己也不摔尸体。他右手把尸体扣住，左手摸索着，朝乱石上撑。浓得化不开的黑暗，被戳开形状怪异的窟窿。

站到离洞子最近的石头上，他发现高度根本不够。

"我日你……"

他没把最后一个字骂出来,因为他这时候是骂自己。骂自己准备不足。有个木架就好了,可以将尸体横在架子上,他先爬上去,再往上拉。但没有木架,临时做又不允许。时间不允许,加上没带刀来。

无奈之下,他只好借助双手,将尸体平举。

往后的日子里,桂平昌总是含含糊糊地想到那个场景,每次想到,都感觉双臂发颤。可他竟神奇般地举起来了。不仅如此,还顺利地让尸头分开乱草,钻了进去。他简直怀疑不是他把尸体一截儿一截儿送进去的,而是尸体自己爬进去的,一直爬到傍着山壁的地方。

然后他回了村。

脚在院坝里一踩,地面便溅起熹微的晨光。他站在石磙旁,眼睛摸索着竹林左侧的小路,看见台地下面有个黑影闪过。那是杨浪,他出门听声音去了。每天的起始,他都喜欢去村子的东端听声音。村子东端就是鞍子寺小学。那学校当年还很兴旺的,老君山几个村的孩子都来这里读书,到而今早已废弃,拱门上"普光镇鞍子寺小学"几个字,都昏了,校舍也塌了,操坝和教室里面,野草深密,獴子和山鸡,在教室打洞,在草里做窝。杨浪每天清晨去那里听,学校兴旺时去,荒败后照样去。但听学校之前,也就是黎明之前,他要先听村子。

他已经从东边院子听到了西边院子,现在从西边院子过来,又朝东边走。桂平昌给杨浪打招呼。他从不给杨浪打招呼,但这时候他问了一声:

"那东西,这么早去哪儿?"

黑影站住了,说:

"你比我起得还早呢。"

他吓得冷汗直冒。幸好杨浪又补了一句:

"你还是没我早,我走过了几层院子,你还没走出院坝。"

他连忙说:

"就是嘛,你比狗都起得早,千河口哪个敢跟你那东西比?"

杨浪仿佛嘻嘻笑了两声,走了。

桂平昌迅速窜进了苟军的屋子。

他去找苟军的锁。

屋里比没有晨光时还黑,但他既不敢拉灯,也不敢划火柴,只能摸。还是那回苟明成请他喝酒,要跟他签字据的时候,他看到过苟家放锁的位置,是挂在筷子箢旁边一颗钉子上的。他径直走向那面墙,两手并用,在墙上游泳。锁跑到

191

了他手里，他跑向门外，将苟军的门扣严，再将弹夹似的铁锁挂上去，两头轻轻一按，锁针应答似的响了一声，合上了。钥匙本就插在锁眼里，这时候从锁眼滑出来。他揣进荷包，但马上感觉到，这东西不能躺在他的荷包里。他再次走向苟军的偏厦，往排水沟上面的山壁上爬，这是齐崂坎，不好爬，但跟凉水井那个洞子旁边一样，在手能够着的地方，长着一棵树，凉水井是松树，这里是桃树，他抓住树身，翻上去。一条若有若无的茅草路，通向苟家的祖坟，他沿路上行，离坟林还有七八米，攥钥匙的手便划了个半圆。

天光脆弱，一碰就碎，直到钥匙飞出老远，他才看见，钥匙在那棵脱了皮就没再长皮、不知死去多少年的桉树上，轻轻荡了一下，随即掉落。是掉在埋那个小人儿的坟上了。他不是故意朝那里扔的，却偏偏掉在了那里，冥冥中是不是想说，现在苟军死了，那个跟苟军没有血缘的小人儿，就该掌管那把钥匙？

下来比上去还难。如果苟军不用柴草杂物堵了巷子，哪有这么难。苟军不仅堵了院里人和村里人去后山的路，也堵了自己上祖坟的路，难怪他进不了祖坟。

四十

当桂平昌在床上躺下来,陈国秀含混地嗯了一声,说:

"你走个茅厕咋走这么久?"

看来,他起床的时候,陈国秀是意识到的,只是马上又睡过去了。她只知道时间久,并不清楚久到两个多钟头。

桂平昌说:

"我肚子有点不好。"

又说:

"不然都没必要睡上来了,天都差不多亮了。"

"那就再睡会儿吧。"陈国秀说。

在桂平昌听来,陈国秀的话如同梦呓,很快远了,淡了。他像躺在荒原上,冷,从头冷到脚。他控制着不磕牙齿,控制不住,就把被单扯到鼻子以下,用嘴咬住一角。与此同时,他已进入回忆——根根梢梢地回忆着整个过程。

回忆起来比做起来真实万分。他觉得每个地方都是漏洞,但仔细想想,似乎又没有一个真正的漏洞。比如半夜弄出的响声,就有被怀疑的可能,但事实上不可能,因为那点响声实在算不了啥,山村夜里,随时都会有响声,风吹,树倒，畜生打架，野兽出猎，神鬼巡视，还有刚断气的远方亲戚把魂放出来，收走自己生前的脚迹，都会弄出响声。再比如，苟军不声不响锁了房门，再不见把门打开，难道就没人过问？确实没人，父母死后，苟军就不再跟任何亲戚来往，他又没什么朋友。从某种角度说，他跟杨浪差不多，甚至比杨浪还不如，杨浪在的时候，没人理他，但如果他消失了，大家一定会问起他，说起他，苟军呢，在时是在时的样子，不在了，也就当没他这个人……

把这些事情想清楚了，桂平昌不觉得冷了。

可他突然又像触了电，眼冒金星。他觉得自己没把弯刀收回来。其实是收回来的，往门槛底下放的时候，他怕弄出动静，蹲得太低，又蹲得太猛，左腿在竖着的斧柄上戳了一下，现在还痛。摸摸那地方，确实痛。可他就是觉得没收，于是又从扔了钥匙过后回忆：他抓住桃树，梭下塄坎，暗黑中，前方躺着一弯弧形的白光，那就是弯刀。他差点忘了他的弯刀。他连忙勾了腰，拾起来，同时将有些错位的盖板，用脚推了一下，推不动，又把弯刀插进缝隙里拗，才拗动了。

尽管细节丰富，步步清晰，但桂平昌总是放不下心，干脆起床。

见他起床,陈国秀也起床。

从时间上说,是很正常的起床。

桂平昌抢在陈国秀前面,进了伙房,首先就朝门槛底下看。

弯刀在那里,千真万确在那里。弯刀杀了人,又熬了夜,像是疲惫得不行的样子,沉睡在灰扑扑的破鞋烂袜之间。

但它还不能休息,它还得跟桂平昌一起,去桑树坪剔树。桂平昌昨天磨刀的时候,就说过要去剔树。

往后的两三天,如果桂平昌浑身长耳,所有耳朵都只听一个人的名字:苟军的名字。没有谁提到这个名字。如果桂平昌浑身长眼,所有眼睛都只盯一个地方:苟军的偏厦。他担心那里会留下形迹。他和苟军的脚印,他对苟军的拖动,还有他在排水沟的上下。只要去察看,一个小孩子也能看出名堂。

但没有谁去察看,除了桂平昌自己。

他趁院坝里没人时,故意把自家的鸡撵到那边,然后惊惊乍乍地去找。茅厕周围,看不出任何印迹,那都是千年老土,又硬又黑又脏。茅厕盖板仿佛擦得亮些了,但谁又知道它以前有多暗?不过排水沟旁有明显的脚印,塄坎上那棵桃树下，草也明显被踩踏过。他回头看了看院坝，看见吴兴贵正走出来，站在房檐下望天，他使劲跺了下脚，做出自己刚从上面跳下来的样子，再吆着鸡出了偏厦，出来后对吴兴贵说：

"这些背时东西，飞到那边塄坎上去了！"

吴兴贵望了一眼苟军的门，见挂着锁，才笑着说：

"要是苟军在，你又可以吃鸡肉了。"

苟军的门锁了三天，吴兴贵竟然不知道。院子里别的人，多半也不知道。

桂平昌安稳了许多。那里的草被踩过，那里留下了他的脚印，即使有人去察看，也可以解释了，没有什么事了。

四一

第四天是个赶场天，陈国秀要照顾正出水痘的小儿子，桂平昌独自背了洋芋去街上卖，卖了洋芋过来，他蹲在街口兽防站的廊道里歇气，抽烟，准备抽完那袋烟就回转。

刚抽两口，就进来几个人，高声大气地摆龙门阵。

其中一个三十来岁的妇人说：

"前一场,镇上来了几个招工的,说是招涉外工,去塞拉利昂搞建修,每月能拿到一万二,可听说塞拉利昂远得死人;远倒不怕,可还听说塞拉利昂根本就不属中国管,哪个舅子敢去呀?"

另一个跟那妇人年龄相仿的男人说:

"那些龟儿子,多半是骗子,说是让你去拿高工资,其实是骗你去当黑工,把你关进黑砖窑,黑煤矿,黑石场,凶神恶煞的打手看守着,每天给你一点吊命饭,逼你当牛做马,病了,残了,把你榨成半人半鬼了,一棒子打死了事。"

这时候桂平昌起了身,凑到几个陌生人身边,说:

"前一场那些来招工的,听说招到几个呢,我晓得千河口有个叫苟军的就去了。"

说完这句,他像突然想起还有什么事情没办,将搁在旁边的花篮一提,急匆匆又朝街上去了。其实他是从兽防站背后的小路插过去,走上了回家的路。

他回家大约两个钟头,李成跟邱菊花踏着黄昏回来了。李成屋都没进,先就来到老二房,走进院子第一眼,就狠命地盯向苟军的房门,然后蹲到院坝边的石磙上去,跟几个正做事的人,还有出来和他打招呼的人,扯闲篇,本是些平常不过的话,他却说得充满玄机。这是他有消息要发布了。每次探听到小道消息,发布之前他都是这样子:招招摇摇、底气丰沛的样子。对此,所有人都看得出来,但对他的那些消息,感兴趣的不多,也就懒得主动问起,每次都是他自己憋不住——今天更憋不住,因为这消息实在太重大了。

也正因为重大,他不想直截了当,否则就让那消息太掉价了。

他再次盯了下苟军的房门,说:

"苟军在忙啥子,天黑了还不归屋?"

桂平昌正扫阶沿,听李成这样说,把腰勾得更低,头埋得更低,双手握住扫柄,用力扫一泡干了的鸡屎。陶玉正筛绿豆,筛子在她怀里转得溜圆,豆壳朝圆心汇聚,她把汇聚起来的一小堆儿抓出来,接过李成的话说:

"噫,苟军好像有几天没见呢,听说他肚子拉得不行,是不是到镇上住院去了哦。"

吴兴贵又接过话:

"听鲁凯那意思,怕是镇上也治不好,可能到县医院去了。"

李成胸有成竹地等他们说。可陶玉说了,吴兴贵说了,就没人说。李成便挨个问,先问张大孃,问了两声,张大孃也没听清，李成气得脸一掉，接着问陈国秀。陈国秀在摇风车，这两天停电，米吃完了，没法用打米机打，她就像杨浪那样用碓窝舂，舂出来再用风车去糠，粗糠已车干净，只剩细糠，细糠在车叶子的吹拂下，粉尘般飞舞，陈国秀斜着的脸，在粉尘里荡漾，如在水中荡漾，也如在火光中荡漾。

"晓球他的哟……"她的声音却一点也不荡漾，字字坚实，"总是死了么！"

这话谁都听见了，桂平昌也听见了。

桂平昌完全忘记了李成到老二房来，肯定是有消息发布。李成走进院子，开口说话的时候，桂平昌就跟别人一样，知道他是来干什么的，他例外地对李成即将说出却还没有说出的话，怀着浓厚的兴趣——既期待，又害怕。但他只能装得如同平日，不去主动打听。谁知李成却没有消息发布，而是审讯一般，问起了苟军的去向。就连陶玉和吴兴贵都知道为他遮掩（桂平昌是这样想的），陈国秀却要出卖他（桂平昌是这样想的）。她是他的亲人，不爱他护他也就罢了，还要出卖他！恍惚间，桂平昌的心里，又浮现出苟明成主持签字据那天的景象。那天他把欺负自己一家的人当成亲人，是不是对陈国秀的出卖？

"可我那样做，也是为她好……"他无声地为自己辩解。

而正在这时候,陈国秀又说:

"好几天都不见人,不晓得死到哪里去了!"

桂平昌明显感觉膝盖闪了一下,闪得很厉害,差点坐了下去。

胸口也被堵住了。

而陈国秀咒苟军死,在别人听来却正常得很,因此除了桂平昌,没人在意。

李成终于耐不住性子,把桂平昌跳过,大声宣布:

"苟军到塞拉利昂去了!"

桂平昌又能够站立,也能够呼吸了。他这才想起自己在兽防站遇到的人、说过的话。那样的话是顺风跑的,风一扫,整个镇子就能传遍。他由此也明白了李成那消息的来源。他是多么感激李成!李成刚问起苟军的时候,他恨他,恨死了他,开始恨得有多深,现在感激就有多深。李成发布了他期待的消息!

从那以后,苟军就不在千河口了。

问:苟军去了哪里?

答:苟军去了塞拉利昂。

问:塞拉利昂在哪里?

答：是个远得死人的地方。

问：未必比北京还远吗?

答：还远。

问：究竟有多远?

答：听说不属中国管。

——天哪!

这么一问一答加上一声"天哪"，苟军就被打发了。

久而久之，桂平昌也相信苟军不是被他杀了，而是去了塞拉利昂。

塞拉利昂，真是个好地方，好在遥不可及。千河口人，包括整个老君山人，出门打工，走得再远，也不像苟军走得那么遥远。

只有一个人的魂，才能走过那么遥远的路程。

他的魂走那么远，却把骨头留了下来。

骨头是他的心，他的心跟他的骨头一样硬。

但再硬也硬不过光阴。再过些年，那骨头就会变成灰。

桂平昌等着那一天!

四二

九月下旬，吴兴贵买了头牛回来。将近一个月前的八月二十九，也就是桂平昌上草树那天，陈国秀黄昏时分去池塘边喂牛，含沙射影地骂，或许是她骂的话被陶玉听到了，或许是吴兴贵跟陶玉已打定主意，要在千河口住到老死，便自己也去买了头牛。

是从望鼓楼买来的。望鼓楼在更高的山上，既没有鼓也没有楼，无非是比千河口还要萧条的村庄。那头牛的皮子和满身焦黄的黄毛，都给人骨头的感觉，枯涩，坚硬，一只牛虻叮上去，脚没站稳，就又飞走，是觉得没意思。这个季节，真不该瘦成那样，看来它的旧主人实在年老，没力气为它割草，又不敢野放，因为望鼓楼那地方，照进山买树的城里人的说法，陡得找不到一块能放屁股的平地，牛身比路还宽，脚稍稍一撇，就是百丈悬崖。

把牛买回来那天，陶玉为它割回一大花篮埧坎边的浅草，这种草牛最肯吃，也最长膘。傍晚时分，陶玉牵着它，去池塘喂水。初来乍到，牛有些害羞，跟在新主人身后，走得特别拘谨，喝水也是小口小口地咀。从池塘回来，陶玉没立即将它拉进圈，而是拉到了院坝下面的草树旁边（她家的草树是昨天才上好的），对牛说：

"黄儿，这是你的草，你先尝两口，看香不香？"

她这样说的时候，陈国秀正砍了苞谷秆回来，在竹林边收衣服，中午她洗了衣服，晾在竹枝上，又吹又晒，早就干了。陶玉的话她一字不漏地听见了。

话不重要，重要的是说话的口气。许多时候，口气比话本身更让人喜，也更让人气。陈国秀气得牙痒。她觉得陶玉是故意说给她听的。你不是心痛你家的牛吗，现在我也有牛让我自己心痛了，你心痛你的，我心痛我的，我们各心痛各的；到时候，你使你的牛，我使我的牛，我们各使各的牛；你的牛喂你家的草，我的牛喂我家的草，我们各喂各的草……

"不要脸！"

陈国秀在心里骂着，却没注意到手上，只听"呲——"的一声，一件衫子被枯了的竹枝破开两寸有余。

回到家，她恼怒地将衣服扔到床上，像力气突然就被卸掉了，把衣服叠起来的力气也没有了，便在床上坐下来。

桂平昌挖山货去了，还没回，家里就她一个人。

一个人的黑，一个人的空。

房顶上的亮瓦透不进光，它自己却能承接光，而她没有光，也承接不了光。亮瓦幽灵般的眼睛，让她更觉得空。

她不愿去想陶玉的话，又不能不想。好几年来，村里人用夏青家的牛，用她陈国秀家的牛，用了都是白用，她心里埋怨，嘴上也埋怨，但另一方面，她又是满足的，因为别人有需要她的时候。别人要使她家的牛，会来给她下话，即使桂平昌和她都在场，话也是下给她的，是觉得她比桂平昌能做主。

她没有一次高兴地答应过，可也从没拒绝过。她看着她家的牛被别人牵走，戴上木枷，拖着铁铧，帮别人犁田，她会觉得那是她自己在帮人犁田。铁铧翻起的泥浪，哗哗哗向两边分开，瓷实，均匀，醇厚，她似乎能听到憋闷了一个冬天的田土，在松快地喘息，也能看到谷种撒下去，种子在土里破壳，长出秧丁，秧丁长成秧苗，随后将秧苗分蘖，在早就犁好的水田里，直溜溜地插成行，就任由它长了。风软软地吹着，把水吹皱几回，秧苗便长成稻秆，整片田野变成了青色。大头蝌蚪挣脱乳白色的胎衣，摇摇摆摆地游，转眼间，蝌蚪蜕变成青蛙，青蛙爬上田埂，烤几分钟太阳，后腿一蹬，折身跳上稻秆，又从稻秆扎进水里。太阳下去，蛙鸣起来，蛙鸣潮水般涌进村庄，一浪接一浪。蛙鸣声里，幼穗吐露，稻秆拔节，越来越高，越来越粗壮，然后开花了，结实了。金风起处，谷香遍野，就知道该磨镰了。几个昼夜的劳作，空下去的粮仓又填得满满的，逢赶场日子，镇上的农贸市场，到处摆放着新米，当天的午饭或晚饭，镇里人会说：

"哦，好好吃的米！"……

陈国秀想着这些，觉得村里人饱满的粮仓与她有关，镇里人香美的餐桌，也与她有关。

她因此感到快乐。

可是现在，那快乐眼看就要被剥夺了。

村里没养牛的人家，今后还会来找她借，可不知为什么，她就希望陶玉找她借牛。在别人眼里，陶玉除了有个丈夫，几乎啥都没有：没有孩子（或许有过，从不见面，等于没有），没有娘家（从不来往，几近没有），也没有钱财（她跟吴兴贵不打工，不搞副业，不做生意，又无任何外援）。而在陈国秀眼里，却完全不同，陈国秀觉得，陶玉有丈夫的呵护，有丈夫的歌声，有半夜三更和丈夫的嘻哈打笑，她也就啥都有了。

跟她陈国秀比，陶玉唯一缺的，就是一头牛。

可现在她也有了牛了。

她有一样，陈国秀就空一样。

她啥都有了，陈国秀就空成了一张壳。

四三

天底下的许多事情，本来没有事情，是计较出来的事情。越计较，它越要跟你相遇，越要跟你纠缠，越要让你不满。

陈国秀正坐在卧房里，把自己跟陶玉比较，就听见吴兴贵的歌声了。

吴兴贵是从后山回来了。他两条腿成了两根干柴棒，可走路真快，下山时更快，刚才还在夹夹石，一句没唱完，便进了巷子。

就是桂家和苟家之间的夹巷。

那条巷子差点被村里人忘了，连老二房的人也差不多忘了。是那年张大孃的死，让人们重新想起了它。张大孃死后的一应张罗，都是桂平昌和陈国秀，这没什么，是他们自己愿意的，反正又不让他们花钱，钱是村里出的，张大孃自己还留下了两百块；为张大孃烧七，一周年、二周年、三周年上坟，照样是桂平昌和陈国秀的事，这也没什么，桂平昌都摔过孝盆了。可是，把张大孃埋上山，真是费尽了力气，原因是不能从巷子经过。也是从这件事，村里人更加切实地感觉到，平时去后山实在太不方便了，于是商议着派了几个代表，来对桂平昌和陈国秀说：

"看样子，苟军一时半会儿不会回来了，你们去把巷子腾出来吧。那些背篼蓑衣倒好说，主要是柴。你们先把柴烧了，今后还苟军就是。"

桂平昌哪里敢，他就当没听见。

陈国秀倒是听见了，也应答了。

"劳慰你们，"她说，"我们自家有柴烧。"

她不仅自己不去腾，也不许别人去，她说你们去腾了，将来苟军照旧会怪在我们头上，苟军打得我们皮泡眼肿的时候，你们又好站在一旁看笑神。

听她这么一说，那些前来游说的，面面相觑，羞惭而退。

又过去一两年，杂物和柴禾大多朽烂，只有青冈棒硬撑着，但也皮面发黑，被雨一淋，长了满棒的菌子。这时候，村里人，包括陈国秀自己，再也管不了那么多了，从朽物上走过，有时还顺手把青冈棒上的菌子扳了来煮汤。

再后来，青冈棒也朽成了灰，长不出菌子了。

到而今，所有东西早变成泥，巷子也因此抬高了几寸。

吴兴贵是第一个从巷子出入的人。那是个大雨天，他戴着斗笠，披着蓑衣，扛着锄头，要去后山的秧田里挖田埂，两天前才下过暴雨，田里灌得满满荡荡，一只小青蛙伸个懒腰，也会让水溢出来，再往里灌，田就崩了。吴兴贵出了门，径直走向巷子，朝着苟军紧闭的房门，笑嘻嘻地高声说：

"苟军呢，对不起哟。"

这话桂平昌和陈国秀都听见了。

桂平昌也准备去后山挖田埂，但吴兴贵呱唧呱唧从巷子穿过之后，桂平昌依然没从那里过，依然绕的冤枉路。那巷子还有他的一半呢！当所有人都从巷子经过时，桂平昌也不，直到完全看不出柴草和杂物的影子，他才觉得，看不出它们的影子，就是看不出苟军的影子，从此也才随了大流。

这些事，陈国秀平时要想，现在却没精力去想。

她只注意到吴兴贵的歌声。

开始因为吴兴贵跑得太快，加上屋后有树林子挡音，不大能听清他唱些啥，但下了坡地，进了巷子，他反而没那么快了，歌声变得平稳、清晰而昂扬：

要吃砂糖嘴对嘴，

要吃桃子叫妹妹。

桃子妹妹一个样，

剥了皮皮流水水。

这又是唱给陶玉的。

陶玉一定又是时不时地捋一捋头发，打着抿笑，听吴兴贵为她唱。

接着吴兴贵开了门，进了屋，又听见他从屋里出来，停了歌，站在院坝边叫陶玉。陈国秀才知道，这么长时间过去，陶玉还牵着她的牛，站在草树底下的。

"不要脸！"

陈国秀又骂了一声，骂得火焰焰的，很烫，很响。

愤怒让她不觉得空了，她双手在床沿上一搭，起身走了出去。

卧房里那么黑，太阳却还挂在对面马伏山顶的树枝上，树小太阳大，树不累，太阳累，太阳便做出随时准备沉没下去的样子，只余下自己的灰烬——血色霞光，照耀着三山五岳，其中一束，穿透竹林，正正中中汪在苟军家的门锁上，黄锈的锁成了一团凝固的血，愈凝愈重，垂垂欲滴。

陈国秀感觉到满鼻满嘴的腥臭。

十多年来，她说不清自己有多少回去注意那把锁，也说不清看到那把锁挂上蛛网，慢慢脱漆、烂掉，她自己又是怎样的心情。但她清楚自己此刻的心情。如果那把锁开启，那道门敞开，苟军每天又从那里进出，她的日子将再次堕入灰暗。

灰暗，却不空。

她这才发现，苟军在的时候，她伤心、屈辱、黯淡，却从没像现在这样空过。伤心、屈辱、黯淡和空之间，她一时不知道哪个更好。

更确切的说法是，她不知道哪个更不好。

幸亏有活要干。如果没有活干，人是很难活下去的。难怪活又叫活路。陈国秀一整天都在砍苞谷秆，还没弄明天的猪草呢。她把镰刀别在花篮上，把花篮挎在一个肩膀上，往桑树坪去了。

她把猪草割回来，挂上罐子煮夜饭。

夜饭做好，桂平昌也没有回来。

四四

最近这些天，桂平昌回得出奇的晚。

有一两天，他比夏青都回得晚。

这时节，田地里没有下种子、割谷子、扳苞谷之类打紧的活路，一家人便分头行动，各人去忙自己喜欢的事情。秋天之所以是农民一年中最美好的时光，绝不仅仅因为这是收获季节，还因为收获之后，便相对自由了。

真正的自由不是胡闹放纵，也不是无所事事，而是做自己想做的事、爱做的事。真正的自由比不自由还难，它要求无论在任何情况下，都能无懈可击地把握自己。大巴山脉的九、十月间，正呈现出这种自由：万物的自由。

层林间，叶子随心所欲地绿、黄、红，漫山遍野，色彩歌唱，盛大辉煌。无人采摘的野果，想继续挂着就挂着，不想了，跟枝条分离，掉入谷地，以破碎散播香气，也以破碎传播种子；果子跟枝条分离的瞬间，枝条弹开，把阳光打得一闪，即刻归于宁静。山溪水不多不少，不冷不热，玎玎淙淙的流淌声，与其说是招引，不如说是隐藏，但鸟兽认识它们，也知道它们的住处，鸟在那里理毛，兽在那里饮水。台梯层叠的田地,已悉数交出自己的果实,因而问心无愧,面容疲惫,却神情坦然。果实霉变的酸味,动物腐烂的臭气,残花遇风的零落,木叶遭虫的苦恼,以及各样生灵被天敌围困时的哀鸣与挣扎,自然也夹杂其间。

世间没有任何一样事物能单独存在。

世间也没有任何一样事物,没有任何一个季节,是专为美而存在。

他们为自己存在,为自己的处境和命运存在。

各自都很重要,各自又都并不重要。

正因此,一切才是自在的,和谐的。

克服了往日的恐惧,桂平昌只要丢开焦虑——村庄即将消逝以及那些来历不明方向模糊的焦虑——就也是自在的,和谐的。现在田地里的杂活,他基本不管,猪牛他也不管,他只管收回那些散失在山里的钱财。麦冬没处可挖了,还有何首乌,还有老娃蒜,还有蕨根子,这些东西,要么做药材,要么成野味儿,背到镇上去,都有人买。跟以前相比,现在有个天大的好处,就是凡山里的东西,城镇人都觉得是好东西,连岩羊的粪便也有人要,说晒干了泡茶喝,能益气补血,滋阴壮阳。大山是个宝,山里人自己说不行的,要城镇人把它当宝,它才是真的宝。

桂平昌就是去找回这些宝。

山野辽阔，他本来可以不走那条路——从凉水井经过的路，但他故意去走。每天从那条路上回来，他都要在歇凉石上，坐上老半天。他坐在那里不是为了歇凉，这时节就算偶尔暴热一下，也不至于热得需要在凉水井歇凉。

他仿佛没有目的，就是想多坐会儿，坐到实在不得不动身时，才离开。他控制住不看洞口，怕控制不住，干脆跟洞口背向而坐。从这方向望下去，是直通大河的沟道。歇凉石以下，沟道更陡，因而存不住乱石，下面的山体也没那么多乱石，乱石都是从上面来的，被歇凉石挡了去路，如奔马遭遇困厄，无计可施，向天嘶鸣。歇凉石以上呈深灰色，以下是土褐色，土褐色的槽口向两边裂开，槽沿比别处似乎更肥沃，林木茂密，藤萝交错，色彩斑斓。接近底部，沟道被堆拥的秋色藏了。视线从底部延伸出去，只能看见不足两米长的一段河流。一条船过来了，眨眼间，又过去了，船仿佛走在岸上，那段河只是它们必须跨越的沟渠。

头稍稍抬起，就是河对面的马伏山。

马伏山是老君山的镜子。

老君山也是马伏山的镜子。

任何事物，只要对面而站，都互为镜子。

213

人呢？人也是这样吗？

苟军和桂平昌也是这样吗？

苟军的心里，有种不可解释的恶，即使能解释一些，也是表面的，肤浅的。

桂平昌心里，有没有那种东西？

对此，桂平昌从来没有问过自己，他惯于把自己置于无辜者的地位，并且尽情地享受着这种地位。即使他杀死了苟军，照样觉得自己处于那样的地位。

但是这天，即吴兴贵把牛买回来这天，他有了怀疑。

四五

陶玉将牛牵到草树底下时，桂平昌已从深山更深处踏上归途。吴兴贵唱着歌走进巷子，他就坐到歇凉石上了。和往常一样，他背向洞口，随意地望着沟道、河流和马伏山；和往常不一样的是，望见马伏山时，他突然有了个想法。

他想看看孙月芹的住处。

马伏山绵延百余公里，不知有几村几落，孙月芹的娘家和现在的婆家，究竟在哪个村子，他根本就不知道，即便知道村子的名字，也不知道在什么位置。他家在马伏山没什么亲戚，他也没有需要去马伏山办理的事体，因此他从没往那边去过。别看只隔一条河，却是另一个世界。每跨出一步，都是另一个世界。每退后一步，都是对另一个世界的无知。将方寸之地切成无数小块，每个小块都不可能一模一样，且根本不需要显微镜，肉眼就能看见。桂平昌挖地的时候，上一锄和下一锄，会挖出不同的虫子、不同的草茎，即便是同一个品种，也各有胖瘦，各有盘曲和伸展。所谓距离，不是里程的长度，而是世界的宽度，也是知道和无知的深度。孙月芹正是埋在桂平昌无知的深处。

长长久久的日子里，桂平昌何曾想到过那个女人？

那个女人是千河口的过客，她被苟军用黄荆棍打，用使牛棍打，桂平昌见过无数回，但她抱着个白白胖胖的娃娃出现在镇上，桂平昌却没有看见，只是听说。后来，她牵着那娃娃的手，去找孙剃头理发，孙剃头把小家伙抱上椅子，说：

"长得好乖，像他妈个洋娃娃。"

又俯下脸对孩子说：

"我把头给你烫了，你就更像洋娃娃了。烫不烫？"

孩子没应声，只带着初见世景的惊慌，望着妈妈。她妈妈却比他更惊慌，脸都吓白了。烫了头，头发不就成鬈鬈么？苟军的头发就是鬈的！她连忙将儿子抢过去，不要孙剃头剃了，弄得孙剃头哭笑不得。

这件事，桂平昌也只是听说。

还有关于孙月芹的好几样事情，他全是听说，没有亲见。

他真想亲眼看见！

就像此刻，想看见孙月芹的住处。

别说啥都不知道，就算知道孙月芹的家，也看不见什么的。这么远望过去，再高大的房子，也如同幻影。何况孙月芹在马伏山多半已经没有家了。可以肯定的是，普光镇也没有她的家，那么她是把家搬到远方去了。算起来，她儿子和贞强差不多大，该早就结婚生子，早已出门打工，或者当了老板，跟当年的刘志康一样，把老老小小都带走了，甚至像二爸一家，把户口都迁走了，老家被扔掉了，老家成了远方，田地成了荒地，房子成了废墟。

桂平昌想到了这些，可他固执地认为，自己真真切切看见了孙月芹的家。

那是一幢红砖瓦房，不偏不倚，跟凉水井正对。

看来，苟军进那个洞子，确实不是他桂平昌一截儿一截儿送进去的，而是苟军自己爬进去的，那洞子是他命中注定的归宿地，也是他的报应。你就好好看吧，看看你的对门是怎样在过日子，被你嫌弃和毒打的女人，正被另一个男人抱在怀里，那另一个男人舔着她的伤口，把她的伤口舔湿，把她的头发向两边分开，把她填满，把她变成真正的女人，把她从女人变成母亲。她，孙月芹，很可能不只生下那个长得像洋娃娃的男孩，她还生了，男孩女孩都有，男孩女孩一大堆，千河口人没看见罢了。但是你，苟军，是应该看见的，你死了，你的时间结束了，时间就控制不了你，你可以没日没夜地看。你不仅看到了，还闻到了，听到了，反正所有生命的限制对你都不起作用，你能闻八荒九野，能听万水千山。你闻到孙月芹热腾腾的气息，听到那幢红砖瓦房里，孩子哭，大人笑……

想到这里，桂平昌自己也笑了。

可是他的笑很快僵在了脸上。

他眯缝的眼睛，猛然看到面前竖着一面镜子。

伸手摸摸，并不存在，却无比清晰地照见了他。那是一面无形的镜子。正因为无形，才不仅能照见面孔和衣服，还能照见脏腑。镜子里的人，分明是他，可眼睛一眨，又变成了苟军。眼睛再一眨，那个人成了两个脑袋，两副肩膀，两双手臂和腿脚，却共用一颗心脏。从这颗心脏涌出的血，一段一段把身体点亮，像电流把街上的路灯点亮，挂在身体上的路灯，如尽秋的枝柯，有枝柯的利索，也有枝柯的凌乱，某些地方亮得耀眼，某些地方仅存微光，某些地方闪闪烁烁，某些地方已经熄灭，还有些地方，从没亮过。

两个身体都是这样。

它们是如此的相似。

它们有一个孪生的灵魂。

桂平昌把眼睛闭了，下巴缩上去，眉头扯下来，像闭眼睛是一件十分费力的事情。

眼睛闭得发酸，他才睁开。这时候，镜子里的人消失了，镜子只照见镜子自己。镜子在镜子里生，也在镜子里死。

镜子死了，桂平昌又才是桂平昌了。

他像是要印证什么似的，扭过头，朝洞口望去。

这一望，天陡然间在他眼前黑了下来。

四六

洞口被人动过了。

他记得很清楚，七月末那天，他将铲掉的马儿芯草种回去，种了六窝，又从旁边的青冈林里，挖了一窝铺天盖地的牛马藤，种在洞子左侧，将藤蔓理开，顺到右侧，缠在马尾松上。现在，马儿芯草和牛马藤都在，只是越发蓬勃，相互渗透和交缠，再也数不出窝数，但在洞口正上方，多了一笼刺木。

刺木斜躺着，枝条上还残留着蔫了水分的果子；是红军果，据说当年红军来到大巴山区，找不到吃的，就以这种比绿豆稍大色泽透红的果子充饥，因而得名。果子叫红军果，那种刺木也叫红军果。红军果在这带遍地是，属谦卑的灌木，但浑身锋利的屹针，又见出它的桀骜不驯。是谁那么多事？这片柴山是鲁家的，一次能踢五个毽子的鲁细珍出嫁的次年，她弟弟鲁天结了婚，婚后不久就分家了，他爸将凉水井的这片柴山分给了他，可现在，不仅是鲁天，整个鲁家人，早就离开千河口，已数年不见人毛。

是谁那么多事呢？

桂平昌首先想到了杨浪。

那东西是听到什么了吗？这是完全可能的。

他本就是声音的天才，数十年的痴迷，更让他魔力附体，只要他愿意，就不仅能听见炊烟升起和山野花开，听见一滴水在太阳底下慢慢干涸，还能听见古老的声音、无声的声音。空荡荡的山弯里发出一声怪响，他便知道某个古人在那里劳作过，休憩过，进而复原那人说话、走路、大笑和怒吼；蛇虫蚂蚁在很远的地方睡觉，他也能听出它们睡在哪片草丛或哪个洞子里。

可惜那东西不捉蛇，否则他早就发财了。他既不捉蛇，也不打鸟，有本地人去捉蛇，镇上人来打鸟，他都尽量用自己的本事，学它们叫，将它们引出危险地带。有回"鬼脸"到他姐姐邱菊花家走动——那时候他的猎枪还没被收缴，他是扛着猎枪来的，走到池塘下面的林子里，看见一只麂子，那麂子三腿站立，右前腿微微提起，像在犹豫，又像在想什么事。"鬼脸"激动得吞了口唾沫。猎人的激动就是吞口唾沫，绝不会乱心，也不会发抖。他蹲下去，扯掉插在枪筒里的茅草（插茅草是为防走火），正伸出枪管，向麂子瞄准，一只鸟像咳嗽那样叫了一声，听到这声鸟叫，麂子双耳一竖，奋蹄奔跑，眨眼间隐没于万山老林。"鬼脸"气得跺脚。他当然不清楚那只鸟是杨浪。杨浪知道,麂子身上有寄生虫,鸟喜欢去它们背上啄食,作为报偿,麂子遇到危险时,鸟只要发现,就会以特有的叫声发出警报。

杨浪用声音保存着村庄,也用声音保护着山野。遗憾的是,他终究也没能阻挡蛇在山里绝种,没能阻挡鸟兽日益绝迹。只等这些年,种地的少了,农药和除草剂用得少了,加上越加严厉的禁令,那些山野的原始居民,才又慢慢回归。

虽如此,杨浪对声音天赋异禀,却是毋庸置疑的。

杀死苟军并将苟军扛进洞子的那天夜里,闹出那么大的动静,如果那东西没睡着,每个细节都会如雷贯耳。

这么一想,桂平昌觉得自己当时实在太大意了。把苟军背到凉水井的路上,他还说了那么多话呢!他回忆起,那天他从凉水井回到院坝,看到晨光里的杨浪从下面走过,他给杨浪打招呼:"那东西,这么早去哪里?"杨浪回了句:"你比我起得还早呢。"现在看来,这句话别有深意。尽管杨浪后来又补了一句,表明他认为桂平昌没有他起得早,但很可能只是打幌子。撞见一个刚刚杀过人的人,并不是一件好玩的事情,所以他要装着自己不知道。

可问题是,杨浪何必来这洞口做手脚?

而且这么多年过去,也没见他有任何异常。

221

要么就是他当时没听见,七月末那天才听见了,当桂平昌离开凉水井后,他也钻进洞子,发现了死人。但这同样难以解释,人又不是他杨浪杀的,他直接报告就是,哪用得着砍红军果遮掩?九弟死那年,在他跟九弟和贵生边喝酒边晒声音的前十天,他在霞沟发现了个从外乡跑来、因心脏病突发死在那里的老人,不是立即就报告了吗?

这么说来,不该是杨浪。

那会是谁呢?

桂平昌又想到了李成。如果李成也知道了洞里的秘密……这更不可能,李成知道的话,早就满世界传扬开了。

不过,李成虽爱管闲事,这件闲事毕竟非同寻常,他是不是被吓住了,不敢声张,但又不甘心,于是砍笼红军果压在那里?果然如此的话,他就不是遮掩,而是指引和鼓动。

桂平昌想起念初中的时候,普光中学有个学长,总在周末去茶馆里说"水浒",为自己挣书学费,桂平昌只要周末不回家,都跑去听,他理解林冲、武松等等为什么造反,可怎么也理解不了享有高车大马锦衣玉食的柴进,为什么也要造反。中场休息时,他带着无限崇敬的心情,凑上前去请教了这个问题,学长的回答是:柴进不是造反,柴进是包庇和鼓动造反,造反是一种活法,鼓动造反是另一种活法,是比直接造反更高级的活法。

李成那么聪明，会不会也像柴进那样玩出更高级的活法？他故意用红军果招引捡柴人，那些人将干柴一拖，就可能撩起乱草和藤蔓，从而发现那个洞子和洞子里的秘密……桂平昌的心又乱了。

躺在孙月芹的对门，是苟军的报应，乱心是不是他桂平昌的报应？人虽是自我覆盖的，却也割不断遥远的联系。电光石火般，桂平昌记起四十九年前那个深秋之夜，他们悄悄吃的那顿南瓜糊糊。或许，二爸一家是听见的，即便听不见声音，也能闻到气味，那年月，粮食的气味是世间唯一的气味，二爸以咳嗽的方式，二妈以叹气的方式，来提醒他们，希望他们汤汤水水的能给半碗，至少让小翠润润嘴皮。但他们没有，他们像防贼一样提防着隔壁。这件事，一定伤了二爸二妈的心。伤透了。否则，苟军欺负他们的时候，他们不至于像别人那样，三两步就跨进自己屋里，从不帮忙搭句言，二爸后来也不会宁愿让房子烂掉，却不把钥匙交给他。

但那样的事情，既怪不了爹妈，更怪不了他。

饥荒年岁，无论谁弄到一点吃的，都是悄悄吃。要是二爸弄到吃的，同样会悄悄吃。老天爷不会让讨命活的人遭报应。

话是这样说，桂平昌还是抑制不住心乱。

他坐在歇凉石上，一袋接一袋抽烟。

暮色四合，对山亮起零落的灯火，他才起身。

但他没直接回家，而是绕到村西，上了西边院子。

四七

西边院子还有三户人家，李成家靠着路口。路口连着一坡石梯，石梯下面有孔填埋的土窑，土窑两侧都是吊脚楼，吊脚楼底层，是茅厕和牲口棚，臭气跟夜蚊子一样喧闹。桂平昌像是被这喧闹声抬着，一直抬上院坝。

院坝里黑乎乎的，三家人都关门插锁地龟缩在自己的窝里。

村子里人多的时候，同一院子的人，几层院子的人，你串我的门，我串你的门，说些说了一辈子的话，甚至是上辈人、上上辈人说过的话，却无半点老旧、重复和无趣的感觉。人说话的时候，跟来的狗和主人家的狗，要么坐着听，要么出去玩，随它们的便。日子就是这样打发的，乡情也是这样织起来的。乡情是一条埋得很深的根子，徐徐地有微温流过,流过了,却不让你知觉。后来,村子空了,留守者该更加亲近吧?恰恰相反,是更加疏离。大家都各顾各的了,回到家就懒得出门,只要不是大暑天,进屋过后,有风没风,都把门关上。埋在乡邻之间的那条根还是在那里,但没有人去浇灌了,也感觉不到彼此的温热了。

路口右边就是李成的家。他挣了不少钱,为他遮风蔽雨的,却依然是几十年前起的木板房,火光、灯光、劈柴燃烧的清香和两口子的说话声,从壁缝间漏出来。桂平昌在壁子外面站住了,想听他们说什么。

有一句没一句,听不出名堂,但能听出他们像是很高兴的样子。

偷听和偷,一个用耳朵,一个用手,但性质是一样的。用耳朵甚至比用手更恶劣,用手有法律管着,用耳朵却可以逃避法律。桂平昌没干过这种事,至少没专门干过这种事,真干起来,就像整张脸埋进了水里,只想赶紧把脸露出水面。

于是他故意弄出一声响,然后大声抱怨:

"这是哪家的柴哟,放在路上做啥子哟!"

傍路口的院坝里,横着一根木棒。

李成出来了。

桂平昌把李成叫"成爸",年龄之外,很可能也有八竿子打不着的亲戚牵扯。他说成爸,这是你的柴么,差点整我一扑趴。

李成没看清是谁,但听出声音来了,哈哈笑,说:"该背时,哪个叫你黑天瞎地还到处跑。进屋哦。"

桂平昌说不进屋了,这么晚了。

李成过来拉。这证明他做了好吃的。乡里人,有了好吃的才拉人进屋。

桂平昌挣了两下,就顺从了。

屋里亮一块暗一块。在亮处,邱菊花左手端着个深灰色陶钵,右手正揭开罐盖。肉香如蜜蜂出巢,成团成块,很快就弥漫开。

"平昌啊?坐。"邱菊花说。

说话时没耽误手上的活。一大钵洋芋炖腊猪蹄,放在了白炽灯下的饭桌上。钵里冒出的白烟,比灯光还白,灯光的白照不透白烟的白,屋子里像蒙了层纱。

随后邱菊花又去挂锅儿,准备再炒个菜,李成拦住了:

"不炒了,平昌又不是外人,你抓把花生出来,我们叔侄俩将就下酒。"

他这样说,并不是表明他跟桂平昌有多亲近,任何乡邻去别人家里吃喝，女主人客气，男主人都会说：某某又不是外人。

桂平昌并没坐下，装了老娃蒜的花篮还背在背上，像随时准备离开的样子。李成从背后抓住花篮，朝后一扯。客气也就到此为止了，再客气就生分了。桂平昌听话地脱了背绁。这其间，邱菊花已往洗脸架上的瓷盆里倒了水，叫桂平昌洗手。洗罢手，李成早提出半胶壶白酒，往两个土碗里各倒了满满一碗。

除了高兴，李成没有任何反常的地方。

可是他为啥这么高兴呢？

桂平昌正疑惑，李成自己说了。原来，李奎在监狱里发明了个烟灰缸清洁器，得了积分，将减刑半年。桂平昌不相信发明个那玩意儿也能减刑，他想起八月二十九他上草树那天，李成两口子跟"鬼脸"商量的事：请"鬼脸"的妻侄儿去给李奎所在的监狱领导送礼。那天他们虽然说得小声，但桂平昌隐隐约约是听到的。说不定那个才起作用。他没点穿。听说李奎减了刑，他也高兴。是真心实意的高兴。并非喝了李成的酒，吃了李成的肉，而是因为今晚的气氛，让桂平昌铭心浃骨地感觉到，在这日渐败落的村子里，能有个人回来——不是从杨浪的声音里回来，而是真真实实地回来，

227

连骨带血地回来，是件多么好的事情。

以前，桂平昌从没注意到李成的老，他总是那样肝精火旺，让人忘记了他的年龄。今天夜里，桂平昌发现，李成脸上的皱纹，像虫蛀了的丝瓜叶，隔着张小饭桌看他，也只能看见皱纹看不见脸了。他老了。邱菊花也老了。这么老的两个老人，却在等着儿子出狱，为儿子减刑半年高兴。

桂平昌有了一丝酸楚。

不过他再怎么分神，心思都离不开凉水井，离不开苟军和苟军的尸骨，也离不开那笼红军果。他想着这些，夹一块洋芋塞进嘴里。

人心真有神秘的通道，桂平昌正想着苟军，李成突然问他：

"你晓得苟军么？"

洋芋太烫，他舌头一顶，吐出来，吸两口冷气，才说：

"他不是去了塞拉……啥么。"

他本来想小声说，结果说得很大声。

"哼，狗屁！"李成脖子一扭，脑壳一摆。

桂平昌用筷子夹着那块洋芋，夹成了花花儿，还在夹。

李成端起酒碗，往天上一举：

"喝呀。"

桂平昌说我不喝了,我喝多了。

李成脸一浸:

"你平昌的酒量我还不晓得!你把那点干了,我再给你倒半碗。"

桂平昌手上在动着,嘴上在说着,脑子里其实是一片空白,叫他喝,他也就喝了。

李成把酒续上,又才说:

"苟军根本就没去塞拉利昂,他是进了北方哪里的黑厂了。进到那种地方……十多年哪,他多半早就死了!"

邱菊花刨几口饭,接过丈夫的话:

"我以前说我们的命孬,结果苟军的命更孬,没得后人不说,还死在天远地远的地方,咋死的都不晓得,连个尸形也见不到。"

"这个话我是早就听说的,"李成说,"我没传,也叫她莫传。我是想,张老婆婆死那年,我们去叫你跟国秀把巷子腾出来,国秀说,如果苟军回来,不问缘由,就会怪在你们头上。她说得对。我怕把苟军死了的话传出去,万一他命大没死呢?——当然肯定死了,我是说万一——将来又要找你们的麻烦。这话我只说给你。我是喝了酒,没喝酒,连你我也不说。"

229

桂平昌咂着酒。把那半碗咂尽了，李成又倒。

"成爸你硬是要把我整醉么？"他说。

李成说你醉不了的，我给你倒最后半碗，这半碗喝了，你想喝我也不给你了。

酒液潺潺而下，桂平昌用一根指拇顶住壶嘴底部，其实并没把壶嘴往上抬，让李成倒。结果倒了大半碗。倒上了就喝。他尽量压抑着，但水装在罐里，一摇也就活泛。他满心感激地想起十多年前在兽防站碰到的那几个人，那几个人或许不是人，而是天神下凡，他们出现在那里，只是为了给他桂平昌指明出路。

苟军去了塞拉利昂，浇灭众人的猜疑。这就是桂平昌的出路。

但还不是最好的出路。这条路上有瑕疵，有后患。苟军死在了黑厂，彻底断绝了他回家的路，才稳妥了，才把一切问题都解决了。

两个消息，都是李成带回了千河口，这对桂平昌太重要了，如果那些消息只流浪在远方，对他桂平昌是没有任何意义的。几十年的相处，让他知道李成不是天神下凡，李成的"包打听"，很多时候还让他瞧不上，认为过于无聊，因为他觉得，人活一世，根本用不着知道那么多消息。可李成打探消息，不是为了知道，而是为了传播，让听的人各取所需。这就好比赶场天的集市，羊子兔子、鸡子鸭子，什么都有，张三李四带了自己想要的回去，就是热气腾腾的生活。

李成也给了他桂平昌热气腾腾的生活。

最后大半碗酒，喝得很慢，是因为话比酒多。

下席过后，尽管已经很晚了，桂平昌还跟李成摆了好一阵龙门阵，才道过谢，起身回去。

四八

回来得恁晚，还在别人家把酒喝了，饭吃了，却一个信儿也不给，陈国秀饿着肚子等到夜深，心里的那个气，自不必细说。

仿佛是为了赎罪（其实是心里喜），陈国秀吃饭的时候，桂平昌既不干活，也不抽烟，只坐在饭桌上陪她。陈国秀觉察到异样，想问，又懒得问，但她还是感到一丝欣慰。

奇怪的是，越是欣慰，一直折磨着她的"空"，空得越沉。

她这才知道，有些时候，空和沉是一个东西。

空得有多厉害,沉得就有多厉害。

桂平昌看不出她的空,但看得出她的沉。她筷子都没拿整齐,刨饭时一根筷子插进嘴里,一根筷子撇在嘴角。她在想啥呢?是什么事让她沉的呢?家里的粮食,比去年多收了七百斤谷子、四百斤苞谷、一百斤油菜。外面的儿孙,都过得好好的,小儿子贞学现在跟着哥哥,哥哥贞强在帮一个山东去的老板炒干货卖,勤学肯干,为人诚实,老板很喜欢,还说贞强是福星,让他的生意越做越红火,添人手的时候,贞强提出让他弟弟来,老板二话没说,就答应了;两个女儿的娃,读书成绩好得很,在各自的班上都是前几名。

你还有啥事吊在心口上下不去呢?

这么多年来,桂平昌从没想过在那些不堪的夜晚,他是怎样在掐她、咬她。

更没想过这么多年,他和她是如何变成了没有性别的人。

他只是想到了另外一件事,另外一个人。

事情不想去说,人还是那个人。

要把那件事告诉她吗?桂平昌问自己。

酒精并没让他昏头,他觉得还是不告诉的好,"发现"苟军的白骨没告诉她,苟军"肯定"死在了黑厂,也不要告诉算了。李成的嘴那么叉，都能把这事包住，他当然更能够包住。何况李成还特别强调，他只说给了他一个人，意思是提醒他不要说给第二个人，自然也包括不要说给陈国秀。在桂平昌这方面，不是不相信陈国秀，是怕陈国秀说给了陶玉，陶玉说给了吴兴贵，吴兴贵编进了歌里。他越来越厌烦听到吴兴贵的歌声。吴兴贵似乎并没有编派过他什么，但他觉得，十八九年来，吴兴贵唱的每一句，都是在编派他。

他很希望别人知道苟军死在了远方，但要是被人传，被吴兴贵唱，他又认为是对自己的冒犯。这其中的曲折，他没想过，真想，也想不明白。

总之是不告诉陈国秀的好。

真要告诉，也不通过他的嘴，让李成说出去好了。秘密那东西，就像抽烟，不抽第一支，也就不会有第二支，只要抽开，就会上瘾，就会接二连三地抽；把秘密咽下，任何人都不说，慢慢也就烂在了肚子里，一旦说给人听了，它就接收到了阳光雨露，茁壮成长，长成大树，撑得你受不了，就要说给更多的人听。何况是李成呢！李成已经说给了他，绝对还会说给别人。只要再说给一个人，千河口就会尽人皆知。这样一来，事情只发生在远方，千河口什么事情也没有发生。

桂平昌不再担心凉水井洞口上方多出来的那笼红军果了。

那或许只是一种凑巧。这片林子，下半坡属千河口村，上半坡属陈家塆村，陈家塆人出动，走得特别远，捡干柴和菌子，下到千河口是常事，千河口人不大往歇凉石那边去，特别是柴山主人鲁家离开后，更少人去，但陈家塆人就说不准了。很可能，某个陈家塆人到了洞子上方，捡到一笼被虫蛀断的红军果，嫌它刺多，加上捡到的柴禾已足够他背，就把红军果扔在那里了。很可能是这样的。

没有什么事了。

真没有什么事了。

于是，桂平昌把他的全部心思，用来对付妻子的"沉"。对付的手段，就是像陈家塆人一样，在绵延起伏层峦叠嶂的山岭间，爬坡上坎，走越来越远的路，挖回那些深藏在丛林和崖壁上的山货，并尽其所能，为陈国秀做好吃的。

可让他迷茫的是，他的不辞辛劳似乎并没进入陈国秀的眼里。陈国秀打理那些山货时，依然爱惜，摘、洗、晒，都含着温情，一丝不苟，她面对着植物，温情也是植物般的温情，眼睛一旦离开，那温情也就不再开花，不再发出香气。

温情萎谢了，只剩了枯枝败叶。最让桂平昌不可解的是，她吃饭，好像只是为了活着，以前她有喜欢吃的，现在没有，现在吃啥都行。

桂平昌无法对付了。

日子早就是这样过的，如今桂平昌才发现。

待他发现的时候，已经凝固了，变成铁了。

要是她知道了苟军死在黑厂的事，会有什么反应？

桂平昌相信，她总会有所反应的。

不管什么反应，有就好。

桂平昌等着李成把那个消息传扬开。

让他惊讶的是，那个消息像是死了，再也张不开嘴。

那么热衷于传播小道消息的李成，果然信守诺言，只说给了他一个人。

四九

秋光捧出它最后的艳丽，因时日不多，便艳丽得近于挥霍。桂平昌跟夏青和杨浪一起，成为追逐秋光最勤快的人，也就是说，桂平昌比以前还要勤快，能赶上夏青和杨浪的勤快,虽然他们各有各的勤快。跟前些日一样,无论走哪条路,桂平昌最终都要去凉水井,每天去。苟军死在外面了,咋死的都不晓得,连个尸形也见不到,被他杀死的苟军,只是苟军的影子。

虚幻的影子,留下一具真实的白骨。

这架真实的白骨,已不能对他构成任何威胁,警察、监狱、枪子儿,离他比塞拉利昂还要遥远。尽管他从李成那里听来的消息并没传开,他也无所谓了。如果到了某一天,李成终于忍不住,或者邱菊花忍不住,又说给了另外的人,被吴兴贵编到歌里去唱,他同样无所谓了。他现在无所谓的事情越来越多了。

十月二十四日这天,桂平昌去拐枣梁找山货,走过柏树垭口,又听到吴兴贵唱歌。不是新歌,是那回帮他们打磢时唱过的老歌:

日子长长如绞索,
一索索子捆了我两个!

歌声还没收尾,陶玉就嚷:
"莫唱了!"

声音奇响，哭腔哭调又火气十足。这是从来没有过的，至少桂平昌从没听到过。他们的比试和较量，历来都是秘而不宣的，何况在比试和较量当中也充盈着快乐，哪怕是快乐过了头的那种快乐。

陶玉是怎么了？

这只能证明，她也不想听吴兴贵唱歌了。

或许陶玉早就不想听了？

打磙那天，吴兴贵这么唱的时候，陶玉并没甩头发，也没打抿笑。当时陈国秀正转过头吆鸡，没注意到，桂平昌却是注意到的。没甩头发还可说，陶玉双手拿着扬杈。没打抿笑就不正常了。因为以前听吴兴贵唱歌，她总是抿笑，她那像是大风在吹、有事无事朝一边斜的眼睛，跟着她的嘴角一起笑。

可那天没笑。

不仅没笑，还锁了眉头。

如果陶玉也不想听，吴兴贵还唱给谁呢？

着实的，吴兴贵的歌声稀薄了许多，特别是最近这些天。

他们买了牛，该是更加欣欣向荣地过日子，吴兴贵的歌声反而稀薄了。

看样子，要不了多久，他就会变成只说话不唱歌的人。

林翠芬不唱，是因为她到别处唱去了，后来听说，她被夫家揪回去，没过多久就被折磨死了。吴兴贵还好好地活着呢！

不唱歌的吴兴贵，虽然活着，却啥也不是了。

只是一个比他桂平昌还老的老头儿……

想到这里，桂平昌心里涌起一种悲伤。这悲伤来历不明，因而不锐利，不猛烈，只是岚烟一样弥漫。岚烟越来越稠，变成了雾。他看不见什么了。山空了。他扭了一下脸，鼻子里哼一声，像在跟谁赌气。他还以为自己什么都无所谓了呢。

他的心又乱了。

自从发现了那个洞子、那架白骨，他的心从来就没齐整过。费了很大的力气和很长的时间梳理，以为理顺了，也真像理顺了，结果一个说不出来由的念头，就又让它凌乱不堪。

那天，桂平昌没上梁去，他从柏树垭口横过去，到了松林塆，从松林塆到了牯牛岭，从牯牛岭下了大地塆，再钻过密匝匝的青冈林，便又到了凉水井。

他花篮里一根草也没装，到凉水井附近也挖不到什么了，就干脆丢了那份心，在歇凉石上歇下来。时间尚早，阳光从清爽了许多的枝叶间往下泼，在洞口形成一道光的瀑布，微微泛红。依旧葱绿着的马儿芯草和牛马藤，成为瀑布的背景。绿色和红色，融会成一种颜色。

除了他桂平昌，谁又知道在这么好看的瀑布背后，藏着一架白骨！

一个拥有秘密的地方。

一个拥有秘密的人。

这个地方和这个人，融会成一种物质。

于是他成了秘密。

桂平昌成了秘密。

与他这个秘密相比，说苟军死在了黑厂，还算什么秘密呢？

他比李成承受得更多，多一万倍。李成守住的，本来就算不上秘密，何况他并没守住，他毕竟告诉了桂平昌，告诉桂平昌的时候，邱菊花也在场，邱菊花不惊不诧，证明他先就告诉了她，而桂平昌却不能告诉任何人，包括陈国秀。拥有秘密的人生是狭窄阴暗的人生，你只能被秘密牵着走，越走越窄，越走越阴暗。

更让桂平昌难以承受的是，日日夜夜，他都被那架白骨盯着。

白骨想揭开他这个秘密。

让白骨揭开，总比让活人揭开好。他怕的不是白骨，而是活人。既然这样，何不如满足白骨的心愿，让白骨和他自己，都轻松下来。

于是他站起身，走向沟道，爬上乱石。

红军果在上方，从下面往洞子里钻，妨碍不了他。只是藤蔓碍事，绷紧的绳索一样。他用力扩开几根，再将草叶一撩，垆缸样的洞口就显现出来。

气味再不像金属那样坚硬，可能因为他上次进来是夏天，这次是秋天的缘故。光线也更暗了，上次他是把洞口的蔓草除掉后才进来的，这次只将草撩开了。虽如此，刚钻进洞子，他就看见，跟七月末那天一样，白骨一动不动地躺在那里。

他没有任何犹豫，勾着腰，径直朝白骨走去。

五十

"你又来了？"白骨说。

死人不说话，是死亡赋予人的美德，可这架白骨，连死亡也不能教给他美德。

既然问了，桂平昌只好回答。桂平昌说我又来了。

白骨笑了两声：

"我知道你还会来。我才是你的必经之路。"

桂平昌不喜欢听这话。这话太过正确，正确得让他无处逃匿。

"还站着干啥？躺下呀！"白骨说。

桂平昌有些不情愿，但还是傍着白骨躺下了。他们成了头并头同床而眠的兄弟——真正的兄弟。全部区别，就在于一个有血有肉，一个没有。有的那个是暂时有，没有的那个是曾经有。地上覆着沙砾一样的东西，粗糙得硌手，那是腐烂脱落的皮肉么？皮肉脱落了、腐烂了，可是衣服呢？衣服不至于烂得这么干净。

桂平昌又陷入回忆。他想起来了，那天苟军没穿衣服，他跑向茅厕的时候，是光着上身的。千河口人把光着上身叫打光巴子，那天夜里，苟军就打着光巴子。但他穿着裤子，刚把裤子褪下，杀身之祸就已降临。是桂平昌把他裤子提上去的，帮他提裤子的时候，还碰到了他肥大的屁股，那屁股传递到桂平昌手上的感觉，至今还在，如同不可治愈的灼伤。

但在这山洞里，也没留下裤子的形迹。

"你的裤子呢？"桂平昌问。

白骨不言声。可能他是觉得，对一架白骨而言，追究一条裤子的去向实在毫无意义。其实桂平昌也是这样想的，便不再啰唆，只在苟军的头颅周围摸。听人讲，头发最不易腐化，他是想摸到苟军的头发。同样没有头发的形迹。

这倒不奇怪，埋进山洞跟埋进土里，到底不同，野兽钻不了土，却可以出入洞子，那些临产的兽类，很可能把苟军的头发，包括裤子的碎片，都叼走了，做了自己新生儿的产床。

他想问白骨是不是这样，可白骨傲慢地空着眼睛，空着鼻孔，露出长牙。

他显然不想回答任何问题。

他现在探究的是桂平昌的秘密，要回答，也是桂平昌，不是他。

桂平昌明白这层意思，但他磨磨蹭蹭的，拖延着。他把自己的头顶跟白骨的头顶对整齐，再手肘着地，撑起半个身子，看两人的脚。他的腿竟比白骨的还长。这是不对的，苟军比他高三公分，有他俩中学时候的体检表为证，当然，后来都长了个子,但那一点差距,始终没填平,也没怎么拉大。十九年前那个初秋的夜晚,苟军从背后锁他的喉,他的刀朝斜上方砍,也能感觉到那点儿差距。

他觉得是自己穿着鞋子的缘故,便又把鞋子脱了。一双黄胶鞋,本也占不了多少尺寸,他又没穿袜子,因此鞋子脱掉后,白骨的腿还是比他的短了一截儿。

看来不光是鞋子,还有皮肉,他长的是那点皮肉。

白骨旁若无人,一言不发,看他磨蹭到几时。

桂平昌自己扛不住了,他知道白骨不是要跟他比长短,而是要听他说话。

于是他就说开了。

五一

他说苟军,你死过后,村子里走了好多人,都差不多走空了,现在东边院子,只有杨浪跟夏青,我们老二房,只有我跟吴兴贵,西边院子多一户,是李成、蒲传进、许文都。除了走的,还有死的,九弟死了,贵生死了……你不想听这些么?你不要急,听我慢慢说。我刚才说九弟死了,贵生死了，还有张大孃也死了。

说到张大孃，桂平昌略略抬头，看着白骨。

白骨的脸上罩过一片悲伤的阴影。

是张大孃的死让他悲伤，桂平昌想。

张大孃把谁都叫乖儿，张大孃是千河口所有人的母亲。

既然白骨想听张大孃，桂平昌就专门说她，从她捡回那口彩釉坛说起，一句不漏地说。那是九年前的五月初二，张大孃去扯伙岩捡干柴，在岩堑里发现一口遍身开着映山红的坛子，她把坛子背回村，在院子里收拾，启开盖子，倒出了一堆小孩骨头，头骨出来时，后脑朝上，张大孃伸出瓜瓢似的手，将它拾起，放正，让脸朝上。那孩子像在哭，又像在笑。哇哇大哭，哈哈大笑。全村人似乎都听见了他（她）的哭声或笑声，都跑来看，都劝张大孃把骨头装回去，把坛子还回去，但张大孃没听。她需要个坛子腌咸菜。可是谁知道呢？说不定她另有想法。她默默地进屋，抱出一口扁平木箱，又在木箱里铺了两件半旧衣服，将骨头放进去，头骨搁在正中，并用衣服裹了，箱子关上后，再抱进屋去，在她床头柜上放了七七四十九天，才背上山去，将那小人儿埋了。

"你晓得的，"桂平昌对白骨说，"张大孃爱一个人嘟囔，走路、干活，她都说个不停，像在跟看不见的熟人说话，站到她背后去听，又听不清说些啥。她心目中的熟人，很可能都是死人了，她说的那些事，我们再也听不懂了。张大孃实在太老了。她那么爱独自说话，可自从有了那口坛子，她在外面不怎么说了，回到家才说，跟那个小人儿说，小人儿的骨头埋了，魂还在……"

她是把那小人儿当成了自己的孩子么？

张大孃是个孤人，可年轻时候，她也曾怀过孩子，年轻到什么时候？年轻到她还是个姑娘的时候！当时她早说了婆家，她婆家在河下游的尹家沟，她跟尹家沟的那个男人，只在订婚那天互相瞟过一眼。这意思是，那个男人不是孩子的父亲。谁是？不知道。至今也不知道。在清溪河流域，尹家沟算是富庶地方，男人不愁娶不到媳妇，但未婚妻没过门，就莫名其妙大了肚子，大得遮瞒不住，山里山外传扬，尹家觉得自己的祖宗都被扇了耳光。虽如此，却不是断然退婚，而是放出话来：只要张学珍（这是张大孃的名字）说出是谁作孽，就还是娶她。但她就是不说。她父母把她吊在挑梁上，打得晕死过去，醒来后照样不说。

要不是旁人劝，还不知道要把她打成啥样子。劝的人提醒：

"你们以为她把人说出来，尹家当真就要娶她？我看不一定。尹家多半只是不服气,心里恨她,叫她说出来后再丢开她,让自己解气。"

那或许才是真实的结局。想一想,尹家何必非要娶她?她人长得齐整,做事利索,这都是事实,可出了那种事,齐整和利索即使还算好处,也无非是掉进烂泥坑里的草绳子,你再想要,也不会弯了腰去捡起来。

然而,就算毁了那门好亲,当父亲的还是想知道,他偷偷把砍人的刀都磨好了,利用各种办法让女儿开口。可女儿只朝他下跪,绝不开口。

那件事成为千河口的谜,也成为千河口的伤疤。

据说那孩子是生下来的,但生下来就消失了,是男是女,张学珍也不知道。

她终身未嫁。要嫁的话她照样可以嫁,后来好几次媒人上门,说的人家虽远不如尹家,但也还过得去,但是父母都挡了。他们怕女儿去别人家受苦。

漫长的岁月,张学珍送走了她所有的亲人:她的父母和弟弟。弟弟比她小了将近十岁,却比父母还先走,媳妇都没来得及娶。漫长的岁月,也让张学珍变成了张大孃——千河口所有人的张大孃,甚至千河口所有人的母亲。

在杂姓聚居的千河口如果也分出了辈分,这辈分只对两个人失效,一个是杨浪,另一个就是张大孃。

这些事苟军是知道的。像桂平昌和苟军这个年龄的人,都隐约听说过张大孃的那些旧事。但桂平昌现在面对的不是苟军,而是苟军的白骨,于是他也大致讲了一下。边讲,边看白骨的反应。白骨听得很入迷的样子。为什么听别人的秘密,哪怕是公开的秘密,都是这般入迷呢?连一架白骨也不例外!

"抱回那个坛子没几个月,张大孃就死了。"桂平昌说,"她不是像有人讲的那样冲撞了阴魂死的,她是主动死的。你晓得张大孃爱给自己烧纸,你死以前就那样,你死过后,她又给自己烧了三年。不过最后一次给自己烧纸的前一天,她去找了支书。这事情我是后来才晓得的。那时候是任志星当支书,任志星过后是冉从勤,冉从勤过后是刘纪,刘纪过后是杨明中,杨明中过后是李世广,李世广过后是桂承伍,都是当一年半载,就出门打工去了。桂承伍也打工去了,八九百天没露过面,但书记还是他,虽然出门之前他就说过不当,可你让谁当呢?村里的男人,杨浪最年轻,未必叫杨浪当?村里的女人,夏青最年轻,未必叫夏青当?最近两三年,夏青变得多了,不晓得是心厚还是心焦,从早到晚,她屁股后头像挂着根鞭子。听陶玉说,那天她见夏青洗头,头

247

发一把一把地落。"

桂平昌的声音小下来，小到没有，像在想象夏青的头发一把一把掉落的样子。

白骨咕哝了一声，桂平昌连忙把心思收回来。

"张大孃死的头一天，去找到任志星。她把一个手帕交给任志星，手帕里包着两百块钱。她对任志星说：'等我死后，你请几个人把我埋了，我的大料是三十年前就备好的，放在卧房里，用两铺草席盖着，掀开草席，再掀开盖板，把我装进去就是。这两百块钱，你割些肉，打些酒，请埋我的人好生吃一顿。乖儿呢，麻烦你了。'任志星说：'你身体好得很，还要活万万年，着啥急？钱你拿回去。你真的有个三长两短，百年过后，未必我们不埋你？'任志星坚决不收，张大孃就把钱拿回来，放在了枕头旁边。第二天，她为自己烧过纸，就躺到床上去死了。她脸色平静，绝不是喝药死的，只有一天时间，也不会是饿死的。简直不晓得她是咋死的！好像她觉得自己可以死了——这回是真的可以死了，就死了。"

为张大孃安排后事，村里出了钱，但任志星本人并没出力。这不怪他，他自己也遇到了麻烦事。那天张大孃去找了他，他就接到电话，是儿子的手机，但说话的是个陌生人。

乡里人最怕接到这样的电话,这证明在远方打工的儿孙,不是受了伤残,就是遭了绑架,甚至更糟。任志星接到的电话也不出意料,是远在湖南的儿子受伤了:有辆车坏在斜坡上,司机是新手,毫无办法,他儿子就拿着扳手钻到车底下去,帮忙修理。哪知道车会自己向前滑呢!幸好是从腿上滑过去的,只把腿轧断了。任志星听说,衣服裤子都没换,就下山去了湖南。

这些事要不要给白骨说?

不说算了。白骨好像只喜欢听张大孃的事。再说任志星虽没出力,却不仅答应村里出钱为张大孃办丧,张大孃留下的两百块他也没动,他从湖南回来后,陈国秀把两百块钱交给他,他又交给陈国秀,说你们住得近,拿这钱给张大孃烧些纸吧。陈国秀就上街买了一背篼纸来,为张大孃烧了七,又上了三年坟,直到如今,每年春节还去为她上坟,每年春雷响起之前,还去为她打扫墓地。

这些事更不能说。作为独子,苟军死后就没人照管他家的坟山了。之所以响春雷前要打扫墓地,是因为春雷一起,百虫苏醒,有人去坟上收拾,百虫在梦里就会知道:那地界是有主的,不能去那里张狂。所以提早打扫过的坟,可以长草,不会生虫。但苟家的坟山就难讲了,说不定都成田鼠

249

窝了。

这也不说那也不说，说来说去都只说张大孃，桂平昌才感觉到，他说的话，不是说给白骨听，是说给自己听。他不厌其烦地说着张大孃，是他自己想说。张大孃的一生，又单薄又丰厚，就像千河口，就像老君山，晃眼看去没什么，走进山里，才见明处的累、暗处的伤，也见百花怡人、千果养人。

五二

桂平昌本想再说说发现张大孃死在床上的事——他是觉得，张大孃的好，连死神也知道。死神很有耐心地等张大孃穿上寿衣，为自己烧过纸，再安详地躺到床上去。死神给没给她留出时间想些事，比如生前的事和死后的事，就不知道了。张大孃是有很多事要想的，特别是"那件事"和"那个人"，影响了她的一生，她真该想一想。但不知道死神给她留时间没有。桂平昌和陈国秀进去时，看到的就是死后的张大孃。"那个人"是谁呢？这个秘密，张大孃守了一辈子，现在她不必再为拥有秘密所苦了。卧房里发出干灰和干果混杂的气味。那是她寿衣的气味。那寿衣压在箱底儿怕有十多二十年了,也可能大料割好她就备上寿衣了,那就有三十年了,光阴是长着嘴的,啥都吃,连颜色也吃,张大孃寿衣上的黑,就被十多二十年或者三十年的光阴吃了,黑得都有点发白。

桂平昌本想说说这些,却听到白骨发出一声沉重的叹息。

听到这声叹息,桂平昌才猛然醒悟:在一架白骨面前,他是不是说得太多了?又是人骨,又是死亡,又是大料,又是寿衣。特别是大料和寿衣。身边这架白骨死的时候,可既没享受到大料,也没享受到寿衣!

当桂平昌闭了嘴,白骨也不再叹息,洞子才真正还原为洞子,有着地层之下深不可测的静谧。这是不是一种逃避?桂平昌觉得,躲到如此静谧的地方,真的像是逃避。这么说来,苟军已经逃避多年,他以自己的死,逃避生的义务。当然这不能责怪他,他的死是被动的。他很想活下去,否则就不会因为害个拉肚子的病,就慌忙脚手去鲁凯那里弄药。谁不想活呢?活着是多么美好!只有活着,才会有未来。人就是为未来活的。人不能只为现在活着,只为现在活着,根本就活不下去。有人以为有了今天才会有明天,错了!对人来说，有了明天才会有今天，没有明天，就没有今天。

桂平昌很想说说这个道理。

可说这些比说大料和寿衣还忌讳。

苟军已经死了，早就死了，死人既没有明天，也没有今天。

好在不管活着还是死去，都在同一片土地上。

那就说说这片土地的好，说说他桂平昌是多么爱这片土地。

"苟军哪，"他深情地说，"我们两个都没离开过家乡，有人说你去了塞拉利昂，又说你去了北方的哈黑厂，那都是瞎说。只有我才知道你没有离开过家乡。我们都没有离开过家乡。没离开过，我们就不知道什么是家乡，就像我们生来就在田土上劳动，就从不说劳动这个词。家乡是离开家乡的人说的，劳动是不劳动的人说的。我们把劳动说成做活路，不卑贱，也不高尚，那无非就是我们的日子。我们把家乡说成家，老君山是我们的家，千河口是我们的家，老二房是我们的家，我们住的那个房子是我们的家。我们把家乡简化成家，是因为我们站在近处说话，站在家里说话，我们自己就是家的一部分啊苟军。"

他停下来，等着白骨的回应。

白骨没有回应，只一脸迷惑。

这东西，多半是听不懂我说话，桂平昌想。

念初中的时候，全班六十一个人，桂平昌基本上是第二名，苟军总是第六十一名。桂平昌除了听老师讲课，还去茶馆听学长说书。那学长当时念高中二年级，后来到武汉读大学去了。因为学长上了大学，桂平昌觉得，自己从茶馆听来的，也更高级，更有学问。而躺在身边的这家伙，活着时只有一身蛮力，死去后只有一身骨头。

他根本听不懂我说啥，桂平昌又想。如果不是家里穷，我也读高中去了，读完高中也读大学去了，读了大学我就能吃国家粮，能当干部，我当了干部你苟军还敢欺负我吗？那时候你就不敢了，你见到我回村，老远就过来递烟，狗没朝我叫，你也把狗赶开，你本来比我高，却弯着腰，曲着腿，故意变得比我矮，只有变成这个样子，你才敢跟我说话。你不敢叫我名字，也不敢叫我老同学，只敢叫我的职务，我是镇长你就叫我桂镇长，我是县长你就叫我桂县长。当桂镇长或桂县长回村，你有火烙脖子的活路，也丢得下，专门陪侍我。我站着你就不敢坐，我坐下了，你也不敢跟我坐在同一根板凳上。你听我说话，我说啥你都点头，都笑。你把脸都笑烂了，把脸笑成一泡牛屎了。然后你斗胆对我说：

253

"桂县长，我给你反映个情况。"

"嗯，啥情况？你说。"

"别处的公路都修通了，我们千河口还没通公路。"

这简直是废话，别说我做了县长，就是只做了镇长、股长，老家怎么可能不通公路？不仅通了主路，还会弯来绕去，把路修到我的祖坟跟前。

你其实没有什么情况要向我反映，你只是在我面前做小伏低罢了。

唉，这些事就不说了，留到来生去说好了。

现在说的是怎样爱这片土地呢。

"苟军哪，我们这老君山土层薄，还总是遭灾，远的不去讲了，你我醒世过后，老君山就遇过好几场灾荒，不是风灾就是旱灾，可是我们说灾荒的时候，从来只说人遭了灾，不去想想人为啥子遭灾。那还不是因为老君山先遭了灾！老君山的树倒了，鸟窝吹到天上去了，或者，花草树木被晒死了，田土开了裂。尽管这样，她不照样养活了我们几辈人？我说老君山是我们的爹，是我们的妈，你同意不同意？"

桂平昌转过头，看着白骨，看他同意没有。

他看见的，是白骨脸上浓稠的忧伤。

一架白骨的忧伤，真是忧伤到骨子里去了。

他并不明白白骨忧伤的缘由，只是受到了深切的感动。所有的感情里面，忧伤是最好的感情，这一点，发了财的杨峰和刘志康不一定知道，老君山上上下下那些念过大学的后生，也不一定知道。

桂平昌的话并没说完，但他又怕继续说下去，让白骨更加忧伤。

不说，又静得慌。

他想听听白骨的意见，于是问：

"还需要说吗？"

白骨像是震彻了一下，把忧伤拨开，又恢复了傲慢的样子。

怎么能不说呢？

白骨最想听的话，桂平昌一句也没说出来！

五三

对此，桂平昌自己也心知肚明。

在那个遥远的夜里，桂平昌背着死去的苟军，一路说着话，来到凉水井。他说了那么多话，但归结起来也就一句话：他没有对不起苟军的地方。

当真没有吗？

事实上也可能有。

好像有。

比如，在普光中学毕业的前夕，有天中午，苟军在寝室打一个同学，那同学名叫黄家祥，苟军为什么打他，桂平昌并不知晓，他回寝室的时候，见黄家祥拿着块砖头，站在两排通铺的过道上，跟苟军对峙。这让他极为振奋。在场的有十来个同学，个个都很振奋。苟军打人，历来都是任他打，打过后悄悄暗算他，谁敢当面跟他对峙？苟军与黄家祥相隔两米左右，他对黄家祥说：

"放了，你把砖头放了！"

黄家祥不放，他又说：

"放了，放了我就不打你！"

连说三声，黄家祥就放了。然而，砖头刚离手，苟军双手往铺上一搭，飞起来踹向黄家祥。也不知是地板上太润清，他蹬腿时打了滑，还是他没跟何屠户把功夫练到家，手臂劲道不足，他的脚没踹到黄家祥，自己却摔到地上。

"嗒！"倒得四仰八叉。

心里乐呀！

桂平昌心里乐呀！

事情过去很久，桂平昌想起来，感觉还美滋滋的。那天苟军爬起来后，把黄家祥打得口鼻流血，耳朵也流血，可这与他桂平昌有什么关系？桂平昌只注意到苟军长条条摔在地上的样子，那样子能吃，能喝，比蜜还甜。

包括此前此后，苟军的衣服鞋子被扔进臭水沟，枕头也被扔进臭水沟，他都像喝蜜一样的甜。有天午后，只有他和一个名叫孙久辉的同学在寝室，孙久辉先去门口张望了，回过身拿上苟军脱在床上的外衣，反背着手朝门口走，大半个身子隐在门里，只伸出头到处看，看了不下五分钟，外面并没有什么动静，他却又拿着衣服回来，放在了苟军床上。为此，桂平昌还很不舒服，像吃了苍蝇。

可是他那天夜里说的是，苟军遭到暗算，他只高兴了一下，就像灯泡亮一下就断了钨丝，然后就为苟军难过，难过得那一点高兴也成了难过。

这不是事实。

事实是，苟军被暗算，让桂平昌高兴了很长时间。有时还高兴得发抖。

念书那阵，苟军确实没欺负过他，他为什么那么希望苟军背时？是为同学们打抱不平？桂平昌再欺心，也知道不是。

真正的原因,是苟军伤害过他。

那是幼小时候的事情了,那时候苟军没欺负他,却伤害了他。

苟军嘴里的油腥气,伤得他千疮百孔!

——我天天挨饿,很多时候还顿顿挨饿,饿得在梦里面哭,就像堂妹小翠一样,在我们悄悄喝南瓜糊糊的那个夜晚,在梦里面哭,每哭一声都是一个"饿"字。而你苟军不挨饿。不仅不挨饿,嘴里还冒油腥气。你嘴里的油腥气就像刀子。我故意跟你钻进同一个草垛藏猫,闻你的油腥气,同时也饮下了刀子。油腥气是软的,刀子是硬的,硬而锋利,在我的肠肝肚肺里划拉。油腥气吸进去就呼出来了,刀子却留在了那里,长长久久地留在那里。后来我不挨饿了,嘴里也能冒油腥气了,但那把刀子并没化成屎尿,它还是留在那里,还是朝我划拉。

这些事,你苟军知道吗?

苟军多半不知道。

苟军觉得,自己不挨饿,还能吃上油腥,都是理所当然的。

不知者无罪,这像是句古话,古话能流传到今天,应该有它的道理。但也要看是谁的道理。皇帝听说国中到处是饿死的百姓，奇怪他们既然没饭吃，为什么不喝肉粥？那个皇帝也确实不知道百姓是怎样在过日子，怎样在卖儿卖女地苦熬，难道他因此就没有罪吗？当满地界平民为买间房子住，要付出几辈人的辛劳，你却在宣称不花五六百元就吃不上一顿早饭，难道仅仅是无知吗？

桂平昌觉得，苟军不是无知，苟军是有罪。

"理所当然"，许多时候本身就是罪。

理所当然地不挨饿，理所当然地吃油腥，也就可以理所当然地欺负人。

这当中没有递进关系，就是自然而然的关系。

桂平昌偶尔也会想，苟军后来欺负他，很可能与那次在寝室的遭遇有关。那次苟军从地上爬起来，打黄家祥之前，飞快地瞟了一眼在场的人，桂平昌明显感觉到，苟军的目光在他脸上停留的时间要长些，要重些，要狠些。作为同村人，还是住在同一个院子的，他不该看到苟军的窘迫相。

看到了是他的错误，是他对不起苟军的地方。更不该在苟军看向他时，他那么不警觉，竟让兴奋在脸上暴露无遗。

这一点，桂平昌是认的。

"可是，你欺负我，打我跟陈国秀，也就算了，你为啥要骑在陈国秀的肚皮上,身子伏得那么低,还把手往她奶子上碰?"

说不定还碰了别的地方。

这是桂平昌心里的结。死结。他软弱,软弱得丢了自尊,但并非他就没有自尊。那句问话,他问过无数回了。此刻,跟白骨一起躺在山洞里,又再问一回。

可他还是只在心里问,并没说出声来给白骨听。

说出来也是他的耻辱。

平心而论,苟军不是色鬼。他年轻的时候,从没把任何一个"跑跑女"领进家门,起初倒说他自己有女人,先是孙月芹,后是那个过婚嫂,但孙月芹跑回娘家了,过婚嫂也跑得不见踪影了,他照样没把"跑跑女"领进家门。"跑跑女"进了别人的家门,他会跟村里人一样去看,也就是看个稀奇,那女人长得再好看,他也不盯住人家久看。再后来,他活着的时候,村子里除了夏青,还有好几个单身女人,包括后来去镇上跟孙剃头的儿子勾搭的郑兴梅,她们的男人在外地打工,长年不回,苟军要是色鬼,还不去裹?别的女人难上手,估计郑兴梅好上,但苟军从不做那种事,他自己没女人,他就饿,反正不做那种事。

在千河口,到目前还没有哪个男人做那种事。

当然，让张大孃孤独一生的那个男人除外——如果他是千河口人。他是吗？大家觉得多半是。那些年，千河口的眼睛都带着钩子，想把那个人钩出来。每一个男人都被怀疑，每一个男人都成了诱奸犯，因而男人们都不敢高声大气说话，不敢跟妇女开玩笑。直到桂平昌他们出生，张太孃的上辈和同辈人，一个接一个地老了、死了，千河口的男人才有了男人的样子，村庄才有了村庄的样子。

但究竟说来，那个人是不是千河口人，还说不定。后来的张大孃当年的张学珍，虽然没上过街，却是从十来岁起，就在山林里穿行，当时老君山共有三个村，除了千河口和陈家塆，还有望鼓楼，也就是吴兴贵买牛的那个村子，山林有界，人迹无界，就像山下的清溪河，从这个镇流到那个镇，你说是有界的，可水心里没有界。谁知道是在哪一片林子里，张学珍和那个人相遇了，而且爱上了。她打死不说出那个人的名字，用姑娘的名誉和一生的孤单，去护卫那个名字，并且一无所求，证明她是多么爱他。简直石破天惊。由此看来，并非所有秘密都会把人引向狭窄和阴暗，世间的有些秘密，放在心里，就是放着一盏灯。

那个被爱着的人，有福了。

在桂平昌眼里，千河口没有那样的男人。

也没有哪个男人去做"那种事"。

可苟军偏偏对陈国秀做了!要是那天秋华回得迟些呢?

苟军那样做,是故意针对他桂平昌来的,还是一时兴起?

这是一个问题,但不是关键问题。

关键问题是陈国秀不叫不嚷,起来还打了苟军一耳光。

在桂平昌看来,陈国秀打那一耳光,跟苟军骑在陈国秀肚皮上,还伸手去碰陈国秀的奶子,属于同等性质。他因此恨陈国秀,觉得陈国秀不要脸。他甚至觉得,许多时候,陈国秀去问苟军要理,不是真要理,而是要苟军打她。

陈国秀可是他桂平昌的亲人啦!

她未必不知道自己去让苟军打,会让亲人痛?

她不要脸,还不顾惜亲人痛,他因此恨她。

可要真恨,又恨不起来。

于是他把对陈国秀的恨,挖一条沟渠,暗暗引开,合流到对苟军的恨里。

但恨苟军又有什么意义呢?

他都成一架白骨了!

五四

　　这架白骨有血有肉的时候,也不是一点没有好处。他对父母有孝心,对师傅也有孝心,他师傅何屠户死的时候,他还去他灵前磕头作揖,披麻戴孝。他最大的好处,是对孩子不错。他和他父母不同,他父母自从听说孙月芹去跟别人生了孩子,见到村里任何人的孩子,都黑脸冻嘴,苟军不这样。自己不能让女人生孩子,他反而对别人家的孩子更亲。可桂平昌没想到他对桂家的儿女也亲,儿女给他打招呼,叫他"军爸爸",他答应得又快又热络。曾经,桂平昌特别担心他对自己孩子下手,甚至下毒手,千河口到处是高岩陡坎,真下了毒手,你连个信儿都不知道。结果他不仅没那样做,还要听秋月和秋华的劝。

　　想到这里,桂平昌侧过身,一把将白骨抱住了。

　　"苟军哪,我的兄弟呀,"他呼喊着说,"你晓不晓得,好些天来,我天天来凉水井,就是想多陪陪你。你死在我手上,其实我哪舍得杀你呀!"

　　呼喊声在洞子里碰来碰去,碰得头晕眼花,才终于找到出路,从洞口飞了出去。飞出去的只是声音,不再是话,破碎的"哇哇"几声，就消失了。

正是声音的消失，引起桂平昌的警觉。

听进山买树的城里人说，他们有回去县城以西的千峰大峡谷，走到一条狭窄的干沟，突然碰到两支军队，呐喊声、砍杀声、怒吼声、悲鸣声，震彻谷地。只有声音，见不到人，却吓得个个趴倒在地，面如土色。以为趴了十天半月，待声音过去，才发现只有一分钟，甚至只有半分钟。但他们眼里的世界，已不是一分钟或者半分钟之前的世界了，以前是真实的世界，现在是世界的幻影。这成为他们深入骨髓的病。他们把自己的所闻，报告给县里，县里先是不信，然后信了，并大肆渲染，因为千峰大峡谷是本县着力打造的旅游景区，他们说：在峡谷深处的弯月沟，能听见远古巴人和秦兵死战的盛大场面。但出于为游客考虑，加了条注：古战场上喊声震天，阴风扫面，血腥扑鼻，胆小者请慎重前往。

两千多年前的声音竟没有消失。

这么说来，世上没有什么会消失。

它们只是表面上消失。

但对桂平昌来说，两千多年实在过于漫长，漫长得虚假。他只关心他的声音现在是否消失。他放开白骨，蹑手蹑脚地走到洞口。

外面没有他的声音，也没有人。

声音听不见，有没有人却很难说。所谓没有人，只是针对他的视线范围而言。他只能看见前方和左右，看不见后方。后方就是上方。上方不是曾经多出来一笼红军果吗？尽管很可能是有人无意中扔下的，可万一不是无意而是故意呢？故意扔在那里，给杀人者明示：我来过了，我知道这里的秘密了。

桂平昌浑身冰凉。

他本来还可以想得更多一些，比如，那个丢下刺木的人，会不会跟他种马儿芯和牛马藤一样，是为了掩盖秘密？但他的思路不会朝那方面去。帮他掩盖的，只能是他的亲人，父母亲过世了，儿女也去了远方，他身边的亲人，只有陈国秀，而陈国秀还认为自己是他的亲人吗？——何况她什么都不知道。

他无所作为地让自己的身体凉下去，凉成了冷，冷成了冰，像这不是秋天，而是数九寒冬。

最好是离开算了。

但这时候是不能离开的。

再等一等，等那个可能存在的人离开了他再离开。

于是他又回到白骨身边，坐下来。

"躺下呀！"白骨说。

他又躺下了。

而且像开始一样，抱住了白骨。

"能不这样吗？"白骨很不乐意，"你弄得我周身冷透了。"

桂平昌这才知道，自己的身体比白骨还冷。

但他的手并没从白骨身上放下来，他实在需要白骨给予他的温暖。

"村子里人那么少了，"片刻的沉默后，桂平昌又说开了，说得很小声，像是对白骨耳语，"只剩七家了。很快就只剩五家了，蒲传进跟许文都，街上的房子都装修好了，只等走走气味，就搬去了。他们走过后，说是还剩五家，扳起指头数数，也就七个人。单数不成席，全村人加在一起，连一个席桌也凑不上。如果你在，就有八个人，就是双数了，就能凑成一桌席了。可是你不在了！"

白骨发出模糊的声响。

"你记得符志刚的儿子小栓吧，"桂平昌继续说，"他老是病恹恹的，后来病情好转，也打工去了，过些日子，父子俩很可能笼着钱回来，去镇上买房子，那样夏青也就走了。还有李奎，你不晓得，李奎鬼迷心窍，在苏州偷电缆，判了十年牢，现在已坐了七年多，那天听李成说，他发明了个家伙，减了刑，一两年过后，就能出来了。李奎比他爸还精灵，只要走正道，赚钱不是难事，把钱挣到手，他就会像刘志康那样，把爹妈接走。虽然李成说不想离开千河口，但李成那人是把握不准的。要是夏青走了，李成跟邱菊花也走了，就只剩四个人了。"

"你说的这些人，我都不认识。"白骨说。

桂平昌很伤心。是为死亡本身伤心。死了就是死了，这没什么好说的，死了就进入茫茫万古，把生前的人事都忘了。

但他还记得我，桂平昌想，还知道我到洞子里来过。这证明他恨我。人最不会忘记的就是恨，死了也不忘。

还有很多话桂平昌想说，可是他说不下去了。他只是在心里说：

"杨浪肯定不会走。吴兴贵跟陶玉两口子，大概也不会走。我呢，我也不走。可是陈国秀走不走，就说不定了。听贞强说，他们那边的农民工子弟校，越办越缩水，很可能再办一两年就会垮，进地方学校又难，到他女儿上学的时候，怕是只好送回镇上读书；如果是那样，陈国秀就必须去镇上照顾，就是一定要走的。陈国秀走了，就只剩三个人了，又是单数了。"

他把白骨抱得更紧些,心里默默地流着泪,默默地继续述说:

"苟军哪,我的兄弟呀,如果你没死,就还是双数,可是你死了!再过些年辰,我跟吴兴贵会死的。陶玉年轻些,可也见老了,她是点燃的鱼蜡,我们死后,她也明不了多久。杨浪那东西跟陶玉年龄差不多,但他这辈子耍得好,身子骨磨损得少,兴许要活得长些。幸亏有那东西活着,他活着,村子也会跟着在他的声音里活着。但他终归是要死的……他死了,千河口就不存在了!"

最后这一句,桂平昌是说出声来的,虽说得小声,却撕心裂肺。

白骨一声儿也没言语。

洞外,秋风追着秋风。

五五

"你好长时间没赶过场了,"陈国秀对桂平昌说,"今天去不去?你不去算了,我一个人去就是。我去把房子打扫一下。"

桂平昌"唔"了一声，陈国秀就走了。

望着妻子走下院坝的背影，桂平昌想，她的心已经不在千河口了。这些日子，她恨不得每天都是赶场天。上一场，她上街把他这几个月挖的山货卖掉后，去打扫了房子，哪用得着又去打扫？那不过是个借口。他本以为要等到贞强把女儿送回镇上读书，陈国秀才会离开，现在看来用不着等那么久。

自从卖了今年的新米，陈国秀就不再像先前那样，逼着他跟她一同赶场，每次出门前，她会问他一声，但每次都是他还没答言，她就帮他答了，而且前脚已经跨出一步了。这证明她是多么迫不及待。

不逼他有事无事上街，让桂平昌喜欢，但这也更叫他明白，对有些东西，妻子已经不在乎了，她人还没走，心已经走了，心走了，人迟早会走。看样子很快就会走。随她去吧，桂平昌想。他这样想一点也没有负气的意思。那只是意料之中的事情。对他本人而言，最揪心的问题已经解决。

陈国秀不逼他去，或许不是他想的那样，而是因为桂平昌近来变得特别有主见了。喝酒的时候，你叫他喝半杯，他必然喝一杯，你反过来叫他喝一杯，他偏又只喝半杯，即使那杯酒已经斟满,你那样说了,他也往胶壶里倒半杯回去。上山干活,你怕他摔跤,叫他穿布鞋把滑,他偏要穿胶鞋,你叫他穿胶鞋防稀,他又穿布鞋……赶场本来是件快乐的事情,不背重物下山,只空着手上街转转,更快乐(有重东西背,桂平昌会自觉地去),你逼他去,别说逼不去,就是逼去了,一路气鼓气胀的,烧心,那快乐就烧尽了,一点也没有了。

所以陈国秀宁愿独自上街。

她确实日胜一日地不能忍受村子的空了。这一点桂平昌想的没错。她自己空,需要东西填,结果填进去的跟她一样空。她曾经觉得冷场天的街道很荒凉,但街道再荒凉,也是街道,也有几大千人口,且会越来越多;即便冷场天,茶馆里也热气腾腾,家家店铺也都开着,需要个啥,随时就能买到。山里的生活是挖井找水的生活,而街上的生活如同水管,龙头一拧,水就来了。

陈国秀也没想过马上就去街上住,她只是向往那种水管里的生活。

但她说去打扫房子,却也不是借口,是真需要打扫。镇上到处是工地,整个镇子就是一个大工地,屋里几天不扫,就一踩一个脚印,一摸一个手印,贴墙吹口气,墙上就是一个嘴巴印。门窗关得紧严,灰尘是怎么进来的?陈国秀总是迷糊,觉得儿女的房子里也是个工地,有许多看不见的人,在这里拆墙挖土。

五六

跟往回赶场一样,陈国秀这天也是天黑透了才回来。

桂平昌早把饭做好,等着她。

坐上桌子,端上碗,陈国秀却老半天不动筷子。

那是累的。别说上了岁数,年轻人去来一趟,也会累得不想吃饭,不想说话。

可陈国秀恰恰有话要说。

她把饭碗放下,喝了一勺子汤,又喝了一勺子汤,才开了口。

"我今天碰到两个人。"她说。

"村里的?"

当然是村里的——村里从外面回来的。

"先碰到许宝才,他回镇上买房子,一买就是精装房,还带全套家具,钱一交就住进去了,连村子也不回了。他说在镇上住两天就走。人家现在当老板了，忙。"

当不当老板，桂平昌并不十分在意。

在千河口，已经出过杨峰和刘志康那样的大老板了。

其实陈国秀要说的，也不是许宝才买房子和当了老板，而是说：当了老板的许宝才，有回带着他手下的十多个工人，去上海某个地方耍，无意中看见了符志刚，符志刚也在那里耍，但不是符志刚一个人在那里耍，还有他婆娘和儿子跟着他耍。

"乱球说！"桂平昌磕着碗沿，把粘在筷子上的一根菜须子磕掉。"夏青啥时候离开过？"

"夏青是没离开过呀。"陈国秀说。

"那……"

"符志刚的婆娘不一定是夏青啊。"

桂平昌越发糊涂了。符志刚的婆娘明明就是夏青，怎么"不一定"是夏青？

"他又找了个婆娘。"

就是说，夏青还是他的婆娘，但他在外面又找了个婆娘。

一个家婆娘，一个野婆娘。

"那小栓呢？小栓也认？"

"小栓根本就不晓得。"

"你不是说还有符志刚的儿子吗?"

"他跟那个婆娘生的未必就不是他儿子?听说那个儿子有四五岁了。"

桂平昌这下明白了。他默默地吃着饭,像吃着苦胆。

很可能,夏青早就知道了这件事。难怪她心里不做主。

"我还碰到个人,你猜是哪个?"

妻子这么兴奋,这么多话说,长长久久以来,还是头一回。桂平昌很珍惜,便努力跟随妻子的心情,老老实实地猜。

可猜了好几个,陈国秀都玄乎乎地摇头。

那肯定就是杨峰了。前三四年,镇子想朝对河的罗家坝半岛发展,挖机从桥上开过去,第一天就挖出许多瓶瓶罐罐,还有剑、匕首、圆弧钺、回首弧刃刀等兵器,工立即停了,省里来专家鉴定,竟是战国遗物。进而勘测发掘,结果整个半岛都是遗址:古巴人遗址。不是普普通通的巴人部落,而是巴国国都。今年,县里、市里和省里都在大力宣传,正在申报国家级文物保护单位,县里也在积极筹建博物馆,多半是差钱,想请杨峰掏腰包。杨峰再不认家乡,可他既然在省城修了恐龙博物馆,家乡要修个巴人博物馆,找他赞助，他该也不好拒绝；再说这次找他的，不是村支书，而是县领导。如果杨峰回了县里，很可能顺便回镇上看看。他也该回镇上看看，让他投钱，总要知道钱是投进了哪个窟窿。

可桂平昌把杨峰的名字说出来，陈国秀又摇头。

桂平昌猜不出来了。他一边继续想，一边端起酒杯，吱吱有声地咂。

正这时，院子那边传来刮刮杂杂的声音，像是在扔什么东西。那是吴兴贵家。正如桂平昌预料的那样，吴兴贵基本上不再唱歌了，而且突然老了许多，走路慢吞吞的，看人时眼神也惊风活扯的。听李成说，陶玉那边的娃儿在满河流打听她的落脚地，说不准啥时候，就会找过来。算起来，她娃儿该有二十大几了，甚至上三十岁了。真是那样的话，吴兴贵的日子怕是不会好过。

桂平昌问是不是陶玉的娃儿。

"啥呀！"陈国秀脖子一扭，"我又认不得她娃儿！"

桂平昌真猜不出来了。

"是苟军。"陈国秀说。

杯子还端在桂平昌手上，打滑，砰的一声落在桌上。

半杯酒打着旋子倾出来。

陈国秀白他一眼，又白了他一眼，然后为他把杯子放正，并帮他倒了半杯，才讲起她如何碰到了苟军。

上街后，陈国秀在邮局外面看到几个千河口人，那几个人围住许宝才说话，她也凑上去，听许宝才讲了符志刚，又讲了些别的。然后她去了儿女的房子。姐弟三人买在同一幢楼，分别在二、四、五层，她自上而下打扫完毕，开着电视，去上街下街老街新街转悠。

走到超市门外，遇到原先老二房的马绢。自从住到镇上，马绢就不大理会老家人，可这天她把陈国秀拉到街角，摆了好一阵龙门阵。摆的都是千河口的人事。说张顺差不多成讨口子了，听说要卖房子了。老婆怄死过后，张顺又找了个老伴，可那老婆婆鬼精灵，不跟他结婚，只剐他的钱，他儿子遇车祸的赔款，绝大部分都被儿媳拿走了，分给张顺的只有四万，还要吃要喝，经得起几剐？那老婆婆剐干他的钱，就搬了出去。庹传昆两口子真的离了，但还住在一个套房里，只是各开各的伙，各睡各的床。郑兴梅被闹了那一场，她男人还回来下死手打了她一顿，她却并没变得安分起来，跟孙剃头的儿子是断了，却又跟何屠户——苟军师傅的孙子——扯不清。马绢神神秘秘地说了半个多钟头，陈国秀又才回到儿女的房子，关了电视，锁了门窗，下楼来吃点心。

就在吃点心的时候,她看到了苟军。

苟军正是跟庹传昆一起,说着话,从那家食店门前路过。

听到庹传昆的声音,陈国秀抬起头。

这一抬头,她浑身的骨头收得咯吱一声。

人已经走过去了,但她看到了侧影。

她不相信,等他们走了一段,跑出去望。

那一头鬈发,那肥大的屁股,还有走路时微微前倾的姿势……

"你认错了!"桂平昌说。

"他化成灰我也认得!"

"我说你认错了就是认错了!"

陈国秀白他一眼:

"我吃了点心出来,庹传昆从那条路转来了。他说你晓得不,苟军回来了,我才把他领到银行去了。以前说他去了塞拉利昂,屁,人家是去了广东,后来又去了澳门,在一家赌场当保安,当得好,又对老板忠心,老板提携他,让他挣了不少钱呢。"

"庹传昆也认错了……大白天说鬼话!"

"这是晚上,不是白天,白天说鬼话,晚上该是说人话吧?"

桂平昌把半杯酒一饮而尽,即刻脸膛发紫。

陈国秀说:

"你喝多了,莫喝了。"

这回桂平昌没拿出他的主见,没像以往那样听了这话又往杯子里倒。

他只是右手压住杯口,硬僵僵的。

陈国秀刨了两口饭,又才说下去:苟军是从县城包快艇回镇上的,庹传昆在码头旁边挖地(离婚过后他不打牌了,码头旁边有块荒地,他去挖出来种白菜,可能是想表现好些,跟老婆复婚),苟军一下船,他就把他认出来了。十几年过去,苟军像一点没变。但也不是啥都没变。庹传昆叫他,他愣了一下,连忙跑上石梯,又从石梯下到荒地,给庹传昆摸纸烟。说他这次回来,是想跟镇上谈个项目,就是在罗家坝搞巴人文化旅游区,修农家乐。等他把项目谈妥,就回村子看看。然后他问镇上的银行在哪里,庹传昆说,我领你去……

陈国秀就说到这里。

还有句话她没说:苟军特地向庹传昆问到她,问她过得好不好。

那天夜里,桂平昌一分钟也没眨眼。

苟军不是被我杀了吗?

苟军不是变成白骨了吗?

苟军的白骨我不是见过两次了吗?

不,是三次!陈国秀去找鲁凯弄药那天,白骨找到我家里来了,加起来是三次!

五七

天没亮明白,桂平昌去了凉水井,再次钻进了那个洞子。

洞子还在,白骨却没有了。

白骨像是从来就没存在过。

附录一

与这个故事有关的另一个故事

我知道人们都把我看成十恶不赦的人。从秋分那天起，全国数十家电视台，就陆续播放公安干警在芦苇荡里抓捕我的全过程，我因此成了名人，罪恶仿佛也随之放大。这怪不了别人，只能怪我自己。念大学的时候，我读的是哲学系，我曾经反复理解下面这句话：一个人从出生到死亡这段时间里发生的每件事情，都是由他自己事先安排好的。当时我理解不了，现在是彻底理解了。

遗憾的是，理解了刚好半个钟头，我就死了。

六天前，我的尸体平摊在紧邻河湾的芦苇丛中，头部浸在水里，身上糊满了黄褐色的、散发出腥臭的淤泥，一尾刚刚获生的鲫鱼在我张开的嘴唇边游动，我太阳穴上的那个枪眼，血缕子蛛丝一样吐出来，漂浮于水面，为鱼提供充足的、也可能是罪恶的营养。我生怕那尾最后信任我的可爱生灵弃我而去,以残存的游魂对它说:你就尽管放开肚皮,把我的血喝干吧;不过要抓紧时间,因为干警们已经围过来了。

今天,我当然早已被火化,然而对生的留念让我始终不想远离这个生机勃勃的世界。从读小学开始,我就有记日记的习惯,这证明我很珍惜自己。珍惜自己的人都希望别人聆听他的故事。此刻,我要向活着的人们讲述我的故事。我只是一个小人物,枝枝叶叶地讲完我的一生显然太过无聊,但如果把它浓缩进我生命中的最后半小时,说不定就值得一听。

如前所述,我躲藏在秋天深密的芦苇荡里。我在这里已经藏了十八天,之所以能活下来,是因为河湾延伸过来的水域只占据了一小片,绝大部分是干坡,我在干坡上睡觉,同时也等待命运的判决,饿了,就去水里抓鱼。鱼都不大,但成群结队,与穿梭其间的水蛇和难以数计的微生物生活在一起。这景象让我想起唐朝的长安,书上用"马挨马耳人挨肩"来形容长安城的繁盛,我则从这句话里嗅到了生命的气息。我怀念那些我未曾经历过的日子,不管是在远古,还是在将来。我不能抓水蛇,不是胆怯;杀人之前我性格懦弱,一旦开了杀戒,胆怯就成为我的弱项,我不抓水蛇是因为我没有火(也不能生火)将它们烧熟。我只能抓鱼,鱼可以生吃。尽管我爱它们,但我曾经是哲学系的高才生,知道活着就意味着剥夺,知道这个世界的实质,就是用你爱的或爱你的来维系自己的生存。

我身上带着刀,把鱼抓起来后,用刀挑开肚皮,去掉鳞甲和脏腑,就放进嘴里嚼。除了刀,我还有一把仿真手枪。我是某市政府部门的职员,不该拥有手枪,哪怕是仿真手枪。这是从我朋友那里偷来的。

我用这把枪结果了我的妻子和我的上司。

因为我妻子和我上司通奸。

第一次发现他们的奸情,是在我出远差回来。那天妻子把我上司带进了家里。我听见自己满身骨头响,但什么话也没说。当天夜里,妻子一边让我跟她做爱一边好言安慰我,我还恬不知耻地哭了。妻子把我的哭当成了默许,和我上司一道,踩在我软弱的脊背上蹦跶。妻子从我上司那里是否得到了金钱,我不知道,但金项链是有的,好几条,或细如触须,或粗如狗链,还有香水,正宗法国货,还有皮大衣,还有全套束身内衣裤,还有一台卡瓦伊牌钢琴。

他们也没忘记我，除了辛辛苦苦地为我编织绿帽子，还不断给我带来好烟好酒，虽然我从未动过那些价格烧心的玩意儿，却还是不断送来。而且，上司还提拔了我，他力排众议，让我当上了办公室主任。这可是正科级。我没当过副科，因此是破格录用。任命文件下来的第五天，我确定上司又去了我家，我就故作轻松地去一个朋友家走动，他是个枪械爱好者，从网上购零部件，自己组装，并用钢珠做试验。试验出的威力——足以射杀一头牛。但于我的需要而言，这正好。我本来可以找他借，可你平白无故借那东西干什么？再说，既然决心已定，又何必在这世间多费口水？于是趁他上厕所的时候，我偷走了其中一把手枪，同时抓走了一把钢珠，数一数，十粒。其实要不了这么多。

我跑到家门口，让呼吸稳定下来，再轻手轻脚开了门，听见妻子和我上司正在浴缸里泡澡，我冲进去，结果了他们。我给了我上司两枪，给了我妻子一枪，他们奇怪地瞪了我几秒钟，才把头仰后去，重重地砸在浴缸的沿口上。

我不知道公安是通过什么手段弄清了我的下落。我已经远离了城市，几经辗转，才来到这片人烟稀少的河湾。估计是附近的渔民不经意间发现了我。城里和乡村都张贴着印有我头像的通缉令，而我高凸的前额、深陷的眼窝，与文明时代的人有着明显区别，一只鸟也能辨识我的身份，别说从鸟类进化过来的人。也可能是来过无人机？我不知道，我已经很长时间没望过天空了。

不过这些都不用去管。

我现在是插翅难逃。

他们人数众多，看上去有几十号人，都荷枪实弹，缓慢而坚实地从四面八方围上来。其中一个身材魁梧的家伙还拉着一条警犬。警犬大概许久没参加过这样的战斗，异常兴奋，黧黑的身影在芦苇丛中波浪般起伏。

这场景带给我难以言传的悲哀。

我是一个丧心病狂的暴徒吗？我认为我不是，杀死妻子和我上司，是因为他们明目张胆地通奸，上司还用提拔我的方式来侮辱我。我不会给他们之外的任何人带来威胁，更不可能给警察带来威胁。

可是现在，我突然变得这么重要！

一个小人物突然变得重要起来，就是背着沙袋生活，顶着石头生活。

芦苇荡很大，我处在接近正中的位置，因此警察与我还有一段距离。为了看到他们的动向，我把一块圆柱形石头竖起来，然后坐上去，这样，我的头就略高于苇尖（却低于必将来临的乌云和雷阵）。风起处，雪白的芦苇花向远处流淌，像奔跑起来的秋天。我只有二十八岁，我的头发是黑的，然而，除了天上的苍鹰，再锐利的人眼，也难以从白茫茫的大地上发现那点微不足道的黑。可他们就是冲着这点黑来的，他们要剪除这点黑，让芦苇地纯洁无瑕。

把目光投向远处，我看见许许多多围观的农人，还看到一个穿着警服的人在不停地喊叫。他是在提醒围观者不要靠得太近，或者是在指挥他的部下。我想听到他的话，然而，风声吹着芦苇的响笛，他的声音也成了风。

几分钟前才突然刮起的风啊，你到底是在欢呼呐喊，还是在为我这个可怜虫感叹？我听不出来。我不知道。但毫无疑问，今天我插翅难逃，这里将成为我的葬身之地，即使不被当场击毙，也必将在此没收我的自由，没收我残存的、有意义的生命。这本是一片没有栅栏的地界啊！我以为逃出钢筋混凝土构筑的城市，就能冲出我命运的迷宫，哪想到没有栅栏却成了最密集也最牢固的栅栏。我是学哲学的，本应该想到这一点，但是我没有想到。

警察们用枪支分开芦苇，两人一组或三人一组，把越来越大的空间扔在身后。他们是神圣的，因为他们是来剿灭白浪之中的一点黑。

我终于明白大河里的鱼是怎样落网的了。我的老家也在一处开阔的河湾上，父亲就是渔民，三岁的时候，我就坐在父亲那条梭形驳船上，跟他去河心撒网。父亲只穿一条红内裤，前胸至脚脖处，被一块银光闪闪的塑料布遮挡得严严实实，我只能从后面看他赤裸的脊背，特别是那两条深褐色的腿，常年的水上作业，使父亲的腿上长不出一根汗毛，一棱一棱不规则的线条，与其说是肌肉，不如说是被生活磨出的老茧，是父亲呈现给我的活着的伤疤。

不知怎么，我总觉得父亲的两条腿是两段早已枯死的肉。他沉默着，站在船尖子上，网坠子在船舱里叮叮当当一阵碰响，父亲就把网抛出去了。那面平坦的、美丽的圆，在鳞光莹莹的河面划定自己的势力范围，并很快收缩为口袋。父亲并不急，他让口袋自行扎紧，还把手里的网绳松两圈，再弓了腰提起来。鱼们把船板弄出颇具质感的响声。这响声带给父亲幸福的感觉，也可能是辛酸的感觉，我说不准，因为父亲依然不说一句话，只蹲下去，用没有指甲的手（他的指甲被水咬光了）把鱼捡出来，扔进我身边的木桶。鱼弄出的响声，鱼身上的气味，还有鱼们优美的身姿，都给父亲提供这样一些信息：为妻儿买好吃、好穿的，让儿子今后脱离这片水域，不再受风吹日晒之苦……

可我那时候没心没肺，看着在木桶里安详深陷的鱼，我就想，鱼啊，大河比木桶深一万倍，你当时为什么不钻下去逃走？

现在我明白了，大河再深，鱼也只能生活在自己的世界。

正如此时此刻，地球这么深，我却不能钻下去逃走一样。

芦苇摇荡。芦苇庄严地发出声响，仿佛在呼唤农人将它们搬回村庄。在我故乡的河湾，也有一片芦苇地，远没有这么大，但同样深梢密集，如紧紧抱成一团的云——在阳光下，在风声里。它的萧索与繁茂，在大人们眼中无关紧要，因此常常把它遗忘。五月，农人们把成熟的麦地搬进村庄，八月，农人们把喷香的稻田搬进村庄，除鱼们产卵期的所有季节，农人们还把丰收的大河搬进村庄，可谁也不理睬芦苇地：用来编席，嫌它不够多，它因此没有资格参与人类的生活，花开花谢，自生自灭。它似乎是孤独的。孤独得割人。

不过，当我和几个小伙伴第一次深入到它的腹地，我就再不那么认为了。站在芦苇地十米之外也听不到的鸟鸣,这时候却如溪水跳过布满卵石的大沟,或如银灰色的雨点洒落在干净的河面。这是一种新的声音,是大地的呼吸。未经污染的泥土的芳香,混合着草梗和草叶的甜酸,热烘烘地朝鼻子里扑。河水浸漫过来的腥味,冰粒子一样扎入我的毛孔,报告着水世界的奇异和恐怖。昆虫穿着青绿色或米黄色的衣服,在肥沃的土地上爬行,高兴了,就把身体倒挂在草叶上,不无满足和骄矜地荡着秋千。还有那些鸟蛋,纯红色的,暗灰之中织着亮黄花纹的,天青为底白绫为衬的……生命在出生之前,就是如此斑斓。

芦苇荡曾经是我的乐园,是我短短一生中最深最痛的怀念。对芦苇荡的怀念,也是对我幼年的怀念,对我父亲的怀念,如果死在芦苇荡里,也没什么可惜的了。

只是对不起我的父亲啊!

远方的父亲,一定在为我祝福。

父亲是沉默惯的,他就用沉默为我祝福。

我对不起我的父亲,更对不起我的伯父。五岁那年,我就进了伯父的家,受着他的养育。父母都不能养育我了,他们都去了没有方向的远方。那时候伯母还在,但很快就病逝了,伯父却一直没有续弦,他怕后母对他儿子不好(他儿子比我大两岁），也对我不好，就独自撑持。我能念书，他就供我上了大学。不上四十岁时，伯父的头发就已经花白。我领到大学录取通知书那天，他请了一桌酒席，客人们对他说：你到底熬出了头。客人都知道我不是他的亲儿子，但都把我当成他的亲儿子。伯父不言声，但他心底里泛上来的激动，我看见了。

前年，在我和妻子结婚的前夕，伯父到我工作和生活的城市来了，这是他一生中首次进城，但他在城里只待了一天半，又急匆匆地赶回了千余公里外的老家。他离不开他的土地，离不开那条河。他只在青草葱翠的河畔，等着两个儿子的好消息。他的亲生儿子，也就是我堂哥，老老实实地待在浙江的建筑工地上，老老实实地挣钱，没有更多的好消息给他，但让他踏实。而我，以为可以给他惊喜，不断地给他惊喜，结果却成了杀人犯，逃亡在这茫茫芦苇里。

我落到今天这一步，伯父一点也不知情。

当然，说不定他早就知道了。尽管他不看电视，也不会看手机上的消息——这时候，我真想看看手机上关于我的消息，特别是消息下面的留言区，看人们是怎样在评价我。但是我没有手机了，偷走朋友的枪，溜出朋友的屋子，我就把手机扔进了楼下的小河——可警察难道不上我老家去追寻我的踪迹?

警察上门,伯父就什么都知道了。

不知道还好,要是知道,他还能活下去吗?

我把头举得高了一些,希望能从那些围观的百姓当中看到我伯父的身影。我没能如愿。伯父跟我父亲一样,个子矮小,身体瘦弱,即使站在人群中,也会混同于脚下的泥土。

芦苇荡里的气味太复杂,再机敏的警犬也难以从中把我的气味剥离出来,因而并没能顺利地朝我逼近。可是,他们——那些荷枪实弹的警察们,是合围而来的。我已经在劫难逃了。从正前方上来的两个警察的面孔,我已能清清楚楚地看到了。那两个警察一老一少,老的五十岁上下,少的只有二十来岁,或者十八九岁;两个人靠得很近,像一对相依为命的父子。

我的身边有把威力强大的仿真手枪,还有七粒完全可以充作子弹的钢珠,虽然我只在大学军训期间用过可怜的两次实弹枪,但这么近的距离,放倒其中一个甚至两个,绝对不成问题。我杀过两个人了,我的出路是唯一的。哲学家说,人生是一棵充满可能性的树,而我的出路是唯一的。我没有人生。既然如此,再杀死一两个人,又有什么关系呢?

当这念头一产生,我才算有些看清了自己。

我发现,警察们端着枪朝我逼来,并不是没有道理的。我曾经以为自己身上并不存在什么凶恶的野兽,我不会给我妻子和上司之外的任何人带来威胁,可现在看来是错了。以前我胆战心惊地生活,努力适应社会的秩序和规范,目的竟然是让埋藏在心底的那朵恶之花顺利地生长?

我把枪拿起来,虚着眼睛瞧着它冷冰冰的身体。阳光强烈——是的,我这时候才注意到芦苇荡里遍布着阳光的阴影,阳光照在枪身上,使之闪动着青绿色的光芒。我闻到了这光芒里寒冷的气味。这气味漠然地注视着周围的一切,包括我,包括那些警察,包括因为家园遭到入侵而扑腾乱飞的昆虫。

只有到这时候,我的悲哀才真的难以言说。我朝枪眼里哈了一口气,把它放在地上,而且用一只脚踏住,好像要消灭它身上的光芒和气味。

但是我无法消灭近两个月逃亡途中一直盘旋不去的可怕景象。

那是我妻子被枪击的景象。

我先打了我的上司,再打了我的妻子。给上司的那两枪,一枪打在他的肩部,一枪打在他的头部,给妻子的那一枪，正正中中击在了她的双乳之间，或许靠左一点，我说正正中中，很可能是花开似的血影给予我的视角误差。三声枪响十分连贯，像没有休止号的三个音符。我说过，他们都瞪了我几秒钟，他们那时候的眼神，我曾经用了"奇怪"一词，其实并不奇怪，它们的含义都十分明确，上司的意思是：小子，这到底是怎么啦？我不是让你当上主任了吗？妻子的意思则要复杂得多，她在疑惑，在怨恨，在鄙夷，同时她还在说：亲爱的，我爱你……

妻子是爱我的，这一点我知道，这一点我从不怀疑。

嫁给我之前，供她选择的人太多了，她之所以不嫁，是因为那些人只看到了她的漂亮和随和，只有我，唯有我，才看到了她内心的骄傲。妻子漂亮、随和、优雅，这都是事实，但她骨子里的骄傲才是最本质的，她的骄傲不是外恭内倨的假做作，而是一个注重精神生活的人对世俗名利的天然蔑视。她虽然不像我一样毕业于名牌大学，但我敢说，像她这样广博而智慧的女人，并不多见。

这一点只有我看到了，也只有我去认真欣赏。

因此她爱上我了。

实话说，大学刚毕业的时候，我也有着与妻子同样的骄傲，如果不是这样，她也不会嫁给我。然而结婚不久，我就陷入了无穷无尽的苦闷。

作为哲学系的高才生，我本应该成为一名观察者，本应该像康德一样躲进阁楼里，把远处大海上的航标灯当成我作息的号令，但是我没有，我去充当了一名小职员。不知从什么时候起，我内心的骄傲偷偷流走了，我希望把我上班的地方，当成可以为我自己和我的家庭带来荣誉的战场。然而，一个小职员与荣誉无缘。我把这苦恼向妻子说起，妻子问我：这种荣誉与你的幸福有关吗？我说不知道。妻子说，你是学哲学的，你应该知道。妻子还给我背诵了一段托尔斯泰的话，我愿意把那段话转达给你——我永远也无法感觉的听众：

> 人应该是幸福的。如果他不幸福，那是他的不是。他应该下一番功夫，消除这种迷惘或误解。主要迷惘在于一个人如果不幸福，那就免不了有许多不可解决的问题：我活在世上是为了什么？整个世界的存在又是为了什么？

我当然理解托尔斯泰，每个人都有幸福的理由，所谓不幸福，只不过是一种误解。托尔斯泰是在为我们"提醒"幸福。然而,我的眼前总是晃动着两段深褐色的、仿佛早已枯死的肉,那是父亲的双腿;总是晃动着毛茸茸的冷风以及在冷风中劳动的农人,那是我的伯父;总是晃动着狭小的房间以及房间里简陋的家具,还有在这些家具之间忙碌着的妻子,那是我现实的处境……

妻子不能化解我的苦闷,忧心忡忡地问我:那么,我能为你做些什么呢?妻子还哭了,就因为她不能为我帮上忙,可能还因为她看不透现在的我。她是带着一颗纯正的决心嫁给我的,因为当时她的父母都反对——她父母很有钱,但是说,如果她跟我结婚,就不给她一分一厘,妻子没有犹豫,依然坚定地听从了自己内心的声音。可是我带给她的,却是她以前完全陌生甚至鄙弃不置的苦闷!

而且我的苦闷在不断走向深处,回家来既不像初婚时那样跟她讨论严肃的学问,也不带她去看电影、进音乐厅,还常常朝她发无名火。

妻子流泪的时候增多了。

对她的哭泣,我从没说过一句宽心话。

我觉得她已经不是我的知音了。

一个小职员想获得地位和财富,获得梦想中的荣誉,最便捷的方法就是靠近权力,而上司是权力的代表。额头触地，才是崛起的路——这是卑微者的路，也成了我的路。但我收入不高，妻子的收入同样不高，那么我凭什么去靠近那个快上五十岁的大人物？……难道就像后来发生的事情那样，是用我的妻子？

关于这一点，你再把我打死一百次、绞死一千次，我也会说：你这是对我的污蔑，你这是血口喷人！虽然我现在不认为妻子是我的知音，但我依然是爱她的呀！从认识她至今，我从没赞美过她的漂亮，因为在我的眼里，她就是一个鲜活的人。当男人爱着一个女人的时候，那个女人就无所谓美丑，也无所谓优雅与粗俗，他只知道，这个女人是他的骨与血，是他的天与地，是他的春去秋来，是他的白天黑夜。那些动不动就炫耀自己妻子漂亮的男人，动不动就糟蹋自己妻子丑陋的男人，是因为他们没有把妻子的存在当成自己的命运。

而我，是把妻子当成我的命运啊。

我没想用妻子去靠近那个大人物，但我把那个大人物带到家里来了。

老实说，我根本没想到会这么顺利。平时，我见到他的时候并不多，几乎只在机关开职工大会时，我才有机会目睹他的尊容。我得承认，他实在算得上风流倜傥，说话干脆利索，逻辑严密，句句精彩，自他上任以来，政绩卓著，深受拥戴。我是怎么敢于在某次散会之后走到他面前跟他搭上腔的呢？

别的都忘了，只是记得，那天我走到他面前时，他以异样的目光看了我一眼，这目光里包含着的欣赏意味，壮了我的胆，我说：某某某（他已死在我的枪口之下，我不愿意在此出卖他的姓名和职位），您好。他立即握住我的手，他说你好，我早想跟你这个哲学家借点书看呢。我的书的确不少，有六千多册，念大学的时候，我可以两天不吃饭，喜欢的书却必须要买，毕业后有了收入，买的书就更多了。他是如何得知我有那么多书？是我知道他喜好读书，就故意把这消息透露出去，让别人传到他耳朵里去的吗？我已经想不起来了。

我说：您要是喜欢，空了去我家里随便选。

言毕把电话告诉了他。

两天之后是周末，上午九点他打电话说要来，我既兴奋又紧张，简直有些不知所措。妻子倒是很镇定，就像普普通通的客人要来串门似的，热情而平常。他住的地方离我家有两公里左右，却没坐专车来，也没坐出租车来，而是步行来的。他来之后,第一句话并不是赞美我的书多、书好,而是赞美我妻子的美貌。我得说良心话,他对我妻子的赞美是真诚的,很绅士的。接下来他到我的书堆前——我家里容不下大书架,只能到处堆放——蹲下去慢慢翻。他翻了近两个小时,选出来三本,就向我和我妻子道谢,准备离去。都快十二点了,我不能不留人家吃饭,我说我没能力请你去星级酒楼,去大众餐馆还是没问题的。妻子也留他。他拗不过,就说,要吃,就在你家里吃一顿行吗?

于是就这么定了。

那顿饭是我妻子做的,手艺不好不坏。

这以后,如果他周末没有公务,就来我家谈书,而且常常在我家里吃饭。

我给过妻子什么暗示和怂恿吗?好像没有。我只记得,每次在他离去之后,我都在妻子面前数落他的才干和风流倜傥……

他们终于在我出远差的时候,来我家上床了。

两人是谁把这想法挑明的,我没问过妻子。

我不敢问,我害怕知道任何一种结果。

如前所述,他给过我妻子许多东西,而且说这些东西都是他自掏腰包买来的,绝没有动用公家一分钱。他对我妻子说，用公款给情人买礼物，是一件很不体面的事情，是对情人的玷污。可是我妻子似乎并不需要那些东西，既没戴过那些首饰，也没穿过那些皮衣、洒过那些香水，当然同样没有坐到那架卡瓦伊钢琴上弹过一首曲子，尽管她很喜欢弹钢琴（她念中学的时候就在市里的钢琴演奏比赛中得过二等奖），尽管她父母早年给她买的那台钢琴已经不能再弹了，她很希望换一台新的，更希望有一台属于自己的名牌钢琴，比如卡瓦伊。

我拿到主任任命函那天，妻子哭了。伤心断肠地哭。她说，如果我为你做了什么，我也只能做到这一步了，我再不能这么过下去了……

她说再不能这么过下去，可为什么在我当上主任几天之后，她又和我上司赤条条地泡在我家的浴缸里？这到底是为什么？

我解不开这个谜。

我为这个谜所苦。

于是，我把他们杀了。

警察们已经预感到目标很快会出现，显得越发地警觉。警犬的哼哼声好像就在离我三四十米远的地方。我正在考虑自己会以什么样的姿态面对即将来临的覆灭，几步开外的芦苇枝突然猛烈摇动起来，而且发出噗噗的声响。

我以为自己不会恐惧了，事实上，这小小的意外却吓得我浑身哆嗦。我定睛一看——我的眼里一定布满血丝，因为我看了好几秒钟才看清楚——原来是一只雌雉鸡，正慌不择路地朝这里跑过来；雉鸡的飞行能力不强，既飞不高，也飞不快，且不能久飞，在被追击的时候，它们想到的往往不是天空，而是草莽或丛林。它显然也发现了我，华丽的羽毛微微张扬（我现在看到什么都是华丽的），小小的头前伸着，颈下那条白色环纹清晰可见。我们就这么对视了片刻，它立即掉转方向，朝另一边跑去了。紧接着闯过来的是一群野兔，恐怕有十多只，或者二三十只，一律的暗灰色，有一只兔子紧紧咬住另一只兔子的尾巴，匍匐在地，被拖着前行；我想那只野兔定是生了病，或者体质弱小，奔跑不及，才这么被救助，那个救助者是以母亲的身份还是以丈夫的身份？

它们，都是这片土地上最古老的居民，类同于飒飒的木叶，在我到来之前，它们在这富饶的家园里儿孙满堂，安居乐业，正是因为我的出现，才害得它们这般惊慌失措。我挥了挥手，让那些和雉鸡一样惊呆着的野兔赶快逃走。

然后我再次把脚底下的枪拾起来。

我的末日马上就到了。我不想空着肚子上路。我记不清有多长时间没吃过东西,反正现在饿得不行。我离开那根石柱,矮着身子朝水边靠近。芦苇荡里主要的水域已经被警察占据,但十米之外有一个五米见方的小水塘,里面同样有很多鱼,只要吃下两条,我就算不上饿鬼了。

向水边靠近的时候,我听到了警察的吆喝声。吆喝声其实一直没停过,我现在才听到了。他们的意思是让我缴械投降。吆喝声像白茫茫的阳光,或者芦苇,将我彻底笼罩,但它的确切含义,我却总也明白不过来。

我现在唯一的渴望,就是抓两条鱼填肚子。

多么清澈的水。清澈得如同赤子的眼睛。一些草根和树桩,在水底下招摇;它们并没死,它们都还活着,如果我是鱼,我就能看到它们在水世界里是如何开花结果的。水塘边由于没有芦苇遮挡,阳光可以直落下来,阳光的精华在水底凝聚成一颗鲜红的太阳,因此鱼们仿佛游弋在天上,而空中的鸟影,却如在水中飞翔。这难道就是我在世界上看到的最后影像?

我的眼前出现了幻景,意识恍惚不定,终于滑入水中。

我抓住岸边的芦苇爬起来,身上糊满了淤泥。

水有了极为短暂的浑浊,接着又恢复了幽蓝幽蓝的原貌。

芦苇被分开和踏倒的声音沙沙沙地传过来,我再不能迟疑了,我把右手的手掌凹进去,破开柔嫩的水皮向下一舀,一条指拇长的小鲫鱼就在我手心里蹦跶了。刀呢?刀挂在我的腰带上,是一把跟钥匙串连成一体的小刀,我左手握着鱼,右手摘下钥匙串,用牙齿咬出刀片,再让鲫鱼嫩白的肚皮朝向天空。

正要动手将鱼剖开,我又听到了警察的吆喝声。这一次吆喝跟以前不同,以前虽有一个大目标,却没有明确的目标,这一次,他们好像已经发现我了。

我是将死的人了。我活得已经够不尊严的了。一个不尊严的人,死之前有什么资格再杀死一条无辜的生命?

万古长青生生不息的大地啊。

漫无际涯随风飞舞的芦苇啊。

群起群飞如同朝圣的鸟儿啊。

环绕太阳悠然飘荡的白云啊。

……

多日没仰望过天空,现在我望了一眼,然后我把鱼儿叫了声"乖乖",将它重新放入水中,再把枪口对准自己的太阳穴,扣动了扳机。

附录二

与一位青年作家的会面以及后来的事

时令已进入六月中旬，却丝毫没有夏天的迹象，坐在窗下，穿着薄外套，竟有些冷。这天，我正起身去加衣服，放在书桌上的手机响了。是个陌生号码，开口就称我"大哥"——既不加名，也不加姓，直接就叫了大哥。我有些愕然。从没有人这样叫过我。天南地北地行走，在酒桌上混得熟了，最多泛泛地叫我一声哥。是家乡人吗？家乡人更不该这样叫，我排行老幺，离老大还要爬好几层楼梯。我想他是不是打错了，但他说，他几天前读了我一篇小说，想跟我见一面。

怕我拒绝，他立即又报了自己的名字。

他叫冉冬。

一颗冉冉升起的文学新星。

作为一家文学刊物的编辑，尽管还没编发过冉冬的作品，但这个名字早已熟知。他的小说我今年初还读过一篇，就是我放在"附录一"的内容，那篇小说名叫《最后半小时》。我很难说自己喜欢他的作品，但在那之后，我发现国内重要刊物，都集中推他。从某种角度讲，编辑也凑热闹，谁红火，就往谁身上添柴；另一方面，好编辑也不能单凭自己的好恶取舍，好编辑要先认好作品，然后才是自己喜欢的作品。好作品和喜欢的作品，不是一回事。

冉冬明显是个有创作方向的人。作家有没有创作方向，十分重要。每一条河流都是有方向的，否则，万千溪流就不能汇聚成川。冉冬固执地，我甚至认为是埋头苦干地，构建自己的母题，或者叫精神谱系。他始终都在追寻：追寻一种真相。他热衷于用第一人称叙述，而我感觉到，选择这样的视角，在他那里不是方法问题，而是宣示他的态度：我，冉冬，将为真相而活，也为真相而死。

对这种执拗的人，实话说，我不想见。

我可以读你的作品，也可以发表你的作品，但不想见面。

然而，执拗者之所以执拗，就在于你想不想无关紧要，他想就行。

他说，他是专程来我生活的城市，此刻正在茶楼等我。

执拗是一根绳索，我被那根绳索绑架了。

好在他所在的檀香茶楼，离我家并不太远。

时逢周末，下午四点钟，茶楼里人很多，但仿佛有块磁石，把我的目光吸引到西窗下靠近空调的那个人。很可能只是因为他一人独坐的缘故——后来我这样想。不过这种想法没有道理。茶楼宽广，独坐的并非只有他。是见过他的照片？没有。我可以肯定地说，没有。大约两年前，某选刊选载了他一部中篇小说，那家刊物不仅要附作家的创作谈，还登照片，却独独没有冉冬的照片，当时我还非常奇怪，因此留下了深刻印象。

可我就是一眼便找到了他。

那颗硕大的头，头上狮鬃般的毛发，让我觉得就是他。

茶坊在三楼上，没有电梯，但他并没朝楼梯口张望，只半低着头，看桌面，或者是看自己放在桌面上的手。我走到近前，问他：

"你是冉冬？"

他很惊异地抬头，望着我，眼睛眯起来。那眼睛附在一张宽皮大脸上，像随意抹出的两条伤口。伤口很微小，却格外锐利。当他把眼睛眯起来，目光就变成了刀刃。我嗅到了刀刃的寒气。

"是我。"他说。

同时把眼睛睁圆。睁圆后显得更小。

真没见过这个人吗？我怀疑起来。

因为，这个人的相貌我是如此熟悉！

"大哥，"待我坐下，他说，"我是来感谢你的。"

这让我莫名其妙。

作为青年小说家，他不是我发现的。

别人发现之后，我也没有推波助澜。

服务生像从水上漂过来一样，问我喝什么茶。我望了一眼冉冬右前方的茶杯，见是竹叶青，便也要了竹叶青。冉冬没言声。这证明他心里不装别人。是你请我来见面的，而且我比你年长许多，按理，你该主动问我，并主动去招呼。可他没言声。直到服务生去了，把茶杯送来后又去了，他才说话。

"我是清溪河上的人。"

"哦？"

"我老家在黄金镇。"

黄金镇在我老家普光镇的上游，彼此有一百七十公里水路。在我很小的时候,一百七十公里是遥不可及的距离,后来,两镇之间修了公路,再后来,普通公路变成了高速路,是川东北到西安市高速路的前端。高速路逢山开道,遇水搭桥,大大缩短了里程,从普光到黄金,只需二十多分钟。遥远的变成了邻居,邻居却变得遥远,这是现代化所走的路。

仅仅相距二十多分钟车程,当然就是正宗的家乡人了。

可他不是来攀老乡的,是来"感谢"我的。

为什么要感谢我?

"我几天前读了你一篇小说。"他重复了电话里的话。

作为写作者,别人读了你的小说而感谢你,是对你最具分量的褒奖。这样的事我以前也遇到过,但都是通过电话或微信,冉冬却说,他是专程来的,而且说是专程来我生活的城市,证明他住在远方。这就非比寻常。

我正要谦虚几句,他抢先说:

"你还没问我读的是哪一篇呢。"

并不需要我问,他便透露:

"《隐秘史》。"

这是我数月前完成的作品,北方一家刊物这个月刚发表。

有那么好吗?值得一个青年作家专程过来感谢吗?

"你自己还记得那个小说不?"

我说大致记得。

"你记得里面的人物吗?"

对一部小说而言,不记得人物,就不算记得。

"其中一个叫陶玉的你记得吗?"

到底没错,这确实是个执拗的人。

我不想回答他。

"我是陶玉的儿子。"他说。

我悚然一惊。

"当然,我母亲并不叫陶玉,但你小说里给她取名陶玉,那么我也就是陶玉的儿子了。"

难怪我觉得和他熟悉。他与我小说中的陶玉并不像,可他像另外一个人,这个人没有名字,且仅有短短的一句描述:头大,眼小,神情忧郁。那是陶玉的男人,即陶玉和吴兴贵私奔前的男人——但并不确定,只是猜测。那个男人是否到过千河口,也仅仅停留于谣传的层面。难道,他是冉冬的父亲?

可我的那篇《隐秘史》,完全是虚构的。

我觉得他是在胡扯。

于是我改变话题,不谈我的小说,谈他的小说。

我问他《最后半小时》里的"我",是不是妻子的同谋;又问他"我"的上司是否早就在某个场合看中了"我"的妻子,才故意来"我"家借书;还问他"我"的饮弹自尽,是因为恐惧,还是对恐惧的超越。

"这些并不重要。"他沉吟着说。

随后端起茶杯,咕嘟嘟灌下半杯。

杯子一搁,他站起身,朝我鞠了一躬。

"谢谢你,大哥,"他说,"你对我恩深义重,我必须当面来表达谢意。"

言毕,他走了。

走得不管不顾,连茶钱也没付。

我独自坐了一小会儿,也走了。

我为这天下午从四点到四点一刻的这段时间,感到不值。

将近两个月后,我老家那边传来消息:一对过了二十多年的夫妻,被公安逮捕了。这对夫妻合谋,杀死女人的前夫,把尸体藏进了一个隐秘的山洞里。

帮助公安破案的人,是女人跟前夫生的儿子。

他名叫凌志飞,是个作家,笔名冉冬。

听到这个消息，我如五雷轰顶。

消息的来源，并不是我们村，而是在清溪河对岸，我从没去过、也从未听说过的村子。奇怪的是，在那里发生的事，与我小说里发生的几乎如出一辙：也有个杨浪似的人物，以缓慢和不争，把自己留在过去的时光；也有个苟军似的人物，相信怨恨、霸气和拳头才是打开生活的钥匙；也有个桂平昌似的人物，在想象中凸显自己的软弱，也拯救自己的软弱；同样有个吴兴贵，有个陶玉……

唯一不同的是，凶手不叫吴兴贵，也不叫陶玉。

一时间，我恍惚起来，不知道什么才是真正的现实。

也不知道自己今后还敢不敢写小说。

第二年春末，我收到一本中篇小说年选，上面有冉冬的《最后半小时》，我把他这个小说又读了一遍。这一读，禁不住心惊肉跳。

我明白了，去年六月份，冉冬来找我，朝我鞠躬，说我对他恩深义重，绝不仅仅是因为我的那篇《隐秘史》可能指引他找到杀害父亲的凶手。

图书在版编目（CIP）数据

隐秘史 / 罗伟章著. —南京：江苏凤凰文艺出版社，2023.9

（尘世三部曲）

ISBN 978-7-5594-7146-8

Ⅰ.①隐… Ⅱ.①罗… Ⅲ.①长篇小说-中国-当代 Ⅳ.①I247.5

中国版本图书馆 CIP 数据核字(2022)第 161581 号

隐秘史

罗伟章 著

出 版 人	张在健
责任编辑	项雷达 李 黎
责任印制	刘 巍
出版发行	江苏凤凰文艺出版社
	南京市中央路 165 号，邮编：210009
网 址	http://www.jswenyi.com
印 刷	苏州市越洋印刷有限公司
开 本	880 毫米×1230 毫米 1/32
印 张	10
字 数	166 千字
版 次	2023 年 9 月第 1 版
印 次	2023 年 9 月第 1 次印刷
书 号	ISBN 978-7-5594-7146-8
定 价	118.00 元（共三部）

江苏凤凰文艺版图书凡印刷、装订错误，可向出版社调换，联系电话 025-83280257

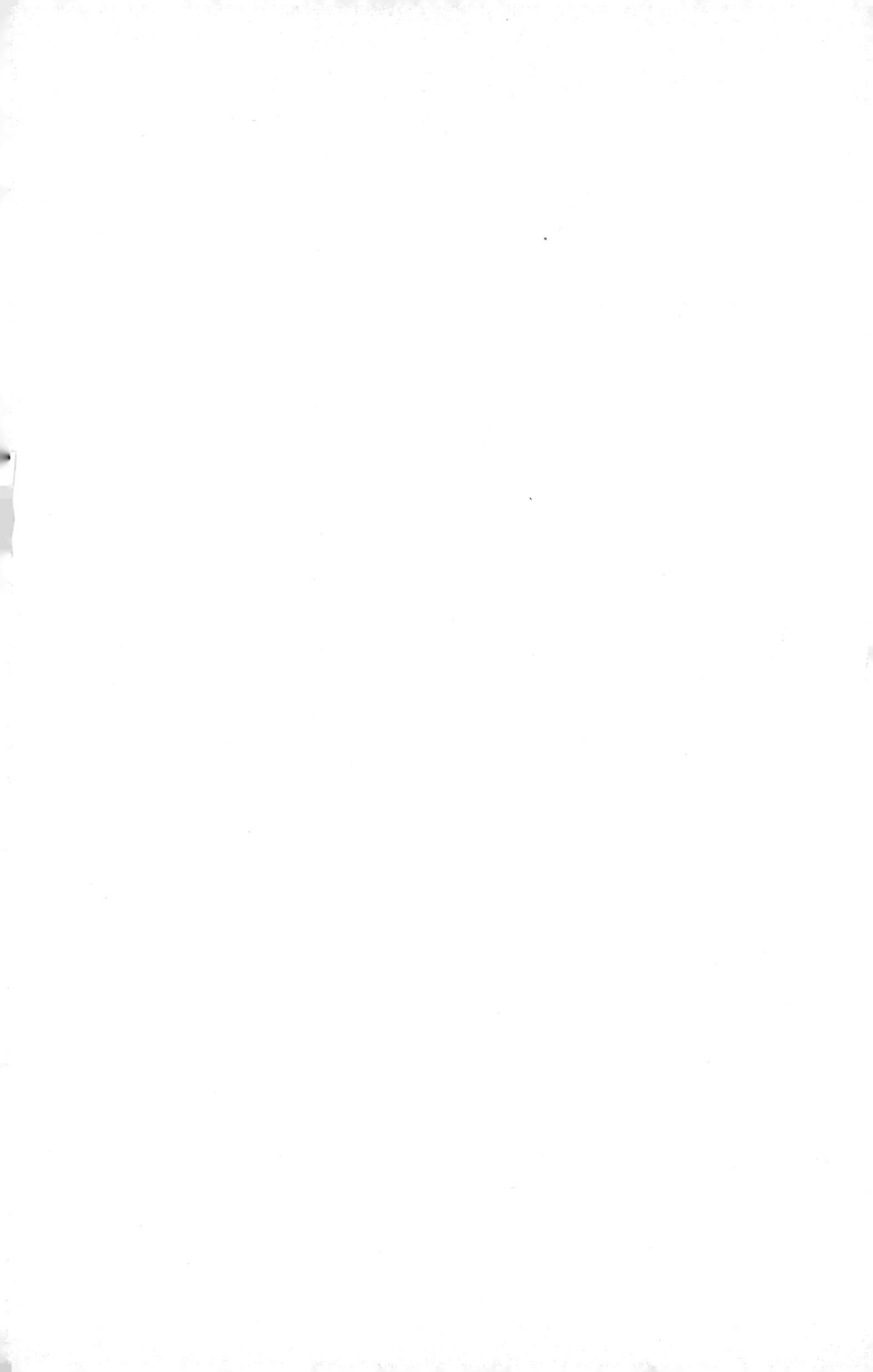